Le pays insoumis. Les chevaliers de la croix
d'Anne-Marie Sicotte
est le neuf cent quarante-septième ouvrage
publié chez
VLB éditeur.

VLB éditeur bénéficie du soutien de la Société de développement des entreprises culturelles du Québec (SODEC) pour son programme d'édition.

Gouvernement du Québec – Programme de crédit d'impôt pour l'édition de livres – Gestion SODEC.

Nous reconnaissons l'aide financière du gouvernement du Canada par l'entremise du Fonds du livre du Canada pour nos activités d'édition.

Nous remercions le Conseil des Arts du Canada de l'aide accordée à notre programme de publication.

LE PAYS INSOUMIS

Les chevaliers de la croix

De la même auteure

Romans
Les amours fragiles, Montréal, Éditions Libre Expression, 2003.
Les accoucheuses : La fierté (tome I), Montréal, VLB éditeur, 2006.
Les accoucheuses : La révolte (tome II), Montréal, VLB éditeur, 2007.
Les accoucheuses : La déroute (tome III), Montréal, VLB éditeur, 2008.

Roman jeunesse
Le lutin dans la pomme, Laval, Éditions Trois, 2004.

Biographies
Marie Gérin-Lajoie : Conquérante de la liberté, Montréal, Éditions du Remue-Ménage, 2005.
Gratien Gélinas : La ferveur et le doute, Montréal, TYPO, 2009.

Études historiques
De la vapeur au vélo : Le guide du canal de Lachine, Association les Mil Lieues et Parcs Canada, 1986.
Quartiers ouvriers d'autrefois, 1850-1950, Québec, Les Publications du Québec, collection Aux limites de la mémoire, 2004.
Femmes de lumière : Les religieuses québécoises avant la Révolution tranquille, Montréal, Fides, 2007.
Les années pieuses, 1860-1970, Québec, Les Publications du Québec, collection Aux limites de la mémoire, 2007.
Gratien Gélinas en images : Un p'tit comique à la stature de géant, Montréal, VLB éditeur, 2009.

Récits biographiques
Gratien Gélinas : Du naïf Fridolin à l'ombrageux Tit-Coq, Montréal, collection Les Grandes Figures, XYZ éditeur, 2001.
Justine Lacoste-Beaubien : Au secours des enfants malades, Montréal, collection Les Grandes Figures, XYZ éditeur, 2002.

Nouvelles
Circonstances particulières (en collaboration), Québec, L'Instant même éditeur, 1998.

Anne-Marie Sicotte

LE PAYS INSOUMIS
Les chevaliers de la croix

Roman

vlb éditeur
Une compagnie de Quebecor Media

VLB ÉDITEUR
Groupe Ville-Marie Littérature
Une compagnie de Quebecor Media
1010, rue de La Gauchetière Est
Montréal (Québec) H2L 2N5
Tél.: 514 523-1182
Téléc.: 514 282-7530
Courriel: vml@groupevml.com

Éditeur: Martin Balthazar
Maquette de la couverture: Martin Roux
Illustration de la couverture: Francis Back
Photo de l'auteure: Mathieu Rivard

Catalogage avant publication de Bibliothèque et Archives nationales du Québec
et Bibliothèque et Archives Canada
Sicotte, Anne-Marie, 1962-
Le pays insoumis: roman
(Roman)
Sommaire: 1. Les chevaliers de la croix.
ISBN 978-2-89649-202-2 (v. 1)
1. Québec (Province) - Histoire - 1791-1841 - Romans, nouvelles, etc. I. Titre.
II. Titre: Les chevaliers de la croix.
PS8587.I238P39 2011   C843'.6   C2011-941562-3
PS9587.I238P39 2011

DISTRIBUTEURS EXCLUSIFS:
• Pour le Québec, le Canada et les États-Unis:
LES MESSAGERIES ADP*
2315, rue de la Province
Longueuil (Québec) J4G 1G4
Tél.: 450 640-1237
Téléc.: 450 674-6237
*Filiale du Groupe Sogides inc.; filiale de Quebecor Media inc.

• Pour l'Europe:
Librairie du Québec / DNM
30, rue Gay-Lussac
75005 Paris
Tél.: 01 43 54 49 02
Téléc.: 01 43 54 39 15
Courriel: direction@librairieduquebec.fr
Site Internet: www.librairieduquebec.fr

Pour en savoir davantage sur nos publications,
visitez notre site: editionsvlb.com
Autres sites à visiter: editionshexagone.com • editionstypo.com
edjour.com •edhomme.com •edutilis.com

Dépôt légal: 3e trimestre 2011
Bibliothèque et Archives nationales du Québec, 2011
Bibliothèque et Archives Canada

Inventée par le rédacteur d'une gazette, cette médisance avait pour but de dénigrer les dizaines de milliers d'hommes ayant signé la pétition transmise au parlement de Londres par la Chambre d'Assemblée du Bas-Canada, en 1828. Si « la croix » désigne accessoirement la religion catholique, elle fait surtout référence au « X » tracé sur le parchemin par un bon nombre de signataires. Pour s'opposer aux revendications des habitants de la colonie, en majorité des Canadiens d'ascendance française, ceux qui accaparaient le pouvoir ont puisé dans un arsenal varié, y compris celui des injures.

En page précedente, quelques-unes des 87 000 signatures contenues dans la pétition. Cette dernière est constituée d'innombrables feuilles de papier cousues les unes à la suite des autres pour former un interminable parchemin roulé. En bas de page, les notaires responsables de la collecte de signatures écrivaient: *Nous, soussignés, certifions que les signatures ci-dessus auxquelles des croix sont apposées ont été données volontairement en notre présence, par les personnes y nommées, après communication de l'objet de cette requête.* Collection Musée Stewart, Montréal.

– 1 –

Se laissant aller vers la solide table de chêne, Vitaline presse une masse de glaise avec ses bras tendus, jusqu'à ce qu'une protubérance de forme allongée se dessine. Elle se redresse pour, d'un geste vif, placer l'argile dans une position différente, puis elle recommence, se servant efficacement du poids de son corps. Peu à peu, grâce à cette danse solitaire, la motte de terre devient comme la surface ondulée de la rivière Chambly lorsque souffle la brise.

Amusée par cette association d'idées, la jeune fille se permet un sourire fugace et une courte pause, pendant laquelle elle parcourt l'atelier d'un regard lambineux. Le soleil levant réussit à traverser les carreaux sales, illuminant la poussière d'argile qui volette dans la pièce. Bien nourri, le poêle craque de toutes parts... Une douce chaleur commence à se diffuser, chassant la fraîcheur installée pendant la nuit d'octobre. Sous sa chemise de travail, Vitaline transpire un brin, mais elle n'y peut rien : la pièce devra être bien chaude quand son père se mettra au tour, pour ne pas qu'il se gèle les doigts.

Elle se remet au travail, corroyant sans relâche pour rendre la motte homogène et pour en éliminer toutes les bulles d'air. C'est une tâche à laquelle elle est parfaitement habituée et qu'elle pourrait accomplir les yeux fermés, sans même y penser. Dès qu'elle a été assez grande et forte, à 12 ans, son père lui en a appris les rudiments. Comme elle tripote l'argile depuis son premier anniversaire, elle n'a pas été lente de comprenure ! Des notes lui viennent en tête, qu'elle se met à fredonner doucement, au

9

rythme de ses mouvements à la fois souples et précis. C'est d'abord une mélopée qu'elle déroule selon sa fantaisie, à bouche fermée.

Comme cela arrive souvent, une succession de notes lui rappelle une chanson, composée sur un vieil air français. Tout d'abord à mi-voix, puis s'enhardissant peu à peu, Vitaline se met à chanter cette ballade qui vante les charmes de son pays, *dernier asile où règne l'innocence.* Comme de coutume, la deuxième strophe la plonge dans une douce expectative :

— *Combien de fois, à l'aspect de nos belles, l'Européen demeure extasié. Si par malheur il les trouve cruelles, leur souvenir est bien tard oublié.*

Vitaline entonne le refrain, qui lui donne chaque fois envie de pleurer et de rire tout à la fois :

— *Dans ma douce patrie, je veux finir ma vie. Si je quittais ces lieux chers à mon cœur, je m'écrierais : j'ai perdu le bonheur !*

Le troisième couplet fait palpiter son être tout entier, et elle y mord à belles dents :

— *Si les hivers couvrent nos champs de glace, l'été les change en limpides courants. Et nos bosquets fréquentés par les grâces servent encore de retraite aux amants.*

Un paysage verdoyant passe derrière ses yeux, de même que les joues empourprées et les yeux brillants de Perrine lorsqu'elle rentrait, l'été dernier, à la brunante... Pour chasser ces images troublantes, elle chante le refrain à pleins poumons, puis elle attaque le dernier couplet aux inflexions patriotiques :

— *Oh ! Mon pays, vois comme l'Angleterre fait respecter partout ses Léopards. Tu peux braver les fureurs de la guerre : la liberté veille sur tes remparts.*

Et à plusieurs reprises, tout en apportant à son interprétation des variations inspirées, elle reprend les deux phrases du refrain. Elle cesse abruptement, enfin satisfaite de son pétrissage, pour aller placer la motte à une extrémité de la table, la recouvrant d'un linge humide. Puis, elle traverse la pièce jusqu'au racoin où se trouve un gros tas d'argile, retiré quelques jours plus tôt de la cave. Avec le fil de fer, elle s'en coupe tout juste assez pour être capable de pétrir sans s'épuiser. Revenue à sa place face à la surface de bois, Vitaline reprend un travail que d'aucuns trouveraient fort monotone, mais dont elle jouit intensément parce qu'il lui permet de manipuler la glaise, encore et encore, jusqu'à plus soif.

Lorsqu'elle entend grincer les charnières de la porte de l'atelier, elle se contente de jeter une œillade de bienvenue au jeune homme de taille moyenne qui se débougrine, et qui, après avoir ôté sa tuque d'un bleu sombre, frotte sa chevelure blonde attachée en couette, en un geste familier. Chaque jour ouvrier, leur apprenti, Aubain Morache, quitte la ferme paternelle, située sur un rang familièrement nommé la deuxième concession, pour venir remplir les termes de son contrat auprès du maître-potier Uldaire Dudevoir. Il arrive à l'aube pour démarrer le feu de l'atelier ou pour effectuer un travail plus urgent, si nécessaire. Puis, tandis que Vitaline pétrit, il mange en compagnie d'Uldaire. Son repas terminé, il revient à l'atelier pour façonner des boules de même taille, parées à être tournées.

Il marmonne une salutation à l'adresse de la fille de son patron, puis il saisit les pâtons qui reposent sous le linge humide. Si tôt, il n'est guère bavard, et tous deux travaillent en silence, selon un rythme auquel ils sont parfaitement habitués. Néanmoins, elle finit par ronchonner :

— Hé, te presse pas tant, faut quand même que j'aie fini avant toi !

— Je me presse pas une miette. Même que je fais exprès de ralentir un peu…

— Menteur. Avoue que t'as de la misère à me suivre…

C'est leur jeu favori depuis que Vitaline a troqué sa silhouette d'enfant agile et grouillante contre celle d'une femme aux formes généreuses, presque plantureuses. Une rivalité amicale s'est installée entre eux, que la jeune fille de 14 ans s'amuse fort à entretenir. Après tout, elle l'a quasiment rejoint en hauteur ! Au bourg, on se gausse affectueusement de Vitaline la bien prénommée. Pourtant habitués aux créatures endurantes à l'ouvrage, bien des gens sont épatés par sa vigueur.

Sauf que pour accoter Aubain, elle a encore bien des croûtes à manger… S'il conserve une corporence un peu rondelette, malgré ses 19 ans bien sonnés, ce côté potelé masque une musculature impressionnante. Elle le sait, car elle l'a vue en action à maintes reprises! Plusieurs étapes, dans la production d'argile propice au tournage, nécessitent une vigueur certaine. Malgré l'emploi de bêtes de somme ou d'appareillages décuplant la force humaine, les gringalets se découragent!

Brusquement, il dit :

— Tu sais ? Faut pas corroyer trop de terre, à cause que ton père déguerpit à bonne heure.

— À bonne heure ? À cause de quoi ?

Il laisse échapper un rire ironique :

— Me dis pas que t'as oublié! C'est un grand jour pour Gilbert le séminariste!

Elle ne peut retenir une moue de contrariété. Pour le sûr, elle n'aurait pas pu oublier! Sauf qu'ici, aux aurores, dans l'atelier, elle perd la notion du temps… En ce mois d'octobre 1826, son jeune frère quitte sa famille pour entreprendre des études avancées au Collège de Montréal. À cette idée, Vitaline sent ses entrailles se nouer. Pour elle, c'est comme s'il s'exilait à l'autre bout du monde. Comme si la cité commerçante, pourtant à trente milles de distance, se trouvait à des centaines de lieues de leur village natal…

Pour repousser cette pensée dérangeante, elle interpelle Aubain :

— T'en profiteras pour tourner un brin ?

— Pour le sûr… mais rien pour la cuisson. Tu sais que ton père me laisserait pas faire!

Il n'a pu retenir une pointe d'amertume et Vitaline tient à le rassurer :

— Ça viendra vitement… dès que tu sauras monter des pièces toutes pareilles!

— Ben ça, c'est pas demain la veille!

Il ponctue son exclamation par une éloquente grimace, suivie d'un sourire malin pour faire comprendre à la jeune fille qu'il a très bien évalué la situation : il lui reste encore du métier à acquérir avant de devenir maître-potier !

POUSSANT UN AMPLE SOUPIR, Gilbert consent à battre des paupières. L'angélus du matin a sonné depuis belle lurette, mais il s'est enfoui la tête sous l'oreiller pour étouffer le tumulte assourdissant de la volée de cloches, conçu pour se faire entendre jusqu'aux confins de la paroisse. Ensuite, il a somnolé une longue escousse, partagé entre le désir de s'insinuer au cœur de la paillasse pour s'y cacher, et celui de se garrocher hors de la maison pour courir jusqu'à Montréal, afin d'en finir avec l'attente angoissante.

Quelques minutes plus tôt, il a entendu Rémy pénétrer dans la chambre sur la pointe des pieds. Son déjeuner engouffré, le garçonnet est remonté dans leur chambre pour enfiler des vêtements relativement propres en vue de sa journée à l'école. Depuis, il guette le moindre signe du réveil de son grand frère de presque 12 ans, que ce dernier tarde à lui fournir, répugnant à mirer sa mine de chien battu. Car Rémy anticipe son départ avec un réel chagrin. Ce qui ne fait qu'ajouter à l'anxiété du futur collégien...

Lorsque Gilbert pose un regard encore brouillé sur lui, il reçoit son sourire incertain en plein cœur. Petit de taille, tout maigre, Rémy ne fait pas ses 10 ans. Heureusement, il compense sa fragilité par une agilité stupéfiante, par une propension innée à se tirer du moindre faux pas par une pirouette... S'asseyant dans son lit, Gilbert lui adresse une grimace mi-figue, mi-raisin. Le faisant venir à lui, il s'assure que ses pantalons ne sont pas trop sales, ni trop déchirés, et Rémy se laisse tripoter avec un sourire béat, derrière lequel se devinent pourtant les larmes.

D'une voix rauque, Gilbert déclare :

— Je compte sur toi pour agir en homme. On s'entend ? Pis tu peux m'écrire tant que tu veux. J'essaierai de t'aider dans ta calligraphie pis ta grammaire, même de loin !

Rémy hoche faiblement la tête. Son aîné ne peut en endurer davantage. Il a passé la journée d'hier avec lui, à lui jaser de sa vie à venir au collège, et à tâcher de dédramatiser ses absences ;

mais ce matin, il a bien assez à faire avec sa propre misère ! Après une brève mais impétueuse accolade, Gilbert assène une tapoche sur les fesses de son frère en lui indiquant la sortie. Reniflant, Rémy obéit, les épaules voûtées comme s'il avait 100 ans.

Tout en s'habillant, Gilbert plonge dans ses pensées. Il voudrait déjà être la semaine prochaine, ou encore mieux, dans un mois, pour avoir brisé la glace ! D'autant plus qu'il devra se faire accepter par un groupe déjà constitué. Les autorités de l'institution lui font sauter l'année initiale, celle de sixième, au su des connaissances acquises à l'école primaire de Saint-Denis. Cette dernière a toujours été choyée par les élites locales, et généreusement dotée par le curé. Elle s'est acquis une réputation d'excellence qui n'est pas surfaite ! Dans ce terreau fertile, Gilbert a prospéré comme de la mauvaise graine...

Au sujet du collège, le garçon a entendu maints récits d'anciens pupilles, mais il ignore s'ils sont fiables. Tout ce dont il est sûr, c'est que ses aînés témoignent d'une réelle gratitude aux membres de l'Institut sulpicien de Montréal, la plus ancienne communauté de religieux en Canada, pour leur persévérance à répandre les bienfaits de l'instruction. Si la volonté d'éducation était omniprésente lors de la fondation de la compagnie de Saint-Sulpice, la maison-mère de Paris, cet idéal n'a pas été facile à conserver dans la tourmente de la Conquête et de la transformation de la Nouvelle-France en *Province of Quebec* !

Une formation chez les sulpiciens vaut son pesant d'or, car ces Messieurs, comme sont surnommés les prêtres de cet ordre, dispensent un enseignement calqué sur les meilleurs collèges de Paris. Ils auraient pu se contenter de former des ecclésiastes, mais par générosité, ils diffusent leur savoir. La classe des citoyens policés et vertueux leur doit tout ! Pour tout dire, les Messieurs tiennent à bout de bras le flambeau de l'instruction supérieure dans le district de Montréal.

Gilbert tressaille : en bas, sa grand-mère est en train d'asticoter le cadet de la famille. Sa voix d'un timbre si souple semble appartenir à une jouvencelle. Sans doute qu'elle démêle sa chevelure avec ses doigts et qu'elle lisse sa chemise, comme chaque matin d'école. Rémy en trépigne sur place ! Enfin, le garçon s'élance hors de la maison, et Gilbert marche jusqu'à la petite fenêtre à carreaux pour le voir s'éloigner, le capot largement ouvert. Parvenu à la clôture de perches qui délimite leur cour, il pile net, puis se retourne pour jeter un regard de détresse à son grand frère. La gorge serrée, Gilbert fait un bref salut de la main, mais à cause du contre-jour, il ignore s'il a été vu.

Gilbert saute dans ses culottes et dévale l'escalier, débouchant dans la vaste salle commune qui remplit tout le rez-de-chaussée, sauf pour la chambrette des deux aïeules de la maison. À l'évidence, mémère Renette est encore couchée ; quant à sa fille, dame Valentine Royer, elle se penche au-dessus du contenu d'un chaudron placé sur le poêle de fonte. De dos, sa grand-mère lui paraît très jeune, malgré son physique anguleux, mais à cause des fines tresses blanches croisées sous sa nuque et de sa vêture terne, Gilbert la reconnaîtrait entre toutes.

À la vue de son petit-fils, elle se permet un sourire mutin, qui couvre son visage de dizaines d'amusantes rides. La rudesse de ses traits est devenue plus prononcée avec l'âge, mais ce matin comme jamais, Gilbert est séduit par sa singulière beauté, due à son regard empreint de tendresse et à son sourire édenté, mais si chaleureux. Il est amèrement conscient du fait qu'il ne la verra plus ainsi, s'affairer sereinement à leur préparer un déjeuner fortifiant…

De crainte de laisser entendre son désarroi, le garçon n'ose émettre un son. Enfilant une veste, il franchit le seuil et se retrouve sur la galerie couverte qui ceinture deux pans de la maison. À cause du ciel nocturne parfaitement dégagé, une subtile gelée est tombée pendant la nuit, que le soleil, en train de monter au-dessus des toitures avoisinantes, fait fondre à vue d'œil. Il parcourt la cour des yeux, notant les bûches fendues qui débordent de l'appentis, le malaxeur dont il faudra bientôt rafistoler le manche de bois et la cheminée de l'atelier qui crache une boucane abondante.

Au moment où Vitaline sort de l'atelier, son frère émerge des latrines. Tout d'abord, elle est frappée par sa silhouette étonnamment longiligne, et qui s'allonge à une vitesse déconcertante.

De même, elle ne peut s'empêcher d'examiner la forme de sa tête, encore une fois. Une forme parfaitement normale, mais qui change subtilement de proportions, avec la croissance ! Enfin, elle se permet d'admirer le haut de son visage, qu'elle trouve particulièrement réussi : un front lisse et haut, des sourcils épais bellement arqués, des iris d'un brun clair, comme irisé d'or…

Tous deux se croisent exactement au niveau de l'embranchement des deux trottoirs, l'un provenant de l'atelier et l'autre, des latrines. Gilbert s'incline pour laisser passer sa sœur, qui refuse d'un air autant cérémonieux, en lui faisant signe de la précéder. Il s'entête, elle s'opiniâtre, ce qui finit par les faire pouffer de rire. Lorsqu'ils étaient enfants, ces trottoirs de bois constituaient un superbe espace de jeux, et ils les parcouraient comme des chemins vers des lieux fabuleux.

En fin de compte, la jeune fille accepte le geste courtois de son frère au moyen d'une révérence exagérée.

– Alors ? s'informe-t-il, frondeur. Son père est déjà à l'ouvrage ?

– Pis moi, pis Aubain de même, espèce de lambineux.

– Tu t'en allais faire quoi ?

– M'en mettre plein le buffet, espèce de niaiseux…

Mécontent de se faire asticoter, Gilbert adresse une moue sévère à sa sœur. Contrite, cette dernière ajoute, tout en l'entraînant vers la maison :

– Après, avec grand-mère, on prépare la prochaine fournée.

De plus en plus, dame Valentine Royer délègue ses fonctions d'assistante-potière à sa petite-fille. Vitaline n'en est pas peu fière ! C'est alors, et uniquement alors, qu'elle se sent parfaitement à sa place. Elle a compris que son univers de terre glaise est essentiel à son bonheur… À chaque besogne nouvelle qu'elle aborde, Vitaline est pleine d'enthousiasme. À mirer grand-mère, cela semble facile ! Mais quand elle s'y met, c'est une autre paire de manches…

Leur grand-mère est en train de nettoyer la table, tout en s'assurant, du coin de l'œil, du bien-être de l'aînée de ses petits-enfants.

Revenue de la messe, Perrine est attablée à une extrémité, en train d'engouffrer sa soupane. À la salutation de ses cadets, elle répond par un grognement indéchiffrable. Sans se démonter, Vitaline ajoute plaisamment :

— La messe basse était à l'heure, à matin ?

— Point du tout. Le curé l'a devancée d'un bon cinq minutes. Mes amies en étaient bien marries : un office auquel y reste trois phrases, ça file vite en maudit !

Car si ces demoiselles sont fidèles à la courte messe que le curé Bédard célèbre chaque jour, c'est surtout parce que nul ne peut leur reprocher de s'adonner au vice du commérage dans un lieu inconvenant !

— Pour le sûr, y vous restait guère de temps pour bavasser…

Devant l'œillade meurtrière que lui décoche sa sœur, Vitaline retient la suite. Sa sœur aînée est d'humeur bourrassière par les temps qui courent… La moindre saillie est reçue comme une invite à un duel à finir ! Elle s'empresse plutôt d'aller seconder grand-mère, qui transporte sur la table de grandes assiettes recouvertes de torchons humides pour les garder à la consistance du cuir. Uldaire lui fait maintenant confiance pour charrier des vaisseaux, crus ou cuits, et Vitaline en conçoit un légitime orgueil !

S'installant à une extrémité, dame Royer s'attaque à la première étape de l'habillage d'une pièce : marquer le rebord joliment galbé d'une série d'incisions, selon sa fantaisie. Dès qu'elle aura engouffré son repas, Vitaline l'assistera en appliquant de la couleur. Ce jour d'hui, elle fait la renarde. Les sœurs enseignantes l'espéreront en vain. Elle a beaucoup mieux à faire ! Mais pour l'instant, elle prend place devant son couvert, et avec un port de reine, elle attend d'être servie… par Gilbert ! Le garçon réagit avec indulgence à cette lubie et s'empresse auprès d'elle comme un serviteur.

Lorsqu'il se nourrit à son tour, il ne peut s'empêcher de la contempler, encore dérouté par la femme qu'elle devient. Si leur aînée Perrine lui paraît plutôt jolie, presque élégante, Vitaline ne trouve pas autant grâce à ses yeux. Sans être ingrats, ses traits manquent d'harmonie et de délicatesse. Rien ne repousse, mais rien ne séduit vraiment. Elle est ordinaire, quoi. Même sa tignasse, qu'elle tresse solidement chaque matin, a une couleur banale, à peu près celle du tabac brun prêt à priser. Tandis que la chevelure de Perrine a des reflets de feuilles mortes rehaussées par le soleil d'automne...

À vrai dire, si Vitaline était une étrangère croisée au détour du chemin, Gilbert ne lui jetterait qu'un très bref regard, pour l'oublier de suite. Quand même, il se ferait la remarque que la pauvre n'aura pas trop de misère à se trouver un mari, qui la choisira cependant non par attrait, mais pour ses capacités manifestes à porter des enfants et à abattre l'ouvrage dévolu aux épouses... Embarrassé par cette songerie qui, comme tant d'autres, le mène par le bout du nez, Gilbert se redresse brusquement, et son long bras manque de renverser le pichet d'eau, qu'il retient de justesse.

Vitaline réagit par un plissement de nez dédaigneux, puis par une moue espiègle qui fait pétiller ses iris bleu-gris. Cette expression la rend décidément avenante, ce qui suscite en Gilbert un éclair d'affection. Quand sa bouche s'étire de cette manière coquine, même le duvet clair au-dessus de sa lèvre supérieure, et qui s'épaissit aux extrémités, attire les flatteries, comme s'il s'agissait de soie... De nouveau décontenancé par le cheminement de ses pensées, le garçon tâche de s'absorber dans une méditation moins périlleuse, ce qui lui est fort ardu, en ce matin de conséquence.

Un appel leur parvient et, avec un soupir, grand-mère se redresse, déposant son outil sur la table. Mémère Renette veut se lever... Encore une fois, Gilbert s'étonne d'un état de fait qui l'a frappé quelques semaines auparavant : de mémère jusqu'à ses sœurs, la famille Dudevoir est constituée de quatre générations de femmes d'une même filiation. Il n'en avait pas encore pris conscience ! Lorsqu'il en a causé avec son père, ce dernier s'est insurgé contre cette hégémonie sapant son autorité, mais Gilbert ne l'a pas pris au sérieux, et pour cause : si Perrine se marie bientôt et qu'une cinquième génération féminine s'ajoute, ce sera un record dans les annales de la paroisse, dont Uldaire sera fier à plus d'un titre !

Justement, la silhouette massive de son père, la tête inclinée pour éviter de se péter le front au chambranle, apparaît à la porte d'entrée. En fin de compte, il revient de l'atelier sans avoir tourné une seule pièce. Il claironne qu'il laisse le champ libre à Aubain, pour une fois! Craignant pour l'état des chemins, il préfère partir de bonne heure. Gilbert n'écoute plus. Il regarde le maître de la maison aller et venir dans la pièce maintenant bien éclairée par la lumière du jour, et il sent d'innombrables papillons prendre leur envol dans son estomac.

Comme s'il allait en être séparé pendant une éternité, il contemple l'auteur de ses jours avec avidité, se repaissant de cette stature de colosse qui doit impressionner les étrangers. Plongé dans une fascination désespérée, il mire cette tête volumineuse posée sur un cou puissant, ce visage plat où proémine un nez à l'extrémité bien rondie. Des traits sur lesquels il a toujours décelé, à son égard, une réelle tendresse... Comment pourra-t-il s'en priver si longtemps? Il tente d'imaginer les visages de ceux qui, désormais, vont s'estimer ses maîtres, et son cœur lui remonte dans la gorge, car il se dépeint des mines sévères qui prêchent l'ascétisme et le renoncement...

À moult reprises, il a imaginé les lieux, qu'on lui a amplement décrits. Un vaste domaine ceinturé d'un mur de maçonnerie surmonté de barreaux... Une bâtisse en forme d'une immense lettre H dont la barre transversale fait office d'aile centrale... Et des messieurs sulpiciens, tout de noir vêtus, quasi inhumains... La vue du garçon s'obscurcit d'un voile de panique. Il entend une chaise racler à proximité. Une poigne forte lui serre l'épaule, et Gilbert fait un effort tangible pour braquer ses yeux sur son père. Hagard, il s'accroche à ces iris d'un brun pâle, bien enfoncés dans leurs orbites, mais qui le mirent avec une ardente sollicitude.

— Prends sur toi, mon gars. C'est un mauvais moment à passer. Tu vas voir, tu riras de tes frayeurs... C'est sûr que les Messieurs, y se promènent le nez un peu en l'air. Mais tu sais comme moi: les Canadiens qui s'illustrent, ceux que leurs connaissances mettent au premier rang de la société, c'est là qu'y ont été formés. C'est de là que sont sortis ceux qui font l'honneur du Barreau et du Parlement !

Peu à peu, grâce au timbre si familier de cette voix, Gilbert reprend pied. Il renoue avec le monde qui l'entoure, et surtout avec la chaleur qui passe de la main d'Uldaire à son corps… Il voudrait se jeter dans ses bras et s'y cacher pendant des lustres ! Sa grand-mère déclare d'un ton qu'elle voudrait apaisant, mais qui dissimule mal son émoi :

— J'te trouve pas mal chanceux. Tu t'en vas mirer la merveille…

La vieille dame fait allusion à l'étrange construction décrite par les voyageurs, celle de la future église paroissiale de Montréal. Car c'est quasiment un miracle : en deux saisons, les murs ont poussé comme par magie ! Là où il y avait quelques maisons et des jardins se tient maintenant une nef monumentale, de plus de cent pieds de large sur plus de deux cents pieds de long. Ce n'est encore qu'une carcasse sans toit, aux murs extérieurs recouverts d'échafaudages fixés à la pierre, mais il paraît qu'elle écrase les résidences environnantes comme si ces dernières abritaient des nains !

Le district épiscopal, comme le Bas-Canada au grand complet, se passionne pour ce prodige d'ingénierie dont l'enfantement, loin d'être une immaculée conception, est entouré d'une auréole sulfureuse. Gilbert n'en saisit pas encore les tenants et les aboutissants dans toute leur complexité, mais il aura maintes occasions de s'édifier. Comme sur bien des choses… Il offre à son père une moue contrite, suivie d'un clin d'œil, encore malaisé à son âge. Pour le sûr, il n'est pas fâché d'aller plonger dans la vraie vie, celle de la cité la plus populeuse de la colonie. Là où se tisse le destin de son pays…

Dès lors, Uldaire sort préparer l'attelage, tandis que Gilbert s'affaire à descendre son barda. Quatre fois plutôt qu'une, grand-mère lui demande s'il n'a pas oublié son uniforme, celui qui a été cousu expressément pour lui, et avec lequel il a paradé tant et plus ! Vitaline fait son possible pour ne pas laisser son désarroi éclater au grand jour. Elle s'applique à son ouvrage comme jamais, pour ne pas laisser trop de prise à l'affliction qui l'envahit. D'ici août prochain, Gilbert ne reviendra qu'à Pâques. Une seule visite en 10 mois !

Le visage fermé, la moue dédaigneuse, l'aînée de Vitaline accompagne mémère Renette vers la chaise percée. D'accord, ce n'est pas une tâche plaisante, mais impossible d'y échapper !

— Pardi, ma Perrine s'est levée le derrière le premier !

Le stratagème réussit presque à tout coup : l'expression très digne de la très vieille dame, ainsi que son ton pince-sans-rire, parviennent à dérider la jeune fille, dont le visage se fend d'une moue railleuse. Tandis qu'elle tire le rideau qui ferme le coin d'aisance, Uldaire revient de l'extérieur et lance à travers la pièce :

— Je cré ben que la bête commence à piaffer !

Un silence inaccoutumé accueille cette tirade. Le maître-potier a pris ce ton dans le but d'atteindre les oreilles de son épouse, de l'autre côté des panneaux de bois qui transforment le lit conjugal en un espace clos, situé dans un recoin de la pièce. Leur mère prétexte une santé précaire pour laisser grand-mère en charge du repas du matin. Chaque jour, Bibianne Dudevoir, née Royer, se lève lorsque tous ont bien entamé leur journée. Bien certainement, aujourd'hui, fera-t-elle une exception ? La tension croît tandis que les secondes s'égrènent.

Enfin, au soulagement de tous, un craquement se fait entendre. Jusque-là pétrifié sur place, Gilbert se met à siffler un air grivois, et Uldaire le rabroue secquement. Avec un pincement au cœur, Vitaline devine que son frère est envahi par l'espoir puéril de voir leur mère chagrinée par la perspective d'une si longue absence… La cloison du lit s'entrebâille enfin. Les épaules recouvertes d'un châle de laine, sa maigre chevelure blonde cachée sous un fade bonnet d'intérieur, Bibianne se laisse glisser en bas du matelas.

Vitaline la voit approcher avec une insidieuse répugnance. Celle qui les a mis au monde se soucie de leur existence comme de sa première camisole… Elle a été jolie, sans doute. Ses yeux verts aux cils généreux et ses lèvres pleines ont sans doute fait battre quelques cœurs. Sa plaisante tournure de même… Mais plus rien n'attire le regard. Bibianne est éteinte… Elle offre à son fils aîné un bien mince sourire, proche du rictus, qui laisse ses traits inexpressifs. Gilbert n'aura pas l'ombre d'une caresse ou d'un baiser. Détournant le visage, car elle est incapable de croiser un regard, Bibianne laisse tomber d'une voix égale :

— Faites bonne route, les hommes. À la revoyure.

Navrée, Vitaline a vu Gilbert se durcir et se refermer comme une huître, et elle est traversée par un éclair de haine envers sa mère claquemurée en elle-même. Oh ! Ses enfants ne peuvent se plaindre d'être privés des soins de première nécessité ; leurs vêtements sont reprisés, leurs repas bien chauffés et leurs plaies soigneusement pansées. Sans nul doute, malgré son apparent détachement, elle se préoccupe de les voir grandir en beauté. Oui, sans nul doute… Mais les preuves sont ardues à trouver.

Dame Royer a confié à sa petite-fille que Bibianne faisait du mieux qu'elle pouvait, qu'elle était *malade*, en quelque sorte, et qu'il ne servait à rien d'en demander davantage puisqu'elle rentrerait dans sa coquille, comme un escargot. La jeune fille s'est contentée de cette explication. Après tout, elle a Uldaire, qui entoure sa progéniture de son affection, et surtout sa grand-mère, qui a emménagé avec eux à la mort de son mari. Vitaline n'était qu'une fillette de huit ans, mais elle a été frappée par le changement d'atmosphère, par une allégresse d'âme qui, enfin, chassait la morosité…

Gilbert reçoit un baiser en pincettes de sa grand-mère, il va frotter sa joue contre celle de mémère, mais il se contente d'un vaste geste de la main en direction de ses sœurs. Après tout, il arrive à l'âge d'homme ! La lourde porte d'entrée en bois massif se referme sur eux, et Vitaline essuie furtivement la larme qui perle au coin de son œil. Son frère tiendra-t-il sa promesse de leur écrire abondamment ?

Elle se console en se disant que le temps a été sec, ces derniers jours. Leur robuste cheval, tirant la charrette, réussira aisément à parcourir le chemin entre le bourg de Saint-Denis et la cité de Montréal. Dès la rivière Chambly franchie, ils entreront dans un paysage monotone de champs à la terre fraîchement retournée, maintenant que les récoltes sont engrangées. Très vite, ils apercevront la haute colline du mont Royal, nimbée par un soleil déclinant qui allumera ses couleurs cuivrées…

En fin d'après-dînée, ils atteindront le village de Longueuil, où ils se mettront en attente pour la traverse du fleuve. La cité est de l'autre côté… La jeune fille y a accompagné son père à quelques reprises, et elle en a gardé des impressions confuses, sauf pour une galerie d'images très nettes, imprimées dans sa mémoire. La rue Saint-Paul, en basse ville, bordée d'impressionnantes bâtisses en pierres de taille grises, abritant commerces et entrepôts. L'élégante rue Notre-Dame, en haute ville, garnie de bâtiments de prestige, symboles du pouvoir. Et entre les deux, les reliant, une succession d'allées étroites en pentes raides, comme autant d'entrebâillements vers une vie insoupçonnée.

Vitaline se secoue. Fier comme un paon, Aubain est sans doute assis au tour à potier, en train de se battre avec l'argile ! Elle doit aller jouer son rôle lorsqu'il assiste son patron : contrôler le séchage et écarter les pièces qui présenteraient un défaut prouvable de structure. Mais surtout, elle tient à mirer les expressions sur le visage concentré du jeune apprenti. Le temps de le dire, il passe du plaisir à la déception, du ravissement au dégoût. Cette gigue de sentiments constitue le plus édifiant des spectacles !

– 2 –

Au moment où le régent traverse le dortoir en donnant le signal du lever, Gilbert passe instantanément d'un sommeil profond à un état pleinement conscient. Il lui a fallu plusieurs semaines pour s'entraîner, mais astheure, c'est devenu une seconde nature. Un quart d'heure pour faire sa toilette, alors qu'il n'y a qu'un seul lavabo pour une trentaine d'élèves, élimine toute envie de lambiner sur la paillasse! Quand M. O'Reilly passe à sa hauteur, Gilbert lance mécaniquement, d'une voix enrouée mais forte :

– *Deo gratias !*

Lorsqu'un garçon tarde à clamer ainsi son éveil, de même que sa gratitude au Seigneur, le régent recourt à divers moyens de persuasion, comme retirer la couverture. Ce qui, dans la froidure d'un petit matin d'hiver, relève du martyre! Puisqu'il n'est que cinq heures et demi, il faut délaisser l'édredon à la lumière des lampes à l'huile, dont l'allumage est effectué sans entrain par un garçon qui, s'étant attiré les faveurs de la haute direction, a droit à une « charge ».

Gilbert se laisse tomber en bas de sa couche, dans l'espace étroit qui sépare son lit du suivant, et s'étire de tout son long. Son regard croise celui de Casimir Chauvin, encore vautré dans la chaleur de son lit. Il est l'un des derniers à repousser l'édredon, mais alors, quelle rapidité dans l'habillage et le lavage! Quelques jours après le début de l'année scolaire, son voisin de chambrée était devenu son ami. Le rapprochement s'est fait tout naturellement, dès les premières paroles échangées, car Casimir est issu, comme lui, d'une famille d'artisans.

Cette connivence est devenue complicité lorsque tous deux ont réalisé qu'ils provenaient de la même région. Casimir est originaire du village de Pointe-Olivier, chef-lieu de la paroisse de Saint-Mathias, en bordure du bassin de Chambly. Tout en quittant sa robe de nuit de laine, Gilbert admire son visage encore délicatement féminin : yeux en amande aux iris bruns, surmontés de fins sourcils pâles, un nez long et droit et des lèvres délicates… mais qui seront bientôt rehaussées d'une jolie moustache, à en juger par l'ombre décisive qui s'y dessine !

Sur ses épais sous-vêtements dont il ne se départit qu'une fois par semaine, Gilbert enfile sa chemise, puis des pantalons de laine, le tout d'un gris terne. Après avoir fait claquer les bretelles sur son torse, il revêt le signe distinctif d'appartenance au collège régi par l'Institut sulpicien de Montréal, soit un surtout ajusté descendant jusqu'à ses genoux, de couleur bleu foncé. Par sa forme, ce vêtement s'apparente au populaire paletot canadien, familièrement nommé « capot », mais le tissu en est fièrement moins chaud, comme celui d'une redingote.

Après avoir serré le surtout à sa taille avec une ceinture de même couleur, Gilbert enfouit ses pieds chaussés de rugueux bas de laine dans de vieilles bottes en cuir de bœuf. Prenant garde de ne pas heurter les malles entassées au pied des lits, il fait une approche stratégique du lavabo. Il ne suffit pas de guetter la première trouée dans la masse de ses condisciples : il faut respecter la hiérarchie, imposée par les plus brutaux d'entre eux !

Enfin, il finit par se faufiler et prendre place face à la chantepleure. Comme chaque minute est comptée, elle reste constamment ouverte ; c'est sans doute pour cette raison que les Messieurs y maintiennent une pression si faible que l'eau coule en un maigre filet. Le garçon la recueille dans ses mains pour s'en asperger le visage et se frotter les oreilles, puis il recule vitement, bousculé par les autres, tout en s'épongeant avec une guenille. Seuls quelques chuchotements trouent le silence : le régent, qui doit les surveiller en toutes circonstances, ne le tolérerait pas autrement.

Lorsque Gilbert revient à son lit, Casimir est habillé de pied en cap, la tuque sur la tête et le capot de laine couvrant son surtout. Le dortoir se trouvant sous les combles, il y a trois étages à dévaler pour se rendre aux lieux d'aisance. À la suite de nombreux camarades, Gilbert et son ami parviennent au rez-de-chaussée, où les pas pressés résonnent sur les étranges dalles brutes crevassées du corridor, pavé exactement comme les trottoirs des rues de la cité. Tout en cheminant vers l'extrémité de cette aile du collège, il grommelle :

– J'ai encore rêvé à la maison à matin. Ça me donne le pesant, tu peux pas savoir.

Son interlocuteur émet un soupir de sympathie.

– Dire qu'y va falloir supporter ce régime jusqu'en aoûte. Tu te rends compte, quand les chaleurs de l'été vont survenir ?

Gilbert réagit par une grimace.

– Y a-t-y quelque chose qui peut être pire que les courants d'air de décembre ?

– On s'en reparlera…

Peu après, ils se rendent à la chapelle, progressant vers la section réservée à leur classe. Une fois assis, Gilbert lève le regard vers le plafond plat. C'est un endroit qu'il ne déteste pas. Chaque matin, il profite de la messe basse pour admirer les lieux. Les statues qui occupent les murs entre les fenêtres, de même que les boiseries rehaussées de dorures, confèrent à la chapelle une certaine chaleur. Au fond du chœur, une toile qui représente la Vierge et son enfant est accrochée, mais le peintre l'a faite si sombre que son sujet se discerne à peine. Sous cette toile se tient l'autel, surmonté d'un baldaquin supportant une couronne impériale anglaise.

Il a finalement compris ce que les autorités du collège recherchent. De leurs pupilles grouillants, les hommes en soutane veulent faire des individus obsédés par la nécessité d'adopter un maintien digne et réservé en tous temps, y compris dans leurs propres esprits. Le garçon a reçu un sévère avertissement en début d'année, au moment des exercices religieux obligatoires qui succèdent aux vacances. Car les jouissances mondaines ayant souillé cœurs et âmes, il est essentiel de faire contrition et pénitence !

Même s'il assistait à cette retraite pour la première fois, Gilbert a plutôt bien résisté à la risée d'épouvante qui soufflait alors, et qui poursuivait les plus impressionnables jusque dans leurs songes. Une atmosphère sciemment entretenue par les légendes des saints et saintes, de même que le récit des horreurs de Satan et des enfers ! Même qu'un jour, à la chapelle, il a été pris d'un irrépressible fou rire pendant un sermon du directeur, le sulpicien Jacques Roque.

Dès la sortie, ce très vieux prêtre l'a houspillé d'un ton terrible :

— Vous riez des choses sacrées, monsieur Dudevoir. Hélas ! Je crains qu'un jour vous ne soyez le porte-étendard de l'impiété !

Cette remontrance a fait si forte impression sur les élèves pieux, sur tous ceux qui se croyaient d'affreux pécheurs en voie de perdition, que pendant toute la retraite, Gilbert est devenu leur bête noire. Ils le fuyaient avec horreur, afin d'éviter toute contamination ! Il faut dire que celui qui dirige le Petit Séminaire depuis un quart de siècle s'attire, généralement parlant, le respect et l'affection de ses élèves. Il a la réputation d'être une main de fer dans un gant de velours !

Gilbert a tenté de prendre la chose à la rigolade, mais il grinçait des dents en son for intérieur. Ce malheureux fou rire, que le moindre adulte sensé jugerait aisément pardonnable, lui avait mérité une admonestation humiliante ! Heureusement, cet ostracisme a été compensé par des expressions de solidarité de la part des élèves moins dévotieux. Gilbert a pu se faire une idée du tempérament de la majorité de ses camarades, et éliminer les ultrasensibles de sa liste d'amis potentiels !

Dès sa tendre enfance, Gilbert a adopté le point de vue de sa grand-mère, celle qui l'a élevé. D'une matière pesante à souhait, soit les instructions au sujet du péché, dame Royer a conservé ce qui lui convenait. Nul n'est obligé à la sainteté, si c'est au-dessus de ses forces ! Tant qu'un nettoyage régulier de l'âme a lieu, Dieu s'en trouve content... Ses entrailles se serrent sous l'action d'une légère crampe, qu'il attribue au besoin naturel qui se fait sentir, mais qu'il doit reporter jusqu'à la fin de l'office.

De cet épisode, Gilbert a intégré une seule leçon, mais capitale : les garçons ont intérêt à marcher droit, et à se retenir, en public, du plus petit écart. La deuxième année de collège bien entamée, les autorités n'ont plus la moindre tolérance ! Il se voit donc dans l'obligation constante de se tenir sur le qui-vive. Il s'exerce à se dépouiller de sa spontanéité enfantine, un chemin de croix que ses camarades de classe, eux, ont parcouru l'année précédente.

Mentalement, il hausse les épaules. Après tout, il avait déjà amorcé cet apprentissage à l'école de Saint-Denis. Pour réussir à enseigner à des élèves d'âges variés, à la motivation changeante, le maître devait nécessairement faire régner une stricte discipline ! Mais le carcan était moins serré et, surtout, Gilbert pouvait lâcher son fou dès le perron franchi… Quand même, son sort n'est pas si cruel, d'autant plus que ses amis du bourg sont maintenant en apprentissage chez un maître-artisan, lequel n'est pas toujours la bonté même ! À tout prendre, Gilbert préfère son lot.

Afin de ne pas se laisser abattre par l'ennuyeux cérémonial quotidien, il se plonge généralement dans un chapelet de rêveries, qui se succèdent en désordre. Le succulent repas de Noël qu'il dégustera dans une éternité, soit après l'Avent qui vient de commencer… Ou un frais minois, aperçu lors d'une récente sortie hebdomadaire, en compagnie de ses camarades… Ou un fragment de savoir, de ceux qui valsent dans son esprit surchauffé…

Gilbert se tire des réminiscences dans lesquelles il était plongé : un silence confus plane sur l'assemblée des élèves et des quelques maîtres qui sont assis dans les stalles du chœur. Casimir lui envoie une œillade réjouie, tout en mettant un doigt en travers de sa bouche. Gilbert se mord les lèvres pour ne pas rire : un ronflement, discret mais très audible, monte jusqu'au plafond, depuis le chœur.

Puisqu'il dépasse ses camarades d'une bonne demi-tête, Gilbert voit parfaitement la scène, qu'il peut rapporter à ceux qui se tiennent au plus près. Ce matin, M. Baile, un professeur de rhétorique taillé comme une armoire à glace, célèbre la messe. Or, il est affligé d'une maladie qui le porte à tomber endormi dès que l'occasion se présente. Il en était à l'endroit où la rubrique dit que le célébrant se couche sur le pavé, puis se relève après quelques minutes... Gilbert souffle l'information à son ami, qui la propage du même ton.

Le cérémoniaire s'approche de la forme humaine endormie. Il se penche et considère Baile un moment, puis il se redresse et jette un coup d'œil vers l'une des stalles, celle où a pris place le directeur de l'institution. Ce dernier fait un signe discrètement impatient. Gilbert jouit intensément de la scène! Finalement, le cérémoniaire prend sur lui de se pencher derechef au-dessus de Baile, afin de lui toucher le bras. Les chuchotements meurent, tandis que chacun retient son souffle. Après un temps, Baile se redresse en position assise et jette un regard égarouillé autour de lui. Les idées manifestement embrouillées, il grommelle :

– Où sommes-nous?

Comme ses camarades, Gilbert doit retenir un éclat de rire. Le maître déplie sa longue carcasse, répétant la question à plusieurs reprises, jusqu'à ce qu'il reprenne ses sens. Gilbert ressent un ineffable bonheur. Que voilà un morceau de choix, qui demeurera dans les annales du Petit Séminaire pendant des décennies! Les élèves de M. Baile, ceux des classes avancées, se souviendront de ce comportement bassement humain, à la limite du pitoyable, lorsqu'il les entretiendra de choses élevées, tel le sublime dans la poésie lyrique...

Tandis que le célébrant reprend le cérémonial tambour battant, Gilbert ne peut s'empêcher de l'imaginer pérorant à l'avant de la classe. *Les images sont sublimes quand elles élèvent notre esprit au-dessus de toutes les idées de grandeur qu'il pouvait avoir. Les sentiments sont sublimes quand ils semblent placer l'homme au-dessus de la condition humaine. Quand ils le mettent dans un état de tranquillité et de constance qui le rend pleinement maître de lui-même, et qui l'empêche d'être ému de ce qui affectionne les âmes ordinaires...*

En tout cas, pour le moment, Gilbert n'a guère rencontré de Messieurs qui semblent avoir atteint ce sublime des sentiments dans lequel ne se trouvent *ni passions, ni emportements, ni expressions hardies*. Il a plutôt rencontré des hommes, point à la ligne, et non pas des saints comme ceux qu'ils prétendent adorer et vouloir imiter.

— Un bréviaire dans les *closets*, murmure Casimir.

Gilbert serre les lèvres pour refouler son rictus de joie. En plus d'être victime d'endormissements à répétition, M. Baile est affligé d'une distraction légendaire. Quelques semaines plus tôt, il est entré dans les latrines avec son livre de l'office divin, qu'il venait de réciter. Avant de ressortir, ce n'est pas le couvercle qu'il a remis en place, mais le bréviaire. Il est ensuite revenu dans le bâtiment, ledit couvercle sous le bras… Mais dans sa bonté, le Seigneur a permis que la petite rivière, qui reçoit les déjections, soit glacée. Le bréviaire a été hardiment récupéré grâce aux loyaux services d'un domestique !

Chaque matin, à l'issue de la messe basse, les collégiens galopent vers la salle d'études où ils doivent pénétrer avant six heures pour ne pas rater la prière. Debout à côté de leur pupitre, ils font mine de s'absorber pour une brève oraison. Gilbert a renoncé à compter la quantité de prières, répétées par cœur et du ton le plus rapide possible, qui parsèment leurs journées. Une vingtaine, au moins, qui remplissent deux bonnes heures entre le lever et le coucher ! Même les dévotieux, il en est persuadé, répriment leur écœurement…

Enfin, les garçons s'assoient et se préparent pour du travail personnel. Après avoir fourragé un certain temps, Gilbert finit par étaler par-devant lui son cahier, son nécessaire d'écriture et sa précieuse grammaire latine, sans laquelle il serait démuni comme un nourrisson loin du sein de sa mère. Pour la millième fois, il peste intérieurement contre le maigre éclairage. Les lampions à l'huile de baleine ou de loup marin sont suspendus à 10 pieds de haut ! À cause de sa faim, cette période de labeur solitaire répugne à Gilbert. Une faim qui ne sera, tout à l'heure, que chichement comblée !

Il laisse son regard errer vers une fenêtre, dont les carreaux, à peine éclairés par la barre du jour, renvoient le pâle reflet des têtes studieusement penchées. Une montée d'affection lui étreint la gorge. Que deviendrait-il sans Casimir et quelques autres de ses camarades, qu'il connaît mal encore, mais qu'il apprivoise à coup sûr ? Sa quête a été instinctive et vitale. Se retrouver parmi ses semblables, ses proches. Grâce à eux, il a pu se protéger des esprits bornés, des brutes et des snobs. Grâce à eux, il tourne en dérision l'atmosphère dévotieuse et anormalement grave, qui corrompt les nerfs des plus fragiles !

EN MÊME TEMPS QUE LE MAÎTRE-POTIER Uldaire Dudevoir, une bourrasque de neige pénètre dans l'atelier. Vitement, le survenant referme la porte, soupirant d'aise sous la bonne chaleur dont le petit poêle n'est pas chiche. Son pétrissage matinal tout juste terminé, Vitaline sourit à son père, notant sa démarche qui s'appesantit à mesure que les années installent du lard à sa taille. Le maître-potier est affecté par le mal des hommes forts : il mange encore comme s'il se dépensait sans compter !

Après un regard appréciateur sur l'ouvrage abattu, Uldaire ouvre la gueule du poêle pour vérifier l'état de l'attisée. Tout en s'activant, il jette par-dessus son épaule :

— Allez, va t'empiffrer un brin, tu le mérites bien !

— J'ai pas faim, grommelle-t-elle. Plus tard.

Prenant leur apprenti à témoin, Uldaire dit, goguenard :

— Pour le sûr, dès qu'elle a fini de téter, ma fille s'est mise à manger de la terre... qu'elle a trouvée savoureuse en s'y-vous-plaît !

Vitaline réagit par une moue gênée, tandis qu'Aubain laisse échapper un pouffement poli, sans cesser de former les pâtons. Le maître-potier s'installe au tour, en même temps que son aide place les boules de glaise, ainsi qu'un petit plat d'eau, à portée de sa main. Adossée à la table de pétrissage, Vitaline tient à assister à une scène qui la fascine, malgré sa familiarité. Sans même y penser, Uldaire place son pied sur le plateau circulaire du bas, auquel il donne quelques poussées. La girelle, le plateau circulaire supérieur qui y est connecté par un axe central, se met donc à tournoyer au même rythme.

Uldaire approche le plat d'eau et fait couler un mince filet sur la girelle en mouvement. Sans quitter cette dernière des yeux, il tend le bras pour saisir une boule, et d'un geste vif, il la projette en plein centre, où elle adhère. De ses mains puissantes, tout en accélérant la rotation avec son pied, il enserre la motte d'argile pour l'astreindre à former un cône, qu'il rabaisse vitement. Une autre montée, puis un aplatissement, et le maître-potier se redresse : en une minute à peine, le centrage est effectué.

Après un très court instant de réflexion, au terme duquel il se fait préciser une dimension par Aubain, Uldaire se penche de nouveau, creusant la motte de ses pouces. Presque comme par magie, une forme se dresse, s'étale, se précise : celle d'une terrine, ce récipient évasé muni d'un bec, si utile dans les campagnes pour conserver le lait frais. Uldaire a une commande ferme à remplir, dont le marchand souhaite prendre prestement possession.

Nul besoin, pour le maître-potier, de consulter les modèles poussiéreux qui sont placés sur une étagère par ordre de taille, du plus petit au plus grand. Ses doigts les connaissent par cœur ! Déjà, Uldaire passe la petite éponge sur les parois pour les lisser. Il immobilise ensuite la girelle. Avec une telle célérité que Vitaline aurait manqué son geste en clignant des yeux, il forme le bec avec ses doigts. Saisissant le fil à couper, il le passe sous le pied. Enfin, il saisit la pièce toute fraîche et la dépose sur une planche à proximité.

Contemplant son père qui sculpte déjà sa deuxième terrine à partir d'un informe tas de glaise, elle sent un éclair de jalousie la traverser. Comme elle voudrait être à sa place ! Surprise par cette pensée incongrue, elle se redresse et noue ses mains derrière son dos. C'est complètement ridicule ! C'est au tournassage qu'Uldaire l'initiera bientôt, lequel consiste à creuser le pied et lui donner une forme plaisante à l'œil, tandis que la pièce encore humide pivote lentement sur un plateau rond posé sur un axe.

Tout en se chicanant, Vitaline est obligée de retenir ses mains, qui ont une envie folle d'aller étreindre le vaisseau tournoyant sur la girelle. Malgré cette lutte intérieure, elle rechigne à quitter son père des yeux. Après tout, il s'agit de la dernière journée de tournage de l'année. L'hiver, pour les potiers, c'est le temps d'une pause bien méritée ! D'habitude, elle apprécie cette va-cance, qui la dispense de se lever à la nuit noire, de même que de ses ouvrages les plus abrutissants, comme le ménage de l'atelier. Mais soudain, le geste de son père lui paraît empreint d'une telle poésie ! Une beauté qui lui remplit l'âme, et dont elle s'ennuiera pendant la morte-saison…

- 3 -

Assis en indien, une couverture de laine posée sur ses épaules, Gilbert rigole. Tout à l'heure, ses camarades et lui ont accolé deux lits, sur lesquels ils se sont installés pour un intense conciliabule à mi-voix. Auparavant, ils ont joué aux billes, puis aux cartes, mais astheure, ils se contentent de se raconter les faits saillants de leurs nuits de Noël d'avant leur enfermement au Petit Séminaire. Peu à peu, grâce à ces souvenirs encore si vivants, Gilbert est délivré de l'intense accès de nostalgie qui l'étreignait. Après tout, c'est son premier Noël loin de sa famille !

Comme tous les soirs, une semi-noirceur règne dans le dortoir. Dans le but d'empêcher les actes répréhensibles, le régent, qui est à la fois leur surveillant et leur maître d'études, est obligé de laisser une lampe allumée. Sauf que parfois, lors des occasions spéciales, cette lueur profite amplement aux élèves ! Transmise par les collégiens de promotion en promotion, la règle est connue de tous : le volume sonore doit rester bas, ainsi que le degré d'agitation, et les chicanes sont rigoureusement interdites. Autrement, tous les amusements sont permis.

Glissés entre leurs draps, les élèves de la classe de syntaxe ont attendu qu'Alanus O'Reilly, installé dans une chambre attenante, se mette à ronfler. Du reste, leur régent est de nature conciliante. Il aurait pu les trahir à plusieurs reprises, mais il s'en est bien gardé ! Cette nuit encore, alors que règne une effervescence inaccoutumée, son apathie tient du miracle… ou d'une surdité volontaire, comme Gilbert serait porté à le croire. À moins d'un excès condamnable, O'Reilly reste sagement couché, sachant sans doute à quel point ce relâchement de vapeur est nécessaire à l'équilibre mental de ses pupilles.

Gilbert pousse un soupir de contentement. Ce soir, pour la première fois depuis son entrée au collège de Montréal, il se sent à son aise. Assis en compagnie de ceux qu'il considère maintenant comme ses meilleurs amis, il est enfin délivré du mal du pays ! Soulevant son arrière-train, Casimir Chauvin lâche un pétard longuet, ce qui tire des exclamations de dégoût à ses camarades, ainsi qu'à tous ceux à proximité. Avec une mine extatique, il se justifie :

— L'oie rôtie. Mes pauvres boyaux sont guère accoutumés…

— Moi, c'est le pudding, rétorque Gilbert en se frottant l'estomac. Vous trouvez pas qu'y était un brin pesant ?

— J'te l'fais pas dire. Nous faire manger du pudding ! Faut-y péter plus haut que le trou ? Pas étonnant que la cuisinière le fasse à la va comme je te pousse. Y pourraient pas se contenter de tartes au sucre, les vlimeux ?

Le troisième larron, Gaspard Cosseneuve, déclare avec une grimace :

— Pas de danger. Ça ferait ben trop canadien ! Ben trop peuple !

Gilbert rit comme un bossu. La moindre saillie de Gaspard le plonge dans une joie extrême… Dès son entrée au collège, il avait remarqué ce garçon débordant d'assurance, fier rejeton d'un marchand de la paroisse voisine de la sienne, celle de Saint-Charles. Un autre compatriote ! S'il l'a repéré si vite, c'est aussi à cause de son physique avantageux, qui le faisait plonger dans les affres de la jalousie chaque fois qu'il le mirait. Taille encore courte mais épaules qui s'élargissent, joues satinées mais voix qui commence à casser : cette virilité naissante semble, à Gilbert, façonnée au tour d'une main de maître !

De surcroît, les traits du visage de Gaspard, en forme de pleine lune, sont avivés par un regard turquoise, tirant parfois sur le bleu, parfois sur le vert sombre. Un réel étalage d'harmonie ! Pour sa part, Gilbert a les joues creuses et les os de la mâchoire qui affleurent sous la peau. Un visage en concordance avec son gabarit famélique, digne d'un ascète! Vêtu d'une soutane, il s'apparenterait à l'ecclésiastique idéal, insensible à la jouissance des biens de ce monde. Gaspard prétend que même recouvert d'épaisses pelures pour se protéger de l'hiver, il ressemble à un pantin sur le point de se désarticuler!

Cette description affligeante, Gilbert la rumine souvent, surtout lorsqu'il se sent déprimé pour une raison quelconque, ce qui arrive souvent en ces lieux dépourvus de charme… y compris de toute femelle âgée de moins de quarante ans! Il a eu le temps d'apprécier celles qui servent sur les lieux comme domestiques, et qui s'astreignent à les épouiller une fois par semaine. Des douairières!

Boute-en-train, doté d'un ascendant naturel, Gaspard était généralement entouré d'une cour assidue. À l'évidence, il commençait à s'en tanner… Il a fini par se lier avec son voisin de lit, qui n'était nul autre que Casimir, et puis, tout naturellement, cette amitié naissante a englobé Gilbert. Ce dernier envoie une fervente prière vers le ciel. Entouré de ses deux compatriotes de la rivière Chambly, il pourrait affronter les pires tracasseries sans sourciller!

— Des tartes au sucre! s'exclame Casimir en roulant des yeux. Pour la Noël! Fais-moi pas accroire, Gaspard, que c'est ça que ta mère fait servir?

— Ben non, niaiseux… C'est une montagne de croquignoles dorées et croustillantes… couvertes de poudre blanche et sucrée…

Sur ce, les deux garçons se disputent l'honneur d'avoir goûté aux meilleures croquignoles de la région. Malgré son manque d'appétit, Gilbert ne peut s'empêcher de saliver à l'évocation de ces traditionnels petits gâteaux. En Canada, c'est le mets de prédilection, dont on s'empiffre au retour de la messe de minuit… Du coup, il redevient instantanément le petit garçon ébloui qu'il était lorsqu'il pénétrait dans le temple au moment de ladite célébration. Il se repaissait de ce décor paré de fabuleux, de ces vieux chants si familiers, et de la crèche vivante qu'il allait mirer, au terme de l'office divin…

— J'suis jaloux de toi, savais-tu ?

Gilbert retombe sur terre. Gaspard poursuit :

— Oui, jaloux, à cause des poulettes que tu dois mirer à chaque fois que tu mets l'orteil dans l'église de ton village. Non mais, juste pour la profusion de créatures qui peuvent s'y asseoir, j'y débagagerais. Tu sais que je t'envie foutrement, d'avoir une cathédrale à ta disposition ? Tandis que chez nous... une vieille affaire du siècle dernier, toute petite...

— Y a pas à dire, vous faites dur, à la paroisse de Saint-Charles. Pourtant, c'est pas faute d'avoir un seigneur entreprenant... Je me demande ce qu'y attend, ton sieur Déberge.

C'est à Pierre-Dominique Debartzch, seigneur de Saint-Charles et d'une partie de Saint-Hyacinthe, que Gilbert fait allusion. Son patronyme polonais étant imprononçable, les Canadiens l'ont francisé !

— Y devrait se mettre en lice comme siège du futur diocèse, celui que ça fait cinquante ans qu'on veut créer par chez nous !

Tous deux pouffent de rire, et s'envoient des piques au sujet de la prospérité de leurs villages respectifs, séparés par quelques lieues, et que la notabilité veut transformer en chefs-lieux commerciaux du bas de la rivière Chambly. Une querelle amicale, à l'image de celle qui règne entre l'élite de ces localités ! Si Saint-Denis a un avantage notable, celui d'avoir abrité d'entreprenants commerçants dès la fin du 18ᵉ siècle, le village Debartzch, sous l'impulsion du seigneur du même nom, lui fait une concurrence soutenue.

Casimir se jette dans la mêlée. La Pointe-Olivier abrite des marchands très actifs, qui font des affaires dans toute la région ! Ses amis se récrient malicieusement : ce hameau doit son influence à la proximité du village de Chambly, l'un des plus vieux du pays, et où passe le chemin public qui se rend au poste frontière de Dorchester. Tandis qu'eux autres, ils viennent d'un endroit où les hommes doivent s'élever à la seule force de leurs poignets !

Les compères terminent cette joute amicale en concluant que l'important, c'est de voir émerger une classe de notables canadiens prospères, qu'ils soient issus de l'un ou l'autre village. Un bâillement contagieux terrasse les trois collégiens. D'un bout à l'autre de la vaste pièce, des rumeurs de mise au lit – froissements de draps et corps qui s'étirent – commencent à se faire entendre. Le souper festif était le seul moment d'amusement d'une journée commencée bien avant l'aube, et marquée par les interminables cérémonies religieuses. Et encore : le directeur n'a pas varié à la coutume qui est de faire lire pendant le repas des textes pieux, que les collégiens doivent faire mine d'écouter !

Contaminés par l'indolence générale, les garçons se frottent les yeux et déplient leurs jambes ankylosées. Sans mot dire, ils se lèvent d'un commun accord. Gilbert et Casimir séparent leurs lits, se font un vague signe de tête et se laissent tomber sur leurs couches respectives. Dès lors, un calme souverain règne dans la pièce. Gilbert lève les yeux vers la fenêtre à proximité. À travers les carreaux, du moins ceux qui ne sont pas embués, il distingue un ciel illuminé d'étoiles vibrantes, si proches qu'on croirait pouvoir les toucher.

Les membres de sa famille, eux aussi, peuvent contempler la même voûte céleste. Le garçon est ragaillardi par l'idée que plusieurs d'entre eux lui ont adressé une bonne pensée. Même ses sœurs, peut-être… Tout juste avant de sombrer, il laisse son esprit voguer jusqu'à Saint-Denis, jusqu'aux rues animées du bourg où, pendant quelques heures, la lumière répandue par cent fanaux, par milles bougies, s'acharne à repousser les frontières du royaume de la nuit.

VITALINE A L'IMPRESSION que le rez-de-chaussée de sa maison s'est transformé en tente à suer. Le poêle, rempli à ras bord, ronronne vigoureusement. Au retour, il fera bon, mais avec sa lourde pelisse sur le dos et son casque de fourrure sur la tête, c'est un supplice ! Elle se faufile entre les membres de sa famille, qui se bougrinent à toute vitesse en tâchant de ne pas se heurter aux autres. Tenant son manchon d'une main, elle tend son autre main à son arrière-grand-mère, qu'elle aide à se mettre debout.

Mémère Renette, déjà chaudement embobinée, s'accroche à la robuste jeune fille. Ainsi liées, toutes deux franchissent le seuil vers l'extérieur et descendent avec précaution, une marche à la fois, l'escalier de la galerie couverte. Vitaline inspire amplement, et se laisse envelopper par le silence de cette fin de soirée de décembre. Le froid est coupant, mais heureusement, la bise est retournée se cacher au creux de la forêt !

Cette pensée fait descendre un frisson d'angoisse le long de sa colonne vertébrale. Depuis le commencement des temps, le jour reprend ses droits, peu à peu, après le solstice d'hiver. Mais qui sait ce qui peut survenir ? Au plus sombre de l'année, alors que la froidure règne en maître, elle ne peut s'empêcher d'imaginer une lutte titanesque entre les deux forces suprêmes qui, paraît-il, règnent sur le monde. Une lutte entre la noirceur, qui se répand depuis l'antre infernal du démon, et la lumière, provenant du royaume de Celui qui habite les cieux…

Le regard de Vitaline s'accroche à une étoile resplendissante, très basse sur l'horizon. Levant les yeux, elle reste frappée d'admiration. Quelle splendeur que cette voûte étoilée ! Elle a le net sentiment de pénétrer sous un bol circulaire qui recouvrirait la contrée, et dont le fond serait parsemé de poudre scintillante… Une paix bienfaisante l'envahit. Le combat a été gagné. Le soleil reviendra étreindre la terre de ses bras !

Des pas crissent dans la neige derrière l'aïeule et son arrière-petite-fille, puis s'arrêtent, les uns après les autres. Tous les membres de la famille font halte pour s'extasier du magnifique spectacle, la voix feutrée afin de ne pas rompre l'enchantement de cette atmosphère surnaturelle qui semble avoir été envoyée exprès, pour la Noël, par le Créateur.

Enfin, le groupe s'ébranle vers l'église. Faisant office d'éclaireur, Rémy a déjà gambadé jusqu'à la clôture. Au bout de son bras tendu, la lanterne à fenêtres répand une lumière feutrée à travers les fines peaux d'animal qui en recouvrent les parois. Vitaline aurait bien envie de sautiller à la suite du garçon, mais cela ne siérait pas vraiment à ses 14 ans et demi, moins un mois !

C'est aux parents d'ouvrir le cortège. Le maître-potier marche avec une inhabituelle componction, son épouse Bibianne, beaucoup plus petite mais presque autant large que lui, accrochée à son bras. Vitaline s'apprête à entraîner mémère à leur suite lorsqu'une tête se glisse entre elles. La voix gaie de leur visiteuse de Montréal, dame Ériole Saint-Omer, résonne :

– Tu me cèdes ta place, Vitalette ? Je serais bien aise de conduire cette bonne dame jusqu'à l'église.

– Juste vous, matante ? C'est que mémère est accoutumée de compter sur moi…

– On va la mettre entre ta grand-mère et moi. C'est-y assez solide à ton goût ?

La jeune fille ne peut guère rechigner davantage puisque la principale concernée, de son propre chef, la délaisse pour glisser une main sous le bras d'Ériole, la sœur d'Uldaire, puis l'autre sous celui de sa fille, dame Valentine Royer. Fermant le cortège, Vitaline et son aînée Perrine tâchent de ne pas trop piaffer face à la lenteur de la procession. La jeune potière sent une excitation grandissante s'emparer de tout son être. Des hennissements de chevaux se répercutent à travers le village, signalant l'approche des attelages en provenance des concessions.

Les rues étroites du bourg de Saint-Denis sont plongées dans la noirceur, puisque la plupart des chandelles qui brillaient aux fenêtres ont été soufflées. Celles qui demeurent allumées signalent un occupant confiné à la maison : une mère avec de très jeunes enfants, un invalide ou un malade… La masse sombre de l'église paroissiale, et surtout la trouée de lumière que constitue sa porte grande ouverte, est en vue. Déjà, plusieurs dizaines d'attelages, dont les chevaux sont caparaçonnés de couvertures, encombrent l'espace qui leur est réservé.

Observant les formes en train de grimper les marches, Vitaline ne peut réprimer un sourire. À cause de leurs manteaux et de leurs chapeaux de fourrure, on les croirait faisant partie d'une meute fantasmagorique d'animaux sur deux pattes ! Vigoureusement agitées par le bedeau, les cloches se mettent soudain à sonner pour avertir les fidèles que l'office est sur le point de commencer. Les hommes attroupés sur le parvis, après bourrer leur pipe, ne bronchent pas d'un poil. Ils passeront ainsi une bonne partie de la cérémonie en parlementeries, laissant leurs épouses et leurs filles sauver la réputation de piété de la famille!

Un brin ravigotés par l'alcool qui coule dans leurs veines, ils apostrophent leurs connaissances avec jovialité, haussant la voix pour se faire entendre malgré le tintement assourdissant:

— Hé, Hippolyte, viens-tu allumer? Fais frette comme chez le loup, dans le temple!

— C'est-y Cul-de-Jatte que je vois me passer sous le nez? Tu vas ben piquer une jasette avec nous?

C'est à Uldaire que le maître-potier Amable Maillet, leur voisin et ami, vient d'adresser cette phrase. Même s'il l'oit depuis qu'il est tout petit, Rémy pouffe en entendant le surnom sous lequel son père est connu à Saint-Denis. La plupart des potiers, sauf les plus susceptibles, héritent ainsi d'une appellation comique qui fait explicitement allusion à leur métier. Une note de regret dans la voix, le père de Vitaline riposte:

— Veux-tu ben, Fond-de-Terrine! Cesse de faire frime de pas remarquer que j'suis le seul et unique protecteur de ces dames!

— Pour le sûr, tu règnes sur une cour dont ben des hommes pourraient se montrer envieux!

— Sire Dudevoir, raille un autre, je vous salue ben bas! Trouvez-vous que votre trône est ben époussété?

Perrine rétorque d'une voix indignée, de manière à être entendue de tous:

— Ben ça parle au diable! Les bonshommes, y déblatèrent à qui mieux mieux contre le… le…

— L'autocrate, suggère hardiment Vitaline, toute fière de sa science.

— Contre l'autocrate qui exploite les Canadiens, mais y sont ben contents de régenter dans leurs cuisines!

Les hommes s'esclaffent tandis que Vitaline ne peut s'empêcher de renchérir:

— J'ai pour mon dire qu'y régentent pas grand-chose. C'est pour ça qu'y veulent se reprendre dans les affaires publiques!

Faisant mine d'être mortifié, Uldaire jette :

— Sacré tordieu de baptême ! Mes filles, y est temps que le curé vous mette du plomb dans la cervelle !

— Ou de la plombine sur le châssis ! rigole son collègue Maillet.

Incapables de résister davantage au mouvement général, les membres de la famille Dudevoir font leur entrée dans le temple, franchissant le nuage de buée causé par le contraste entre l'air glacial du dehors et la moiteur de l'intérieur. La nef est illuminée par les flammes de torches accrochées aux parois, de même que par les bougies de centaines de fanaux particuliers. Le célébrant étant sur le point d'entamer la cérémonie, ils se rendent vitement à leur siège, saluant leurs relations au passage.

Comme de coutume, Vitaline ne peut échapper aux traditionnelles exclamations au sujet de son apparence. Les voisines qui ne l'ont pas croisée depuis une escousse en restent frappées d'étonnement. C'est que du côté de la taille, elle dépasse toutes les femmes des environs. Question enveloppe physique, s'exclame-t-on, elle est devenue son père tout racopié ! Du moins, quand il était jeunot et moins enveloppé…

· Le curé de la paroisse, M. Bédard, entame les solennités d'usage soulignant la Nativité, et qui mettent un terme de façon grandiose à l'année 1826. Un rituel coutumier se déroule sous les yeux de Vitaline et de sa famille, au moyen duquel le prêtre répand les grâces divines parmi ses ouailles. Élevant les bras au ciel, puis s'agenouillant, la mine empesée, le curé prouve à tous qu'il est en communication directe avec l'au-delà, avec Dieu lui-même.

Les paroissiens réagissent avec empressement aux injonctions du rite. Autrement, ils finiraient par être pétrifiés par le froid humide qui sévit dans la nef ! Les deux poêles ont beau être remplis à craquer, ils ne peuvent rien contre la froidure qui entre par les fenêtres sans châssis double. Les fidèles se couvrent donc, pour la messe, comme s'ils allaient faire une longue randonnée en carriole.

Comme toujours, Vitaline a de la misère à se concentrer sur le cérémonial. Les litanies de phrases, égrenées en latin, sonnent à ses oreilles comme un véritable micmac. À vrai dire, des instructions du curé avant sa première communion comme de celles des bonnes sœurs du couvent, elle n'a retenu que des notions de base : l'importance de mener une bonne vie et la nécessité de se débarbouiller de ses péchés avant de monter au ciel. Quant au reste… La vie quotidienne est bien trop remplie pour avoir le temps de se vouer aux examens de conscience, sauf une fois par année, à Pâques !

Immanquablement, le regard de Vitaline est attiré vers la profusion de couleurs et de formes dont le décor est prodigue. Leur aspect se modifie selon la lumière ambiante, ce qui la fascine depuis qu'elle est toute petite ! De surcroît, la cérémonie se parant d'une magnificence inaccoutumée, elle est littéralement emportée par les sonorités musicales qui l'assaillent de toutes parts. Le maître-chantre attitré, le Dr Séraphin Cherrier, s'égosille bellement. Le vieux docteur a le timbre clair, ce qui n'est pas souvent le cas par les temps qui courent…

Elle est incapable de le voir, mais elle le dépeint dans sa tête, un homme petit et calé, un brin replet, aux manières polies et doucereuses, et doté d'une voix flûtée. Cette nuit, l'effort du fils cadet de François-Pierre Cherrier, fondateur de la dynastie devenue si illustre à Saint-Denis, est soutenu par les quelques chantres d'appoint. Sous l'assaut des vocalises de ces hommes placés debout face à leur lutrin, à l'avant du chœur, Vitaline a l'impression de se liquéfier sur place. Comme si des cordes toutes parées à vibrer lui tenaient lieu d'entrailles… et comme si ces timbres mâles à souhait en étaient l'archet.

Et ce n'est pas tout : les cinq violoneux, invisibles derrière l'autel, tempèrent leurs ardeurs festives pour tirer, de leurs instruments, des psalmodies de circonstance. Lorsque nécessaire, la chorale d'hommes intervient pour faire monter cette musique jusqu'au faîte de la nef… Baignant dans cette atmosphère harmonieuse, Vitaline en tremble d'exultation. Elle aimerait tant y joindre sa puissance vocale ! Mais seuls les hommes ont le droit d'élever la voix dans ce lieu saint. Cet interdit, que Dieu a voulu, doit répondre à un impératif vital. Cependant, elle peine tant à discipliner son envie !

Elle reçoit un coup de coude de sa sœur aînée, qui lui fait remarquer une tournure originale. Plusieurs messieurs parmi les plus fortunés arborent le castor, un couvre-chef de prédilection pour les circonstances solennelles. Ce haut-de-forme, répandu dans la région, est une création des propriétaires de l'imposante chapellerie Saint-Germain, sise dans une bâtisse érigée à l'extrémité du bourg. Aucune manufacture anglaise ne peut rivaliser avec cet atelier local, lorsqu'il s'agit de casques d'hiver !

La jeune fille laisse son regard errer sur la foule qui l'entoure. Plutôt que d'incliner la tête pendant le sermon, les notables la redressent fièrement... À mirer cet alignement des hommes d'importance et de leurs dames, elle sent un puissant contentement l'envahir tout entière. Quelle noble société, dont l'aisance est indiscutable ! Elle en profite pour scruter l'assistance. Peut-être que leur chef bien-aimé, Louis-Joseph Papineau, est venu visiter sa parenté ?

Le président de la Chambre d'Assemblée du Bas-Canada compte de nombreuses relations dans le bourg. Sa mère, née Rosalie Cherrier, est une native du village. Le maître-chantre étant le frère de cette dernière, il se trouve à être l'oncle du célèbre tribun ! De surcroît, M. Papineau a épousé Julie Bruneau, dont le frère Pierre est l'un des notables du village. Pour couronner le tout, il compte de nombreux amis dans le coin. S'il habite Montréal, Saint-Denis est quasiment son deuxième chez-lui !

Vitaline s'en trémousse de vanité sur l'inconfortable chaise de bois jusqu'à ce que sa mère, émergeant de sa transe pendant une seconde, lui pose la main sur le genou pour la faire cesser. Néanmoins, Bibianne ne peut régenter les idées de sa fille, qui s'envolent en tous sens. Pour dire vrai, il serait surprenant que cet homme de conséquence soit benoîtement assis parmi eux, en ces temps troublés. Il a bien d'autres chats à fouetter ! La prochaine session parlementaire va commencer dans quelques semaines, et M. Papineau doit se préparer intensivement à tenir son rang.

Car il consacre l'essentiel de ses énergies à une tâche périlleuse, celle de battre le despotisme en brèche ! Vitaline se délecte de ce mot qui, dans son esprit, a acquis de la substance, celle d'un nobliau anglais, nommé gouverneur en chef de la *Province of Quebec* en 1820. En l'occurrence, George Ramsay, 9ᵉ comte de Dalhousie, qui vient de réintégrer sa résidence du château Saint-Louis, après un séjour prolongé dans la mère patrie, la Grande-Bretagne. Un gouverneur perverti, aux largesses notoires!

Le retour de l'autoritaire Dalhousie n'augure rien de bon. Depuis que l'heure du rassemblement de la législature du pays a sonné, l'humeur collective s'est enténébrée, au rythme des jours qui raccourcissaient à l'approche de l'hiver. Vitaline en a conclu qu'un regain dans l'âpre lutte contre la corruption des mœurs, et pour la liberté du peuple, se profile à l'horizon. En conséquence, elle s'est mise à l'affût. Elle tend l'oreille vers les conciliabules, elle se laisse pénétrer du sens des phrases glanées, lorsqu'un papier-nouvelles lui passe entre les mains… Après tout, elle n'est plus une enfant, et elle doit se faire une opinion par elle-même!

- 4 -

Éveillée par un éclat de voix, Vitaline se tire des brumes du sommeil. En bas, grand-mère houspille son petit frère Rémy qui, clame-t-elle, s'empiffre comme un gouliat! Les paupières toujours fermées, la jeune fille esquisse un sourire. La vieille dame fait mine d'être irritée, mais sa voix aux inflexions chantantes, d'une irrépressible gaieté, la trahit à coup sûr! Un craquement rythmé, occasionné par la berçante dans laquelle mémère Renette a pris place, parvient également à Vitaline, à travers le plancher. Tout en clignant des paupières, elle s'étonne. Qu'est-ce qui cause as-theure un tel bredas, alors que l'angélus de l'aube vient tout juste de se mettre en branle?

La sonnerie matinale, étouffée par les épaisseurs de fenêtres fermées qu'elle doit traverser, ne réussit pas à masquer le murmure d'une voix grave, comme une rumeur d'orage dans le lointain. C'est le matin du départ! Comment a-t-elle pu l'oublier, alors que la maisonnée entière vit, depuis deux jours, au rythme de la préparation de l'équipée? Bien sûr, Rémy est après déjeuner avec leur père, car tous deux s'ébranleront bientôt pour une tournée de plusieurs semaines dans l'arrière-pays, comme de coutume en plein cœur de l'hiver!

À la perspective d'accompagner son père pour la première fois, le garçon trépigne d'impatience, non seulement parce qu'il évite plusieurs semaines d'école, mais parce qu'il est sur le point de parcourir une contrée mystérieuse peuplée de gens tous plus excentriques les uns que les autres. Du moins, les récits de ses aînés ont ainsi enflammé son imagination! Car chacun des enfants

Dudevoir, tour à tour, a bénéficié de ce grand voyage sur les chemins de la contrée.

Vitaline s'étire sur sa couche… et heurte des orteils le pied du lit en bois. Elle réagit par une grimace de déplaisir. Déjà que le haut de son crâne frotte contre la tête de lit! Le plancher de la chambre craque fortement et elle se résout à tourner la tête. Sa sœur aînée se meut dans la pâle lumière du matin. Entre ses cils, Vitaline admire le spectacle de Perrine qui retire sa chemise de nuit, dévoilant un corps gracile aux seins hauts et aux jambes fuselées. Ces dernières sont recouvertes des bas épais avec lesquels Perrine a dormi, et qui sont encore retenus aux cuisses par un ruban lâchement noué. Ce détail, de manière inexplicable, émeut sa cadette…

La peau hérissée de chair de poule, Perrine s'empresse d'enfiler sa chemise, puis son jupon de laine, et enfin sa jupe de tous les jours. Ce travail d'habillement est interrompu par un irrépressible bâillement, suivi par un étirement de tout le corps, les mains poussant sur le bas plafond. Enfin, la jeune femme se secoue et introduit ses pieds dans de chaudes pantoufles, jusque-là glissées sous son lit. Elle tourne vers sa sœur un visage à l'expression revêche, et la gratifie d'une moue irritée:

— Tu te secoues? C'est guère le moment de niaiser…

L'interpellée détourne le visage vers le mur. Elle déteste se faire bourrasser de la sorte, comme si elle était une lambineuse, une indolente! Pourtant, si quelqu'un s'évertuait à faire le décompte des actions utiles de chacune des deux sœurs, Vitaline est persuadée qu'elle remporterait la palme haut la main! Elle entend Perrine enfiler son souple corsage, lacé par-devant, puis agrafer l'épais mouchoir de cou qui, l'hiver, protège des courants d'air. Son aînée ajoute encore, avec un soupçon de perfidie:

— Je sais que tu tournailles une partie de la nuitte pis que t'es un brin amochée au petit matin, mais faut juste t'en prendre à toi-même…

Ignorant le regard furibond que lui lance Vitaline, à demi redressée, Perrine sort de la pièce avec une démarche victorieuse. La première se laisse retomber sur sa couche, une profonde lassitude succédant à son éclair de colère. Elle qui fait tout son possible pour cacher ses insomnies à sa compagne de chambre… Depuis le début de la morte-saison, la jeune fille est importunée par un état de tension permanente.

Pendant la journée, elle tire profit de cette pétulance, mais la nuit venue, une chaleur incommodante se distille à travers tout son être, l'empêchant de fermer l'œil ! Elle ignore la cause exacte de ce phénomène. Devient-elle comme les autres jeunes filles, qui gloussent et se pâment pour des riens ? Pourtant, Perrine, maintenant âgée de 17 ans, ne semble pas avoir vécu un semblable tourment…

Elle attend le départ de sa sœur pour sauter en bas du lit et se précipiter à la fenêtre. Essuyant un carreau avec sa manche, elle découvre un paysage figé par le froid et enfoui sous une épaisse couche de neige, que font scintiller les tout premiers rayons du soleil. Au-delà de la clôture de perches qui ferme leur cour, des dizaines de volutes de boucane montent tout drette dans le ciel bleu, au-dessus de Saint-Denis.

Ce sera une belle journée de février, sans vent, parfaite pour voyager. Depuis la veille, l'attelage attend patiemment, sa boîte close, pour la tournée dans cet arrière-pays isolé où les vendeurs itinérants sont accueillis avec la liesse due à un archevêque visitant son diocèse ! La boîte fermée de la berline à patins est pleine à craquer de toutes les poteries qu'Uldaire espère écouler à travers rangs, de hameaux en villages.

Le maître-potier jouit amplement de ces tournées, qui le mettent en contact avec sa clientèle privilégiée, celle qui ne peut s'offrir de *pourceline* sophistiquée. S'il ne peut rivaliser avec la fine porcelaine anglaise, soigneusement décorée, il est doté d'une abondante clientèle qui se satisfait de produits plus rustiques, mais parfaitement adaptés aux usages auxquels on les destine.

Un modeste bâtiment endormi sous la neige, de l'autre côté de la cour, accroche l'œil de Vitaline. L'atelier de poterie ne se réveillera qu'au retour de son père, après les pires froidures de février. Le bourg est en dormance, en attente des premiers beaux jours. En même temps qu'il retrouvera son activité trépidante, digne d'un chef-lieu, Vitaline se replongera les mains dans la terre glaise, dont la senteur tant désirée lui semble, dans ses songes, d'une suavité sans pareille !

Soudain pressée de se joindre au branle-bas qui règne à l'étage du dessous, Vitaline s'habille. Enfin, elle dévale l'escalier et fait irruption dans la salle commune. Attablée toute fin seule, Perrine plonge stoïquement sa cuillère dans son bol, tâchant de faire fi des interpellations échangées entre leur père et leur petit frère, qui couraillent d'un bout à l'autre de la vaste pièce. Dépassée par cette agitation, Vitaline adresse d'abord une moue amusée à son arrière-grand-mère, qui agite mollement des aiguilles à tricoter, puis à sa grand-mère, qui se tient debout près du poêle. En réponse, elle reçoit, de cette dernière, un clin d'œil guilleret. Le rituel matinal est immuable : elle va quérir un baiser sur chacune de ses joues, et sa grand-mère conclut avec des pincettes solides, mais empreintes d'affection.

Encore une fois, Rémy se pend après son père :

— Je m'en allais oublier mes mitaines de cuir ! Pis mes mitasses, vous savez ? Celles que mon oncle m'a données ?

Uldaire incline sa haute taille vers son cadet.

— Eh, mon petit gars, cesse de t'agiter comme ça ! Hier au soir, j'ai fini d'empaqueter ton butin, jette un œil !

Rémy détale, passant à proximité de Vitaline : elle en profite pour le saisir à bras-le-corps. Après un sourire béat de sa part, elle accepte de le délivrer, et il se précipite vers mémère Renette pour lui plaquer des baisers sonores sur la joue... même si l'heure du départ n'a pas encore sonné ! Grand-mère s'inquiète auprès de son gendre, à savoir s'il a pensé à tout pour que Rémy soit bien équipé.

— J'avais mis des hardes neuves de côté, z'avez vu ? Je voudrais pas qu'y ait paqueté tanseulement ses guenilles...

Rompu à l'art des voyages, Uldaire répond par une boutade :

— Cessez de jaspiner, la belle-mère ! On sera en grand style, pour le sûr !

Un brin secquement, Uldaire demande à son fils s'il a besoin de se servir du pot de chambre. Sur sa réponse négative, il lui fait signe d'aller dire au revoir pour de vrai à sa grand-mère, qui en profite pour le câliner. D'un air faussement bougon, Uldaire se promène de l'une à l'autre, distribuant ses accolades avec parcimonie. Mais avec Vitaline, il est davantage généreux, profitant de la solidité de sa cadette pour la gratifier d'une étreinte et de deux baisers gourmands, comme s'il avait envie de mordre dans ses joues rondies par un irrépressible sourire. La jeune fille adore ces embrassements qu'Uldaire réserve pour elle seule. Elle a l'impression de plonger dans une bulle de félicité…

Le ton exagérément jovial, Uldaire lance à Rémy, tout en le saisissant par les épaules :

– Hardi, mon gars ! Je connais une plaisante cantine pas trop loin d'icitte. Le détailleur de boissons charge pas trop cher !

Vitaline s'esclaffe nerveusement. Si Uldaire a des défauts, ce n'est pas celui de tricoler à outrance ! Dame Royer réprimande son gendre :

– Je vous interdis les folleries ! Vous ramenez votre paye intacte, c'est-y clair ?

Uldaire roule des yeux, mais Vitaline ne la trouve pas drôle. Sa grand-mère a toujours peur de manquer d'argent. Parfois, elle lui paraît tellement pingre ! Couverts pour affronter un froid polaire, père et fils saisissent les derniers bagages, hèlent les membres de la maisonnée et font leur sortie au milieu d'un nuage de buée. Vitaline s'empresse d'aller à la fenêtre, écrapoutissant son nez sur le carreau. Dirigée par son père transformé en ours à cause des peaux de bêtes qui le couvrent, la berline s'ébranle doucement.

Appelée à l'ordre par les gargouillis de son estomac, Vitaline se résout à aller se servir à déjeuner, tout en plongeant dans le refuge de ses songes. Avalant mécaniquement, elle s'imagine assise à l'ombre sous l'appentis, dans la chaleur de l'été. Sous ses yeux, plusieurs dizaines de pièces, parvenues à la consistance du cuir, reposent à l'envers sur une table, en l'état où Uldaire les a tournées. Pour finir l'habillage avant la cuisson, il reste à tournasser, à ajouter quelques décorations et à poinçonner la marque de l'atelier.

Même sans clore les paupières, Vitaline voit parfaitement le plateau tournant, installé à une extrémité de la table. Elle s'imagine saisissant un vaisseau avec précaution, pour l'installer sur le plateau. Après avoir pris place sur le tabouret, elle centre la pièce, puis elle la fixe avec de l'argile humide. Elle s'imagine frôlant la pièce de ses deux mains pour la sentir, en palper le contour, en apprécier les formes. Il lui faut procéder rapidement puisque ce sont des pourcelines grossières, destinées à une clientèle peu fortunée. Néanmoins, dans sa tête, elle accomplit des gestes d'une précision exemplaire, qui mettent la touche finale d'élégance et de finesse!

— Sors de la lune, Vitaline! Si on veut finir le ravaudage avant la brunante, faut s'y mettre de ce pas!

Ramenée de force au présent par l'interpellation de sa sœur, Vitaline se redresse sans cacher un rictus de déplaisir. À grand-mère, Perrine lance, le ton moqueur:

— Ma petite sœur rêvasse plutôt, ces temps-citte... Vous croyez qu'elle commence à soupirer après les garçons?

Très digne, Vitaline s'empresse de réagir:

— Je pensais au métier, tu sauras! Je m'ennuie de travailler l'argile!

Perrine éclate d'un grand rire empreint de scepticisme. Tout en gloussant, dame Royer réplique:

— Ça m'étonnerait pas de ta sœur, Perrine!

— Moi, je suis pas faite comme toi, ajoute Vitaline à l'adresse de son aînée. Je pense pas juste à briser les cœurs!

— Je brise le cœur de personne, se récrie Perrine, la mine soudain renfrognée. T'en fais pas pour mes galants. À peine je leur ai tourné le dos qu'y se trouvent une nouvelle blonde.

Si Vitaline ne peut prétendre le contraire, elle se rebiffe quand même face à l'attitude de sa sœur, qui joue avec l'affection masculine comme avec une pièce de soie en magasin. L'attachement dans un couple lui semble, au contraire, une chose très sérieuse, avec laquelle il n'est pas question de badiner!

— Allez, mes p'tites-filles, installez-vous pour l'ouvrage.

Haussant la voix, dame Royer lance à l'adresse de sa fille:

— On rend visite au faiseur de cardes, à matin!

— Son père a pas pu la rafistoler? s'enquiert Perrine.

— Point du tout, vois...

Et grand-mère tend à la jeune femme une des brosses servant à défibrer la laine. L'épais morceau de cuir, traversé par des centaines de fines aiguillettes de fer, s'est détaché en partie de la palette de bois à laquelle il est fixé. La brisure est trop conséquente pour être rapiécetée, et les deux cardeuses d'expérience de la maison ont décidé de s'en procurer une nouvelle paire. C'est une décision d'importance et Vitaline est déridée par le spectacle de sa grand-mère se bougrinant d'un air affecté pour rendre visite à l'artisan dans son échoppe.

Le mois de février s'égrène un peu trop lentement au goût de Vitaline. Au bourg de Saint-Denis comme dans bien des recoins de la colonie, l'hiver est la saison des réjouissances. Du printemps à l'automne, tout un chacun travaille fort; mais pendant la morte-saison, on en profite pour veiller, pour manger à satiété et pour danser jusqu'à l'épuisement! Sauf que la famille Dudevoir est tenue à l'écart de ces réunions de voisinage. Le tempérament de Bibianne, qui est connu à travers toute la paroisse, y joue pour beaucoup…

Plus jeune, Vitaline n'avait pas besoin d'un chaperon pour faire la fête. Comme ses frères et sa sœur, elle allait rejoindre ses amies et s'en donnait à cœur joie sans que personne n'y trouve à redire. Mais depuis qu'elle est femme, un tel comportement serait mal vu. Elle doit donc se contenter des veillées auxquelles sa grand-mère ou Uldaire consentent à participer.

Cet état de choses met Perrine en furie. Depuis qu'Uldaire l'a rabrouée vertement, deux années auparavant, elle se garde bien de donner voix à sa rancœur, mais Vitaline a compris que ses accès de mauvaise humeur sont, du moins en partie, dus à cette frustration. Régulièrement, les deux sœurs doivent passer la soirée à ravauder ou à tricoter, tandis qu'une veillée bat son plein à quelques maisons de là. Les grelots des chevaux résonnent, les lueurs des lanternes sourdes caressent les carreaux des fenêtres, des rires se font entendre sur le chemin, et elles restent tranquilles et coites dans le clair-obscur de la salle commune!

Grand-mère fait tout son possible pour permettre à ses petites-filles de fêter, mais elle ne peut plus suivre le rythme de la jeunesse.

Quant à Uldaire... En train de balayer la salle commune, Vitaline cesse tout mouvement, et même son respir se bloque. Uldaire se fait parfois violence pour plaire à ses filles, mais ces dernières ne sont pas dupes. L'absence de son épouse gâche son plaisir... Car Bibianne évite les contacts autres que superficiels, et elle ne cause que si elle y est obligée. À part la parenté, elle ne reçoit ni ne rend aucune visite d'amitié. Il va sans dire qu'elle fuit les veillées comme la peste...

Chez eux, en famille, son père ne semble pas affecté outre mesure par le détachement de Bibianne. Mais ailleurs... est-il envahi par la honte, par l'amertume ? Le spectacle du plaisir des autres le fait-il gricher des dents ? Soudain, la jeune fille est frappée par l'incongruité de la situation. Par quel miracle son père accepte-t-il l'impassibilité de son épouse ?

Incommodée par ces pensées, Vitaline reprend son balayage avec une telle vigueur qu'elle sème des aiguilles de cèdre sur son passage. Saisie de remords, elle s'arrête de nouveau pour examiner l'état de son outil. Bien entendu, au fil des mois, les ramures de branches commencent à sécher... Elle en profite pour, malgré les miettes qui s'y attachent, humer l'arôme encore puissant. Puis, elle vérifie si le bâton est encore solidement amarré au faisceau de ramures. Oui, tout va bien... Après tout, c'est elle-même qui a confectionné ce balai à l'automne, et elle est renommée pour son art, au point que les voisines viennent lui demander conseil !

À CAUSE DE SA FAIM, Gilbert en est venu à détester la période de labeur solitaire, dans la salle d'études, entre la messe et le déjeuner. Une douleur désormais familière est en train de s'installer. Comme si son tronc était coupé en deux, à l'horizontale, par une crampe perpétuelle qui l'empêche quasiment de bouger, même de respirer, lorsqu'elle est à son paroxysme... Au début, il l'assimilait à un estomac trop creux, mais astheure, elle adopte un horaire fantaisiste qui défie toute classification.

Pour se détendre, il tourne le regard vers l'une des fenêtres, se repaissant du spectacle du jour naissant. Quel soulagement que d'être accompagné, au lever, par le soleil ! Il ne distingue quasiment rien de la ville, sauf le ciel et quelques toits lointains, mais il est rassuré de savoir qu'elle est là, de l'autre côté de la propriété. Il n'a presque rien vu de Montréal. Lors de la sortie hebdomadaire, les maîtres leur imposent de plaisantes activités physiques, comme patiner, glisser ou construire des forts de neige, mais qui n'élargissent guère leurs horizons !

Ici dedans, les sulpiciens semblent avoir réussi à faire cesser la progression du temps. Comme si la pulsation du monde vivant ne réussissait pas à pénétrer le mur d'enceinte. Soudain, Gilbert a l'impression de faire partie d'un décor. Pire encore : de jouer dans une interminable farce dont les personnages se prennent diablement au sérieux, ce qui fait crouler le public de rire ! Une sorcière de neige enténèbre son âme, chassant loin ce stoïcisme avec lequel il réussit habituellement à traverser les jours. Se sentant perdre le nord, Gilbert tâche de se concentrer sur ses exercices de traduction latine. De vains efforts, car ses idées s'éparpillent en tous sens sous le choc des émotions qui le traversent !

Quand m'sieur David lui a vanté les mérites de l'instruction, il ne l'a pas informé qu'il deviendrait moinillon par le fait même, obligé de suivre une règle si stricte que cette école supérieure s'est méritée le surnom de « cloître de Montréal » ! Gilbert reste figé, complètement absorbé par son tourbillon intérieur. Comment supportera-t-il ce régime d'enfer pendant encore six longs mois ? Plutôt crever que d'endurer de la part des maîtres, une heure de plus, leurs mines hautaines et leurs répliques mordantes, qui claquent comme un fouet !

Ce qui l'horripile le plus, c'est le manque d'humilité. Dans le code moral de Gilbert, de la part d'hommes d'Église, c'est un grave péché ! Si le régent O'Reilly, à peine plus âgé que ses pupilles, n'est pas affligé du défaut de vanité, plusieurs membres de l'Institut sulpicien en font étalage à loisir, en cour de récréation, au réfectoire ou pendant la messe. Valsant entre fou rire et désespoir, le garçon se remémore une récente perle. Encore une fois, elle est due au sulpicien Baile, un Français pédant atterri en sol canadien depuis à peine deux ans. Il accumule les bourdes, tout en se drapant dans son orgueil !

Pendant une messe, se croyant à celle du dimanche, il s'est mis à chanter l'office. Nul ne sait à quel moment il s'est rendu compte de sa bévue, mais une fois le *Gloria* terminé, il a entonné le *Dominus vobiscum* avec un sang-froid éblouissant! Au terme de la psalmodie, un camarade de Gilbert, trop bien dressé, a répondu à haute voix: «Et cum spiritu tuo». Péniblement, à cause de son âge avancé, mais avec majesté, le directeur Roque s'est alors levé de son siège, dans le sanctuaire. Gilbert n'en a pas cru ses oreilles: il a cru bon de tancer le garçon à haute voix: «Monsieur l'impertinent, vous me copierez 20 lignes dans Virgile!»

D'aspect cocasse, l'épisode plonge pourtant Gilbert dans un juste courroux. Ce n'est pas le coupable qui a été puni, mais une innocente victime! Il en va ainsi régulièrement. Un maître fait reproche d'une question logique à laquelle il ne peut répondre; un autre camoufle l'erreur d'un collègue, comme l'exige le nécessaire respect dû à un supérieur...

Gilbert a parfaitement compris le message: ceux qui détiennent l'autorité peuvent modifier la vérité à leur guise. Ils créent une réalité inventée... Un mensonge peut être pieux et les corrections en tout genre sont un mal nécessaire. Ceux qui concentrent le pouvoir entre leurs mains peuvent, en toute impunité, dire blanc alors que c'est noir. Et le pire, c'est qu'il faut l'ânonner à leur suite... Si, en famille, Gilbert doit s'incliner devant l'autorité paternelle, elle n'est jamais arbitraire au point de l'empêcher de faire valoir ses arguments. Mais ici? L'obsession du contrôle fait régner un système totalitaire.

Parmi le groupe sélect des prêtres qui président aux destinées du Petit Séminaire, une bonne partie est constituée de Français âgés ayant fui leur pays au moment de la Révolution de 1789. Ils en conservent un maintien tout empreint de noblesse, de même qu'une tendance à se croire, à cause de leur naissance, issus d'une race supérieure! Mais est-ce une raison pour faire mine d'ignorer totalement la réalité du pays dans lequel ils ont bien dû s'enraciner?

Gilbert en avait ouï-parler, mais il ne pouvait le croire. Pourtant, il est bien obligé d'en convenir: l'enseignement est tout entier tourné vers une Europe ancienne, celle d'avant le siècle actuel. Les maîtres à penser sont des sommités d'une époque révolue, et qui transmettent des valeurs surannées! Souvent, Gilbert s'imagine qu'il se trouve à Paris, à l'époque du Roi-Soleil, alors que le régime monarchique était au faîte de sa gloire. Les textes latins qu'ils lisent, les leçons qu'ils reçoivent, tout cela puise dans un corpus censé représenter la quintessence du savoir. Une quintessence à laquelle nul habitant d'Amérique n'est encore parvenu!

Lorsque la cloche sonne, il retrouve ses compères Casimir et Gaspard, mais le premier se précipite aux latrines. Gaspard ironise:

— Ça serait-y que ses conduits se débloquent?

Les collégiens sont souvent victimes de constipation, à cause du menu quasiment invariable, bœuf et patates arrangés soit en soupe, soit en ragoût. Gilbert grommelle:

— À chacun sa disgrâce…

Le règlement interdisant de s'approcher des latrines en groupe, les deux amis se dirigent vers le réfectoire, laissant l'infortuné à son triste sort. Chaque fois qu'il aperçoit le bord d'une soutane, comme celle du célèbre M. Baile qu'ils croisent dans un corridor, Gilbert se crispe intérieurement. Si quelques-uns sont affables, la plupart ont la mine hautaine et, sans doute, la tête dans les nuages. Après tout, la gestion du sacré dans le district de Montréal, qui couvre l'isle et ses alentours sur plusieurs lieues à la ronde, appartient à l'association religieuse dont ils sont membres.

La gorge de Gilbert se serre à l'étouffer, et tandis qu'il combat un accès de panique, une fine sueur perle sur son front. Il s'oblige à respirer posément, et peu à peu, il retrouve ses esprits. Déstabilisé par cette manifestation de son corps, il ne peut s'empêcher de maugréer:

— Je les trouve fendants au possible. Leur nez, y le plissent pardevant un Canadien. C'est du plus bel effet, cette espèce de moue dédaigneuse! Au début, je croyais que tous les imparfaits y avaient droit. Mais j'ai vitement réalisé qu'y savaient reconnaître le bon grain de l'ivraie…

— Suffit. J'haïs ces médisances.

Gilbert jette une œillade surprise à Gaspard.

— Au bon ? Toute une nouveauté ! Me semble pourtant que leur condescendance, à nos Français de l'ancien temps, elle saute aux yeux…

— Pour le sûr, ces Messieurs affichent une telle solennité que… on pourrait croire qu'y nous prennent pour des moins que rien, c'est-y pas ?

— Solennité ? Moi, j'appelle ça de la fatuité…

— En tout cas, réussir sa rhétorique ici, c'est un passeport garanti pour les meilleures situations. Quand on sollicite une commission, y a pas grand monde qui trouve à redire !

De nouveau, Gilbert réagit par un regard interloqué.

— T'es sérieux ? Me semble que le meilleur passeport, comme tu dis, c'est d'avoir les pieds bien placés ! Un petit *mister* de rien du tout débarque dans la colonie. À cause que son oncle est le petit-cousin du procureur général, y obtiendra une place en claquant des doigts. Mais nous autres, pour obtenir une faveur, faut agir comme des esclaves soumis.

Son ami s'insurge :

— Des esclaves soumis ! Sur quelle planète tu vis ? Pas la même que la mienne, pour le sûr ! J'ai pour mon dire que les hommes d'exception ont *toujours* de bonnes chances de réussite.

Avec un clin d'œil et un coup de coude à Gilbert, il conclut, prenant garde de ne pas hausser la voix :

— Même en Canada, royaume du patronage !

Tous deux font leur entrée dans le réfectoire, où un silence total est requis. Gilbert déjeune sans plaisir aucun. Il déteste le fade café d'orge, le pain desséché et le vieux beurre qui composent l'ordinaire. Mais comme il est affamé, il n'a pas le choix que de s'en remplir la panse. Ce qui est une figure de style, car ces Messieurs sont avaricieux sur les quantités. Gilbert se lève rarement de table sans avoir encore l'estomac dans les talons !

Les élèves se retrouvent ensuite dans leur classe, à ouïr leur régent. Le corps enseignant du Petit Séminaire est composé de quelques prêtres qui prennent en charge les classes supérieures ou certaines matières spécialisées, mais surtout d'une troupe de jeunes candidats à la prêtrise qui ont terminé leur cours classique et qui, prétend-on, perfectionnent leur formation de cette manière.

— La poésie lyrique transmet les différentes affections de l'âme, et elle est destinée à être mise en chant. Autrefois, la lyre accompagnait la voix, d'où son nom... La poésie lyrique autorise les emportements, les écarts et les digressions. De ses règles et privilèges, elle tire ce sublime qui lui appartient d'une façon particulière, et cet enthousiasme qui l'approche de la divinité.

En fait, les régents, on s'en sert comme bouche-trous, comme main-d'œuvre docile et bon marché... Gilbert inspire profondément. Il cultive le cynisme, ces temps-citte !

- 5 -

Assise à son pupitre, Vitaline observe rêveusement sa plume. De la main gauche, elle la tient par son axe, et elle passe son index droit sur les brins poisseux et ébréchés par l'usage. Malgré son aspect dépenaillé, malgré les taches d'encre noire, elle la trouve gracieuse, presque jolie... Souvent, elle tente de se faire une idée de la vie du volatile, avant qu'il soit ainsi plumé pour fournir aux demoiselles de Saint-Denis de quoi écrire. La plupart des gens conviendraient qu'il s'agit d'un bien noble sacrifice, mais Vitaline ne peut retenir un accès de mélancolie, car une plume orpheline fait bien triste figure...

— Mademoiselle Dudevoir, quelle est la fonction des arts?

Scandé d'une voix péremptoire, ce rappel à l'ordre suscite des rires étouffés. Vitaline reporte son attention sur ce qui se passe alentour d'elle, tout en se permettant un mince sourire. Comme ses consœurs, elle s'amuse de la mièvre et involontaire rime... Heureusement, la religieuse qui leur fait la classe a le sens de l'humour. Le regard rieur, elle porte sa main à sa bouche d'un geste théâtral. Les jeunes filles interprètent cet aveu comme une permission à la rigolade, et pendant un court moment, un véritable brouhaha règne dans la vaste pièce.

Vitaline en profite pour étendre sous le pupitre ses jambes ankylosées, glissant ses pieds sous le siège en face d'elle. Elle a tant grandi, depuis le début de l'année scolaire, qu'elle déborde de toutes parts! Par chance, sa voisine de banc a quitté définitivement l'école au printemps, ce qui lui donne du jeu. Placée au fond de la classe à cause de sa haute taille, Vitaline tue le temps en attendant son départ définitif, dans quelques mois. Sa présence en ce lieu, alors qu'elle devient irrémédiablement femme, lui apparaît maintenant incongrue.

Ayant ramené le calme dans la pièce, la jeune religieuse la fixe impérieusement et Vitaline rassemble ses idées. À cette question maintes fois étudiée, elle devrait pouvoir trouver une réponse, même si elle se débat constamment avec des notions si peu pratiques... Enfin, elle émet d'une voix grêle :

— De recueillir tous les traits épars dans la nature. Et... de les réunir dans des objets auxquels y sont pas naturels.

— Fort bien, approuve la religieuse d'un air excessivement satisfait. Les belles-lettres, mademoiselle Besse, font-elles partie des beaux-arts ?

Placée non loin de son amie Vitaline, Estère se tortille un instant sur son siège. La nature l'a gratifiée d'un teint blanc et de cheveux aux reflets cuivrés provenant d'un lointain ancêtre rouquin, et qui font l'envie de ses compagnes. Elle finit par répondre :

— Oui, à cause que leur but est d'imiter parfaitement la belle nature.

— « Parce que », mademoiselle Besse. Pas « à cause que ». Répétez après moi, toute la classe : « parce que ».

La quarantaine de jeunes filles, dont l'âge varie entre 10 et 16 ans, s'exécute obligeamment. Marchant de long en large à l'avant de la pièce, la religieuse poursuit :

— Par belles-lettres, on entend ordinairement l'éloquence et la poésie. La poésie est l'imitation de la belle nature exprimée par le discours mesuré. L'imitation renferme en elle la fiction, la versification et l'enthousiasme comme autant de moyens d'imiter parfaitement cette belle nature.

Et c'est reparti pour une demi-heure d'élucubrations... Surprenant une œillade complice de la part d'Estère, Vitaline réagit par une moue de connivence. S'il fallait que ce régime prenne l'essentiel de la journée, elle aurait déclaré forfait depuis belle lurette ! Elle fait tout son possible, mais elle trouve fort ardu de se concentrer sur des principes qui ne se rattachent, à ses yeux, à rien de concret.

Elle n'a pas détesté son séjour au couvent du bourg, bien au contraire. Elle jouit fort de ses aptitudes en calcul mental, qu'elle a amplement pratiqué, et de sa capacité à déchiffrer les papiers-nouvelles quand il lui en passe un sous le nez. La géographie lui a fait bâtir des châteaux en Espagne! L'histoire, par contre, ne l'a guère enthousiasmée, surtout qu'il s'agissait principalement d'histoire sainte.

Mais pourquoi se farcir la tête de… Comment l'écrivait Gilbert? De concepts qui semblent avoir été inventionnés par des cervelles enfiévrées. Par des cervelles de savants frappés de démence! Plutôt que de pondre des… des postulats incompréhensibles, ils auraient dû s'asseoir au tour à potier. De plonger les mains dans la glaise, ça les aurait rassis! Amusée, Vitaline se dit qu'elle doit retenir cette plaisante songerie, pour la raconter à ses amies après l'école.

Mais déjà, la jeune fille n'est plus maîtresse de ses pensées. Une image vient l'occuper tout entière, celle d'une girelle qui pivote à bonne vitesse, de puissantes mains d'homme aux veines saillantes qui enserrent la motte de glaise, d'un récipient dont les parois poussent comme par enchantement… Depuis qu'elle est toute petite, Vitaline est fascinée par ce moment magique, celui où le maître-potier, plutôt que de forcer l'argile, semble la laisser se déployer par elle-même, selon un épanchement souverain de matière.

— Votre plume, mademoiselle Dudevoir, semble captivante…

Elle tressaille en constatant que la religieuse, qui s'est approchée, scrute l'objet que Vitaline mirait sans le voir.

— Petite leçon d'histoire naturelle, mes enfants: savez-vous comment se nomment les brins d'une plume d'oiseau?

Doucement, tout en parlant, elle l'a retirée de la main de Vitaline, pour l'exhiber dans les airs. La question est stimulante et Vitaline elle-même se concentre pour tâcher de dégoter, dans son esprit las, une réponse. La religieuse vient vitement à leur secours:

— C'est un sujet neuf et il me fait plaisir de suppléer à votre savoir déficient. Ce sont des barbes, mesdemoiselles. Eh oui, vous pouvez rire à loisir, mais l'association d'idées est plutôt jolie, n'est-ce pas ? Ces barbes sont amarrées entre elles par des barbules.

Ce mot tout neuf, encore plus amusant, est répété à satiété par les jeunes filles. Estère lève la main et la religieuse lui fait signe de parler. La mine excessivement concentrée, l'amie de Vitaline s'enquiert :

— Ma sœur, vous avez dit : « amarrées entre elles ». Mais c'est pas plutôt : amarrées au tronc central ?

— Excellente remarque. Non, vous ne réussirez pas à me prendre en défaut… même si telle n'était pas votre intention, je sais fort bien. Votre curiosité vous honore. Mais je réitère : chaque barbe est rattachée à sa voisine par une barbule. Un petit crochet, si vous préférez.

Cette information surprenante fait régner un silence méditatif dans la classe. Vitaline songe qu'elle ne regardera plus jamais une plume de la même manière. Ces moments de grâce sont rares au cours d'une journée d'école, mais quand ils surviennent, ce sont comme des perles bien douces qu'elle aurait envie de garder bien au chaud entre ses paumes !

Retournant vers son pupitre, la sœur enseignante impose une période de travail en tutorat, les plus âgées se portant au secours des plus jeunes. Seule avec tant de jeunes filles d'âges divers, elle doit compter sur les finissantes pour soutenir leurs compagnes dans leur apprentissage. Vitaline se retrouve donc en compagnie d'une fillette de 11 ans, à qui elle donne une leçon de calligraphie.

Si elle veut bien partager généreusement son savoir, Vitaline ne se sent pas très douée pour l'enseignement, et elle jouirait fort d'utiliser son temps d'une toute autre manière. Non pas à lambiner, mais à se rendre utile, car depuis longtemps, elle apprivoise toutes les tâches inhérentes à la bonne marche d'un commerce de poterie. C'est un savoir devant lequel elle ne rechigne pas le moins du monde, contrairement à celui dispensé à l'école !

Lorsque sonne la cloche, il faut à Vitaline moins d'une minute pour se retrouver dans le passage couvert qui sert de vestiaire aux externes. Le tintement maigrelet, dû à une ancienne cloche de l'église qui a été léguée au couvent, s'arrête au moment où Estère vient la rejoindre. Après avoir endossé leurs capots de laine et leurs bottes, elles se dirigent vers la sortie du passage et débouchent sur le parvis de la majestueuse église paroissiale, qui fait face à la rivière Chambly.

Même si ses tours n'ont pu monter autant qu'il aurait fallu à un bâtiment de cette équarriture, l'église paraît imposante vue sous cet angle, son faîte effleuré par les nuages épars qui flottent dans le ciel! La large façade, avec son portique richement décoré, est complétée par deux massives tours latérales faisant saillie. Vitaline contemple le bel édifice avec sa gourmandise habituelle, comme un objet qu'elle aimerait palper sous toutes ses coutures. Elle a tendance à oublier qu'il s'agit de la sacro-sainte maison de Dieu, ce qui devrait plutôt faire monter en elle un sentiment de vénération!

Le village est coupé en deux parties distinctes par le terrain de la fabrique, plus communément nommé «terre du curé», une longue mais étroite bande de terre où sont notamment sis le cimetière et les jardins maraîchers dévolus aux besoins du desservant. De ce côté-ci, deux bâtiments d'importance flanquent la façade de l'église paroissiale. D'un bord, le couvent, qui a fière allure avec son vaste corps en pierres de champs et son immense toit mansardé, percé d'une double rangée de lucarnes. De l'autre, le presbytère, plus petit et décrépit, qu'on parle d'agrandir depuis belle lurette.

Sans plus tarder, les deux jeunes filles dévalent les marches du parvis, traversent un espace pour parquer les attelages et se retrouvent à cheminer sur le sentier balisé par des clôtures basses, en planches lâchement jointes, qui permet de franchir cette portion de terrain anciennement consacré. Estère grommelle:

— Tu remarques comme les claires-voies sont mal entretenues, à moitié détruites?

Vitaline se permet une grimace:

— Ben oui : t'en causes chaque fois qu'on passe par icitte !

— En plus, les portes sont dépendues. Faute d'être bien fixées et fermées avec de bons verrous, elles restent ouvertes.

Son amie a de saisissantes prunelles d'un vert printanier, posées dans un écrin de cils et de sourcils dont les reflets dorés sont avivés par le soleil. Le reste est moins remarquable, y compris la maigre chevelure dissimulée sous une sobre capine…

— Et alors ? Ces clôtures-là sont encombrantes au possible !

Même si elle sait que sa compagne se gausse, Estère ne peut se retenir d'expliquer qu'elles délimitent un espace qui ne devrait jamais être profané, soit les fondations et les caves d'une partie de l'ancienne église, où demeurent plusieurs corps enterrés là à la condition d'interdire le terrain aux voitures et aux animaux !

— Cette claire-voie a été faite non par parade, conclut-elle dignement, mais par nécessité.

Quittant cet espace, elles louvoient entre les attelages parqués, flattant les naseaux de quelques bêtes familières.

— Grand-mère m'en causait pas plus tard qu'hier, laisse tomber Vitaline. Sont une couple, dans la paroisse, à croire que le curé se fait négligent.

Estère se récrie :

— Ce sont des médisances ! M'sieur Bédard est un homme de science, qui a un talent réel de prédicateur. Il mène une vie sobre et régulière dans son presbytère, tant pour le boire que pour le manger !

— Y est même un brin chiche dans sa manière de vivre. Après toutte, un curé doit traiter ses invités avec générosité !

La dévotieuse Estère foudroie du regard sa camarade, qui préfère abandonner ce sujet délicat. Si elle apprécie la compagnie d'Estère, qu'elle connaît depuis sa tendre enfance, elle s'ennuie de sa meilleure amie, Marie-Nathalie, la fille d'un autre maître-potier du bourg. Depuis qu'elle a quitté l'école, elles se voient beaucoup moins souvent car de l'aube au brun, on occupe les jeunes filles. Ce qui laisse Vitaline davantage démunie devant les bondieuseries d'Estère. Auparavant, à deux, elles avaient le tour d'en rire !

Sur le chemin du Bord-de-l'eau, la presse est grande pour une journée de fin d'hiver. Des traînes variées se suivent à petit trot, tandis que des piétons se hâtent et que d'autres lambinent. À cet endroit, la route est enserrée par les constructions. D'un côté, les maisonnettes s'alignent, tandis que de l'autre, sur l'étroite bande de terrain située entre le chemin et la rivière, les marchands ont érigé plusieurs entrepôts à grains, de vastes bâtiments de bois regorgeant principalement de blé, mais aussi d'avoine et de pois, ces grains dont les exportateurs sont friands.

Occupés au grand ménage du printemps avant l'arrivée des marchandises à vendre, les commis s'activent. Fenêtres et portes grandes ouvertes, ils sortent les accessoires inutiles et expulsent la poussière ! À la salutation d'un jeune homme qui se tient sous le porche de l'un des bâtiments, les jeunes filles répondent timidement. Si leurs frères ont battu la campagne avec plusieurs d'entre eux, si elles les connaissent pour les avoir croisés souvent, ce n'est pas bien vu d'être intime avec des gens au-dessous de sa condition. Du moins, quand l'âge du mariage approche…

Elles tournent à leur droite, vers l'aval. Presque aussitôt, elles bifurquent sur la première rue qui s'enfonce dans la partie nord du bourg. Pénétrant dans son quartier, Vitaline se sent comme dans un cocon. Ses poumons se dilatent, ses épaules se redressent… Cet entrelacs de ruelles, bornées par des clôtures en claire-voie, n'est qu'un prolongement de son propre foyer. Elle pourrait nommer chacune des familles qui logent dans ces maisonnettes, décrire fidèlement le métier de l'artisan qui exploite tel magasin en bord de rue, donner le nombre d'animaux que contiennent les bâtiments hétéroclites qui font office de soues, d'écuries et de poulaillers, et souvent tout à la fois…

L'étroite rue qu'elles arpentent n'a pas de nom, comme la plupart de celles du bourg. Elle fut la première à être tracée lorsque le seigneur a obtenu la permission de subdiviser une parcelle de sa terre pour créer un bourg, à l'époque de la Nouvelle-France. Juridiquement, c'était la seule manière de concéder des lopins de moins de 45 arpents carrés. Vitaline s'est fait conter ce récit plus d'une fois : à la suite d'une poignée de censitaires, dont un marchand et un médecin, un jeune notaire a voulu s'installer à Saint-Denis vers 1750. Sauf qu'il refusait d'être obligé de se transformer en paysan! Le seigneur a donc fait requête à l'intendant Vaudreuil, qui lui a accordée.

Les deux jeunes filles parviennent à une rue transversale. Si elles avaient continué tout droit, elles seraient passées devant l'école des garçons, une maisonnette en bois située sur le terrain de la fabrique. Le maître et son assistante, une institutrice qui s'occupe des plus jeunes, ont dû libérer leurs élèves depuis une bonne demi-heure déjà... Pour le sûr, Rémy est après galoper dans le village.

Les amies tournent vers la gauche, sur la rue qui traverse cette partie du bourg de part en part, croisant une douzaine de ruelles, y compris le rang qui s'élance jusqu'à Saint-Hyacinthe, avant d'aller s'éteindre dans un champ. Le son des scies qui attaquent le bois leur parvient, et une senteur de sciure assaille leurs narines. À l'angle des rues suivantes, un chantier de construction se réveille. La bicoque qui s'y tenait sera bientôt remplacée par une maison dotée d'une réelle prestance, à en juger par son équarriture.

— Y paraît que c'est un ferblantier, dit Vitaline, qui s'installera dans cet atelier.

Estère fait un vague grognement d'appréciation. Rien de neuf sous le soleil : à Saint-Denis, les habitations poussent comme des champignons. De nouvelles rues s'ouvrent au gré des besoins, empiétant sur les champs environnants. Depuis le siècle dernier, le bourg s'est développé comme un damier auquel, à mesure que les besoins s'en faisaient sentir, on ajoutait des carrés. Ces dernières années, plusieurs dizaines de familles viennent s'installer chaque printemps, espérant profiter de l'aisance économique. Les jeunes hommes dépourvus sont presque assurés de se dénicher une occupation décente.

Deux ruelles plus loin, les deux amies se disent au revoir. Fille d'un maître-menuisier, Estère habite à quelques pâtés de maisons, tandis que Vitaline bifurque encore, s'éloignant toujours davantage de la rivière, jusqu'à la propriété familiale. Négligeant l'entrée pour les attelages, dont les portes sont fermées, elle retrousse sa jupe pour enjamber la clôture.

Bien des artisans, tel le père d'Uldaire qui était potier, se trouvaient trop à l'étroit sur leur parcelle initiale, un carré coincé entre deux voies publiques, et dont les côtés faisaient 60 pieds. Ils ont fini par acheter la voisine. Ainsi, la demeure de la famille Dudevoir est entourée des bâtiments de ferme, d'un gabarit cependant réduit, et de l'atelier et ses dépendances. Un appareillage de trottoirs de bois surélevés, aux planches disjointes, permet de cheminer entre la maison, l'atelier et les latrines sans se maculer de boue. Là où la glaise règne en tyran, c'est une nécessité !

Vitaline décèle un mouvement dans un recoin de la cour. Placé face à l'ouverture du four à poterie, Aubain reçoit des vaisseaux de terre dans ses mains recouvertes de longues mitaines de cuir, et les dépose directement par terre, sur la neige. Et à l'intérieur du four, Vitaline distingue une silhouette. La jeune fille s'amuse à se conter des peurs tout en s'y dirigeant : s'agit-il bien d'un homme, ou plutôt d'une bête poilue dressée sur ses pattes arrière ?

Surmonté d'un toit soutenu par des poutres afin de le protéger des pires intempéries, l'ouvrage en briques est érigé sur la frontière entre la propriété d'Uldaire et la voisine. La structure au plan rectangulaire doit avoir environ cinq pieds de large par neuf pieds de profond, et elle s'élève à hauteur d'homme, au moyen d'un bel arrondi qui se termine, en plein centre du toit, par une cheminée. Les parois sont en briques communes, recouvertes d'une belle couche de mortier à base d'argile.

Le père de Vitaline partage cette installation avec son collègue et voisin du sud, Amable Maillet, selon une association inusitée dans le bourg, et qui est due à la proximité géographique des deux maîtres-potiers, ainsi qu'à leur sincère amitié. La plupart des artisans ont leur propre four : il serait stupide de prendre le risque de transporter des pourcelines crues ou biscuitées sur de longues distances ! La seule contrainte à l'arrangement des deux maîtres-potiers, c'est qu'ils doivent harmoniser leur production pour, soit se partager une fournée, soit faire la cuisson seuls sans nuire à l'autre.

– Hardi, Vitalette! s'exclame Aubain en l'apercevant. Tu viendrais-t-y me prêter main-forte?

Ce n'est pas une boutade, même si le jeune homme l'a enrobée d'un accent de subtile ironie. Malgré la fraîcheur de cette fin du mois de mars, il transpire grassement à cause de la chaleur encore dégagée par le four. Deux jours auparavant, de hautes langues de flammes s'en échappaient! Même si Vitaline n'a aucune intention de refuser, elle se permet une moue dédaigneuse.

– C'est que j'avais des projets autrement plus importants… Le père Maillet, y fait le renard?

– Une occupation urgente, réplique Aubain, essoufflé. Pour de vrai.

– Pis son apprenti?

– Hé! C'est pas moi, son maître!

Caparaçonné de la tête aux pieds, sauf pour son visage rouge à faire peur, Uldaire surgit dans l'embrasure de la porte, juste assez grande pour qu'un costaud comme lui puisse s'y faufiler aisément. Il transfère les deux pièces encore brûlantes entre les mains de son apprenti, puis il grogne:

– Je rechignerais pas, ma grande fille, si tu viens à notre secours.

– De suite, son père.

Tandis que le maître-potier disparaît dans l'antre du four, elle tourne les talons et court vers la maison. Elle traverse à toute vitesse la salle commune. Les marches de l'étroit escalier de bois se plaignent amèrement lorsqu'elle les grimpe quatre à quatre pour monter à l'étage sous le toit. Débouchant sur le palier, elle longe le corridor qui s'étire sur une douzaine de pieds jusqu'à une penderie adossée au mur du fond, et sur lequel s'ouvrent les portes de deux chambrettes.

Elle entre dans celle qu'elle partage avec Perrine. Si elles ont la chance d'avoir chacune leur couche étroite, l'espace pour se mouvoir est minuscule. Ayant revêtu ses vêtements de tous les jours, Vitaline redescend vitement. Elle se greye d'un capot de laine élimé et d'une paire de mitaines de travail, puis elle s'empresse jusqu'au four.

Il n'est pas question qu'elle entre dans la fournaise, mais elle se met à seconder Aubain, ce qui permet à Uldaire d'accélérer sa cadence. Vitaline adore ce moment magique. Plusieurs jours plus tôt, les vaisseaux à cuire, recouverts d'une glaçure liquide d'un aspect terne, ont été enfournés. Ils en ressortent durs comme de la roche, et parés d'une surface mordorée, brillante comme une pierre précieuse, enjolivée de teintes toujours surprenantes : ici et là, des éclats de vert, de rouge ou de jaune…

Comme il s'agit de la première cuisson de l'année, Vitaline en jouit avec une intensité accrue. Tout en transportant les pièces, elle les admire avec gourmandise, ne pouvant s'empêcher de flatter leur surface d'un geste furtif… Les pièces craquelées ou déformées sont placées à l'écart. Il y en a peu, heureusement : Uldaire sera fier du travail accompli.

Le son de pas qui résonnent sur le trottoir de bois attire l'attention de Vitaline et de son compagnon apprenti. C'est Rémy et quelques garçons de son âge, qui viennent contempler le tapis de poteries luisantes au soleil déclinant. Comme de dignes commerçants en train d'évaluer la qualité d'une marchandise, ils tournaillent lentement alentour, se permettant des chuchotements mystérieux… Vitaline les hèle d'un ton enjoué :

— Les p'tits gars, cessez de finasser ! Z'avez l'air de mijoter un mauvais coup !

Amable Maillet fils se trouve parmi eux, et Aubain l'apostrophe :

— Y est pas rentré, ton paternel ? Encore suprêmement affairé ?

Il n'y a aucune trace de ressentiment dans la voix d'Aubain, car leur voisin est honnête et consciencieux. L'interpellé répond :

— Y est avec des messieurs. Je cré qu'y sont partis en parlementeries…

Se permettant une bouffée d'air frais sur le pas de la gueule du four, Uldaire s'écrie :

– C'est guère le moment, sacré tordieu de baptême !

Et il fait un grand geste du bras vers les vaisseaux, indiquant par là qu'une bonne partie appartient à son voisin. Rémy intervient en criaillant presque :

– Des parlementeries pas ordinaires, son père. Y a plein de bourgeois rassemblés !

Uldaire fronce les sourcils.

– Pour quelle cause ?

– Je m'en vas le quérir, réplique Rémy d'un air de conspirateur. Vous venez, les gars ? On s'en va espionner !

Il a mordu dans le dernier mot comme dans une délectable tire de la Sainte-Catherine. Uldaire n'a pas le temps de réagir : la troupe dépenaillée déguerpit à toute vitesse, et Vitaline les suit du regard avec amusement. Le deuil du cadet de la famille est bel et bien terminé. Après le départ de son frère, Rémy a été incapable de manger pendant des jours entiers. Tout seul dans la chambre, il s'est mis à faire des cauchemars, au point que Vitaline a dû venir dormir avec lui jusqu'à ce que le choc s'estompe. Pendant des semaines, il a erré comme une âme en peine…

Vitaline et ses aînés reprennent leur travail, mais Aubain a une expression songeuse, ce qui fait dire à la jeune fille :

– Tu le sais, toi, ce qui chiffonne les hommes d'importance ?

– Ça se pourrait. Remarque, peut-être que c'est pas pantoutte ce que je pense… Mais depuis une semaine ou deux, ça se dit dans le bourg que dans notre Chambre d'Assemblée, le diable est aux vaches.

– Notre Chambre d'Assemblée ? Celle de Québec ?

– J'en connais rien qu'une, réplique Aubain, rieur. Pas toi ?

Vitaline réagit par une mine condescendante :

– Rien qu'une ? Tu fais dur ! J'en connais une autre dans les vieux pays… à Londres, pour parler drette ! Pis plus proche d'icitte, dans l'autre province, à York…

Secouée par un rire, elle doit s'interrompre. Elle a prononcé le nom de la capitale du Haut-Canada à la française, ce qui lui donne l'allure d'une exclamation de dégoût ! D'un air mi-figue, mi-raisin, Aubain enchaîne :

— Yeurk toi-même… D'après toi, Vitalette, quand je vais donner ma voix pour un député, c'est-y pour un député de Yeurk?

— Donner ta voix? T'es ben trop jeunot! Pis t'as aucun bien pour te qualifier!

— C'est une manière de dire!

— Vas-tu le cracher, ce pourquoi le diable est aux vaches dans *notre* capitale?

— Me dis pas que t'en as aucune idée?

Il n'y a nulle trace de moquerie dans le ton d'Aubain, mais plutôt une tension sourde, empreinte de gravité, qui met Vitaline sur la sellette. Elle coule vers lui un regard soucieux. Bien entendu, elle entretient quelques doutes…

— Ça serait-y que… l'affaire des comptes publics rebondit encore?

— Touché. Pis notre gouverneur bien-aimé, y s'enrage pis y brandit la menace ultime : une prorogation.

Vitaline ouvre de grands yeux sur ce mot insolite, qu'elle répète à plusieurs reprises avec une extrême précaution, en détachant chacune des syllabes.

— Quand Son Excellence est marrie, ce qu'elle peut faire, c'est de bouter toutte le monde hors du Parlement.

— Pour toujours? Notre Parlement disparaît?

— Ben non! C'est juste remettre à demain ce qu'on devrait faire astheure. Si ça s'avère, y aura guère personne de surpris dans les cercles informés… Y paraît qu'on peut pas s'attendre à autre chose de la part de Milord. Lui, y veut le trésor public amarré à sa ceinture, comme une bourse dans laquelle puiser à volonté.

Envisageant franchement la jeune fille, il jette d'un air farouche :

— Nos députés, jamais y le laisseront faire! Y veulent faire d'une pierre, deux coups. D'un bord, avoir l'œil sur les dépenses. Quand tout un chacun, y paye des taxes, ben tout un chacun, y a le droit de voir à ce qu'elles soient allouées à bon escient! Celui qui fait un don, y a le droit de prescrire des conditions à son bénéficiaire. Eh quoi? Ce droit qu'on accorde au plus humble individu, on le refuserait à un corps législatif? On le refuserait à une nation entière?

Vitaline reste béate d'admiration. Ce qu'il est croquable, leur jeune apprenti, quand il s'échauffe ainsi! Il achève sa tirade avec une superbe véhémence:

– D'un bord, veiller sur l'emploi de nos deniers. Pis de l'autre, tarir la vache à lait. Celle que toutte nous autres, on nourrit par notre travail, mais qui permet aux profiteurs de faire ripaille! Nous deux, pis ton père itou, pis touttes les autres, on engraisse une fournée de mange-Canayens! J'me fais ben comprendre?

Elle réplique, le fusillant comiquement du regard:

– Pousse pas trop ton avantage ou ton fricot va goûter le roussi!

À vrai dire, elle n'a pas besoin qu'on lui fasse un dessin. Depuis quelques mois, elle comprend mieux les choses... Quand la Nouvelle-France est passée sous la domination de la Grande-Bretagne, moins de 70 ans auparavant, elle abritait des dizaines de milliers de Canadiens, descendants de Français. Sans tarder, ces enfants du sol ont travaillé d'arrache-pied pour troquer leur statut de conquis, de prise de guerre, contre celui de citoyens anglais. Ces derniers ne vivaient-ils pas sous le régime le plus avancé au monde en matière de libertés personnelles, régime qui fait la gloire du système politique britannique?

Les Canadiens ont réussi dans leurs visées, grâce à l'Acte constitutionnel de 1791, qui octroyait aux colonies anglaises d'Amérique un parlement à l'image de celui de la mère patrie. Mais cette Constitution s'avère bâtarde, pour ne pas dire vicieuse, car elle permet aux tyrans de faire main basse sur le Bas-Canada. La Chambre d'Assemblée représente le peuple, son commerce et son industrie. Pourtant, qui fait la loi au pays? Quelques poignées d'hommes, nommés aux deux chambres hautes.

Ces usurpateurs se partagent les trônes du Conseil exécutif, instance finale et suprême de décision, de même que du Conseil législatif, où sont jugées, et souvent repoussées, les lois votées par les députés de la Chambre d'Assemblée. Ces officiers publics de premier plan se sont fait concéder un fauteuil *à vie* dans l'un ou l'autre des Conseils, et souvent dans les deux! Or, c'est là que se joue le sort de la colonie, c'est là que transigent les deniers publics, selon des manœuvres obscures qui s'apparentent à des détournements de fonds...

– L'affaire est faite !

Les bras chargés de trois pots de chambre, Uldaire vient de faire une sortie triomphale du four.

– J'en suis pas marri, je vous en passe un savon d'importance !

Aubain s'empresse de délivrer son patron, qui se démitaine et se décapuchonne d'un geste impatient. Ses cheveux mouillés sont plaqués sur son crâne, et il y passe ses mains pour les secouer. Vitaline le gronde :

– Exagérez pas, son père, z'allez attraper un coup de mort !

– Pas de soin. Le soir est tout doux...

Il dit vrai. Les érables doivent être gonflés de sève... Néanmoins, il grommelle :

– J'ai pas sorti ma tuque. Tu veux me la quérir, Vitalette ?

La jeune fille s'empresse vers la maison. Lorsqu'elle en émerge, un tintement caractéristique se fait entendre. Même si l'attelage est encore invisible, il s'agit bien du leur. Au cou du cheval est placé un assortiment de grelots dont le son n'est pareil à aucun autre... Elle fourre la tuque entre les mains d'Uldaire, puis elle se hâte vers la barrière qui referme la cour, placée au plus près du bâtiment qui sert à la fois d'écurie et de hangar.

La berline à patins fait son apparition. Des âmes généreuses condescendraient à l'affubler du nom de carriole, mais il s'agit en vérité d'un outil de travail dénué d'élégance, et dans lequel peuvent être fixées des boîtes de différentes grandeurs. Néanmoins, les rênes à la main, Perrine trône à la place du cocher comme si elle conduisait un équipage princier. Couverte par la robe de carriole, mémère arbore, à ses côtés, la mine à la fois exaltée et lasse d'une personne revenant d'une équipée. Et derrière, dans la boîte, Bibianne et sa mère sont assises les jambes pendantes, engoncées dans leurs fourrures.

Sans se faire prier, Potiche, un cheval costaud mais sans aucune distinction, négocie l'entrée du chemin privé qui mène à la modeste écurie. Vitaline claironne en direction de sa sœur aînée :

– Z'avez fait bon voyage, mesdames ? C'est quoi qui vous appelait sur les chemins ?

La mine hautaine, Perrine néglige de répondre. Bien entendu, la promenade était purement d'agrément. Bien peu de Canadiens, et guère plus de Canadiennes, résistent à l'attrait de s'offrir de temps à autre une randonnée sur le chemin d'hiver, c'est-à-dire la rivière gelée ! Apercevant les centaines de vaisseaux qui font une large tache colorée sur la neige, grand-mère s'écrie :

– Bel étalage de pourcelines ! Une sacrée réussite, mon gendre !

Ce dernier accepte le compliment avec une mine modeste. Dans toute la contrée, c'est par ce mot, *pourceline*, que l'on désigne les pièces tournées par les maîtres-potiers. La première fois qu'elle a entendu celui de porcelaine, d'où dérive ce vocable, Vitaline en est restée bouche bée. Elle était dans un magasin, rue Saint-Paul, à Montréal, et le commis décrivait une magnifique pièce toute blanche, sobrement rehaussée de couleurs. La fillette qu'elle était alors en a conçu un légitime orgueil. Leurs vaisseaux sont certes plus rustiques, faits de terre d'un rouge grisâtre, mais ils méritent d'être apparentés à de la vaisselle anglaise stylée !

Son attention est requise par deux hommes, plongés dans une discussion animée, qui sautent leur clôture de perches avec une remarquable aisance. Celui qui ouvre la marche est leur voisin, le potier Amable Maillet père, court de taille mais râblé, d'une force musculaire qui paraît au premier coup d'œil. Son compagnon est le jeune arpenteur Jean-David Bourdages. Ce dernier, connu par tous du seul prénom de David, interrompt le conciliabule pour offrir une grimace affligée aux membres de la famille Dudevoir.

– Pardonnez cette intrusion, m'sieurs dames, mais l'heure est grave !

Vitaline lui rend la pareille, contemplant avec plaisir ses traits aimables, de même que sa stature à la fois robuste et élancée, qui le fait paraître plus grand qu'il n'est réellement. Le fils du notaire et député Louis Bourdages n'est pas un intime de la famille, mais il est reçu avec affabilité et respect. Il a développé un réel attachement pour Gilbert, qui le lui rend bien ; Vitaline a senti que c'est leur amour partagé du savoir qui a dressé un pont solide entre eux. C'est en bonne partie grâce à la force de persuasion de l'arpenteur si Uldaire a accepté, pour son fils aîné, un autre destin que celui de maître-potier.

— Son Excellence vient de proroger la Chambre d'Assemblée, en servant aux députés une harangue de première classe. C'est la faute de nos représentants si les enfants trouvés manquent de soins et si les établissements d'éducation sont laissés sans financement.

Ayant ainsi capturé l'attention générale, David poursuit, lugubre :

— Une semonce dont toutes les législatures du continent prendront connaissance avec indignation. Car selon notre gouverneur, les députés sont coupables d'obstruction systématique à la moindre amélioration locale d'intérêt public !

L'affirmation est déraisonnable au point d'en être risible, et même Perrine laisse échapper une exclamation outragée. Le premier, Aubain se remet de sa surprise :

— Vous voulez rire, m'sieur David ? Y a pas pu dire une chose pareille ?

— À une heure du matin, le 7 courant, la Chambre défendait expressément à Milord de toucher aux deniers qui sont au peuple. *Si vous le faites, nous en aurons justice tôt ou tard !* Toute vérité est pas bonne à dire. Vous connaissez le proverbe ? Eh ben, y a été inventionné par les grands, les orgueilleux de ce monde. Faut pas en être surpris, leurs vérités sont souvent si honteuses. Elles leur écorchent les oreilles jusqu'au sang ! À 10 heures du matin, le même jour, Milord annonçait la prorogation.

Uldaire jette une œillade abasourdie à son ami Fond-de-Terrine, qui confirme :

— Milord prend les députés pour des ahuris. Y les a morniflés, parole d'honneur !

— Le triste sire !

Dame Royer se dresse de toute sa taille. Elle proclame avec une intense mésestime :

— Nous autres, on le sait que c'est le contraire qui se produit. Dans le gouvernement, les seuls qui nous défendent, ce sont nos députés ! Les autres, les Bureaucrates, y pensent rien qu'à se garnir la bourse !

Cette sentence reçoit un concert d'approbation, y compris de Vitaline qui sait très bien de qui sa grand-mère veut parler : une confrérie tricotée serré, connue sous le nom de « Clique du Château » ou de groupe des Bureaucrates. Une confrérie qui prend l'allure d'une secte dont les manigances s'entourent du plus grand secret ! Ces hommes, immigrants d'ascendance britannique pour la plupart, se réduisent à un type, celui de l'ambitieux qui n'aspire qu'à devenir le favori du gouverneur.

— Ces damnés Écossais, y veulent manier le revenu. Y veulent en avoir le contrôle exclusif, sans rendre de comptes à personne !

Le père de Vitaline a émis cet avis d'une voix vibrante de colère. Voilà ce dont le Bas-Canada est affligé, et qui le transforme en haut lieu de corruption : une oligarchie légale s'est installée à la tête de l'administration coloniale. Une oligarchie qui complote de concert avec le gouverneur ! Amable Maillet renchérit :

— Pis le peuple a beau soutenir ses représentants de la manière la plus éclatante, c'est comme si on prenait cette voix pour un bêlement de moutons niaiseux !

— Le gouverneur pis sa Clique, y arrêtent pas de créer des diversions, pis de nous étourdir. De nous faire accroire que ce sont des négociations ben ardues, qui exigent une science de lettré ! Mais y suffit de gratter un brin pour voir clair. Les finances publiques, c'est un gros paquet d'argent, dont une saudite partie tombe direct entre les mains de Milord pis de ceux qui lui lichent les bottes !

Tandis qu'Uldaire tâche de maîtriser son courroux, David s'astreint à décrire, pour le bénéfice de son auditoire, le cœur du litige entre le pouvoir exécutif, d'un côté, et la majorité des élus, de l'autre : la tristement fameuse « liste civile », ou autrement dit, la fonction publique de la *Province of Quebec*. Pour mettre un frein au gaspillage, les députés exigent de soumettre les émoluments des salariés de l'État à leur examen minutieux. Car en ce domaine règne un patronage éhonté et révoltant, qui gruge une part substantielle du budget global de fonctionnement de la colonie. D'infâmes abus font du Bas-Canada le royaume du favoritisme et du gaspillage !

Les femmes se résignent à descendre de l'attelage, sauf mémère qui préfère demeurer haut perchée. David professe encore :

— Rapport à l'emploi des deniers publics, la Clique du Château est hors la loi. Chaque année, le gouverneur ordonne, tout fin seul, le paiement de diverses fortes sommes d'argent. Des deniers prélevés sur nous autres, les sujets de Sa Majesté en cette province ! Et pour payer quoi ? Des appointements excessifs en sa propre faveur ou en faveur d'autres employés publics. À son gré, de manière totalement arbitraire ! Est-ce que quelqu'un, icitte, oserait nier cette vérité ?

Nul ne l'ose, bien entendu, car le jeune arpenteur ne leur apprend rien. Depuis le début de la décennie, leurs représentants élus ressassent la même triste rengaine...

— Le gouverneur en chef, un vulgaire soldat sans le sou, veut qu'on lui accorde la liste civile, mais en bloc et sans aucun contrôle de la part de la Chambre ! Faut pas parler de *chapitres* et encore moins d'*items*... L'idée seule de ces malheureux items...

— ...fait sur lui, pis sur ses maudits conseillers, l'effet de la batterie électrique !

Cette saillie de Fond-de-Terrine fait pouffer nerveusement Vitaline.

— Les Bureaucrates savent juste travailler en bloc. Y veulent réunir les deux provinces en bloc...

Ce lien habile avec la menace constante d'une union politique avec le Haut-Canada, qui a atteint un paroxysme en 1822, se mérite l'admiration générale. David poursuit :

— Ensuite, y veulent avoir tous les subsides en bloc... Et enfin, y paraissent assez disposés à chasser tous les Canadiens en bloc !

De généreux éclats de rire lui répondent. Ce n'est que trop bien dit !

— Alors, tout irait à merveille. Car l'unique but de leurs travaux, le principal motif de toutes leurs démarches, c'est de s'engraisser à nos dépens!

Sur cette tirade enflammée, le jeune arpenteur s'encalme, puis il ajoute tristement:

— Nos finances sont dans un état pitoyable. C'est à pleurer... Le gouvernement civil pourrait coûter deux tiers de moins. Compte tenu des taxes à la consommation et de la garantie offerte par les terres vacantes... Nous serions fortunés.

Un silence consterné accueille cette déclaration empreinte d'amertume. Vitaline en a la chair de poule...

— Depuis une huitaine d'années, l'administration coloniale a dépensé de fortes sommes sans loi qui l'y autorise. Ou quand elle en a une, au-delà de ce qu'autorise la loi!

Tout en parlant d'une voix forte, le jeune arpenteur a lentement pivoté sur lui-même pour envisager chacune des personnes présentes, et surtout les hommes, qu'il interpelle du regard.

— C'est pas moi qui le dis, ce sont tous les députés qui ont la prospérité du pays à cœur. Ceux que vous avez choisis comme vos représentants!

Le potier Maillet en profite pour vociférer encore:

— Y a pas un Canadien qui peut rester marri contre nos représentants, c'est garanti! Milord, y l'emportera pas en paradis. Depuis le temps qu'y est par icitte, y nous connaît pas? Ben y va prendre une sacrée leçon!

Depuis ses pieds, comme si ce sentiment venait des entrailles de la terre, Vitaline sent une montée de patriotisme prendre possession de tout son être. Elle reste clouée sur place, surprise par son intensité, par cet amour inconditionnel pour sa patrie qu'elle n'avait encore jamais ressenti. Elle voudrait, sur-le-champ, aller bouter hors du pays ces aventuriers qui ont un pied dans la colonie, et l'autre dans la mère patrie! Cette poignée d'hommes qui, jouissant d'un poste dans la fonction publique, trop souvent une sinécure, deviennent d'arrogants *hommes à place*!

Mémère profite de l'accalmie pour tendre le bras vers Aubain, en commandant d'un ton bourrassier:

— Viens m'amener sur le plancher des vaches, mon gars...

Le jeune apprenti obéit sans sourciller. David porte la main à son front, en un salut militaire quelque peu fatigué.

— Au revoir, m'sieurs dames. Désolé de vous avoir importuné... Transmettez mes salutations à Gilbert quand y atterrira pour Pâques. Y aura la fale basse... Les nouvelles de lui sont pas trop mauvaises ?

— On sent qu'y reste sur son quant-à-soi, répond Vitaline spontanément. Sauf pour nous asticoter avec les expressions latines. Alors là, y fait le malin !

Après un rire, l'arpenteur bat en retraite. Le maître-potier Maillet pose les yeux sur l'étalage de vaisseaux dans la neige, et sa mine de conquérant devient toute piteuse.

— V'là-t'y pas que vous avez défourné sans moi... Ce pauvre Aubain, y a dû en suer un coup...

— Y arrêtait pas de se plaindre, riposte Vitaline. Même que c'est moi qui a presque toutte fait !

- 6 -

Dès le retour de Gilbert à Saint-Denis pour les vacances de Pâques, Rémy s'attache à ses semelles. Même si le jeune collégien trouve son petit frère plutôt collant, il n'a pas le cœur de lui en faire le reproche. Il a réalisé que d'une certaine manière, Rémy l'a choisi comme mère, en remplacement de la trop froide Bibianne. Leur histoire à tous les deux, le lien tissé entre eux depuis l'enfance, ne peut se dépeindre autrement... Cette révélation lui a procuré un étrange réconfort. Comme s'il se sentait retenu au port par une amarre dont jusqu'alors, il ignorait l'existence. Une amarre vitale, somme toute...

Ce matin-là, comme chaque jour, Gilbert et Rémy empilent du bois pour les besoins de l'atelier, puis ils prennent soin des bêtes, en particulier de l'intelligent cochon, pour lequel ils ont une affection particulière. Depuis son entrée au collège, Gilbert a laissé sa place à son cadet, mais jusqu'alors, c'est lui qui engraissait les porcelets grâce à sa sympathie agissante. Chaque fois qu'il se régale de leur chair, il précède ses agapes d'une action de grâce toute personnelle... Son frère et lui passent un temps infini dans la minuscule soue. C'est souverainement détendant, après les collets montés du Petit Séminaire!

Ensuite, il ne peut s'empêcher de traînasser dehors, heureux de la fraîcheur de cette journée d'avril. Il est constamment enfermé au collège, et le printemps est si beau, si odorant! Dans quelques jours, il devra retourner à Montréal, mais il entend profiter à fond de ses dernières journées de vacances. Il sent le besoin de se décrasser l'intérieur. Si les dévotieux prétendent qu'un séjour au cloître de Montréal est salutaire à l'âme, Gilbert a plutôt l'impression que tout son être est encombré de viscosités !

Soudain, en après-dînée, Rémy décampe, comme s'il flairait quelque événement dans le village. Il revient peu après, courant à perdre haleine. Gilbert est en train d'examiner l'appareillage sophistiqué que son petit frère a construit dans un recoin de la cour. Depuis l'ouverture du canal de Lachine, une dizaine d'années auparavant, les voies d'eau artificielles sont à la mode. Un des jeux favoris des enfants est de construire un canal au moyen des tiges creuses des plants de citrouille. Ensuite, avec opiniâtreté, ils alimentent l'ouvrage à grand renfort de seaux d'eau, charriés depuis le puits.

Gilbert veut complimenter Rémy sur son travail d'ingénierie, mais la mine excessivement concentrée de son cadet le réduit au silence. Pendant qu'il se relève, Rémy jette en haletant :

— Y a un rassemblement sur la place. Ben des hommes. Sont après lire une Adresse…

— Une Adresse ? De qui ?

— Du notaire Bourdages à tous les électeurs du Bas-Canada, sur le choix des représentants à l'élection prochaine.

— J'y cours. Avertis toutte le monde. Y vont vouloir venir !

Gilbert prend ses jambes à son cou. En quelques minutes, il a dévalé la ruelle qui débouche sur la place du Marché, un espace carré, situé tout juste en aval du terrain de la fabrique, que le seigneur a jadis réservé pour la commodité générale. Depuis le début du siècle, un marché public s'y tient pendant la belle saison, les mercredis et samedis. L'endroit sert également pour les attroupements d'envergure, comme les revues de milice.

Louvoyant entre les plaques de neige, Gilbert s'approche de l'attroupement, encore peu considérable, mais qui gonflera rapidement, à en juger par tous les artisans et les ouvriers délaissant leur ouvrage. L'arrogance des autorités vis-à-vis de la Chambre d'Assemblée provoque, dans la province, une onde de choc qui a l'ampleur d'une lame de fond. Les représentants élus se cabrent de fierté et, ce voyant, tous leurs commettants font de même !

Selon l'usage établi, une fois retournés dans leurs foyers, les députés font appel à leurs constituants pour juger de leur conduite. Les Canadiens ont l'habitude de ces rassemblements. C'est alors qu'ils s'entendent sur leurs candidats de choix aux élections, qu'ils tombent d'accord sur le contenu de pétitions ou d'Adresses à soumettre au gouvernement, et qu'ils s'arrogent le droit de critiquer la conduite des hommes publics, si nécessaire.

Après le discours insultant de prorogation du gouverneur Dalhousie, une première assemblée publique a eu lieu à Saint-Hyacinthe. Sous la présidence d'un notable du lieu, les participants ont adopté une série de résolutions, approuvant la conduite des élus dans la question des subsides et s'élevant contre la prorogation qui a privé le Bas-Canada de législations urgentes, surtout celles visant à favoriser l'éducation. La dernière résolution réitérait la confiance du peuple envers les députés *attachés au bonheur de ce pays par les liens les plus sacrés, et dont le patriotisme s'est éminemment distingué en maintes occasions, et particulièrement pendant la courte durée de cette dernière session.*

Le grassouillet Louis Bourdages, jouqué sur une estrade improvisée, est en train de pérorer. Le plus ancien député de la Chambre d'Assemblée est également l'un des plus acharnés et des plus constants que la province ait connus. Il est réputé à travers toute la contrée pour son franc-parler, ses idées avancées et son refus de l'arbitraire. Un pouvoir arbitraire dont il a terriblement souffert, en tant que fils de parents acadiens ayant été victimes de la déportation de 1755… Cette terrible injustice lui a, semble-t-il, conféré une souveraine détestation pour le despotisme!

Composée de plus d'une centaine d'hommes, de plusieurs dizaines de femmes et d'une trâlée d'enfants, l'assemblée est plongée dans un silence attentif, tandis que l'homme de haute stature, mais voûté par le poids des années, explique d'une voix forte que la Chambre d'Assemblée a l'obligation de tenir les cordons de la bourse publique assez serrés pour empêcher, à tous ceux qui aiment l'argent d'autrui, d'y plonger la main. Sauf que, maître de payer à discrétion, un gouverneur a intérêt à grossir les payes, afin de s'assurer un plus grand dévouement à ses volontés...

— Si nous y trouvons à redire, le gouverneur ne manque pas de nous faire répondre par les écrivains qu'il paye, et bien cher : « Eh quoi, messieurs du Canada, quel est donc votre égarement ? Quelle raison de vous regimber ? Si j'ai le droit de payer cher la journée d'un connétable ou de tout autre petit officier qui sait me plaire, comment n'aurais-je pas celui de penser à moi ainsi qu'au juge en chef, et à tous ces grands officiers ? Si je puis payer cher des aveugles, des boiteux et des manchots que je pourrais placer dans la Bureaucratie, à plus forte raison, je chargerai d'argent ceux qui ont deux yeux, deux bras et deux jambes entièrement dévoués à mon service ! »

Des rires gras secouent toutes les personnes présentes, et Gilbert se joint à cette acclamation collective de joie. Réjoui par la réaction de son auditoire, l'orateur en remet :

— Et dès lors, on verrait les gens en place accourir en foule, et s'écrier, agenouillés par-devant leur Dieu : « À merveille, c'est juste ; vous avez raison, vous aurez toujours raison, prenez et payez, c'est votre droit. » Et le gouverneur paierait !

Secoué par l'hilarité, Gilbert mire la foule en liesse, et Rémy en train de se faufiler à ses côtés. Leur père rit à gorge déployée, entouré par ses plus proches amis, dont leur voisin Amable Maillet, dit Fond-de-Terrine. Grand-mère fait de même, incluse dans un groupe de dames âgées issues des nombreuses familles d'artisans qui peuplent le bourg. Enfin, tout près de l'orateur, Gilbert remarque la présence de deux de ses fils, dont David qui, le regard levé vers son père, sourit de toutes ses dents. Gilbert sent un élan d'affection le soulever tout entier. Espérons qu'il aura l'occasion d'aller lui présenter ses hommages, avant de repartir pour la ville... Peut-être même tout à l'heure ?

Le député en vient alors à l'essentiel de son propos :

— Vous voyez, par ce simple exposé, combien il est important d'avoir de bons représentants. Des gens ménagers qui auront soin des intérêts du public comme des leurs propres.

Louis Bourdages encourage ses commettants à réélire, aux élections qui ne vont pas manquer de survenir prochainement, ceux des représentants qui ont fait leur devoir. Il les engage à repousser les gens en place, de même que ceux qui ont répandu servilement leurs déclarations! Penché sur ses feuillets, l'orateur se fait plus grave:

— Des méchants s'efforcent d'induire le représentant de Sa Majesté en erreur. Par leurs mauvais conseils, la mère patrie nous a déjà imposé des taxes qui vont contre la teneur et le sens de notre acte constitutionnel. Mais du moins, le produit de ces taxes est dépensé pour notre avantage. Astheure, les mêmes méchants veulent que le gouverneur puisse employer une grande partie de notre revenu sans notre consentement, sans celui de vos représentants, ce qui est encore plus contraire aux droits et aux privilèges que nous accorde notre Constitution, de même qu'un acte plus ancien où le Parlement de la Grande-Bretagne a déclaré qu'il n'avait pas le droit de lever un revenu dans les colonies.

Bourdages a cessé de lire, et tranquillement, il parcourt des yeux l'auditoire. Il a des traits harmonieux mais nettement dessinés, à commencer par un nez imposant d'une belle droiture et des arcades sourcilières fortement arquées.

— Soutenons fermement ces droits, mes chers amis. Si nous y renonçons, si nous les perdons par notre faute, nos enfants en souffriront. Ils nous en feront des reproches, lorsqu'ils gémiront dans l'esclavage et dans la misère!

Ce discours grandiloquent touche une corde trop sensible pour que quiconque songe à s'en moquer. L'esclavage et la misère, tous les Acadiens déportés les ont vécus, et l'orateur plus que quiconque. Son père, chirurgien dans l'armée en poste en Acadie, a fait partie de ce peuple chassé de sa patrie à coups de baïonnettes!

Gilbert tend l'oreille pour saisir l'information qui circule dans les alentours. Ce Raymond Bourdages a vécu l'errance et l'extrême pauvreté, avant de s'installer dans la Baie-des-Chaleurs. Là, à Bonaventure, il a fait prospérer divers commerces, en plus de faire l'acquisition de plusieurs centaines d'acres de terres.

Pendant ce temps, son épouse lui offrait des enfants avec régularité, 11 en tout, dont Louis, né en 1764. Mais déjà, pour une poignée d'individus vénérant le dieu de l'opulence, les colonies anglaises d'Amérique n'étaient qu'un vaste champ de spéculation. S'estimant nés pour régenter, ils mettaient sous leur coupe le gouverneur, ce nobliau anglais expédié dans l'une ou l'autre des colonies britanniques, au gré des humeurs du ministre responsable!

Pendant toute sa jeunesse, Louis Bourdages a vu son père se défendre âprement contre eux. Le premier, un Hollandais nommé William Vanfelson, se disait propriétaire de toutes les terres de la Baie-des-Chaleurs. Le second, l'arpenteur Samuel Holland, revendiquait une concession qui englobait les terres de son père. Au nom de ses frères et sœurs, Louis a ferraillé auprès des autorités de la colonie pour faire reconnaître leurs droits sur ces terres, dont les titres n'ont été confirmés que tout récemment, à force d'opiniâtreté. Seul un juriste pouvait s'y reconnaître, dans ce tripotage systématique!

Après une longue pause, Bourdages conclut son discours, la voix légèrement tremblante:

— L'état actuel du pays est un état contre nature. Tôt ou tard, il faudra bien que chaque chose revienne à sa place. Telle est la nature, tel est le bonheur du gouvernement de l'Empire auquel nous appartenons. Les abus et l'injustice peuvent bien prévaloir pendant quelque temps, mais à la fin ils doivent faire place au cours prescrit par la Constitution. Le roi est bon, son parlement est sage: éclairons-les. Montrons-leur jusqu'où des méchants, en les induisant en erreur, ont porté l'effronterie, et nous obtiendrons justice.

Ce dernier mot se dépose en Gilbert comme une promesse de bonheur. Après une brève inclinaison de la tête, l'orateur tend la main vers ses fils, qui l'aident à redescendre. Aussitôt, on se presse autour de lui pour le gratifier de congratulations bien senties. Cette harangue électorale, M. Bourdages ira la répéter sur toutes les tribunes qui se présenteront à lui. Car il est vital, à l'heure actuelle, que le peuple exprime en masse sa haute estime envers ses représentants à la chambre basse qui se démènent pour faire régner la liberté en Canada !

Leur destinée à tous repose entre les mains du seul groupe qui soit apte à défendre l'honneur des enfants du sol : les élus du district de Montréal à la Chambre d'Assemblée du Bas-Canada. Autrement dit, les « tuques bleues », surnom qui dérive de la teinture couramment utilisée pour la laine du cheptel ovin local. Eux seuls ont le pouvoir de combattre l'outrage. Soutenus par leurs commettants, par tout un peuple, ils piaffent, se cabrent et tentent de briser leur joug ! Mais la lutte est si inégale que ça en fait mal au cœur...

De par toute la place, les parlementeries vont bon train.

— Ceux qui ont le droit de régler le montant de la dépense publique, ce sont ceux qu'on choisit pour faire nos affaires, déclare un homme. Eux seuls prennent garde de pas allouer des payes trop fortes aux gens à place. De crainte que, pour avoir de quoi les satisfaire ensuite, y soient obligés de mettre des taxes sur nos terres.

— Ce qui ferait notre ruine !

— Si le gouverneur a le droit d'engager *et* de payer à discrétion, les mieux récompensés seront les moins utiles au public. Ces couillons diraient : « Oh ! Aujourd'hui y mouille, ou ben y fait trop chaud, ou ben trop frette. Allons à la maison du gouverneur, fraîche en été, chaude en hiver. Là, faisant nos chiens couchants, nous le chatouillerons en lui lichant la plante des pieds, ça lui fera plaisir, y nous jettera de bons os à ronger. »

Pendant ce temps-là, poursuit l'orateur improvisé, les bons serviteurs seront haïs. Car leur diligence fait paraître la fainéantise des autres ! Ces derniers se vengeraient par des menteries.

— Y diraient au gouverneur : « Si nous paraissons par-devant vous à tous les jours, c'est à cause que nous vous respectons et vous aimons fièrement. Ceux que vous voyez rarement, par contre, ce sont des ingrats, des orgueilleux qui refusent à reconnaître votre grandeur ! »

Un autre en rajoute à ce discours médisant :

— « Ce sont des ambitieux ! »

— «Encore pire, des démocrates enragés! Renvoyez-les. Le peuple et ses représentants sont trop regardants pour nous bien payer; c'est à vous qu'y faut se fier. Nos enfants, nos amis, pensent comme nous: chassez-les! *Turn them out!*»

Gilbert applaudit généreusement, comme toutes les personnes des alentours. Ce tableau de la situation colle de près à tout ce qu'il a entendu dire au sujet des flatteurs qui se pressent autour du représentant du roi d'Angleterre dans la colonie. En se faisant petits par-devant le gouverneur, ces courtisans font ce dernier plus grand qu'il n'est! Lentement, Gilbert a progressé en direction de l'estrade. David Bourdages est absorbé dans une discussion avec le Dr Olivier Chamard, un notable qui tient l'instruction en haute estime, au point de faire partie du comité de gestion de l'école des garçons. Gilbert a discuté plusieurs fois avec lui, lorsqu'il jonglait avec la possibilité de se faire collégien...

— Le droit naturel est explicite, c'est-y pas? Celui qui fournit le contingent des revenus d'un gouvernement doit connaître le maniement de la dépense! À quoi nous sert notre constitution tant vantée, si on nous prive du plus essentiel privilège conféré: le droit de veiller sur... passe-moi l'expression, sur cet extrait de la substance du peuple?

Posté à proximité, Gilbert dissimule un sourire devant le langage fleuri du notable, un homme sec et de haute taille, et qui cache son crâne dégarni avec un chapeau élégant. Il est épaté par sa tirade suivante:

— Espérons que notre Chambre d'Assemblée demeurera justement orgueilleuse de la belle prérogative que lui accorde la Constitution. Espérons que, toujours ferme et inébranlable dans ses principes, elle soutiendra constamment comme elle l'a fait jusqu'ici, les droits de ses constituants! Combattant sous une pareille égide, elle ne saurait manquer de triompher!

— Bien envoyé, m'sieur le docteur!

Gilbert n'a pu se retenir, compte tenu de la camaraderie de leurs échanges de l'année dernière... Chamard réagit par une exclamation cordiale:

— Hé, jeune homme ! Bienvenue en notre modeste village…
Pour le sûr, vous devez vous ennuyer de la grande ville, siège de
tous les savoirs !

— Siège de tous les pédants, je dirais plutôt…

Son interlocuteur accueille cette saillie par un gloussement,
mais son attention est happée par une de ses connaissances, vers
laquelle il se porte. David gratifie Gilbert d'une accolade, ce qui
laisse le garçon chamboulé par la chaleur de l'accueil, puis il recule en le tenant par les épaules. Il l'examine des pieds à la tête,
avant de laisser tomber, goguenard :

— C'est-y moi qui est minuscule, ou ben toi qui pousse comme
de la mauvaise graine ?

— Les deux, pour le sûr !

— Rappelle-moi ton âge, p'tit gars ?

Se vieillissant de quelques mois, Gilbert proclame :

— Douze ans et demi.

— Terrain piqueté !

— C'était mon anniversaire en janvier… Savez, au moment de
la tempête ?

— Je m'en souviens comme si c'était hier… Le banc de
neige montait plus haut que le sommet de mes cheveux ! Je cré
ben que je suis microscopique, comparé à toi, mais quand
même…

— Ces Messieurs étaient agités comme pas possible. Vous savez
pourquoi ?

Le jeune arpenteur fait mine de se creuser la cervelle, ce qui
plonge Gilbert dans l'allégresse. Il apprécie beaucoup ce côté de
sa personnalité, cette facilité à entrer en contact avec lui, malgré
leur différence d'âge… En quelque sorte, David Bourdages s'est
constitué son tuteur, son mentor en éducation, et c'est ce qui a
tissé un tel lien entre eux deux. D'autant plus qu'il joue ce rôle en
toute simplicité, comme un complice, un presque frère, et non
pas comme un dominant !

— Je donne ma langue au chat, p'tit gars !

— À cause que la neige s'amoncelait entre les murs du nouveau
temple.

— Terrain piqueté ! Des soutanes qui font la gigue, j'aurais aimé mirer ça !

Ce sont les membres de l'Institut sulpicien, pasteurs attitrés de la paroisse de l'Isle de Montréal, qui ont été les premiers responsables de la mise en chantier de la future église paroissiale, celle dont la vastitude remplit les spectateurs de stupeur. Soudain avide, David interroge son jeune ami :

— Tu l'as vue ? C'est-tu vrai que les ouvriers ont travaillé toutte l'hiver ?

— Je l'ai entendu dire, drette comme je vous parle !

— J'en reviens pas. Manœuvrer de même, dans les pires froidures !

— J'aurais voulu le constater de mes yeux, avoue Gilbert d'un ton piteux, mais notre bride était trop courte...

— Je suis inquiet, p'tit gars. T'as eu ouï-dire ? La Clique du Château aurait dessein de dépouiller ces Messieurs de leur seigneurie. Milord serait sur le point de porter la question devant les tribunaux de la province !

Gilbert confirme qu'il a entendu cette rumeur, qui balayait la colonie au mitan de l'hiver. Dans le climat tendu suscité par la prorogation de la Chambre d'Assemblée, elle prenait un air de terrible réalité... Les profiteurs sont coupables de tant d'abus qu'il est impossible de leur faire confiance. À la Conquête, ils se sont fait remettre les biens substantiels possédés par l'ordre des Jésuites en Canada, en promettant d'en consacrer le revenu à l'éducation. Cette promesse est restée lettre morte, et l'administration locale utilise ce revenu pour combler de faveurs ses protégés !

De même, les sulpiciens sont parmi les propriétaires fonciers les plus importants de la province. Ils possèdent plusieurs fiefs d'envergure dans le district, y compris cette isle immense où est sise la cité de Montréal. Leur droit est incontestable, même si les autorités leur font sentir que leur présence est tout juste tolérée, et que s'ils ne sont pas dépossédés de leurs biens, c'est uniquement grâce à la magnanimité de la mère patrie.

— J'ai pour mon dire, affirme Gilbert, que les possessions des sulpiciens sont la propriété du peuple canadien. On leur a permis de gérer ces biens en tant que… que… comment on dit, déjà ?

— En tant que fidéicommissaires. Ces Messieurs sont pris en otage par les mange-Canayens. De quoi alarmer le moins pessimiste des citoyens !

Tous deux échangent un regard entendu. Ce serait le comble du népotisme que de dépouiller ainsi les sulpiciens. Ces derniers entretiennent une croyance ridicule, celle d'être placés dans un état temporaire. Ils ont dû se séparer de la maison-mère de Paris après la Conquête, mais dès que la si aimable Couronne britannique consentira à les confirmer dans leurs droits, la réunification se fera en grande pompe ! À coup sûr, ces Messieurs vont se dessiller les yeux. Car sinon, eux-mêmes vont succomber aux attaques tous azimuts !

Une quantité phénoménale du sol de la province a déjà été dévorée. Les gouverneurs considèrent les terres incultes comme leur propriété, dont ils peuvent disposer à leur guise… Qu'en irait-il du droit de possession de tous les enfants du sol ? Pour ces derniers, la terre est le bien suprême, car c'est sur elle que se fonde leur droit d'habiter ce pays. C'est d'elle qu'ils tirent leur sécurité, leur prospérité, et même leurs droits de citoyens anglais sans lesquels ils ne seraient plus qu'un peuple de serfs, de conquis.

— Dis-moi, p'tit gars… Est-ce que t'apprécies ton séjour au cloître de Montréal ?

Gilbert en perd son entrain. Tout à son plaisir de revoir cet homme qu'il apprécie fièrement, il avait complètement oublié qu'il aurait des comptes à lui rendre… Il plonge instantanément dans un abîme d'émotions contradictoires, au point où son interlocuteur, un pli de souci au mitan du front, l'interpelle gentiment :

— Holà… Je pensais jamais te troubler à ce point… Si tu préfères, on pourra en jaser une autre fois.

Gilbert s'empresse de préciser, la voix rauque :

— J'aime l'instruction, m'sieur David. Mais j'aime pas les Messieurs.

L'homme pousse un profond soupir, et d'un geste qui émeut le garçon, il passe le revers de sa main sur sa joue, pour une très brève caresse fraternelle.

— La vie est compliquée, je te l'accorde. Pour faire quelque chose qu'on aime, faut souvent faire des sacrifices par ailleurs. Mais je le sais, que t'es capable. T'es capable d'aller quérir ce qui te plaît, et de fermer les yeux sur ce qui te déplaît. Le pire est quasiment fait, mon garçon. Le pire, c'est la première année.

Sentant que les couleurs reviennent à ses joues, Gilbert reprend contenance :

— Ce que j'apprécie fort, au cloître, ce sont mes amis. Vous savez avec qui je fais les classes ? Avec Gaspard, le fils du marchand Cosseneuve... Savez, du village Déberge ? Le fils est un joyeux luron ! Y a aussi Casimir... Lui, son père est un artisan-forgeron. Un des plus anciens, y paraît, de la Pointe-Olivier ! Ses parents ont juste lui comme fils. Fait qu'y tiennent à lui offrir une éducation supérieure... Savez quoi, m'sieur David ?

— Je t'écoute...

— Ce que j'apprécie le plus, avec eux, c'est que si on s'amuse... parce qu'on réussit à s'amuser un brin, pendant les récréations qui passent trop vite... on commence aussi à discuter de l'état du pays. Casimir, y pense comme moi. Nos représentants sont maganés, pis y faut les soutenir de toutes nos forces ! Gaspard, lui, y est plus tiède. Comme son père, si j'ai bien compris... Mais je me fais fort de le convaincre. Faut pas ménager nos efforts !

— Eh ben... À ce que je vois, tu te trouves en bonne compagnie ! Crois-moi, mon gars : tu vas te faire des amis pour la vie ! Je dois te quitter. Ma tendre moitié me fait les yeux doux...

Gilbert se tourne à demi pour jeter un œil à la jeune Mme Bourdages, visiblement enceinte, puis il déguerpit sans demander son reste. Il fait halte non loin, parmi un groupe qui, entourant Vitaline, la presse de déclamer. Tous exultent à l'entendre dévider la parodie du discours de prorogation du gouverneur. On ne sait qui l'a composée, mais elle a été imprimée sur des feuilles volantes, distribuées à travers la capitale ! Sa sœur s'est empressée de l'apprendre, pour ensuite casser les oreilles des membres de la maisonnée. Sa réputation a fait le tour du voisinage, puis du bourg !

De bonne grâce, Vitaline annonce :

– Harangue publiée *par autorité* !

Elle récite, personnifiant George Ramsay, 9ᵉ comte de Dalhousie, avec une raideur toute militaire, comme s'il s'adressait aux hommes élus pour représenter le peuple à la Chambre d'Assemblée.

– *L'on veut pas qu'à mon gré de l'argent je dispose. Comment ? Quelle impudence ! Oh, oh, Messieurs, tout doux : mes gens ni moi n'attendons, de vous, plus grand-chose. Avons, par conséquent, bien peu besoin de vous.*

Dans la strophe suivante, un gouverneur à la lippe arrogante et au regard assassin approuve la conduite zélée du Conseil exécutif, lequel démontre *un grand désir du bien* en refusant de parapher les projets de lois de la Chambre d'Assemblée. Les députés ont eu le front, devant toute la terre, de prouver que le gouverneur était un menteur. Ce dernier savoure sa vengeance en proclamant que les représentants n'ont qu'indifférence pour le bien public !

– *Après un lustre entier, fortement je déplore de vous voir, pour vos droits, tant et plus obstinés. Après tout, peu m'importe ! Et cette année encore, je prendrai les argents qu'on ne m'a pas donnés. Je vous proroge donc. Maintes entreprises sages – mesures, bills, projets – tombent par ce moyen. Le peuple doit souffrir un terrible dommage. Mais il le faut, tel est mon grand désir du bien !*

Vitaline se joint à l'hilarité générale. Elle s'amuse franchement à pérorer ainsi ! Il faut dire qu'Aubain l'a fait répéter à souhait…

- 7 -

Même si ce n'est encore que la barre du jour, des éclats de voix proviennent de la cour. C'est Rémy qui discutaille avec ses amis, tentant de trouver un moyen de persuader les parents de leur permettre de faire les renards. Car cette journée va leur offrir une activité bien plus excitante que celle de s'asseoir sur les bancs d'école. Le voisin Timoléon Lapré n'attendait que des cieux cléments pour procéder à la reconstruction de son four à pain !

Un demi-sourire aux lèvres, Vitaline constate qu'ils ne peuvent s'empêcher d'échafauder des plans extravagants, même s'ils savent très bien que c'est peine perdue ! Dans le bourg, on ne badine pas avec l'instruction. Du moins, tant qu'elle n'a pas atteint un niveau acceptable, comme le sien... Ravie de sa supériorité en cette matière, elle s'active en sifflotant entre ses dents. Elle-même n'aura pas besoin de se justifier pour préférer la corvée au couvent ! Ce sera une journée où il fera bon vivre.

Pendant la belle saison, c'est aux alentours du fournil, une cabane qui devient un hangar l'hiver, que les repas se mitonnent : soit dehors, sur un feu ouvert, soit en dedans, au moyen d'un vulgaire poêle de tôle, loué pour la saison. Vitaline engouffre son déjeuner, avant de se rendre chez leur deuxième voisin tout en mirant la rivière qui scintille là-bas, entre les bâtiments.

Dans la modeste cour du maître-menuisier Lapré et de sa famille, l'activité est déjà intense. Les femmes de la maisonnée vont et viennent entre la maison et les divers bâtiments, affairées aux préparatifs du repas qui sera fourni à tous ceux qui viendront donner un bon coup de main. Les hommes, eux, sont rassemblés autour de la structure de ce qui deviendra la chambre de cuisson. La cheminée de pierres a été remise à neuf, de même que la base du four. La charpente de branches souples est en place pour soutenir les parois de glaise, et les premières rangées d'écorce ont été posées.

Vitaline se retrouve parmi une troupe de jeunes gens qui s'en donnent à cœur joie dans une mare de glaise, afin d'accomplir la tâche, fastidieuse mais distrayante, de piétiner le mélange d'argile et de sable jusqu'à consistance désirée. Parmi eux se trouve Joseph Duplaquet, le jeune frère de son amie Marie-Nathalie. Par un hasard du sort, ou peut-être une parenté d'âme, Joseph est devenu le meilleur ami de Gilbert, en même temps que sa sœur devenait celle de Vitaline...

Joseph lui offre une grimace. Dégingandé comme Gilbert, il tient, de son père, la couleur charbon de ses cheveux et de ses yeux. Dès la belle saison arrivée, sa peau se tanne au soleil comme celle d'un Sauvage! Mais Vitaline se concentre sur sa tâche. Elle adore le contact de ses pieds nus avec la glaise. Elle jouit intensément de la fraîcheur du mélange, du chatouillis qui se produit lorsque la bouette sourd entre ses orteils...

M. Lapré aurait pu se servir d'un cheval pour effectuer cette besogne, mais il aurait privé la jeunesse d'un amusement qui ne fait de tort à personne, et qui permet aux hommes de reluquer un charmant spectacle, celui de créatures aux mollets désabriés, qui trépignent et piaffent! Comme la demi-douzaine de ses consœurs, des filles d'artisans d'âges variés, Vitaline ne dédaigne pas sentir sur elle ces œillades appréciatives, du moins tant que cela reste un jeu anodin.

– Pis, Vitalette... Pas d'école à matin?

Ce que Vitaline espérait survient enfin: Marie-Nathalie se joint à l'aventure. Ravie, elle serre la costaude jeune fille dans ses bras. Elle emprunte le même ton moqueur pour répliquer:

– Tu sais ben que t'es mon modèle à suivre!

Son amie fait une moue comique:

– Fais attention aux modèles... Des fois, ça paraît pas, mais à la cuisson, y deviennent distordus sans bon sens!

Elle rit sans retenue, imitée par Vitaline qui contemple ses traits avec bonheur. Chez sa « Mathalie », tout est ample, de la poitrine jusqu'à la bouche, des hanches jusqu'aux pommettes généreusement rondies ! À son côté, Vitaline se sent rapetisser, ce qui la soulage momentanément de la présence de sa carcasse à la féminité encombrante. Marie-Nathalie la dépasse de toutes parts en corporence, ce qui n'est pas peu dire !

— Son père, y insiste pour que je devienne savante. Que je cultive les arts d'agréments, comme y disent. Si je deviens une demoiselle, je ferai un bon mariage. Encore un brin, pis c'est chez les Ursulines de Québec qu'y m'envoyait.

Comme si la menace avait été d'importance, elle lève ses iris d'un brun sombre vers le ciel. Ce couvent semble autant loin, et de mœurs autant étranges, qu'un pays exotique ! Maître-potier devenu marchand, Antoine Duplaquet dit Lambert n'a pas l'instruction d'un notaire ou d'un médecin, ni le prestige d'un seigneur ; mais son avis est sollicité sur toutes les questions d'importance, et on lui fait une place de choix dans les assemblées publiques.

Depuis son enfance, Antoine est le proche ami d'Uldaire, malgré leur différence de fortune. Son grand-père avait acheté une officine d'artisan, y embauchant un maître-potier à la condition qu'il lui cède la moitié de sa production, et surtout, qu'il prenne son fils comme apprenti. Devenu maître-potier, ce dernier a formé Antoine, et lui a légué un bel avoir. Car l'aïeul savait engranger ! Le grand-père de Vitaline, lui, était sans le sou...

— Mais j'suis déjà plutôt calée, c'est-y pas, Vitalette ?

— C'est que pendant ce temps-là, on apprend guère autre chose... J'veux dire, les hommes, y seraient les premiers à chialer si on négligeait nos ouvrages !

— Si on savait pas tisser, pis balier...

Ce disant, elle mime un balayage énergique du plancher. Vitaline, elle, se met à remuer le contenu d'un chaudron imaginaire.

— Pis fricoter...

— Pis folâtrer un brin !

Toutes deux gloussent avec excitation, puis elles jettent un regard circulaire pour vérifier si par adon, un garçon intéressant aurait ouï... Mais ceux qui se joignent à l'équipée sont des jouvenceaux, encore trop niaiseux pour offrir le moindre intérêt. Ou des croulants... Posté aux abords des planches qui servent à contenir la mare d'argile, un vieil homme pose sur la troupe un regard tout professionnel. C'est à lui qu'il revient d'apprécier la qualité du mélange et de commander l'ajout d'eau claire.

Le maître-potier Louis Robichaud est l'un des premiers potiers du bourg, un de ceux qui ont favorisé le développement de cette industrie jusqu'au point de prospérité manifeste où elle en est actuellement. Il est d'un âge vénérable, que Vitaline est incapable de chiffrer : pour le sûr, il accumule davantage d'années que sa grand-mère ! C'est un homme d'un tempérament ardent, encore vert malgré sa tignasse de cheveux blancs et les poils de ses sourcils qui s'égayent en tous sens. Posant les mains sur ses hanches, il se dresse de toute sa taille pour aiguillonner la troupe de piétinants :

– Hardi, les jeunots ! Montrez-moi de que c'est que vous êtes capables ! Faites frime que c'est le cul de Son Excellence que vous êtes après botter !

Les jeunes filles pouffent d'un rire nerveux, tandis que les garçons s'esclaffent sans retenue. Joseph, le jeune frère de Marie-Nathalie, riposte sur le même ton :

– Prenez garde, le potier cadien ! Par les temps qui courent, on donne le fouette pour ben moins que ça !

Robichaud éclate d'un grand rire, mais qui fait long feu. Lorsque Vitaline est parvenue à proximité de lui, elle entend le vieil Acadien grommeler à mi-voix :

– Si on pouvait toutte nayer les profiteurs dans la bouette...

Saisie par la violence contenue de la remarque, la jeune fille fait une pause, observant le personnage. Ses traits se sont durcis sous l'effet d'une colère couvant sous la cendre... Vitaline a l'impression qu'à travers lui, elle ressent la rage de toute une génération d'Acadiens victimes de la déportation. Comme Louis Bourdages, Robichaud en est issu... Son inquiétude est palpable.

Ce qui parvient aux habitants du bourg, depuis la capitale du Bas-Canada et le château Saint-Louis perché sur le Cap Diamant, ne leur dit rien qui vaille…

Encouragé par l'intérêt que Vitaline lui porte, Robichaud reprend :

— Passeque je sais pas si t'as remarqué, p'tite fille, mais le gouverneur, y est en train d'inviter le diable à la danse.

Elle réplique dignement :

— Si j'me fie au qu'en-dira-t-on… on pourrait croire que Milord Dalhousie, y voit des épouvantails jusque dans sa soupe.

Enchanté par l'expression imagée, son interlocuteur se frotte les mains de plaisir, avant de renchérir :

— Des épouvantails avec une tuque bleue pis une ceinture de sauvage !

Il reste plongé dans ses pensées un court moment, puis il dirige son regard vers le sol. Sa mine s'attendrit et il laisse tomber :

— Tu sais-tu que t'es dotée d'une sacrée belle paire de jarrets, p'tite fille ?

Vitaline rosit tout en réprimant un sourire, puis elle va se cacher derrière Marie-Nathalie, rieuse à souhait. Bientôt, grand-père Robichaud proclame que le temps est venu d'attaquer la grosse ouvrage, soit recouvrir la charpente du four. Le groupe des jeunes s'octroie un temps de repos tandis que quelques femmes façonnent des mottes grossières de glaise et les apportent aux quatre artisans-potiers, dont Uldaire et Aubain, qui entreprennent de monter la paroi du four. Rapidement, la structure bombée s'élève sous leurs mains expertes.

Un échange à bâtons rompus s'est engagé entre Uldaire et Timoléon Lapré. Fort ennuyée, Vitaline constate que leur voisin semble réticent à reconnaître la responsabilité de la Clique du Château dans la crise actuelle. Uldaire l'engueule quasiment :

— Si les prisonniers manquent de pain, à qui la faute ? Aux députés à qui on vient de montrer la porte en plein mitan de la session ? Ou bedon à celui dont le discours de prorogation était écrit d'avance ?

Se tenant sur ses gardes, debout à proximité du four à pain, le maître-menuisier réagit à cette harangue avec hauteur :

— Écrit d'avance ? Que c'est que tu me chantes là ?

— Ben oui, mon simplet. Autrement, comment un homme sensé pourrait dire que nos députés ont regardé les mouches voler, alors qu'y ont envoyé à la chambre haute… combien de projets de loi, m'sieur Robichaud ?

L'interpellé répond d'une voix tranquille :

— Plus de 70. Je vous dis pas combien ont été refusés…

Depuis une vingtaine d'années, le nombre de projets de lois votés en Chambre d'Assemblée, mais rejetés au Conseil législatif, est incalculable. Cette situation donne aux enfants du sol l'impression d'être les dindons de la farce ! Uldaire reprend avec énergie, à l'adresse de l'artisan-menuisier :

— Fait que le gouverneur, mon Timoléon, soit qu'y a viré su'l'capot, soit qu'y se fait ben mal conseiller par la Clique du Château !

— Faut pas tant se fier aux apparences. Nos députés, ce sont de braves hommes, mais y sont têtus comme des mules quand y est question des deniers de la province ! Après toutte, on est une colonie anglaise. C'est rien que normal que le Conseil exécutif pis le gouverneur, qui représentent le roi, y doivent pouvoir disposer du revenu à leur gré. Je veux dire, sans l'argent que la mère patrie envoye jusqu'icitte, on ferait dur en maudit !

— Ah ouais ? rugit Aubain, tout rouge soudain. Vous croyez pas que les profiteurs, y soutirent de nos poches ben plus d'argent qu'y en versent ? Rappelez-vous du receveur général. Combien qu'y a volé dans le trésor public ?

— Quatre cent mille piastres, répond le vieil Acadien.

Universellement connu, ce montant faramineux suscite pourtant, chaque fois, des hoquets de surprise. Vitaline est secouée par un puissant courroux, qui lui fait serrer les poings et souhaiter se trouver en face de ce crocheteur d'envergure, le plus dépravé des Bureaucrates, afin de l'accabler d'invectives !

— Pis à l'heure actuelle, s'indigne encore Aubain, y caracole sur sa terre des vieux pays, sans jamais avoir été inquiété par la justice. Tandis que le moindre Canayen qui vole une piécette, y se fait harponner par l'huissier, sous ordre d'un magistrat !

Dépositaire, de par sa fonction, de l'argent provenant soit de la levée des impôts, soit des droits réguliers, John Caldwell a « emprunté » une somme qui représente bien davantage que le budget annuel de la colonie, pour financer ses projets commerciaux et industriels, de même que l'achat d'une seigneurie et un train de vie grandiose. Or, Caldwell n'était pas un homme d'affaires avisé, et il s'est retrouvé obéré jusqu'à la ruine... Mais il peut compter sur ses amis ou ses sympathisants pour faire traîner les choses. Retourné en Angleterre, il jouit tranquillement de ses biens, et trois ans plus tard, le montant remboursé n'est qu'une minime fraction de la somme !

— Faut pas mélanger, rétorque enfin Lapré. Caldwell, c'est un détrousseur. Mais les autres, les petites gens à place ? Y tâteront pas de leur paye...

Nullement impressionné, Uldaire réplique, d'un ton sans appel :

— Détrompe-toi. Ce sont des criailleries ! L'administration et ses suppôts, y puisent dans une bourse bien garnie. Autrement, croyez-vous qu'y pourraient mépriser nos doléances depuis si longtemps ? La Clique qui s'est mise à la tête du pays, elle a pris soin de prévoir d'amples revenus pour la Couronne. C'est pour ça qu'elle peut résister, de même, à nos exigences !

Son ton s'est durci, et il ajoute :

— Y pas de raison d'État derrière tout ça. Y un appétit féroce pour les profusions du pays, point à la ligne. T'es pas d'accord, le Timoléon ? Le fruit de nos travaux et de nos épargnes, ce devrait pas être approprié par *nos seuls représentants à la législature* ?

Démonté, le maître-menuisier se cantonne dans le silence, tandis que Vitaline jongle avec ce mot savant, *approprier*, dont elle a fini par comprendre le sens. Dans ce contexte, les hommes d'importance ne veulent pas dire « s'emparer de quelque chose », mais « affecter à un usage déterminé ». On lui a expliqué que ce terme provient de l'anglais : *appropriate*. Dans le domaine des affaires publiques, cette langue est omniprésente, et souvent, de tels mots, une fois francisés, entrent rapidement dans l'usage.

Aubain reprend le crachoir :

– D'après vous, le gouverneur ignorait les manigances de Caldwell ? Je gagerais cent piastres du contraire. Le gouverneur, y est coupable. Tous les gouverneurs, en prenant sur leur responsabilité, sont coupables ! Parce que c'est comme ça que Caldwell a pu escamoter une telle somme pour ses menus plaisirs !

D'une voix criarde qui trahit son énervement, l'artisan Lapré ronchonne :

– Pis nos députés, y faisaient quoi, pendant ce temps-là ? Y avaient juste à s'y opposer !

Plusieurs réagissent à cette mauvaise foi prouvable par des exclamations de colère.

– La Chambre a toujours réclamé contre ces abus criants. Où c'est que tu te terrais, pendant ce temps-là ?

Même son épouse, Marcelline, le houspille, les mains sur les hanches :

– Quand plusieurs hommes s'embusquent le long d'un chemin pour guetter un passant et lui ôter son argent, c'est-y parce qu'y en ont le droit ? Pas pantoutte. Mais l'argent, y le gardent jusqu'à ce qu'on leur fasse leur procès !

L'expression déterminée, Uldaire s'approche de Timoléon :

– Tu les connais tant que ça, les affaires publiques ?

– Les affaires publiques ? Ben... Autant que toé, cousin.

– Moi, je les connais guère. C'est ben compliqué, pis on se trouve loin du cercle du pouvoir, hein ? Fait que je me fie aux hommes d'importance. À ceux qui s'y frottent, s'y piquent. À ceux qui ont mérité ma confiance par leurs agissements par icitte. Ces hommes-là, quand y crient au loup, je crie pareil.

La voix perçante de Marcelline Lapré s'élève de nouveau :

– Ça va faire, le bredas ! Faudrait achever l'ouvrage ! Z'avez-vous fini de lisser le four, m'sieurs les potiers ?

Aubain s'empresse autour du four pour s'assurer que la couche d'argile très délayée, dernière étape avant le séchage, est douce à souhait. Pour finir, une vieille couverture de laine, humidifiée, est étalée sur le chef-d'œuvre pour assurer un séchage constant, sans craquelures.

— Vous pouvez étaler la boustifaille !

Les quelques personnes qui n'ont pas participé à la corvée retournent vers leurs foyers, tandis que les autres prennent place autour de la nappe de fortune déposée au sol, à l'ombre d'un bâtiment qui exhale cette senteur âcre, mais familière, du fumier de poules. La famille Lapré n'est pas chiche dans l'expression de sa gratitude, et même si le simple repas est servi à la bonne franquette, il comble les appétits les plus exigeants.

Vitement, les dames se mettent à débattre d'un événement ayant fait sensation à travers la province. À la toute fin d'avril avait lieu une pendaison pour un vol commis au presbytère de Pointe-Lévis. Comme lieu pour faire subir ce triste sort aux frères Jean-Baptiste et Michel Monarque, les autorités de Québec avaient choisi la place publique du village où le méfait avait eu lieu, alors que leurs trois complices d'origine anglaise avaient subi la peine capitale à l'endroit normalement désigné pour ce faire, de l'autre côté du fleuve, dans la cité.

Cette décision sensationnelle a suscité une onde de choc. Pour quelle raison tenait-on à accabler les habitants du lieu d'un tel spectacle ? Comme si les bandits de grands chemins couraient les rues de cette paroisse, et qu'on s'en servait comme d'une cruelle leçon de dissuasion... Le plus choquant, c'est qu'à la suite de ce mécontentement populaire *légitime*, on a fait courir le bruit que ce coin de pays était au bord de la révolution et qu'il fallait faire escorter les coupables par des officiers de police. Mais comme ces connétables sont dépouvus d'armes à feu, il était nécessaire de leur adjoindre un détachement de soldats des 71e et 79e régiments de Sa Majesté !

— C'est-y Dieu possible, déplore une commère, secouant fortement la tête. Comme si les habitants allaient se greyer de leurs fusils de chasse passequ'y apprécient guère une... une exhibition pareille sous leur nez !

— Le plus niaiseux, interjette une autre, c'est que la compagnie de miliciens qui s'étaient rassemblée à Pointe-Lévis au jour dit était là pour maintenir le bon ordre !

Les dames ne peuvent résister au désir de récapituler les détails sordides de l'exécution. Partagées entre la fascination et l'horreur, elles se passent de l'une à l'autre le fil du récit. Corde au cou, les deux criminels ont marché derrière leurs cercueils transportés par charrette. Ce n'est que rendu à la place de Pointe-Lévis, après la confession de ses crimes et les derniers exercices de piété, que Michel Monarque, le plus jeune, a appris que le gouverneur en chef lui accordait son pardon.

Le bourreau a entrepris ensuite de procéder à la pendaison de l'aîné, mais le nœud était mal fait et son «patient» s'est écroulé sur le sol, lacéré par la corde. Après un pesant silence pendant lequel Mme Lapré se signe à plusieurs reprises, Marie-Nathalie rapporte d'une toute petite voix que le pauvre hère remonta de lui-même sur l'échafaud. Encore une fois, le bourreau bousilla son travail... Nulle n'a la force de poursuivre la relation sordide. Le nœud se trouvant sous le menton du condamné, le bourreau a dû lui tirer les pieds de toutes ses forces, tandis que son aide tournait la corde autour de son cou, pour précipiter le trépas.

Après s'être raclé la gorge, Mme Lapré clôt la discussion d'une toute petite voix :

— Y a-t'y vraiment quelqu'un qui aime ça, assister à une affaire de même ?

Pour la énième fois, Vitaline se fait la réflexion que le plus effrayant, ce n'est pas la maladresse du bourreau, mais la facilité avec laquelle quelques Bureaucrates de Québec, affligés de la maladie de la persécution, ont réussi à obtenir l'assistance des troupes, en répandant des calomnies sur le compte des Canadiens. Comme s'ils pénétraient en territoire hostile, au cœur d'un peuple ne cherchant qu'un prétexte pour s'insurger...

Au son de la cloche, les garçons sortent pour la récréation. Gilbert n'a pas fini de s'étonner du choc ressenti à passer de l'atmosphère humide du Petit Séminaire à une journée splendide de mai ! La cour des petits est située entre les deux ailes qui s'étirent vers le sud, bénéficiant ainsi d'un ensoleillement accru. Sa situation protégée, couplée à l'effet des rayons solaires sur la couverture de fer-blanc, font augmenter sa température de plusieurs degrés. Ce qui, pour l'instant, n'est pas déplaisant une miette !

Gilbert débougrine son capot de drap, s'abîmant dans la contemplation de l'horloge placée au centre de l'aile centrale. Il admire les jolies aiguilles en fer forgé, ainsi que l'édicule élégant qui abrite le savant mécanisme, et qui est le seul élément fantaisiste de la bâtisse. Le port altier et l'expression conquérante, Gaspard vient le rejoindre. Si Gilbert soupire après sa prestance, son envie se fait moins torturante à mesure que les mois passent. Ce n'est pas sa faute, si sa transition entre l'état d'enfant et celui d'homme n'est pas tant gracieuse! Il a suffisamment de chats à fouetter pour ne pas se laisser dévorer par la jalousie…

Avec moins d'ostentation, le frêle Casimir survient ensuite. Gilbert apprécie toujours autant ce natif de la paroisse de Saint-Mathias. Modeste et discret, il fait son petit bonhomme de chemin, louvoyant entre les obstacles… Comme de coutume, il adresse à Gilbert un sourire de connivence qui trahit leur parenté de mœurs. Tous deux fils d'artisans de la rivière Chambly, ils se comprennent à demi-mot…

Mais pour l'heure, l'attention des trois garçons se braque sur celui qui les rejoint en dernier, un grand garçon maigre au visage ingrat, mais expressif. Henri-Alphonse Gauvin est devenu la quatrième roue de leur attelage, de même que leur rapporteur attitré de nouvelles. Ce Montréaliste fréquente le collège en externe, arrivant chaque jour pour la messe et repartant à six heures du soir tapant, après la période d'étude qui précède le souper.

Théoriquement, les externes ont une cour de récréation séparée des pensionnaires, mais le directeur Roque ne s'offusque pas de cette mixité. À tout prendre, il préfère que les petits ne se mêlent pas trop aux grands, ce qui pourrait entraîner des maux plus conséquents! Gilbert et ses amis n'ont pas été longs à remarquer à quel point Henri-Alphonse était bien informé, le patriotisme se portant fièrement chez lui. Son père, l'artisan-ébéniste Joseph Gauvin, est un défenseur actif de la cause canadienne, comme d'ailleurs sa mère.

Après un coup d'œil pour s'assurer que nul sulpicien n'est dans les parages, il tire un feuillet replié de sous sa bougrine. La lecture des papiers-nouvelles n'est pas formellement interdite, mais la plupart des maîtres ne cachent pas leur désapprobation ! Tandis qu'Henri-Alphonse promène un regard rempli d'expectative sur ses camarades, sa large bouche s'étire et son nez imposant se plisse. Fixant ses yeux un brin globuleux et largement écarquillés, Gilbert jette :

— Allez, mon fendant, fais-nous pas languir de même !

Avec respect, l'interpellé déplie le feuillet grand format, qui s'avère être le papier-nouvelles *La Minerve* du 3 mai, soit l'avant-veille. L'automne précédent, le jeune avocat Augustin-Norbert Morin se donnait pour mission, au moyen de cette feuille, de respecter l'authenticité des faits par-dessus tout. Il l'a écrit noir sur blanc : aucune opinion ne protégera d'une censure méritée *ceux que leurs fautes publiques auront rendus justiciables de l'opinion de leurs concitoyens*. Jamais l'intrigue, la faveur ou l'esprit de parti ne feront pencher la balance de la justice et de la vérité !

Les garçons ont causé amplement, entre eux, du dévouement exemplaire du jeune rédacteur, qui s'est lancé dans l'aventure avant même que la liste d'abonnés ne promette une recette égale aux frais. Heureusement, un homme d'expérience est venu à sa rescousse, soit l'imprimeur Ludger Duvernay, un patriote convaincu ayant fourbi ses armes dans l'un des bourgs les plus pourris de la colonie, les Trois-Rivières.

Comme ses amis, Gilbert s'approche du feuillet quasiment jusqu'à le toucher. Enfin, un journal qui se consacre à défendre les justes droits des Canadiens, tout en cultivant *le respect pour l'Empire florissant et pour son chef auguste*, dont ils dépendent ! Baptisée du nom d'une ancienne divinité païenne, déesse de la sagesse, *La Minerve* est vendue par abonnement annuel au coût de quatre piastres, ou grâce aux bons soins d'une trentaine d'agents hors des villes de la colonie. Elle peut même se vanter d'en disposer à New York et à Paris ! À Saint-Denis, c'est le Dr Wolfred Nelson qui occupe cette fonction, ce qui est dans l'ordre des choses.

— C'est pas trop tôt, déclare Gilbert. Y était temps de leur river leur clou, à la trâlée des gazettes salariées !

Les garçons réagissent avec une éloquente unanimité. En cette matière comme en maintes autres, l'état de la province était d'un lamentable! Depuis la capitale, deux publications, le *Quebec Mercury* et la *Gazette de Québec par autorité*, diffusent une senteur de soufre qui se répand sur le Bas-Canada tout entier. Deux autres papiers-nouvelles de Montréal, la *Gazette* et le *Herald*, relaient servilement les opinions des criailleurs qui, revêtus de l'officialité éditoriale, soutiennent les prétentions de la Bureaucratie.

— Dès qu'un Canadien s'oppose aux lubies du gouverneur en place, y est accusé du crime de lèse-majesté. C'est tannant, à la fin!

La province tout entière, y compris une très grande partie des Canadiens de langue anglaise, réprouve le geste rageur et oppressif du gouverneur Dalhousie et de sa Clique de conseillers. Car seul le caractère irascible de Milord, de même que sa propension au despotisme, peuvent être mis en cause dans cette affaire! Pourtant, à défaut d'autres armes, ces criailleurs prodiguent l'injure et l'outrage, qualifiant de « mauvais citoyens » ceux qui pensent différemment d'eux!

La résistance des tuques bleues s'organise. Huit députés du district de Montréal ont signé une Adresse, surnommée le « Manifeste de Papineau » par les Bureaucrates. Cette protestation publique a ensuite reçu l'appui de sept autres députés, dont Jean Dessaulles, Roch-François de Saint-Ours, Louis Bourdages et Jean-Baptiste Hertel de Rouville. Quatre hommes – dont trois jouissent des privilèges de seigneurs – parmi les plus influents de la région qui s'étend au sud de la rivière Chambly, entre Saint-Hyacinthe et le village de Chambly!

Une première assemblée en faveur des députés, celle des notables du comté de Richelieu qui s'est tenue à Saint-Hyacinthe, fait couler du fiel dans les gazettes salariées. Certains n'ont pas hésité à la qualifier d'illégale et de criminelle; ses organisateurs, pour leur part, n'étaient rien de moins que des agitateurs et des révolutionnaires! Un quidam est allé jusqu'à vouloir renoncer publiquement à son titre de Canadien. Cette affirmation extraordinaire a égayé jusqu'aux commères des plus lointaines concessions. Mais les rires étaient jaunes... Car le peuple canadien chérit sa

Constitution, qu'il reconnaît comme la plus avancée du monde en matière de respect des libertés personnelles, et il désire tout bonnement la voir respectée dans son intégrité.

Même la rédaction de *La Minerve* a reçu des papiers injurieux. *Je gagerais que cette assemblée était composée du seigneur, de quatre pleutres et d'un teigneux !* Pendant des jours entiers, les collégiens ont radoté cette phrase entre eux, oscillant entre un juste courroux et une irrépressible hilarité. Ils se gaussent encore de la réplique de la rédaction, qui venait juste en dessous : *Puisque nous en sommes sur les mots de ruelle, disons que nous voudrions voir de tels pleutres et de tels teigneux dans toutes nos paroisses, leur fallût-il même être appelés aussi galeux !*

Au grand plaisir des collégiens, la discussion par papiers-nouvelles interposés a bifurqué sur le sujet des fameuses places d'honneur et de profit, qui sont distribuées selon le bon vouloir du gouverneur et des principaux officiers du gouvernement exécutif. Le quidam qui s'est prétendu insulté par la tenue de l'assemblée de Saint-Hyacinthe, au point de répugner à faire partie de la nation canadienne, a reçu une réplique bien sentie du rédacteur de *La Minerve* qui, à l'évidence, connaît son identité. Car ce quidam aurait été honoré, à son arrivée en Canada, de quelques-unes de ces *placettes* qu'on donne ordinairement aux enfants du sol. Mais il a compris *qu'en prenant une occasion favorable pour renoncer au titre de Canadien, il pourrait se « qualifier » pour obtenir de la promotion parmi les gens à grosse paye !*

La question des places fait vibrer une corde sensible chez les collégiens. S'ils s'astreignent à de hautes études, ce n'est pas pour devenir agriculteurs à temps plein, mais pour occuper un poste où les aptitudes acquises seront mises à contribution. Sauf que la plupart de ces places sont dans la fonction publique... Sinon, il reste des positions de clercs dans l'office d'un professionnel, ou de commis-marchand. Non seulement il faut avoir une inclination pour l'une ou l'autre de ces occupations, mais il faut éviter les Bureaucrates qui sont légion, surtout parmi la classe marchande et la gent médicale !

Pointant la page trois du menton, Henri-Alphonse prend la parole :

— Regardez par icitte, j'en suis pas revenu quand j'ai lu ça. Le *Herald* rapporte que le Dr Painchaud, de Québec, a reçu la visite d'un étudiant en médecine, Vallières de Saint-Vallier.

— De Saint-Vallier ? s'étonne Casimir. Un prénommé Vallières de la paroisse de Saint-Vallier ? Jamais entendu parler. C'est suspect d'avance...

— D'autant plus que le *Herald*, grommelle Gaspard, y fait pas dans la dentelle pour descendre les Canadiens...

— C'est écrit où ? interroge Gilbert en tendant une main implorante vers le feuillet.

Le pressant contre lui comme s'il s'agissait d'un trésor inestimable, Henri-Alphonse rétorque :

— Pas touche !

Gilbert fait une moue contrariée, mais se le tient pour dit. Henri-Alphonse en profite pour réitérer l'information à l'effet que son père se résout à le laisser emporter le précieux papier-nouvelles au Petit Séminaire à une condition expresse : personne d'autre n'a le droit d'y toucher ! Il revient ensuite à la discussion :

— Eh bien, ce Vallières de Saint-Vallier, prétendument, y a dit à Painchaud qu'y voulait assassiner le gouverneur.

Les garçons réagissent par des exclamations outragées. C'est un fait inventionné de toutes pièces ! Ou alors, ces propos sont ceux d'un dément qui doit être conduit à l'asile des personnes dérangées dans leur esprit. Ils ne méritent pas d'être pris au sérieux par les gazettes !

— Même le rédacteur du *Herald* a dû en convenir, lorsqu'un autre quidam, puis encore un autre, sont venus lui annoncer que le gouverneur avait *réellement* été assassiné !

— Ces rapports exagérés servent ceux qui prétendent que le pays est en révolution. Du projet d'un maniaque, y font une conspiration !

Nul n'est dupe parmi ceux qui ne doivent pas leur opulence au patronage. Les criailleurs qui mettent en doute la loyauté populaire travaillent à tromper le représentant du roi dans la colonie ! Leurs arguments se résument à ceci : tous ceux qui possèdent des places importantes, et jouissent donc de salaires considérables tirés à même les fonds publics, doivent soutenir le gouvernement. Sinon, ils sont considérés comme des ennemis. Le temps est venu où les autorités, écrit-on dans ces gazettes, peuvent *insister sur le soutien décidé et entier de toute personne en place, prenant garde qu'aucun officier ne tourne contre l'administration l'influence que sa place lui donne.*

La *Montreal Gazette* en a rajouté. Il n'existe nulle part ailleurs un régime qui permette aux hommes à place d'entraver les mesures du gouvernement exécutif et de répandre l'injure sur la dignité de la Couronne et sur son représentant. Pour tout dire, estiment les criailleurs, le pays est parvenu à un moment de crise. Le gouvernement doit requérir l'attachement et les efforts de tous ses commissionnés et salariés, pour maintenir l'intégrité dudit gouvernement contre la moindre tentative de l'acculer à la ruine. Selon le *Quebec Mercury*, ces places *doivent* servir à maintenir l'intégrité du gouvernement contre tout effort domestique ou étranger pour le renverser!

Ce genre d'exhortation donne froid dans le dos. Les défenseurs de la Bureaucratie, qui se réduisent à un petit nombre d'individus sans patrie, se donnent le droit de donner aux Canadiens des leçons de fidélité envers le souverain. Qualifiant de traîtres les députés patriotes, de même que la moindre tuque bleue, ils profèrent des accusations d'une extrême gravité, qui seraient passibles, par-devant les tribunaux, de peines sévères, pouvant aller jusqu'à une sentence de mort!

Heureusement, *La Minerve* et *The Canadian Spectator*, tous deux imprimés à Montréal, de même que l'autre *Gazette de Québec*, n'y vont pas de main morte pour défendre la cause patriote. Il était plus que temps de voir ce scandale de longue durée s'étaler sur la place publique. C'est d'ailleurs sur le contrôle de cette masse salariale que porte, ultimement, le conflit entre la Chambre d'Assemblée et le pouvoir exécutif. Car les profiteurs tiennent à ce système de favoritisme comme à la prunelle de leurs yeux!

Lorsque ceux en qui le pays place toute sa confiance se font maganer de même, Gilbert vibre d'indignation, à l'unisson de ses aînés. Comment agir autrement, au spectacle des outrages perpétrés par le groupe de brigands qui s'est placé à la tête de la province ? Comment ne pas trémuler de colère en constatant que ces affamés de pouvoir n'hésitent pas à agir en tyrans, afin de s'enrichir à loisir ?

— Messieurs, vous exagérez ! À peine sortis de classe, vous vous farcissez la cervelle de notions absconses. Dispersez-vous. Allez jouer, c'est de votre âge !

Doté de la taille athlétique d'un cultivateur prospère, le sulpicien Joseph-Vincent Quiblier n'hésite pas à utiliser ses paluches pour morceler le groupe. Gilbert obéit à contrecœur. Tout ce qu'il sait de ce prêtre, c'est qu'il est arrivé en Canada au moment même où Gilbert faisait son entrée au collège, l'automne précédent, et que tout de suite, il a été nommé professeur de philosophie et de sciences naturelles. Voilà pourquoi il parle précieux de même !

— On joue aux marbres ? propose Gaspard. Là-bas, dans le racoin ensoleillé...

— Tu m'auras pas, rétorque Casimir. J'suis tanné de me faire resquiller mes marbres...

— Pff... De vulgaires affaires en terre cuite... Je vois pas pourquoi t'y es tant attaché...

— Parce que j'en ai pas d'autres, niaiseux ! Tandis que toi, ton père te fournit à volonté ! Pis pas n'importe quoi : des marbres en pierres toutes luisantes ! On sait ben, les marchands, y engrangent sans trop se demander d'où provient le blé !

Gilbert les brouscaille de ses bras tendus.

— Cessez donc... À moi, les amis !

Aussitôt, il s'élance, sentant Henri-Alphonse se mettre à sa poursuite. Tout l'art consiste à effectuer d'innombrables détours, si possible inattendus, pour déstabiliser l'adversaire !

X

- 8 -

En ce matin de juin, celui du dimanche de la Fête-Dieu, les collégiens se rassemblent dans la cour avant, en vue de se rendre à l'église paroissiale pour cette fête d'obligation, l'une des plus chères au cœur du clergé puisqu'elle célèbre l'hostie consacrée. Une pluie fine et obstinée tombe sur Montréal. L'atmosphère est saturée d'une humidité odoriférante, pleine de ces arômes printaniers dont même une vaste cité regorge : pivoines et lilas à maturité, chenilles de peupliers qui collent sous les semelles... tout en est imprégné !

Gilbert se coiffe de son couvre-chef, un genre de béret bleu fait du même tissu que le capot de collégien, puis il ouvre son parapluie. L'abondance de rites religieux est en train de le rendre fou. Il en devient obsédé par un délire mental, dans lequel ces rites forment un cortège interminable de psalmodies, de gestes et d'incantations. Une sorte de pantomime sans signification, comme un bouffon accumulerait les rictus et les mines, sur scène, uniquement pour faire rire son auditoire !

Il n'est pas le seul à être au bord de l'écœurement. Même les plus dévotieux de ses camarades ne voient pas la nécessité de se rappeler à Dieu cinq ou six fois par jour. Les dimanches sont devenus un cauchemar. Que dire des fêtes où il faut non seulement faire frime de prier, mais afficher une foi délirante, proche de la pâmoison ? Néanmoins, comme plusieurs de ses camarades, Gilbert a des ailes aux pieds. Pour la première fois, il verra de près la nef en construction, qui domine la cité comme un gigantesque fauve accroupi.

Une allure rapide est imposée pour la remontée de la rue Notre-Dame vers le nord-est, du moins jusqu'à ce que le sempiternel encombrement du trafic les oblige à ralentir. Car pour contourner l'église paroissiale sise, comme il se doit, en plein centre de la Place d'Armes, la voie publique se fait subitement sinueuse. Déjà, Gilbert discerne la jolie mais étrange façade, vieille d'un siècle environ, ornée de pilastres, de statues et d'arches harmonieuses, selon un style que les maîtres sulpiciens qualifient de palladien. Son unique tour carrée se dresse vers le ciel comme, se plaît à imaginer le garçon, celles des châteaux médiévaux...

Mais ce temple séculaire ne se mérite qu'une œillade. Car le nouveau, celui qui est en train de s'élever juste à côté, du côté sud, est diablement plus remarquable! Aujourd'hui, le chantier est désert, mais habituellement, une nuée d'ouvriers s'échine à recouvrir la structure, considérée comme la plus vaste de l'Amérique du Nord. Gilbert capture tout ce qu'il peut de la scène, qu'il se repassera ensuite dans le silence du sanctuaire, à loisir.

Au grand plaisir des collégiens, les portes de la vieille église sont franchies au même moment que des écolières encadrées par leurs maîtresses, des religieuses de la Congrégation de Notre-Dame. Même la perspective de sanctions horriblement sévères ne pourrait empêcher la plupart des garçons d'admirer tout leur content ces frais minois, dont une bonne part se laisse contempler sans baisser les yeux! Mais ce moment de grâce est de courte durée. Les écolières vont d'un côté de la nef, tandis que les collégiens se dirigent de l'autre. Entre eux se tiendra un groupe infranchissable d'âmes vertueuses!

Avec un soupir, Gilbert se laisse tomber sur son banc. Les couventines sont chassées de son esprit par la réminiscence de la future maison de Dieu de la paroisse de Montréal. On s'épatait déjà de la quantité de colonnes en sous-sol, ou de l'épaisseur et de la hauteur des murs; alors, que dire de la prouesse technique de la toiture, une voûte en berceau d'une portée encore jamais vue de ce côté-ci de l'Atlantique? Mais peu à peu, son éblouissement se dissipe, car cette merveille architecturale n'est due qu'à des considérations bassement humaines, comme l'outrecuidance et le mépris. Des considérations qui remplissent Gilbert d'indignation...

Son nouvel ami Henri-Alphonse Gauvin, qui est justement assis à ses côtés, est une encyclopédie ambulante. Du moins, en ce qui concerne la vie politique en Bas-Canada! Son père fréquente l'élite patriote de la province, et le garçon, qui retourne chez lui tous les soirs, se tient au parfum... Gilbert glisse un œil vers lui. Ses mains sagement jointes reposent sur le dossier en face de lui; il semble tout entier absorbé dans un édifiant dialogue intérieur. Mais son voisin est prêt à parier que ses songeries sont bassement profanes!

Gilbert avait ouï-parler de la situation tendue qui régnait à Montréal, car elle défraie la chronique depuis quelques années, mais désormais, il peut s'en faire un portrait précis. L'Institut sulpicien régnait sans partage sur les fidèles. Un jour, dans la foulée du projet de démembrement de l'immense diocèse de Québec, un supérieur hiérarchique leur a été imposé, en la personne de Mgr Lartigue, qui sera évêque du diocèse de Montréal dès que les autorités, à Rome comme à Londres, auront donné leur accord.

Sitôt que Lartigue a voulu faire de l'église Notre-Dame « sa » cathédrale, une guerre sainte a fait irruption. Son trône épiscopal, fraîchement installé, a été bouté hors du temple. De surcroît, les sulpiciens n'ont pas voulu laisser Lartigue habiter avec eux, même s'il faisait partie de leur ordre! Dès lors, l'aspirant-évêque se retrouvait sur le pavé. Avec l'appui de quelques fortunés et de moult Canadiens offusqués, il a fait ériger l'église Saint-Jacques-le-Majeur, dans le faubourg Saint-Laurent. Les sulpiciens ont fait appel au gouverneur Dalhousie pour en faire interdire la construction.

Ce plan ayant échoué, ils ont proposé d'acheter l'église en chantier, pour faire de son occupant, leur vassal. Peine perdue: ils ont dû se résoudre à réanimer le projet, maintes fois différé, d'une nouvelle église paroissiale. Ils l'ont conçue avec extravagance, à la mesure de leur orgueil démesuré... Ils escomptaient que les Montréalistes ne soient pas assez bien nantis pour financer deux chantiers concurrents, et que celui du futur évêque ne s'en relèverait pas. Encore une fois, ils sous-estimaient leurs adversaires !

Tout cela ne fait que confirmer Gilbert dans son jugement des sulpiciens. Henri-Alphonse ne se gêne pas pour affirmer qu'à l'Institut sulpicien de Montréal, on cultive le dédain de la race canadienne. Ce que Gilbert flairait depuis son entrée au collège se voit confirmé. Non seulement le savoir distillé provient d'une civilisation soi-disant supérieure, mais les maîtres se placent d'instinct au sommet de la hiérarchie sociale. Ils se veulent les guides en tout, les bergers d'une troupe de moutons ignares...

Le cérémonial étant d'une magnificence inaccoutumée, Gilbert finit par y porter attention. Souvent, il caresse l'espoir d'être touché par la grâce. Tout serait plus simple ainsi... Plus jeune, il envisageait le rituel avec ingénuité, pénétré d'un sentiment de merveilleux devant ces gestes quasiment magiques qui, l'assurait-on, permettaient un contact privilégié avec l'au-delà, avec le divin. Mais au fil des ans, il est devenu sceptique. C'est un mot avec lequel il aime jouer, le remuant dans sa bouche comme un bonbon fort...

Il paraît que les prêtres sont le seul chemin d'intercession entre Dieu et les mortels, et qu'eux seuls savent le langage du sacré. Ce langage des rites... Mais les gestes que Gilbert contemple tous les jours au cloître sont, presque toujours, accomplis mécaniquement par le célébrant, aux antipodes du sens mystique qui devrait leur être donné ! Il trouve insensées ces incantations, depuis que les litanies de phrases en latin, au lieu de demeurer une musique incompréhensible, ont acquis une signification...

Cette pensée déstabilisante fait resurgir la crampe stomacale de Gilbert. Par chance, elle reste habituellement latente, mais elle ne le quitte guère, susceptible d'enfler à tout moment... Il a compris qu'il lui fallait alors tâcher de rester calme, ne pas laisser la panique prendre possession de lui. À ses côtés, Henri-Alphonse chuchote :

— Pour notre plus grand malheur, la pluie a cessé. Va falloir se farcir la procession.

Ramené à la réalité, Gilbert jette un coup d'œil aux alentours. Bruissements et murmures lui font comprendre que le départ est imminent... Il réagit par un fugace haussement d'épaules.

– Je suis pas contre. C'est une équipée plutôt plaisante.

– Pour ça, plus tard on rétournera entre les quatre murs du cloître, mieux on se portera.

Au vif regret des collégiens, ce sont les blanches couventines qui ouvrent le cortège, immédiatement suivies par un groupe de dames dévotieuses. Les chantres et les membres du clergé leur emboîtent le pas, ce qui fait dire à nombre de collégiens que le choix de cette position dans le cortège n'est pas fortuit ! Viennent ensuite les enfants de chœur, dont plusieurs sont des collégiens du Petit Séminaire, munis de corbeilles de fleurs et d'encensoirs dans le but de pavoiser la route pour ce qui vient après eux : l'hostie consacrée, protégée par un dais porté par huit marguilliers de la fabrique.

Instinctivement, le garçon tourne la tête vers le populeux faubourg Saint-Laurent, au nord de la vieille cité, jusqu'à repérer les flèches d'une église toute pimpante qui domine les toits. Il a l'impression de se trouver entre deux géants duellistes. Montréal abrite maintenant l'équivalent de deux cathédrales, symboles flagrants d'une querelle devant laquelle il est impossible de ne pas prendre parti, comme le font les prêtres et même l'ensemble des payeurs de dîmes ! Assez vaste, Saint-Jacques-le-Majeur est d'une architecture dépouillée. On dit que Mgr Lartigue s'est inspiré de l'église de Saint-Denis, et Gilbert peut constater la véracité de cette affirmation, ce qui l'emplit d'un réel orgueil !

En fait, la virulence de la croisade sulpicienne est attisée, de l'avis général, par les marguilliers, ces administrateurs des biens ecclésiastiques dans chacune des paroisses. Gilbert commence à comprendre le malaise de ses aînés devant la flamboyance coûteuse de la future église Notre-Dame. Derrière chacun des gestes publics des sulpiciens, il y a un groupe de catholiques montréalais, liés entre eux par le sang ou par mariage, et qui entretiennent des liens commerciaux étroits avec les Bureaucrates les plus puissants et les plus anti-Canadiens qui soient.

Gilbert entrevoit une réalité qui lui donne le tournis. Une chicane de clochers à l'image de celle qui divise les patriotes et les Bureaucrates... Ces derniers manipulent les marguilliers ayant la main haute sur la trésorerie de la riche paroisse de Mont-réal, et qui ont reçu Saint-Jacques-le-Majeur comme une gifle en pleine face. Car Mgr Lartigue a des liens de cousinage, et même peut-être une parenté d'opinion, avec les deux patriotes les plus en vue de la colonie : Louis-Joseph Papineau et Denis-Benjamin Viger.

Le garçon se crispe. Sous sa cage thoracique, une masse de douleur vient de s'installer. Il tente de l'amenuiser en respirant lentement, mais c'est trop tard, puisque la souffrance, au con-traire, grandit à chaque inspiration. Il n'a plus le choix que de la subir, tout en minimisant ses mouvements pour ne pas éperonner le dragon et lui faire cracher son jet de flammes.

Supervisés par leurs régents, les collégiens se glissent dans la procession, après les représentants du corps des avocats de la ville et une fanfare militaire. Additionné du public, c'est un assez long ruban humain qui emprunte la rue Notre-Dame jusqu'à la rue Saint-Sulpice, pour rejoindre Saint-Paul qui sera arpentée vers l'ouest, jusqu'à McGill. Quelques maisons ont été ornées de verdure, de même que la rue en certains endroits. De nombreux spectateurs se sont assemblés de part et d'autre de la chaussée pour assister au spectacle.

Après avoir cheminé aux côtés de Gilbert pendant quelques minutes, le dégingandé Henri-Alphonse dit soudain, viraillant de tout bord, tout côté :

– C'est bizarre, quand même. Chaque année, je me dis que j'en ai assez vu, que je vais rester frette comme glace... Mais je suis plutôt content. Content de me retrouver avec mes semblables en si grand nombre.

Son visage ingrat se fend d'un sourire candide. Le considé-rant, Gilbert répond :

– C'est pareil pour moi. Je suis fier que le peuple canadien prenne sa place. Même si c'est juste pour une cérémonie reli-gieuse.

— Comme si c'est pas uniquement le saint sacrement que nos concitoyens célèbrent, mais plutôt... nous-mêmes. On profite de l'occasion pour se célébrer nous-mêmes.

— C'est bête, quand même. Avoir juste cette opportunité pour le faire...

— Faut avouer qu'un étranger qui débarquerait à matin, y pourrait croire que Montréal est une ville anglaise. Toutes ces enseignes qui offrent des *Dry Goods*, des *Liquors and Wines*...

— Pis toutte le service public se fait en anglais. Les placards officiels, les cris du guet, les encans... Des fois, ça m'enrage !

Depuis des décennies, la cité abrite un nombre incalculable de dynasties marchandes à l'aisance parfois ostentatoire. Mais chaque année, le visage de Montréal s'anglicise davantage à cause d'un flux migratoire qui s'accélère sans cesse. Depuis les États-Unis voisins et depuis les isles Britanniques, surtout l'Irlande où sévit une pauvreté endémique, les immigrants viennent tenter fortune au Nouveau-Monde !

Gilbert se butte au collégien qui le précède, et le souffle coupé par un éclair de douleur, il s'astreint à s'encalmer. Une onde de choc se propage dans la colonne. Le virage depuis la rue McGill pour reprendre Notre-Dame n'est pas de tout repos ! Peu après, la procession fait du sur-place, puisque les prêtres s'adonnent à une courte célébration à la chapelle des Récollets, à proximité du reposoir placé en plein air. Un relatif silence règne parmi les spectateurs, et leurs voix parviennent par bourrasques à Gilbert, qui commence à sentir ses jambes trembler sous l'effort auquel il doit s'astreindre pour demeurer debout malgré la barre de souffrance qui le scie en deux.

— Mire-les...

Henri-Alphonse vient de chuchoter à son oreille. Alerté par son ton dédaigneux, Gilbert tourne les yeux dans la direction indiquée. Six garçons, quasiment des adolescents, s'agitent entre deux maisons, à l'amorce d'une ruelle. Indifférents, en apparence, au cérémonial qui se déroule à quelques mètres d'eux, ils jouent à la guerre. Leur vêture sobre indique une origine anglo-saxonne, ce que confirment leurs exclamations à mi-voix.

Gilbert met un certain temps à donner un sens à leur danse, dont la chorégraphie est apparemment bien huilée. Les garçons personnifient deux armées adverses, l'anglaise avec l'amiral Horatio Nelson à sa tête, et la française dirigée par Napoléon Bonaparte; leurs crânes ornés de couvre-chefs indiquent à quel clan ils appartiennent. Il devine que ce n'est pas le hasard qui les a menés à proximité de collégiens catholiques, mais plutôt un goût de provocation. Les protestants et autres dénominations du genre n'apprécient guère les démonstrations de piété. Eux ne ressentent pas le besoin d'exhiber leur foi avec autant d'éclat!

Il jette une œillade à Henri-Alphonse, et son cœur se serre. Ayant grandi dans un bourg à la population homogène, lui-même n'a pas vécu ces tensions, mais il sent son camarade en proie à un vif courroux. Car l'armée française est en train d'en découdre face aux valeureux Anglais. À ces jeunes *Britons*, on a répété *ad nauseam* que Bonaparte était un général sanguinaire, un véritable démon qui a mis l'Europe à feu et à sang!

Henri-Alphonse, tendu à l'extrême, fait jouer ses poings. Gilbert devine que de telles saynètes, à l'issue invariable, ont suscité d'innombrables escarmouches de rues! Naguère, il aurait trouvé son confrère exagérément susceptible, mais l'actualité récente lui a ouvert les yeux. Le mauvais sort que l'on fait subir à l'armée de Bonaparte n'est qu'une illustration de ce que bien des immigrants voudraient faire subir aux enfants du sol. Cette mésestime latente a rejailli lors du conflit récent entre le gouverneur et les députés…

La rage d'Henri-Alphonse, le Montréaliste, est devenue celle de Gilbert. Car le garçon ne peut supporter la prose des criailleurs, qui remet en cause le serment de fidélité du peuple à son souverain. Les gazettes salariées préconisent de mettre en œuvre la force du gouvernement pour arrêter les progrès de la déloyauté! *Elles se font un plaisir et un devoir systématique*, était-il écrit dans une correspondance de *La Minerve, d'empoisonner tous les actes des Canadiens avec des turlupinades et des exagérations réellement irritantes.* Sous le masque de la défense des droits et de l'autorité du gouvernement, *elles voient tout ce qui vient des Canadiens avec des verres de télescopes dont les foyers sont la méchanceté, la haine et la vengeance.*

Comment expliquer autrement les accusations ridicules imprimées semaine après semaine, et devant lesquelles l'Exécutif de la province reste impassible ? Gilbert ne souhaite qu'une chose : vivre dans un pays où triomphent la justice et l'égalité. Selon la loi constitutionnelle, aucun argent, prélevé sur le peuple, ne peut être dépensé sans le libre consentement de ses représentants. Mais les salariés de l'État préfèrent leur régime autocratique, de crainte de perdre leurs sinécures et leurs salaires exorbitants. Donc, les écrivains à leur solde commettent des productions incendiaires, accusant les Canadiens de tendre vers l'indépendantisme ! Dans la foulée, ils qualifient la population canadienne de frustre, d'ignorante et d'adverse au progrès…

La morgue des jeunes Anglais, qui malmènent le Napoléon en herbe, offusque Gilbert au plus haut point. Il a l'impression de ressentir les décharges imaginaires de mousquet comme si elles déchiraient réellement sa chair… Une onde de chaleur le parcourt des pieds jusqu'à la tête. Ses entrailles se retournent, un voile opaque lui recouvre l'esprit et il se sent sombrer dans l'inconscience.

Des voix féminines éveillent Gilbert, une musique enchanteresse qui le fait plonger dans un abîme de perplexité. Des créatures, ici, dans le dortoir du cloître de Montréal, alors que des dizaines de garçons y reposent ? Puis, à mesure que sa vue s'éclaircit, il s'égaye au point d'adresser un large sourire au plafond. Il n'est plus au collège, mais chez tante Ériole, rue Notre-Dame ! Les souvenirs, peu à peu, affluent. Il n'est resté évanoui qu'un bref instant, mais cela a suffi pour alarmer le directeur de l'établissement. Gilbert en a profité pour exagérer ses malaises et pour quémander quelques jours de repos ; le sulpicien n'a guère tergiversé.

Sa tante et Théosodite, sa vieille servante, étaient absentes de leur demeure. Évidemment, elles étaient allées assister à la procession de la Fête-Dieu. Non pas celle organisée par les dévotes de la paroisse Notre-Dame-de-Montréal, mais l'autre, la rivale de Saint-Jacques-le-Majeur! À leur arrivée, il a baragouiné des explications, mais les deux femmes ont vitement compris qu'il avait un sacré besoin de repos. Dix minutes plus tard, il se retrouvait dans la petite chambre d'invités, à l'étage. Ériole a versé de l'eau claire dans une bassine et lui a ordonné de se mettre torse nu ; elle s'est mise à le baigner avec une sollicitude toute maternelle, ce qui a fait monter aux yeux du garçon d'abondantes larmes.

Elle a fait frime de ne rien remarquer, et Gilbert était trop las pour combattre cet accès de chagrin. Pour terminer, elle a épongé, comme si de rien n'était, ses joues inondées. Enfin, d'une voix douce comme une caresse, elle lui a suggéré de se débarbouiller le corps entier, puis de revêtir sa chemise de nuit et de se coucher. C'est avec un bonheur ineffable qu'il s'est glissé entre des draps d'une toile grossière, mais suavement usée par le passage du temps. Il s'est endormi en mouillant sa taie d'oreiller, tandis que sa peine se tempérait, peu à peu, d'un contentement si intense qu'il en était douloureux.

Gilbert observe le jeu de la lumière du soleil sur les lattes de bois. Il s'est éveillé quelques fois, juste assez pour savoir qu'il devait se rendre impérativement sur le pot de chambre. Son corps est ankylosé, comme rompu par une lutte. Quant à son âme... Il inspire profondément, à plusieurs reprises. Il se sent léger comme un oiseau, délivré du sentiment de misère qui lui grugeait l'intérieur ! Tout guilleret, il grouille ses orteils, puis il se redresse pour se mettre assis, adossé au mur.

Depuis qu'elle est veuve, sa tante Ériole habite une modeste maison de pierres à deux étages, surmontée d'un toit pentu garni de lucarnes. Les combles servent d'entrepôt, tandis que l'étage compte trois modestes chambres. Celle qu'occupe Gilbert est réservée aux invités. Les murs, peinturés d'une jolie teinte pastel, sont quasiment nus, sauf pour une gravure représentant Napoléon Bonaparte.

L'estomac de Gilbert commence à gargouiller et il se résout à se lever, guettant le moindre signe de faiblesse. Mais il semble que la nuit lui a fait un bien souverain... Économisant ses forces, il entreprend de s'habiller, puisant dans le coffre dont sa tante lui réserve l'usage. Quelle joie de délaisser l'uniforme pour revêtir ses frusques : une chemise délavée qu'il passe par-dessus sa tête, et un pantalon de laine qui devra bientôt être rallongé ! D'un geste qui le réconcilie avec l'existence, il fait tenir le pantalon en se cinglant la taille d'une courroie, un *sling*.

Il hésite devant ses bas et ses souliers. À Saint-Denis, sauf pour celle qui a des prétentions, toute la jeunesse vaque pieds nus dès que la température est clémente ! Il décide de ne pas y toucher pour l'instant. Prenant toujours garde d'agir avec lenteur, il coince fermement le pot de chambre sous son bras avant de sortir de la pièce. Il descend précautionneusement l'étroit escalier de bois aux marches hautes et débouche dans un corridor chichement éclairé, qui s'étale entre le portique et la sortie arrière. Tout le reste du rez-de-chaussée, amputé de l'espace requis par la porte cochère, est occupé par le salon, cette pièce qui n'est ouverte que pour les grandes occasions.

Un pas précipité monte depuis la cave, et Gilbert se place pour faire face à Ériole lorsqu'elle jaillit de la cage d'escalier. Dès qu'elle l'aperçoit, son expression, d'abord inquiète, se couvre d'étonnement. Elle émet d'une voix grêle :

– Te voilà ? Sur tes deux jambes ?

– Rien de cassé, ma tante.

Ignorant le soupçon d'ironie, elle s'enquiert encore :

– Tu tremblais les fièvres ! Je suis allé te voir trois fois, t'en rappelles-tu ?

– Maintenant que vous le dites... Je vais me déboutonner, craignez pas. Mais pour l'instant, faut me débarrasser de cet objet puant...

Toujours méfiante, elle se détourne néanmoins pour le précéder vers la sortie arrière, tout en grommelant :

– J'ai tournaillé presque toutte la nuitte. Je craignais une sueur maligne...

Gilbert répond par une moue d'impuissance. Contre toute logique, le Collège de Montréal a été érigé, au début du siècle, sur les terres marécageuses et réputées insalubres du faubourg situé à l'ouest des anciennes fortifications. Il paraît que les sulpiciens avaient des raisons supérieures pour agir de même, mais ils sont nombreux à croire qu'il s'agissait plutôt d'y consacrer le moins de ressources possibles... Les faits le prouvent : à intervalles réguliers, des garçons attrapent les fièvres, parfois jusqu'à y laisser la vie !

Les bruits de la ville, et au premier chef le martèlement sonore des fers des chevaux et des roues des attelages sur les pavés, enveloppent Gilbert. Reprenant son allant habituel, il traverse la cour commune jusqu'aux latrines désertes ; il vide son pot dans la fosse d'aisance. Il s'y enferme ensuite pendant un certain temps. Le seul avantage à fréquenter ce lieu, c'est que lorsqu'on en émerge, l'air semble rempli de sublimes fragrances !

Il rejoint Ériole et Théosodite dans la cave, où se trouve la cuisine. C'est dans cette vaste pièce aux épais murs de pierres, éclairée par d'étroits soupiraux, que maîtresse et servante passent une bonne partie de leur temps libre. Il y fait plaisamment chaud l'hiver, et délicieusement frais l'été ! Des ustensiles et des chaudrons sont accrochés aux parois, de même que les ultimes tresses d'ail et d'oignons. Une majestueuse table de bois trône en plein centre, surplombée d'un chandelier en fonte portant une bonne douzaine de chandelles.

Une jolie flambée pétille dans le vieil âtre immense dont la construction remonte au Régime français. Lorsque le poêle qui sert à chauffer la maison est éteint, comme astheure, Théosodite retrouve ses anciennes accoutumances d'y cuire tous les repas, qui sont pris sans façon, en sa présence, puisque Ériole la considère bien davantage comme une dame de compagnie qu'une servante.

S'obligeant à prendre un ton innocent, Gilbert interroge :
— Alors, ma tante ? Comment se portent vos aimables matelassières ?

Car Ériole est maîtresse d'atelier : elle supervise le travail de quelques ouvrières et elle veille à écouler les produits qu'elles confectionnent.

— Elles gagnent décemment leur vie, c'est tout ce qui importe…

Son neveu déchiffre aisément sa mine, qui s'est chiffonnée. Une détresse commerciale sévit dans la mère patrie, aux prises avec un nombre élevé de banqueroutes et une croissance marquée du chômage. Des assemblées tumultueuses ont eu lieu, où les autorités ont cru bon de faire intervenir la force armée… La crainte générale, c'est que cette détresse traverse l'Atlantique. Les meilleures sociétés de Montréal tremblent devant la pire des vicissitudes, soit la faillite de leur principal bailleur de fonds en Angleterre !

La plupart des Canadiens français se sentent peu concernés par la question des échanges commerciaux internationaux, sauf lorsqu'il s'agit de transiger potasse, bois ou grains, fruit de leur labeur. Pour le reste, les marchands sont jaloux de leurs prérogatives. Pour pénétrer ce groupe d'Anglais et d'Écossais ayant mené la colonie à leur gré depuis la Conquête, il faut adopter une vêture sobre, mais de grand style. Celle de membres illustres de la civilisation la plus avancée au monde !

En fait, Ériole est surtout préoccupée par le pouvoir d'achat de sa clientèle, de même que par sa marge de profit fort mince, comme elle l'explique sobrement à son neveu. Pour la faire croître, il lui faudrait augmenter sa production, ce qui exige des capitaux qu'elle ne possède pas.

— Trêve de bavardage.

Dardant un regard sévère à Gilbert, elle déclare :

— Prends un siège, pis éclaire-nous sur ta condition.

Avant d'obtempérer, il cale un gobelet d'eau fraîche, puis il gobe quelques fruits secs dont le goût lui paraît délectable, tout en contemplant sa tante avec bonheur. Elle est très petite et d'une rondeur plaisante. Elle était encore jeunotte au décès de son mari, mais il se souvient du couple amusant qu'ils constituaient, lui très grand, elle minuscule ! Son mince visage, surmonté d'une somptueuse masse de cheveux noirs striés de gris, rayonne de fraîcheur et de vie.

Enfin, après un profond respir, Gilbert dit ingénument :

— Je me sens bien à matin, c'est vrai. Mais je vous assure, ma tante, qu'hier, j'en menais pas large. Depuis des jours et des jours, en fait...

Il prend une pause pour tenter de trouver les mots justes, puis il décrit ses maux physiques bien réels. Réconforté par l'attention chaleureuse des deux femmes, il poursuit :

— Pour tout dire, ma tante... Je suis pas trop niaiseux, quand même... Je me sentais dans une prison. Comme si j'avais été condamné à une sentence par erreur. Je pense que c'est ça qui est survenu...

Il voudrait sincèrement partager cette intuition avec ses interlocutrices, mais comme il peine à trouver les mots ! Ériole le considère comme si elle fouillait son âme, mais il reste stoïque, tâchant de ne pas trop vaciller du regard. Oui, il y a quelque chose qui s'est construit en dedans de lui, et tout d'un coup, ça a explosé... Sa tante finit par articuler, avec difficulté :

— Ton père a songé au collège de m'sieur Prince. Mais c'était plus dispendieux, et à Saint-Hyacinthe, j'aurais pas été là pour prendre soin de toi...

Il réagit par une moue ironique :

— C'est vrai que le séjour aurait été inspirant... Y paraît que pendant les lectures des repas, y traitent de la résurrection de la Grèce et des œuvres de Silvio Pellico. Un auteur italien condamné à mort pour ses idées libérales.

— Condamné à mort ? Tinton du diable ! Je suis bonnet bleu, mais l'esprit d'insoumission doit pas dépasser la mesure...

Elle se mord les lèvres, mortifiée par sa propre repartie. Gilbert précise sobrement :

— La sentence de Pellico a été commuée en quinze ans de prison.

— Je te prendrais bien en pension, Gilbert. Mais tu le sais à quel point mes avoirs sont peu de choses...

Le garçon fige. Il se battrait ! Comment peut-il accabler ainsi sa tante, sans la faire se sentir horriblement coupable ? Elle enchaîne :

— J'arrive tout juste à joindre les deux bouttes, depuis que ton oncle a trépassé...

Trop ému, il cligne des paupières en guise d'assentiment. Se levant, Théosodite affirme avec une brusquerie qui masque sa timidité naturelle :

– Les jeunes messieurs qui fréquentent le cloître, presque tous, y quittent au bout de leur première année. Ça se jase amplement, entre servantes... S'y quittent, c'est pas passequ'y ont atteint la limite de leur savoir.

Ériole jette un regard interrogateur à Gilbert, qui précise :

– Rien de plus vrai.

Il inspire pour se donner de la vaillantise, puis il ajoute :

– Quand je suis arrivé, l'automne dernier, Casimir avait perdu son meilleur ami. Quant à Gaspard, c'était pas juste un, mais deux amis qui revenaient pas ! La règle est trop stricte, ma tante. Ceux qui tiennent guère à devenir des érudits...

Gilbert est traversé par un puissant frisson et une fine sueur perle à son front. Pour une première année d'études supérieures, il a donné tout ce qu'il pouvait ! Avec une expression suppliante, il se penche vers sa parente :

– Je sais qu'y reste encore deux mois avant la fin des classes, mais s'y vous plaît, ma tante ! Je suis pas capable d'y retourner. Je suis pas capable ! Si vous saviez toutte le temps qu'y faut passer dans la chapelle, à ânonner des prières... Pis l'obligation au silence... Pis les repas...

– Calme-toi, intime-t-elle, lui serrant l'avant-bras de sa main. J'ai eu ouï-dire, moi itou... Je voudrais juste pas... que ta formation en souffre... et que ton père...

Elle se redresse avec une grimace.

– L'idée de faire durer l'école jusqu'au mois d'aoûtte !

– Y font comme ça en France, précise Gilbert. Dans l'esprit des Messieurs, toutte ce qui est bon là-bas dans l'organisation des collèges, est bon par icitte...

Il prend le temps d'expliquer que la période des cours magistraux tire à sa fin, puisque le compte à rebours vers les solennités publiques va imposer un nouvel horaire. Chaque jour, les garçons peineront sur leurs compositions et exercices, ensuite corrigés par les régents et les maîtres. Les notes une fois données, les classes s'assembleront pour choisir, dans leur groupe, les deux meilleurs élèves en composition et qui, de surcroît, seront aptes à soutenir la tension des examens publics.

— Alors, tu vas manquer tout ça ?

Il hausse les épaules.

— Si vous saviez comme je m'en sacre, ma tante… Moi, être *accessit premium* ou *orationis latinae in Gallicam converse premium*… ça me fait pas un pli sur la différence !

Devant les yeux ronds de ses auditrices, il éclate de rire. Il s'exclame, la poitrine exagérément bombée :

— Vous voyez comme j'excelle déjà ?

Ériole laisse échapper un gloussement amusé, puis elle clôt la discussion :

— Allez, ma bonne Théosodite, servez à ce savant une assiettée digne de son savoir ! À soir, mon neveu, j'écrirai un mot à ton supérieur. Je broderai une historiette séduisante à souhait…

Le visage fendu d'un large sourire, Gilbert se dit qu'en effet, M. Roque ne restera pas insensible à une telle prose !

– 9 –

Gilbert bloque son respir, plie les genoux et saisit les poignées de la barouette entre ses mains. Bandant tous les muscles de son corps, il se redresse, soulevant l'arrière du véhicule, qui ne repose plus que sur sa roue avant. À cause de la masse de glaise qui l'encombre, la barouette a tendance à vouloir verser, mais Gilbert la maintient fermement. Lorsqu'un précaire équilibre est assuré, le garçon entreprend de conduire son chargement depuis la cave jusqu'à l'atelier. Après avoir laissé quelques jours à son fils aîné pour se ressaisir, Uldaire ne l'épargne guère !

C'est dans l'ordre des choses. Il ne pourrait rester les bras croisés, tandis que tous les membres de sa famille sont affairés du matin au soir… Néanmoins, tout en faisant lentement rouler la barouette sur le trottoir de bois, Gilbert ne peut s'empêcher de songer à Vitaline et à Rémy, tous deux assis derrière les pupitres de leur école respective. S'il pouvait s'octroyer une telle journée, une fois de temps en temps, la vie serait parfaite !

S'approchant de la porte de l'atelier, Gilbert jure entre ses dents. Comment se fait-il qu'astheure, la matinée si bien entamée, Aubain brille encore par son absence ? Ce n'est pas de coutume… Quelque chose d'inusité a dû survenir. Comme il est bien incapable de déplacer la masse d'argile tout seul, Gilbert dépose l'arrière de la barouette et se résout à dévirer en direction de l'entrée de la cave, où son père se trouve. Mais un cri, lancé depuis le chemin, attire son attention.

C'est Aubain, qui saute par-dessus la clôture et qui court dans sa direction. Il parvient jusqu'à Gilbert, hors d'haleine, de nombreuses mèches s'échappant de sa couette lustrée par le crachin qui tombe. Fronçant les sourcils, Gilbert s'apprête à jouer son rôle de fils aîné du maître-potier, quand l'apprenti halète :

— Où ce qu'est le patron ? J'ai des nouvelles d'importance. Y paraît qu'y va se faire un nouvel enrôlement. On dit qu'y sera envoyé des détachements aux frontières !

Effaré, Gilbert balbutie :

— Aux frontières ? Mais... pourtant... j'ai pas ouï de déclaration de guerre !

— Nous autres non plus. Sauf que des bruits confondants circulent partout ! Fait que tous, on va aller voir le notaire Bourdages. Je suis venu quérir le patron.

Gilbert s'élance sur le trottoir de bois en direction de la cave, Aubain sur ses talons. Selon les signes qui s'accumulent, l'attaque du gouverneur de la colonie envers les députés, en mars dernier, ne relevait pas d'un bel adon. En vérité, elle était le coup de semonce d'une offensive visant à spolier les Canadiens de leur statut de citoyens britanniques honorables, pour les transformer, aux yeux de la mère patrie, en perfides qu'il faut réduire à l'impuissance. Oui, réduire à l'impuissance pour contrer le risque de devenir la proie de ces chiens !

La question de la milice, ce corps de soldats volontaires chéri par les Canadiens, se trouve au cœur de la controverse. Les hommes valides, âgés de 18 à 60 ans, se soumettent volontiers à l'appel de rôle et aux exercices, d'autant plus que quiconque ayant une excuse valable peut s'en dispenser. Mais il semble que le gouverneur Dalhousie veuille imposer, même en ce domaine, sa tyrannie, sous forme de lois iniques qui assujettissent les habitants à des sanctions pécuniaires et à des peines d'emprisonnements, ordonnées par des cours martiales assemblées à la discrétion de l'Officier commandant.

Se penchant au-dessus de l'ouverture, Gilbert appelle son père à grands cris. Bientôt, celui-ci se dresse de toute sa taille à leurs côtés. Gilbert a été surpris, à son retour, de constater que le faîte de son crâne atteignait déjà la base du nez de son paternel. Pourtant, pendant les vacances de Pâques, il n'avait rien remarqué !

Faut dire qu'il avait, alors, la sensation dérangeante d'être environné de brouillard, ce qui compromettait son équilibre...

Prestement, Aubain résume la situation. Le visage maculé de glaise et l'expression guère engageante, Uldaire combat son ahurissement et se permet, pour finir, une vive grimace :

— Encore du tintamarre ! C'est qu'on a pas juste ça à faire, nous autres, ceux qui doivent gagner leur vie à la sueur de leur front ! Avec toutte ça, à matin, ça a guère progressé !

— Je me reprendrai, promet Aubain. Mais pour l'heure, faut aller ouïr le fond de la pensée de m'sieur Bourdages. Y a juste lui qui peut nous donner l'heure juste !

— Pour ça... Pas plus tard qu'hier au soir, Fond-de-Terrine m'a prévenu qu'on allait être exercés deux fois par mois. D'un autre côté, la belle-mère, elle prétend que les miliciens doivent fournir leurs propres armes, à leurs frais ! C'est-y Dieu possible ? Espérez-moi, j'accours.

Ce disant, Uldaire tourne les talons et se dirige vers la maison. Aubain fait signe à Gilbert de le suivre vers l'atelier ; tous deux s'astreignent à faire pénétrer la barouette sur les lieux et à transborder la glaise, enveloppée dans une guenille, jusqu'au tas dans le fond de la pièce. Dès qu'ils émergent du bâtiment, ils voient Uldaire revenir vers eux, débarbouillé et revêtu de sa veste. Sans échanger un seul mot, tous trois se mettent en route en direction de la vaste demeure en pierres des champs de Louis Bourdages.

En chemin, ils transmettent la nouvelle à quiconque est digne de l'entendre. Comme ils ne sont pas les seuls à agir de même, c'est une véritable foule qui bat le pavé sur le chemin du Bord-de-l'eau, par-devant la maison du notaire patriote, lieutenant-colonel de milice, le plus haut gradé de toute la paroisse. Bientôt, le bruit se répand qu'il a accepté de leur adresser la parole dès que le marché sera conclu avec le client qu'il reçoit actuellement dans son office. Cependant, comme le temps est à la pluie, Bourdages a proposé à celui qui est venu lui faire requête en leur nom à tous, de demander à un des marchands du bourg la permission d'utiliser son entrepôt.

Dès que le mot se propage du consentement de ce dernier, les hommes se transportent lentement jusqu'au lieu dit, maintenant libéré des marchandises qui l'ont encombré tout l'hiver. Le vaste bâtiment, aux poutres apparentes, laisse échapper une puissante senteur, mélange de bois vert et de grains, que Gilbert trouve plaisante. Il observe la poussière qui volette sous le plafond, les treuils rangés dans un coin...

Ravi de faire partie d'une assemblée d'hommes, Gilbert ne s'étonne guère de constater même la présence de ceux qui, à l'instar de leur voisin, le maître-menuisier Timoléon Lapré, répugnaient à accabler le représentant du roi dans la colonie. Car l'état-major de la milice canadienne est comme un immense échiquier sur lequel Dalhousie déplace les pièces à son gré! Depuis très longtemps, les officiers de milice sont regardés par les Canadiens comme faisant partie d'un corps de magistrats indépendants, où seul le mérite compte. Où s'en irait le pays, songe Gilbert avec un frisson, si ses habitants ne pouvaient même plus compter sur ces figures d'autorité, défenseurs de leurs intérêts?

Pour tromper l'attente, les discussions vont bon train. Ces manigances, prétend le vieux Louis Robichaud, rappellent plusieurs périodes sombres dans l'histoire de la colonie, ces régimes quasi militaires où la Chambre d'Assemblée peinait à tempérer le pouvoir de quelques despotes. Son ascendance acadienne est manifeste, lorsqu'il proclame que ces manigances puent au nez! Ayant rejoint Gilbert et son père, Amable Maillet renchérit:

— D'après le droit naturel, y est permis de se rebeller contre l'imposition d'une force, quand cette force est pas soutenue par la loi. C'est-y pas, le potier cadien? La Constitution est une loi générale qui nous protège, nous, Canadiens, des abus. Comment? En offrant *à nos députés seulement* le droit de faire des lois.

— Tu veux pas dire que Milord agit en hors-la-loi?

L'interpellé considère attentivement la mine offensée de Lapré, avant de répondre:

— Pour le sûr, en homme qui se place au-dessus des lois. Qui se donne le droit d'imposer sa loi au peuple. Une loi qui s'appelle une « ordonnance ».

Un silence prégnant lui succède. L'histoire du pays est parsemée de semblables ordonnances promulguées par des gouverneurs et leurs conseils, et qui n'ont servi qu'à opprimer et humilier les enfants du sol! La sagesse aurait été d'attendre que les députés adoptent la loi lors de la prochaine session législative. Après tout, le Bas-Canada est-il dans une nécessité quelconque de se défendre activement? Si une guerre éclatait le long de la frontière avec les États-Unis, il serait toujours temps d'assembler le parlement à la hâte et de précipiter l'adoption d'une loi, comme il a été fait lors du dernier conflit avec les voisins du Sud, en 1812!

Mais la manœuvre est prouvable, selon Robichaud: si le gouverneur remet en force des ordonnances de milice datant du siècle dernier, c'est pour désarçonner les opposants au régime. Car les nouveaux colonels et les nouveaux majors naissent drus comme des mouches! Cette assertion fait ricaner plusieurs de ceux qui tiennent à différer d'avis avec le vieux potier, dont la ferveur patriotique prend feu à la moindre étincelle.

— Milord, y met en application un règlement avec lequel toutte le monde, y était d'accord!

Timoléon Lapré fait allusion à la volonté clairement exprimée par le gouverneur, dans les pages de la *Gazette de Québec par autorité*, de se conformer à ce qui était, jusqu'ici, un énoncé d'intention: les hommes qui bénéficient d'une commission d'officier de milice doivent habiter dans les limites de leur division, et être soit propriétaires, soit fils d'un propriétaire de bien-fonds.

— Tout à coup, la vertu lui sied, à notre gouverneur!

C'est dame Valentine Royer qui s'est permis cette saillie, tout en fendant la foule pour venir rejoindre son gendre et son petit-fils. Vitaline et Rémy la suivent de près… Mirant sa sœur, Gilbert sourit pensivement. Il ne le lui dira jamais, mais au collège, sa compagnie lui manque. Il s'ennuie de sa manière d'être avec lui, sans façon, parfaitement naturelle, vive et spontanée. En contraste, les autres jeunes filles lui paraissent maniérées, surveillant outrageusement leurs paroles et leurs gestes. Puis il se morigène intérieurement: ce sont les demoiselles de la ville qui sont ainsi, surtout celles qui ont des prétentions. Celles du village, de la campagne, n'ont pas encore pris ce mauvais pli!

Avec un tressaillement, Gilbert revient à la discussion. Ledit règlement, prétendument en vigueur depuis 1819, avait sombré dans l'oubli, proprement déposé sur une tablette poussiéreuse. Si la paroisse de Saint-Denis est encore épargnée par les changements, comme l'explique Robichaud avec force gestes, il n'en va pas de même ailleurs.

— Z'avez ouï ce que les papiers-nouvelles rapportent? L'état-major de la division de Longue-Pointe au grand complet a été mis à la retraite. Y compris Viger-le-laid, un homme qui travaille depuis longtemps au bien-être des Canadiens!

Le vieil Acadien fait allusion au lieutenant-colonel Jacques Viger. Cette éminente famille a produit plusieurs hommes d'importance, frères ou cousins, que l'on distingue, dans le peuple, par leurs surnoms: non seulement l'excentrique Jacques, au faciès sans harmonie, mais également Louis-Michel, «le beau Viger», et Denis-Benjamin, «Viger-au-grand-nez».

— À cause de quoi, qu'y ont été mis à la retraite? Parce qu'y habitent la cité, qui est tanseulement à deux heures de cheval du chef-lieu de la division. Pis d'un autre côté, le gouverneur commissionne un dénommé Harwood comme major de la division de Vaudreuil. Harwood habite Montréal, qui est à 10 lieues du chef-lieu! Ça prend combien de pipées, parcourir 10 lieues à cheval?

— Un tas! s'écrie Gilbert. Le temps de boucaner toute la sainte journée!

— J't'le donne en mille!

D'un ton qu'il tâche de garder calme, Uldaire s'indigne néanmoins:

— J'aurais honte de chausser les bottes du gouverneur. Y a personne qui me fera accroire que tous ces changements, c'est pas pour des raisons politiques. Personne qui me fera accroire que ceux qui chialent contre, ce sont des médisants!

— Le gouverneur! crache soudain Rémy. Un pantin, un sans-couilles!

Uldaire pouffe de rire, mais sa grand-mère le tance:

— Tit-gars! Tiens ta langue!

Mais Rémy ne s'en laisse pas imposer, et il promène alentour une expression pleine de morgue. Malgré son jeune âge, il a déjà compris que les profiteurs qui ont élu domicile dans la colonie manipulent le représentant de Sa Majesté le roi comme une marionnette. Vitaline se dresse de toute sa taille pour s'enquérir, les poings sur les hanches :

— C'est-y vrai, le potier cadien, que le Dalhousie, y a refusé des commissions à des officiers canadiens pour cause de *leur manque d'éducation* ?

Cette infamie tire des exclamations outragées de plusieurs poitrines. La mine attristée, le maître-potier ouvre les mains en signe d'impuissance.

— Toutte ce qu'y a de plus vrai. Les hommes d'importance du village le disaient même avant que *La Minerve* le publicise.

— C'est-y vrai que par contre, on a promu de tous jeunes messieurs ?

— Toutte ce qu'y a de plus vrai !

Amable Maillet le claironne : dans la liste des nominations du 3 mai dernier, quelques hommes âgés de 15 à 20 ans ont été faits lieutenants ou capitaines. C'est un scandale ! Comment peut-on préférer des collégiens, sans doute lettrés, mais qui sont loin d'atteindre le mérite et l'influence des plus anciens officiers de milice ? Dame Royer résume l'opinion générale :

— C'est mal de rabaisser ceux qui sont dépourvus des avantages de l'instruction. De savoir lire, c'est loin d'être juste ça qui compte pour faire des hommes respectables !

— Ce que m'sieur Morin a écrit, avance Gilbert spontanément, c'était de toute beauté.

Le vieux Robichaud lui jette un œil allumé.

— Pour vrai ? Conte-nous ça, mon gars...

— *Si on venait à bout de mettre les officiers des milices dans la dépendance de l'administration, adieu le respect, la confiance et l'influence de ces officiers sur l'esprit du peuple. Rendez-les une fois suspects au peuple et on ne les écoutera plus ; dans le cas d'une guerre, nos jeunes gens endosseront le havresac avec moins d'enthousiasme, parce qu'ils croiront qu'on veut les tromper.*

Gilbert cite un autre extrait, creusant sa mémoire :

— *Dans le cas où une administration voudrait réduire en système, dans chaque comté, le plan qu'on appelle à présent patronage, et y établir une petite administration jalouse, et serrée, on aurait dans tous les chefs-lieux des bataillons, un centre de corruption et d'espionnage qui serait tout à fait nuisible à l'intérêt du pays.*

Ses voisins l'ont écouté avec attention. Aubain ponctue la tirade :

— Z'avez ouï ce qui nous pend au bout du nez ? Un centre de corruption et d'espionnage !

L'expression est frappante, mais nul n'a envie de se gausser. Car le gouvernement exécutif de la colonie n'est pas seulement en train de modifier à l'envi l'état-major de chaque division ; il a pris sur lui de bouleverser la carte géographique même des divisions de milice. Augmenter le nombre de divisions, leur désigner de nouveaux chefs-lieux, mais surtout, leur faire épouser le tracé des comtés électoraux. Une manœuvre qui est loin d'être innocente !

— C'est connu comme Barabbas dans la Passion, explique Aubain, que nos députés, y ont l'intention de procéder à une augmentation des comtés électoraux.

— Ce serait chose faite depuis belle lurette, si la chambre haute bloquait pas la mesure. Parce que nos représentants sont craints comme la peste !

Désormais, l'administration coloniale aura un nouvel argument pour repousser le projet de loi : tels que divisés astheure, les comtés électoraux sont absolument nécessaires dans l'organisation de la milice du pays.

— Fait que, quand la Clique va exiger des officiers de milice une obéissance absolue à ses volontés, y vont trouver foutrement plus compliqué de s'en évader. Ben plus qu'avant, quand les officiers d'une même division appartenaient à différents comtés ! Dans les élections, l'administration aura un poids énorme…

Vitaline ouvre de grands yeux. La chaîne d'influence lui apparaît clairement pour la première fois ! Le gouverneur et ses conseillers achèteront la loyauté des officiers de milice, qui forceront les électeurs à porter, en chambre basse du parlement, des représentants qui leur seront tout dévoués! Remuée par cette perspective alarmante, elle la repousse au loin, de tout son être. L'administration va peut-être se gagner quelques individus, mais elle va perdre dans l'esprit du peuple!

Les coups de vent, Vitaline les voit passer depuis qu'elle a l'âge de raison. Mais là, elle sent la bise s'enrouler alentour d'elle comme une sorcière de neige pendant une tempête. Malgré la chaleur ambiante, les hommes frissonnent sous ce qui s'apparente à un nordet balayant la contrée... C'est épeurant, un homme transi. Comme s'il était sur le point de se déraciner. Comme si son monde à elle, Vitaline, risquait de s'écrouler...

Soudain, le notaire Bourdages fait son entrée. Fendant la foule, il se rend près du perchoir désigné, un petit banc accoté à la paroi. Il a besoin d'aide, vu son âge avancé et sa corporence, pour s'y percher. Ayant retiré son couvre-chef pour être bien vu, il exhibe une abondante chevelure blanche, plutôt indisciplinée. Malgré la chaleur, il a tenu à garder sa cravate à col montant, nouée sous le menton, et son habit doté d'un ample rabat, qu'il a cependant entrebâillé.

Sa présence impose un silence respectueux, qu'il finit par rompre en s'écriant de sa voix la plus forte :

– Messieurs les miliciens, je requiers votre attention! Y est plus que temps de tirer les choses au clair. Je vous remercie de ce rappel à l'ordre. En tant que colonel, c'est mon devoir premier que de voir au bien-être des hommes de la division de Richelieu.

Pour un homme de sa stature, Bourdages a un timbre étonnamment haut perché et d'une sonorité criarde, dont ses détracteurs des gazettes salariées se sont amplement moqués. Mais cela ne l'a jamais empêché de prendre le crachoir! De la première rangée s'élève une voix grave, celle du lieutenant de milice François Jalbert, un cultivateur et propriétaire foncier qui pratique, de surcroît, le métier de charpentier.

– Les hommes sont inquiets, m'sieur Bourdages. On entend les bruits les plus fous. On dit que tous les miliciens de moins de 40 ans pourraient être incorporés et conduits sur les frontières, pour y être tenus pendant deux ans!

En même temps que toutes les personnes présentes, Gilbert laisse échapper une exclamation d'indignation. L'orateur doit attendre qu'un calme absolu revienne, s'il veut que sa voix, devenue notablement plus tranchante, se rende jusqu'aux extrémités du bâtiment bondé :

— Un racontar colporté par ceux qui veulent affoler sciemment la province. De tels prophètes de malheur sont monnaie courante, par les temps qui courent ! Z'avez ouï celle qui a rapport avec le frère de notre gouverneur, qui est en route pour une visite par chez nous ? Ce monsieur transporterait des dépêches depuis Londres. Des dépêches annonçant que notre Constitution nous est ôtée ! Encore pis : des troupes seraient envoyées en Canada à cause des rumeurs de révolution !

Bourdages a haussé progressivement le ton, fidèle à son tempérament impétueux qui, paraît-il, ne s'est que peu adouci avec les années. Mais il retrouve un débit plus calme pour marteler :

— Ces damnés Bureaucrates sont des faiseux de troubles. Y tâchent juste de justifier leurs hauts cris ! Prenez garde, mes amis. Prenez garde de vous laisser exciter de la sorte. Car la Bureaucratie, ensuite, sauterait sur ce prétexte pour nous persécuter.

De la part d'un tel homme, la remontrance a du poids. Car Bourdages ne s'est jamais gêné pour encourager les Canadiens à faire valoir leurs droits, mais de toutes les manières *légales* possibles, tels de fiers sujets anglais dotés de la Constitution la plus progressiste au monde !

— Oyez-moi : nulle conscription générale n'est en cours. Les deux nouveaux régiments qui vont débarquer à Québec, y viennent relever ceux qui sont ici depuis longtemps ! Fiez-vous à la justice de la mère patrie. Les cris de vulgaires gens à payes pourraient nous dépouiller de notre Constitution ? Allons donc ! Lord Bathurst ne peut pas, d'un trait de plume, annuler un acte du Parlement, ou en suspendre l'effet.

Distinguant sans doute plusieurs expressions perplexes, Bourdages précise :

— Bathurst est le ministre aux Colonies. Pour le sûr, y est guère tendre envers les Canadiens, mais y doit respecter les limites du droit constitutionnel. Croyez-moi : personne ne se fie aux rapports alarmistes des criailleurs. D'ailleurs, la harangue du gouverneur a été imprimée là-bas. Ces dignes messieurs savent de quel bois le comte Dalhousie se chauffe.

L'orateur fait une pause, pour laisser à chacun le temps d'assimiler cette tirade. D'un geste nerveux, il desserre le nœud de son col, puis il passe la main dans sa tignasse, avant de reprendre, un pli de souffrance sur le front :

— Milord et sa Clique de Bureaucrates, y ont décidé que les commissions de milice étaient une récompense pour loyaux services.

Soudain, le ton terrible, il assène :

— Bien entendu, *loyaux* dans le sens de *complaisants* ! Les anciens états de service, la respectabilité, la confiance des miliciens, tout ça, c'est du vent !

Gilbert en a la gorge nouée. Il jette un coup d'œil à son père, qui se tient très droit, les poings serrés, le visage contracté, extrêmement attentif au laïus du député.

— Je me suis tout de bon interrogé, à savoir où était mon devoir. Est-ce que je dois respecter ces ordonnances, adoptées *avant* l'Acte constitutionnel de 1791 ? Ou est-ce que je dois remettre cet exercice d'autorité entre les mains de la prochaine législature ?

Bourdages ne fait aucun mystère, grâce à son expression, du côté vers lequel il penche. C'est en outrepassant l'autorité de la Chambre d'Assemblée, empêchée de renouveler les lois de milice à cause de la prorogation, que le gouverneur a remis les ordonnances en force. Le Parlement du Bas-Canada est pourtant la seule et véritable autorité législative du pays !

— Je vous exposerais à des sanctions. Ou encore pire : à devenir les jouets d'un exalté, se servant des commissions comme d'un outil pour faire des menaces ! Voici donc la marche que nous allons suivre dans ma division. J'annonce que tous les hommes doivent se présenter à leurs capitaines pour s'inscrire sur le rôle. Messieurs les capitaines devront m'envoyer le rôle dans le courant de l'été ; pas trop tard si possible. Je veillerai personnellement à ce qu'aucun inconvénient n'en résulte.

Le message est clair. À cause des délais prescrits par les ordonnances pour aller se faire enrôler par leurs capitaines, tous les miliciens de la province se trouvent déjà hors la loi. Bourdages fera comme si de rien n'était... Ce dernier lève les deux bras très haut, dans un geste royal qui attire l'attention de tous.

— Une dernière chose à vous dire, messieurs. Le rassemblement de milice se fera comme de coutume, une seule fois, à la Saint-Jean-Baptiste. Sauf que l'exécutif ne fournira pas d'armes.

Un silence interloqué lui succède. Pas d'armes ? Mais les Canadiens ne possèdent, en vaste majorité, que d'antiques fusils de chasse !

— Les exercices seront désarmés. Même si l'ordonnance stipule des exercices au tir à blanc, Milord en a préféré autrement.

Une voix furieuse s'élève :

— C'est quoi, l'affaire ? Les Bureaucrates, y ont-tu peur qu'on s'en serve contre eux ?

L'hypothèse serait plus que plausible ! Tandis que Louis Bourdages descend de son perchoir, un murmure de mécontentement s'élève. La coupe est à la veille de déborder ! Déjà, la milice manque d'entraînement pour être une force de frappe efficace. En plus, on l'empêche de s'exercer au maniement d'armes, à cause d'une lubie de persécution de la part des profiteurs ?

Gilbert ressent la tension ambiante dans la plus infime fibre de son être. Pour la première fois, il réalise qu'il est sorti définitivement de l'enfance. Même son entrée au collège ne l'avait pas fait vieillir à ce point... Là, tout à coup, il est pénétré d'orgueil à l'idée d'être l'un de ces hommes dont l'assemblage forme une communauté active, dont il peut être fier à plus d'un titre ! On voudrait lui faire croire que son pays natal n'est qu'un immense territoire à peine défriché et plongé dans l'obscurantisme. Mais lui, il sait depuis toujours qu'il habite une contrée riante dont toute la portion sud regorge d'hommes de valeur et de ressources à exploiter. Une contrée qui fait le bonheur de ses habitants !

À L'ÉVIDENCE, les hommes du bourg restent tourmentés. Ils veulent bien suivre l'avis de leur lieutenant-colonel, mais c'est un fait que les ordonnances obligent le rassemblement des miliciens une fois par mois jusqu'en septembre ! Les moins dociles se rangent sans hésitation derrière Bourdages, faisant valoir quelques extraits d'articles parmi ceux qui, sur ce sujet d'une actualité brûlante, sont publiés à foison dans *La Minerve*.

La direction du journal est de l'opinion que *les miliciens par toute la province ne feront attention à rien qui ne leur soit régulièrement signifié comme un ordre, par la voie ordinaire d'une personne connue, agissant par autorité supérieure ; qu'ils n'ajouteront foi à aucun bruit d'un caractère alarmant, bien assurés qu'ils sont sous la protection de la loi.* Les plus malins rétorquent :

— La protection de la loi ? Mais quelle loi ?

— Notre constitution, niaiseux. La loi suprême...

Mais cette précision est proférée d'un ton irrésolu... car un régime despotique a bien des tours de passe-passe pour imposer sa domination ! Bref, parmi les miliciens de Saint-Denis, un embrouillamini éprouvant règne, et la tension croît jusqu'au dimanche 24 juin. Il est de tradition de faire l'appel annuel de milice lors de la fête de la Saint-Jean-Baptiste, cette journée chère au cœur du peuple canadien, au terme de laquelle on festoie, aux alentours de feux de joie.

Ce jour-là, les fidèles étant passablement agités, le curé conduit la cérémonie à toute vapeur. Dès qu'il met le pied hors du temple, Gilbert court rejoindre son ami et voisin Amable Maillet fils, un garçon maigrichon qui a hérité d'un lointain ancêtre un teint cuivré et une tignasse tirant sur le roux. Gilbert est suprêmement heureux d'avoir perdu son aura de collégien, qui avait créé une distance entre eux depuis son départ, l'automne précédent. Comme s'il ne faisait déjà plus partie de leur monde... Mais astheure, plus rien ne le distingue de ses amis, qui lui ont redonné sa place. Comme eux, il va nu pieds, la taille fièrement cintrée d'un *sling*, ce qui offre l'aisance de mouvement requise pour grimper aux arbres, sauter les murs et s'accrocher aux voitures en marche !

Par dessous la visière de leurs chapeaux de paille, les garçons scrutent le regroupement impressionnant des engagés volontaires, sur la place du Marché. Amable interroge d'une voix excitée :

— Combien y sont, tu penses ? Des centaines et des centaines, en tout cas…

Gilbert isole un groupe de ses concitoyens pour se livrer à un rapide calcul mental. Si ceux-là se dénombrent à une cinquantaine… Impressionné, il répond :

— Près de mille, je dirais.

Il a déjà repéré son père, qui se tient en compagnie de plusieurs de ses amis : les potiers Maillet et Duplaquet, de même qu'un parent éloigné nommé Joseph Dudevoir, un cultivateur dans la vingtaine avancée. Plus loin, leur apprenti, Aubain Morache, fait le pied de grue avec des hommes de son âge. Ça discute fort parmi eux, et Gilbert donnerait sa chemise pour ouïr leurs parlementeries !

À pas lents, les miliciens se rassemblent autour de leurs capitaines, qui entreprennent l'appel. La plupart défilent la liste sans même attendre la réponse… Une fois cela fait, ils tâchent de les faire se placer en rang, leur ordonnent quelques pas d'un côté, puis de l'autre, et aussitôt, malgré un réel désordre, ils déclarent la fin des exercices. Gilbert échange un regard entendu avec son camarade. L'état-major du 2e bataillon de la division du comté électoral de Richelieu manifeste ainsi son indépendance d'opinion !

Comme nul officier n'est intime avec le gouverneur et son entourage, ces derniers n'en sauront rien… à moins d'un surprenant revers du sort. L'état-major de cette division, comptant cinq bataillons, est dirigé par Louis Bourdages, qui est la probité même ! En attendant, la milice ne vaut rien comme armée. Même que l'inexpérience des miliciens fait l'affaire des méfiantes autorités… Cet état de fait pourra changer uniquement quand le Parlement aura ratifié une loi musclée, soumettant les jeunes hommes à un entraînement digne de ce nom. Mais pour cela, il faudrait que les Bureaucrates cessent de guerroyer contre le pays !

X

- 10 -

Dans la classe du couvent de Saint-Denis, les pupitres ont été tassés vers le fond pour permettre l'installation de plusieurs rangées de chaises. Heureusement, l'espace est assez vaste pour accommoder l'essaim de spectatrices, venues célébrer les progrès des demoiselles de la paroisse. Parmi cette assemblée essentiellement féminine, le curé fait figure, engoncé dans ses hardes couleur charbon, de corbeau maladif...

À cette pensée, Vitaline a envie de rire à gorge déployée, ce dont elle se retient en se crispant de tout son être. D'ailleurs, ce n'est pas tout à fait vrai. Le curé Jean-Baptiste Bédard ferait plutôt figure de corbeau gourmand ! Avec l'âge, il a fait l'acquisition d'une panse volumineuse, de même que d'un cou autant gras que son double menton. Quasi calé, la paupière lourde et le visage comme affaissé, il est loin du prédicateur édifiant, servant de modèle à ses paroissiens ! Le pauvre, il a le droit de vieillir, comme tout le monde...

Debout tout au fond de la classe, Vitaline attend son tour, celui des finissantes, avec un mélange d'angoisse et d'impatience. Pour l'instant, il lui faut ouïr le chapelet de questions, posées par la maîtresse à l'élève qu'elle juge apte à répondre, sur la grammaire anglaise ou la mythologie, sur l'arithmétique ou la géographie. Malgré les croisées béantes, il règne une chaleur d'étuve dans la pièce, en ce 12 juillet qui marque la fin de l'année scolaire.

Ce ne sont pas les échanges savants qui l'intéressent, mais les toilettes des quelques dames qui offrent leur patronage aux religieuses de la Congrégation de Notre-Dame. En première rangée, il y a Mme Wolfred Nelson, née Charlotte Noyelle de Fleuri-mont. Elle porte une robe d'un tissu soyeux très coloré, à la taille haute et aux manches bouffantes, et qui laisse ses épaules et une partie de sa gorge désabriés ; mais elle amoindrit ce décolleté par une chemisette légère. L'ensemble est enjolivé par un châle de soie, si étroit qu'il ressemble à une écharpe, et qui retombe artis-tiquement le long de son corps.

Comparée aux dames des villes, elle est simplement attifée. Mais en présence des habitantes dont le seul article d'élégance est un fichu coloré, la différence est notable ! Devenue l'épouse du Dr Nelson en 1819, elle lui offre une descendance qui aug-mente avec une belle régularité : voilà pourquoi son châle de soie sert également à masquer une grossesse d'environ cinq mois. Vitaline ne la connaît que de vue, mais souvent, elle la croise, affairée à quelques-unes des tâches qui lui échoient en tant que mère de famille ou maîtresse d'une maisonnée d'envergure, et chaque fois, elle reçoit une salutation plaisante.

À sa droite se tient sa sœur cadette, Marie-Anne. Toutes deux se ressemblent de manière confondante. Sans être d'une joliesse à couper le souffle, elles ont un air de santé et de prospé-rité qui les rend fort plaisantes à mirer. La cadette est promise au fils aîné de la seigneuresse, Louis-François Fleury Des-chambault. La présence à Saint-Denis de cette lignée seigneu-riale est encore une étrangeté dans la communauté. Faisant partie de la noble famille des Contrecœur et des Boucher, la seigneuresse en titre, dame Gilles, a quitté Montréal au décès de son mari, en 1824. Elle occupe astheure, dans le village, une humble maison de bois lambrissé de planches blanchies à la chaux.

Il paraît cependant que cette installation est une bénédiction, à cause de l'esprit entreprenant de Louis-François. Formé comme avocat, ce jeune homme fait partie de la compagnie d'associés qui ont investi dans la construction de la chapellerie. Il con-templerait d'autres projets nécessitant du capital, ce qui réjouit fort les notables, marchands comme professionnels. Uldaire le souligne souvent à voix haute : cette union des hommes d'importance du bourg créé une impulsion décisive en matière de développement!

De l'autre côté de Mme Nelson, une autre dame d'importance a pris place. Plus âgée et plus massive, Mme Saint-Germain seconde son mari dans la gestion de cette importante chapellerie qui fait la fierté de toute la rivière Chambly. Située en périphérie du village, elle emploie une bonne douzaine de personnes, sans compter une trâlée de fournisseurs, ce qui en fait un des ateliers les plus importants de tout le comté. On dit que cette dame est exigeante en affaires, mais respectueuse de ses employés.

Enfin, Mme Louis-Édouard Hubert, née Cécile Cartier, complète le tableau. C'est par amitié envers les religieuses qu'elle a tenu à être présente, plutôt que par réelle fierté envers les accomplissements des élèves. Née dans la puissante famille Cartier, de Saint-Antoine, elle a trouvé chaussure à son pied en la personne du pieux marchand Hubert. Tous deux, se gausse-t-on dans la paroisse, pourraient en remontrer au curé Bédard en matière de bondieuseries! Petite et replète, comme son époux, elle se donne également un petit air de supériorité bourgeoise qui peut taper sur les nerfs...

Les autres dames qui ont osé prendre place en première rangée sont les épouses des plus prospères artisans, commerçants ou cultivateurs, et dont la descendance est sur la sellette ce matin. Chaque mère tient à ce que sa fille réponde victorieusement à une question, pour le moins! Toutes les autres se sont placées derrière, y compris Bibianne et grand-mère, assises toutes droites, avec sur le visage, cette expression bonasse qui masque une puissante ennuyance.

Des applaudissements nourris se font entendre, car voici l'heure de la classe terminale, celle de Vitaline. Elles sont cinq jeunes filles qui, après autant d'années de cours primaire, quitteront le couvent pour de bon. Vitaline est la plus âgée de toutes, ayant entrepris l'école à 10 ans révolus; les autres ont un an de moins. Quant à Estère, elle y restera pour une autre année. Voilà pourquoi elle se tient debout à quelque distance, les bras croisés et l'air maussade...

Toutes les cinq se rendent en avant et se placent avec gaucherie, les mains croisées derrière le dos. Avec amabilité, la maîtresse leur adresse quelques questions dont il serait impossible, à moins d'incapacité totale, qu'elles ignorent les réponses. Ensuite, étant la meilleure en lecture, Vitaline s'avance pour lire un court texte tout en y mettant du style. Cela ne l'effraie guère : elle a appris, grâce à grand-mère qui est une conteuse née, à mettre l'intonation là où il faut.

Comme il s'agit d'une épreuve, elle ignore de quelle nature est le livre que Mme Nelson a remis à la religieuse. Se levant, cette dernière se tourne vers l'assemblée, pour lire ce qui est inscrit en page titre :

— *Considérations sur les effets qu'ont produit en Canada, la conservation des établissements du pays, les mœurs, l'éducation, et cetera, de ses habitants ; et les conséquences qu'entraînerait leur décadence par rapport aux intérêts de la Grande-Bretagne.*

À ouïr ce titre qui est, en soi, tout un programme, les membres de l'auditoire restent déconcertés, de même que Vitaline qui tâche d'en absorber la signification à toute vitesse... Plaisamment, la religieuse ajoute :

— Cet opuscule publié en 1809 était signé « Un Canadien », mais il y a longtemps que la province sait qu'il s'agit de monsieur Denis-Benjamin Viger, un homme de lettres dont nous avons raison d'être fières.

Vitaline se sent rougir. Elle va lire la prose de cet homme célèbre, qu'elle a même déjà aperçu en personne, se promenant dans les rues du bourg ? Car comme ses cousins Louis-Joseph Papineau, l'ardent député patriote, et Jean-Jacques Lartigue, le non moins bouillant évêque auxiliaire de Montréal, M. Viger peut se targuer d'avoir le notaire Cherrier, de Saint-Denis, comme grand-père ! Ce dernier fut le fondateur d'une lignée qui s'est élargie grâce à de plaisants mariages, pour comprendre aujourd'hui moult notaires, avocats, députés et propriétaires terriens... et parfois même quasiment tout cela à la fois, comme Viger-au-grand-nez !

— Mlle Dudevoir va lire, pour nous, les premières pages.

Recevant le livre entre ses mains, Vitaline prend le temps d'en caresser la reliure en cuir souple, usée aux extrémités. Elle entrebâille le livre, et la lettrine qui inaugure la première ligne de texte lui saute aux yeux. Un « O » majestueux, dont le trait est plus épais sur les côtés qu'aux extrémités du haut et du bas… Vitaline se perd dans la contemplation de ce caractère d'imprimerie, qui lui semble comme la porte d'entrée d'un tunnel en direction d'un autre monde…

Discrètement, la religieuse se racle la gorge, et Vitaline se ressaisit.

– *On n'écrit guère ici. C'est un malheur.*

Déjà, ces deux phrases sont des affirmations riches en conjectures, et Vitaline fait une pause pour permettre à ses auditrices, comme à elle, de s'en pénétrer. Proclamant que les habitants ont peu de ressources pour s'instruire, l'auteur affirme qu'ils sont, de surcroît, égarés par les écrivains à la semaine – les rédacteurs des gazettes – qui ne sont guère que des échos qui répètent mal ce qu'ils ont entendu dire ailleurs.

– *Plusieurs des sujets qu'on y discute tiennent essentiellement à l'ordre public, au bien-être de ce pays, à notre existence même comme colonie britannique. Celui que j'entreprends de discuter moi-même est sans contredit un des plus importants. C'est ce qui m'a engagé à mettre mes idées au jour.*

Vitaline reprend son souffle. Pour ne pas bafouiller et pour garder à son débit une certaine aisance, elle est tendue à l'extrême. Si elle lit mieux que ses camarades, elle a encore du chemin à faire pour être une déclamatrice aguerrie !

– *Quelques individus crient sans cesse contre l'éducation, les mœurs, les usages, les lois, la langue des Canadiens. Ceux qui font retentir ces pitoyables déclamations s'entendent-ils eux-mêmes ?*

Une vive émotion traverse Vitaline avec fulgurance. Vingt ans après la publication de ces *Considérations*, les Bureaucrates caressent toujours l'espoir de voir les Canadiens se dépouiller, comme d'oripeaux puants, de la moindre coutume qui rappelle leurs origines, de la plus simple accoutumance ancrée dans l'héritage des générations passées ! M. Viger veut faire sentir l'outrecuidance de cette volonté d'assimilation, et Vitaline enchaîne avec une vigueur renouvelée :

— *Malheureusement pour ce pays, beaucoup de ceux qui accueillent ces productions, non plus que l'éditeur ou le petit nombre de ses suppôts, si toutefois ils ont jamais réfléchi sur cet objet important, ne connaissent et n'étudient guère les habitants de cette province que de leur cabinet ; ils ne les voient qu'à travers des idées empruntées, et ils n'en parlent que d'après les sentiments qu'on leur a inspirés.*

L'auteur affirme que ceux qui veulent décider du sort de tout un peuple n'ont jamais pénétré dans les campagnes, ni même les foyers des bourgs. Ils ignorent tout du peuple qui les habite, mais ils tranchent hardiment sur les principes de morale et la jurisprudence, les habitudes et les usages, comme s'ils les avaient discutés, médités, analysés, approfondis avec la dernière exactitude.

— *Pour revenir à l'éducation, on parle beaucoup des dangers de la conservation de la langue française et d'une éducation donnée en cette langue par rapport à la tranquillité de ce pays et à sa soumission au gouvernement. Il faudrait, suivant ces penseurs, substituer à la population de ce pays une population nouvelle, digne de l'habiter, et d'en tirer parti. N'entends-je pas bourdonner sans cesse à mes oreilles qu'on ne saurait trop favoriser en cette province l'établissement des Américains unis, enfants ingrats, sujets rebelles, pour remplacer les Canadiens soumis et dociles ?*

Des applaudissements nourris l'interrompent. Surprise, Vitaline lève les yeux. La religieuse, debout, a encore le bras levé en sa direction… Elle s'emportait dans sa lecture ! C'est qu'elle était passionnante… Vitaline s'empourpre, tout en constatant que sa grand-mère, les joues rouges de fierté, lui adresse un sourire épanoui. Quant à sa mère, son esprit n'a pas quitté ce recoin secret de sa tête où elle l'enfouit. Vitaline pourrait n'être rien d'autre qu'une étrangère…

Déjà, les membres de l'auditoire s'éparpillent en direction d'une autre pièce, où des rafraîchissements et quelques douceurs vont récompenser les efforts. Vitaline remarque que Mme Nelson attend à proximité. Bien sûr, elle veut récupérer son précieux ouvrage… Malgré sa gêne, elle fait quelques pas dans sa direction et lui offre son dû d'un geste hésitant. Mais la dame ignore cette main tendue, pour lui adresser une moue appréciative.

– Vous étiez fort plaisante à ouïr, mamoiselle…

– Vitaline tout court, offre grand-mère, qui se tenait à proximité. Son père est surnommé Cul-de-Jatte.

– Bien sûr! s'exclame la dame, dont le visage s'éclaire. Vous avez un air de famille certain, Vitaline.

– Un gros merci, madame.

– J'ai vu que vous auriez volontiers poursuivi l'exercice… Aimeriez-vous que je vous le prête?

– Le livre? Oh! Madame, ce serait bien trop!

– Et pourquoi donc? J'aime qu'un livre soit un objet quotidien, comme une aiguille à ravauder…

Vitaline baisse les yeux vers l'objet en question. Drôle de façon de voir les choses!

– Si vous passez les premières pages, où monsieur Viger digresse vers les civilisations antiques… remarquez, c'est une digression pleine de sens… eh bien, la démonstration est magistrale. J'ai annoté quelques passages…

Retirant l'ouvrage des mains de Vitaline, la dame y plonge le nez, feuilletant les pages. Celles qui lambinaient dans la salle les entourent, tandis que Mme Nelson se met à lire:

– *Je suis toujours surpris de voir revenir sur les rangs ces déclamations sur la langue et l'éducation de ce pays, comme si l'on pouvait changer la langue et les mœurs d'un peuple comme on change ses habits et ses modes.*

Vitaline est éperdue d'admiration. Elle lit avec une telle suavité! Comme une actrice sur une scène, du moins ainsi que la jeune fille se les imagine. Une actrice qui déclame son texte avec tant d'art qu'il coule de source, qu'il devient tel un ruisseau à l'onde sage…

– *Si l'on voulait anéantir, pour les Canadiens, tous les moyens d'acquérir des talents et les connaissances utiles que procure l'éducation parmi eux, on ne pourrait prendre un moyen plus sûr et plus efficace que d'abolir l'usage de la langue française dans nos collèges et ailleurs. Dès lors la très grande majorité des habitants des villes et la*

presque totalité de ceux des campagnes pourraient demeurer dans
leur atelier ou rester attachés à leur charrue et croupir pendant des
siècles dans la plus crapuleuse ignorance, sans aucune espérance de les
en faire jamais sortir.

La mine satisfaite, elle lève la tête pour fixer ses prunelles dans celles de Vitaline, qui songe que de fréquents grains doivent se lever sur l'onde sage! Ce n'est pas un adon si son époux, Wolfred Nelson, est devenu une irréductible tuque bleue. Charlotte et sa sœur Marie-Anne ont trouvé refuge, à la mort de leurs parents, chez leurs oncle et tante Malhiot, une réputée famille de Verchères, une localité située en bordure du Saint-Laurent. Là où la fierté se porte en oriflamme! À maintes reprises, le Dr Nelson a proclamé qu'il était la preuve vivante de l'absurdité de ces préjugés qu'on entretient lorsqu'on prend garde de se mêler aux enfants du sol.

— J'ai vu que vous avez compris quelque chose de très important. La lecture, c'est comme... la poterie, n'est-ce pas? Au début, il semble que jamais on n'y arrivera. Jamais on n'arrivera à donner du sens à cette... cette succession de mots qui forment des phrases, et ensuite des paragraphes. Parce qu'il ne suffit pas de déchiffrer: les mots correspondent à des idées, et ces idées, il faut en comprendre la signification... Je sais que le temps manque. Moi-même, je suis occupée de l'aube au brun... Et puis, dans certaines familles, on croit que c'est du temps perdu. Mais pas chez les Dudevoir, n'est-ce pas, ma bonne dame?

Mme Nelson s'adresse à grand-mère, qui en pâlit d'orgueil. Se dressant de toute sa taille, l'interpellée répond:

— Par chez nous, madame, on encourage l'instruction.

— Vous m'en voyez ravie, réplique l'épouse du médecin avec une intense satisfaction. Pour comprendre la marche du monde, c'est ce qu'il faut.

— C'est vrai que le monde, dit grand-mère avec un soupir, y s'en vient foutrement compliqué... Oh! Pardon, madame.

— Pas de soin. J'ai pas les oreilles délicates, contrairement à d'autres...

— Nous autres, renchérit Vitaline, on s'empêche pas de dire les choses comme elles sont. Tandis que dans certains... certaines classes, faut toujours dire les choses joliment. Même les choses laides!

Quelques-unes de celles qui les entourent ne peuvent retenir un gloussement gêné. Vitaline se mord les lèvres. Elle les avait oubliées! Mais avec une franche gaieté, Mme Nelson rétorque:

— Voilà une parole de sage! Vous savez...

Elle fait mine de se pencher vers ses deux interlocutrices, tout en gardant sa voix sonore:

— Mon mari et moi, on n'est pas d'accord sur tout. Mais sur ça, on s'entend comme deux doigts de la main!

Voilà qui en bouche un coin aux ricaneuses! Qui s'empresseront, bien entendu, de se transformer en commères pour colporter ce détail... Charlotte Nelson se redresse avec une grimace.

— Ouf... J'ai besoin d'un brin de repos. J'ai tiré plaisir de votre compagnie, mesdames. À la revoyure!

Et après avoir rendu le livre à Vitaline, elle s'éloigne pesamment, creusant les reins. Grand-mère glisse son bras sous celui de Vitaline.

— Viens, ma p'tite... Ta mère attend dehors. Je reviendrai faire mes hommages aux bonnes sœurs après dîner.

Ramenée à une morne réalité, celle de Bibianne qui bat la semelle sous un arbre parce qu'elle ne peut supporter la compagnie, Vitaline se cabre.

— Et mes ouvrages? Y sont exposés par là. J'ai brodé l'église paroissiale sur un mouchoir!

Grand-mère referme ses doigts sur son avant-bras:

— Shhh... Je les verrai plus tard. Prends patience. Je te ferai honneur...

Vitaline détourne les yeux. Dame Royer fait mine de jouir de ce rôle, celui de remplacer sa fille aux occasions officielles comme à bien d'autres! Sauf que sa grand-mère tâche de lui faire avaler une amère pilule en l'enrobant de sucre d'érable. C'est arrivé si souvent déjà... Mais comme la dernière chose que Vitaline souhaite, c'est d'accabler la vielle dame, elle serre les lèvres et la suit vers l'extérieur.

La jeune fille passe la journée dans un état second. Sa vie d'écolière est bel et bien terminée, une dizaine de jours avant son quinzième anniversaire! Elle n'en est pas marrie, parce que la sœur enseignante exigeait une tenue contraignante. Comme son père n'est pas un maître despotique, elle trouvera du temps pour raffiner un savoir... embryonnaire, elle le sait fort bien! Elle le fera à son rythme, selon ses goûts... N'empêche, elle sait très bien multiplier et diviser, ce qui lui sera fort utile, et son écriture, même si elle tricole un brin, est tout de même lisible!

Uldaire lui permet d'aller choisir une jolie pièce de tissu chez le marchand, ce qu'elle fait en compagnie de Perrine. Dès son retour, elle entreprend de se confectionner un charmant corsage d'été. Au souper, elle est fêtée comme la reine du jour. Comme il fait beau temps, Gilbert et son père dressent la table à ciel ouvert, rivalisant d'un empressement fort comique auprès de la diplômée. Au terme du repas, Uldaire tient à se faire offrir une pièce d'éloquence. Il fait installer Vitaline sur un piédestal improvisé, et il lui commande de déchiffrer l'un des passages du livre que Mme Nelson leur a fait l'honneur de leur prêter. Même si elle est rompue de fatigue, Vitaline obtempère sans rechigner:

— *Dans le temps même que les Français possédaient ce pays qu'ils avaient établi, on voyait déjà dans le caractère des Canadiens des nuances très sensibles, des teintes très fortes, qui les distinguaient de leurs ancêtres. Quelques années avant la Conquête, lorsqu'il entra un plus grand nombre de Français à la fois dans le pays, ils formaient déjà deux peuples, et se considéraient réciproquement comme tels. Ces marques de distinction se sont déjà tellement multipliées, que les Français et les Canadiens, quoique leur séparation ne date que d'un demi-siècle, pourraient à peine, la ressemblance du langage exceptée, être reconnus pour avoir la même origine.*

— Tu lis comme un rêve. C'est-y pas, toutte vous autres?

Un concert approbateur lui répond. Rosissant, Vitaline poursuit néanmoins:

— Cet effet est la suite de causes très sensibles, et découle de la nature des choses. Notre éloignement seul, la différence du climat et de la position que nous habitons, ainsi que de nos productions, des habitudes qui en résultent, l'opérerait. Il y a en outre une infinité de causes secondaires, peut-être plus puissantes encore, qui doivent nécessairement contribuer à le produire, et renverser d'un seul coup et de fond en comble l'édifice de toutes ces belles théories de quelques-uns de nos spéculateurs qui ont vu la nature humaine de leurs cabinets, étudié les hommes et les choses dans leurs livres de compte.

— Bien envoyé, sacré tordieu de baptême ! Les bonnes sœurs, elles ont pas leur pareil pour induquer...

— Les maximes à Viger-au-grand-nez, c'est comme la parole de Dieu, ironise Perrine. Ça fait toujours du bien de les réentendre...

— De s'en pénétrer, comme dirait m'sieur le curé...

Cette grivoiserie de Gilbert fait fleurir de nombreux sourires. Le maintien pondéré de lettré qu'il affectait à son retour a fait long feu, vitement remplacé par une allure de garnement ! Vitaline déclare forfait, même si elle est très fière d'offrir le cadeau de ces belles paroles à sa famille. Pour ses proches, la lecture de cet ouvrage prendrait des semaines, et il leur serait ardu de donner un sens global à cette litanie de phrases et d'idées. Sauf pour Gilbert, comme de raison !

Comme la soirée est encore jeune, grand-mère se rend chez une voisine pour une courte veillée agrémentée d'une banale corvée, après avoir reconduit mémère dans leur chambrette pour la nuit. De leur côté, les jeunes vont profiter, avec leurs amis, des dernières lueurs du jour. Trop épuisée, malgré son esprit rempli de mots, d'images et de sensations diverses, Vitaline suit ses parents à l'intérieur de la maison. Au coucher du soleil, les maringouins s'en donnent à cœur joie...

Dans la salle commune à moitié vidée de ses meubles et accessoires, Vitaline se sent perdue. Elle s'installe dans la berçante pour lire encore, mais sa concentration est en déroute totale. Brusquement, elle prend conscience de la tension qui s'est installée dans la pièce. Même si ses parents font mine de rien, ils ont entrepris un petit jeu, celui du chat et de la souris, qui horripile Vitaline. Comme si tous deux se transformaient en… en tout autre chose que ce à quoi elle est accoutumée. Ordinairement, ils s'interdisent le moindre geste d'affection. Du moins, Bibianne y répugne…

Uldaire n'arrive plus à badiner, et reste balourd sur sa chaise, à se bercer, rivé en pensée à Bibianne, qui fait mine d'y être insensible. Contrariée, Vitaline tâche de ne pas regarder ses parents, tout en étant irrésistiblement attirée par leur manège. Il y a une escousse qu'elle n'y avait pas assisté… Sachant parfaitement ce qui va advenir, elle voudrait aller dormir dans le caveau à légumes ! Désireuse d'en finir au plus vite, elle baragouine des salutations avant de monter dans sa chambre, dont elle referme soigneusement la porte.

À la lueur d'une seule chandelle, elle se déshabille, effectue ses ablutions et se glisse sous la courtepointe. Les bras noués derrière la tête, les yeux fixés au plafond et aux toiles d'araignées empoussiérées qui en ornent les coins, elle reste percluse d'anxiété, en attente. Au moins, avec les années, le mystère s'est éclairci. Uldaire ne fait qu'assouvir un besoin naturel, celui qui tarabuste tout mâle normalement constitué…

À ce point de sa songerie, Vitaline refuse d'aller plus avant, profondément mal à l'aise. Elle refuse d'imaginer son père transformé en bête en rut… Pourtant, impossible de nier la réalité. Périodiquement, Uldaire exige que son épouse remplisse son devoir. Ce n'est pas de sa faute s'il se voit obligé de soumettre sa tendre moitié…

— Laisse-moi, mon mari. Je t'ai déjà fait assavoir que je préférais que tu me laisses tranquille…

Les paroles de sa mère ont aisément traversé le plancher aux lattes disjointes, et Vitaline se repaît de ce timbre qu'elle entend si rarement. Malgré elle, Bibianne chante en parlant, et sa voix est pareille à celle de sa mère ! Puis, la jeune fille se crispe sur sa couche, tandis qu'elle donne un sens à ce qu'elle vient d'entendre. Profitant de leur relative solitude, Uldaire poursuit son épouse de ses assiduités… Il veut l'attirer dans leur lit, cette couche installée dans un recoin de la salle commune, et qui devient une pièce en soi lorsque les panneaux de bois sont refermés.

Jamais Bibianne ne s'oppose à son mari, jamais elle ne conteste ses décisions, sauf en cette occasion. Alors, elle plaide d'un ton contenu, et Vitaline s'ébahit de sa verve.

— Pourquoi que tu peux pas te retenir ? J'aime pas te voir dans cet état... Ça me convient pas. Je voudrais dormir tranquille... J'en ai bien besoin, je te l'ai déjà dit souvent. Si je dors pas assez, je deviens comme... comme si toutes mes idées s'en allaient et que je devenais bonne à rien.

Uldaire tente de badiner :

— Bonne à rien ? Je te trouve bonne à toutte, au contraire... Je te trouve croquable.

— Arrête tes niaiseries. Je suis pas croquable. Je suis pas folle, je sais que je fais dur comparée aux créatures qui se pavanent...

Sa litanie cesse abruptement, remplacée par un silence entre-coupé de craquements de bois du plancher. Vitaline reste sur les épines, jusqu'à ce que sa mère reprenne, comme hors d'haleine :

— Non, touche pas... Laisse-moi tranquille...

— Fais pas semblant de m'haïr. Tu fais frime...

— C'est juste que... je te l'ai dit cent fois... j'suis comme... quand tu me touches comme ça... j'me sens tellement...

Encore le silence. Intensément frustrée, Vitaline se revire sur sa couche. Elle avait l'impression de toucher quelque chose du doigt, qui vient de lui être ravi ! Il paraît qu'avant la naissance de Rémy, 10 ans et demi plus tôt, Bibianne était une femme ner-veuse, un brin particulière, mais normale. Vitaline n'en garde aucun souvenir. Cet âge d'or lui semble une chimère... Sa mère a-t-elle apprécié la compagnie de son père ? Toujours, à ce qu'il semble à Vitaline, elle s'est fait violence pour le côtoyer...

Mais c'est à son père que la jeune fille réserve sa pitié. À Uldaire, obligé de supporter ce manque de considération, et qui n'a rien fait pour se mériter un tel sort ! Mais qu'en sait-elle vraiment ? Si son père s'est rendu coupable d'un abus, ce n'est pas grand-mère qui va le colporter. Peut-être n'en sait-elle rien elle-même... Seul Uldaire pourrait conter ce qui s'est vraiment passé au moment de l'arrivée de Rémy. Vitaline donnerait tout ce qu'elle possède pour le savoir. Oui, elle donnerait tout, même ses plus vifs plaisirs. L'indifférence de sa mère lui irrite les nerfs, ces jours-ci, comme ce n'est pas permis...

Le ton de Bibianne est devenu plus dur :

– Que c'est que t'attend ? Va te quérir une... Tu sais, la veuve Dodelier ? Elle est accorte... Elle te refusera pas... Y a des créatures qui attendent juste ça...

De nouveau, le silence, et Vitaline sait qu'à ce point, sa mère n'émettra plus un mot. Manifestement, son père endure ses jérémiades tant qu'elles restent dans la limite de la décence... Mais que fait-il pour la réduire ainsi au mutisme, sans un bruit de lutte ? Mystifiée, Vitaline reste raide comme une barre de fer. Elle aimerait s'enfuir en pensée, se projeter jusqu'au ciel où elle voguerait sans fin, mais elle n'y peut rien, son attention est retenue par ces sons étouffés. Parfois, son père émet un grognement de plaisir, comme lorsqu'il déguste un plat savoureux, et alors, Vitaline sent une dérangeante chaleur se diffuser en elle...

Un grincement caractéristique se fait entendre, celui des charnières du lit bateau. Uldaire vient de refermer les cloisons sur eux deux... ce qui n'empêche guère les sons de résonner partout, comme s'ils étaient doués de vie ! Le moment tant redouté par Vitaline survient alors : Bibianne se met à geindre, à mi-voix. Quand elle était petite, Vitaline croyait que sa mère souffrait, et elle se retenait à deux mains pour ne pas aller lui porter secours. Mais elle décèle maintenant un étrange contentement... Oui, si sa mère manifeste un réel inconfort, elle le fait d'une manière incongrue... C'est à n'y rien comprendre. D'une harpie, sa mère semble s'être transformée en une chatte qui fait ronron !

Brusquement, Vitaline se redresse dans son lit, où elle s'assoit en déposant les pieds par terre. Elle saisit le livre, posé sur sa table de chevet, et elle l'ouvre au hasard. Heureusement, elle n'a pas soufflé la chandelle, car la nuit est quasiment tombée... Avec rage, elle se met à lire, chuchotant les mots pour assourdir la complainte qui lui vient d'en bas :

— Les tyrans punissent ceux qu'ils veulent écraser des fautes qu'ils ont commises, et de celles qu'ils peuvent commettre un jour. C'est à peu près la maxime de Tarquin qui conseillait à son fils, par une réponse symbolique qu'on admirerait comme ingénieuse si elle n'était atroce, d'abattre les têtes des citoyens puissants de la ville qui lui avait donné asile, ou parce qu'ils étaient un obstacle aux vues de son ambition criminelle, ou parce qu'ils pouvaient le devenir. C'est ainsi qu'il faudrait traiter un peuple fidèle. Il le fut jusqu'à ce jour, il pourrait devenir coupable.

Des bruits rythmés résonnent et Vitaline s'empresse de tourner quelques pages :

— Que de préjugés s'opposent cependant encore aujourd'hui à l'amélioration des établissements de ce pays ! Ces préjugés commencent pourtant à se dissiper, grâce à l'esprit de lumière qui commence à se répandre et à se communiquer, en dépit de tous les obstacles. Les Canadiens doivent être, et tous ceux qui suivent les événements, sont convaincus, que leur bonheur et leur existence sont à l'unisson avec la conservation du gouvernement sous lequel ils vivent. Il peut seul leur offrir un asile et un abri permanent. C'est le port où ils peuvent se trouver assurés de leur conservation et de leur salut.

Vitaline referme le livre d'un coup sec. C'est l'assaut final, celui qui donne à penser que les montants du lit vont fatalement céder… Uldaire exhale un râle, Bibianne se tait et Vitaline se détend comme la corde d'un arc. Son supplice est terminé. Maintenant qu'elle a compris ce qui se passe entre ses parents, elle est délivrée de cette frayeur primitive qui l'envahissait, tout enfant. Mais elle n'en est pas moins bouleversée par la proximité de cet acte animal, qui la captive et la repousse tout à la fois… Au fil des heures, elle réussira à retrouver son calme. Oui, au fil des heures…

X

- 11 -

Rasant les murs pour éviter le cuisant soleil de ce lundi de juillet, Gilbert s'empresse à travers les rues du bourg. Il a réussi à expédier toutes ses tâches de l'avant-midi et il lui reste une bonne heure à tuer avant le dîner ; il a donc obtenu d'Uldaire la permission de s'épivarder. Non pas pour courir les côtes ou aller se plonger, à l'abri d'une crique, dans la rivière, mais pour rendre visite à David Bourdages, dont le garçon a ouï-dire qu'il est enfin revenu de sa tournée d'arpentage.

Il habite de l'autre côté du bourg, dans une maisonnette située chemin du Bord-de-l'eau, du côté opposé à la rivière. Son office se trouve dans une petite annexe au corps principal du bâtiment, et on y accède, depuis la rue, par un sentier de terre. À mi-chemin, Gilbert aperçoit Émélie, l'épouse de David, qui marche nonchalamment dans la cour arrière, à l'ombre de quelques arbres fruitiers, un nourrisson au creux de son bras. Tous deux se sont croisés suffisamment, au cours des dernières années, pour rendre les présentations inutiles : elle réagit donc à sa présence par un sourire allègre, avant de se détourner pour poursuivre sa promenade.

Il y a peu, David habitait Saint-Hyacinthe, où il avait installé sa pratique après l'obtention de son permis ; mais au moment de son mariage, il est revenu dans son village natal. La vie dans le bourg ne s'en porte que mieux, songe Gilbert tout en sonnant la cloche. Comme son père, David est un chialeux de première classe, un dénonciateur d'abus qui ne s'enfarge pas dans les fleurs du tapis !

D'une voix bourrue, le jeune arpenteur invite le visiteur à pénétrer. Ouvrant la porte, Gilbert découvre une scène quasi domestique. L'homme de 27 ans est vêtu de manière très décontractée : une vaste chemise aux manches roulées, un vieux pantalon retenu par des bretelles. Debout, il se penche au-dessus d'une immense table de travail où des plans ont été déployés. Cette table occupe l'essentiel de l'espace ; tout le reste, pupitre, bibliothèque et classeurs, est coincé contre les murs, entre plusieurs fenêtres à carreaux, indispensables pour éviter de s'arracher les yeux.

Le visage de son hôte s'illumine d'un large sourire. Après un moment de silence, Gilbert laisse tomber avec gêne :

— Sans doute, m'sieur David, que vous êtes trop affairé…

— Trop affairé pour piquer une jasette ? Jamais dans cent ans, p'tit gars. À vrai dire… mire ce que je faisais quand t'as sonné.

Posé à plat sur une pile de paperasses, un exemplaire de *La Minerve* est tout grand ouvert. Gilbert ne peut s'empêcher de pouffer de rire, et son hôte l'imite avec la mine d'un écolier pris en flagrant délit de rêvasserie.

— J'avais du rattrapage à faire… Dans les concessions, les nouvelles parviennent au compte-gouttes ! C'est le numéro daté d'une semaine, j'étais après terminer le mot de Duvernay et de son rédacteur… Écoute comment ça commence :

Bourdages saisit le feuillet entre ses mains et se place de manière à inonder la page de lumière du jour. D'une voix plus harmonieuse que celle de son père, de même que plus grave, il lit lentement :

— *Quels sont les moyens, pour nous, de faire entendre notre voix aux pieds du trône, lorsqu'on regarde le peuple du pays comme une armée de soldats enfermés dans une caserne, qui ne peuvent faire un pas sans encourir la censure ?*

Il lève les yeux vers Gilbert.

— Je traque l'actualité depuis que j'ai ton âge, p'tit gars, et y a longtemps que j'avais entendu de tels accents passionnés… Quels sont les moyens de faire entendre notre voix *lorsqu'on encourage un système d'espionnage également contraire aux lois et à la tranquillité des citoyens, et que les officiers et les miliciens sont requis de se dénoncer réciproquement au moindre effort pour sauver, des trames de l'arbitraire, la patrie et les lois ?*

L'écho de sa tirade résonne, tandis que Gilbert résiste à l'envie de se signer pour accueillir, dans son âme, ce sermon autrement plus nécessaire que les remontrances entendues depuis la chaire ! Il en répète la fin à mi-voix, en la modifiant à son goût pour la faire sienne :

— Dénoncer le moindre effort pour protéger la patrie et les lois contre les manigances de l'arbitraire... Ce sont les agissements du gros Dumont qui sont en cause ?

La corporence du seigneur de la Rivière-du-Chêne est un fait notoire, et c'est le rédacteur de *La Minerve* qui, le premier, a répandu ce qualificatif méprisant... mais amplement mérité. Eustache-Lambert Dumont fait montre d'un orgueil autant enflé que sa personne ! Les habitants de ces paroisses de la rivière des Mille-Isles, au nord-ouest des Isles de Montréal et Jésus, se retrouvent aux prises avec une poignée de Bureaucrates tout-puissants.

— Il a vendu neuf citoyens au gouverneur.

David est devenu rouge d'indignation. Depuis son retour, il assimile à toute vitesse des faits dans lesquels la province entière mord depuis des semaines ! Plusieurs notables des villages de Saint-Eustache et du Grand-Brûlé — ainsi est nommée la principale localité de la paroisse de Saint-Benoît — ont résolu de profiter de l'élection imminente pour bouter leur député, le seigneur Dumont, hors du parlement. Car en Chambre, leur représentant a renié ses promesses ; il fut uniquement préoccupé à plaire aux hommes à place, dans le but de faire prospérer ses propres entreprises.

Une assemblée patriote a donc eu lieu le 4 juin, non seulement pour mettre de l'avant de nouvelles candidatures, mais pour présenter une liste de griefs au roi de la mère patrie, souverain de la colonie du Bas-Canada, afin qu'il y porte remède. David regimbe :

— Dans les gazettes par autorité, cette assemblée a été qualifiée de tactique inconstitutionnelle au plus haut degré. Un véritable

Comité de salut public! Car on y a procédé à la nomination d'un comité de 17 hommes, dans le but de correspondre au sujet du redressement des griefs. Dans une province où *tous sont pacifiques, loyaux et contents*, c'est un acte de rébellion ouverte, qui doit être dénoncé avec la plus extrême rigueur!

À l'évidence, Dumont y tient, à son siège. Or, le seigneur coiffe également les chapeaux de juge de paix et lieutenant-colonel de milice du 1er bataillon du comté d'York. Certains notables réunissent ainsi, dans leur personne, d'amples pouvoirs. Il suffit que ces tristes sires soient sous l'emprise de leurs passions rancunières pour causer bien du mal, comme dans la paroisse de Saint-Eustache... Le seigneur Dumont a pourchassé ses principaux adversaires. Parmi les 18 hommes qui ont joué un rôle éminent lors de l'assemblée, 9 ont été dépouillés de leur poste d'officier de milice sur dénonciation auprès du gouverneur.

Gilbert laisse échapper une exclamation outrée. Comment peut-il ainsi rétrograder, au rang de simples miliciens, des hommes qui ont proclamé hautement leur loyalisme, en servant sous ses ordres pendant la dernière guerre contre les Américains? À cause de ce comportement d'une indignité crasse, le seigneur est considéré avec une mésestime universelle. Même par ceux, Gilbert en est persuadé, qui favorisent la délation! Avec une grimace écœurée, David ajoute:

– C'était écrit en toutes lettres dans l'ordre de milice: le gouverneur annulait les commissions des officiers pour les punir comme ayant encouragé et pris part à des assemblées populaires *tendantes à exciter des mécontentements dans le peuple.*

Par la suite, le seigneur a livré une correspondance à *La Minerve*, que la direction a pris le parti d'imprimer, dans le but implicite de permettre au public de juger. Arrogant jusqu'à en être niaiseux, Dumont y qualifiait ses opposants de *grosses têtes.* Il ajoutait que l'assemblée *n'était composée que de femmes, d'enfants de catéchisme et de quelques citoyens*; les résolutions n'avaient récolté que *cinq mains d'approbation.* Ces phrases venimeuses ont suscité des railleries dans tout Saint-Denis, d'autant plus qu'elles distillaient un mépris certain pour la gent féminine. Les femmes sont quand même des êtres sensés, aptes à juger de la conduite des représentants du pays !

David déclare d'une voix étranglée :

— Je l'affirme sur un temps riche, p'tit gars. Jamais la Bureaucratie a fait autant d'efforts pour faire élire des représentants qui vont à l'encontre des intérêts du peuple. La faction insidieuse qui travaille à la perte du pays, elle s'agite comme un diable dans l'eau bénite. Ce que les papiers-nouvelles rapportent, c'est juste le feuillage d'une carotte très longue et ben enfoncée dans le sol !

Venant à Gilbert, le jeune arpenteur poursuit à mi-voix :

— Mon père a reçu une lettre. Tu sais que dans le comté qu'y représente, celui de Buckinghamshire...

David fait la grimace à cause de ce nom qu'il trouve difficile de se mettre en bouche. Louis Bourdages ne représente pas le comté dans lequel Saint-Denis se trouve, celui de Richelieu, mais un comté circonvoisin. Gilbert en profite pour glisser :

— M'sieur votre père, y disait qu'y était tanné, et qu'y allait peut-être se retirer...

— Fort juste. Mon père, c'est une force de la nature. Mais les chênes les plus vigoureux peuvent se faire abattre par la tempête... Sauf qu'y pouvait pas quitter par les temps qui courent. Ç'aurait été... une trahison !

Son interlocuteur ponctue sa phrase par une moue soucieuse, puis il reprend :

— Dans le comté *de Nicolet*, pour parler drette, la faveur générale est pour mon père et pour Jean-Baptiste Proulx, les députés sortants. Eh ben, dans cette lettre reçue par mon père, le gouverneur l'interroge sur l'assemblée de Verchères, le mois passé. Milord veut savoir si mon père y a déclaré que sa conduite sera désapprouvée par le gouvernement de Sa Majesté en Angleterre. Y veut savoir si mon père a encouragé, même indirectement, la convocation de ladite assemblée ! C'est-y pas de l'intimidation ?

Gilbert acquiesce vigoureusement. Le fils du doyen de la Chambre d'Assemblée se redresse, une fine sueur perlant à son front, et ajoute, le ton vibrant :

— Tiens-toi ben, p'tit gars : mon collègue arpenteur Louis Legendre a été approché par le candidat bureaucrate qui se présente contre mon père. Un *mister* Trigge qui fait des va-et-vient d'un bord pis de l'autre de l'océan, pis qui vient tout juste d'atterrir par chez nous après une année sur sa terre natale !

Devant ce Legendre en question, Trigge a exhibé une lettre reçue du secrétaire du gouverneur, Mr Cochran, dont il a fait lecture sur-le-champ. En résumé, l'auteur affirmait que pour gagner son élection, Trigge devait absolument s'assurer des faveurs dudit Legendre, un des notables de la région. Ce dernier était en dette envers Cochran, qui a favorisé sa commission de lieutenant-colonel au préjudice *d'un monsieur appartenant à l'une des plus anciennes familles et des plus attachées au gouvernement qui soient dans cette province...*

David laisse sa phrase en suspens, puis la ponctue avec une grimace d'intense dédain.

— Legendre me l'a raconté personnellement. Avant-hier, j'ai accompagné mon père dans son comté... Trigge a répété à mon ami qu'y devait employer son influence à repousser deux messieurs — tiens-toi ben — qui supportent des opinions en opposition avec les sentiments du gouvernement du roi d'Angleterre et du parlement d'Angleterre. C'est d'une arrogance crasse ! Parce que tout bonnement, y s'agit d'un malentendu entre les députés et la Clique du Château ! Je te jure, Gilbert, je les étriperais, ces hommes à place ! Ce sont eux, les démagogues, qui travestissent les pires menteries en vérité !

— Bien dit ! s'empresse d'approuver Gilbert, de peur que son interlocuteur, dans un accès de rage aveugle, se mette à le secouer comme un pruneau.

— *Mister* Trigge a été très clair, conclut David avec moins d'emportement. Legendre mettait son poste d'officier en jeu en favorisant les « suiveux à Papineau ».

Rongé par la curiosité, Gilbert ne peut se retenir :

— Et votre ami lui a fermé la trappe avec quoi ?

— Messieurs Bourdages et Proulx sont ceux que le comté soutient. Un honnête homme doit pas changer sans raison.

Gilbert réagit par un sourire épanoui, mais son interlocuteur n'en a pas terminé avec les mauvaises nouvelles. Trigge a sorti l'arme ultime : une copie de la lettre que le gouverneur a fait parvenir au député Bourdages. Ce dernier n'ayant pas donné de réponse satisfaisante, a-t-il prétendu, il allait perdre sa commission d'officier de milice... Gilbert inspire brusquement.

— Perdre sa commission ? Lui qui a rendu de si notoires services à sa patrie ?

Ce serait un outrage révoltant que de faire subir ce sort à l'un des plus puissants notables de la rivière Chambly ! Le jeune arpenteur fait un geste d'impuissance. Le clocher de l'église se met à tinter. Déjà midi ? Au même moment, une voix féminine se fait entendre, depuis le dehors :

— David ? Je peux entrer ?

— Sans conteste !

L'huis s'ouvre tout grand pour laisser passer son épouse, tenant toujours le bébé endormi contre elle. Gilbert se retient de la mirer ouvertement. Elle est appétissante, avec son teint laiteux, ses grands yeux d'un vert sombre et son chignon de cheveux noirs... Elle halète un brin, et jette d'une voix essoufflée :

— On dit... on dit dans le voisinage que le Dr Nelson... y va se présenter contre le Stuart, à Sorel !

L'information fait l'effet d'une bombe. Gilbert en reste bouche bée, tandis que son hôte marche en toute hâte jusqu'à sa femme :

— Contre *mister* Stuart ? Mais... ce serait de la folie ! Pour moi, ce sont des racontars !

Elle secoue frénétiquement la tête.

— Je t'assure ! C'est Mme Bouteiller qui vient de me l'apprendre. Elle l'a su de sa voisine, la Maréchepleau... Y paraît que ça discutaille en masse, vers chez le docteur.

— Terrain piqueté ! Faut que j'aille aux nouvelles. Tu m'accompagnes, Gilbert ?

— Pour le sûr !

— Mets ta veste, implore Mme Bourdages. Tu peux pas sortir de même, vêtu comme un ouvrier !

Contenant son impatience à grand-peine, l'arpenteur daigne endosser une veste sans manche, de même que se couvrir le crâne d'un feutre léger. Sa course vers l'extérieur est ralentie par sa femme, qui s'écrie :

— Tiens-moi au courant ! Pis si tu tardes trop, j'irai moi-même, alors prends garde !

L'homme et le garçon galopent le long du chemin du Bord-de-l'eau vers la demeure du Dr Nelson, qui se trouve dans l'autre partie du bourg, au croisement du rang qui s'élance vers le village de Saint-Hyacinthe. En route, tous deux réalisent que l'excitation ambiante est palpable, et qu'un mouvement général se dessine en cette direction. Tous les hommes, de même que les quelques femmes qui peuvent délaisser leurs occupations, s'y rendent au même rythme qu'eux !

À la fois médecin compatissant et homme d'affaires avisé, le Dr Nelson est l'un des notables les plus appréciés à Saint-Denis. Un protestant élevé dans le mépris des Canadiens, il était prédestiné à devenir un ami des hommes à place. Pourtant, en partie grâce à l'élue de son cœur, une Canadienne pure laine, il a développé une réelle affection pour les enfants du sol, de même qu'une vive sensibilité à leurs tourments. Mais de là à se présenter dans le comté le plus pourri de toute la colonie ?

Se laissant entraîner par le mouvement général, David et Gilbert pénètrent dans la vaste cour qui jouxte la maison. Les personnes présentes réagissent par des « shhh… » à leur entrée, car le docteur, jouqué sur une estrade improvisée, est en train de discourir de sa voix au timbre puissant. Elle est reconnaissable entre mille, à cause du français mâtiné d'un soupçon de paroli anglais. L'homme a les traits taillés à coups de serpe, ce qui lui donnerait un visage marqué du sceau de la dureté, n'eût été de l'expression généralement tendre qui y flotte. De longs favoris bruns, éclairés de reflets roux, masquent l'arête de ses mâchoires. Ses courts cheveux, adoucis de gris, volettent sous la brise.

Gilbert jette un regard perçant aux trois hommes qui se tiennent en retrait du héros du jour et son cœur fait un bond prodigieux. De même que l'orateur, vigoureux et de haute taille, ils sont dotés d'une réelle prestance. On leur donnerait le Bas-Canada sans confession! Louis Bourdages et Louis-Joseph Papineau n'ont pas besoin de présentation; quant à Robert Nelson, frère de Wolfred et également médecin, il prouve son patriotisme de belle façon, puisqu'il a accepté d'être le colistier de Papineau dans le comté de Montréal-Ouest, pour l'élection générale en cours.

Le bon docteur Wolfred, ainsi qu'il est surnommé dans la région, en est à regretter ne pouvoir faire comme les anciens députés : se présenter par-devant ses électeurs pour être jugé de sa conduite. Mais s'il avait été député, il aurait été solidaire du « crime » de la majorité des représentants! Car il paraît que c'est un crime de s'opposer à la dépense arbitraire des deniers publics par l'Exécutif. L'accusation du gouverneur envers la Chambre, celle d'avoir manqué à leurs devoirs envers leurs constituants, est entièrement fausse. En dissolvant le parlement, on en a appelé au tribunal du peuple!

Nelson reçoit des applaudissements nourris, ce qui le fait sourire avec dérision.

– Soyez indulgents, mes enfants... Je m'emporte, comme si je vous demandais de me choisir comme votre représentant! Hélas, j'ai accepté un mandat... un petit peu plus ardu...

Il se tourne pour prendre à témoin ses trois collègues, qui font des mines patibulaires à souhait. Les rires, qui parcouraient l'assistance, s'éteignent dès que l'orateur s'assombrit.

– En fait, j'ai répondu aux sollicitations pressantes de quelques patriotes du bourg de William-Henry. Ces messieurs ont décidé qu'il était temps de faire mentir les prévisions. Leur indignation, m'ont-ils dit, est portée à son comble!

Un silence éberlué accueille cette affirmation péremptoire, et David choisit ce moment pour se pencher vers Gilbert et lui dire à mi-voix :

– Un bourg mal famé sous l'influence absolue d'une poignée d'hommes à place...

Situé à quelques lieues de Saint-Denis, à l'endroit où la rivière Chambly se déverse dans le fleuve Saint-Laurent, ce village a le statut de comté électoral à lui tout seul, et ne compte qu'une centaine de personnes aptes à voter. Au siècle dernier, la seigneurie de Sorel est devenue la propriété du gouvernement britannique, et le gouverneur d'alors y a installé sa résidence d'été. Il en a profité pour se constituer un bourg pourri, pompeusement rebaptisé lors de la visite de Son Altesse Royale le prince William Henry, en 1787, mais les francophones lui conservent celui de l'ancien seigneur, Pierre de Saurel.

Nelson rugit encore :

— Les Bureaucrates ne répugnent devant aucune manigance pour corrompre les francs-tenanciers. Z'avez ouï *mister* Stuart ?

Il a prononcé ce nom quasiment comme s'il crachait au sol.

— Il est sûr de convertir tous les Canadiens à sa cause avec un torchon trempé dans le rhum !

Des cris de colère lui font écho. Cette lugubre saillie a fait le tour de la contrée, et nul ne doute de sa véracité. Pour l'inventionner, il fallait ce Bureaucrate indécrottable, ami des Canadiens à une époque reculée, mais aujourd'hui défenseur ardent des intérêts de sa Clique ! James Stuart, député de William-Henry, est surtout l'un des fonctionnaires les plus puissants de la colonie. C'est lui qui, en tant que procureur général de la Couronne, a encouragé le gouverneur à remettre en force les vieilles ordonnances de milice.

Fils d'un loyaliste ayant quitté les États-Unis pour émigrer au Haut-Canada par fidélité à l'institution monarchique, il fut pendant un temps parmi les défenseurs de la nation canadienne. Mais il semblerait que ce fut uniquement par intérêt personnel, puisqu'il a viré son capot de bord, devenant un champion de l'assimilation des Canadiens à la prétendue noble race anglo-saxonne !

Avec une moue goguenarde, Wolfred Nelson reprend :

— Je ne suis pas homme à me laisser manger la laine sur le dos. Du moins, il paraîtrait...

Les éclats de rire sont assourdissants et l'orateur doit attendre le retour du calme avant d'enchaîner :

— Pour le sûr, je connais Sorel comme ma poche. Je connais également bon nombre de ses habitants. Mon père, vous le savez, a choisi de s'y fixer à son arrivée au pays. J'y ai passé toute mon enfance... Pour peu, je serais devenu comme lui : un Anglais méfiant de cette bande d'ignorants qui peuple le Canada.

La voix de l'orateur s'est chargée d'une émotion qui atteint même Gilbert, placé à l'autre bout de la cour.

— Mais j'ai eu le bonheur de croiser la route d'une demoiselle d'exception. Pour tout dire, ma conversion n'a pris le temps que de quelques veillées !

Tous les regards se portent vers un recoin de la cour où se tient son épouse, Charlotte, entourée de deux de ses enfants, la petite Sophie, de presque quatre ans, et Arthur, un an et demi.

— Alors pour toutes ces raisons... lorsque ces messieurs sont venus me dire que le bourg était mûr pour un changement, et que j'étais l'homme de la situation... j'ai eu la faiblesse de les croire.

Le maintien du bon docteur contrebute éloquemment cette modestie. L'œillade inquisitrice, Wolfred Nelson est fermement planté sur ses deux jambes, les épaules rejetées vers l'arrière comme un conquérant.

— Mes enfants mourront sur le sol qui les a vus naître. C'est ce que j'espère de toute mon âme... Je souhaite leur éviter le spectacle de ces scandales qui nous affligent tous les jours. Je voudrais délivrer le pays de toutes les abominations dont il est victime. Dont tous, nous sommes victimes.

Il baisse la tête et reste un moment en silence, comme plongé en oraison. Nul n'ose émettre un son. Enfin, il se secoue pour écarter largement les bras.

— Je dois vous quitter, mes amis. Les nobles habitants de Sorel nous attendent, mes illustres concitoyens et moi. Hardi, donc !

Sur ce, il dégringole en bas de l'estrade, les trois autres hommes dans son sillage. Gilbert est déçu de ne pas avoir droit à un discours de Papineau, qui manie l'éloquence comme d'autres la faucille ! Tandis qu'une partie de la foule s'écoule sur le chemin du Bord-de-l'eau, des groupes compacts se forment pour discuter de cette nouveauté d'envergure. Nelson a beau avoir quantité de relations dans son village natal, le duel sera forcément inégal.

Jouissant d'une bourse bien remplie et d'appuis hauts placés, Stuart n'hésitera pas à tirer les ficelles en sa faveur.

Rien de neuf là-dedans : depuis le premier Parlement, en 1792, de tels tripotages ont lieu quasiment au grand jour. Se pourrait-il, vraiment, que Nelson ait quelque chance de l'emporter ? Cette réussite serait un triomphe complet ! Suprêmement excité, Gilbert court chez lui pour faire rapport de cette hardiesse, laquelle cause une véritable sensation. Dès lors, toute la paroisse suit le destin électoral du bon docteur avec un intérêt passionné. Car leur propre comté, celui de Richelieu, est une forteresse patriote. Le combat entre Nelson et Stuart sera incroyablement plus captivant !

Le jour fixé pour l'ouverture du scrutin à William-Henry n'est pas chômé ; les heures s'égrènent comme de coutume, mais en pensée, chacun imagine le déroulement de l'élection : l'ouverture de la joute oratoire par l'officier-rapporteur, puis les discours des candidats sur cette estrade nommée *husting*. Si le vote à main levée est décisif, l'élection est terminée. Mais si quelqu'un demande le vote et que les deux candidats y consentent, l'officier-rapporteur entreprend d'inscrire les suffrages dans un registre. À n'en pas douter, c'est ce qui se passe à Sorel.

Tout de suite après le souper, la jeune génération Dudevoir s'installe devant le fournil pour une tâche urgente, celle de l'écossage des petits pois du jardin, tout en espérant fort que des nouvelles fraîches lui parviennent. Cet espoir n'est pas déçu, puisque le maître-potier Antoine Duplaquet dit Lambert, avec son épouse au bras et sa progéniture dans son sillage, fait une entrée triomphale dans la cour. Tous deux forment un couple dépareillé : lui, courtaud et ventru, sa maigre chevelure presque blanche en désordre comme s'il l'ébouriffait régulièrement de sa main ; elle, tout osseuse, dépassant son époux d'une bonne demi-tête, la tête coiffée d'un casque de cheveux bruns à peine striés de gris !

Très civilement, la grand-mère de Vitaline adresse ses salutations à Mme Duplaquet, née Marie-Archange Royer, donc une parente éloignée. Cette dernière n'a qu'une dizaine d'années de moins que dame Valentine Royer, mais elle se trouve être quelque chose comme sa petite-nièce! Au-delà de la certitude d'avoir affaire à deux femmes nées Royer, Vitaline n'en comprend guère davantage. Les réseaux de parenté sont diablement complexes en Bas-Canada, et une rumeur court à l'effet que les habitants peuvent se relier à quasiment tous les autres, même si le chiffre de la population d'ascendance française approche, paraît-il, les 400 000!

Vitaline et Gilbert accueillent leurs jeunes amis, qui sont aussi de lointains parents grâce à leurs grands-mères maternelles, avec effusion. Mais ils n'ont guère le temps de jaser, parce que le potier Duplaquet affirme à la cantonade que le Dᵣ Nelson s'est montré, sur le *husting*, pourvu de la dignité et de l'assurance d'un roi! Sautillant sur place, son fils Joseph renchérit:

— Ce qu'on aurait joui de se trouver là, hein, son père?

— Ça a dû être quelque chose, approuve l'interpellé, une expression gourmande sur le visage. Ce faquin de Stuart croyait que l'affaire était dans la poche, mais y s'est fait revirer de bord comme une crêpe!

— Quand même, y avait quelque raison de se croire élu d'avance, glisse Marie-Nathalie. C'est pas pour rien qu'y a choisi William-Henry!

La jeune fille a prononcé ce nom avec un formidable paroli anglais, ce qui suscite un rire général. Antoine Duplaquet entame son récit:

— M'sieur Nelson avait été clair: si le gouverneur venait mettre tout son poids du côté de Stuart, y serait en violation flagrante des lois. Si ça se produisait, y le ferait décaniller, de gré ou de force! Ben m'sieur Nelson, y menace quasiment jamais, mais quand y le fait, y tient parole! Ça fait que, v'là-t'y pas que Stuart, sur le *husting*, annonce que *His Excellency* va adresser quelques mots à la foule. Fait que, *His Excellency* monte sur le *husting*. Le bon docteur lui demande de quel droit y se trouve là. Vous voyez la scène, mes amis? Milord réagit avec superbe, comme un seigneur sûr de ses privilèges! Mais pas intimidé une miette, le bon docteur exige de l'officier d'élection qu'y fasse respecter la loi.

Tous les Dudevoir s'ébahissent. Cette protestation à chaud révèle un tempérament hors du commun !

— Tout en accumulant les courbettes, le monsieur officier dit au gouverneur qu'y est après commettre un... un... comment on dit, mon gars ?

— Un acte dérogatoire.

— Ça fait que le gouverneur, y finit par obéir et par retourner dans sa belle demeure, Gros-Jean comme devant. La chicane pogne : Stuart engueule Nelson, qui lui répond aussi secquement, pis les partisans en viennent aux coups. Y paraît que ça a été un sacré chahut !

Une expression débonnaire sur son visage rond, Duplaquet se frotte les mains de joie. Dame Royer finit par s'écrier, l'expression renfrognée :

— Pas de quoi se gausser ! Si ça continue de même, le *husting* deviendra plus risqué qu'une buvette le samedi soir !

Les deux maitres-potiers éclatent de rire, tandis que Mme Duplaquet renchérit :

— Vous parlez drette, cousine ! J'veux dire, y a des dames qui sont qualifiées pour donner leur suffrage, mais de la manière que ça se passe, faudra engager une douzaine de boulés pour protéger leur vertu !

L'hilarité est générale, sauf du côté de Gilbert, qui rétorque :

— C'est pas nous autres, les coupables ! Nous autres, on a pas besoin de jouer aux étrivants pour gagner. Ça fait partie d'une tactique, grand-mère !

L'interpellée s'essuie les yeux, avant de rétorquer malicieusement :

— Pas créyab ! T'es malin comme sept fois le diable !

— Pis t'es greyé d'une langue à percer quatre murailles !

— C'est vous autres qui m'étrivez ! Vous savez comme les papiers officiels, les papiers *par autorité*, y ânonnent ce qui vient *de l'autorité* ? Comme y sont les oracles de l'administration ? Y mentent comme des arracheurs de dents ! C'est pareil pour les brochures haineuses. Y a un plan concerté, grand-mère, pour faire régner la violence partout ! Pour proclamer partout qu'on est des gens de rien !

— Hé! Mon gars, pas besoin de fesser un cheval qui a le mors aux dents! intervient Uldaire.

— La Clique du Château veut accaparer le pouvoir administratif. C'est-y en conformité avec la pratique constitutionnelle de la mère patrie? Pas pantoutte! C'est anticonstiti… anticonstutu…

Son cafouillis provoque un fou rire généralisé, et Rémy termine à sa place, en martelant le mot:

— Anti-consti-tuti-onnel!

Le mot *loyauté* est honteusement galvaudé dans cette province, songe Gilbert avec amertume, d'une manière qui en avilit le sens premier. Les Bureaucrates ont pour leur dire qu'eux seuls manifestent une loyauté exemplaire à la Couronne britannique et à ses institutions. Tandis que le moindre patriote qui se plaint de malversations, il est déloyal, il est un traître, il veut renverser celui qui occupe le trône du meilleur régime politique au monde!

Le garçon vitupère encore:

— Pis faudrait se la fermer. Faudrait nager dans le bonheur d'une vie vertueuse et modérée. Faudrait attendre sagement que la mère patrie nous rende justice face à nos ennemis! J'aurai les cheveux blancs pis une canne, quand ce jour béni surviendra!

— *L'éloquence du grand Papineau ressemble à la boue et à l'ordure, qui délayée dans un liquide impur, se glisse dans les égouts de la rue Bonsecours, et trouvant un passage souterrain, serpente jusqu'au fleuve, et corrompt la pureté de ses eaux.*

Vitaline n'a pu se retenir de proférer cette phrase à voix haute, et sous l'effet d'un puissant courroux, son père s'exclame:

— Sacré tordieu de baptême, c'est choquant en masse! Z'avez ouï ce que galvaude l'usurpateur contre m'sieur Papineau?

— Pour le sûr, claironne son ami Duplaquet. La grêle nous tombe dessus, mais le roi a décidé qu'y fait doux temps! Pas le roi de l'autre bord, mais *mister Richardson, king of Lower Canada*!

Plusieurs pamphlets malveillants circulent dans la province, mais aucun ne va à la cheville de celui qu'a signé John Richardson, magnat des fourrures et membre illustre de la communauté d'origine écossaise, sous le pseudonyme de Delta. Depuis que *La Minerve* en a offert quelques perles en traduction, elles sont mâchouillées par tout un chacun, avant d'être recrachées avec mépris… Sous la plume du père de tous les Bureaucrates, la Chambre d'Assemblée est devenue le *tribunal de la canaille*. Les députés *jappent* après le gouverneur comme une *bande de chiens* qui sortent rarement de leur *puante retraite*, et qui n'oseraient pas hurler au-delà des limites de *ce tas de fumier*.

Bref, les députés patriotes du Bas-Canada, ce sont des fous qui seront placés, aux yeux de la postérité, à côté de *ces démons incarnés qui se gorgent du sang de leurs concitoyens*. C'est une allusion explicite aux fanatiques de la Révolution française, avec Robespierre en tête de liste, dont les agissements ont fortement marqué les esprits. Leurs électeurs, eux, sont des *hommes illettrés et mal instruits qui n'ont aucune opinion à eux ; pas un d'entre eux n'a pu encore parvenir à acquérir la moindre connaissance des difficultés qui existent depuis si longtemps entre les deux branches de la législature, ou même du plus simple des principes de la Constitution.*

Bien entendu, Papineau ne s'est pas laissé maganer sans riposter. Dans un discours électoral retentissant, imprimé par la suite, il a surnommé Richardson *le plus furieux et le plus fou* parmi cette poignée d'hommes qui veulent défigurer cette magnifique création de la Providence qu'est le Bas-Canada. Le vieil Écossais est l'un des débris épars de la faction sanguinaire qui persécute les enfants du sol depuis le début du siècle, *dans les pleurs, les fers, le sang et les cachots*… Sans perdre *la rouille de grossièreté d'un balayeur*, ce qu'il fut à ses débuts, *il est enivré de sa bonne fortune et bouffi de l'arrogance d'un parvenu* !

Vitaline combat un long frisson qui lui descend l'échine. Chaque fois qu'elle réussit à assimiler une nouvelle d'importance concernant la marche des affaires dans le Bas-Canada, une autre lui tombe tout à coup sur la tête ! Depuis le commencement des élections, toute sa famille s'est édifiée des récits rapportés par Gilbert, qui les tenait de son ami David Bourdages, ou de ceux imprimés dans *La Minerve*. Et ce, sans compter les rumeurs qui traversent le bourg plus vite qu'un orage d'été !

Richardson tire les ficelles de la politique coloniale depuis des lustres. Il claironne sa détestation des Canadiens, qui selon lui, en fiers descendants de Français, trament pour faire régner l'anarchie révolutionnaire en Bas-Canada! Lui et Dalhousie, un gouverneur aux tendances tyranniques, font la paire. Les Canadiens, de mœurs si françaises, ne peuvent lever le petit doigt en faveur de la liberté sans être associés à ces excès. Du moins, c'est la contre-attaque dont les profiteurs abusent à dessein!

À soir, la jeune fille n'apprécie guère cette plongée dans les forces obscures du despotisme... Au cours de son enfance, elle a entendu les adultes de son entourage vitupérer et s'indigner, sans pour autant constater un progrès sensible dans les relations entre les Canadiens, peuple conquis, et ceux qui font partie du groupe des conquérants. Elle en conçoit parfois une telle fatigue! Comme si elle se trouvait dans un carrousel qui tournaillait sans fin...

Le trot d'un cheval se fait entendre. Tous tournent vers la rue un regard distrait, pour réaliser que le cavalier démonte près de la barrière grande ouverte des Dudevoir. Tenant son cheval par la bride, il entre dans la cour avec une démarche qui trahit une longue chevauchée. La noirceur tombante cache l'état poussiéreux de ses vêtements, de même que, sans doute, la lassitude imprimée sur ses traits. Il se désabrie du chef et lance d'une voix rauque:

— Bonsoir, m'sieurs dames!

C'est David Bourdages, ce qui tire à Gilbert une exclamation d'étonnement. Uldaire quitte la marche de la galerie où il était assis, mais il n'a pas le temps de faire trois pas que le survenant est déjà parvenu jusqu'à lui. Tout de suite, les mots se bousculent dans sa bouche:

— J'arrive de Sorel. Z'avez ouï?

— Les nouvelles voguent plus vite que le *steamboat* sur la rivière, dit Perrine plaisamment.

— Z'étiez là? s'écrie le potier Duplaquet. Z'avez tout vu?

David hoche la tête, prenant le temps de demander à Rémy d'amener son cheval jusqu'à l'auge d'eau fraîche. Le garçon s'exécute prestement, tandis que David vérifie si le récit colporté concorde avec la réalité des faits. Pendant ce temps, Vitaline entre dans la maison pour préparer un gobelet de bière. Lorsqu'elle ressort, le voyageur est en train de dire :

— Je voulais quérir la présence de Gilbert à ma prochaine visite à Sorel.

Le garçon sent sa poitrine se gonfler d'orgueil. Cependant, grand-mère fait quelques pas pour venir se placer par-devant lui, comme pour le protéger, et elle proclame :

— Faudra me marcher sur le corps. Je veux pas que mon petit-fils, y revienne en sang, victime de la bastonnade !

— Aucun danger, bonne dame. Le procureur...

— Aucun danger ? Faudrait pas me prendre pour une ignorante !

— Daignerez-vous m'écouter, dame Royer ?

Grand-mère croise les bras et recule d'un pas, toisant son interlocuteur sans aménité. Ce dernier dit respectueusement, mais avec fermeté :

— *Mister* Stuart, y a pas besoin de *bullies* pour faire peur. Y a juste besoin d'envoyer *des individus obscurs* chez quelques-uns des électeurs qui avaient voté contre lui. Soi-disant pour estimer la valeur de leurs propriétés, mais dans le but de les épouvanter. Ces quidams ont déclaré que ces propriétés valaient moins que le montant requis par la loi pour donner son suffrage. Un magistrat complaisant a fait arrêter ces électeurs. Sous la menace d'un séjour en prison, y les a contraints de fournir une caution en argent.

Les trois jeunes filles, qui se sont rapprochées, échangent un regard outré. Que peut-on opposer à un juge de paix ? Absolument rien : il faut se soumettre, en espérant que les procédures subséquentes ne soient pas souillées de préjugés... Même grand-mère en perd contenance. Frappé de stupeur, Uldaire balbutie :

— Sacré tordieu de baptême... M'sieur Nelson a beau avoir la couenne dure...

David jette au maître-potier un regard farouche :

— Ce sera très instructif pour Gilbert. Une formidable leçon de patriotisme, croyez-moi. Et comme en matière d'éducation, vous me faites confiance...

— La chose est entendue, répond Uldaire. Si vous croyez pouvoir assurer la protection de Gilbert…

Le survenant se tourne vers le garçon.

— T'en penses quoi ? Demain, je dois faire avancer mes affaires, mais après-demain ?

— Si loin ? s'étonne Marie-Nathalie.

— Ce scrutin-là va perdurer, mamoiselle, je vous en passe un papier ! On commence à en avoir l'accoutumance, en Bas-Canada… Pis, Gilbert ?

— Je dirais oui, s'exclame ce dernier d'une voix furieuse, si tout un chacun arrêtait de me couper la parole !

- 12 -

Alors qu'un matin gris et frais se lève sur la campagne, Gilbert prend place à côté de David Bourdages dans un maniable cabrouet sur deux roues, tiré par un fringant cheval qui les mènera à Sorel par le chemin du Bord-de-l'eau, cette route importante qui épouse le côté sud de la rivière depuis le bassin de Chambly. Le bourg est traversé au pas, en silence, mais dès que la campagne est atteinte, le conducteur met sa monture au trot, avant de passer les rênes à Gilbert. Plaçant l'embout de sa pipe dans sa bouche, il fait la grimace :

— Maudit réflexe... Y est trop tôt pour allumer, la senteur de tabac ranci me lève le cœur. Retiens-moi, p'tit gars, de fumer avant la relevée !

— Entendu, rétorque le garçon en riant. J'vous amarrerai les deux mains dans le dos, s'y faut.

L'arpenteur pousse un profond soupir tout en glissant la pipe dans une poche de sa veste. Gilbert l'examine à la dérobée. Son plaisant visage, au teint habituellement frais, est plutôt pâlot... Se sachant sujet d'un examen, David grommelle :

— Votre verdict, docteur ?

Gilbert fait la moue d'un garçon pris en faute. Son compagnon lance un rire vers le ciel, puis il dit :

— Hé, pas de gêne entre nous ! Tu peux le dire, que j'ai l'air pas mal rapiéceté ! Qu'est-ce que tu veux, je me suis ennuyé de ma femme, deux mois loin de chez moi. J'ai du rattrapage à faire...

Il gratifie Gilbert d'un clin d'œil grivois, puis il poursuit :

— Pis en plus, le bébé nous réveille au moins une fois la nuitte. C'est assez joli, une dame ensommeillée qui donne la tétée.

Gilbert tourne la tête dans la direction opposée. Cette image lascive lui donne le tournis…

— Pis en plus, j'ai du travail sans bon sens. Pis en plus, je peux pas m'empêcher d'aller mirer cette élection de malheur! Fait qu'étrive-moi pas, tit-cul, c'est-y clair?

— À vos ordres, corporal.

— Sergent. J'ai été nommé sergent.

Gilbert dirige vers lui un regard étonné. Visiblement mal à l'aise, David se déboutonne:

— Ben oui. Je m'en vante pas, par les temps qui courent… En mai, j'ai reçu ma commission de sergent. J'ai manqué la refuser… pis je me suis dit que la milice du Bas-Canada, c'est pas juste de vendus dont elle a besoin.

— Toutes mes congratulations.

— Aïe! Je t'ai dit qu'y fallait pas m'étriver!

Gilbert pouffe de rire, bientôt imité par son compagnon. Pendant les minutes qui suivent, tous deux cheminent en silence, et Gilbert profite du spectacle de la rivière lambineuse d'un côté, et des champs de l'autre. À cet endroit de la route, seules des maisons de ferme et leurs bâtiments, assez éloignés les uns des autres, viennent rappeler la présence humaine. La route est sèche, les nids de poule ont été grossièrement comblés, et l'air sent les blés mûrs…

Mais à l'évidence, les idées se bousculent dans la cervelle de David, qui se met à causer.

— Faut débarbouiller la chambre basse des hommes à place. Y s'en faufile toujours quelques-uns, qui vont tout de travers. Ceux-là cherchent d'abord à augmenter leur paye! Sont point libres. Sont obligés de faire ce qu'on leur commande de faire. En Angleterre, on refuserait à ce genre d'homme la permission d'approcher du *husting*. Là-bas, on pense qu'y *peuvent pas* être d'honnêtes et fidèles gardiens des droits du peuple. J'veux dire, dans un autre temps, on pourrait élire un homme à place à cause de ses lumières, pis de sa conscience drette. On se dirait: y a un biais, mais y est si brave homme ! Tandis que de nos jours, les gens qui sont dans la manche du gouverneur...

Il n'achève pas sa phrase, et après un temps, Gilbert s'enquiert :

– Vous croyez que les mauvais comtés vont se réformer ?

Le jeune arpenteur fait une éloquente grimace de scepticisme. À mi-voix, il fait la liste de ceux qui, tout estimables qu'ils soient par leurs talents et leurs qualités sociales, ne doivent pas reprendre place dans la Chambre d'Assemblée. Le procureur général James Stuart, bien sûr, de même que son frère Andrew, qui brigue les suffrages dans la cité de Québec, et qui le copie en tout. D'autres Bureaucrates notoires, dont le juge Ogden, qui siège pour les Trois-Rivières, et qui avait insulté le peuple canadien sur le *husting*. Et surtout, du comté d'York, le seigneur Dumont et son colistier, le douanier John Simpson !

– On a ouï-dire que les Bureaucrates, clame Gilbert d'une voix aiguë, y rament fort pour débouter m'sieur Papineau !

Ce dernier, comme de coutume, se présente dans Montréal-Ouest, mais en compagnie, cette fois-ci, de Robert Nelson, frère de Wolfred. Tous les comtés ont droit à deux députés élus, sauf pour le bourg de William-Henry.

– Pour dire le moins ! Les mercenaires sont en train d'y placer leurs plus foudroyantes batteries. M'sieur Papineau leur porte un terrible ombrage...

Il rappelle les faits saillants de l'assemblée patriotique, convoquée dans le but de choisir les représentants pour les trois comtés de l'Isle de Montréal, ceux des quartiers ouest et est de la cité, de même que de l'isle tout entière. Ce samedi 14 juillet, environ 600 citoyens étaient rassemblés dans la vaste cour arrière de la propreté de Julien Perrault et de son épouse, deux ardentes tuques bleues. Mais une quinzaine de polissons s'étaient perchés sur la clôture de la propriété voisine !

Comme lors de l'assemblée préparatoire, le mercredi précédent, ils avaient clairement l'intention d'en contrebouter le déroulement... Parmi ces quidams, il y avait le fils de l'éditeur de la *Montreal Gazette*, Robert Armour Jr., de même que quelques jeunes têtes chaudes. Depuis la clôture, ils s'amusaient à faire des grimaces et à lancer des vociférations contre les membres de l'auditoire… « Vive Lord Dalhousie ! »

— Le Canadien loyal les étouffa par un…

— Vive le roi ! piaille Gilbert.

À un certain point, un député patriote invita les trouble-fête à venir réfuter la teneur du discours qu'il venait tout juste de prononcer. L'assemblée leur offrait sa protection ! L'auditoire se mit à scander : « Qu'ils viennent ! » Leur porte-parole est monté sur la galerie. Il a affirmé que la Chambre d'Assemblée se conduisait d'après des animosités particulières, et qu'elle refusait les sommes nécessaires pour le soutien des hôpitaux et autres établissements publics.

— J'en ai jusque-là, grommelle Gilbert en faisant le signe de coupe-gorge, d'entendre dire que les députés ont négligé les malades et les insensés. C'est le Conseil législatif qui a refusé le bill de l'hôpital général de Montréal, en votant contre. Même celui qui avait présenté le projet de loi aux députés, *mister* Richardson, a voté de même !

— Y disent que le bill avait des clauses inacceptables. Y trouvent toujours le tour de se justifier !

La mine sombre, David fait remarquer que les Bureaucrates ne se contentent pas de déverser leur bile contre Papineau dans des assemblées politiques où des membres des chambres hautes prennent parti contre lui, ainsi que dans les gazettes par autorité. Ils tripotent le processus électoral !

— Pourquoi tu penses que l'élection est placée la toute dernière de la province, après celle de Gaspé ? Les polls sont ouverts partout ailleurs, mais pas dans le comté de m'sieur Papineau. À cause que l'officier-rapporteur, c'est un vendu !

Chaque lieu de votation est placé sous l'autorité d'un officiel qui veille au bon déroulement du scrutin et qui a toute autorité pour faire régner la loi. Pour Montréal-Ouest, cette fonction a été confiée à un favori de l'administration, Henry Griffin, l'un des propriétaires de la controversée Compagnie des Eaux de Montréal. Et ce, même si ce quidam a proclamé ouvertement son allégeance aux deux candidats bureaucrates, Peter McGill et John

Delisle, en étant présent, et actif, lors de l'assemblée publique en leur faveur.

— *Mister* Griffin est si peu qualifié qu'on peut croire que les Bureaucrates hésiteront pas à faire annuler l'élection, en cas de victoire de m'sieur Papineau. Y chercheront le moindre manquement à la loi... Le plan de la Bureaucratie, c'est de faire en toute hâte les élections où y a quelque chose à craindre pour ses favoris, afin de les présenter ailleurs en cas de défaite. Par contre, les élections où se présentent les vrais amis du pays et de la Constitution, on les diffère !

Gilbert renchérit :

— Ça se dit partout que dans des clubs secrets, on ramasse des sommes d'argent pour acheter des voix.

— Pourquoi tu penses que Delisle, y est candidat bureaucrate contre Papineau ? En sa qualité de greffier du bureau de police, y a un grand nombre d'huissiers à sa solde. Les Bureaucrates, y escomptent que Delisle remportera amplement de suffrages, juste à cause que les espions pis les connétables sont sous son influence. Tu vois comment ça marche ? À l'un, on promet de lui laisser vendre des liqueurs fortes sans licence. À l'autre, on menace de le faire nommer connétable ! C'est dire comme le peuple des faubourgs, y a peur de ces faux jetons comme de la grêle...

Plus tard, après une longue accalmie dans la discussion, Gilbert sent une risée, chargée de ce parfum marin si caractéristique, lui caresser la joue. David et lui sont enfin parvenus à proximité du Saint-Laurent, et pénètrent dans le village de Sorel. Mirant la largeur inusitée des rues et leur alignement en forme de quadrilatère, Gilbert tourne un visage perplexe vers son ami, qui explique que le bourg a littéralement été créé de toutes pièces afin d'accueillir ceux des Britanniques qui refusaient de faire partie de la république des États-Unis d'Amérique.

Le gouverneur de l'époque, Haldimand, fit l'acquisition de la seigneurie pour le compte du roi d'Angleterre ; l'Exécutif de la colonie fournit divers biens aux « réfugiés » : toile et draps de lin, bas de laine et chaussures canadiennes... Le but avoué des autorités était de fortifier l'élément anglais au Canada et, si possible, d'arrêter l'expansion de la race française. De même, plusieurs essaims de loyalistes américains s'établirent le long de la rivière Yamaska, aux Trois-Rivières, à Yamachiche, dans les *Eastern Townships* et à Gaspé.

Concluant cet exposé, David laisse tomber dans un rire :

— Sauf que ce plan perfide, y est pas près de réussir. Dans les localités, l'élément loyaliste est encore... perceptible, disons. Mais dans les concessions, y est après se fondre dans la plaisante population canadienne !

David met le cabrouet au pas, parce qu'ils s'enfoncent dans le cœur du bourg. Gilbert le trouve plutôt quelconque. De part et d'autre de l'ample chaussée, de bien piètres maisonnettes ont été construites ! Ils aboutissent à la place publique, aussi nommée Place d'Armes, où se trouve la maison de votation. David ne s'y arrête pas immédiatement, obligé de conduire l'attelage jusqu'à une auberge située plus loin, où l'on prendra soin de sa bête.

En attendant son compagnon qui se désaltère à l'intérieur, Gilbert reste adossé à l'ombre d'un mur, humant l'atmosphère. Le bourg de William-Henry compte peu de propriétaires pouvant se qualifier aux élections. Il faut dire que la terre n'y est pas très riche... La paroisse fournit aux compagnies de traite une quantité appréciable de voyageurs, ou de ces bûcherons qui remontent le cours de la rivière Ottawa.

Gilbert dirige son attention vers la bâtisse du poll, dont le rez-de-chaussée a été converti en lieu de votation. Ses abords sont plutôt paisibles. L'estrade électorale, le *husting*, a été érigée tout juste par-devant. Le garçon imagine le moment des discours, deux jours auparavant. Il n'a jamais vu le gouverneur en personne. Est-il gras comme un porc ou sec comme un chicot ? Râblé comme un vaillant soldat ou élancé comme un digne officier ? En tout cas, sa présence à quelques arpents de là, dans sa résidence d'été, agit dans l'esprit de Gilbert comme une subtile menace...

Le jeune arpenteur vient le rejoindre. En silence, tous deux pénètrent lentement à l'intérieur, qui se révèle encombré de quidams se tenant le long du mur, murmurant entre eux. Gilbert estime, à leur attitude apparemment nonchalante, que ce sont des observateurs... Au fond de la pièce, assis à une table, ont pris place l'officier-rapporteur, le notaire Henry Crebassa, et son assistant. C'est à eux que les personnes désirant exercer leur droit de vote doivent s'adresser. David murmure dans l'oreille de Gilbert :

— Crebassa est un Bureaucrate. Pas le pire d'entre tous, mais enfin... C'est de même à travers quasiment toute la province. Pour occuper ce poste, faut être un ami de l'administration.

Gilbert acquiesce d'un battement de cils. C'est qu'il vient de repérer les deux candidats et leurs supporteurs, de part et d'autre de la table des officiels... Il s'attache d'abord à la silhouette rassurante de Wolfred Nelson, puis, avec réluctance, il glisse une œillade vers James Stuart. Le crâne dégarni sauf pour une couronne de cheveux très frisés, son visage n'est guère engageant : un nez épaté qui domine une petite bouche, des yeux dissimulés sous des paupières lourdes et surmontés de fins sourcils en accents circonflexes, mais qui semblent, à cause de leur géométrie variable, se moquer l'un de l'autre...

Stuart se lève prestement de son siège pour venir vers eux. Dans la force de l'âge, il est de taille moyenne et un peu gras, fièrement moins impressionnant que sa réputation diabolique le fait imaginer. Ignorant le garçon, il s'adresse à son compagnon, en anglais :

— Hé bien, mon ami, venez-vous voter ?

Et sans attendre la réponse, il saisit le bras de David et tente de l'entraîner vers la table.

— Faites place à ce brave homme !

Fermement, David se dégage, tout en laissant tomber d'une voix coupante :

— Je ne possède, monsieur, aucune propriété dans le bourg.

Stuart s'arrête net, se tourne de nouveau vers lui et l'évalue de pied en cap, comme s'il était une bête au marché. Enfin, l'air dédaigneux, il tourne les talons et retourne à sa place. La tête haute, le jeune arpenteur se dirige vers Nelson. Le visage du candidat est gris de fatigue et de longs plis de souci marquent les commissures de ses lèvres. David incline presque imperceptiblement la tête, puis il décline l'identité de Gilbert qui le suit comme son ombre.

— Désolé, monsieur, de pas pouvoir ajouter mon nom à ce registre, dit-il avec un demi-sourire. Ma fidélité vous aurait été acquise.

Nelson tend le bras pour serrer l'épaule du survenant.

— Votre support m'est déjà très précieux.

— Vous menez encore ?

— Par quelques voix… Je serais étonné que la clôture ait lieu aujourd'hui.

L'attention de Nelson, de même que celle des trois hommes qui se tiennent près de lui, dérive vers le camp adverse. Un homme vêtu d'un uniforme militaire marche à longues enjambées vers Stuart, qui se place à l'écart pour conférer avec lui. Un des supporteurs de Nelson, un homme sensiblement du même âge que David, déclare à mi-voix :

— *Captain* Maule, aide de camp de Milord en personne.

— Du gouverneur ? relève David, surpris. Les choses se passent si ouvertement ?

— Et encore, z'avez rien vu…

Il tend la main à David.

— Louis Marcoux, marchand, pour vous servir.

Guère plus grand que l'arpenteur, il est néanmoins plus fluet, visiblement doué d'une force nerveuse peu commune. Le Dr Nelson est en train de dire qu'il a découvert, en M. Marcoux, un organisateur électoral hors pair.

— Un *supporter* dans toute la noblesse du mot ! C'est grâce à lui et à quelques autres messieurs du bourg que le vote patriote se manifeste.

Regardant David droit dans les yeux, Marcoux se déboutonne sobrement :

— Les gens ont peur. Faut se lever de bonne heure pour leur faire comprendre qu'y a qu'un seul moyen pour renverser les tyrans !

Il se penche vers ses interlocuteurs :

— Je parle des tyrans de la Clique du Château, mais aussi des tyrans à la petite semaine qui foisonnent par icitte.

— Mister Welles ? Somebody has seen mister Welles ?

Comme si toute la place lui appartenait, Stuart a posé cette question à la cantonade, d'une voix forte. Nul ne répondant, il commande d'un ton impératif à l'aide de camp du gouverneur, toujours en anglais :

— Il me le faut, courez le quérir !

Le visage impassible, le capitaine Maule claque des talons, puis il retrace ses pas vers la sortie. En chemin, il croise un homme très âgé, qui s'avance avec hésitation vers la table de votation. L'attention générale se porte vers l'arrivant, dont le nom est chuchoté de l'un à l'autre. Gilbert l'attrape au vol : François Gazaille dit Saint-Germain. Parvenu face à l'officier-rapporteur, il annonce d'une voix sourde qu'il vient donner son vote pour « m'sieur le procureur général ».

Pendant ce temps, Marcoux et un autre homme murmurent à l'oreille de Nelson. James Stuart déclare dans un français acceptable, mais avec un paroli à couper au couteau :

— Venez, mon ami, dites-nous quelles sont vos propriétés.

— Hé ben, m'sieur, j'ai une maison dans laquelle je loge, elle est sur un emplacement.

— Fort bien, vous avez une maison et un emplacement, tout cela vaut bien cinq livres sterling par année ?

Ledit Saint-Germain hésite, tandis que le Dr Nelson progresse vers la table. Après s'être introduit auprès du vieil homme, il s'enquiert :

— Êtes-vous paré à prêter serment que vous êtes propriétaire ?

L'homme répond qu'il a fait donation de tous ses biens plusieurs années auparavant à son fils, en contrepartie d'une rente viagère. Sans laisser le temps à Stuart d'intervenir, Nelson demande encore :

— Votre fils n'est-il pas venu voter, déjà, sur ces mêmes propriétés ?

Après un coup d'œil à Stuart, M. Saint-Germain est bien obligé d'acquiescer. Nelson pousse son avantage :

— Mon ami, vous ferez bien d'attendre et de consulter des gens avisés. Vous n'avez pas le droit de voter. Je vais demander le serment, vous allez commettre un parjure.

— Au contraire, intervient Stuart, vous ne craignez rien, je vous le dis en qualité de procureur général. Vous avez le droit de voter et votre voix est bonne !

— Prenez garde, monsieur Saint-Germain, à ce que vous allez faire.

Sur cette admonestation tranquille de Nelson, l'homme marmonne quelque chose dans sa barbe. Stuart rétorque, dardant un regard noir vers son adversaire :

— Le docteur parle à travers son chapeau.

Et dans un silence à couper au couteau, il dit dans sa langue maternelle, en détachant chaque syllabe :

— Moi seul, j'ai la capacité de poursuivre quiconque en cour.

La traduction française de cette assomption saute de l'un à l'autre, et Gilbert a l'impression de recevoir un coup en plein ventre. Il se joint au murmure d'outrage qui se fait entendre ! En Bas-Canada, le procureur général uniquement peut initier les poursuites, de quelque espèce qu'elles soient, qui s'intentent dans les cours criminelles. Mais seule une âme noircie songerait à s'en servir comme d'un moyen d'intimidation !

Sans se démonter, le candidat patriote répète son avertissement à M. Saint-Germain, qui enfin, tourne les talons et retrace ses pas jusqu'à la sortie. Gilbert est saisi par l'expression qui se peint sur visage de James Stuart, un mélange de rage et de frustration qui lui fait frapper la table avec son poing. Manifestement, ce *Briton* est doté d'un tempérament explosif ! Il pivote sur lui-même pour aller rejoindre ses supporters, avec lesquels il se met à arguer.

Poussant un profond soupir, Nelson retraite vers les siens, et laisse tomber :

— Facile, celle-là. Si ça pouvait toujours être de même…

— J'en reviens pas, s'étonne Gilbert impulsivement. C'est ça que vous faites depuis le début, faire sortir les votes, l'un après l'autre, pis surveiller les manœuvres de votre adversaire ?

— Pourquoi tu penses que je passe la journée ici-dedans ? rétorque Nelson. Pour le plaisir d'admirer la margoulette des Bureaucrates de malheur ?

— D'ailleurs, intervient Louis Marcoux, l'heure s'écoule… Faudrait p't-être que…

Mais il est interrompu par l'entrée d'un couple composé d'une dame d'âge mûr et d'un homme plus jeune. Visiblement intimidés, ils progressent néanmoins jusqu'à la table. Stuart les envisage avec défiance.

— Ma mère vient donner son vote, déclare l'homme.

La voix de Stuart résonne à travers toute la pièce.

— Prenez bien garde à vous, car si après avoir prêté serment, il paraît que vous n'avez pas le droit de voter, c'est moi qui vous poursuivrai.

Des exclamations indignées lui font écho. Surpris de leur ampleur, Gilbert regarde aux alentours : plusieurs observateurs se sont ajoutés depuis son arrivée. Nelson se contente de jeter un regard impérieux à l'officier-rapporteur. Ce dernier semble sortir de sa léthargie ; il redresse les épaules, replace ses lunettes sur son nez et s'enquiert :

— Êtes-vous, madame, sous la puissance de votre mari ?

— Mon mari a grimpé au ciel, m'sieur, depuis six ans révolus. Dieu ait son âme.

— Êtes-vous propriétaire qualifiée pour voter ?

— C'est ce qu'on m'a assuré. J'ai fait de même au poll d'avant.

— En '24 ? On a accepté votre vote ?

— Aussi vrai que je me trouve icitte astheure, m'sieur le notaire.

— Quelqu'un demande le serment ?

Nelson jette un regard derrière son épaule, mais dans son groupe de supporters, nul ne bronche. De son côté, Stuart tergiverse manifestement, jusqu'à finir par proférer :

— Si vous donnez une mauvaise voix, vous serez coupable de parjure et vous serez mise au pilori. Le docteur ne s'y mettra pas à votre place !

Un silence abasourdi s'ensuit, rompu par quelques ricaneurs à la solde de Stuart. Tandis que Gilbert lutte pour donner un sens aux quelques mots qu'il a réussi à saisir, plusieurs hommes lâchent des sacres sonores, y compris David qui tourne une mine ulcérée vers son jeune ami.

— T'as ouï ? C'est un chantage éhonté !

Des cris de protestation s'élèvent. Un homme lance :

— C'en est trop, m'sieur Crebassa. C'est insupportable !

— À l'ordre, ou je fais évacuer la salle !

Un silence relatif revient. Après avoir dardé vers son oppo-sant, un regard glacial dans lequel se devine tout le mépris du monde, Nelson demande à la veuve :

— Vous croyez pouvoir voter, en votre âme et conscience ?

Elle hoche la tête.

— Alors, faites.

— Je donne ma voix au bon docteur.

Ce dernier accueille ce témoignage d'estime avec un sourire lumineux, qui fait rayonner instantanément son charme. La dame en rougit jusqu'aux oreilles, tout en déclinant son identité pour le bénéfice du clerc d'élection, qui le consigne dans le re-gistre.

— Marie Bernier, veuve de John Birmingham.

Enfin, évitant soigneusement de croiser le regard de James Stuart ou d'un autre membre de son groupe, mère et fils font une digne sortie. Essuyant la sueur qui perle à ses tempes, Gilbert se tourne vers David et lui adresse une moue éloquente. L'arpen-teur laisse tomber, encore vindicatif :

— C'est-y pas édifiant en masse ?

Enfin, le notaire Crebassa déclare l'ajournement pour le dîner, et la salle se vide lentement. Aveuglé par la luminosité de ce mi-tan de journée d'été, Gilbert cligne des yeux sur le spectacle de Nelson et de son clan, s'éloignant pour une période bien méritée de tranquillité. Ou peut-être vont-ils en profiter pour aller frap-per à quelques portes ? Pendant un court moment, Gilbert re-grette de ne pas se trouver avec eux... David lui serre l'épaule de sa poigne vigoureuse.

— Ça te dirait, un pique-nique ? Je me suis ramassé un quignon pis un boutte de jambon, à matin...

Lorsque le jeune arpenteur a ajouté une bouteille de bière à sa besace, tous deux prennent un chemin de traverse qui les mène jusqu'à la rive. Évitant la proximité du port, ils finissent par se dénicher une prairie surplombant la grève. Gilbert s'assoit, les pieds dans le vide, et observe les vaguelettes qui viennent lécher la toute petite plage, mélange de sable et de galets. Enfin, il se retourne vers son compagnon. S'étant dépouillé de sa veste et de son chapeau, il s'est adossé à un arbre, savourant sa première gorgée, les yeux mi-clos.

Gilbert se débougrine de même, gêné de sa chemise notablement plus grossière. Après avoir jeté un coup d'œil méditatif à ses chaussures, il finit par s'en débarrasser, faisant jouer ses orteils à l'air libre avec une mine extatique. David rigole silencieusement, puis il l'imite, ce qui comble Gilbert de joie. C'est bien vrai que tous deux sont des amis, des presque frères ! Suprêmement heureux de cette intimité nouvelle, il sourit largement à son compagnon, qui riposte par un clin d'œil complice, avant de mordre à belles dents dans sa tranche de viande fumée.

Dès que Gilbert a englouti l'essentiel de son frugal repas, il rompt le silence :

— Vous le croyez vraiment, m'sieur David, que le docteur, y va l'emporter ?

L'interpellé fait descendre sa bouchée au moyen d'une gorgée de bière, puis il répond :

— Premièrement, p'tit gars, j'aimerais que tu laisses tomber le « m'sieur ».

— À condition que vous laissiez tomber le « p'tit gars ».

— Marché conclu ! s'exclame-t-il dans un rire. Mais secondement, tant qu'à faire, on peut-y oublier le vouvoiement ? Je me sens tellement vieux quand tu me parles de même...

— Correct. Correct, David.

— Ça va venir tout seul, tu verras. Pour en revenir à ta question... Toutte peut basculer d'un bord comme de l'autre.

— À quoi ça rime, d'organiser des élections, si la partie adverse nous triche en pleine face ?

— Ça sert à exposer ce truandage au grand jour. Les Canadiens, y sont pas niaiseux. Sont peut-être pas assez induqués, mais sont pas niaiseux. Même ceux qui votent pour Stuart, à cause que la Clique leur lie les mains, y savent qu'y sont coupables de menteries. Y savent que dans une élection, t'es supposé voter sans que l'argent, ou les faveurs, entrent en cause. Y savent que le processus est perverti par les Bureaucrates. Et ça leur crève le cœur, parce qu'y savent que sans la Chambre d'Assemblée, le peuple canadien serait rayé de la carte. Y serait tombé sous les assauts des profiteurs…

Impressionné par cette éloquence, Gilbert reste bouche bée, les idées bouillonnantes et les yeux fixés sur son interlocuteur. Souriant, David s'étire, jambes allongées au sol et bras vers le ciel, puis il ajoute :

— Rentre-toi une chose dans le cabochon, p'tit… je veux dire, Gilbert. Les Canadiens qui nous ont précédés, pis qui avaient le moindrement d'instruction, y ont compris que la Conquête par les Anglais leur faisait un cadeau sans prix. Lequel ? Celui d'une Constitution qui offrait la liberté à chacun de ses citoyens. Cette Constitution, elle les a fait passer de *sujets*, victimes de l'arbitraire, à *citoyens anglais* protégés par l'éventail des lois les plus justes et les plus avancées de toute la planète.

Le jeune arpenteur ne peut réprimer un long bâillement, avant de conclure :

— C'est à la Chambre d'Assemblée que le pays doit ce régime libéral ! Astheure, je crois que je vais piquer un petit roupillon…

David se laisse couler sur le sol, puis il pose son chapeau sur ses yeux. Gilbert l'observe, plongé dans une songerie méditative. Depuis trente ans, le peuple canadien se démène pour envoyer des hommes intègres en chambre basse. Chaque victoire sur le *husting* est un clou dans le cercueil des Bureaucrates ! Sauf que ce cercueil est foutument ardu à sceller… Il n'en revient pas encore de ce qu'il a vu ce matin, dans la maison du poll. Stuart considère manifestement cette élection comme son dû ! Il dégoulinait littéralement d'arrogance… Ils sont ainsi, les Bureaucrates ? Ils se croient tout permis ?

Lorsque Gilbert et son mentor reviennent dans le bourg, l'élection a repris depuis plusieurs minutes, mais dans un autre bâtiment, une maison particulière encore, au rez-de-chaussée plus vaste. Installé dans un recoin de la pièce, Gilbert voit un partisan avoué du Dr Nelson se faire tancer par Stuart, qui ânonne que son droit de vote est incertain et que s'il s'en prévaut quand même, il le poursuivra pour parjure, ce qui lui vaudra le pilori! Stuart met le pistolet sous la gorge du voteur:

– Prenez bien garde, monsieur Nelson ne s'y mettra pas à votre place, dans le pilori! Monsieur peut être un bon docteur, mais il n'entend pas la loi. Tandis que moi, en tant que procureur général, je vous dis de prendre garde!

Cette menace est d'une effronterie sans bornes, et Stuart a droit à un chahut auquel le notaire Crebassa met fin en tançant mollement le favori du gouverneur. Mais ce dernier ne recule que pour mieux charger! Il est fortifié par la présence de quelques notables venus offrir leur soutien, et qui sont des Bureaucrates avoués. Tâchant d'être discret, Gilbert les observe. Dans son entourage, on ne fréquente guère ce genre de messieurs!

Le plus considérable est Robert Jones, un homme rondouillard dans la cinquantaine qui se considère, paraît-il, comme le monarque de William-Henry. En tant qu'ancien agent du seigneur, il a orienté le développement du bourg de manière décisive. Jones est justement rejoint par son successeur à ce poste, John K. Welles, à qui Stuart lance d'un ton furieux:

– Enfin, vous voilà! Des heures que j'espère votre venue! Je compte sur vous pour faire avancer ma cause. Si vous n'en faites pas assez à mon goût, je vous dénoncerai à Milord!

Gilbert ne peut retenir une moue amusée. Stuart se plaint comme un enfant trop gâté! Mais à la vérité, il n'y a pas de quoi rire. Ledit Stuart semble profiter à plein du régime de délation qui s'installe dans la colonie… L'arrivée de Welles a ajouté un surcroît de tension dans la vaste pièce encombrée. La position d'agent seigneurial donne droit à de nombreux privilèges, de même qu'à une influence qui peut, sans conteste, être mise en action de manière malfaisante. Ce dont, paraît-il, Mr Welles ne se prive pas!

Une voix souffle à l'oreille de Gilbert :

— Mire ces tristes sires. Hors d'icitte, y s'activent comme des bêtes furieuses pour soudoyer les bonnes âmes.

Le garçon se tourne à demi, jetant un regard entendu à Louis Marcoux. Ce dernier ajoute :

— Tout à l'heure, un autre larron viendra les rejoindre, je t'en gage ma blague à tabac préférée. Tu connais le sieur Samuel Gale ?

Saisi, Gilbert envisage franchement son interlocuteur.

— *Mister* Gale, le chef de police ?

— Lui-même. Y magouille dans le coin. On le voit patrouiller le bourg, avec Welles et Von Iffland, pour dégotter des voix… Gale va jusqu'à puiser dans sa bourse. Tu vois le grand monsieur, en compagnie du docteur Nelson ?

Gilbert hoche la tête.

— André Lavallée, un voyageur qui a du bien. Y est venu voter pour m'sieur Nelson. Eh ben, y raconte à tout venant que *mister* Gale a tiré une poignée de pièces d'argent de sa poche, en lui disant : « Si vous votez pour le procureur général, je vous donne ce que j'ai dans la main. »

Gilbert réagit par une grimace écœurée, à laquelle Louis Marcoux fait écho. Francophobe avoué, l'avocat Samuel Gale est l'un des favoris du gouverneur Dalhousie, qui l'a gratifié en 1824 d'une place grassement rémunérée, celle de juge de paix salarié pour le district de Montréal. À ce qui se dit, ce Bureaucrate forcené est en train d'y prendre un ascendant décisif sur la justice criminelle.

Lavallée et Nelson vont se joindre au petit groupe de partisans se formant dans un coin de la pièce. Ces quatre hommes et ces deux femmes sont venus voter pour le candidat patriote, mais devant les menaces de Stuart, ils ne savent plus à quel saint se vouer… Une vive discussion s'engage entre eux, que Gilbert observe jusqu'à ce que Lavallée leur impose brusquement le silence. M. Saint-Germain, le vieil homme qui a voulu voter en avant-midi, mais qui ne peut le faire sans être coupable de parjure puisqu'il a fait donation de ses biens à son fils, vient de faire son entrée. Il est suivi d'un quidam qui, à l'évidence, lui indique le chemin à suivre…

Marcoux inspire brusquement, avant de proférer entre ses dents :

– Quand on parle du loup…

Dans la force de l'âge, Samuel Gale exhibe un physique avantageux et un maintien d'aristocrate. Il serre fortement les lèvres, ce qui confère une expression farouche à son visage aux traits fins, mais accusés. M. Saint-Germain trottine jusqu'à la table, tandis que viennent le cerner de près Nelson d'un côté et Stuart de l'autre. L'homme réussit à réitérer, d'une voix grêle, qu'il vient exercer son droit de vote. Nelson intervient :

– Écoutez-moi. Je ne veux pas vous empêcher de voter. Mais vous vous exposez à être poursuivi pour parjure. Vous me comprenez bien ? Je pourrai vous poursuivre en cour.

– Ne craignez point, s'empresse d'intervenir James Stuart. Comme procureur général, je vous dis que vous pouvez voter. Je vous dis que votre voix est bonne. Vous m'écoutez, mon bon ami ? Comme procureur général, je vous dis que vous n'avez rien à craindre. Ce ne sera pas le docteur Nelson qui plaidera votre cause !

– Fort bien, jette ce dernier, la mine excédée. Monsieur Crebassa, je demande les serments.

Pour exiger la vérité des personnes votantes, l'officier-rapporteur dispose de cinq serments concernant leur âge, leur lieu de résidence, leur statut de propriétaire ou la durée de la location de leur demeure, et enfin l'illégalité des pots-de-vin. Visiblement pris de répugnance à l'idée de faire ce qui, à l'évidence, sera un faux serment, le vieil homme recule d'un pas… pour se heurter à Samuel Gale, debout derrière lui. Ne faisant ni une ni deux, James Stuart saisit la Bible, qui était déposée sur la table, et d'un geste vif, il empoigne la main de son partisan pour la poser dessus.

– Prêtez serment sans crainte. Mon cher ami, je vous assure : vous pouvez faire le serment sans crainte, votre voix est bonne. Je vous le dis en tant que procureur général de cette province.

Tout le monde retient son respir. Finalement, sa voix encore plus chevrotante, M. Saint-Germain obtempère. Dès qu'il a quitté la salle, des voix indignées s'élèvent de toutes parts. Une telle partialité est scandaleuse ! Rouge de colère, un homme âgé, qui se tenait parmi le groupe de ceux qui hésitaient à voter pour le candidat patriote, marche à pas décidés jusqu'aux officiers d'élection. Il vocifère qu'il veut donner son suffrage pour le docteur. Posément, Stuart rétorque :

— Vous avez fait donation de vos biens. Vous n'avez pas le droit au suffrage. Je vous poursuivrai pour parjure.

Des beuglements furieux accueillent cette repartie d'une flagrante mauvaise foi. Tandis qu'une véritable cacophonie règne dans la pièce, Nelson parlemente avec celui qui veut se déclarer en sa faveur. À l'évidence, il le prévient des conséquences probables de son geste, soit une poursuite devant les tribunaux... Mais inébranlable, Antoine-Paul Heu dit Cournoyer exige d'inscrire son vote dans le registre. Se tournant vers le notaire et son clerc, Stuart déclare d'une voix méprisante, audible dans toute la salle :

— *Let him swallow all the oaths !*

Cette attitude choquante entraîne un deuxième partisan du docteur Nelson à marcher vers la table. Lorsque Stuart ânonne ses menaces, le dénommé Antoine Aussant le réduit au silence en rétorquant qu'il n'avait qu'à dire la même chose à M. Saint-Germain !

La période de votation terminée, Gilbert se retrouve dehors, littéralement sonné, en compagnie de David qui, manifestement, n'en mène guère plus large. Peu après, tous deux entreprennent la longue route vers Saint-Denis. Chacun de leur côté, ils ruminent les événements, jusqu'à ce que David émette d'une voix cassée :

— Quelle histoire à dormir debout... Je t'assure, Gilbert, même dans mes pires cauchemars, j'avais jamais envisagé que... que ça aille jusque-là !

— Comment ça se fait que *mister* Stuart, y a pas honte de lui ? Comment y peut agir de même, pis ensuite dormir sur ses deux oreilles ?

En train de retrouver ses habituelles joues rouges, son compagnon soupire profondément.

— Sacrée question... Pour le sûr, le bourg est une chasse gardée du gouverneur. Si notre bon docteur réussit, ce sera une maudite claque en pleine face… Mais de là à… à mentir effrontément, au vu et au su de tous ? À faire des pressions outrées ? Ces hommes se croient les maîtres. Y se croient plus méritants, plus valeureux, plus… plus toutte. Partout où les Bureaucrates règnent en despotes, y font de même. Québec, les Trois-Rivières, icitte…

— Pis y se confortent dans la détestation des Canadiens.

David réagit par une grimace qui lui plisse comiquement le visage. Il a la mine de quelqu'un qui a des informations importantes à partager, mais qui répugne à le faire au su de tout le voisinage. Instinctivement, Gilbert se rapproche, accotant son épaule contre la sienne. Pour stimuler les confidences, il murmure, d'un ton fervent :

— J'ai fort apprécié ma leçon… ma leçon d'actualités. J'en prendrais des tas d'autres, de même !

Après une lente expiration, son compagnon finit par émettre :

— Mon père m'en a parlé souvent et je rechignais à le croire. Je veux dire, ça paraissait trop machiavélique… trop perfide, pour parler drette…

Gilbert est suspendu à ses lèvres. L'opinion du député Louis Bourdages, l'un des hommes les plus estimables de toute la paroisse et même de la rivière Chambly au grand complet, ça a du poids !

— On croirait que ceux de la Clique… T'sé, ce groupe de profiteurs qui s'agglutinent alentour du gouverneur et des plus hauts officiers de la province… Eh ben, on croirait qu'y sont parés à tout tenter pour pousser le peuple canadien à la révolte.

Choqué, Gilbert ouvre de grands yeux.

— À la révolte ? Vous voulez dire… à vouloir renverser le gouvernement établi ? C'est un acte de haute trahison, passible de la peine de mort !

— Tout juste. Ceux de la Clique, y voudraient pousser le peuple canadien à boutte. Pour pouvoir, ensuite, l'écrapoutir.

David se redresse, tandis que le garçon médite cette affirmation outrancière.

— C'est une grave accusation !

— C'est pas une accusation, se récrie-t-il, les sourcils excessivement froncés. C'est un soupçon. Mais un soupçon solidement étayé par les persécutions dont nombre de Canadiens ont été victimes. Y a tout un troupeau qui aimerait bien voir le peuple canadien disparaître de la surface de la terre.

C'est un fait avéré. Contrôlant tous les postes de pouvoir dans les cours de justice, la Clique a fait jeter en geôle des imprimeurs et des éditeurs, des députés et des notables. Certains y ont croupi, sans procès, pendant plusieurs années. Gilbert proteste encore, faiblement:

— Faudrait quand même pas charrier. Parmi les Anglais, y a quantité de bonnes âmes. Parmi les Canadiens, y a des couards et des profiteurs.

Utilisant le surnom qualifiant ceux qui, parmi ces derniers, sont passés du côté de la Clique du Château, il prend la peine de préciser:

— Des Chouayens!

Faisant fi de l'interruption, David élabore sa pensée:

— Quel meilleur moyen, pour prendre le contrôle du pays, que de déposséder les Canadiens de leurs terres, de leurs biens? Mais pour cela, y faut nous conquérir par la force. Par les armes...

Devant cette perspective horrible, Gilbert est traversé par un souffle d'angoisse, qui le laisse transi. Il réagit enfin:

— La mère patrie nous a donné tous les droits des citoyens anglais. Les Canadiens sont pas des conquis, mais des égaux en loi!

David réagit par une moue contrite.

— Assurément. Je fais le prophète de malheur, pardonne-moi. Tanseulement... garde mes propos en mémoire, quand tu jugeras les actes futurs de la classe régnante.

Il fixe la route, manifestement déterminé à ne pas en dire davantage. Gilbert lui jette un regard énamouré. Il a une chance insigne, celle d'avoir un protecteur de la trempe du fils de l'une des plus ferventes tuques bleues de la colonie!

X

- 13 -

Une douce brise joue dans les cheveux de Vitaline, qui sourit lascivement sous la caresse. La risée charrie des parfums entêtants de fenaison... Partout aux alentours, en ce mois d'août, les habitants, parfois secondés par leur femme, sont affairés à récolter les foins. Si son père était cultivateur, Vitaline travaillerait autrement plus dur... tandis qu'astheure, assise à l'ombre, elle s'évertue à coller des anses sur des pichets encore verts.

Pour le sûr, elle ne chôme pas : cette tâche, elle la maîtrise imparfaitement, et elle doit souvent recommencer. Mais c'est fièrement moins contraignant que de s'échiner dans les champs ! Les travaux agricoles, ceux des moissons comme ceux des semailles, sont parmi les plus épuisants qui soient. Elle se trouve choyée de s'en tirer à si bon compte ! Du moins, voilà le soliloque avec lequel elle se conforte. Car depuis le commencement de l'été, quelque chose diminue le plaisir qu'elle ressent habituellement à effectuer l'une ou l'autre de ses multiples tâches d'assistante potière. Plutôt que d'en jouir, elle les dédaigne !

Elle n'a pas été longue à identifier la source de son malaise, et à chaque fois qu'elle y songe, un vif émoi la gagne. Ce n'est que lorsqu'elle se tient à proximité du tour en action qu'un élan de vie souverain soulage son âme du pesant qui l'habite. Elle tremble du désir de s'asseoir sur le siège, de sentir la terre mouillée patiner ses doigts ! Se pourrait-il que ce soit la cause des frissons qui la traversent, le soir venu, et l'empêchent de reposer en paix ?

Une étrange lassitude prend possession de tout son être. Désireuse de la repousser au plus loin, elle se concentre sur la série de pichets tournés par Uldaire, ces jours derniers. Elle leur ajoute deux anses joliment galbées, et surtout, placées exactement à mi-chemin l'une de l'autre. Il ne faut pas mettre trop d'eau ni trop de barbotine, et apprendre à lisser l'anse d'un seul mouvement pour éviter les traces de doigt. Tout un contrat !

Un cheval piaffe et s'ébroue. Vitaline relève la tête pour contempler le spectacle de son petit frère Rémy, coiffé d'un large chapeau de paille, tirant leur canasson par la bride pour qu'il garde la cadence. Car la vieille bête est amarrée au bras qui actionne l'essieu, muni de pales, placé en plein centre du moulin à terre. Cet appareil en forme de tonneau ventru, presque d'une hauteur d'homme, sert à malaxer la glaise, une fois qu'elle est lavée et débarrassée de ses plus gros débris.

Dans le tonneau, Uldaire a ajouté du sable, abondant dans la région. Sans cette addition, a-t-il expliqué doctement à sa fille, la glaise se contracterait outrageusement à la cuisson, ce qui occasionnerait des ennuis nombreux. Comment saura-t-il que le mélange est à point ? Il a alors fait la démonstration de la plasticité de deux mottes, l'une à l'état naturel et l'autre malaxée. La différence lui semblait prouvable, mais Vitaline en est restée fort perplexe. Lorsqu'elle aura développé son sens du goût, à la façon d'Uldaire qui confirme toujours ses opinions en dégustant une pincée du mélange, peut-être que tout s'éclaircira…

Croisant le regard de sa sœur, Rémy lui adresse une horrible grimace, qu'elle imite sans vergogne. Malgré son jeune âge, le garçon doit consacrer une partie de son temps à quelques ouvrages demandant peu de dextérité. L'entraînement du moulin à terre est de ceux-là ! Il y a des heures qu'il tourne ainsi en rond, en plein soleil… Une ombre se dessine sur la table face à Vitaline : c'est grand-mère qui approche.

Elle revient du potager où, avec Bibianne et Perrine, elle a passé quelques heures. L'espace leur étant compté dans le bourg, elles ne peuvent consacrer à la culture maraîchère qu'un petit carré, principalement dévolu aux herbes aromatiques. Une superficie appréciable a donc été louée chez un habitant de la deuxième concession, qui assume les lourds travaux préparatoires, en plus de s'assurer que nul ne vienne chaparder le produit de tant d'efforts.

— Celui-là est croche, indique la vieille dame, en pointant un pichet du doigt.

Étonnée, Vitaline se penche pour scruter ledit objet. En effet, à bien y regarder... Magnanime, grand-mère conclut avant de tourner les talons :

— Les habitants n'y verront que du feu. On laisse ça de même.

La jeune fille s'étire de toute sa taille. L'après-dînée tire à sa fin ; une apaisante fraîcheur descend sur le bourg, qui résonne d'une activité accrue alors que ses concitoyens vont et viennent sur les chemins. La porte moustiquaire de l'atelier claque. Vitaline n'a pas besoin de quitter son ultime pichet des yeux pour savoir qu'Uldaire vient constater l'état de la glaise dans la baratte géante.

— Beau travail, mon p'tit gars ! Va te rafraîchir. Avant souper, si tu trouves une couple d'amis, tu pourras aller te garrocher dans la rivière. Mais tarde pas trop, à cause que si le serin tombe, tu pourrais pogner du frette.

— Son père, j'suis tout chaud, de bas en haut...

— Aère-toi un brin, assis sur la galerie. Aubain ?

Le jeune apprenti réagit bientôt à l'appel : la porte moustiquaire claque encore. Plusieurs fois, les deux hommes sont venus recueillir la glaise malaxée, qui émerge par un orifice dans le bas de l'appareil. Maniant le fil à couper, ils la tranchent comme de la pâte à pain et forment de grossières boulettes, qui sont déposées dans la barouette. Cette précieuse cargaison est ensuite menée jusqu'à la cave, où elle reposera – où elle pourrira, disent les maîtres-potiers – jusqu'à l'année prochaine.

Vitaline se permet une grimace de lassitude. Les anses qu'elle vient de poser sont tout juste acceptables... Avec soulagement, elle se met sur ses pieds, secouant ses jambes courbaturées. Puis, elle entreprend des allées et venues pour aller porter les pichets dans l'atelier, sur une planche où ils sécheront, après avoir été enveloppés d'une guenille humide.

Après un énième transport, elle émerge de l'atelier pour tomber nez à nez avec son amie Estère Besse, qui était à sa recherche. La survenante émet un rire nerveux et Vitaline lui adresse une moue, tout en grommelant :

— Si j'avais eu les bras pleins, t'aurais été responsable d'une catastrophe.

— Pff... Encore à l'ouvrage comme une servante ?

— Tu peux le dire...

Tout en marchant vers son aire de travail, elle désigne Aubain du menton et laisse tomber d'un ton lugubre :

— Les apprentis sont mieux traités que les filles de la maison.

Ce disant, elle s'esclaffe joyeusement, entraînant Estère à sa suite. Les deux hommes leur jettent un regard interloqué, puis Aubain lance d'une voix sonore :

— Pour moi, patron, ces pichets contenaient une plaisante boisson. Viens m'en porter une lampée, Vitalette !

— Tu vas m'espérer au moins jusqu'à la nuitte, mon étrivant !

Estère laisse tomber :

— Je t'aiderais ben, mais je voudrais pas me beurrer...

Vitaline considère le joli corsage vert qui enserre le torse menu de son amie, et qui rehausse son teint de rousse.

— C'est ma foi vrai... Tu vas veiller à soir ?

— Pas pantoutte ! Je suis venue te quérir ! Le cortège est à veille d'arriver !

Vitaline reste frappée de stupeur. Le cortège ! Elle l'avait oublié ! Elle fait ses ultimes transports au pas de course. Dans l'atelier, elle se débarrasse de sa chemise de travail. Laissant la porte claquer, elle revient vers Estère, tout en criant à l'adresse de son père qui fait rouler la barouette vers l'entrée de cave :

— Je débarbouillerai demain. Je m'en vais mirer le cortège !

D'un geste sec, Uldaire dépose son véhicule.

— J'irai betôt, moi itou ! Tu crois que ta mère, elle jouirait du spectacle ?

Vitaline répond par un ample signe d'ignorance. Comment pourrait-elle le savoir ? Bibianne ne semble jouir de rien... ou presque. Chassant cette pensée inconsidérée de son esprit, la jeune fille fait un bref séjour dans sa chambre pour changer de corsage et lisser ses cheveux, puis elle redescend quatre à quatre. Parvenue dehors, elle part à la recherche de grand-mère, qu'elle trouve près du fournil.

Bibianne et elle sont assises en plein air, et tout en surveillant ce qui mijote dans deux grands chaudrons, elles font le tri dans le tas de légumes divers récoltés tout à l'heure, répartissant ce qui doit être consommé rapidement de ce qui peut être entreposé. Tandis qu'Estère donne quelques nouvelles de sa famille à grand-mère, Vitaline se penche et choisit le concombre le moins séduisant, à la pelure craquelée. Après l'avoir sommairement essuyé entre ses mains, elle y mord à belles dents. Grand-mère s'enquiert:

— Vous autres itou, vous courez au spectacle? Perrine a décampé depuis belle lurette. Quand y s'agit de mirer de plaisantes toilettes...

— Je reviendrai me servir une assiettée avant la brunante. Gardez la potée au chaud!

Incapable de résister, Vitaline pêche une grosse carotte, encore brune de terre et garnie de son long feuillage. Tout en croquant ses légumes avec gourmandise, elle entraîne son amie sur les chemins. Elles dépassent la place du Marché, puis l'embranchement du rang qui se rend vers Saint-Hyacinthe. Là, sur le coin nord-est, se trouve la maison du bon docteur. Elles mirent la façade décorée de lanternes chinoises et de fanaux divers, puis elles poursuivent leur chemin. Dans leurs plus beaux atours, leurs concitoyens forment une haie d'honneur sur quelques arpents.

Jetant un regard circulaire pour s'assurer que nulle oreille indiscrète ne traîne, Estère glisse, d'un air de conspiratrice:

— T'as eu ouï-dire? Le curé, y a retardé l'assemblée de la Confrérie de la Bonne mort au deuxième samedi.

Vitaline réagit par une moue interloquée. Les membres de cette confrérie de dévotion se réunissent à chaque premier samedi du mois; et le lendemain dimanche, à l'issue des vêpres, ils s'adonnent à une courte procession du saint sacrement.

— Ma cousine était en beau fusil. Le curé fait marcher les gens, surtout ceux des concessions, pour rien! Sa négligence commence à faire jaser dans la paroisse. L'église aurait besoin d'urgents rafistolages, mais ça traînasse…

– Le portail, concède Vitaline, y est tout fendu. Mire la plaisante compagnie !

À proximité d'où elles sont rendues, le marchand Pierre Bruneau, beau-frère de Louis-Joseph Papineau, se tient en compagnie de son épouse, née Bédard, et de leurs deux fillettes. Plusieurs notables, proches relations du président de la Chambre d'Assemblée, les entourent, dont l'ancien député Pierre Guérout, l'un des plus réputés marchands de la paroisse, et le médecin Olivier Chamard avec sa dame.

Les deux jeunes filles se dénichent une place au premier rang, tout juste au bord de la chaussée, à la hauteur de la chapellerie Saint-Germain. Les gens s'interpellent d'un groupe à l'autre ; l'atmosphère est à la franche gaieté. Les élections ont confirmé la prépondérance patriote à la Chambre d'Assemblée ! Dalhousie et ses supporteurs ont mordu la poussière, sauf dans les comtés de Québec et des Trois-Rivières où la pression bureaucrate est trop forte.

Le plus incroyable, c'est que Dalhousie s'est fait ravir son comté de William-Henry. Son candidat dépravé, James Stuart, tirait de l'arrière par quatre voix au moment de la fermeture du poll, le 31 juillet ! Et ce, malgré nombre de manœuvres véreuses, comme faire quérir à grands frais une femme de l'Isle-aux-Noix qui a pris serment sans être qualifiée, de même qu'un mendiant d'une paroisse éloignée… Le Dr Nelson a été porté en triomphe à travers les rues de Sorel. Ses partisans exultaient à l'idée d'avoir lavé leur réputation. « Vive la liberté électorale ! Honte à la Bureaucratie ! »

Aujourd'hui, Nelson offre un banquet pour remercier ses principaux disciples et pour réunir ses relations importantes de la bonne société. Un grondement caractéristique se fait entendre, celui des attelages conduits par les notables du bourg, qui se sont rendus quérir les invités à Saint-Ours. La saison est trop avancée pour que le capitaine de la barque à vapeur, affrétée par le Dr Nelson pour amener ses invités, puisse remonter la rivière jusqu'à

Saint-Denis. La saison a été plutôt sèche et les hauts-fonds, en face du village, empêchent même d'accoster sur la petite isle placée au centre du cours d'eau.

Vitaline échange une œillade excitée avec Estère. Le grand moment approche! Les minutes s'égrènent lentement jusqu'à ce qu'un nuage de poussière, visible à l'horizon depuis une escousse, grossisse suffisamment pour y distinguer la première paire de chevaux. Sans préavis, par un sortilège dont le bedeau a le secret, les cloches de l'église paroissiale se mettent à sonner à toute volée. La procession, mise au pas, est ouverte par une demi-douzaine de jeunes hommes à cheval, haussant dans les airs de superbes étendards ornés de cris de guerre tel *Vive le roi*. En tête de la cavalcade : le jeune seigneur Fleury Deschambault!

La calèche qui les suit porte l'élu entouré de quelques hommes. Les clameurs publiques permettent aux jeunes filles de connaître leur identité. *Vivent à jamais Nelson et Morrisson*! Le fringuant député est entouré de son état-major de William-Henry, celui qui a rendu sa victoire possible : André Lavallée, voyageur de Sorel, qui promène un regard à la fois émerveillé et surpris sur la foule qui les accueille, et William Morrisson, commerçant à la retraite habitant sur une isle du Saint-Laurent, près de Berthier, chaud partisan du docteur. Lorsque Stuart a voulu exiger son serment, il lui a rétorqué de prendre garde à son orgueil, car il lui ferait voir qu'il n'était pas au-dessus des lois!

Derrière les deux jeunes filles, un homme raconte à haute voix :

– C'est ben grâce à un tel monsieur que les manœuvres bureaucrates ont échoué. Paraît qu'un des amis de Stuart a voulu acheter la voix d'un électeur du Grand Maska, qui a une propriété dans le village, pour 25 livres sonnantes. Mais y a été déjoué!

Le quatrième homme dans la calèche est un jeune boulanger en voie de se transformer en marchand, Louis Marcoux, une fière tuque bleue qui a compté pour beaucoup, paraît-il, dans la victoire du bon docteur. Admirant la silhouette avantageuse de Marcoux, les deux jeunes filles apprennent du même informateur qu'il s'agit d'un bon diable, mais au sang peut-être un brin vif...

L'année précédente, avec deux compagnons, il a été injustement accusé d'avoir volé un bateau. L'affaire avait toutes les apparences d'un règlement de comptes, et Marcoux et ses compères ont même dû se défendre contre l'attaque d'un parti d'une demi-douzaine de quidams. Le jeune homme s'est défendu en brandissant une hache, puis en culbutant dans la rivière son assaillant, qui a été obligé de se sauver à la nage !

Sans vergogne aucune, une dame d'un âge certain grommelle :

— Le sang vif, moi, j'haïs pas ça pantoutte…

Tandis que l'avant-garde du cortège passe à leur hauteur, Vitaline sent ses entrailles se retourner sous la montée d'un émoi inusité. Elle se distrait en scrutant le groupe de députés de la rivière Chambly installés dans la seconde calèche. Le seigneur Roch-François de Saint-Ours et son colistier à l'élection du comté de Richelieu, le seigneur Jean Dessaulles, sont accompagnés par Louis Bourdages et Jean-Baptiste Proulx, élus dans le comté de Nicolet.

Plusieurs d'entre eux exhibent des pavillons, ornés d'inscriptions, ou des branches d'arbres entrelacées de rubans multicolores. Vitaline admire ce travail d'artiste ! Mais bientôt, c'est la figure avantageuse de leur tribun bien-aimé à tous, le magnifique Louis-Joseph Papineau, qui l'accapare. Il agite son haut-de-forme dans les airs, un large sourire aux lèvres ! Quelques hommes sont assis à ses côtés. Vitaline reconnaît le nez caractéristique de Denis-Benjamin Viger, candidat victorieux du comté de Longueuil. Le troisième, lui dit-on, est James Leslie, élu député de Montréal-Est.

Quand au dernier, il s'agit du Dr Robert Nelson, qui vient de remporter à l'arrachée, avec Papineau, la victoire électorale dans le quartier ouest de Montréal. Avec l'élection de William-Henry, il s'agissait sans doute du scrutin le plus corrompu de toute la province ! Vitaline aurait envie de jeter des fleurs sous leurs pieds, et même de s'incliner sur leur passage, dans une profonde révérence qui témoignerait de toute la vénération qu'elle ressent pour eux. *Hourra pour Papineau ! Vive George Quatre !*

Enveloppée de clameurs festives, Vitaline absorbe les informations qui sont échangées dans la foule en une gigue étourdissante, et qui lui rafraîchissent la mémoire. À Montréal, les Bureaucrates acharnés ne s'en sont pas tenus à leur tactique habituelle, soit l'intimidation au moyen des fiers-à-bras, ou *bullies*, ces fameux mercenaires dont on se sert pour fermer l'accès au lieu de votation. Ce fut bien pire ! Celui qui a entrepris d'édifier son entourage profère d'une voix vibrante de colère :

— Y prennent les Canadiens pour des caves. Y se permettent des affaires de même, grosses comme la cuisse d'un homme fort, comme si on allait y voir que du feu ! Sur le *husting*, Delisle a eu l'audace de livrer son discours uniquement en anglais. Par contre, celui de McGill était pas piqué des vers. Y a délivré sa harangue comme si elle était de son propre cru !

Il rigole, entraînant toutes les personnes des environs à sa suite. Tout le monde sait que ce sont les hauts placés qui parlent au travers de leurs candidats... L'organisation patriote a réussi à faire sortir le vote, et compte tenu des rodomonts du parti opposé, ce fut un véritable exploit. L'un d'entre eux était Henry McKenzie, commis de John Molson, brasseur de bière devenu homme d'affaires à succès. Derrière chacun des gestes du commis, on sentait le maître, battu à plate couture par ses adversaires patriotes dans le comté voisin !

Sauf que les machinations de McKenzie, pendant les quatre jours qu'ont duré l'élection de Montréal-Ouest, sont plutôt épeurantes. À plusieurs reprises, sous prétexte de *désordres* sur le pavé, il est entré pour tenter de convaincre Henry Griffin, l'officier-rapporteur, de faire intervenir l'armée. Une autre fois, le commis McKenzie a fait accroire au Grand Connétable que l'officier-rapporteur requérait ses services. Quel galimatias ! Papineau a protesté avec la dernière énergie. Introduire des policiers armés de leur bâton dans un attroupement échauffé par les rivalités politiques, c'est allumer l'amorce d'un pétard !

Mais dans le voisinage de Vitaline, on est déjà passé à un récit autrement savoureux, celui de la procession triomphale qui a souligné cette victoire patriote. Une part importante des habitants de Montréal — les trois quarts, affirment des observateurs — prenait part au cortège ouvert par une cinquantaine de jeunes hommes à cheval, puis par un char portant des musiciens qui se démenaient pour faire résonner le *God save the King* ou le *Rule Britannia*.

Les deux élus, assis dans une calèche, venaient ensuite. Ceux des comtés de Montréal-Est et de l'Isle de Montréal, de même que de quelques comtés des campagnes, leur emboîtaient le pas, suivis par environ 150 autres attelages. La multitude, à pied, fermait l'imposant cortège qui fit le tour de la ville et des faubourgs, s'arrêtant périodiquement, au milieu des acclamations et des hymnes nationaux. Ceux qui y assistaient depuis leur demeure avaient pavoisé leur devanture de riches étoffes. Du jamais vu en Canada !

Vitaline reporte son attention sur la suite du cortège qui défile très lentement sous ses yeux : un groupe en provenance d'un autre comté chaud, celui d'York, autrement dit la seigneurie de la Rivière-du-Chêne. Applaudissant à tout rompre, elle observe le valeureux Dr Jacques Labrie, un érudit élu député, et son principal organisateur électoral, le méritoire notaire Jean-Joseph Girouard. La mine habituellement souffreteuse de ces rats de bibliothèque, deux notables qui ont dépassé la quarantaine, est asteure joliment empourprée !

À cause des manœuvres du seigneur Dumont, l'élection du comté d'York le cède à peine, question machinations frauduleuses, à celles de William-Henry et du quartier ouest de Montréal. Labrie et son colistier, Jean-Baptiste Lefebvre, ont dû affronter boulés, menaces ouvertes et bastonnades... et même une entrée par effraction sur les lieux du vote pour y placer des partisans bureaucrates, dont la mère du gendre du sieur Dumont, avant l'heure d'ouverture !

Ce dernier, apparemment insensible à la niaiserie de ses actes, a tenu à faire prêter serment à des gens domiciliés à sa porte, à ses propres censitaires même, qu'il savait qualifiés. Cela, uniquement pour ennuyer ceux qui ne votaient pas pour lui ! Mais les tuques bleues ont remporté la victoire, même si le seigneur a fait perdre leur commission de milice à ses adversaires et à leurs partisans, fussent-ils parmi les hommes les plus considérés de la région. Une manœuvre si grossière que nul Canadien fier de son appartenance n'aurait pu tomber dans ce piège sans se dégrader à ses propres yeux !

Les dernières calèches portent les épouses des notables qui ont déjà défilé, de même que quelques-uns de leurs proches. Estère et Vitaline admirent les coiffes aux couleurs vives ornées de dentelles, les robes bariolées, les fichus extravagants… Une troupe hétéroclite ferme la marche, des va-nu-pieds âgés de 6 à 10 ans se pavanant comme s'ils méritaient personnellement l'adulation de leurs concitoyens. Ces derniers leur lancent moult quolibets, tout en ne pouvant résister au plaisir de leur emboîter le pas.

Étourdie par toute cette animation, Vitaline glisse son bras sous celui de son amie, et toutes deux se laissent porter par le mouvement général vers la demeure du Dr Nelson, où les calèches déversent leurs occupants. La barrière de la cour se referme derrière l'ultime convive, et les spectateurs se dispersent lentement. L'estomac dans les talons, les deux jeunes filles cheminent en silence jusqu'aux abords de l'auberge du marchand Masse, dont la porte et toutes les croisées sont béantes, ce qui leur fait voir les nombreux hommes qui s'y pressent, trop heureux de célébrer. Après un temps, Estère murmure :

— C'est un mystère, pourquoi certains hommes buvassent, alors que d'autres… Je suis très chanceuse, tu sais, Vitalette ? Chanceuse d'avoir un père qui a pas trop goût à la boisson…

Vitaline se contente d'opiner brièvement du chef, tandis que son cœur se serre fugacement. Il lui semble qu'Uldaire… mais peut-être qu'elle ne connaît rien à rien, peut-être qu'il est comme tous les hommes de son âge. Le soir venu, il résiste difficilement au plaisir de remplir son gobelet à quelques reprises. Oui, à vrai dire, c'est tout à fait normal… Estère en rajoute :

— J'ai une voisine qui trinque. Ben tu sais quoi ? Cette voisine, elle est fichtrement mal mariée.

Son interlocutrice se permet une éloquente grimace. Pour le sûr, l'alcool est un dérivatif au malheur…

— Tu m'accompagnes pour le souper ? On reviendra ensuite, voir les illuminations à la maison du docteur. Pis y aura de la musique.

— Une couple de violoneux, confirme Estère. Je veux bien, mais je suis attendue pas trop tard.

— Moi de même, pas de crainte !

Ensuite, Estère reste coite, ce qui fait l'affaire de Vitaline. Elle a amplement de quoi jongler… Songeant à la situation qui règne dans son pays, elle a l'impression d'être, justement, prise de boisson. Dans plusieurs comtés, la récente élection s'est quasiment transformée en une bataille à finir, mettant son peuple face à face avec des Bureaucrates acharnés, usant avec arrogance de leur pouvoir de magistrat ou d'homme à place. Comment ne pas croire en une manigance, ourdie depuis le château Saint-Louis par les membres les plus puissants de la Clique, pour imposer une autocratie aux Canadiens ?

Depuis toujours, les hérauts du peuple canadien répètent qu'on a concédé, aux descendants de Français, tous les droits acquis aux citoyens anglais. Ils affirment que le Bas-Canada est devenu une terre de liberté ! Mais en réalité, ceux qui tirent les ficelles du pouvoir considèrent les enfants du sol comme une proie de conquête. Ces enfants du sol, plutôt que de redresser fièrement la tête, devraient courber l'échine sous le poids inévitable de ce joug. Courber l'échine sans jamais se plaindre…

- 14 -

Dans la fraîcheur de septembre, Gilbert remonte la rue au pas de course, puis il saute la clôture comme un cheval franchissant un obstacle. Plutôt fier de lui, il fait une pause pour jeter un regard circulaire. Une jolie demoiselle des environs aurait-elle remarqué son exploit, par bonheur? Mais il ne peut déceler nul regard timidement admiratif.

Après une grimace de dépit, le garçon trotte tranquillement jusqu'à sa maison et grimpe les marches de la galerie. Il tombe en arrêt: mémère est là, assise dans une vieille berçante sans accoudoirs, et protégée du serin par un châle épais et une câline solidement nouée sous son menton. Lui adressant un regard sans aménité, l'aïeule grommelle, de sa voix qu'elle doit pousser pour s'entendre elle-même:

– Enfin, de la compagnie! Ça fait une escousse que j'suis livrée à moi-même, comme une potiche au rebut!

Se retenant de rire, Gilbert s'enquiert:

– Z'avez besoin de quelque chose, mémère?

– Juste de distraction, p'tit gars!

À l'odorat, Gilbert devine que c'est une pieuse menterie. Mémère s'oublie de plus en plus souvent... Mais comme il ne peut décemment intervenir, il se résout à prendre place sur un tronc coupé qui fait office de siège, assez proche d'elle pour ne pas avoir besoin de hausser la voix à outrance.

– Que c'est que tu transportes, p'tit gars, sous ton bras?

– Un papier-nouvelles, répond-il en exhibant l'objet en question. Un vieux, daté du 27 d'aoûtte. Savez quoi, mémère? Par icitte, comme dans d'autres campagnes, les abonnés sont mal servis par la poste. Un numéro sur deux est jamais livré.

— Tandis que les gazettes par autorité doivent être scrupuleusement remises…

Surpris de cette remarque pénétrante, Gilbert prend un temps avant de répondre :

— Tout juste, mémère.

Elle se gausse silencieusement de sa mine.

— La manœuvre est autant ancienne que moi… J'me souviens de la fondation du *Canadien*…

— *Le Canadien*, le défunt papier-nouvelles ?

— Celui que, si j'ai toutte compris, *La Minerve* est venue remplacer, l'an passé… Ben, *Le Canadien*, y était populaire dans nos campagnes. T'sé que notre m'sieur Bourdages, y s'est escrimé pour… J'me souviens comme si c'était hier. Y faisait du porte à porte pour les souscriptions…

Tripotant le feuillet, Gilbert déclare :

— Les élections sentent la collusion à plein nez, mémère. À Montréal-Ouest, y s'est passé toutes sortes d'affaires pas catholiques, pis les écrivains en font étalage à chaque parution !

Gilbert l'affirme sans ambages : non seulement des quidams ont provoqué de pacifiques électeurs, non seulement on a voulu imposer la présence des connétables à l'officier-rapporteur, mais ce dernier s'entendait avec celui qui a la main haute sur l'administration de la justice à Montréal, le magistrat salarié Samuel Gale, pour mettre la force militaire sur un pied d'alerte. Et ce, après une échauffourée sciemment provoquée par les Bureaucrates !

Gilbert s'échauffe :

— Je veux dire, dans un temps où l'administration exige des officiers publics une soumission aveugle, comment le peuple pourrait-il se trahir en confiant sa destinée à des hommes *qui ne peuvent pas* être indépendants ? La chose est entendue, z'êtes d'accord ? Ben les Bureaucrates, y font frime de rien comprendre de tout ça. Dans leur cervelle enfiévrée, la moindre protestation s'apparente à une émeute !

Pour le bénéfice de son aïeule, le garçon résume les faits dont *La Minerve* s'inquiète. Lorsque l'élection s'est terminée sur la victoire des candidats patriotes, une haie d'honneur s'est constituée entre le lieu de votation et les demeures des élus. Alors que le cortège de tuques bleues passait devant la maison de l'un des deux candidats bureaucrates, Peter McGill, un parti d'insolents Écossais, agents sûrs de tous les mauvais coups, se mit à lancer une grêle de pierres. L'une d'entre elles est tombée précisément sur le soulier de Papineau! Tandis que lui et Nelson poursuivaient leur chemin, la majorité des Canadiens dans le cortège ont fait volte-face, se ruant sur ces infâmes.

À la suite de cette bataille rangée, des juges de paix ont mis aux arrêts plusieurs provocateurs bureaucrates. Ils ont trouvé un pistolet dans la poche de quatre d'entre eux, fleurons de la gent scotifique, dont l'associé de Samuel Gale lui-même, ainsi que William King McCord, fier héritier de son célèbre père Thomas, un homme qui, tout au cours de sa vie, a imaginé moult complots antibritanniques dans la colonie!

– Mais c'est pas le pire, mémère. Au commencement de la bataille, un quidam courait chez Gale pour le prier de faire sortir la garnison. Car *le peuple se révoltait*! Au corps de garde, les soldats veillaient, leurs fusils à la main... Ça les démangeait, aux Bureaucrates, de faire appel à la valeureuse soldatesque!

S'encalmant soudain, Gilbert plonge dans ses pensées. Il est notoire qu'au cours des dernières années, les Bureaucrates ont pris possession du service de police, par l'entremise de Samuel Gale, qui a la suffisance gonflée comme une outre pleine... À en juger par l'attitude des hommes d'importance de Saint-Denis, un événement significatif vient de se produire. Jamais encore on n'a vu un tel acharnement, un tel étalage d'une violence à peine retenue... C'est vouloir faire éprouver les horreurs de la guerre à des citoyens exerçant leurs droits légitimes!

Le garçon replie le feuillet, attachant son regard sur le visage raviné de son aïeule. La contemplant ainsi, il a l'impression de plonger dans le passé, comme si la très vieille dame était un corridor vers une époque disparue, sauf dans les souvenirs... Il laisse tomber :

— Sentez-vous comme moi, mémère ? Comme si le Bas-Canada reculait dans des temps anciens. Dans des temps où la parole des hommes était enchaînée...

— Pour le sûr, on se croirait retournés au temps des Français, du temps du brigandage. Le gouverneur pis l'intentant étaient comme larrons en foire. Y signaient des cartes pour donner de l'argent à tous ceux qui leur lichaient la plante des pieds. Pis y s'oubliaient pas. Y écrivaient dru et signaient des cartes pour eux encore plus que pour les autres !

Le visage de la vieille dame s'est durci, et elle laisse échapper un rire sardonique :

— C'était le bon temps pour les farauds... de même que pour les courtisanes avec qui y s'acoquinaient !

Tout aussi soudainement, une expression triste et résignée chasse toute trace de moquerie.

— Mais un temps diablement mauvais pour nos anciens laboureurs. On payait leurs grains et leurs animaux avec des cartes. Un bon matin, y fallut faire banqueroute. Les gouverneurs de ce temps-là ont fait si bien leurs orges, qu'y ont dévoré celles du peuple et lui ont fait perdre sa terre !

C'est un fait notoire : le Canada aurait résisté à l'armée britannique, même d'une supériorité écrasante, s'il n'avait pas été ruiné par les dilapidations de l'intendant et de ses favoris. Son aïeule plonge ses yeux dans les siens, et le garçon a l'impression qu'elle tente de parler à son âme.

— Cette désolation survient partout où des gens en place prennent selon leur appétit. Partout où les cris des gens en place étouffent la voix du peuple désargenté. La voix du peuple, mon p'tit gars, est la voix de Dieu.

— Tu peux me quérir ton père ? On a des affaires à régler.

Gilbert sursaute. Aux pieds de la galerie, le marchand Joseph Thibaudeau fait une brève salutation. Le garçon répond par un signe de tête, avant de se lever et de descendre nonchalamment les marches de la galerie. Il n'aime guère se faire ordonner comme s'il était un commis… Tout près d'Uldaire en âge, mais déjà voûté, Joseph est un homme terne d'aspect, dont les proportions sont moyennes en tout. Pour compenser, il se vêt avec un soupçon de pédanterie…

Le marchand et le maître-potier discutent pendant une bonne escousse, debout à l'écart. Thibaudeau est l'unique héritier mâle d'un maître-potier qui a donné une impulsion décisive au commerce de pourcelines. Ce dernier faisant affaire avec le père d'Uldaire, les deux fils ont poursuivi tout naturellement l'association. Gilbert les observe tandis qu'il accompagne mémère jusqu'à la porte des latrines, puis la ramène pour la remettre aux bons soins de grand-mère, survenue à l'instant.

À l'évidence, le marchand est venu commander un chargement de poteries diverses, qu'il veut envoyer vers les *Eastern Townships* peut-être, ou alors le Vermont, de l'autre côté de la frontière. Ils finissent par s'entendre sur un prix, et alors Uldaire fait monter Joseph Thibaudeau sur la galerie. Pour sceller leur entente, il lui offre un siège en même temps qu'un doigt d'eau-de-vie, ce que le marchand accepte d'un signe de tête.

Uldaire entrebâille la porte d'entrée pour prier quiconque, à portée de voix, de les servir, puis il prend place à ses côtés. Affairé à puiser de l'eau, Gilbert l'entend grommeler avec une feinte bourrasserie :

– C'est ben fin d'avoir pensé à moi comme fournisseur. Pendant les prochaines semaines, je pourrai guère quitter mon tour ! Merci ben, ma grande fille.

C'est Perrine qui leur a apporté les deux minuscules verres. Elle reste à proximité tandis que les deux hommes, après avoir trinqué, font cul sec. Ils remettent les verres à la jeune femme, puis le marchand réplique enfin :

– J'essaye ben gros d'être juste. De répartir l'ouvrage entre vous autres, les maîtres-potiers. Faut que je fournisse ma clientèle. Si je le fais pas, un autre va prendre ma place.

– Le danger est pas si grand. Devenir marchand, ça s'improvise pas. Faut du bien, pis des contacts ! On a beau dire, la clientèle, elle est fidèle. Je le sais, je vends de mon bord, moi itou ! Si vous la maganez pas, elle vous est acquise.

Avec une moue, le marchand rétorque :

— Faut pas confondre, m'sieur Uldaire ! Faut pas confondre les tournées dans l'arrière-pays avec le commerce sérieux, celui pour lequel j'affrète des barques, pis je prends le risque d'un naufrage... Pis je paye le capitaine, pis son second, tout ça pour que vos pourcelines aboutissent dans les boutiques du fin fond des paroisses, de l'autre bord de la ligne ! Fiez-vous sur moi. Les fermières, c'est pas le poinçon du potier qu'elles guettent, c'est le contenu de leur bourse !

Gilbert réprime un sourire. C'est toujours ainsi entre eux. Le second exagère les difficultés de son métier, tandis que le premier les rapetisse...

— C'est à toi, la gazette ?

Il faut à Gilbert un certain temps avant de réaliser que le marchand s'adresse à lui. Déposant le seau d'eau par terre, il se redresse pour constater que Thibaudeau désigne *La Minerve*, posée non loin de lui, sur une bûche. Sans attendre de réponse, son interlocuteur fait une profonde grimace.

— Y se colporte ben des affaires enflées, là-dedans...

Choqué, Gilbert marche vers la galerie.

— Enflées ? Je vois pas ce que vous voulez dire...

— Ben voyons, p'tit gars ! À les entendre, on croirait que la mère patrie, elle veut rien de moins que... que réduire à néant la race canadienne ! Pas pantoutte ! Ceux qui dirigent la colonie, y veulent juste y encourager le commerce de la meilleure manière possible. Pour le sûr, y font des lois pour !

Abasourdi par un tel discours, Gilbert jette un regard à son père, qui arbore une mine apathique, presque bonasse. Simon Thibaudeau était la déférence même, paraît-il, mais le fils n'a pas cette humilité. Ses succès de marchand lui montent-ils à la tête ? Il a tendance à vouloir régenter tous ceux qui se trouvent sur son passage. Trop souvent, faisant bande à part, il tâche de justifier les actes de la Clique. Comme s'il voulait se persuader lui-même...

Décontenancé, le garçon reste figé un moment, et enfin, il laisse tomber :

— Vous causez comme un Bureaucrate…

Avec une subite irritation, Uldaire réprimande son fils :

— Retire tes paroles de suite !

Ébahi, Gilbert reste coi, jusqu'à ce que le marchand intervienne :

— Laissez, m'sieur Uldaire. L'emportement de la jeunesse… Faut que je décampe, mais pas avant d'avoir servi une mise en garde à votre gars.

Dardant un regard froid vers Gilbert, il profère :

— Méfie-toi des beaux parleurs. Y foisonnent par les temps qui courent… Méfie-toi de ceux qui veulent jeter le trouble dans le pays. Pour les Canadiens, y a pas trente-six façons de réussir. Y en a une : saisir l'occasion quand elle passe. Peu importe qui te l'offre, cette occasion.

Joseph Thibaudeau se lève, touche son chapeau en signe d'au revoir, puis descend posément les marches de la galerie. Père et fils le regardent s'éloigner en silence. Son père était un Acadien dont la famille, après une misérable période d'errance, a fini par trouver refuge dans l'une des 13 colonies américaines. C'est à Philadelphie que Simon, devenu jeune homme, s'est initié au métier de potier. Lorsque les frontières du Bas-Canada se sont rouvertes pour les réfugiés acadiens, il est venu s'installer dans le bourg. Manifestement, sa descendance, c'est-à-dire le Joseph, s'embourgeoise et se démoralise…

Lorsqu'il est hors de portée d'oreille, Gilbert grimpe les marches en fulminant à haute voix :

— Mais enfin, son père ! C'est pas *La Minerve* qui déforme la réalité, c'est les gazettes par autorité ! Y a pas un homme sensé dans la colonie qui peut prétendre le contraire ! Fallait pas le laisser dire de même. Z'avez ouï ? Y prétend qu'on peut s'enrichir de n'importe quelle façon, sans se poser de questions sur la personne qui nous offre l'opportunité. C'est pervers, son père. Pis c'est ratoureux sans bon sens ! C'est comme ça que les Bureaucrates, y tentent de pourrir la votation ! M'sieur Joseph, y doit pas être au courant de toutes les affaires croches. Autrement, y dirait pas une affaire de même! C'est dangereux au possible de se lier avec des hommes sans foi ni loi. Avec des hommes qui doivent se soumettre aveuglément, au risque de se retrouver sur la paille!

— Écoute-moi, mon gars.

Gilbert ravale la suite, saisi par la douceur du ton de voix.

— J'ai des dettes envers le Joseph. Oh! Rien d'effrayant, mais quand même... S'y exigeait un remboursement, faudrait se serrer notablement la ceinture.

— Un remboursement? Voyons, son père, y a pas un marchand qui ferait ça!

— Dans le cours normal des choses, les marchands, y souffrent les dettes. Tant qu'y peuvent espérer se rembourser un jour, même un jour ben lointain, y souffrent les dettes. Mais y peuvent s'en servir pour mettre un homme à genoux.

Gilbert recule d'un pas, révulsé par cette perspective. Jamais personne ne réussira à mettre son père à genoux! Son père, cette force de la nature qui va son chemin au train d'un bœuf majestueux, ouvrant son sillon pendant les labours. Son père, d'une humeur tellement moins changeante, tellement moins épeurante que bien d'autres qu'il connaît! Son père, tuque bleue pondérée, mais aux convictions inébranlables...

Le garçon sent son âme vaciller. Tout à coup, celui qui se tient assis face à lui ne ressemble plus à son père. Il paraît égarouillé, fragile... Comme s'il n'avait plus l'énergie de porter un masque et que sa vraie nature émergeait, celle d'un être troublé, dépouillé de toute certitude, intensément assoiffé de... de quelque chose que Gilbert est incapable d'identifier. Mais il perçoit le jaillissement d'une appétence ancrée au plus profond de lui!

Tout attendri, le garçon aurait envie de le prendre dans ses bras pour le réconforter, pour le remercier de prendre le temps de lui parler... Cet accès de tendresse l'effraie et il ne peut retenir un mouvement de recul. Uldaire cligne des yeux, puis il redresse le dos et tente un faible sourire.

— Le Joseph, c'est pas un mauvais bougre. Mais je sais pas... peut-être que... lui-même doit rendre des comptes?

Rendre des comptes à quelqu'un de plus puissant que lui… Uldaire élève le bras pour serrer l'épaule de Gilbert, puis il se met lentement debout, avant de prendre le chemin de l'atelier d'un pas pesant. Gilbert reste figé sur place, envahi par un courroux qu'il voudrait laisser sortir sur-le-champ, à coups de poing. D'une manière ou d'une autre, le marchand Thibaudeau a lié son sort à celui de la Clique des Bureaucrates. Pourtant, il ne détient aucune place… Peut-être en a-t-il une dans sa mire ? Ou peut-être espère-t-il les faveurs d'un de ceux qui font métier de courtisan ?

Le garçon doit se rendre à l'évidence : par une chaîne d'influence, le sort de son père est amarré à celui d'hommes corrompus. C'est un lien ténu, qui pourrait aisément se rompre, mais qui existe bel et bien… Peut-être que Thibaudeau vire sous le vent qui vente. Peut-être que dans six mois, il sera revenu à de plus nobles sentiments ; il aura compris où se situent ses vrais intérêts. Gilbert l'espère de toute son âme !

- 15 -

Debout dans le chambranle de la porte d'entrée du Petit Séminaire, Gilbert observe la massive silhouette de son père, pressé
d'aller vaquer à ses affaires, s'éloignant à longues enjambées.
Après un soupir quasi douloureux, il retrace ses pas vers le dortoir, trois étages plus haut, où il a déposé pêle-mêle ses affaires.
Ses derniers jours de vacances ont été remplis d'appréhension,
mais la réalité lui semble moins éprouvante que ce qu'imaginait
sa cervelle enfiévrée. Il se dépeignait des lieux plus sombres, une
atmosphère autrement lugubre...

En fait, le cloître de Montréal est une bâtisse tout bonnement
austère, et ces Messieurs ne sont que des hommes qui se donnent
des airs grâce à leurs uniformes de corbeaux! Gilbert grimpe les
escaliers d'un pas dansant, débouchant dans la vaste pièce contenant les lits alignés. Il adresse un sourire à Casimir Chauvin, en
train de vider sa poche de linge dans son coffre. Le natif de la
Pointe-Olivier, rivière Chambly, lui renvoie un salut crâneur.

Ils ont déjà causé tout à l'heure, se racontant les péripéties de
leur été. Comme lui, Casimir a passé son temps à seconder son
père, grappillant quelques précieuses heures, ici et là, pour battre
la campagne avec ses amis. Gilbert escomptait son retour, mais il
craignait quand même un décourageant revers du sort... Là,
avec Casimir à ses côtés, il se sent paré à affronter les matières les
plus rébarbatives de la méthode, ainsi qu'est nommée la classe de
quatrième.

N'empêche que Gilbert est plutôt gêné... Non seulement il ne
lui a pas parlé depuis quatre mois, mais Casimir, avec une amorce

de moustache et une voix qui casse, est entré décidément dans l'adolescence. Il atteindra ses 14 ans dans un mois, en novembre, tandis que lui-même ne fêtera, au changement d'année, que ses 13 ans ! Lui, hormis sa haute taille, paraît exactement ce qu'il est, c'est-à-dire impubère. Oui, Casimir arbore une attitude décidément virile, comme s'il accentuait sa prestance par un soupçon d'arrogance. Mince et d'une taille fort moyenne, doté de traits harmonieux d'une qualité presque féminine, il exsude pourtant le mâle !

— Honneur et gloire au seul loyal et constitutionnel bourg du Bas-Canada, *in secula seculorum, amen* !

Tous les yeux se tournent vers celui qui vient de faire son entrée en trompetant ainsi. Gaspard Cosseneuve, car il s'agit de lui, se redresse comme pour un salut militaire, qu'il brise en se penchant pour une courbette grotesque. Des coins les plus reculés du dortoir, des sifflements goguenards et des applaudissements retentissent. La mine faussement modeste, Gaspard reçoit les hommages, puis il s'élance vers Gilbert et Casimir, qui se tiennent côte à côte pour l'accueillir.

— Bien le bonjour, mes inculpables, mes intraitables, mes invendables !

Ce disant, il les serre tous les deux dans ses bras avec emportement. Pendant ce temps, un homme fait son entrée, une grosse poche sur son épaule, et n'ose pénétrer plus avant. La voix suave du régent résonne tout près du trio enlacé :

— Rompez, monsieur Cosseneuve. Je suis enchanté de vous revoir.

— Moi de même, m'sieur, rétorque Gaspard en délivrant ses deux amis abasourdis.

— Ce lit-ci, qu'en dites-vous ?

Le jeune Irlandais, à la mine plus reposée qu'au printemps, désigne celui qui sépare ceux de Gilbert et de Casimir. La mine gourmande, Gaspard hoche vigoureusement la tête. M. O'Reilly fait les gros yeux :

— Donnant-donnant, monsieur Cosseneuve. C'est clair ?

— Lumineux. Accourez, Adrien !

L'homme de peine vient jusqu'à eux, puis fait tomber la poche de vêtements sur le lit. Au même moment, une dame richement attifée fait son entrée dans la pièce, sa poitrine généreuse se soulevant rapidement à cause de l'essoufflement créé par la montée des volées de marches. Mélanie Cosseneuve trotte jusqu'à eux, tandis que diverses mines se bousculent sur son visage. À l'effort quasi mortifiant d'avoir eu à monter tant d'étages, succède une timidité à pénétrer dans un lieu généralement interdit aux dames, sauf aux femmes de ménage. Enfin, s'approchant des trois collégiens et du futur prêtre, elle semble envahie par un intense souci maternel.

Sans contredit, elle est une de ces créatures qui attirent les œillades sur son passage. Non qu'elle soit d'une beauté remarquable, mais son visage rond, qu'elle a légué à son fils, rayonne de vie.

— Je vous salue, messieurs. Le temps est venu pour moi de faire le sacrifice de la prunelle de mes yeux… Je vous le confie, *mister* O'Reilly.

— Je prends soin de toutes les âmes sous ma gouverne, madame.

Désarçonnée par cette repartie, Mme Cosseneuve finit par condescendre à un hochement de tête. Gaspard se tourne vers elle et se penche pour lui baiser cérémonieusement la main.

— Laissez-moi astheure, maman. Y vous reste une longue route et je préfère vous savoir rentrée à la brunante. Vous savez comment elle survient vite, en octobre…

— Tu es si aimable de te tracasser ainsi pour moi. Sois sage, mon grand. Sois sage pour rendre tes parents fiers de toi…

Tout émotionnée, elle se retourne pour masquer son trouble, puis elle s'éloigne avec une réticence visible, suivie par Adrien. Gilbert reste les yeux fixés sur elle, comme en transe. Quelle femme ! Comme il doit être plaisant de fréquenter une telle créature à cœur de jour !

— Ouf ! grommelle Gaspard pour ses amis seuls. Enfin libre ! Je vous jure, l'avoir pendue à mes basques pendant toutte l'été, c'est pas une sinécure !

Choqué par ce qui lui semble un jugement d'une extrême dureté, Gilbert se tourne vers le survenant. Casimir réplique allègrement :

— Que veux-tu, y a des inconvénients à une vie de fortuné…

— Essaye pas de te faire plaindre, ajoute Gilbert. Tu ferais dur !

Gaspard s'extirpe de cette situation en attaquant à son tour.

— Alors, Cul-de-Jatte fils ? T'as apprécié tes *interminables* vacances ? Rusé comme un matois, le Gilbert… Feindre de se pâmer pour prendre le large…

Gilbert en reste sans voix. Feindre de se pâmer ? À ouïr cette phrase injuste, il est inondé par une marée de frustration. Il ouvre la bouche pour répondre vertement, mais Gaspard le devance :

— Même pas une petite visite de courtoisie dans le village voisin pour se faire pardonner !

Une visite de courtoisie au village Debartzch ? C'est ce que tout collégien qui se respecte fait pendant les vacances ? Plongé dans un embrouillamini extrême, Gilbert promène un regard ébaudi sur ses camarades. Rieur, Casimir lui assène une tape vigoureuse sur l'épaule.

— Prends-le pas au sérieux, voyons ! Y a juste le fils du marchand Cosseneuve pour parler de même. Pour parler comme si la relâche se passait en promenades du dimanche !

La mine candide, Gaspard se dresse fièrement, et posant la main au-dessus de ses yeux comme un amiral examinant la vastitude de l'océan, il proclame :

— Pendant l'été, je fus un juste appréciateur et admirateur perpétuel du gros vaisseau à trois ponts nommé *La Constitution* !

Égayé par cette allusion inspirée aux élections de l'été, Gilbert remarque :

— Pour moi, le Gaspard, y a passé la belle saison à composer des odes dans la plus pure tradition antique !

— Ça serait-y que *La Constitution* a navigué sur la rivière Chambly ? Pis qu'elle a jeté l'ancre par-devant votre manoir ?

Ce commentaire perfide de Casimir suscite chez Gaspard une moue dédaigneuse. Il rétorque avec componction :

— Elle n'aurait pas été la bienvenue sur nos terres.

Gaspard se met à pérorer, tandis que plusieurs collégiens délaissent leur rangement pour venir l'ouïr :

— Vous n'avez point vu *La Constitution* voguer toutes voiles dehors vers l'opulente cité, ville et faubourg des Trois cents fleuves et chenaux ? La seule contrée qui a supplié *Gueule d'enfer* de commander pour toujours *La Constitution* avec tout son équipage, consistant en 14 lieutenants ci-devant magistrats, shérifs, greffiers, grands voyers, douaniers, grands connétables, ainsi qu'en 990 paie-maîtres, 30 *midshipmen*, cinq docteurs, quatre chirurgiens, trois apothicaires, deux droguistes et autant d'accoucheurs, et ce, sans compter tout l'approvisionnement en dindons, viandes et liqueurs de toute espèce, afin de les conduire sains et saufs, d'après la boussole et le compas de ses précieux hémisphères cérébraux... au port d'Andalhousie.

Ce lieu, prononcé avec un magnifique paroli anglais mâtiné d'espagnol, plonge la douzaine de collégiens dans une stupeur émerveillée. Andalhousie! Quel mirifique jeu de mots! Des applaudissements enthousiastes viennent saluer la prestation de Gaspard, qui s'incline, dégoulinant d'orgueil. Après avoir échangé des regards éberlués, Gilbert et Casimir s'exclament en chœur :

— Quel génie! Quelle faconde! Qui c'est que t'as soudoyé pour t'écrire cette farce ?

Du coin de l'œil, Gilbert assiste à l'approche d'Henri-Alphonse Gauvin, le Montréaliste, le visage fendu d'un large sourire, et qui s'égosille :

— C'était grandiose, mon fendant! Quelle mémoire magistrale! T'as mis combien d'heures à apprendre par cœur ce texte de *La Minerve* ?

Un silence stupéfait lui répond, tandis que Gaspard se permet un clin d'œil piteux en direction de son cercle d'auditeurs. Ces derniers, Gilbert parmi eux, éclatent d'un rire tonitruant. C'était trop férocement jouissif pour en vouloir le moins du monde au péroreur! Le groupe se brise et les amis restent entre eux. Gilbert ne peut résister à l'envie d'envoyer une bourrade amicale, bien que puissante, à Gaspard. Casimir l'imite avec promptitude! Levant les bras en signe de reddition, Gaspard laisse tomber :

— Avouez que je vous ai donné du bon temps!

– Te prive pas de recommencer, suggère Henri-Alphonse.
C'était un morceau d'une éloquence rare.

– Les Trois cents fleuves et chenaux, c'est... ?

– Les Trois-Rivières, pour le sûr. Le château fort bureaucrate,
contrairement à Québec, qui a des brèches dans sa muraille...
Pour faire élire ce cher Charles Richard Ogden, solliciteur général, le juge Kerr a envoyé quelques coups de poing aux tuques
bleues. Tout en gueulant : « Me frappe pas, sinon je te fais écrouer ! »
Pour plus de sûreté, y avait traîné le Grand Connétable avec
lui...

Les quatre compères s'en tiennent les côtes. Quelle renver-
sante vaillantise ! Subitement, Gaspard fait une révérence qui lui
fait frôler le sol de ses cheveux.

– Je me présente : Grand Fanal des Illuminés, Chevalier
bourgmestre et Député de la noblesse, du clergé et du tiers état
de l'opulente cité, ville et faubourg des Trois cents fleuves et chenaux.

Se prosternant aux pieds d'un trône imaginaire, celui d'Andalhousie, il se met à supplier :

– Nous vous prions en grâce et vous enjoignons très pieuse-
ment d'exposer la convenance, la propriété, même la nécessité
urgente de produire, de recommander et de confier désormais à la loyauté et constitutionnalité éprouvées de notre sus-
dite cité, ville et faubourg – à cette fin dévoués et vendus sans
réserve – la future, la prochaine élection de tous les procureurs,
tous les solliciteurs, tous les conseillers, tous les receveurs, tous
les coronels de milice et tous les douaniers royaux et généraux du Haut, du Bas-Canada, du Nouveau-Brunswick, de la
Nouvelle-Écosse, de Terre-Neuve, des Bermudes, et même des
Isles Saint-Pierre-et-Miquelon ; seuls et bien disposés comme
nous sommes d'élire tous et chacun d'eux sans exception, au
premier signal, divergence labiale ou clin de paupières de votre
significante et expressive tête !

Au milieu des rires redoublés, Gilbert jette, les sourcils froncés :

– Étrange que ce papier ait pas retenu mon attention...
Pourtant, je parcours tout ce qui me tombe sous les yeux. Une

affaire de même, j'en aurais fait mon miel! Mais c'est vrai que nos loyaux maîtres de poste, y ont parfois des égarements dans le tri...

Pour ne pas se faire battre de vitesse, chacun doit s'absorber dans son rangement, tandis que le dortoir se remplit peu à peu. Avec l'accord tacite d'O'Reilly, les différents bataillons d'élèves se reconstituent tel que prévu : tuques bleues d'un côté, Bureaucrates de l'autre, et les mitigés comme tampon... Dès qu'il a terminé, Gilbert s'assoit sur sa couche pour observer le manège de Gaspard, qui a déversé le contenu de sa poche dans son coffre et qui tente, vaille que vaille, d'y mettre un semblant d'ordre. Son ami n'a pas notablement grandi, mais il a élargi, ce qui lui donne une plaisante silhouette... Mortifié, Gilbert détourne les yeux. Pourquoi a-t-il fallu que le Créateur soit si parcimonieux, en fait de grâces, à son égard ?

Sans qu'il l'ait vu venir, Henri-Alphonse se laisse choir, assis, à ses côtés. Lui, l'externe, se contente de passer de l'un à l'autre, échangeant les dernières nouvelles. Avec un plaisir pervers, Gilbert constate que son camarade est après le rejoindre, question hauteur! Henri-Alphonse s'enquiert de ce qui est survenu pour hâter le départ de Gilbert, au printemps précédent, et ce dernier s'empresse de satisfaire sa curiosité avec toute la franchise possible. Pendant qu'il dévide le fil de son récit, les deux autres prennent place sur le lit de Gaspard.

— Pas marri de savoir la vérité. Si on se fiait aux dires de ces Messieurs, t'étais quasiment à l'article de la mort!

— Sans farce ? La prochaine fois, allez sonner chez ma tante Ériole. Z'aurez l'heure juste !

— C'est qu'on avait hâte sur un temps riche de sacrer notre camp d'icitte... La province était en ébullition, pis nous autres, on s'escrimait sur une comparaison entre l'homme dans l'état d'innocence et celui dans l'état de péché !

— Ton bon docteur, Gilbert, y fait parler de lui en masse par les temps qui courent...

L'interpellé réagit par une grimace courroucée. Humilié par sa défaite à William-Henry, le procureur général James Stuart a transporté sa vindicte dans une cour de justice. Mené par un tempérament irascible, il y accable les partisans de Wolfred Nelson ! Déjà, plusieurs électeurs avaient dû se présenter devant les juges de paix à la solde de Stuart. Un mandat d'accusation, signé par deux magistrats, était porté contre eux, déclarant qu'ils avaient commis un parjure en se déclarant possesseurs du droit de vote.

Les audiences de la Cour du Banc du Roi, une cour criminelle siégeant au chef-lieu des trois districts judiciaires, s'ouvraient en septembre. James Stuart a choisi d'y instruire ces *indictments*, même s'il s'agit d'offenses mineures, dignes d'une cour inférieure. Une vengeance cruelle ! Heureusement, cet autoritarisme est tempéré par l'obligation de présenter tout acte d'accusation au Grand Jury, un corps choisi à partir de la liste des notables du district, et seule autorité apte à juger de la recevabilité des causes.

Ce Grand Jury a rejeté toutes les poursuites, sauf dans un cas, contre un dénommé Allard. Un sort identique attendait une autre série de poursuites, mises sur la table par Stuart, reliées à l'élection dans le comté de Montréal-Ouest, là où Papineau et Robert Nelson ont fait mordre la poussière aux favoris de Dalhousie. Neuf hommes y étaient accusés d'avoir assailli et battu le magistrat Henry McKenzie et l'officier-rapporteur Henry Griffin dans l'exercice de leurs fonctions ; et en second lieu, d'avoir fait obstacle avec force et violence au déroulement du scrutin, jusqu'à fomenter une émeute.

Gilbert raconte à ses amis que, dans le bourg de Saint-Denis, on s'indigne à outrance de l'attitude tyrannique et méprisante du vindicatif Stuart. D'une voix pleine de rage contenue, il vitupère :

— Ce pourri nous prend vraiment pour un peuple de demeurés ! Y a voulu nous faire accroire que seuls des motifs de « devoir public » l'ont engagé à faire ces accusations. En cour, y a eu le front de dire qu'y était *obligé* d'agir ainsi, puisque les offenses avaient été commises en sa présence. Mais y se sentait pas tenu de prendre connaissance de faux serments faits en sa faveur. Aucune personne responsable ne s'était présentée pour l'en requérir ! Y ment comme un arracheur de dents. Toutte le monde est au courant, par chez nous. Y a reçu des accusations officielles portées par m'sieur Nelson et les autres, mais croyez ben qu'y s'est empressé de les envoyer aux oubliettes !

Casimir et Gaspard renchérissent : dans toute la contrée environnante, cet homme à place de la plus misérable espèce n'a guère meilleure réputation que le démon lui-même… d'autant plus qu'il semble autant tenace que lui pour répandre le mal !

S'AMUSANT DE SES TRACES DE PAS dans la lourde couche de neige en train de couvrir son village, Vitaline caracole jusque chez son amie Marie-Nathalie Duplaquet. En prévision de la saison froide et des mois de noirceur qui s'annoncent, les deux jeunes filles ont convenu de consacrer leur après-dînée à la corvée de fabrication de chandelles à l'eau, le mode d'éclairage le plus répandu dans les campagnes. C'est toujours avec une pointe d'orgueil que Vitaline sonne la cloche de cette maison. Elle est fière de compter parmi les intimes de ce couple, de si bonnes personnes qui ont réussi à se jouquer dans l'échelle sociale jusqu'à rivaliser d'importance avec les notaires, les médecins et les marchands…

Chez Marie-Nathalie, on pénètre par un portique, signe distinctif d'aisance matérielle. Tout y est plus neuf, mieux rangé, plus reluisant, et lorsqu'elle s'y trouve, Vitaline ne peut s'empêcher de flatter le cul d'une casserole de cuivre suspendue, ou d'observer longuement l'entrelacement complexe des brins du magnifique tapis tressé qui orne le mitan de la salle commune… Constatant le calme qui règne dans la maison, elle s'étonne à haute voix :

— Toute fin seule ?

Un craquement sonore dans une pièce voisine la contreboute, ce qui fait pouffer de rire les deux amies. Désignant du doigt l'autre extrémité du rez-de-chaussée, où se trouve l'office de son père, Marie-Nathalie lance :

— Méfie-toi, Vitalette, les murs ont des oreilles !

Dès novembre, alors que les potiers entreprennent de fermer leurs ateliers pour la période de dormance, Antoine Duplaquet s'attelle à diverses tâches cléricales, telle sa comptabilité qu'il déteste, mais à laquelle il ne peut échapper. Il est alors d'humeur grincheuse, se plaint sa fille dans un chuchotement hardi, et il a tendance à noyer son chagrin dans le whisky!

– Chez nous, rétorque Vitaline, pas de danger: c'est grand-mère qui aligne les chiffres, et je te jure qu'elle tourne les coins ronds! Pour moi, à la Noël, Gilbert va être obligé de repasser les additions. Au moins, son séminaire, y servira à ça...

– C'est vrai qu'au couvent, raille Marie-Nathalie, t'avais un brin de misère avec cette matière... Faut dire que les bonnes sœurs, elles avaient pas toujours le tour d'être intéressantes. Mais faut dire itou, Vitalette, que t'avais souvent la tête tournée vers la mappemonde accrochée au mur!

Mme Duplaquet pénètre dans la pièce, ce qui interrompt ce babillage. Vitaline adresse un signe de tête courtois à la mère de Marie-Nathalie, puis les deux amies s'attablent pour entreprendre la première étape de leur travail. Il s'agit d'amarrer les mèches des futures chandelles à de petites branches d'arbre en forme de baguettes horizontales. Ensuite, ces ficelles bien fixées et tordues, elles attacheront un gros clou à l'extrémité de chacune.

Pendant un bon moment, un silence concentré règne dans la pièce. Dès que sa mère quitte les lieux, Marie-Nathalie redonne le signal du commérage, qui constitue la partie la plus intéressante de l'activité, sans conteste! D'un ton tranquille, la jeune fille relaie les nouvelles de la maladie d'unetelle, puis l'état des affaires d'untel qui souffre indûment de la concurrence. Enfin, elle se penche vers son amie:

– Tu sais pas quoi? J'ai un soupirant!

De saisissement, Vitaline manque d'échapper sa baguette. Marie-Nathalie est devenue les joues toutes rouges et les yeux brillants. Elle plonge dans un tel état de ravissement, les gestes en suspens, que Vitaline en est quasiment gênée! Mais cette dernière se ressaisit pour la talonner. De qui s'agit-il, pour l'amour? Lorsque Marie-Nathalie finit par lui dévoiler son identité, Vitaline tâche de masquer son ébahissement. François Garant dit Saintonge? Mais il est âgé d'au moins 30 ans! D'accord, il a réussi à mettre sur pied une pratique solide qui lui permettra de faire vivre une famille, mais tout de même…

À mi-voix, Marie-Nathalie raconte que s'il n'est pas encore marié, c'est que celle qu'il faraudait depuis des lustres l'a délaissé pour un autre. Malgré la hâte de tout homme normalement constitué, il a attendu de sentir une nouvelle attisée embraser son cœur… Marie-Nathalie en perd le souffle :

— C'est-y pas croquable, Vitalette ? Quand y m'a dit ça…

Elle garde la suite pour elle, mais Vitaline la devine aisément. Après un temps, son amie souffle :

— Y est pas mal bon, mon François, dans les câlineries.

Vitaline sent ses entrailles se nouer. Non pas de frayeur, mais d'appétence…

— Pour tout dire… Des fois, le mariage, ça me fait peur. Pas toi, Vitalette ?

— Tu veux dire…

— Je veux dire, me jeter de même dans ses bras… D'un coup qu'y est pas qui je pense qu'y est ?

Vitaline ne sait pas quoi répondre, et finalement, Marie-Nathalie se rassure elle-même :

— J'aurai toujours ma famille… Quand même, un homme peut pas faire n'importe quoi avec son épouse. Y doit la respecter !

— C'est entendu. Pis je peux pas croire : pendant l'époque de la promesse, une femme a le temps de se faire une idée pas mal juste ?

— Me semble aussi. Mais les époux qui sont comme chien et chat ? Toi pis moi, on en connaît une couple !

Depuis le portique, un bruit se fait entendre. Un courant d'air froid balaie la salle commune, puis le frère de Marie-Nathalie fait irruption dans la pièce, les oreilles rouges. Vitaline connaît Joseph depuis qu'il est aux couches ; elle lui lance une salutation affectueuse. Le garçon de 13 ans, depuis peu apprenti de son père, fait halte en plein centre du tapis tressé, l'air égarouillé, avant de garrocher une question à l'adresse de Vitaline :

— Des nouvelles fraîches de Gilbert ?

— Sa dernière lettre, je te l'ai faite lire, répond-elle avec patience.

Sa sœur l'interpelle:

— Mais d'où viens-tu donc?

— De chez l'arpenteur Bourdages. La nouvelle fait le tour du village comme une traînée de poudre! Ce fieffé Stuart fait encore des siennes...

À ouïr ce nom honni, celui du candidat bureaucrate défait à l'élection récente de William-Henry, les deux jeunes filles échangent un regard alarmé. Le garçon gueule à travers la pièce:

— Son père! Accourez, j'ai une nouvelle d'importance! Une cour spéciale formée par prérogative de la Couronne. Pis le Stuart, y ramène les accusations pour lesquelles y a été débouté en septembre!

Attiré par l'affirmation sensationnelle, M. Duplaquet finit par surgir, vêtu d'une camisole grise et d'un pantalon de laine retenu par des bretelles, son épouse sur ses talons. Hagard, il profère:

— Va falloir que t'y ailles à rebours, mon gars. Quelles accusations?

Incapable de masquer son impatience, Joseph rappelle les faits saillants des assises controversées de la Cour du Banc du Roi de septembre, à Montréal, où le Grand Jury rejetait la quasi-totalité des accusations pour parjure.

— Une personne acquittée par un jury est à l'abri de toute nouvelle poursuite, c'est-y pas, vous autres? Mais tenez-vous ben: la Clique se moque ouvertement de ce principe! M'sieur le procureur général, y s'est abouché avec le gouverneur pour traquer ses opposants. Ces jours derniers, une cour spéciale commençait à siéger à Montréal. C'est le Dr Chamard qui s'est déboutonné, tout à l'heure. Elle se nomme Oyer et Terminer.

Comme Joseph prononce ces mots à la française, son père les répète avec le paroli anglais requis. Manifestement, cela ne l'aide en rien, car sur son visage est peinte la plus vive perplexité. Son fils s'octroie un moment de réflexion, puis il relaie sa science toute nouvelle des procédures judiciaires. Une loi votée en 1793, par le Parlement, réserve au gouverneur le droit de constituer une cour extraordinaire, en vertu d'une commission spéciale de l'Exécutif. En théorie, cette cour d'Oyer et Terminer prend connaissance des offenses qui requièrent une investigation et une punition prompte et immédiate.

Dans ce cas-ci, le prétexte invoqué a été de vider les prisons surchargées de brigands, d'incendiaires et de meurtriers. Mais c'est une fourberie, déclare Joseph, car il n'y a eu que neuf sentences prononcées au cours des derniers jours, pour faux, vols et autres infractions de ce genre. Par contre, le procureur général s'est empressé de déposer une série d'accusations de parjure contre au moins huit personnes qui ont voté pour le D\u2071 Nelson à Sorel. Y compris quatre qui avaient été exonérées de tout blâme, en septembre, par le Grand Jury! Parmi les nouveaux prévenus se trouve Louis Marcoux, soupçonné d'incitation au parjure. Vitaline fait une grimace de regret, se remémorant la séduisante silhouette du jeune marchand de Sorel, alors qu'il se rendait au banquet du D\u2071 Nelson. Pauvre de lui, un procès comporte bien des débours et du temps perdu!

Après un pesant silence, le maître-potier s'exclame, secouant farouchement la tête :

— Le Stuart, on le voit aller depuis une escousse, et c'est pas un spectacle édifiant, prenez-en ma parole! Y avait tant peur de la perdre, son élection, qu'y s'est permis d'intimider à qui mieux mieux. Y forçait les gens à voter, y menaçait de prison les partisans de son adversaire! Y menaçait de faire détenir ses opposants pendant toute la tenue des élections. Y avait viré sur le capot, ma parole!

Son épouse renchérit avec emportement :

— Quand un homme à place vire despote, ça me tournaille les sangs. Stuart a l'âme noircie comme le valet du diable!

— C'est pas à cause que les Anglais sont nos conquérants, qu'y ont droit de faire n'importe quoi avec nous. J'en ai plein mon casque, de me faire traiter comme un moins que rien à cause que je porte la tuque!

M\u1d50\u1d49 Duplaquet marche vers son fils, la mine excessivement concentrée.

— Dis-moi si j'ai bon entendement. La cour criminelle de septembre a rejeté les actes d'accusations. Et là, deux mois après, on ramène *les mêmes*?

— Contre les mêmes personnes et pour les mêmes délits. Exactement les mêmes, sa mère !

La tentative de James Stuart a été couronnée du succès le plus complet, relate Joseph. Le Grand Jury de la cour d'Oyer acceptait de procéder aux poursuites judiciaires. Il faisait de même contre six des huit hommes pourtant blanchis, en septembre, des accusations de voies de faits contre Henry McKenzie et Henry Griffin, respectivement juge de paix et officier-rapporteur, prétendument assaillis et battus lors des élections de Montréal-Ouest. Car le jury était *paqueté*...

Parmi ces 23 hommes, poursuit le jeune apprenti-potier, seuls six ou sept n'ont pas pris une part active en faveur du régime Dalhousie. Il se met à défiler une liste affligeante. Un supporteur avoué du seigneur Dumont lors des élections de la Rivière-du-Chêne... Deux candidats qui ont éprouvé une défaite aussi cuisante que le procureur général à Sorel... Un agitateur, immigré tout récent, ayant amplement démontré son dévouement bureaucrate lors de la dernière élection, soit aux Trois-Rivières comme à Montréal... Un juge de paix qui a pris une part active dans l'élection de Montréal-Ouest en faveur des candidats bureaucrates... Joseph assène le coup de grâce :

— Le président du Grand Jury, c'est McKenzie lui-même. Vous entendez ? Pas juste un des membres, mais son président !

Vitaline est envahie d'une vague de dégoût qui lui lève quasiment le cœur. Son amie et sa mère réagissent par une exclamation horrifiée, tandis que le maître-potier retient un retentissant juron. Déjà, lors de la Cour du Banc du Roi de septembre, Peter McGill, candidat bureaucrate défait à l'élection de Montréal-Ouest et donc quasiment partie prenante dans une des poursuites, faisait partie du Grand Jury. Rien que de très ordinaire : depuis des lustres, le magouillage le plus éhonté règne dans le choix des membres des jurys. Non seulement les listes sont dressées avec partialité en faveur des amis du régime, mais on prend soin de ne pas y inclure de Canadiens, et encore moins les ardentes tuques bleues, qui sont toujours en outrageante minorité. Mais là, ça dépasse les bornes !

Marie-Nathalie interroge, d'une voix blanche :

— Tu veux dire que... McKenzie est juge et partie sur une affaire qui le concerne au premier chef ?

— Pire : c'est lui qui dirige les délibérations du jury !

— Y s'est retiré pendant les pourparlers, toujours ben ?

Vitaline retient son souffle. Piteux, Joseph répond :

— Pas pantoutte. Y a conduit la procédure. Y a rapporté les faits, été quérir les témoins... et y a amplement donné son opinion.

Sous de tels auspices, le Grand Jury a jugé recevables tous les actes d'accusation contre les électeurs de Sorel ! Duplaquet est devenu d'une pâleur de spectre. Accablé, il échange un long regard avec son épouse, autant découragée que lui. Leur fils proclame encore :

— Ce qui prouve que m'sieur le procureur général a formé la cour d'Oyer uniquement pour la poursuite de ces offenses. Comment y a dit, m'sieur David, l'arpenteur ? C'était trop beau, attendez. Quelque chose comme : si le hasard, cet être imaginaire, a seul contribué à la formation de ce jury... y faut convenir qu'en se le représentant comme un aveugle, on a eu jusqu'icitte des notions ben fausses sur lui !

Scandalisée, Mme Duplaquet se tourne vers son mari et l'implore d'une voix aiguë :

— Antoine, dis-moi que ça se peut pas ! Dis-moi que c'est illégal pis que ce ratoureux de Stuart va se faire débouter !

— Pour le sûr, c'est une mascarade qui portera pas à conséquence !

Joseph confirme les propos rassurants de son père : les procès sont reportés au terme de mars prochain de la Cour du Banc du Roi, ce qui prouve que Stuart craint l'émoi populaire que causerait un verdict de culpabilité. De prime abord, il souhaite compliquer autant que possible l'existence des prévenus ! Au prochain terme, à n'en pas douter, le Grand Jury refusera de servir d'instrument à une vengeance personnelle...

Mais ce disant, le garçon fixe son père d'un regard intensément dubitatif. Marie-Nathalie donne voix au scepticisme général :

– Si le shérif a réussi à constituer un jury tant conciliant, pourquoi y pourrait pas recommencer ?

La composition des jurys est effectuée dans le secret de son bureau, par le shérif de chacun des districts judiciaires. Or, ceux-ci doivent leurs places lucratives, et d'une importance névralgique, au bon plaisir du gouverneur... Celui de Montréal est Lewis Gugy, également membre du Conseil législatif. Un jour, pendant la tenue du scrutin de Montréal-Ouest, Gugy a fait son apparition, armé de pied en cap. Convaincu que les électeurs patriotes étaient à la veille de l'insurrection, il a fait doubler plusieurs des sentinelles en faction dans la ville !

Après un temps, Joseph glisse :

– On estime que cette cour d'Oyer a fait dépenser des milliers de louis. M'sieur Stuart en retire une aubaine considérable.

Toute cour de justice devrait inspirer des sentiments de confiance et de sécurité aux citoyens. Or, celle-ci fait nourrir de fortes craintes pour la liberté et la propriété des individus qu'elle est censée défendre ! Dans un silence atterré, le maître-potier retraite vers son office, la mine écœurée. Son épouse fait quelques pas sans but, puis elle se décide brusquement à sortir à son tour de la pièce. Après un regard désolé en direction des deux jeunes filles, Joseph les imite, et bientôt, la porte d'entrée claque.

Vitaline et son amie restent figées sur place, ruminant de sombres pensées, jusqu'à ce que Marie-Nathalie, sans masquer son humeur bourrassière, fasse signe qu'il est temps d'entreprendre l'étape ultime de leur corvée. Elles s'y mettent sans entrain, et sans échanger une seule parole. Se plaçant debout, de part et d'autre du poêle, chacune saisit une baguette et plonge les mèches, alourdies par le clou, dans le chaudron contenant du suif bouillant, tiré de la graisse d'animaux. Sitôt immergées, elles sont prestement retirées pour être calées dans une cuve pleine d'eau froide, afin de figer la mince couche de suif. Le processus est ainsi répété jusqu'à ce que les chandelles aient environ un pouce de diamètre.

Tout ce temps, Vitaline rumine de bien sombres pensées. Les Canadiens ont obtenu la jouissance de leurs droits ancestraux lors de la signature des accords, après la Conquête. Mais ce n'est pas en égaux que les conquérants les traitent, mais en inférieurs, en personnes qui n'ont pas droit aux mêmes égards et aux mêmes avantages. Les conquérants ont installé à la tête de la colonie une oligarchie de pacotille, qui se permet de tripoter la loi à son profit, ainsi que de récompenser ses favoris par des situations payantes et des dons de terres !

Vitaline se sent très éloignée de Montréal, où sévit une classe de marchands qui se croient tout permis, et de Québec, siège de deux pouvoirs qui s'opposent, celui du gouverneur et de sa Clique, et celui de la Chambre d'Assemblée. Entre la calme rivière Chambly et les champs couverts de neige, elle a parfois l'impression d'habiter un autre hémisphère ! Mais l'atmosphère de son pays est empoisonnée par les conflits. Même si la jeune potière voudrait rester plongée dans la bienfaisante glaise, ne vivre que pour elle et s'en enduire tout le corps au grand complet, elle ressent chaque sursaut de despotisme comme une morsure dans sa chair.

- 16 -

À peine réveillé, Gilbert sent une sourde excitation le vivifier. À l'aube de ce vendredi 16 novembre 1827, les députés doivent partir sur la barque à vapeur *Richelieu*, en direction de Québec où s'ouvrira bientôt la première session du treizième Parlement du Bas-Canada. La foule est attendue en masse sur le rivage, afin de donner à ses représentants tout son soutien. Bien entendu, les pensionnaires du Petit Séminaire ne peuvent quitter l'enceinte du cloître. Mais les externes, eux, ont tout juste le temps de courir jusqu'au débarcadère, avant la messe matinale !

Gilbert effectue ses ablutions tel un automate, car toute son énergie morale est tendue vers ces hommes vaillants. La province au grand complet s'attend à ce qu'ils mettent un frein aux abus de pouvoir qui, depuis le printemps, pervertissent leurs institutions sociales. Les Bureaucrates ne s'en cachent plus : ils aspirent à contrôler tous les paliers de gouvernement. Seule la Chambre d'Assemblée leur résiste. Cette dernière est devenue la citadelle des aspirations à la justice de tout un peuple !

Comme moult collégiens, Gilbert ne décolère pas devant une malversation de fraîche date, celle qui mettait un point d'orgue à l'inique cour d'Oyer et Terminer. James Stuart, l'un des pires méchants à avoir atteint les sommets de la hiérarchie gouvernementale, vient encore de frapper. Il a déposé des actes d'accusations contre Jocelyn Waller et Ludger Duvernay, respectivement éditeur et imprimeur du *Canadian Spectator* !

Cette impudence met Gilbert hors de lui. En tentant d'empêcher les rédacteurs des papiers-nouvelles patriotes de s'exprimer en leur âme et conscience, c'est la parole des enfants du sol qu'on tente de museler ! Au cours des derniers jours, le garçon a compris un fait capital. La liberté de presse est l'une des lois constitutionnelles anglaises les plus chérissables de toutes, car elle témoigne éloquemment du degré de liberté personnelle en vigueur dans une société. Le bâillon que Stuart tente d'imposer, c'est pour faire taire tout un peuple. Pour faire taire en lui, Gilbert, la clameur d'indignation qui s'élève, chaque fois que l'absolutisme frappe…

Gilbert l'avait ouï-dire : le courtisan James Stuart est mû par un amour sans bornes de lui-même. Obnubilé par son agrandissement personnel, il profite du mépris ambiant pour le peuple canadien. Ce mépris engraissé par la crainte, il le cultive même sciemment, perfidement ! Stuart sait parfaitement que le peuple canadien est pacifique et que ses protestations sont légales. Mais en déposant les actes d'accusation pour libelle diffamatoire, il ose prétendre ceci : écrire en toutes lettres que le gouvernement exécutif est une nuisance publique, comme l'a fait le *Canadian Spectator*, c'est une incitation directe à l'insurrection. Car une nuisance ne doit-elle pas être combattue ?

Stuart n'a pas osé répéter, en cour, l'opinion qu'il a émise sur moult tribunes : les Canadiens français et catholiques sont illettrés, donc d'une ignorance crasse. Tout le monde sait que les ignorants sont fortement impressionnables et qu'on peut les exciter à loisir… Des critiques comme celle imprimée dans le *Canadian Spectator* pourraient avoir des conséquences funestes, en faisant croître dans le peuple un sentiment de méfiance envers l'autorité légitime. De là à pousser ce peuple, ainsi préjugé, à une résistance criminelle, il n'y a qu'un pas que les séditieux en Chambre d'Assemblée franchissent allègrement !

Se rendant à la messe, Gilbert scrute les environs, espérant l'arrivée d'Henri-Alphonse. Mais ses espoirs sont déçus. Ce dernier, ainsi que les autres collégiens qui tenaient à assister au départ de la barque à vapeur, brillent encore par leur absence ! Dans la chapelle, un audible murmure collectif s'élève jusqu'au plafond, que les régents sont incapables de faire taire malgré tous leurs efforts.

Peu après le début de l'office, les Montréalistes pénètrent enfin dans la chapelle, en bloc. Rouges, haletants et dépeignés, Gabriel Gosselin, Pierre-Georges de Boucherville et Henri-Alphonse Gauvin prennent place au milieu du silence religieux qui a fini par s'installer. Ils sont suivis par tous les regards, y compris ceux, empreints d'un blâme muet, des maîtres sulpiciens. Ils en seront quittes pour une semonce dans le bureau du directeur, accompagnée d'une sanction. Mais à l'évidence, ils n'en ont cure. Sur leurs visages, se lit une fierté ombrageuse qui ravit bien des cœurs !

Dès la sortie de la messe, les trois retardataires se retrouvent assaillis par plusieurs dizaines de leurs camarades, qui exigent sur-le-champ une relation. La barque est-elle bien partie ? Y a-t-il eu des discours ? Oui, mais de quelques phrases à peine, répondent-ils de but en blanc. Il faisait encore très noir, malgré les flambeaux et les fanaux, et les principaux représentants ont tout juste pris le temps de remercier les centaines de partisans qui s'étaient donné rendez-vous sur le quai, et de les assurer qu'ils allaient faire tout en leur pouvoir pour être dignes de leur confiance.

Les survenants ruissellent de contentement d'avoir contemplé de près un si noble aréopage. Les représentants de comtés de l'ouest du Bas-Canada, en particulier le si expressif Dr Jacques Labrie de la Rivière-du-Chêne, avaient rejoint ceux de la cité de Montréal et des comtés environnants : Denis-Benjamin Viger, Augustin Cuvillier, James Leslie, Hertel de Rouville… Parmi eux se tenait leur tribun à tous, Louis-Joseph Papineau. Les 17 députés qui sont montés à bord devaient être rejoints, à Sorel, par Wolfred Nelson, Jean Dessaulles et Roch-François de Saint-Ours. Si Louis Bourdages manquait à l'appel, c'est qu'il a déjà atteint la capitale en compagnie d'un autre député.

Sur ordre d'un préfet de discipline, le rassemblement doit se disperser. C'est plus tard au cours de la journée, pendant une récréation, qu'Henri-Alphonse trouve l'occasion de régaler Gilbert,

Casimir et Gaspard d'une autre nouvelle. À peu près en même temps que le *Richelieu* s'élançait vers Québec, une autre barque à vapeur, le *Chambly*, chargeait ses passagers, c'est-à-dire les membres du Conseil législatif appelés à siéger en même temps que la Chambre d'Assemblée. Un concert de quolibets lui répond. Qu'un raz-de-marée les emporte au fin fond du fleuve!

— D'autres passagers de renom se sont joints à eux, poursuit le narrateur d'un ton suave. En particulier, notre bien-aimé procureur général...

— Sur le *Richelieu*, y aurait risqué d'être jeté par-dessus bord!

— ... ainsi qu'un autre gentil garçon. Celui qui a servi de témoin par-devant le Grand Jury contre Waller et Duvernay.

— Armour fils?

— Lui-même.

Gilbert et ses amis échangent des œillades ulcérées. Depuis que Robert Armour junior a osé se faire le complice d'une telle infamie, il est devenu la tête de Turc des tuques bleues. Efflanqué et de haute taille, le jeune homme d'une vingtaine d'années est devenu une figure aisément reconnaissable dans l'espace public montréalais. Sa réputation battait déjà de l'aile puisqu'il était devenu, en quelque sorte, l'informateur attitré de son père, l'éditeur de la *Montreal Gazette*. Mais là, de manière spectaculaire, il a rendu un fier service aux ennemis des Canadiens, à ceux qui tourmentent et tyrannisent les enfants du sol.

— C'est un écornifleur de première, grommelle Henri-Alphonse. Sur le *husting*, dans les assemblées publiques, dans les salles de rédaction – même celles des journaux patriotes! Tout ça afin d'apporter à son père le bois pourri dont ce papier-nouvelles se chauffe!

— On l'a même croisé à la Rivière-du-Chêne.

Surpris par cette interpellation, les quatre amis se retournent. À quelques pas d'eux se trouve leur camarade de classe Hercule Dumouchel, qui vient de faire son entrée au Petit Séminaire. Ces derniers jours, il s'est mis à tourner alentour d'eux, sans cependant oser quémander leur amitié... Âgé d'environ 14 ans, il exhibe une silhouette imposante, de même qu'une maturité qui fait l'envie de tous ceux dont la puberté semble encore une éventuelle, mais diablement mystérieuse, possibilité.

Hercule est le fils du marchand Jean-Baptiste Dumouchel, l'un des notables d'importance qui ont appuyé énergiquement les députés patriotes des paroisses de Saint-Eustache et de Saint-Benoît. Il a été fort sollicité depuis son arrivée, puisqu'il s'est passé des événements d'importance dans le comté d'York cet été, et que la lutte entre le seigneur et les démocrates a édifié la province au grand complet! Il a régalé les collégiens, assoiffés de nouvelles, de récits variés.

Gilbert réagit le premier :

— Par chez vous, pour de vrai ?

— Vrai comme je vous parle. Armour junior est venu assister à l'élection… Mais pour moi, y voit ben ce qu'y veut, à cause que dans la *Gazette*, y avait pas un seul mot sur les manœuvres frauduleuses du parti bureaucrate!

Ses auditeurs sourient poliment, tandis que le garçon enchaîne :

— On peut pas dire qu'y a une plaisante contenance.

Il imite un visage d'idiot, balançant ses bras comme s'ils l'embarrassaient. Cette fois-ci, des rires ingénus fusent, ce qui fait rougir les joues du comédien en herbe. Tandis qu'il se redresse, Casimir ajoute son grain de sel :

— Y suit les Honorables jusqu'à Québec pour exercer son métier ordinaire, celui de rapporteur de nouvelles. Mais un rapporteur qui travestit la réalité!

D'un ton docte, Henri-Alphonse déclare :

— Exerçant le métier vil et odieux de délateur, nous sommes persuadés qu'il sera bien accueilli dans la capitale par les membres de l'administration.

— Son séjour sera bref, fait remarquer Hercule. Vous croyez pas ?

Des rictus et grimaces variés accueillent sa question.

— J'veux dire, les députés choisiront m'sieur Papineau comme orateur. Toute la province le demande. Comment va réagir notre gouverneur ? D'après ses criailleurs, ce serait manquer à son devoir envers Sa Majesté d'Angleterre que de sanctionner la nomination d'un traître !

— Quand les écrivains salariés beuglent, fait remarquer Gilbert d'un ton lugubre, c'est avec le consentement de Milord.

— On peut comprendre son sentiment, glisse Gaspard. Son Excellence *peut quand même pas* pardonner les outrages faits au roi *à travers* sa personne.

Cette calme déclaration jette un froid. Conscient de son effet, Gaspard affronte ses amis du regard, l'un après l'autre.

— M'sieur Papineau est un démagogue séditieux. Pour le sûr, si Papineau en appelle au peuple, c'est juste pour renverser la souveraineté de la Grande-Bretagne en cette province et pour se révolter !

— Ton petit jeu, gronde Henri-Alphonse, je l'aime pas pantoutte.

Gaspard éclate de rire.

— Je vous ai eus ! Je suis capable de vous faire marcher à coups de trique !

Henri-Alphonse fait un pas vers Gaspard, le toisant d'un air menaçant. Il articule :

— T'auras pas une deuxième chance, mon fendant. La prochaine fois, je t'envoye revoler au mur ! Tu te souviens de l'effigie du Champ-de-Mars ?

Il fait allusion à l'épouvantail en chiffon trouvé là, pendu en effigie, lors de la revue des milices. C'était une réplique grandeur nature du comte Dalhousie, qui subissait ainsi une ébauche de charivari ! Gilbert s'attend à ce qu'Henri-Alphonse menace Gaspard de lui faire subir le même sort, mais il ajoute plutôt :

— Je sais qui a effectué la pendaison. Pis je l'aurais faite moi-même, si eux autres avaient eu la chienne.

Cette affirmation sensationnelle pétrifie ses compagnons. Délaissant son air offensé, Gaspard s'épate :

— Boucane de sauvage ! Tu connais les responsables ? Qui c'est ?

— Je le dirai pas, même sous la torture.

Gaspard lui offre sa main.

— On fait la paix ? J'aime trop ça, me payer votre tête...

Avant d'obtempérer, Henri-Alphonse déclare froidement :

— Y a un sujet sur lequel les farces sont proscrites, pis c'est celui de la lutte politique. C'est-y clair ?

— *Yes, corporal* !

Tous deux se serrent la pince. Gaspard tient cependant à ajouter encore :

— C'est juste que des fois, je vous trouve naïfs. C'est ben évident, que le gouverneur méprisera la voix publique. Y le fera pour punir le pays, conformément à ses principes.

Gaspard recule pour clore l'échange, puis il se tourne vers Hercule et lui tend la main. Ce dernier, avec un sourire à la fois gêné et ravi, la serre d'une telle poigne que l'autre grimace. Tous l'imitent, incluant ainsi le natif de la Rivière-du-Chêne dans leur cercle. Les semaines suivantes diront s'il mérite de pénétrer leur intimité ! Le reste de la récréation se passe à le faire parler de sa famille, liée par amitié ou par les liens du mariage avec la plupart des notables patriotes du lieu, et de son village de Saint-Eustache, une localité prospère, mais où les tensions sont particulièrement vives.

C'est le surlendemain, dès la récréation du matin, que l'odieuse nouvelle se répand grâce aux externes : le Grand Jury de la cour d'Oyer et Terminer a osé recevoir les accusations de libelle diffamatoire. Réunis autour d'Henri-Alphonse et de quelques autres, les collégiens fulminent et s'agitent. Grâce à ces assises *paquetées*, on étend un voile de tyrannie sur le pays ! Mais Stuart a la chienne, et pour la même raison que les accusations concernant les élections, il repousse le procès au terme suivant de la Cour du Banc du Roi.

Dans le dos de Gilbert, une voix résonne :

— Cette manœuvre pue le despotisme jusqu'à donner envie de vomir.

Se tournant à demi, Hercule Dumouchel renchérit :

— J'te le fais pas dire, mon Gaspard. Savais-tu que par chez nous, le gros Dumont est rendu à s'aboucher avec le Stuart pour son pont payant ?

— Enchanté. Moi, c'est Vincent.

Stupéfait, Hercule pivote pour toiser la copie conforme de Gaspard, qui lui adresse un imperceptible signe de tête tout en esquissant un sourire. Pour une raison inconnue, Vincent est entré au collège une année avant son jumeau, et se trouve donc en versification. Gilbert ne le connaît guère : Gaspard fuit sa compagnie. Gilbert a compris, grâce à quelques remarques condescendantes, que la présence de son frère l'irrite au plus haut point !

C'est la première fois, à sa connaissance, que Vincent Cosseneuve s'approche d'eux de si près. Néanmoins, il peut le différencier de Gaspard d'un seul coup d'œil. Le survenant a nettement moins bonne mine que son jumeau : les joues moins pleines, le regard davantage farouche... Par un mystère que Gilbert n'est pas encore parvenu à éclaircir, tous deux semblent avoir développé des personnalités opposées. Gaspard parle fort et d'abondance ; son frère est taciturne et réservé. Gaspard mord dans la vie avec gourmandise, et tant pis si la bouchée a un goût âcre ! Tandis que Vincent, lui, paraît fièrement plus circonspect. Plus couard, en un mot...

— S'aboucher avec le procureur général pour son pont payant ? Éclaire-moi...

La question de Vincent est ingénue, et Hercule, après un temps, s'éclaircit la gorge. Le seigneur Dumont veut mener ses affaires à sa guise, sans rendre de comptes à personne. Sur sa terre, à l'endroit où la rivière des Mille-Isles, après l'élargissement du lac des Deux-Montagnes, devient un rapide séparé par un îlot, il a fait construire un pont vers l'isle Jésus.

— Ce pont, y voulait le rendre payant. Vous savez pourquoi ? Pour remplir ses coffres de louis afin de faire construire un deuxième pont, au village même. Un pont concurrent aux traversiers ! Mais tenez-vous ben : au printemps dernier, Dumont leur a fait servir une notice d'avocat, à ces traversiers. Y s'apprêtait à demander aux magistrats, en Cour des Sessions de Quartier de Montréal, une licence pour avoir l'exclusivité de faire traverser les gens sur son pont, à prix d'or. Ce qui équivaut à rançonner tous ceux qui brassent des affaires au village !

— Mais c'est la législature qui donne les permissions de ponts à péage !

Surpris par cette exclamation démontrant une science inusitée, Gilbert jette à Vincent un regard pénétrant. Ce dernier boit les paroles d'Hercule qui se réchauffe peu à peu, d'autant plus que les collégiens les plus proches tendent l'oreille.

— Stuart s'en contreboute. C'est lui qui mène les assises. Y se gêne guère pour inventionner sa propre jurisprudence...

— Mais la justice divine s'est exercée ! s'exclame Vincent dere-chef.

Il fait allusion à la crue qui, ce même printemps, a emporté le premier pont Dumont, comme d'ailleurs plusieurs quais sur la rivière Chambly.

— Y en a une trâlée qui ont rendu une action de grâce au Seigneur... Sauf que le gros Dumont, y est d'autant plus enragé, même si c'est pas la faute des mortels ! Voulez-vous une autre preuve qu'y s'est fait un allié de Stuart ?

Un concert affirmatif lui répond. Hercule commence par résumer la chicane qui s'étale dans les papiers-nouvelles depuis quelques années. À proximité du pont original maintenant démoli, le seigneur a fait ériger des moulins à moudre, à carder et à scier, de même que des digues pour augmenter le débit d'eau du rapide. De surcroît, des monceaux de pierres — vestiges des quais et des caisses du défunt pont — créent un véritable casse-tête d'embûches pour les navigateurs, le maître chenal étant obstrué sur les trois quarts de la largeur.

Dans l'étroite issue restante, les eaux sont devenues imprévisibles. Elles se soulèvent, elles refluent, et plusieurs morts d'hommes sont survenues ! Car la rivière est une voie royale pour faire descendre le bois coupé en amont, depuis Rigaud jusqu'à la seigneurie Papineau.

— Les cageux d'expérience osent plus guère s'aventurer dans le rapide, tant y est devenu dangereux. Y préfèrent décharger en haut du village et faire charroyer le bois dans des charrettes.

Deux ans plus tôt, un groupe de notables de la paroisse a transmis des dépositions au procureur général, pour qu'en sa qualité de premier avocat de la Couronne, il entame des poursuites légales pour obliger Dumont à débarrasser la rivière de toutes ces nuisances. Stuart a promis de porter le sujet à l'attention des Grands Jurés. Quatre témoins assignés se sont rendus à Montréal, mais ils n'ont jamais été appelés à rendre témoignage. La cause est pendante depuis. Stuart s'est bien gardé de procéder !

— Cet homme-là tient toute la province en otage, déclare Vincent avec emportement. Du gouverneur ou de lui, qui est le valet de l'autre ?

Un garçon se réjouit :

— N'empêche que Dumont a été battu à plate couture sur le *husting* !

Hercule réagit avec une moue d'amertume :

— C'est pas faute d'avoir tout essayé, y compris distribuer les places vacantes dans la milice contre un vote. J'en connais un, Eustache Cheval, qui a obtenu le grade de lieutenant de cette manière.

Sa moue se transforme en un rictus de colère :

— Le colistier à Dumont, le douanier Simpson, est devenu lieutenant-coronel du 4ᵉ bataillon. À 26 ans ! Déjà qu'y avait quasiment la couche aux fesses quand y a été élu pour le comté, en '24. C'est que monsieur était secrétaire particulier de Son Excellence…

— Z'êtes pas gâtés, à la Rivière-du-Chêne !

C'est Gaspard, qui vient de faire irruption comme un diable sort de sa boîte. Caracolant, il proclame :

— Tandis que par chez nous, le long de la Chambly, des seigneurs conciliants répandent leurs bienfaits sur la contrée ! Des seigneurs qui excitent la prospérité générale sans se mettre toutte le monde à dos, pis qui sont des tuques bleues avouées !

Gilbert renchérit :

— Vous savez que Fleury Deschambault fait partie du Grand Jury de la cour d'Oyer ? Paraît que des 23 jurés, 14 tanseulement ont voté pour le libelle diffamatoire, et pour le sûr, *mon* seigneur était pas du lot !

L'air fendant, Gaspard le contreboute :

– Pff! C'est nous autres qu'on a le plus meilleur seigneur! Personne peut rivaliser avec m'sieur Déberge! Premièrement, y siège en chambre haute, c'est-y pas?

Il y a belle lurette, le seigneur Pierre-Dominique Debartzch a été gratifié d'un siège au Conseil législatif, la forteresse de l'absolutisme.

– Ces temps-citte, rétorque Casimir, c'est pas un titre de gloire!

– Tu sauras qu'y en faut, des conseillers démocrates. Pis ces hommes-là, y rendent un fier service à la patrie!

– Sauf que comme sont en minorité, c'est comme gueuler dans le désert!

– Pis secondement, m'sieur Déberge est un *très bon ami* de m'sieur Papineau.

– Personne te contestera là-dessus.

Gilbert s'étonne: Vincent a disparu des parages. Il jette un rapide regard circulaire dans la pièce qui sert de salle de récréation, mais il ne le voit nulle part...

– Pis ultimement, m'sieur Déberge, y investit son argent dans la paroisse!

Cette déclaration triomphaliste attire à Gaspard plusieurs bourrades, contre lesquelles il doit se défendre énergiquement. Il est sauvé d'une totale déroute par la cloche du collège! Mais nul ne peut nier que Debartzch soit en train de transformer le village qui porte son nom en un chef-lieu fort actif. De surcroît, il parsème la seigneurie d'entreprises financées par lui en tout ou en partie, moulins à farine ou à carde et manufactures diverses...

LA NOUVELLE DE LA PROROGATION de la législature se répand comme une traînée de poudre, une dizaine de jours plus tard, après qu'une employée à la laverie l'ait fait pénétrer à l'intérieur de l'enceinte du collège. Lors de la récréation matinale du lendemain, plusieurs dizaines de garçons font cercle autour de Pierre-Georges de Boucherville, le premier à introduire *La Minerve* de la veille, 26 novembre, sur les lieux. Le fils du seigneur, un externe car son père possède une maison dans la cité, lit à haute voix, plutôt malaisément et avec une lenteur étrivante :

— *Nous apprenons par une lettre particulière que jeudi dernier dans la nuit, les « gens de par autorité » ont été réveiller M. Lindsay, le greffier de la Chambre d'Assemblée, et lui ont remis la proclamation. Vendredi matin, lorsque les membres se sont rendus au Parlement, ils ont découvert qu'il était prorogé. Il paraît que les citoyens de Québec doivent s'assembler pour prendre la mesure en considération. S'ils ont le mérite d'être les premiers à en donner l'exemple, ceux de Montréal et de tous les différents comtés ne tarderont pas à les suivre.*

— C'était écrit dans le ciel, lance un collégien avec fureur. Le pays en souffre, pis après ? Faut le punir, puisqu'y veut pas abandonner ses droits et sacrifier ses libertés !

— C'est ce qu'y s'appelle gouverner par ressentiment particulier. L'intérêt public compte pour des prunes !

La situation est limpide, comme l'écrivent ingénument les gazettes bureaucrates : le gouverneur s'est mis *en collision personnelle* avec Louis-Joseph Papineau. Dalhousie n'a-t-il pas laissé les journalistes salariés proférer, par écrit, des accusations infâmes contre lui ? Mais Milord sous-estimait l'esprit de solidarité des Canadiens. En faisant le choix de Papineau pour leur président, les députés et leurs commettants tiennent à porter, avec lui, le poids de ces faussetés.

S'il est d'usage que le choix d'un président — ou orateur — soit approuvé par le roi ou son représentant, c'est une formalité, en réalité. Comme on l'a souligné lors des débats en Chambre, la liberté de ce choix relève de la fondamentale liberté de parole, inscrite en toutes lettres dans la Constitution anglaise. En fait, l'espoir secret du gouverneur et de ses acolytes, c'est la suspension, par le parlement impérial, de l'Acte constitutionnel du Bas-Canada. Ils espèrent que la prorogation convaincra Londres, grâce aux pressions de leurs alliés, d'en extirper tous les obstacles à leurs ambitions despotiques !

Dans tous les recoins du collège, un avis quasi unanime fait écho à celui de la presse démocrate. Jamais le souvenir de cette administration ne s'effacera de la mémoire des amis de la prospérité du pays. On accuse M. Papineau d'être le chef d'un parti ? Alors, la nation tout entière compose ce parti ! S'ensuivent des discussions passionnées, en petits groupes. Presque tous les collégiens s'en mêlent, sauf les Bureaucrates les plus enragés qui refusent de condescendre à argumenter. Déjà, la tenue de l'outrageante cour d'Oyer et Terminer, dont même les gazettes salariées n'ont pas osé se réjouir, a insufflé une salutaire dose de doute dans la cervelle des tièdes...

Les rappels du passé sonnent comme le glas. À l'époque du gouverneur Craig, des *aviseurs traîtres et vindicatifs* ont entraîné l'administration à poursuivre des Canadiens respectables, pour des fantômes de crimes !

– C'était quand, Craig ?

À cette question nonchalante de Gaspard, Henri-Alphonse réagit avec une grimace entendue.

– Dans les années 1810. Quand je dis qu'on néglige l'histoire de la patrie, au cloître de Montréal ! Y a eu de fameuses querelles entre Son Excellence et nos députés. Mon grand-père nous édifie en masse : « Vous rappelez-vous des folies et de la colère du Général Craig ? Y mentait cent pieds dans sa gorge, en donnant à entendre que les Canadiens étaient des mauvais sujets ! » Pis mon père en rajoute : « Y a cassé des officiers de milice... des juges de paix... un des avocats du roi... et la Chambre d'Assemblée plusieurs fois. Tout ça pour se rendre maître de toutte ! »

Lugubre, Henri-Alphonse résume :

– La Clique d'alors a fait jeter plusieurs députés en prison, pis quelques autres bonnes gens. Dans les gazettes par autorité, ces furieux prétendaient que c'était bien fait de casser ainsi tous ceux ayant des commissions sous bon plaisir, quand y vont pas comme le gouverneur les pousse... Après le départ de Craig, les profiteurs ont manigancé, dans le dos des enfants du sol, pour leur imposer l'Union. Me dis pas que tu sais pas c'était quand, Gaspard, mon vlimeux !

D'un ton rêveur, Gilbert répond à sa place :

– En '22. J'en ai un vif souvenir. Pourtant, j'étais jeunot, dans les six ans. Mon père nous répétait des extraits des discours de protestations, ceux qu'y avait goûtés. Je revois le parchemin sur lequel y a apposé sa signature... Sa croix, pour dire...

— Fait que les affaires recommencent, râle Hercule, comme si les choses en étaient exactement au même point.

— Comme si les rédacteurs salariés radotaient depuis 20 ans, enchaîne Casimir. Comme si astheure, y puisaient dans un vieux fonds de commerce!

Année après année, les élus exigent des redditions de comptes au sujet des salaires des hommes à place. La Chambre d'Assemblée dénonce ceux qui volent une maudite bonne somme au peuple! Sauf que les voleurs jappent sacrément plus fort que leurs victimes. Car ce serait chose exaspérante de devoir son pain quotidien à des personnes détestées! Gilbert en cesse quasiment de respirer. En effet, la situation en Bas-Canada se résume à cela: les conquérants refusent d'avoir, pour maîtres, les membres d'un peuple qu'ils considèrent vulgaire et déloyal. Oui, c'est ainsi que les enfants du sol sont considérés par la Clique au pouvoir. Se soumettre aux représentants de cette race inférieure, ce serait déchoir. Ce serait indigne d'eux!

Les dents serrées, il dit à mi-voix:

— Patience: quand la mesure est comble, elle renverse. Rira bien qui rira le dernier. Les hommes à place gricheront des dents quand le temps viendra de rendre leurs comptes!

— Messieurs?

Une impressionnante soutane noire s'est matérialisée à leurs côtés, celle de Joseph-Alexandre Baile, le professeur de rhétorique victime d'endormissements et d'étourderies. Les étudiants de méthode ne connaissent ce prêtre qu'en tant que célébrant de messe, mais la rumeur court qu'il a le caractère ombrageux et la main leste. Les mains dans les dos, il adopte un ton mielleux pour s'enquérir:

— Une discussion intéressante, mes chers petits?

— L'état de la province, monsieur, offre amplement matière.

Henri-Alphonse vient de donner le ton. Il n'y a pas de cachette à faire... Gilbert enchaîne:

— Certains prétendent que le pays est en révolution. Mais aucun Canadien jouissant de sa raison a manqué de respect au gouverneur ni au moindre employé du gouvernement.

— Dans le pays, intervient gentiment le prêtre, n'y a-t-il pas une forte guerre d'opinion entre l'administration et les représentants du peuple ? Même la gazette *L'Albion*, de New York, prétend que l'opinion est répandue selon laquelle les habitants du Canada sont à la veille d'une révolte !

— Des racontars. Ceux qui le colportent n'en croient pas un mot.

— Ce sont les Bureaucrates qui exagèrent des bruits mal fondés !

— Vraiment ? Par quel miracle êtes-vous si bien informé ? Grâce à de vulgaires feuilles de chou ?

Le sulpicien a perdu son air bonasse.

— Leur présence est tolérée, messieurs, à condition qu'elles restent éminemment discrètes ! Vous savez comme il est facile de contaminer les âmes impressionnables !

Subrepticement, Gilbert se campe solidement tout en faisant jouer les muscles de ses jambes. Face à un arrogant sulpicien, la fuite est souvent la meilleure parade... Henri-Alphonse dit, la voix légèrement chevrotante :

— À elle seule, l'expérience du passé suffirait à nous persuader que cette croyance a son origine hors de la province. À l'arrivée d'un nouveau gouverneur, la Bureaucratie se fait toujours le valet du diable. Cela, afin de l'engager à employer l'arbitraire et à sévir contre les Canadiens. La clique de 1810 avait persuadé Craig d'employer la force du gouvernement. Astheure, la mémoire de ce gouverneur est honnie avec les noms de ceux qui l'ont égarouillé !

— La prétendue « fermentation des esprits » dans la province est manufacturée de l'autre bord de l'océan, renchérit Gilbert. Pour moi, la « rébellion » qui a lieu par icitte ne sera guère plus dangereuse que toutes celles d'avant !

— Que voilà une belle unanimité entre vous !

À l'évidence, M. Baile fulmine intérieurement, mais il conserve un ton contenu, tout en dardant sur ses interlocuteurs un regard outragé :

— On ne badine pas avec l'autorité royale.

Il a pesé sur chacun des mots. Gilbert réprime l'expression de dégoût qui voulait se frayer un chemin jusqu'à son visage. Ce sulpicien, arrivé de France deux années auparavant, lui tape sur les nerfs avec son paroli étrange et surtout, avec son air de Monsieur Je-sais-tout, alors qu'il en connaît bien moins que ses pupilles en matière de politique bas-canadienne !

— La dignité et l'honneur de la Couronne sont en jeu. Je partage l'avis de la *Gazette de Québec par autorité*, qui donne le titre de « vrais Canadiens » à ceux, et uniquement ceux, qui estiment que les deniers de la province doivent être à la disposition immédiate de l'exécutif.

Le survenant en soutane se lance dans une diatribe emportée. Jésus-Christ a enseigné un devoir que ses disciples ont ensuite fortement recommandé aux premiers chrétiens. Saint Pierre, le prince des apôtres, ordonne dans sa première Épître d'être soumis au roi et à tous ceux qui participent à son autorité. Il prescrit de rendre, à ce roi, toutes sortes d'honneurs et de respects. *Regem honorificate* ! Insensible aux yeux ronds qui le fixent, Baile en remet :

— Ces mêmes devoirs, l'apôtre Saint Paul les détaille. Je vous conjure par-dessus toutes choses, expose-t-il dans sa première Épître à Timothée, de faire des supplications, des prières et des demandes pour les rois et tous ceux qui sont élevés en dignité, afin de rendre au Souverain Maître de l'Univers, qui nous les a donnés, des actions de grâces. Ceci, afin que sous leur protection, nous menions une vie douce et tranquille. Il ajoute que c'est une chose excellente et agréable à notre Dieu Sauveur. *Hoc enim bonum est et acceptum coram Salvatore nostro Deo.* Cette obligation que Jésus-Christ a soigneusement fait connaître à ses adorateurs, selon des ordres si clairs et des autorités si formelles, ne seriez-vous pas condamnables, mes chers enfants, de ne pas vous en acquitter avec toute la fidélité et le zèle possible ?

Seul un silence éberlué lui répond. Que signifie ce micmac ? Se soumettre au roi pour se mériter le ciel ? C'est ce qui s'appelle avoir un respect aveugle de l'autorité. Et une sainte horreur des bouleversements sociaux…

– Vous méditerez cette leçon qui provient d'un supérieur auquel vous devez le plus grand respect. D'ailleurs…

Le sulpicien réfléchit un moment, puis il déclare :

– Retournez à votre régent. Première leçon sur l'ordre naturel des choses. Exécutez-vous !

Sur ce, il tourne les talons et s'éloigne à longues enjambées. Gilbert et ses amis échangent des regards ahuris avant d'obtempérer. Ils comprennent ce que le sulpicien avait derrière la tête lorsque, devant toutes les classes réunies dans la salle d'études, il se met à pérorer. Sera-t-il permis aux meneurs de la Chambre d'Assemblée de s'ériger en un pouvoir supérieur à celui du parlement impérial, par un vote annuel pour le salaire de chaque fonctionnaire et par une appropriation annuelle de tous les fonds ? La province sera-t-elle administrée sur les principes d'une république anarchique ? Dieu l'en garde !

Sagement, le parlement provincial est constitué *d'une* chambre basse, mais *de deux* chambres hautes. Dans un pays où l'aristocratie est dépourvue d'une force intrinsèque, un empiétement de la branche populaire sur les prérogatives des Conseils exécutif et législatif serait bien pire que son contraire ! Car ce serait rendre la première suprême et despotique, sans autre contrôle que sa propre volonté. Pour leur pain, tous les officiers publics dépendraient du caprice, de la faveur ou des préjugés des meneurs !

– À quel train de basses intrigues, de corruption et d'injustices, un tel système donnerait naissance ? Il produirait une révolution déguisée, ce que les agitateurs visent indubitablement, mais qu'ils n'osent avouer hautement !

Baile blâme outrageusement les députés pour le langage insolent qu'ils tiennent face au représentant du roi. Un langage qui prouve que la « faction » – c'est ainsi que l'on qualifie les députés patriotes parmi les Bureaucrates les plus acharnés – n'aurait aucun scrupule à satisfaire sa soif de pouvoir absolu. Quitte à sacrifier même le peuple qu'elle invoque si hautement! Car un démocrate est essentiellement, et au fond de son cœur, un tyran. De toutes les tyrannies, la populaire est la plus cruelle et la plus inexorable!

- 17 -

Parmi les membres de la famille Dudevoir, un pesant silence vient de s'installer. Depuis la fin du souper, les échanges de vues ont été intenses entre Uldaire et sa belle-mère. Même Bibianne a jeté son grain de sel, ce qui indique, songe Vitaline, que le moment est d'une importance capitale ! Mais une trêve est nécessaire et chacun s'absorbe dans ses pensées. La jeune fille apprécie ce moment de calme, qui lui permet de redresser les épaules, de grouiller des jambes et de respirer un bon coup pour s'éclaircir les idées.

Le député Louis Bourdages est revenu de Québec gonflé à bloc. Il n'y a plus un instant à perdre, proclame-t-il, pour adopter la seule marche à suivre digne du peuple de cette province, soit se réunir en assemblées pour signer des requêtes exposant, au souverain anglais, leurs griefs. Et surtout, a-t-il ajouté, pour le prier de rappeler le gouverneur honni, le comte de Dalhousie ! Ce lord anglais, et la Clique qui le soutient, commettent des abus sans bornes parce qu'ils sont persuadés de leur impunité.

Les autres représentants de la région, non seulement le Dr Nelson, mais les seigneurs Dessaulles et de Saint-Ours, sont du même avis. Notre sûreté et notre liberté, renchérissent-ils, sont en jeu ! Quand les magistrats n'écoutent plus leur devoir et qu'ils osent fouler aux pieds les lois qu'ils sont chargés de faire observer, quand les fonctionnaires publics ne suivent que leurs passions, sacrifiant l'intérêt public à leurs gains privés, l'heure est grave. Alors l'État cesse d'être bien gouverné, la discorde s'installe parmi les citoyens et même au sein des familles !

Vitaline rumine cet énoncé qui prend l'allure d'une prophétie. Car Uldaire branle dans le manche. Son père, la figure d'autorité de leur famille, celui qui est chargé d'exprimer l'opinion qui y prédomine, répugne à apposer sa signature sur la pétition qui circulera bientôt! Pourtant, grand-mère y tient mordicus. Avec moins d'emphase, tous les autres en ont rajouté, Rémy y compris. Seul dans son coin, Uldaire fait pitié, mais pas encore assez pour déclarer forfait!

Sans conteste, le maître-potier est solidaire du groupe des «Jean-Baptiste». Il en a trop vu et entendu, même s'il n'a pas été victime, personnellement, d'injustices flagrantes. Néanmoins, il a une bonne situation et un commerce solidement établi, bien que modeste. Comme la plupart des nombreux hommes dans sa situation, il ne veut pas s'attirer d'embêtements. Malgré son irritation contre les Bureaucrates, il tergiverse…

— Mon gendre, z'avez toujours eu confiance dans la parole de nos représentants. Comment ça se fait que vous barguignez astheure?

Grand-mère s'est plantée face à celui qu'elle interpelle, tâchant d'accroître sa faible équarriture par un digne maintien. Elle a les joues écarlates et la coiffure en désordre, et sur ses traits se lit un mélange de désarroi et d'obstination. Uldaire bouge sur son siège avec inconfort. Lui aussi est empourpré, et son front est sillonné de rides profondes. Un rictus s'est installé à la commissure de ses lèvres…

— À cause que des fois, même le meilleur des hommes perd le sens de la mesure. Des fois, quand le conflit s'envenime, les idées s'obscurcissent et font perdre le nord! J'me tue à vous le ressasser, la belle-mère: pas besoin de se dresser comme un coq sur ses ergots. Suffit de laisser passer une petite escousse pour que toutte se règle de soi-même!

— Une petite escousse?

C'est mémère qui se glisse dans le débat. Vitaline la considère avec étonnement. Son aïeule se mêle très rarement à la conversation générale. Son ouïe décline, son attention dérive et de plus en plus, elle retraite dans un monde à part, dans lequel les événements de la vie courante lui glissent comme sur le dos d'un canard. Mais astheure, son dos est droit comme une barre de fer et son regard luit d'une étrange fièvre. Comme les reparties sont généralement lancées d'une voix sonore, elle n'a aucune difficulté à suivre ! Elle enchaîne :

— Moi, j'ai pour mon dire que l'escousse a assez duré. Elle a duré quasiment autant que je compte d'années !

Uldaire lui jette un regard noir, auquel elle paraît insensible. La voix éteinte, il débite d'un trait :

— J'aime pas la monarchie. Mais moi, je la respecte. On m'a toujours appris à respecter l'autorité : Dieu, mon roi, mon curé. Si on profane la personne du roi… qui c'est qu'on respectera ?

— Parce que le gouverneur que le roi d'Angleterre envoye par icitte, y est respectable ?

Le maître-potier reste le souffle coupé par cette repartie audacieuse de sa belle-mère. Dame Valentine Royer poursuit :

— Aucunement, parce que vous savez très bien qu'y s'agit d'un homme comme vous et moi. D'un homme pire que vous et moi, parce qu'y connaît rien aux affaires de la colonie ! Y possède une autorité qu'y mérite pas !

Son regard fiché dans celui de son interlocuteur, elle prend une pause avant d'articuler soigneusement :

— L'autorité *n'est pas* un don de Dieu. L'autorité se confère au mérite ! Pour quelle saudite raison c'est pas Papineau ou Neilson ou Bédard qui dirigerait la colonie ?

— Ou m'sieur Bourdages, glisse Perrine. Le notaire est un sacré bonhomme.

— Pour quelle raison, mon gendre ?

L'interpellé répond par un ample rictus, mélange d'ignorance et de courroux. Vitaline intervient, tâchant de garder un ton composé :

— J'vous suis pas, son père. Comment toutte pourrait se régler de soi-même ?

— À cause que les injustices sont trop criantes. Les ministres d'Angleterre, y peuvent pas approuver un tel régime. On risque de passer pour des vrais séditieux, si on tente de débouter le représentant du roi !

— Ben voyons, mon gendre ! C'est guère la première fois qu'on agit de même. Pensez à Haldimand, pis à Craig !

Depuis les marches de l'escalier, Rémy saute sur ses pieds pour courir vers son père. Il piaille :

— Les ministres d'Angleterre, c'est pas nous autres qu'y écoutent, c'est la Clique ! Son père, arrêtez de vous cacher la tête dans le sable !

D'une pirouette, le garçon se tourne pour darder un regard implorant à Vitaline.

— C'était écrit dans le papier-nouvelles, tu te souviens ? L'affaire que le Parlement impérial, y approuvait les raisons du gouverneur ?

— Pour l'autre prorogation, celle de mars dernier, précise la jeune fille. La *Gazette de Québec par autorité*, elle a dit que Sa Majesté sanctionnait les raisons données par le gouverneur dans son discours. Sauf que tous les bourgeois de par icitte, y sont sûrs que c'est une grossière menterie.

— Mon mari, me semble que les preuves sont frappantes. Les hommes à place, ce sont des tyrans. Y nous martyrisent.

Uldaire considère son épouse avec des yeux ronds. En train de ravauder un morceau de vêtement, Bibianne a parlé très tranquillement, depuis l'endroit où elle est assise. Mais de sa part, c'est autant percutant qu'un discours enflammé ! À ouïr ce propos, Vitaline sent une onde d'anxiété se frayer un chemin à travers son être. Instinctivement, elle vient poser la main sur sa poitrine, au niveau du cœur. Les mots se bousculent dans sa bouche :

— Vous le sentez pas, son père ? Moi, oui. Depuis cet été, depuis les élections à Sorel, pis la manière dont m'sieur Stuart, y fait venir les électeurs en cour de justice… Pis toutte ce qu'on entend de partout… Les hommes à place, y rechignent par-devant rien. Comme si plus personne était en sûreté. Comme si nous autres, même chez nous, on risquait d'être privés de… de la jouissance de nos biens, de notre franc-parler…

Intimidée, elle incline la tête, se mordillant la lèvre inférieure. Privé de liberté dans sa propre patrie... L'accalmie qui s'ensuit permet à tous d'entendre le branle-bas causé, à l'extérieur, par quelqu'un qui grimpe les marches de la galerie à vive allure. Des coups sonores résonnent à l'entrée. Comme la soirée de fin novembre est noire et venteuse, ces dames laissent à Uldaire le soin de se lever et de marcher jusqu'à la porte, qu'il entrebâille pour révéler la silhouette encapuchonnée d'Amable, le fils de leur voisin potier Maillet.

Le garçon pénètre en toute hâte, laissant Uldaire refermer derrière lui. Sans dire un seul mot, il déboutonne son capot de laine pour exhiber le papier-nouvelles qu'il tenait soigneusement dissimulé dessous. Enfin, il jette :

— Son père m'envoie vous livrer un message.

N'osant pas quitter le tapis de l'entrée à cause de ses bottes souillées, il offre le feuillet à Uldaire.

— Courez le porter à Vitaline. Elle vous lira.

Avant d'obtempérer, Uldaire prend le temps de déplier l'exemplaire de *La Minerve* et d'y jeter un long coup d'œil. Enfin, les mains tremblantes, Vitaline étale le feuillet sur la table, puis elle approche le bougeoir.

— En dernière page. En haut.

Il faut plusieurs minutes à la jeune fille pour repérer le paragraphe en question.

— *Le gouverneur général et commandant en chef a cru qu'il était de son devoir de signifier aux officiers ci-après nommés que Sa Majesté n'ayant plus besoin de leurs services, il rappelait et annulait les commissions qu'ils tenaient dans la milice. Le lieutenant-coronel...* S'cusez : *le lieutenant-colonel Bourdages du 2ᵉ bataillon du comté de Richelieu...*

Consternée, Vitaline s'interrompt et relève la tête pour jeter un regard à son père, ce que font également tous les autres occupants de la pièce. Uldaire est devenu tout pâle. Une constriction dans la gorge, il émet :

— M'sieur Louis ? On lui reproche quoi ?

— C'est pas écrit, répond Amable.

Marchant de long en large, Uldaire tonne :

— Sacré tordieu de baptême ! M'sieur Louis, y s'est fait violence pour nous faire parader ! Y s'est pilé sur le cœur pour se soumettre à ces ordonnances qu'on avait déterrées à dessein de vexer les habitants du pays !

— Y a pas eu le choix, dit grand-mère. Y se tenait sur une corde raide. Y voulait pas prêter flanc aux attaques de ses ennemis.

Rémy en rajoute :

— Ses ennemis qui le feraient trébucher au moindre faux pas !

— Une nouvelle preuve, commente Perrine, du système affreux de « mise dehors ».

— M'sieur Louis s'est toujours opposé aux vues tyranniques de la Clique, déclare grand-mère avec satisfaction.

— C'est lui qui a présenté m'sieur Papineau pour être élu orateur !

Vitaline, qui a parcouru le reste de la page, se racle la gorge. Sentant qu'elle a l'attention générale, elle entreprend de lire le commentaire du rédacteur :

— *Il est aisé de voir que sous l'administration du comte Dalhousie, loin d'espérer une conciliation prochaine, les difficultés ne pourront que s'augmenter de jour en jour. Il est donc bien important dans les circonstances présentes, que le peuple prenne des mesures pour mettre fin aux abus qui existent. On les voit naître sous nos yeux avec une rapidité étonnante. Le seul remède qui nous reste, c'est d'envoyer des députés en Angleterre.*

Émerveillée par ces phrases qui s'enchaînent si bien et qui mettent les mots justes sur ses convictions, la jeune fille s'octroie une pause, avant de reprendre :

— *Quand nous aurons instruit les ministres de Sa Majesté de l'état réel des affaires du pays, des abus sans nombre qui s'y commettent avec impunité, nous n'aurons pas longtemps alors à souffrir de notre administration actuelle.*

Elle relève la tête :

— *Nous nous verrons bientôt rétablis dans nos droits et nos libertés.*

Après un temps, Amable tend la main vers Vitaline.

— Faut que je décampe. Le père m'a commandé de pas traînasser...

Une tranquillité subite succède à son départ en catastrophe. Enfin, grand-mère déclare :

— Après le coronel, qui ce sera ? Une trâlée de capitaines ? Dans la dernière guerre, mon gendre, z'avez servi comme simple soldat. Z'avez marché aux frontières et enduré des privations. Z'allez souffrir de vous faire conduire au champ d'honneur par un étrange ?

— Ou par un tit-cul, renchérit Perrine avec un rictus, et peut-être même un tit-cul qui vient tout juste d'arriver sur le plancher de nos vaches !

— L'ancienneté du rang compte pour des prunes. Astheure, c'est d'être la créature favorite de l'officier commandant !

Nul besoin d'en rajouter. Depuis les exercices chaotiques de l'été, nombre de Canadiens se sont fait bouter hors de l'état-major des milices ! Uldaire a fini par s'affaisser sur sa chaise. Son air hébété est lentement chassé par un ressentiment qui, à l'évidence, gagne en puissance. Fascinée, Vitaline observe, sur le visage de son père, la bataille entre la déconfiture et la rancœur... Enfin, la mine hostile, il assène un coup de poing sur la table, faisant sursauter tout le monde. Le bougeoir vacille ; Vitaline le stabilise prestement. Il énonce avec difficulté, comme s'il s'arrachait les mots de la poitrine :

— Ce que je peux pas blairer... ce que je peux pas blairer, ce sont les cours martiales. Ça... ça me donne quasiment le feu dans la poitrine !

Aux Trois-Rivières et à Québec, des officiers supérieurs ont cru bon, comme le permettent les ordonnances remises en force, d'instaurer des tribunaux militaires. Des miliciens y ont été sommés de payer des amendes, pour cause de désobéissance ! Lorsque des officiers subalternes ont protesté publiquement contre un tel arbitraire, ils ont été cassés par le gouverneur... Les cours de justice sont un lieu où s'expriment de basses acrimonies, où les Bureaucrates étalent leur pouvoir !

– C'est bon. Le notaire Bourdages, y aura ma signature.

Saisie par la soudaine déclaration, Vitaline retient de justesse une exclamation de joie. Son père n'apprécierait guère! Ce dernier se lève d'un bond et donne le signal du coucher. Tout en se joignant au mouvement général de retraite, Vitaline laisse voleter, dans sa mémoire, une phrase du papier-nouvelles. *Formons donc des assemblées pour présenter des requêtes au trône, et que la voix du peuple se fasse entendre encore une fois au-delà de l'océan.* Ainsi, songe-t-elle tandis qu'un vif sentiment de fierté lui chatouille plaisamment l'échine, un tout petit fragment de la famille Dudevoir, potiers de Saint-Denis, parviendra jusqu'au trône d'Angleterre!

Jour après jour, les nouvelles concernant la conduite infâme des Bureaucrates s'accumulent. Ils ont décidé de remettre une Adresse complimentaire au gouverneur, pour laquelle ils utilisent des méthodes qui ont un parfum décidé de chantage, et les habitants s'en moquent ouvertement! On estime généralement les huissiers comme étant les plus aptes à obtenir des signatures dans les campagnes. Malgré leur caractère imposant, ces porteurs de l'Adresse doivent être traités comme ils le méritent, c'est-à-dire en étant boutés dehors!

À Sorel, l'avis de convocation est signé par deux des pires Bureaucrates du coin, Robert Jones et le Dr Von Iffland. Environ 20 personnes se résignent à faire acte de présence pour approuver des résolutions louangeuses… qu'ils sont ensuite sommés d'aller signer promptement, *sous peine de…* La phrase est laissée en suspens, mais nul n'ignore ce langage! La Clique du Château fait la démonstration que ses adhérents sont totalement dépourvus du sens de l'honneur.

Comme par adon, un énième Ordre de milice est émis, censurant les officiers pour négligence de leurs devoirs. Une conduite qui peut *induire les miliciens à la désobéissance des ordres*, selon les autorités! La vingtaine d'officiers qui perdent leur commission se trouvent au sommet de la respectabilité canadienne. Dont Louis-Joseph Papineau, l'orateur… Mais les tuques bleues refusent de plier!

Un monument de protestations s'édifie à travers la province ; la pierre d'assise en est l'assemblée constitutionnelle de Montréal, tenue le 18 décembre, et qui réunit les personnes *qui sont d'opinion que la conduite de la présente administration provinciale du Bas-Canada a donné lieu à des sujets de plainte*. Sauf que faisant fi du droit de pétitionner, sacré dans tout l'empire britannique, quelques magistrats ont songé à en contrecarrer la tenue par la force ouverte !

Chargés de la gestion des affaires courantes, y compris le maintien de l'ordre, ces juges de paix commissionnés sont, en majorité, des suppôts du gouverneur. Aveuglés par leur fanatisme, ils se sont permis une tractation aussi spectaculaire que véreuse : faire arrêter, encore une fois, l'imprimeur Ludger Duvernay et le rédacteur Jocelyn Waller pour libelle diffamatoire. Leur dessein était limpide : tâcher d'apeurer les Montréalistes pour les repousser loin de l'assemblée !

Mais ils se sont donné bien du mal pour rien. Les Canadiens se sont rendus en grand nombre, depuis la ville et ses faubourgs, pour ouïr les orateurs et donner leur aval au texte de l'Adresse. Lorsqu'il a rejoint finalement l'assemblée, le rédacteur du *Canadian Spectator* fut ovationné. Au sortir, une foule de citoyens l'a escorté jusqu'à sa porte, malgré la distance et le temps neigeux. Le pauvre le méritait amplement ! C'est la seconde accusation qui est portée contre Duvernay et lui, en l'espace d'un mois à peine.

Mais cette fois-ci, la Clique a pris soin de les faire arrêter par le Grand Connétable. Duvernay et Waller ont été menés en Cour des Sessions de Quartier, une cour de juridiction inférieure qui traite des offenses mineures. Le président d'office en est Samuel Gale, magistrat commissionné par le gouverneur... Le même qui magouillait à Sorel pour acheter des voix en faveur de l'adversaire de Wolfred Nelson ! Pour s'éviter un séjour en prison, les prévenus peuvent verser une caution de comparution, garantissant leur présence au prochain terme de la cour. M. Gale a exigé une caution exorbitante, suffisante pour mettre un homme à genoux, comme s'ils avaient commis un délit majeur ! Les ennemis de ces patriotes chercheraient leur ruine, qu'ils ne s'y prendraient pas autrement !

Au bourg de Saint-Denis comme partout ailleurs, le temps des fêtes de Noël se pare d'une agitation inaccoutumée. La messe de minuit terminée, les fidèles s'écoulent hors du temple en un flot lambineux, dont le cours est sans cesse interrompu par l'interpellation d'un parent éloigné ou d'un voisin en verve. Même Uldaire ne peut s'empêcher de s'abîmer dans de longues discussions avec les hommes du bourg. Ce qui laisse croire que le Bas-Canada au grand complet s'absorbe dans des pourparlers enflammés au sujet de l'état de la nation !

Enfin, les groupes s'éparpillent, car il fait frette comme chez le loup. Comme l'identité des marcheurs est incertaine, on s'interpelle en riant, tout en haussant la lampe tempête.

— Qui c'est qui caracole de même, ben loin en avant ? Prends garde, mon gars, tu vas perdre ta trâlée en chemin !

Très digne, Rémy répond de sa voix encore fluette :

— Vous me faites marcher, m'sieur Lapré !

— Ah ! Tit-gars Dudevoir, mes hommages ! M'sieur vot'père est-y parmi vous ?

— Pour vous servir, réagit Uldaire avec civilité. Tout va à ton goût, le voisin ?

— Je dirais. J'ai trouvé ça dur de quitter mon intérieur chaud, mais faut ce qui faut…

Dame Royer fait remarquer avec un roucoulement :

— L'arôme du jambon parvenait quasiment jusque chez nous. Votre dame, elle a pas son pareil pour régaler la tablée !

C'est un compliment amplement mérité, car Mme Lapré est une excellente cuisinière, comme les Dudevoir ont pu le constater à quelques reprises, lors de corvées. La dame bredouille un remerciement, ce qui clôt les parlures. Vitaline se penche vers leur visiteuse de Montréal, sa tante Ériole, pour lui murmurer à l'oreille que Mme Lapré se tient sur son quant-à-soi parce que son mari, artisan-menuisier qui habite à quelques maisons de chez eux, prolonge désormais les arrêts à l'auberge. Le matin pour se donner du nerf au ventre, et le soir pour se récompenser de l'effort accompli, il dépasse la mesure en eau-de-vie et en bière...

Vitaline est la dernière, avec mémère Renette accrochée à son bras, à pénétrer dans la maison. Toutes deux échangent un sourire empreint de gratitude à cause de la bonne chaleur chassant l'humidité glaciale qui, depuis les parois de l'église, s'était insinuée jusqu'à leurs os. Avec l'aide de grand-mère, l'aïeule est vitement débougrinée et conduite à table. Réclamée à grands cris par Uldaire et Rémy, Vitaline s'empresse, délaçant à peine ses mocassins fourrés avant de les arracher de ses pieds.

Pendant ce temps, on garnit la table de plats au fumet grisant : jambon rôti, bouilli de patates et légumes, ragoût de pattes et tourtières de gibier, le tout agrémenté de condiments variés. Enfin, Uldaire donne le signal de la ripaille, et la salle commune se remplit de sons de déglutition et de grognements d'appréciation. Vitaline dévore, jouissant de ce festin qui rompt plaisamment la monotonie des repas d'hiver. Déjà, mémère Renette bâille amplement, son corps déformé s'affaissant dangereusement. Bientôt, il faudra aller la border...

Son père trône au bout de la table. Chaque fois qu'il pose le regard sur Vitaline, la seule de ses aînés qui partage son amour du métier, il ne peut retenir une expression de tendresse voilée qui adoucit ses traits. Le cœur ravigoté, la jeune fille lui sourit amplement et il répond de même, tandis que tout son visage un brin gras se plisse et que des dizaines de rides s'installent au coin de ses yeux.

La voix d'Ériole vient les tirer de leur contemplation mutuelle :

— Entretiens-moi de tes affaires, mon frère. J'ai guère eu le temps de m'en enquérir depuis mon arrivée... Les potiers de Saint-Denis ont-ils toujours la vie aisée ?

— J'ai pour mon dire, proclame Rémy, que c'est le plus beau métier du monde.

Cette assertion touchante fait fleurir les sourires. Uldaire dirige vers le garçon une mine ravie :

— Pour de vrai, mon fils ? Tu me fais chaud au cœur. Jusqu'icitte, j'avais guère d'espoir d'un certain côté…

Désireuse d'éviter le sujet délicat des perspectives d'avenir de Gilbert, Vitaline rabroue gentiment son père :

— Mais tes filles, hein ? Tes filles, ça compte pas pour rien !

— C'est pas malin de plaider avec le seigneur ! intervient allègrement grand-mère. Un seigneur qui compte bien sur de plaisants mariages pour arranger ses affaires !

Ni Vitaline, ni surtout sa sœur qui pourrait se sentir directement interpellée, ne relèvent l'allusion à leur future union. Perrine ne cache pas son dédain pour le métier, espérant se trouver un mari qui n'ait pas à se salir ainsi… Elle reluque ouvertement les fils de marchands ou de notaires, ou au pis-aller, les fils de forgerons ou de taillandier – les métiers du fer sont si bien considérés et si spectaculaires !

— Tinton du diable ! Depuis ma dernière visite, Rémy, t'as guère acquiert de bonnes manières !

Vitaline se tourne vers son frère, placé à sa gauche. Elle ignore ce dont il est coupable, mais le garçon pouffe de rire, s'empressant de cacher sa bouche pleine derrière sa main. Assise à l'autre extrémité de la table, face à son frère Uldaire, dame Saint-Omer fait mine d'être outrageusement dégoûtée. Le maître-potier vient à la défense de son fils :

— Commence pas, Ériole ! C'est pas à cause que tu surviens de la ville que tu peux nous faire la leçon !

— Pour le sûr, que je peux ! Si tu savais le nombre de fois que j'ai eu la grâce de m'asseoir à la table du gouverneur !

Perrine rétorque malicieusement :

— Toutte le monde sait que Milord, lorsqu'y met pied à terre à Montréal, y s'empresse d'inviter Ériole !

Faisant mine d'être froissée, cette dernière riposte :

— Ben quoi ? Me prenez-vous pour une p'tite provinciale écartée en ville ? Vous saurez qu'à Montréal, on a juste à arpenter la chaussée pour sentir le… le parfum de… de distinction qui émane des environs !

Cette fois-ci, même le visage de mémère, qui est dure d'oreille, se fend d'un sourire gouailleur. Seule grand-mère, la mine très grave, s'adresse à Ériole :

— Ma fille, faut que je te dise tes quatre vérités. Ya ben longtemps que je me retiens, mais là, ma coupe est pleine. J'ai honte. Honte de toi.

Saisie par cette admonestation, Vitaline retient son souffle. Dans un silence à couper au couteau, dame Valentine Royer darde un regard sévère vers celle qui est la sœur de son gendre, mais qu'elle tutoie comme si elle faisait partie de sa descendance directe :

— Astheure, va falloir que tu choisisses. C'est Milord, ou bedon nous autres.

Rémy pousse une exclamation de surprise ravie, avant d'éclater de rire. Une franche gaieté s'installe autour de la table ; même Bibianne laisse un sourire allègre étirer ses lèvres. S'essuyant les yeux, Ériole s'écrie :

— Ben ça, vous m'avez embobinée ! Z'êtes toujours ratoureuse, à ce que je vois !

Le monceau de croquignoles a notablement baissé, et Uldaire se recule sur sa chaise.

— Pff ! J'ai mangé à me mettre le ventre sur le dos.

Ériole lève son gobelet dans les airs :

— Comme j'y serai pas à la nouvelle année… Je vous offre mes meilleurs vœux et je trinque à votre santé à tous. À Gilbert aussi, qui se morfond entre les quatre murs de son cloître !

Tout le monde lui rend la politesse et Vitaline s'empresse d'adresser une bonne pensée à son frère. Mais les adultes se sont assombris, et Ériole nuance son propos :

— Une bonne année ? Faudrait être bonasse pour le croire… Les partisans de l'administration, y veulent juste exciter le trouble et le mécontentement dans la province. Au risque de perdre leur situation, les serviteurs de Milord doivent crier contre nous autres ! C'est quoi que tu m'as lu, hier au soir, Vitalette ?

— *Tant qu'il y aura des tyrans dans quelque coin de la terre, on doit croire qu'il s'y trouvera des esclaves pour ramper à leurs pieds.*

– Des esclaves qui parlent français. Des esclaves vêtus d'une soutane noire…

Cette déclaration belliqueuse d'Ériole, qui s'apparente à une prophétie, balaie la tablée comme une sorcière de neige. D'une manière surprenante, Bibianne ronchonne :

– On le sait, que tu portes pas les hommes d'Église dans ton cœur. On le sait, parce que t'arrêtes pas de montrer leurs travers du doigt !

Sa belle-sœur la fusille du regard.

– Tu parles à travers ton chapeau ! Je gagerais cent louis que t'as pas ouï le bruit alarmant qui circule en ville…

Perrine se penche :

– Racontez-nous, ma tante ! Icitte, dans le creux du pays, on est informé *une longue escousse* après toutte le monde !

Ériole ne peut retenir un rire.

– Ce bruit-là, y piétinera pas longtemps à Montréal, pour le sûr ! Partout autour de nous, dans les foyers de Saint-Denis, les citadins colportent la nouvelle à leur parenté…

Malgré elle, Vitaline jette un œil sur la noirceur de l'extérieur à travers les carreaux de la fenêtre. Elle croit entendre un bruissement couvrir son village, celui d'un volatile géant nommé rumeur… Ériole rappelle l'ouï-dire qui circule depuis le départ du supérieur des sulpiciens, M. Roux, vers le vieux continent, 18 mois plus tôt. Les autorités de la colonie convoiteraient la seigneurie que l'Institut sulpicien possède, celle de l'Isle de Montréal… Il appert que astheure ces Messieurs ne sont pas les victimes, mais les coupables. M. Roux manigance en secret avec le ministre des Colonies. Il négocie la vente de la seigneurie contre une rente viagère !

Vitaline s'ébahit. Une rente viagère, comme les vieux couples qui cèdent leur propriété à leur fils, en échange d'un revenu annuel ? Uldaire est devenu d'une pâleur épeurante. Il souffle :

– Le supérieur *négocie la vente* ? C'est un racontar effronté !

– Tu sais aussi ben que moi, Uldaire. Y a pas de fumée sans feu… Y veulent nous spolier. Là-bas, à Londres, ça intrigue à qui mieux mieux pour nous dépouiller !

— Tu me connais, Ériole, je suis plutôt calme de tempérament. Je m'énerve pas pour des riens et j'attends de voir venir! Mais si ça s'avère... si ça s'avère...

Dame Royer, aussi estomaquée que son gendre, fulmine à haute voix:

— Les Messieurs outrepassent leurs droits. C'est notre héritage! Notre liberté dépend de l'éducation des enfants!

Elle se tourne vers mémère:

— Vous vous souvenez, sa mère? Vous m'en avez causé souvent: les Messieurs, y parlaient tout autrement, après la Conquête. Y proclamaient hautement qu'y recevaient un dépôt sacré.

Tout animée soudain, l'aïeule hoche vigoureusement la tête, en renchérissant:

— Y avaient le devoir impérieux de le transmettre intact! Leur religion les obligeait, de même que leur conscience!

— Y l'emporteront pas en paradis, grince Uldaire.

Ériole lui adresse un sourire rayonnant:

— On s'entend comme larrons en foire. Notre liberté dépend, mon frère, de notre état de peuple énergique, respectable et moral!

Les Canadiens sont réputés pour porter des santés à n'en plus finir, et d'un geste de conquérante, Ériole ne fait pas mentir la légende. Vitaline vocifère joyeusement, comme les autres. Elle en est désormais persuadée: les *Britons*, dans une lutte continuelle, ne cherchent qu'à l'emporter sur le peuple qui habite la terre de ses pères. À lire les gazettes par autorité, tout Canadien sans exception est stupide et ignorant, et il faut en extirper l'engeance pour laisser croître la race suprême!

Naguère, bien peu de papiers-nouvelles à la solde de l'administration circulaient dans le bourg. Nul ne voulait se déshonorer en y jetant un œil! Sauf que des vertes et des pas mûres, les habitants en avalent à répétition, par les temps qui courent. Selon la *Montreal Gazette*, seule une vile populace, composée de trouble-fêtes, assistait à la récente assemblée constitutionnelle de Montréal. Pour parler en leurs termes, une *mob* ne cherchant qu'à provoquer des désordres! La preuve? Cette troupe d'émeutiers a été si bruyante que la traduction en anglais des résolutions était impossible à ouïr! Ce mensonge outrageant plonge Vitaline dans une colère noire. Les Bureaucrates font reproche aux Canadiens de traîner le gouverneur dans la boue. Mais eux autres font bien pire!

Bibianne se lève pour démettre la table, ce qui force ses filles à l'imiter prestement pour la seconder. Un drôle de bruit fait sursauter tout le monde : c'est mémère qui avait accoté sa tête sur son bras et qui, s'endormant, s'est affalée sur la table... Grandmère s'empresse auprès d'elle, et bientôt, tous se démènent pour ranger, avant de se retirer pour la nuit. Car l'aurore se lèvera bientôt sur une journée de conséquence...

En ce 26 décembre, chacun ne devrait songer qu'à se reposer des excès de la veille, mais c'est le jour fixé pour l'assemblée réunissant les libres électeurs et propriétaires du comté de Richelieu. Les grelots des chevaux tirant les carrioles résonnent pendant toute la matinée, tandis qu'arrivent les émissaires depuis les extrémités du comté, de Sorel à Saint-Charles, et de Saint-Jude à Saint-Ive, dans l'arrière-pays.

Même si Uldaire s'avancera seul pour ouïr l'essentiel des délibérations, ses deux filles et son fils cadet se bougrinent chaudement dans le but d'aller mirer le spectacle. Trop formidable, le rassemblement se fera en plein air, sur la propriété d'un notable à l'écart du village, tandis que les officiels prendront place sur la galerie de la maison de ce particulier. Deux jours plus tôt, un comité responsable de la rédaction des résolutions était nommé lors d'une réunion des principaux notables du comté.

Il fait un temps superbe, mais le soleil, bas sur l'horizon, ne procure aucun ravigotement ; le nordet qui balaie la campagne fera accélérer des procédures parfois fastidieuses! Vitaline et sa sœur se placent à l'écart, parmi la foule de spectateurs : femmes de toutes origines, hommes trop jeunes ou trop désargentés pour voter, trâlées de garnements. Rémy s'est épivardé en compagnie de sa bande, comme de coutume.

Lorsque quatre messieurs embobinés de pelisses font leur apparition sur la galerie de la maison, environ un millier d'hommes leur font face. Séduite par cette constellation de tuques bleues et de foulards bariolés, au-dessus desquels s'élèvent des centaines de filets de boucane de pipe, Vitaline en reste figée sur place. Une idée saugrenue lui traverse l'esprit. Ce panorama ferait un splendide tableau, au moins aussi ragoûtant que les reproductions du Vatican ou de la bataille de Trafalgar qui ornent bien des intérieurs ! Elle s'imagine déjà posant les touches de couleur…

À cette distance, les traits des notables qui vont mener l'assemblée sont flous, mais tout un chacun connaît fort bien leur identité. Celui qui préside aux délibérations n'est nul autre que le seigneur de Saint-Charles. De stature moyenne, un brin corpulent, Debartzch se tient entre celui qui rédigera le procès-verbal, un notaire de son village, et celui qui fait office de vice-président, Louis Bourdages. C'est au Dr Wolfred Nelson que revient le soin d'élaborer sur l'extrême importance de faire connaître les doléances du peuple au gouvernement de Sa Majesté.

Sa voix parvient aisément aux spectatrices en retrait. Le peuple, s'écrie-t-il, doit le faire sans crainte ! L'administration de cette colonie a calomnié et accusé le pays ; les habitants seraient dignes de l'esclavage dont on les menace s'ils n'accusaient pas en retour ! Cette belle pièce d'éloquence est accueillie par des applaudissements chaleureux, mais qui meurent subitement lorsque Nelson enchaîne sur les provocations des membres de la *coterie*, qui visent à provoquer, chez les Canadiens, une réaction passionnée s'apparentant à un acte de trahison. Dans un silence religieux, Nelson poursuit :

— La manœuvre échouera. Le « simple et ignorant Jean-Baptiste » ne saurait tomber dans un piège grossier comme du pain d'orge. Il sait faire la différence entre le régime du tyran Dalhousie et celui, tout paternel, de la mère patrie. Nous subissons un mal passager, auquel l'Adresse à Sa Majesté et au Parlement impérial, signée par toutes les tuques bleues, portera remède !

La voix rauque à cause du froid, l'orateur se tourne vers le président, qui prend la parole pour rappeler qu'une fois les résolutions adoptées, les parchemins seront remis à des comités locaux, dont les membres s'occuperont de recueillir les signatures. Tandis que les auditeurs commencent à battre la semelle, le secrétaire prend la relève pour faire la lecture des 14 premières résolutions. En Bas-Canada, y est-il dit en substance, les principaux défenseurs des droits et libertés vivent sous la menace d'un règne arbitraire, où sont bafouées les lois fondamentales de la Constitution de la province. Une partie des sujets de Sa Majesté opprime l'autre, et ce système est en train de renverser *tous les appuis de la sûreté.*

De sa plus tonitruante voix, le secrétaire proclame :

— *En conséquence, les habitants de ce comté croient qu'ils ne peuvent pas s'acquitter dignement de ce qu'ils doivent à leur souverain et à leur pays, sans mettre par pétition aux pieds du trône et devant les deux Chambres du Parlement impérial, le déplorable état de cette province et leurs griefs contre son administration actuelle.*

Deux résolutions approuvent la conduite tenue par les députés, en particulier leur volonté de contrôler l'octroi des subsides. Tout ce qui suit n'est que de la cuisine sur laquelle le secrétaire passe à toute vitesse, y compris la nomination d'un comité de liaison de 30 membres qui se joindra aux comités des villes de Montréal, Québec et Trois-Rivières, pour le choix des agents qui porteront l'Adresse en Angleterre. La liste des hommes qui en font partie, pour le comté de Richelieu, est une nomenclature de la notabilité de la région : tous les seigneurs, plusieurs marchands et notaires, des médecins et quelques agricultures prospères.

Comme de raison, le millier d'hommes réunis manifeste son approbation par de vigoureuses acclamations, puis le président lève l'assemblée. Les deux sœurs prennent le chemin du retour, mais Vitaline ne peut se retenir d'examiner la foule, dans l'espoir d'apercevoir une silhouette masculine, celle du jeune marchand Louis Marcoux. Il a été identifié comme membre du comité de Sorel pour la cueillette de signatures, comme elle vient de l'ouïr...

Mais c'est en vain, et Vitaline en conçoit un intense dépit. Depuis qu'elle a contemplé son physique avantageux dans le cortège, depuis que son nom est sur toutes les lèvres à cause des procès iniques, la jeune fille ne peut s'empêcher d'alimenter son souvenir. Cette inclination, elle la garde soigneusement secrète, d'autant plus qu'il est marié et déjà père de famille. Mais en son for intérieur, elle le couve d'un regard caressant, à la limite de l'indécence…

– 18 –

Le cri de ralliement résonne jusqu'aux quatre coins de la province, et la population en masse ne manque pas d'y répondre. Les parchemins se remplissent de dizaines de milliers de signatures, et les trésoriers des comités locaux recueillent suffisamment de dons en espèces pour financer le voyage des trois notables qui iront déposer les doléances du pays par-devant le roi et les députés anglais. Pendant ce temps, les Bureaucrates s'adonnent à une surenchère de grossièretés. Gilbert voudrait étrangler ceux qui brouscaillent ainsi ses concitoyens. Ses amis collégiens ragent de même !

Assurés de l'impunité, les éditeurs des gazettes salariées se permettent les pires insanités. Ainsi, les Canadiens ont le défaut d'être attachés à l'argent, puisqu'ils ont offert des biens de consommation pour contribuer aux dépenses des agents de la Chambre d'Assemblée en Grande-Bretagne. Même que la députation canadienne aurait dû transporter ces effets à Londres, pour en disposer plus avantageusement ! Augustin Cuvillier, un des trois envoyés, n'a-t-il pas des connaissances inestimables dans la disposition d'une cargaison ?

Comme si ce vaillant homme, ayant fait fortune dans l'import-export, était un commis ou un magasinier ! La réplique du rédacteur de *La Minerve* traduisait magnifiquement bien les sentiments des patriotes : *Un suppôt rampant de l'administration de lord Dalhousie peut voir du ridicule dans les efforts et le patriotisme d'hommes ainsi disposés. Mais dans de telles actions, celui qui n'est pas fait de la pâte servile et grossière dont sont pétris les tyrans et les esclaves voit celles de cœurs généreux.*

Les gazetiers s'attirent un mépris universel. Chaque fois qu'ils frappent ainsi, avec une rage aveugle, ils meurtrissent tous les Canadiens qui ont une admiration sans bornes pour les trois notables qui délaissent leurs affaires afin de se consacrer à une improbable quête en territoire étranger. D'ailleurs, si les profiteurs affichent une telle rancœur contre M. Cuvillier, c'est que son savoir en finance a été capital pour mettre à jour les manœuvres frauduleuses ayant conduit à la banqueroute personnelle de l'ancien receveur général, Mr Caldwell !

Nul, parmi les membres de la Clique du Château, ne va à la cheville du bon Denis-Benjamin Viger ou de John Neilson, le troisième envoyé. Même lui est en butte à la malignité des défenseurs de la Bureaucratie, un tout petit nombre d'hommes sans patrie, mais qui se débattent avec l'énergie du désespoir ! Ils soulignent à gros traits le prétendu état de déchéance pécuniaire qui a forcé Neilson à quitter sa terre natale, et ils en profitent pour monter en épingle sa nationalité irlandaise. De même que sa religion « arriérée »... Car si les protestants consentent à laisser les catholiques à leurs rites, c'est en faisant savoir qu'ils tolèrent tout juste une telle excentricité !

Comme tout un chacun, Gilbert piaffe de rage devant cette coterie qui s'érige en dictature, à cause de sa mainmise sur la gouvernance ordinaire des affaires du pays. Il en est désormais persuadé : c'est un grand mérite et un honneur très distingué que d'être l'objet de la haine de l'Exécutif de la colonie. C'est une preuve que celui qui est victime de ces clameurs ne souhaite que le repos de ses concitoyens et le bonheur de sa patrie !

Malgré leur épaisseur, les murs de pierre du Petit Séminaire ne peuvent empêcher la rumeur publique de parvenir aux collégiens. L'actualité est suivie avidement et le soir, dans le dortoir, les parlures vont bon train ! Il paraît que Louis-Joseph Papineau fulmine au spectacle des manigances des oppresseurs. S'il se trouvait en Chambre d'Assemblée, il n'hésiterait pas à proclamer le gouverneur traître à son roi, de même qu'ennemi déclaré de ses sujets, et à demander son procès criminel!

– Savez ce qu'écrivent les criailleurs? Les envoyés seront éconduits des bureaux des ministres de l'Angleterre comme des intrus! *Vos agents seront jetés en prison, comme les factieux qu'ils sont. Ils seront jugés coupables de haute trahison envers Sa Majesté, à cause de l'offense commise envers son représentant en Canada!*

Gilbert ouvre de grands yeux devant cette affirmation d'Hercule. Une accusation de haute trahison peut avoir des conséquences terribles! Se pourrait-il que les agents du pays, mettant le pied sur le sol britannique, courent un risque réel? Gaspard rétorque que les insultes dont on abreuve le pays ne sont que l'ouvrage d'un petit nombre ayant des passions violentes à assouvir. Leur seul plaisir de vivre consiste à cacher des deniers volés sous leur matelas!

– Trop simpliste, estime Gilbert. Une guerre entreprise contre nous, des calomnies publiées à pleines pages, juste pour l'amour de l'argent? C'est trop gros! Ces calomnies sont destinées à la mère patrie. Là-bas, on peut guère trier le bon grain de l'ivraie. Car la politique coloniale commande de se mêler le moins possible des affaires des colonies, sauf quand les intérêts de la Clique sont en jeu. Les affaires d'argent, pour parler drette!

Casimir abonde dans son sens. Comment s'étonner de ce que le ministère britannique ne leur rende pas justice plus promptement? Son seul moyen de connaître le pays, ce sont les papiers-nouvelles mensongers et les rapports intéressés de leurs ennemis implacables! Voilà pourquoi il est vital pour le peuple canadien d'être représenté à Londres. Pour exposer les faits de la manière dont ils doivent être envisagés!

Le garçon redresse subitement le dos, dans une position d'alerte, et ses trois camarades suivent son regard. À quelques pas, un élève se tient debout, les fusillant du regard. Derrière lui se tiennent deux autres, notablement plus grands et costauds. Ce trio maléfique, qui s'est formé quelques mois auparavant, tente d'imposer sa loi dans le dortoir. Dans sa croisade, le servile Étienne Normandin s'est adjoint les services de deux brutes, de celles qui affectionnent le vocabulaire des poings. Gare si on se retrouve, dans un recoin obscur, nez à nez avec l'un d'eux, et qu'il soit possédé par l'envie de frapper…

L'un après l'autre, Gilbert et ses amis se lèvent lentement, prenant place dans l'espace étroit entre les lits. Casimir interpelle les garçons :

— Y a-t'y quelque chose qui fasse pas votre affaire ?

— J'suis fatigué, réplique Normandin d'un ton hésitant. J'aimerais dormir. Fait que, la ferme.

Les quatre amis restent frappés de stupéfaction. Grâce à la bienveillance de leur régent O'Reilly, natif d'Irlande, les discussions se poursuivent souvent dans le dortoir, le soir venu. Le jeune prêtre fait mine de ne rien entendre lorsque les échanges de points de vue troublent la quiétude des lieux dont il a la garde. Profitant de la brèche, Joseph-Octave Rochon, la plus grande des deux brutes, se met à persifler :

— J'aime pas entendre parler contre notre bon gouvernement. Je tenais à vous le dire.

— Te donne pas cette peine, rétorque enfin Gaspard. Tu gaspilles ta salive.

— Y se commet assez de péchés un peu partout, sans qu'on en rajoute par icitte, affirme Étienne avec une énergie soudaine. J'veux dire, avec toutes vos mauvaises pensées, ça pue le péché ici-dedans !

Hercule pouffe de rire, imité par Gilbert et quelques autres élèves. Dès le début de l'échange, un mouvement subtil s'est produit parmi les collégiens du dortoir. Chacun se place selon ses allégeances. Le trio infernal est renforcé par quelques supporteurs. D'autres se sont approchés des lits qui encadrent le groupe compact formé par Gilbert et ses amis. Un dernier groupe, celui des tièdes, assiste au spectacle depuis la périphérie.

— Nos aimables maîtres nous indiquent la route à suivre, assène l'autre brute, Élie Desève. Faut avoir l'humilité de se soumettre à leur direction.

Gilbert les considère, lui et son acolyte, sans cacher son dédain. Plutôt lents de comprenure, tous deux ont dû recommencer leur année initiale de collège, la sixième. L'un et l'autre, à l'évidence, feront long feu en ces lieux…

— Le plus grand but de l'Assemblée, c'est d'acquérir le pouvoir absolu de faire le mal. C'est patent dans l'affaire des juges.

— Hé! s'écrie Casimir. Tu vas pas nous faire la leçon?

Gilbert s'exclame:

— Les juges qui siègent au parlement sont coupables de conflit d'intérêts!

— Pas pantoutte! C'est la Chambre qui est coupable d'atteinte formelle à la prérogative royale!

— Boucane de sauvage! jure Gaspard. T'as pensé à ça tout seul?

— C'est retors comme tactique, déclare Normandin avec mépris. Faire frime d'avoir un noble dessein en vue, uniquement pour détrôner les maîtres du pays par la révolution!

— Sans-culottes!

— Graines de Robespierre!

Joseph-Octave et Élie ont gueulé ces invectives, arme suprême des profiteurs qui crachent leur venin sur tout ce qui leur rappelle la France, berceau d'une révolution sanguinaire, et de surcroît, ennemi juré de la Grande-Bretagne! Les tuques bleues voient rouge. Hercule s'égosille:

— Plus moyen de défendre la cause du pays sans se faire traiter de trancheur de tête!

Serrant les poings, Gilbert est le premier à faire un pas, puis un autre, en direction de leurs attaquants. Une admonestation le saisit comme si on le ceinturait à la taille:

— Ce sont les autorités qui ont l'âme souillée!

Cette voix haut perchée appartient à leur régent. Tous les regards se tournent vers la chambrette du jeune prêtre. Ce dernier se tient dans le chambranle de porte. Il lance encore:

— Aimez-vous les uns les autres. Ce commandement, messieurs, est-il respecté en haut lieu? Voilà un bien pire péché. Voilà le péché qui m'importe, en mon âme et conscience!

Pendant cette tirade, Daniel McGuerrin, John Mooney, Thomas Nealon et Matthew Carroll se sont placés entre les belligérants, faisant face à Étienne et ses comparses. Les collégiens doivent en venir à l'évidence : sous l'autorité du régent, ses compatriotes se sont constitués en force de dissuasion ! Car le conflit est susceptible de dégénérer en bataille rangée, comme il est déjà arrivé une fois… Les Irlandais sont de féroces combattants, dotés d'une extrême susceptibilité, cultivée par plusieurs siècles de domination britannique. Sauf exception, ils se rangeront derrière ceux qui partagent un passé similaire au leur, c'est-à-dire les Canadiens patriotes !

Tout en retraitant vers son lit, Gilbert pavoise. Malgré sa constitution frêle et son teint maladif, Alanus O'Reilly va leur servir de bouclier face aux outrages. Malgré cette intense piété caractéristique du peuple irlandais, il ne peut rester insensible aux doléances des enfants du sol. Oui, sa bonté entoure les élèves de méthode d'une muraille de protection ! Souvent, il fait mine d'ignorer des agissements considérés, à l'intérieur de l'enceinte, comme malséants. Quand il n'a pas le choix, il tente d'expliquer avant de sévir, chose rare parmi ces soutanes obnubilées par l'obéissance et la discipline.

C'est grâce à lui que Gilbert peut garder sa crampe d'estomac à un niveau tolérable, et s'asseyant sur sa couche, il lui adresse un sourire de reconnaissance. Le jeune prêtre lui renvoie la pareille, qu'il fait bientôt suivre d'un clin d'œil complice. Touché par cette marque d'attention si rare, Gilbert a le visage fendu jusqu'aux oreilles… O'Reilly soutient son regard, tandis que son expression se modifie subtilement. Comme s'il lui lançait un message… Intrigué, le garçon tâche de le déchiffrer. Une tâche trop ardue, dans la semi-noirceur qui règne ! Il rompt le contact pour, comme ses camarades, s'offrir un repos bien mérité.

DEPUIS LEURS FOYERS, les habitants suivent la progression des trois notables vers la mère patrie : la longue route en carriole vers New York, puis l'embarquement sur le *packet boat*. L'heure est grave, et tous en sont conscients avec acuité. Ces hommes, choisis parmi l'élite des Canadiens, portent les espoirs d'une nation entre leurs mains ! Les habitants s'installent dans l'attente. Peu à peu, l'excitation retombe et le train-train quotidien reprend sa place...

Le maître-potier déserte son foyer en direction de l'arrière-pays, seul cette fois, malgré les supplications de Rémy. Dans le contexte, Vitaline se sent doublement abandonnée ! Dès que l'huis se referme sur son père, elle frissonne amplement. À l'idée de demeurer ici, entre sa mémère à l'esprit en déclin et sa mère qui promène un regard éteint sur son entourage... Elle se retourne à demi pour observer cette dernière qui, avec sa lenteur habituelle, retourne vers sa couche. Sur le coup, Vitaline souhaiterait tant se retrouver ailleurs !

Les jours défilent dans une succession d'ouvrages effectués sans se presser, en bavardant avec quiconque se trouve à proximité. Quiconque, sauf Bibianne... Sa mélancolie accable Vitaline bien davantage qu'auparavant. La jeune fille tente de se secouer, mais elle n'y peut rien : elle combat une telle lourdeur à l'âme ! L'impassibilité de sa mère jette un froid intense dans son cœur. Lorsqu'elle contemple le voisinage depuis l'une des fenêtres de la maison, elle a l'impression que les glaces sont installées à perpétuité...

Vitaline s'évade grâce à d'interminables réminiscences dans lesquelles elle touche à toutes les facettes du métier de potier. Sauf que, insensiblement, ses rêveries l'amènent sur un terrain plus glissant, occupé par quelques beaux hommes du bourg... Lorsque, dans son esprit enfiévré, ces hommes finissent par se transfigurer en mâles aux yeux ardents, Vitaline décide qu'il est plus que temps, pour elle, de s'investir dans une occupation absorbante et plaisante, celle de tresseuse de ceinture fléchée.

Popularisé par la traite des fourrures, cet accessoire est devenu, en quelque sorte, un emblème typiquement canadien, complément indispensable au costume national d'hiver. Par-dessus le paletot à capuchon en étoffe du pays, les hommes s'en sanglent les reins, d'une manière à la fois coquette et virile ! C'est un art difficile dont Vitaline ne maîtrise que les rudiments. Elle sait comment enduire les interminables brins de laine de cire d'abeille, puis les fixer aux deux petites baguettes de bois, et enfin tendre cet appareillage entre le mur et le plancher. Néanmoins, le motif qu'elle crée par entrelacement est très simple.

Elle ne s'en formalise pas le moins du monde, puisque les hommes de la maisonnée se réjouissent de ces ceintures colorées et plutôt jolies à contempler. Et pendant ce temps, son esprit est parfaitement concentré... C'est affairée à cette tâche que Vitaline se fait surprendre par sa sœur aînée lorsqu'un beau matin, elle fait irruption dans la pièce, en provenance de l'extérieur. Les joues rougies par le froid et les yeux rayonnants d'animation, Perrine s'écrie :

— Toute fin seule ? Sont où, nos aïeules ?

— Mémère est encore couchée, répond Vitaline en indiquant du menton la petite chambre du rez-de-chaussée. Elle avait les jambes qui tricolaient. Grand-mère est aux animaux. Tu leur veux quoi ?

— La boucanerie fume, annonce Perrine, fière comme un paon.

Vitaline se redresse en la fixant avec de grands yeux.

— Pour de vrai ? T'as vu de tes yeux vu ? Parce qu'avec toutes les cheminées qui crachent...

— Je suis positive, réplique-t-elle en resserrant la ceinture de sa bougrine. Je vais quérir grand-mère. J'ai déjà averti le boucanier qu'on s'en venait avec nos pièces.

La jeune femme sort, et Vitaline s'empresse d'abandonner sa tâche. Sur le parvis de l'église, le dimanche précédent, le boucher du village a annoncé qu'il érigeait sa boucanerie dans un champ à l'orée du bourg. Si certains des habitants du village ont leurs propres installations, plusieurs artisans hésitent à s'y astreindre. Ils manquent de temps et d'espace... Ils préfèrent confier cette tâche exigeante à un homme d'expérience, contre une rétribution souvent en nature.

Les deux sœurs et leur grand-mère sortent les pièces de viande à faire fumer, principalement du porc salé qui deviendra du jambon dont on se régalera à Pâques, mais également un jeune chevreuil à la chair tendre qu'Uldaire a réussi à abattre dans les bois. Dans chaque morceau, elles enfilent une broche en forme de collet, munie d'un bout de planche sur lequel grand-mère inscrit le signe avec lequel Uldaire identifie ses pièces de poterie : un U et un D accolés.

C'est Vitaline qui s'attelle à la longue et large traîne, une tâche qui l'amuse et qui lui vaut, bien entendu, quelques apostrophes amicales de la part de commères ou de quidams croisés en chemin. Tournant le dos à la rivière Chambly, elles montent vers l'extrémité du bourg. Bifurquant à droite, elles arrivent en périphérie du hameau. Au-delà, ce sont les concessions, une vaste étendue couverte par les champs et les fermes, sillonnée par plusieurs rangs parallèles qui ont été ouverts à mesure que le défrichement progressait. Tout au bout, la forêt mystérieuse couvre la majeure partie de la contrée, jusqu'aux montagnes du Vermont, dit-on…

À la suite de ses parentes, Vitaline s'engage sur un petit chemin de ferme qu'elle suit jusqu'au-delà de la maison. En effet, une construction en forme de cône tronqué a été érigée sur les premiers mètres du champ gelé, et qui évacue astheure une épaisse fumée teintée d'une couleur bleu sombre. Plusieurs personnes s'y empressent, tout d'abord le boucanier et son jeune aide, puis quelques clients, un ancien artisan-sellier du bourg et deux dames bien embobinées.

L'air satisfait, grand-mère dit à ses petites-filles :

— Ça m'a l'air bien parti. Y a pas à dire, y sait s'y prendre, ce boucher, pour aller quérir le fumet…

Toutes trois échangent un sourire épanoui. L'heure du carême a sonné, mais rien n'interdit de se remémorer le goût suave et riche des viandes fumées avec art… La senteur est fièrement plus grisante que celle des pipées ! Vitaline se dételle avec soulagement. Perrine parlemente avec le boucher devenu boucanier, et bientôt, les pièces de viande sont retirées de la boîte de la traîne pour être suspendues à une barre de fer.

Vitaline a le temps de jeter un coup d'œil à l'installation, qui se révèle tout à fait coutumière. Au sol, sur un lit de briques, un feu nourri fait rage dans un gros chaudron, mais un feu constamment étouffé par le bran de scie d'érable dont la combustion crée cette fumée régulière, si importante pour un fumage réussi. De nombreux morceaux de viande sont déjà suspendus, dont certains commencent à acquérir la teinte brune caractéristique. Dans quelques jours, leurs propriétaires reviendront prendre possession des pièces.

Le signal du départ est donné et Vitaline s'attelle de nouveau. Le rythme alerte, Perrine ouvre l'équipée. Tout en plaçant ses pieds dans les traces de sa grand-mère, Vitaline inspire à pleins poumons. Couronnée par un azur d'un bleu profond, cette journée est une véritable splendeur, et elle sent tout son être se dilater sous la diffusion d'une joie douce, celle d'être jeune et pleine de vie. Renfermée à l'intérieur, elle a tendance à l'oublier… Perrine a déjà disparu. Sans doute qu'elle fera une brève visite à l'une ou l'autre de ses amies avant de s'encabaner…

Les entrailles de Vitaline se nouent à outrance. Soudain, elle est accablée par la manière dont sa mère influence les rapports familiaux. Lorsqu'elle songe à son silence, qui tinte comme le glas, et à sa froideur désespérante, elle se sent comme si elle plongeait dans une mare glauque… Elle voudrait que Bibianne disparaisse. Elle voudrait que sa grand-mère n'ait plus à lutter, chaque jour, pour diffuser un peu de chaleur dans la maisonnée ! Car dame Royer en devient toute pâle, comme exsangue. D'humeur enténébrée, elle bourrasse pour des riens, ce qui n'est pourtant pas son genre.

— Grand-mère !

Vitaline fige. Elle a senti un besoin urgent de lui poser une question, laquelle a jailli de sa gorge comme un cri ! L'interpellée s'arrête et se tourne vers elle, manifestement surprise :

— Quoi donc ?

La jeune fille s'empourpre. Elle n'avait rien de précis à lui mander… Un ramassis d'émotions est en train de faire éclater son cœur. Des émotions qui s'entrechoquent, et qui lui donnent, tout à la fois, le goût de pleurer et de s'enfuir en courant !

— Grand-mère…

— Je t'écoute.

— Pourquoi ta fille… ta fille, elle est de même ?

Vitaline sent un immense frisson la parcourir tout entière. Elle a tutoyé sa vieille parente! Tout d'abord, cette dernière la dévisage avec égarement. Puis, peu à peu, une onde de déplaisir traverse son visage et son expression en devient figée, épeurante. Vitaline combat une panique excessive. Pour rien au monde elle ne voudrait faire du tort à sa grand-mère!

— Je t'ai expliqué. À la naissance de Rémy...

En Vitaline, un puissant courroux chasse sa peur, et elle la coupe sans ménagement:

— Je sais, pas besoin de répéter! Mais c'est quoi, qui l'a meurtrie de même? Je me souviens, quand j'étais petite...

Ces derniers temps, à force de songeries, Vitaline a fait jaillir des réminiscences en forme d'éclairs, qui remontent à très loin... Un sourire lumineux comme une pleine lune. Une câlinerie aussi bonne qu'une croquignole. Un moment dans la berçante, sur les genoux de sa mère, qui lui chuchotait une histoire avant d'aller se coucher. Elle était encore toute petite, quelques années à peine, et elle s'ennuyait de dormir avec ses parents... Vitaline doit se rendre à l'évidence: la venue de son petit frère l'a privée de la tendresse de sa mère. Quand elle y pense, elle est secouée par un ouragan de colère!

— C'est pas la faute à Rémy. C'est la faute à qui, grand-mère? Je veux savoir! Mon père? C'est-y mon père qui lui a fait mal?

La vieille dame repousse l'assaut en secouant vivement la tête.

— Pas pantoutte, je te le garantis! C'est pas lui, au contraire, tu vois comme y la protège, chaque jour que le bon Dieu amène!

— C'est qui, alors?

Acculée au pied du mur, dame Royer réagit par un rictus d'impuissance.

— J'suis obligée au secret. Je te jure sur la tête de ma mère, je peux pas me déverrouiller la parlure! Autrement, je me confierais à toi, je vois bien que... Mais je peux pas. Ça donnerait rien, ma petite-fille. Ça mettrait juste... trop d'aigreur dans ton cœur...

— Je l'ai déjà, l'aigreur. Contre ma mère, pis contre toutte ce qui a fait son malheur!

Sa grand-mère vient à elle, prestement, et lui étreint la main. Vitaline voudrait se soustraire à son regard qui tente de l'amadouer, de l'attendrir…

— Faut pas en vouloir à ta mère. Pour le sûr, y a quelqu'un qui lui a fait mal. Mais y a disparu du bourg depuis belle lurette… Pis comme c'est relié à la naissance de Rémy, je voudrais pas…

Elle inspire profondément, pour ajouter encore :

— Moi, j'aurais pas réagi comme Bibianne. Du moins, je le crois en mon âme et conscience… Mais ta mère… sur certaines choses, elle est trop impressionnable. Pis c'est là que le fer rouge a laissé sa marque…

Dame Royer lutte contre l'affliction, et ses yeux en deviennent humides. Vitaline n'a jamais vu sa grand-mère verser le moindre pleur… La gorge excessivement nouée, elle boit avidement le flot de paroles qui se déverse de la bouche de son aïeule.

— Au début, j'étais enragée, moi itou. J'en voulais au monde entier ! Ma fille s'est éteinte, alors… Ma seule fille, Vitaline. Tu te rends compte ? Les deux garçons qui me restent, y habitent ben loin… Tu la vois quasiment jamais, ta parentèle de ce bord-là… Pis une fille, c'est pas pareil. C'est comme… comme si le cordon, y restait attaché, d'une manière ou d'une autre.

Elle ramène son regard, qui caracolait au loin, vers Vitaline :

— Je t'en supplie à genoux, ma petite-fille. Fais la paix avec ta mère… Un jour, peut-être, je te dirai. Un jour dans ben longtemps… En attendant, fie-toi sur moi. Tu l'as fait jusqu'à présent, pis je t'ai pas trop brouscaillée, c'est-y pas ?

Vitaline voudrait répondre par un sourire, mais c'est seulement une grimace qu'elle réussit à plaquer sur son visage, à cause d'un trop vif accès d'émotion. Les larmes tièdes coulent sur ses joues brûlantes, puis sur son menton tout froid… Sa grand-mère la prend dans ses bras, maladroitement à cause de tout ce qui les encombre, pour une accolade emportée.

— Là… T'es la prunelle de mes yeux. T'es même celle de ta mémère, savais-tu ? Pis ton père, y est aussi mal amanché que nous autres… Je trouve, princesse, que tu manques pas de courtisans. T'es pas de mon avis ?

— Ben oui, grand-mère, arrêtez de m'étriver de même ! C'est juste que…

— Chut… Je vois clair, t'en fais pas. Je vois que ça brasse pas mal, dans ton dedans ! Ça va passer. Du moins, si tu bois à la source qui coule, au lieu de ronchonner devant celle qui est tarie…

Vitaline clôt les paupières. Son âme s'est notablement allégée… Enfin, elle se redresse et s'essuie les yeux sur sa manche. Elle déclare doctement, mais avec un soupçon de malice :

— Z'êtes un ange, grand-mère. Mais poussez pas trop votre avantage, parce que mon orgueil va être froissé…

La vieille dame éclate d'un rire excessif, proche de la tourmente. Vitaline ajuste la sangle de la traîne, puis elle se remet en marche, dépassant sa grand-mère d'un air altier. Pour s'appâter, elle songe à l'ouvrage qui l'attend à la maison. Pendant que dame Royer remplacera Bibianne au métier à tisser, les jeunes filles s'astreindront à plusieurs heures de couture. Une activité fastidieuse, mais que Vitaline ne déteste pas. Elle en profite pour observer le grain du tissu, qui recèle toujours des surprises : un fil plus épais qui fait saillie, ou un tissage serré d'une texture inusitée… Et puis, elle coud avec un point fantaisiste qui fait le désespoir de ses aînées, mais que les plus sévères remontrances n'ont pas réussi à modifier !

- 19 -

Il fait un froid de canard, mais Gilbert n'en a cure. Les classes de méthode et de versification, accompagnées du régent O'Reilly, arpentent d'un pas allègre le faubourg des Récollets, cette région encore essentiellement agricole située à l'ouest de la vieille cité. En cette belle après-dînée du début de mars, le groupe se rend en procession, pendant la journée de repos hebdomadaire, vers le fleuve. Ce n'est pas pour célébrer un culte quelconque, mais pour s'adonner à l'un des sports d'hiver favoris des Canadiens, le patinage !

Les quelques arpents à franchir avant d'atteindre la rive du fleuve prennent, en hiver, l'allure d'un désert blanc, dont la monotonie est rompue par quelques bâtiments de ferme épars, propriété des religieuses de l'Hôtel-Dieu. Le seul obstacle à franchir est le canal de Lachine, dépeuplé pendant la morte-saison, les portes des écluses laissées béantes. Franchissant le superbe pont de pierres de taille construit à l'endroit où le canal se jette dans le fleuve, les collégiens font halte, séduits par le magnifique paysage qui s'offre à eux.

L'été, ce lieu de promenade est fort achalandé. Les badauds s'émerveillent de voir s'accumuler une masse d'eau formidable, qui piaffe de ne pouvoir franchir ces épaisses barrières dressées par l'industrie des hommes. Ils admirent, sur la surface du fleuve, les allées et venues des grosses barques à vapeur, des barges à voile et des canots de toutes tailles. Le cœur battant, ils voient les immenses voiliers, en provenance des isles Britanniques ou des Indes, franchir le traître courant Sainte-Marie et, la proue victorieuse, se diriger lentement vers le port. Dégorgeant leurs richesses, ils repartiront bientôt, les cales pleines de denrées du pays, surtout ce bois si apprécié en Europe...

Mais sous la bise, les garçons sont seuls pour se rincer l'œil. À leur gauche, le mont Royal tout blanc, aux arbres hérissés de glaçons, scintille au soleil, veillant comme une bête allongée sur les nombreux édifices de la ville. À leur droite, l'isle Sainte-Hélène émerge d'une mer de glace, sa partie nord abritant des arsenaux, des casernes et des magasins de munitions. Surmonté d'une colline sur laquelle s'élève une batterie imposante, prête à foudroyer un éventuel ennemi, le tout forme un ensemble militaire considérable !

Et là-bas, à l'horizon, de l'autre côté de l'immense Saint-Laurent, se trouve le plat pays de la rivière Chambly. Magnifiées par le souvenir de leur luxuriance estivale, les campagnes semblent encore riantes, malgré la rigueur de l'hiver ! Quelques monts aux formes variées brisent la monotonie du relief, comme autant de nuages blanchâtres déposés de loin en loin.

– Jusqu'où s'étend le génie de l'Homme ? Jusqu'où porte-t-il les efforts de son industrie et la sphère de ses connaissances ?

Tiré de sa contemplation, Gilbert tourne la tête vers O'Reilly, de qui origine cette réflexion inspirée. Placé au milieu d'eux, le jeune prêtre semble frappé d'éblouissement... Une voix goguenarde réagit :

– Pour réaliser des profits, l'Homme va loin, y a pas à dire... Quand y est un Bureaucrate, l'Homme va jusqu'à puiser à l'envi dans les fonds publics.

Parachevé moins de deux ans plus tôt, le canal de Lachine a coûté 125 000 louis à la province, et sa construction fut fertile en tripotages. Depuis, ses promoteurs font miroiter des bénéfices d'exploitation qui semblent de la poudre aux yeux ! Car les taux de péage sont exorbitants. Ceux pour qui le canal paraît le plus utile, les habitants du Haut-Canada, préfèrent encore s'exposer aux risques du fleuve pour faire descendre leur farine de potasse, le beurre, le lard et moult autres denrées.

La modernisation du réseau de transport est une nécessité, tout le monde s'entend là-dessus. Mais fallait-il privilégier la route vers l'ouest, celle du Saint-Laurent, qui comporte de nombreux obstacles naturels, au détriment de la route vers le sud, celle de la rivière Chambly, fièrement plus sûre et qui pénètre creux en territoire américain ? Les privilégiés de la Clique du Château, anciens magnats de la fourrure ou aventuriers arrivés de fraîche date, ont ardemment soutenu le vote de crédits par la législature pour financer ce canal controversé. Mais dès qu'il est question d'améliorer la navigabilité de la rivière Chambly, le Conseil législatif s'arrange pour y faire obstruction, d'une manière ou d'une autre…

Faisant fi du scepticisme ambiant, O'Reilly reprend avec verve :

— L'Homme est un être borné, mais rien n'est à son épreuve. Il franchit les mers, il endigue le cours des rivières, il mesure la distance et le cours des astres, il prédit l'avenir. Sans doute qu'il osera même escalader le ciel ! Concevez à présent, si vous le pouvez, la sagesse et l'excellence de Celui qui a créé cet être, qui a mis tant de ressources et de facultés à sa disposition. Celui qui, dans un clin d'œil et depuis tant de siècles, régit et gouverne ce vaste univers ! *Ô altitudo divitiarum Dei !*

La troupe reprend sa marche, et souriant avec indulgence, Gilbert inspire à fond. À mesure que le temps passe, il se voit soulagé d'un grand poids, soit la crainte de revivre l'expérience de l'année précédente. Il s'est accoutumé au régime de vie austère du cloître de Montréal. Il en tire même de singuliers plaisirs ! Celui d'apprendre, bien entendu, de réussir à appréhender des notions abstraites, qu'il n'aurait même pas cru l'esprit humain capable d'inventionner. Mais également, celui d'avoir des amis fidèles, auxquels il voue quasiment autant d'affection qu'à sa propre famille ! Presque chaque jour, il remercie le ciel de ne pas faire partie de la petite troupe des laissés-pour-compte, ceux qui se distinguent par une infirmité ou un vice de caractère, et qui errent dans une solitude presque totale…

Ce bien-être est accru par l'intensité des émotions politiques. Gilbert et ses amis vivent intensément chaque événement, ainsi que le moindre Canadien ayant le sort de sa patrie à cœur ! Des bruits d'arrestations arbitraires, de même que la rumeur de la saisie, par une expédition militaire, des requêtes et des signatures recueillies pour être portées aux pieds du roi d'Angleterre, ont balayé la cité. Le magistrat salarié Samuel Gale et son *Police Office* semblaient constituer le foyer de l'offensive. Car le lieu de travail de ce polisson et de son équipe de maintien de la paix était devenu la demeure habituelle des plus conséquents hommes à place, de même que le but de fréquentes promenades de la part de moult conseillers exécutifs et législatifs…

L'insubordination d'une douzaine d'officiers de milice, principalement du village du Grand-Brûlé, a rajouté au climat de tension. Le notaire Jean-Joseph Girouard a initié le mouvement au moyen d'une lettre, ensuite publiée dans les pages de *La Minerve*. Plusieurs notables ont suivi, dont le père d'Hercule Dumouchel. Ce coup d'éclat est qualifié de rébellion, en vertu de laquelle il faudrait sévir en instaurant la loi martiale !

Mais l'agitation chez Samuel Gale et son entourage, lequel incluait même le secrétaire du gouverneur en visite dans la métropole, visait plutôt un autre but, vitement dévoilé : c'est ce Bureaucrate de la pire espèce qui transportera, à Londres, la pétition des adversaires du pays, contenant environ 8 000 signatures. On se pressait afin de devancer *ces trois fripouilles* d'envoyés canadiens ! À juste titre, Gale est considéré comme le plus apte à défendre la cause de Dalhousie auprès des autorités impériales.

Les garçons débouchent enfin sur la rive du fleuve. Les chutes de neige se sont faites rares depuis le mois précédent, et une ample surface du fleuve est entretenue. Il est plus que temps d'en profiter, avant l'arrivée du redoux ! À cet endroit, le Saint-Laurent prend l'allure d'une mer intérieure, formant le bassin de LaPrairie, du nom du principal village situé de l'autre côté, là où se trouvent le quai de la traverse et l'amorce du chemin très fréquenté qui mène à la frontière américaine.

Le bassin est balayé par un vent coriace, et en ce mitan de la semaine, toutes les cantines érigées pour l'hiver ont leurs volets fermés. Gilbert se gausse d'un Gaspard qui grommelle amplement contre cet état de fait. Néanmoins, lorsque la silhouette de quelques patineuses valsant au large tombe sous ses yeux, son humeur bourrassière s'envole sur-le-champ, remplacée par un entrain édifiant à nouer les sangles de ses patins sous ses bottes !

La tuque au ras des yeux, le foulard montant quasiment jusqu'au nez et les mains emmitainées, les collégiens se ruent, un à un, sur la surface gelée. Gilbert se laisse couler dans le bonheur d'avoir une entière liberté de mouvement, de se dépenser sans compter. Après une bonne période à musarder, au gré du vent et des coups de patins, des jeux collectifs s'ensuivent. Courses de vitesse, échanges musclés de boules de neige et bousculades diverses font monter le rouge aux joues.

Gaspard et son jumeau Vincent doivent se soumettre à une épreuve qui survient périodiquement. Des plaisantins les obligent à se placer l'un derrière l'autre, étroitement joints. Ils se gaussent à outrance de leur gabarit qui s'épouse parfaitement. Compressant la tuque de leurs cobayes, ils n'en reviennent pas de voir qu'ils ont la même taille, à un poil près ! Pour conclure l'épreuve, les farceurs placent les frères côte à côte, s'exclamant de leurs visages pareillement ciselés...

La vaste patinoire n'appartient plus uniquement aux collégiens et aux patineuses inconnues, dont Gaspard a rapidement découvert qu'elles étaient des Anglaises âgées et plutôt collet monté. Des groupes bigarrés batifolent au même rythme. Parmi eux, une troupe provenant d'une école anglaise quelconque, dont les membres ont sensiblement le même âge que Gilbert et ses amis. Ces derniers se sentent observés par ces survenants comme des spécimens humains bizarres, aux mœurs étranges, et dont la fréquentation pourrait comporter des dangers... Car nécessairement, les Canadiens mal dégrossis, ignares et crédules, ne peuvent que s'incliner face à la race suprême, l'anglaise. Même les enfants du sol les plus instruits et les plus à l'aise de tout le Bas-Canada semblent considérés comme faisant partie d'un groupe aux mœurs surannées et aux valeurs archaïques. Un groupe dont les membres, en toute logique, ne devraient aspirer qu'à endosser la vêture *british* !

De nombreuses familles d'origine britannique sont venues se mêler à la population canadienne. Gilbert en connaît plusieurs dans le bourg de Saint-Denis, dont la moindre n'est pas la famille Nelson! Nécessairement, ces familles tendent à se fondre aux natifs du lieu, même si dans l'intimité, elles pratiquent leur religion protestante et communiquent dans leur langue. Ainsi, ces rapprochements déjouent la plupart des préjugés et des antagonismes de race.

Mais il n'en va pas de même partout. À plusieurs endroits se sont formées des communautés anglo-saxonnes qui exsudent la méfiance. La réputation de William-Henry, comme de Dorchester, célèbre poste douanier du haut de la rivière Chambly, n'est plus à faire parmi la population de la contrée. D'autres sont notoires dans toute la province, tels certains secteurs des cités de Québec et de Montréal, de même que le bourg quasi entier des Trois-Rivières.

En réaction, les Canadiens ont développé un maintien fier, proche de l'arrogance. Les collégiens s'en vêtent spontanément dès qu'ils croisent le chemin de calomniateurs potentiels, d'autant plus que leur fibre patriotique est exacerbée! Les garçons échangent donc des œillades méfiantes avec les *schoolboys* sobrement embobinés. Ni tuques ni foulards bariolés chez eux, mais des chapeaux et des cache-nez peu voyants.

Il devient manifeste que, parmi la trentaine de *schoolboys*, quelques-uns ont envie de leur chercher noise. Tout en faisant mine de s'amuser avec exubérance, un groupe d'une demi-douzaine vient les déranger dans leurs jeux. Comme si tout le territoire leur appartenait, comme si les collégiens canadiens étaient quasi invisibles! Ces derniers auraient sans doute passé outre, malgré leur frustration, si un jeune Anglais n'avait pas pris la liberté de déséquilibrer Hercule, au moyen d'un frôlement dans son dos. Ce dernier mouline des bras pour tenter de se reprendre, mais en vain, car il finit par s'étaler à plat ventre sur la glace.

Il se relève prestement, la mine furieuse et la vanité froissée. Gilbert et ses amis, de même que plusieurs tuques bleues modérées, se rassemblent autour de lui. Dès qu'il est clair qu'Hercule est indemne, tous se tournent vers l'assaillant. Comme de raison, ce dernier les toise, campé à quelques verges de distance, entouré des membres de son groupe. Âgé d'une quinzaine d'années, il est long et maigre, le teint pâle et les cheveux d'un noir de jais. Son air provocant ne laisse planer aucun doute sur ses intentions. Il a sciemment provoqué l'incident! Hercule s'avance et lance vers lui, dans un français dont le paroli canadien est exagéré :

— Hé, mon fendant de John Bull! Tu viens-tu juste d'apprendre à patiner? T'aimererais-tu une leçon particulière?

Sans se départir de son demi-sourire narquois, l'interpellé hausse les épaules en signe d'incompréhension. Gilbert est persuadé que moult d'entre eux entendent le français, du moins en partie, mais ils font exprès de laisser croire que cette langue est inintelligible. Ils échangent quelques reparties entre eux, trop lestement pour que les Canadiens puissent y donner du sens. Seul le mot « Jean-Baptiste » émerge, trop souvent lu et entendu pour ne pas être parfaitement clair.

Enfin, parmi les rires, l'assaillant d'Hercule s'incline vers ce dernier de manière très cérémonieuse. Se redressant, il laisse tomber :

— *I'm waiting for your cartel, dear Knight of the Cross!*

Plusieurs collégiens canadiens réagissent par des rires de dérision.

— Un cartel! s'exclame Hercule d'une voix sonore, en se tournant vers ses amis. Ce saligaud se donne de l'importance! Une offense comme la sienne mérite une bastonnade, pas une provocation en duel!

Les sourcils froncés, Gilbert balbutie :

— Que c'est qu'y dit? Le Chevalier de quoi?

En réponse, le collégien situé tout juste derrière Gilbert grommelle :

— De la Croix. La croix catholique, mais surtout toutes les croix qui garnissent les parchemins.

Gilbert est pétrifié par la stupéfaction. Cette mauvaise graine de Bureaucrate se moque de ces innombrables Canadiens qui ont laissé les notables inscrire leur nom sur la pétition, y ajoutant ensuite une croix pour l'authentifier?

— T'as pas ouï ? Cette médisance circule en ville depuis une escousse.

À travers le brouillard de son ressentiment, Gilbert identifie cette dernière voix comme étant celle de Georges-Étienne Cartier, fils cadet de Jacques et neveu de Joseph, les deux principaux héritiers de l'empire financier bâti par leur père, marchand du village situé en face de Saint-Denis, celui de Saint-Antoine. Soudain, son camarade gueule d'un ton revanchard :

— Paraît que tous les importés sont suprêmement instruits. Tous les importés pseudo-loyaux sont des savants ! Tandis que nous autres, les Canadiens...

— On est des ignares profonds, renchérit un autre, comme touttes les immigrants de langue anglaise qui sont venus signer notre Adresse au roi !

— C'est-y pas vrai, les *blokes*, que le pauvre p'tit Jean-Baptiste, y faut le gouverner avec une poigne de fer ?

— Fait que faudrait laisser la gouvernance entre les mains *si expertes* de la caste !

Il devient impossible à ceux qui reçoivent ces invectives de rester insensibles. Certains traduisent à mi-voix les phrases projetées vers eux, et leur agitation croît en proportion. Henri-Alphonse vocifère :

— De la bouillie pour les chats ! Si y'a pas de croix sur les Adresses bureaucrates, c'est juste parce qu'on négligeait de faire confirmer les inscriptions !

Gilbert ruisselle littéralement de fureur. Il songe à son père, un homme avisé malgré son manque d'instruction, et à la croix qu'il a dû aller tracer sur le parchemin dans l'office d'un des notables du bourg. Il songe à tous les artisans, à tous les cultivateurs dont les avis sont précieux, à cause de leur expérience de vie, à cause de tout ce qu'ils ont appris de ceux qui les ont précédés ! Dardant un regard furibond vers la demi-douzaine de *schoolboys*, il profère à son tour :

— Vous l'emporterez pas en paradis, avec vos insultes à pleines pages. Vos gazettes débiles, elles servent de papier cul par chez nous !

Leurs rivaux répliquent en déblatérant, entre eux, sur l'Adresse du peuple canadien, un document inepte, rempli de niaiseries et de faussetés. *A poor and senseless production of falsehood and folly*… Les agitateurs enseignent une vision déformée du débat, et le peuple est incapable d'en saisir les enjeux réels. D'après les *schoolboys*, moins d'un Jean-Baptiste sur mille était capable de comprendre le contenu de la pétition! Oui, à la vérité, ces Canadiens niais sont menés par le bout du nez par du menu fretin, dont une trâlée d'avocats sans mallette! Quant aux envoyés canadiens, ce sont les pires canailles qui soient. *Three of the greatest blackguards in Canada morally as well as politically speaking!*

Le groupe des collégiens s'entrouvre, et le régent vient prendre place au premier rang. Il reste impassible, son chapeau profondément enfoncé sur sa tête. Gilbert est fasciné par sa longue silhouette noire, au faîte de laquelle ses yeux d'un vert radieux, rehaussés par ses joues empourprées, semblent étinceler. Le surveillant des *schoolboys*, lui, se tient peureusement à l'autre bout de la patinoire, en compagnie de ses plus jeunes pupilles…

Le plus âgé des *schoolboys* se dresse comme un coq sur ses ergots. Dans un français cassé, il débite:

– Des rebelles. Voilà tout ce que vous êtes: des rebelles qui veulent mettre le pays à feu! Qui vont massacrer tous ceux qui s'opposent à eux!

Gilbert en reste estomaqué. Il y a donc une frange de la population qui fait son credo de ces affirmations outrancières? L'opinion des forcenés qui dirigent les gazettes, elle représente une croyance populaire, une conviction partagée? Henri-Alphonse s'époumone encore:

– Y vous reste juste ça comme défense. Le sarcasme, le ridicule! Pas moyen de trouver un argument sensé! Vos hérauts, y s'abaissent jusqu'à se moquer des Canadiens désargentés, qui sont obligés de donner du blé, ou ben du tabac, comme contribution au voyage de nos agents. C'est-y de notre faute, si y'a pas d'espèces sonnantes qui circulent? C'est-y de notre faute, ou bedon de celle de vos banques, de vos honorables argentiers?

Vincent Cosseneuve s'empresse de renchérir, prenant la foule grossissante à témoin :

— Pour le sûr, les Bureaucrates, y croyaient qu'on y arriverait jamais. Y croyaient que les Canadiens aimaient trop la senteur de leur argent ! Ben on leur a prouvé le contraire. Ça fait que là, sont dépités. Y nous insultent !

— *You're just a bunch of radicals. Of anarchists !*

Ces mots sont rabâchés par les *schoolboys*, qui les savourent en rigolant. Gilbert les mire avec un rictus d'écœurement. C'est un dialogue de sourds. À quoi bon poursuivre ? À quoi bon, même, leur infliger une mémorable correction ? Ils n'en seraient que davantage enragés. Le régent O'Reilly fait un pas en avant, toisant leurs opposants. En même temps, il lance par-dessus son épaule :

— On cesse les hostilités, les gars. C'est un coup d'épée dans l'eau...

Une épithète murmurée d'un ton excessivement méprisant se met alors à circuler dans le groupe qui leur fait face. *Papist...* Ce mot, synonyme de catholique, équivaut à désigner une brute. Dans l'Irlande ravagée par les préjugés religieux, il est utilisé par la caste dominante, d'allégeance protestante, afin de désigner la masse du peuple. Des animaux d'une espèce inférieure, selon eux, indignes de bénéficier des mêmes avantages...

L'impassibilité de l'aspirant sulpicien fond comme neige au soleil. Il s'empourpre à vue d'œil, sa mine devient courroucée et son corps entier se met à trembler d'une irrépressible colère. Alarmés, tous les collégiens le couvent des yeux. La voix agitée d'un trémolo de rage, il éructe :

— Les tyrans sont les pires insensibles qui soient. Ils oppriment, ils exploitent, ils mettent un peuple à genoux, et pourtant, ils l'accablent d'insultes !

Comme en Canada, songe Gilbert avec amertume. Ainsi, les profiteurs se confortent dans leurs actes ! Du même ton, O'Reilly répète sa phrase en anglais, avec le paroli caractéristique, si chantant, des Irlandais. Les *schoolboys* en perdent tout leur bagout. Désormais incapables de soutenir le regard meurtrier du régent, ils se jettent mutuellement des œillades prétendument ennuyées, mais dans lesquelles leur malaise se devine aisément.

Un mépris sans nom suintant par tous les pores de sa peau, O'Reilly assène encore, en anglais :

— Et maintenant que mon pays est exsangue, les tyrans déménagent. En Canada, pourquoi pas ? Les despotes se sentent chez eux partout où il y a des richesses à piller. Piller : voilà le maître mot des Anglo-Saxons. Saigner à blanc, quitte à laisser un désert par après. Les *Britons* sont nés pour régner !

Il s'est époumoné, et les *schoolboys* reculent.

— Les *Britons* sont nés pour imposer leur tyrannie à l'échelle de la planète entière. Peu importent ceux qui en souffrent ! Peu importent les natifs du pays. Ce sont des moins qu'humains, qui méritent d'être en servage. Des êtres dépourvus de sensibilité. Des bêtes, qu'on traite comme tel !

Sa voix se casse, et après un temps, il se détourne. Ses pupilles l'entourent, perdant tout intérêt dans la lutte avec les jeunes Anglais. Car à l'évidence, leur régent est bouleversé. Les yeux fermés, les poings serrés le long de son corps, il lutte pour reprendre contrôle de lui-même. Chamboulé, Gilbert s'astreint, comme tous ses camarades, à une vigile silencieuse. Les maux des Canadiens ne peuvent se comparer à ceux que les Irlandais catholiques endurent depuis des siècles, et qui obligent moult d'entre eux à quérir refuge sur les terres réputées hospitalières d'Amérique.

Alanus O'Reilly inspire profondément. Il cligne des paupières et lève son visage vers le ciel, laissant une larme ronde rouler sur sa joue. Ses lèvres remuent de manière inaudible, tandis qu'il adresse une courte prière au Créateur. Enfin, il reprend contact avec les alentours, laissant ses yeux pleins d'eau errer d'un garçon à l'autre. Il murmure :

— Dieu seul me donne la force de transcender ma colère. De la transformer en actes de charité pour autrui.

Il conclut par un sourire las. Thomas Nealon lui adresse une parole réconfortante, Matthew Carroll renchérit, et ne voulant pas être en reste, Georges-Étienne Cartier lance, avec gêne :

— Faudrait que vous nous parliez de votre pays, m'sieur. Une histoire qu'on connaît trop peu...

Les autres, Gilbert y compris, renchérissent. Ces leçons seraient réellement édifiantes, contrairement à bien d'autres! O'Reilly a fui sa terre natale en compagnie de ses parents, neuf ans plus tôt, et il s'y connaît en matière de lois iniques. Il opine benoîtement du chef.

— Courez retirer vos patins. On retournera au collège en causant...

Les collégiens ne se le font pas dire deux fois. L'immobilité commençait à transformer leurs orteils en glaçons! Tout en marchant, ils font, pour le bénéfice du régent, le résumé de leurs connaissances sur le sujet. Dès le Moyen-Âge, la verte Irlande tombait sous la domination des rois d'Angleterre. En cette époque d'intolérance religieuse, ils lui imposèrent des lois cruelles, dans le but avoué de rendre les catholiques incapables d'acquérir des propriétés ou de faire prospérer l'industrie.

Des rébellions successives n'ont pas réussi à secouer ce joug. Même si elle a fini par acquérir le statut de nation indépendante, l'Irlande demeure une colonie anglaise dans les faits. Une caste s'y est adjugé les biens d'autrui, et elle a recours à toute espèce de persécution pour conserver son influence et ses trésors... D'un ton morne, O'Reilly dresse une liste affligeante des mesures vexatoires qui ont terrassé le peuple irlandais. Plusieurs ont été révoquées, mais l'accoutumance et les préjugés perpétuent ce système d'exclusion!

Pendant maintes générations, un catholique n'était pas admis comme officier civil ou militaire. Il ne pouvait ni voter, ni être membre de corporations professionnelles, ni pratiquer comme médecin ou avocat, ni être solliciteur, shérif, grand juré ou connétable. Pour la milice, il devait débourser le double du protestant; ses chevaux pouvaient être réquisitionnés pour le service. Il ne pouvait acquérir une terre comme franc-tenancier, ni même de rente viagère, et les lois concernant l'héritage étaient iniques...

— Et astheure?

— Aujourd'hui encore, un Irlandais catholique ne peut pas être shérif. Encore moins directeur de la banque d'Irlande! On lui refuse le moindre appointement dans l'administration de la justice, ni dans l'armée de terre ou de mer.

Les collégiens le savent, mais O'Reilly appuie sur ce point capital : les Irlandais ont été dépouillés de leurs terres. Ils sont sous l'autorité de grands propriétaires terriens, qui leur louent de minuscules concessions, comme dans les temps les plus reculés du servage. Cette position leur enlève toute dignité et tout sentiment de justice. Les *landlords* sont inattaquables en cour de justice ; étant sûrs de l'impunité, ils font régner la loi de leurs caprices.

— Un homme se ferait briser les os, s'il osait lever la main pour se défendre !

Privés de droits et dépouillés de leurs franchises, et ce, pendant quasiment un siècle, les Irlandais peinent à retrouver leur dignité en tant que peuple. Les divisions de castes sont encore bien vivantes ; même si les catholiques ont désormais le droit d'occuper certains postes, on ne les choisit pas pour les remplir ! Dans un élan passionné, le régent ajoute :

— Tant que l'administration de la justice ne se trouvera pas à la portée du désargenté, aucune amélioration n'est possible. Les magistrats sont corrompus. Les crimes commis par les puissants se méritent des peines dérisoires !

— Et votre Parlement ? Les représentants sont élus pour défendre le peuple !

Après avoir échangé une œillade mortifiée avec ses compatriotes, qui l'écoutent religieusement, le jeune homme fait une grimace de souffrance.

— En Canada, ce sont des hommes libres qui portent les députés en Parlement. Même si un gouverneur tente de les asservir, il ne peut pas grand-chose face à la masse des francs-tenanciers. En Irlande, le propriétaire conduit ses censitaires aux élections comme il conduit ses pourceaux au marché. Au moyen de baux à vie à raison de quatre chelins par an, il se manufacture des électeurs à volonté !

Faire allusion à une prétendue liberté des suffrages chez de si misérables électeurs, ce serait montrer un goût de raillerie qui avoisinerait l'insensibilité... Sur cette assertion frappante, le silence retombe parmi le groupe. Gilbert a le moral à plat. Quelle histoire désolante! Comment ne pas frissonner en constatant les ravages occasionnés par le despotisme, par la réunion de toutes les faveurs entre quelques mains avides?

— Ça te frappe, toi aussi? Faut prendre garde. Un tel sort nous attend, sans conteste, si on se défend pas bec et ongles!

Il tourne une moue d'acquiescement vers Gaspard, mais il reste déstabilisé un moment, avant de répondre:

— C'est toi, Vincent?

Le frère de Gaspard réagit par un sourire béat:

— Comment tu fais? T'es quasiment le seul qui me reconnaît du premier coup!

Gilbert ne peut retenir une moue sarcastique:

— Pour vrai? Pourtant, c'est flagrant... Gaspard est un dandy en germe, tandis que toi... toi, tu fais partie de la race des gueux!

Vincent fait mine d'être offusqué, le gratifiant d'une vive bourrade, mais son air joyeux revient au galop.

— Tu parles drette... Pour tout dire, les dandys me font horreur. Pas de temps à perdre pour de telles niaiseries. Nos journées sont déjà grevées de frivolités!

— Ah bon? C'est pas le mot que j'emploierais...

— Des frivolités en forme de bondieuseries, j'entends...

Tous deux échangent un regard entendu, et s'assombrissant, Vincent revient à son propos:

— J'me suis un peu documenté sur le destin du peuple irlandais. Ça donne froid dans le dos... Tu sais, moi, j'suis guère bigot. J'me méfie à outrance... Pis y en a une trâlée, des Canadiens comme moi. De ceux qui se rendent compte que la science religieuse en sera une quand on pourra l'examiner sous toutes ses coutures, comme toute vraie science. Tu me suis?

— Me semble...

— En attendant, c'est un ramassis de superstitions. Sauf que ce ramassis de superstitions, le peuple l'aime, c'est-y clair? Fait que, y a pas un *smart* qui a le droit de débarquer chez nous, pis de venir nous opprimer sous prétexte que lui, le *smart*, sa religion est plus évoluée que la nôtre !

Tentant de donner du sens à ce micmac, Gilbert jette à son voisin une œillade éberluée. Vincent fulmine littéralement… Il enchaîne, sans même reprendre son souffle :

— C'est pas juste sa religion qui est plus évoluée, au *smart*. C'est toutte son être de pied en cap ! En partant, quand on naît *Briton*, on se tient au faîte de la Création !

Et Vincent relève son menton pour adopter un air pincé, excessivement dédaigneux, qui fait pouffer Gilbert de rire.

— Ça me remplit d'épouvante. Pas toi ?

Il a retrouvé son maintien ordinaire, et son expression s'est enténébrée. Les yeux tournés vers le lointain, il murmure :

— Le mot est fort, je sais, mais oui, j'en conçois de l'épouvante. On peut asservir son prochain juste parce qu'y est *différent* ?

Gilbert se sent plonger dans un intense malaise. Ces songeries sont encore trop graves pour lui, encore trop dérangeantes… Vincent trébuche et Gilbert tend la main pour le soutenir, mais c'est son jumeau qu'il effleure. Gaspard a donné une bourrade à son frère pour qu'il lui cède sa place… Vincent se retourne pour faire face à Gaspard et le toiser, les yeux ronds d'outrage, avant de dériver hors de leur vue.

Désarçonné, Gilbert tente de donner un sens à cette scène. Gaspard s'écrie :

— J'haïs ça, quand mon frère se place de même, en travers de ma route !

Gilbert ne peut retenir un mouvement d'exaspération :

— Veux-tu ben me dire en quoi y t'écœure, Vincent ? Je veux dire, c'est éprouvant, la manière que tu le traites…

— Éprouvant ? s'insurge Gaspard. Tu veux rire ? On arrête pas de se picosser de même ! Si tu voyais ce qu'y me fait, quand on est entre quat'z'yeux !

Surpris par cet emportement, Gilbert reste coi, tandis que le survenant inspire profondément, avant d'ajouter :

— Y m'a rien fait de particulier, le Vincent, sauf que sa présence m'indispose, c'est-y clair ? Pis j'ai pas à me justifier davantage.

— Correct, débarque de tes grands chevaux. Tu peux comprendre que c'est pas facile de faire avec.

— Fie-toi sur moi, c'est toutte.

Gilbert aimerait bien riposter que c'est exiger une confiance aveugle, mais il se retient.

— Envisage celle-là !

Parvenus sur la terre ferme, les collégiens sont à l'affût de la moindre plaisante dame qui traverse leur champ de vision.

— Tu la replaces ? Son père est un coronel haut placé… Vise-moi la capuche…

Par capuche, Gaspard entend le visage qu'elle ceint, un minois aux larges yeux verts, aux joues rouges et à la bouche aux lèvres rosies par le froid. En cette saison, il n'est guère possible de descendre plus bas sur l'anatomie, couverte d'une montagne de pelures !

Gilbert peut compter sur Gaspard pour l'alerter dès qu'une demoiselle accorte pointe à l'horizon. Son ami semble les renifler à des lieues de distance ! Le nez en l'air, la tête qui tournaille, la gigue aux pieds, il se dépense sans compter pour satisfaire son envie de contempler ces créatures inaccessibles, mais intensément convoitées… Si Gilbert ressent une avidité tangible à l'idée de tenir, un jour, une femme entre ses bras, il est parfois dérouté par l'apparente rapacité de son ami, qui pivote sur lui-même pour suivre la carriole du regard en se tendant de tout son corps. Comme si tout le bonheur du monde s'y concentrait !

À vrai dire, la légèreté d'âme de Gaspard lui procure un réel sentiment de bien-être. Il voudrait tant voir le monde de cette manière, comme un plat savoureux à déguster ! Cette désinvolture innée lui fait un bien souverain. Tant qu'il y a un bonheur dans lequel mordre à proximité, c'est l'essentiel… Et les bonheurs abondent sous forme féminine ! Bien sûr, tout le reste *n'est pas* contingence oiseuse, comme Gaspard a envie de le présumer, mais en ces temps difficiles, il n'est pas détestable de se faire des accroires !

X

− 20 −

Dès que son père rouvre l'atelier, Vitaline se sent comme un poisson enfin libéré de sa prison de frette. Elle frétille de partout, elle a envie de sauter dans les bras de n'importe qui, de galoper aux alentours de la maison ! C'en est quasiment épeurant. La moindre caresse lui donne la chair de poule, et la moindre émotion menace de gonfler au point de devenir incontrôlable ! Alors, elle plonge dans son métier d'assistante-potière comme si son salut s'y trouvait.

Mais une étrange fièvre l'encombre. Elle contemple le travail de son père, de même que les essais d'Aubain, et elle se retient à deux mains pour ne pas les chasser du siège et prendre leur place. Les bonnes sœurs auraient fait œuvre éminemment utile si elles avaient enseigné à leurs pupilles que l'imagination, à cet âge tendre, est comme un animal indompté dont il faut se méfier…

Pourtant, elle ne peut se brider. Elle se figure assise au tour à pied, après tourner une pourceline, comme un maître-potier… Une appétence diablement incongrue ! Le « beau sexe » accomplit une multitude de tâches nécessaires à la bonne marche d'un atelier, y compris décorer joliment les pièces à cuire, mais les seuls qui peuvent s'approcher du tour sont apprentis ou associés, tous masculins ! A-t-on jamais vu une femme au tour à potier ?

Un matin du début du mois de mai, Vitaline émerge de l'atelier, son pétrissage matinal enfin terminé. Elle cligne des yeux sous l'ardeur des rayons solaires. L'épaisse couverture de neige est maintenant réduite à quelques plaques grises et granuleuses. Ailleurs, les herbages reverdissent, tandis que les jonquilles de grand-mère sont au sommet de leur gloire, déployant leurs co-rolles jaunes. Vitaline se dirige dignement vers le fournil, se retenant de gambader comme une pouliche à peine émergée de l'écurie.

Une table bancale est placée, chaque printemps, à l'ombre du seul arbre de la cour ; Uldaire et Aubain y sont installés, avalant leurs dernières bouchées de fèves et d'œufs brouillés, accompagnées par quelques gorgées d'eau-de-vie. Séduite par la ragoûtante senteur de lard grillé, elle vient s'installer à table. À peine a-t-elle posé ses fesses sur la chaise que grand-mère glisse sous ses yeux une assiette fumante, qu'elle attaque sans attendre, adressant aux deux hommes des regards attendris. Elle se repaît de la présence de ses compagnons qui, affairés à racler leurs assiettes, échangent de rares phrases.

Lorsque Perrine vient retirer l'assiette de sous son nez, Aubain lui adresse un sourire béat qui illumine son visage doux et plein. Ce matin, note Vitaline, le bleu de ses yeux s'apparente à celui d'un ciel d'été lors d'une journée fraîche et venteuse... Avec une grimace enjouée, elle se permet une de ses agaceries coutumières :

— Remplis pas trop ton estomac, Aubain, à cause que je t'ai laissé du travail en masse !

— C'est gentil à toi de me prévenir, réplique-t-il, en s'étirant vers le plafond. J'ai un brin veillé, hier au soir...

— J'ai glissé des cailloux dans quelques pâtons. C'est comme aux Rois : à toi de les trouver ! Si tu réussis, tu auras une récompense !

— Parle pas de cailloux ici-dedans ! tonne Uldaire. Tu vas attirer le mauvais sort sur cette maison !

— Les cailloux sont la malédiction du potier, remarque Perrine dans un fou rire.

Son ton affecté agace Vitaline, qui lui jette un regard ulcéré. A-t-elle besoin de tournailler ainsi, alentour de la table ? Elle ferait bien mieux de les laisser entre spécialistes de la glaise ! Malicieuse, grand-mère s'enquiert :

— Et quelle récompense tu vas donner à Aubain, Vitaline ?

Déroutée par cette question, la jeune fille retrouve le fil de ses pensées. Pour le sûr, quand le convive attrape la fève, sa couronne lui donne droit à un privilège... Un sourire grivois aux lèvres, Aubain se penche de nouveau vers la table et saisit le broc d'eau, dont il transfère une partie du contenu dans son gobelet. Enfin, d'un geste délibéré, il boit. De l'œuf brouillé plein la bouche, Vitaline ne peut détacher son regard de lui. Sa camisole de laine, assez ajustée aux bras, laisse deviner des muscles qui saillent au moindre geste...

— Comme récompense, articule-t-il enfin, je réclame le droit de me choisir une reine.

Posant les mains sur ses épaules, grand-mère rétorque :

— Mémère sera ravie. Elle manque de distractions, ces temps-citte !

Aubain éclate de rire, bientôt imité par tous les autres, sauf Vitaline qui baisse le nez vers une assiette dont le contenu lui paraît soudain insipide. Elle a les nerfs à fleur de peau, le respir oppressé, les joues qui brûlent ! Déstabilisée par le puissant trouble qui l'envahit, elle fait mine de s'absorber dans son repas, mais tout son être est tendu vers le jeune apprenti. Sans crier gare, elle est devenue subjuguée par la beauté de son corps, par la riche sonorité de sa voix, si mâle, en train de lancer une boutade ! Une soif insolite l'inonde tout entière, une soif qui envoie des fourmillements jusqu'aux extrémités de son corps, et qui se transforme en une faim terrible, impérieuse, concentrée au plus creux de ses entrailles...

Machinalement, elle engouffre sa dernière bouchée, puis elle se dresse. De toute urgence, il lui faut s'éloigner d'Aubain ! Sans dire un mot, elle repousse sa chaise et s'éloigne vivement. Grimpant sur la galerie, elle marche jusqu'à l'extrémité du pan de mur et s'adosse. Dans cette position, elle s'oblige, pour reprendre pied, à observer les environs familiers et rassurants. À en juger par les coups de marteau, un voisin a entrepris, plutôt tardivement, de rafistoler sa clôture, endommagée par une carriole cet hiver...

Mais Vitaline replonge en elle-même. Malgré sa panique, elle savoure intensément cette sensation nouvelle d'un goût intense et surprenant. Depuis belle lurette, elle a compris que la concupiscence était, chez ses semblables, un courant souterrain d'une incroyable puissance. Même s'ils font mine de rien, les êtres humains des environs ne peuvent, à l'évidence, s'empêcher d'y succomber... Mais jusqu'alors, elle n'avait pas encore ressenti cette fabuleuse force d'attraction dans ses tripes. Elle n'arrivait pas à comprendre pourquoi son père, malgré l'étrange comportement de sa mère, ne pouvait résister à son attrait...

Aubain passe à proximité, en direction de l'atelier. Tout d'abord, il ne l'aperçoit pas, et fait une pause pour s'étirer de nouveau, comme un félin, à l'abri des regards. Vitaline en perd le souffle. Quelle splendeur que ce corps d'homme! Comme elle a envie de pétrir sa peau comme s'il s'agissait de glaise, une glaise tiède et douce aux courbes suggestives, un vaisseau parfaitement modelé par la nature!

Se tournant à demi, Aubain la découvre, et il ne peut retenir une moue de contrariété, comme s'il lui en voulait de ne pas avoir signalé sa présence. Vitaline est incapable du moindre geste, et après un bref hochement de tête, le jeune apprenti s'éloigne. Ce n'est que lorsqu'il a pénétré dans l'atelier qu'elle prend conscience de son corps, tendu vers lui comme un arc. Mortifiée, elle se tourne vers le mur, accotant son front contre le lambris tiède. Il y a des années qu'elle connaît Aubain, elle le considère quasiment comme son frère! Oui, quasiment! Ce qu'elle peut être niaiseuse, tout de même... Résolue à se brider, elle pivote sur ses talons, jetant à l'atelier, ainsi qu'au jeune homme qu'il abrite, un regard de défi. Elle refuse d'abdiquer son amour-propre et de se livrer ainsi, pieds et poings liés. Ce serait d'un lamentable!

À mesure que les semaines passent, Vitaline doit s'avouer vaincue. Le temps n'apaise aucunement son avidité pour les caresses d'Aubain. Lorsqu'il l'effleure de ses prunelles de ce bleu somptueux qu'arbore le geai en hiver lorsqu'il piaille, perché sur une branche de conifère... Lorsqu'il pose ses mains sur ses propres avant-bras nus, qu'il triture machinalement... Lorsqu'il éclate de son grand rire... Ce qui se passe à l'intérieur d'elle, tandis qu'elle frôle le jeune homme du regard, lui donne envie de courir à lui et le combler de caresses !

— Vitaline ! Viens manger, ton père a presque terminé !

Ce midi-là, elle n'a aucun appétit ; c'est à peine si elle avale quelques cuillerées de soupe, sans se mêler aux parlures. Quelques minutes plus tard, le maître-potier et son apprenti sortent atteler la charrette. Tout en se coiffant d'un chapeau à larges bords et en se couvrant les épaules d'un mince fichu, Vitaline cherche un prétexte pour ne plus être de l'équipée. Mais Uldaire s'inquiéterait, lui qui sait à quel point elle apprécie cette virée dans les concessions.

Les entrailles serrées, Vitaline grimpe à l'arrière d'une charrette débordante des rebuts de poterie accumulés en une année de production. Cette pesante cargaison est maintenue en place par des bâches tendues, et il lui reste un tout petit espace où elle s'assoit, les pieds pendants. Aubain conduit l'attelage d'une main experte, à travers le dédale des rues étroites où stationnent parfois d'autres attelages, dont il faut faire venir le conducteur à grands cris !

Enfin, sur la rue Yamaska, l'apprenti met le cheval au trot, ce qui laisse le nuage de poussière loin derrière. Sous la caresse du vent sur ses tempes, Vitaline ferme les paupières, envahie d'un accès poignant de mélancolie. Finalement, elle est contente d'être venue. Malgré les cahots et les ornières, le bercement l'apaise… Au virage du rang de l'Amyot, elle rouvre les yeux pour mirer la succession de bâtiments de ferme qui en épousent l'alignement.

Croisant un groupe d'hommes qui aplanit une ornière, Uldaire et Aubain envoient des salutations sonores. Le chemin est bordé d'arbres immenses, aux feuilles d'un vert tendre, que Vitaline contemple longuement, la tête penchée vers l'arrière. Enfin, l'attelage ralentit et pénètre dans la cour d'une fermette. Dès lors, la jeune fille saute de la charrette et suit en marchant.

Leur arrivée est accueillie par une trâlée d'enfants d'âges divers, aux visages maculés. Le plus petit dans les bras de la plus grande, ils courent vers eux et entourent Potiche, qui répond à leurs acclamations par de sourds hennissements. Les plus âgés laissent la charrette les dépasser et sautent à l'arrière, à la place que Vitaline vient de laisser. Uldaire lance par-dessus son épaule une gronderie que nul ne prend au sérieux, tandis qu'Aubain met la bête à l'arrêt.

— Hé, Cul-de-Jatte! hèle l'homme efflanqué qui vient de sortir de la maison. Quel bon vent t'amène?

— Je m'ennuyais bigrement de toi, réplique l'interpellé du tac au tac. T'imagines, tout un hiver sans te contempler la binette?

Uldaire exagère : Vitaline se souvient très bien que le dimanche de Pâques, tous deux ont devisé un bon moment sur le parvis de l'église, laissant l'office se commencer sans eux. Le visage fendu jusqu'aux oreilles, leur hôte vient leur serrer la pince tour à tour, même à Vitaline qu'il connaît depuis qu'elle est toute petite. Jusqu'à tout récemment, il s'amusait à faire mine de lui broyer les phalanges, mais depuis qu'elle a commencé à lui rendre la pareille, il est davantage circonspect...

Malgré sa maigreur, Bazile Frappier dit Bonneterre est puissant comme une bête de somme. Il faut dire qu'il passe la belle saison à charroyer la terre glaise tirée des entrailles de la terre, pour la vendre ensuite au plus offrant. Même s'il n'est qu'un bailleur payant un loyer à l'un des marchands les plus fortunés de la communauté, il est un maillon si essentiel du commerce des poteries qu'il affiche la fierté d'un habitant indépendant ne devant rien à personne. Nul ne lui en tient rigueur, sauf les rares pour qui l'aisance matérielle est la seule source de prestige!

— Votre famille se porte bien, m'sieur Frappier?

L'homme répond à la jeune potière par une grimace enjouée.

— Ça pousse comme de la mauvaise herbe, pareil à toi!

Réalisant le caractère offensant de sa remarque, il affiche une mine si contrite que Vitaline ne peut retenir une moue amusée. Uldaire s'interpose :

— Cesse de conter fleurette à ma fille, espèce de mécréant! Accours, on a de l'ouvrage en masse!

L'un des fils Frappier, âgé d'une douzaine d'années, a déjà saisi la bride de Potiche, qu'il guide sur l'étroit chemin de terre vers le site d'extraction. Les trois hommes suivent, devisant paisiblement. Vitaline ferme la marche, heureuse de ce temps d'arrêt où elle ne pense à rien. Elle se contente d'observer le panorama familier de l'arrière-pays de la rivière Chambly, une plaine fertile qui s'étale sur des lieues à la ronde et qui offrira en fin de saison des fruits généreux de toutes sortes : céréales dorées et pousses de pois, récoltes abondantes dans les potagers et les vergers, et cette glaise bien grasse qui a permis l'éclosion d'une industrie potière maintenant prospère.

Ainsi, chaque printemps, Uldaire rend visite à son fournisseur pour examiner avec lui la qualité de la veine de glaise et convenir de la marche à suivre pour la saison de production. Tous les potiers qui sont les clients de Bonneterre, dont le surnom n'est pas un adon, font de même. Comme ce dernier peut combler les besoins d'une modeste quantité de potiers, ils sont plusieurs à gagner leur vie avec l'extirpation de ce précieux matériau. Leur renommée tient à leur expertise à repérer un filon abondant et d'une qualité telle que peu de raffinage sera nécessaire.

La présence de glaise dans la région est connue depuis des temps immémoriaux : c'est du moins ce que grand-mère, épouse du potier Royer, a raconté à sa descendance. Les terres riveraines de la Chambly, route directe entre le port de Québec et les États-Unis, recèlent d'abondantes nappes de ce matériau précieux, qui peut être modelé en vaisseaux de toute sorte pour l'entreposage et la consommation des aliments. Si l'argile est abondante sur les berges du cours d'eau, son extraction en est plutôt compliquée, notamment à cause des crues saisonnières et du développement du bourg. Lorsque des filons remarquables sont repérés sur les terres défrichées dans les concessions à l'arrière du bourg, ils sont exploités ; c'est un tel filon qui a fait la prospérité de Bonneterre.

Après avoir contourné la maison, l'équipée suit une ligne droite vers le fond de la concession, mais pour guère longtemps : il n'est pas rentable d'avoir à franchir une trop longue distance de charroi. Plusieurs structures de bois sont érigées à la queue leu leu, surplombant autant de sites d'extraction. Tout en protégeant des intempéries la surface désabriée, elles supportent un palan qui permet de hisser les seaux de glaise.

Bonneterre lance un appel et les deux hommes qui s'activaient dans une fosse en émergent par une échelle. La scène est familière, mais chaque fois, Vitaline se mord l'intérieur des joues pour ne pas rire. Le fils Bonneterre, de même que leur manœuvre, sont embobinés de pied en cap, la tête coiffée d'une tuque, mais ils sont recouverts d'une grisaille de bouette jusqu'au bout du nez! Si elle avait à dépeindre l'horrible grichou dont certains se servent pour impressionner les enfants, Vitaline s'en inspirerait...

Le manœuvre suit la charrette, toujours menée par l'adolescent qui poursuit son chemin au-delà des fosses en activité, vers un site anciennement exploité, en voie d'être comblé avec les rebuts que les clients de son père y font transporter au printemps. Dès que la fosse sera pleine, elle sera recouverte, puis elle sombrera peu à peu dans l'oubli.

De leur côté, Bonneterre et son aîné s'absorbent dans une vive discussion avec Uldaire et Aubain au sujet de la qualité de cette glaise qui se trouve dans les entrailles de la terre. Pendant ce temps, Vitaline va s'accroupir au bord de la large fosse. La terre arable a été grattée de la surface, dénudant la veine d'argile; cette veine est ensuite découpée par tranches, de plus en plus profondément, jusqu'à ce qu'elle soit épuisée. Pour la retirer plus aisément du sol, chaque nouvelle couche de glaise, une fois à l'air libre, est laissée à sécher pendant un certain temps.

Les seaux débordants d'argile s'alignent à proximité. S'en approchant, la jeune fille s'accroupit de nouveau et y plonge ses doigts. Retirant une poignée d'argile, elle la pétrit dans sa main, puis elle l'approche de son nez pour la renifler. Elle ne contient guère de cailloux... des débris végétaux, mais c'est coutumier... la texture est malléable à souhait... cette glaise sera fort valable. La veine remplit ses promesses!

— Empêchez-vous pas d'y goûter. Elle a un subtil parfum de chocolat...

Envisageant franchement le fils Frappier, Vitaline réagit par une moue de dédain. Toujours aussi niaiseux, cet Isaac! Dans son visage barbouillé, le blanc de ses yeux paraît immaculé. Elle le connaît plutôt bien, même s'il a quelques années de plus qu'elle, puisqu'il a fait son apprentissage de potier au bourg, chez Pierre Bourgeois. Depuis, il seconde à la fois son ancien maître, dans son atelier, et son père, ici. Après un temps, Vitaline porte un doigt à sa bouche et savoure ce goût terreux, qui râpe la langue. Avec une grimace de raillerie, elle répond enfin :

– Un parfum de chocolat ? C'est vous qui le dites… Faut dire que j'ai guère l'accoutumance de ce breuvage. Vous, oui ?

– Non plus, rétorque-t-il d'un air marri. Sa mère est pas si généreuse. Un petit coup de cidre le samedi soir, un point c'est toutte !

Il a un timbre de voix qui plaît bien à Vitaline : chaud et vibrant, et qui grimpe aisément dans les hauteurs.

– M'sieur le curé vous aurait-y approché pour les cérémonies ?

Il la considère sans comprendre, et en rosissant, elle précise :

– C'est que… z'avez une voix plaisante. M'sieur le curé les apprécie fort.

Il éclate de rire, ce qui fait rougir Vitaline jusqu'à la racine des cheveux, surtout que les autres hommes jettent vers eux des regards surpris. Mais son embarras est prestement chassé par une vision fort amusante, celle du visage de son interlocuteur sur lequel la pelllicule de glaise séchée se fend en craquelures, et elle pouffe à son tour. L'air affairé, Uldaire vient à eux, posant ses larges mains sur les épaules de sa fille.

– C'est pas toutte, on a fort à faire ! Tu descends, Isaac ? J'te suis.

Ne pouvant réprimer une moue contrariée, le fils Frappier obéit. Uldaire examinera la veine, il confirmera son accord avec Bazile, et puis les seaux déjà pleins seront chargés dans la charrette. Pour cette seule fois, Uldaire accomplit le charroi lui-même jusqu'à leur propriété ; pendant le reste de l'année, c'est Bazile qui sera responsable de cette tâche. Une fois traitée, cette argile sera descendue dans la cave, pour le pourrissage, jusqu'à l'année prochaine.

Satisfaite de son examen, Vitaline réaligne le chapeau sur sa tête avant de quitter les lieux, retraçant ses pas sur le chemin. En attendant le retour de son père et d'Aubain, elle se laisse tomber sous un arbre à quelque distance de la maison, le long du fossé qui sépare la concession du rang. S'il exploite des filons de glaise, Bazile cultive également ses parcelles de champs, dont les plants commencent tout juste à pointer le bout de leur nez. La jeune fille aime ce panorama de terre fraîchement semée, d'une couleur ocre et même parfois rougeâtre lorsque la glaise s'y est amplement mélangée au fil des remuements...

Soudain, l'épuisement la gagne et après un bâillement, elle s'allonge et clôt les paupières, tout en rabattant son chapeau sur ses yeux. Elle ne peut empêcher Aubain de venir s'installer tout juste derrière ses yeux. Et puis, cette vision est chassée par celle du tour en mouvement. Elle s'en repaît, s'en imprègne, s'en charme...

- 21 -

Par cette chaude soirée de juillet, nul ne prend la peine, dans le dortoir, de consulter l'almanach pour vérifier les prédictions… imprimées six mois à l'avance. Habituellement, c'est un rituel, même si nul ne croit à leur véracité! De même, les prières qui montent des lits, ces supplications à la Sainte Vierge pour qu'elle fasse régner le soleil, ne sont pas autant ardentes que de coutume, à la veille des jours de congé. Car au cours des derniers jours, la ville s'est transformée en étuve, et il n'est pas besoin d'être devin pour en prédire la continuation!

Gilbert n'aurait jamais cru une telle chaleur possible. Même les averses, étonnamment fréquentes, ne réussissent pas à abaisser la température! La belle saison survenue, les collégiens se transportent, pour leur journée hebdomadaire de congé, en un lieu enchanteur sur le flanc du mont Royal, nommé Fort des Messieurs. Anciennement dévolue à l'évangélisation des Sauvages, cette propriété sulpicienne est devenue un vaste jardin maraîcher.

À l'aube, le cri de victoire du premier collègien qui ouvre l'œil tire tous ses camarades des bras de Morphée. Dès que le régent donne le signal du lever, tous gueulent à l'unisson:

– *Deo gratias*!

Les ablutions sont faites à toute vitesse, et le rayon de soleil matinal effleure à peine les toits lorsque les garçons se mettent en route. La procession prend ordinairement une allure toute militaire, précédée de la fanfare. Mais aujourd'hui, nul n'a envie de s'astreindre à cet exercice surhumain. D'un pas nonchalant, fripés par le manque de sommeil, les collégiens, leurs régents et leurs maîtres cheminent tranquillement à travers les faubourgs, en direction de la montagne contre laquelle la cité est blottie. De la rue Saint-Joseph, ils bifurquent sur Des Seigneurs, puis ils attaquent la longue avenue qui mène jusqu'au lieu dit.

Aux alentours d'eux, ce n'est pourtant pas l'animation qui manque, d'autant plus que les femmes profitent de la relative fraîcheur pour expédier certaines tâches. Mais les garçons ont la cervelle toute molle, l'énergie rampante, et un seul objet de convoitise : s'évacher sous un arbre, dans l'herbe haute ! Ce sera une vacance totale aujourd'hui, sans cours de botanique, de science naturelle ou de géographie... Alléché par cette perspective, Gilbert attaque le faux plat avec entrain, d'autant plus qu'il est parvenu dans un paysage de fermes et de vergers, où la moiteur semble diminuer.

Lorsque la tête de la procession franchit la porte percée dans la haute muraille garnie de meurtrières, le milieu en est encore à gravir l'ultime pente, fort raide. Bientôt, tout pantelant, Gilbert se retrouve à l'intérieur de la vieille enceinte qui ceinture la propriété. Les garçons cheminent entre des parterres fleuris, des bosquets d'arbustes et d'arbres fruitiers, avant de passer à proximité de la résidence, une vaste et élégante bâtisse de deux étages où les prêtres viennent passer leurs vacances et leurs journées de congé.

Ils dépassent la Maison des écoliers, un bâtiment modeste adjoignant cette résidence, pour se rendre derrière, là où se tient la petite église. Car bien entendu, avant tout, les jeunes âmes doivent offrir leur journée au Seigneur ! Le vieux temple est délicieusement frais, et Gilbert ne dédaigne pas d'y séjourner pendant la dizaine de minutes que dure l'office. Enfin, les collégiens affamés se rendent au réfectoire pour le déjeuner. Le pain et le beurre sont particulièrement frais et savoureux, et le thé, bien chaud !

Au terme du repas, les plus âgés peuvent vaquer sans surveillance, mais la classe de méthode doit rejoindre le régent. M. O'Reilly sait que ses pupilles n'aspirent ni aux jeux de paume, de crosse et de quilles, qui se pratiquent à l'endroit où une terrasse artificielle a été aménagée, ni à la pelote, qui se joue contre un pignon dénué d'ouvertures de la Maison des écoliers. À son signal, ils retracent leurs pas en direction de l'immense parc, lui aussi entouré d'un mur de pierre, qui se tient tout juste à l'ouest du Fort des Messieurs.

C'est un éden luxuriant, avec moult pêchers, poiriers et pommiers, ainsi que des arbres majestueux et, en plein centre, un étang artificiel. O'Reilly se dirige vers leur endroit de prédilection, une clairière boisée située sur un monticule, tout près de la muraille nord. De là, entre les troncs, ils peuvent apercevoir le Saint-Laurent qui reluit au soleil, de même que la cité qui en épouse les abords. Ce matin, ce panorama est couvert de brume, ce qui donne à Montréal une allure mystérieuse, quasi glauque...

Entouré des quelques élèves qui préfèrent sa compagnie à celle de leurs camarades, le régent s'assoit au centre de la clairière. À ce signal, les groupes d'amis se forment et s'installent à l'écart les uns des autres, mais à portée de regard du régent. Chacun s'empresse de se dépouiller de son capot d'été, avant de s'encalmer comme une goélette immobilisée sur une mer d'huile.

Tout en s'allongeant, Gilbert glisse un œil vers ses amis. Gaspard et Casimir chuchotent en rigolant. Henri-Alphonse affiche un air béat, ce qui est un changement bienvenu par rapport à sa mine habituellement sérieuse et concentrée... Hercule déroule au sol son ample carcasse, encombrante par cette chaleur. Il se déchausse et se gratte les orteils, en profitant pour décrasser les interstices...

Sur le dos, les bras en croix, Gilbert ferme les paupières, plongeant avec délices dans un océan de tranquillité, à peine troué de bruissements de feuilles et de rares pépiements d'oiseaux. Il a l'impression d'être au cœur d'une immense bulle dans laquelle le temps s'est immobilisé. Comme c'est reposant... Plus rien n'a d'importance que d'être là, sans rien faire, à laisser l'humidité du sol parvenir jusqu'à la moelle des os, à endurer les minuscules fourmis qui chatouillent la peau.

Il serait si simple de se laisser vivre, en toute félicité... Pourquoi tant de mesquineries, de cruautés, de brutalités ? Une allégresse tranquille lui gonfle le cœur. Gilbert est pétri de reconnaissance envers les trois dignes citoyens qui ont délaissé leurs foyers pour aller défendre la cause de leurs compatriotes, à plus de mille lieues de leur patrie. Ils ont réussi au-delà des espérances ! Pour la première fois, les doléances du peuple canadien ont été prises en sérieuse considération. Les hérauts du pays ont réussi à se faire ouïr au-dessus du brouhaha persistant dans lequel les profiteurs enferment la classe politique londonienne !

Car Samuel Gale s'est démené comme un diable dans l'eau bénite. Pour dénigrer les enfants du sol, il a eu l'appui de deux individus puissants, résidant à Londres mais possédant des intérêts en Canada : le seigneur Edward Ellice et le magnat des fourrures Simon McGillivray. Tous deux ont radoté la même sempiternelle rengaine. Pour mettre fin aux problèmes récurrents, il fallait tout bonnement réunir le Bas-Canada et le Haut-Canada en une seule province, dotée d'une seule législature. Ça en sera fini, de ces encombrants députés descendants de Français et de leurs prétentions démocratiques !

Mais pour une fois, la caste des puissants ne s'est pas laissé impressionner. Le parlement impérial a formé un comité afin d'examiner les affaires de la colonie, et particulièrement les griefs récurrents de ses habitants envers le régime Dalhousie. Les trois envoyés bas-canadiens y ont comparu, chacun selon sa spécialité, pour faire valoir leur point. John Neilson, éditeur et député, a dénoncé le cumul des places et le pouvoir despotique exercé par les chambres hautes, tandis que Viger-au-grand-nez, l'avocat, a décrit les excès dans l'administration de la justice, de même que le favoritisme relié aux postes de juge. Enfin, l'homme d'affaires Cuvillier a fait une démonstration implacable au sujet des tripotages du gouverneur dans les deniers publics.

Ce comité de la Chambre des Communes a confirmé les doléances du peuple canadien sur plusieurs points. La réforme des Conseils exécutifs et législatifs s'impose ; le revenu public doit se trouver sous le contrôle des députés élus, plutôt que de fonctionnaires nommés par la Couronne. La teneur de ce rapport sera décisive pour la cause des Canadiens. S'il n'a pas été accepté par l'entièreté du Parlement impérial, il a néanmoins créé une onde de choc. Le ministre des Colonies a affirmé vouloir s'en inspirer pour l'avenir !

De surcroît, leur gouverneur de malheur est en voie d'être bouté hors du pays. C'est une rumeur trop solidement étayée pour être fausse ! Il a obtenu le commandement des Indes, ce qui prouve qu'il avait d'excellents appuis dans la capitale de l'empire anglais. Des appuis qui lui ont permis d'abuser impunément de sa situation de pouvoir en Canada ! Le comte Dalhousie aurait exigé du ministre des Colonies de garder la nouvelle secrète le plus longtemps possible, afin que cette décision ne semble pas liée aux accusations du peuple canadien envers lui. Néanmoins, un plus un fait deux...

GILBERT EST RAMENÉ À LA RÉALITÉ par des bruits de voix. Il s'étire, cligne des yeux, et enfin se redresse sur ses coudes. L'avant-midi a notablement progressé, constate-t-il grâce à divers indices probants. Ravi de s'être adonné ainsi à la fainéantise, il s'assoit confortablement. Gaspard est encore allongé, les paupières mi-closes et les bras repliés sous la tête. Hercule a roulé sur le ventre, et il gratte le sol avec une branche. ·

Quant à Casimir et Henri-Alphonse, ils discutent tout en suçotant de longues brindilles. Gilbert rechigne à leur porter attention, mais peu à peu, sa réluctance cède devant l'intérêt de cet échange de vues. Oui, l'espoir d'une victoire des aspirations canadiennes pointe à l'horizon, mais en attendant, il faut composer avec les manigances bureaucrates. Au premier chef, celles de l'Institut sulpicien, dont le supérieur, M. Roux, vient de mettre pied à terre à Montréal. Il était accompagné de quatre jeunes Français en soutane, dont les collégiens ont aperçu la mine compassée lors de leur visite du collège, quelques jours auparavant. Quatre nouveaux faquins de Français vont faire la morale aux Canadiens !

En fin matois, Roux tire profit de la transition du pouvoir entre deux gouverneurs pour oser braver l'interdit des autorités, en ce qui concerne le recrutement de sulpiciens d'outre-mer. Une telle impudence serait amusante, si elle ne comptait pas sa part d'insulte envers le peuple canadien. Si, pour obtenir le droit d'introduire en Canada autant de sulpiciens de France que nécessaire, il faut brader la seigneurie de l'Isle de Montréal, allons-y gaiement ! À vrai dire, ce n'est pas de vente dont M. Roux a discuté avec les autorités de la métropole impériale, mais d'une renonciation au titre de seigneur et aux droits qui en découlent. Sauf que c'est encore trop : la grogne populaire a atteint un point culminant !

Gilbert n'avait jamais vu son père dans un tel état d'agitation. Aux dernières vacances de Pâques, il ne décolérait pas ! Les sulpiciens ont été tant dépeuplés qu'ils ont failli disparaître, mais ils répugnent à admettre des enfants du sol dans leurs rangs. Même si c'est le plus probe des hommes, ils vont lui préférer un Français ou un Américain tout perclus de vices. Les rares Canadiens qui ont réussi à pénétrer le cénacle n'obtiennent jamais de postes à responsabilités ! Les aînées de Gilbert réagissaient de façon tout autant viscérale. « On dirait que la Clique, elle envoie un engin de destruction parmi nous ! » Même mémère, dans la chaleur de la salle commune, ronchonnait à répétition : « Faut ignorer les sentiments du peuple canadien pour croire que cet accord va passer comme du beurre dans la poêle ! »

C'est pourquoi Henri-Alphonse déclare péremptoirement :

— Y nous cassent les pieds avec leur mésestime des Canadiens. En venant au Petit Séminaire, je savais que j'arrivais en territoire ennemi, mais y a un boutte à toutte… Roux est prêt à toutes les compromissions, y compris céder le patrimoine national, pour pas risquer de perdre son *ascendant décisif* sur le menu fretin !

Casimir renchérit avec une intense ironie :

— Y veulent nous garder dans l'esclavage. Y veulent faire de nous un peuple abject. Un peuple de rampants !

Gilbert entre dans la danse :

— Ce que les Chouayens radotent, c'est que des raisons urgentes doivent motiver un tel procédé. « C'est la seule porte de sortie devant un étalage de force ! » Mon œil ! La seule porte de sortie, c'est de faire cause commune avec le peuple. Me semble pourtant que c'est prouvable, qu'y choisissent le mauvais camp ?

C'est un fait notoire : si les sulpiciens faisaient appel à la Chambre d'Assemblée, la protection de leurs biens serait assurée ! Henri-Alphonse se propulse en position agenouillée :

— Les sulpiciens sont coupables de préjugés extrêmes ! Pourquoi c'est pas avec nous autres qu'y sont solidaires ? Pourquoi y profitent pas de la crise pour remettre en question leur piètre opinion de nous autres ?

D'un ton détaché, Gaspard laisse tomber :

— Parce qu'y sont échaudés. Parce que leur pire ennemi est tiré de leur propre sein : j'ai nommé Mgr Lartigue !

Il presse son poing : ces Messieurs se sentent menacés de toutes parts. Non seulement on remet en question leurs titres de propriété du côté du gouvernement, mais des Canadiens parmi les plus puissants intriguent à qui mieux mieux pour faire main basse sur le gouvernement de la paroisse, et dans la foulée, sur leurs biens ! Si les Messieurs se laissent faire, ils seront chassés du presbytère par l'évêque de Montréal, qui fera main basse sur leurs avoirs !

Gilbert fait la grimace sous cette douche froide. Non seulement Gaspard adore se moquer de tout, mais il a tendance à tirer sur tout ce qui bouge et à exagérer le ridicule. Sauf que dans la vie, il y a quelques sujets qui portent à conséquence. On ne peut pas s'en gausser sans risquer la profanation ! Il se joint donc au concert de protestations.

— Tu noircis la situation à dessein. Des sulpiciens va-nu-pieds ! Tu les prends pour des enfants de chœur !

L'évêque de Montréal n'est pas l'ennemi des sulpiciens ! Ces temps-ci, Gilbert a honte d'être associé à ces tyrans à la petite semaine. Ses œillères sont tombées : les sulpiciens ont vendu leur âme au diable. Souvent, l'envie le démange d'être mis à la porte, et tant pis s'il se coupe de possibilités de carrière ! En position de pouvoir absolu sur leurs pupilles, quelques maîtres du Petit Séminaire étalent leurs préjugés au grand jour. Toute réaction légitime de frustration est considérée comme une fierté mal placée, comme un comportement dangereux et condamnable !

Ses amis jonglent avec la même idée, car Hercule grommelle :

— Les prêches sont diablement fréquents, par les temps qui courent.

De sa manière coutumière, Gaspard fait volte-face et se met à parodier les prédicateurs :

— Dieu a prononcé un oracle général : celui qui méprise les prêtres le méprise lui-même. Il l'a fait à travers celui qui est devenu notre maître, Jésus-Christ lui-même, auprès duquel nous sommes vos ambassadeurs. Malheur à ceux qui résistent aux prêtres ! Tyr et Sidon seront traitées avec moins de rigueur que vous ne le serez, si vous continuez de profiter si peu des biens spirituels qui vous viennent du sacerdoce ! Ouche ! Mon fendant de grichou !

Hercule vient de lui envoyer un soulier en plein ventre. Devant Gaspard qui se précipite vers lui, il détale prestement ! Un bruit d'eau attire l'attention de Gilbert : Hercule s'est précipité dans le ruisseau qui origine de la montagne et qui alimente l'étang, situé en contrebas. Gaspard s'y jette à sa suite, pour une bataille amicale grâce à laquelle ils se mouillent les vêtements au grand complet. Leurs amis ne peuvent résister à ce spectacle édifiant. C'est un plaisir suprême que de sentir une telle fraîcheur sur soi !

La journée défile ainsi, en une succession de bavardages et de batifolages. Peu à peu, les maîtres relâchent la surveillance. Les classes s'interpénètrent, des groupes inusités se forment et les solitaires vaquent à leur guise. Gilbert passe un long moment à se promener, les mains dans le dos et les sens en alerte. Il se repaît du spectacle de la vie champêtre sous toutes ses formes… Au détour d'un bosquet, il tombe nez à nez avec le régent O'Reilly. Le futur prêtre a déboutonné le haut de sa soutane, et il s'évente avec son chapeau. Malgré ses cheveux très ras, il a un air si juvénile que Gilbert ne peut résister à l'envie de l'accueillir comme un confrère :

— Bien le bonjour! Plaisante après-dînée, c'est-y pas?

Il n'a pas le temps de regretter cet accès de familiarité: le survenant lui répond par un sourire complice:

— *Yes, indeed*...

Puis, il fait une mine outragée en portant sa main à sa bouche. Il se trouvait à ce point détendu qu'il a répondu dans sa langue maternelle! Il se reprend aussitôt:

— Mille excuses. Se faire répondre de même, c'est une injure par les temps qui courent.

Gilbert rétorque:

— Faut pas exagérer. J'suis pas un niaiseux fini, quand même!

— Faites-moi pas d'accroire. Quand un Anglais qui parle français vous répond en anglais, je suis sûr que vous en avez les poils qui se hérissent!

— Pour ça... Y a de quoi, non? C'est un mépris certain! C'est comme si le faquin, y me disait: « Pas question que je m'abaisse jusqu'à toi. Mais toi, faut que tu grimpes l'échelle jusqu'en haut! »

Rieur, le jeune Irlandais vient poser sur lui une main apaisante.

— Quel courroux somptueux! Les Canadiens, vous êtes de toute beauté, quand vous montez sur vos ergots. J'aurais tant joui, dans mon pays, de voir une telle superbe...

Gilbert s'encalme d'un seul coup. Dans le ton de voix du régent, il décèle une inflexion caressante qui le met sur des épines. De surcroît, sa paume s'appesantit sur la peau nue de son avant-bras... O'Reilly entremêle son regard au sien, et Gilbert s'astreint à déchiffrer le message qu'il lui lance de ses yeux qui irradient, de même que de ses doigts qui l'effleurent... Lorsqu'il croit avoir compris, une bouffée de chaleur le traverse de part en part, pour disparaître aussi vite qu'elle était venue. Dans l'attitude de son vis-à-vis, il ne peut déceler la moindre menace, uniquement une invite, qu'il a le choix d'accepter.

Posément, Gilbert cache ses mains derrière son dos, se soustrayant au contact, tandis que le futur prêtre incline fugacement la tête, comme pour signifier qu'il respectera sa décision. Gilbert a le cœur qui bat la chamade. Avant son entrée au collège, il ignorait cette bizarrerie de la nature, mais depuis, il s'est édifié!

Sauf que c'est la première fois qu'il est approché par un… Comment Gaspard a dit ? Par un sodomite.

— Vous êtes de même ? J'avais rien vu…

Il se mord les lèvres jusqu'au sang. Il n'a pu retenir cette remarque foutrement inconvenante ! La bienséance exigeait qu'il se détourne pudiquement et qu'il laisse le régent à ses fantaisies… Ce dernier ouvre de grands yeux. Gilbert se prépare à détaler, lorsqu'il entend :

— C'est que je ne veux pas l'imposer à quiconque. Surtout pas à de jeunes êtres influençables… Mais vous, vous êtes devenu homme, n'est-ce pas ?

Ce disant, O'Reilly lui adresse un franc sourire, dénué de sous-entendus, et Gilbert s'adoucit. C'est entendu, il le dépasse en hauteur et en corporence. Peut-être même qu'il l'accote côté mâle, sait-on jamais ! Se troublant, le jeune Irlandais ajoute brusquement :

— Je dois prendre garde. L'enveloppe physique peut être trompeuse ! Pardonnez-moi, Gilbert. La dernière chose que je souhaite, c'est d'instiller dans votre âme… le germe du vice…

Après un moment d'égarement, Gilbert répond du tac au tac :

— Pas de soin. Je me sens pas contagionné le moins du monde…

O'Reilly en éclate d'un rire frais, empreint de soulagement. Heureux de cette joyeuseté, le garçon en rajoute :

— Les filles m'occupent la cervelle avec une intensité rare. Vous savez comme elles sont, m'sieur ? Elles causent, elles font de grands gestes… C'est pas demain la veille qu'elles vont se laisser chasser de là !

Hilare, le régent fait un geste vers les environs.

— On marche ?

Gilbert obtempère avec plaisir. Son compagnon se cantonne dans le silence, et il finit par comprendre qu'il lui laisse le loisir de creuser une épineuse question, s'il le souhaite… Dévoré par la curiosité, Gilbert tergiverse cependant, de crainte de commettre un outrage. Dieu se froisse vitement, paraît-il… Mais à la fin, il ne peut se retenir :

— Vous êtes de même… depuis longtemps ? Depuis tout petit ?

Son interlocuteur laisse un triste sourire se frayer un chemin sur son visage.

— Je ne saurais dire. Tout ce que je sais, c'est que je n'ai jamais convoité de femme. Mais les garçons, par contre…

— Les… très jeunes garçons ?

Gilbert a parlé d'une voix étreinte par l'angoisse, et O'Reilly s'empresse de secouer la tête.

— Seulement ceux de mon âge.

— Parce qu'y en a qui… qui sont…

— Qui deviennent des pédérastes. Le Petit Séminaire est affligé d'un semblable grichou…

Le souffle suspendu, Gilbert attend la suite. Les dents serrées, O'Reilly jette :

— Je l'ai à l'œil, je vous en passe un savon d'importance. Pas juste moi : on l'a tous à l'œil !

Mentalement, Gilbert tente d'identifier le faquin, mais pour l'instant, c'est peine perdue. O'Reilly laisse échapper un rire :

— Si on m'avait dit que je donnerais une telle leçon de choses, aujourd'hui !

Soudain, il pile net, et il oblige Gilbert à lui faire face. Une vive alarme est peinte sur son visage :

— Pas un mot de cette discussion à quiconque, je vous en conjure ! Même pas à votre meilleur ami ! Parce que vous connaissez la règle : on peut faire, mais pas dire. Parce qu'aux yeux de mes supérieurs, la pire offense, c'est de mettre des mots dessus. Comme si l'affaire n'existait pas tant qu'elle n'est pas nommée. C'est juste alors qu'elle devient réalité, qu'elle devient sacrilège !

Effaré, Gilbert balbutie :

— Motus et bouche cousue. Sur la tête de ma mère.

Hagard, le futur prêtre recule d'un pas.

— Je n'aurais plus la moindre chance de me faire admettre comme sulpicien. Vous m'entendez, monsieur Dudevoir ? Mon avenir dépend de vous !

Se drapant dans sa dignité, Gilbert articule :

— Compris, m'sieur ! Mais je vous fais remarquer que c'est vous qui avez commencé !

O'Reilly s'apaise d'un seul coup.

— Bien entendu. Pardonnez-moi encore. On ne m'y reprendra plus, je vous jure…

Gilbert tient à préciser :

— Je suis un homme d'honneur. Pis j'ai aucune raison de vous faire mettre hors du collège. Z'êtes un régent hors pair…

Glissant vers lui une œillade reconnaissante, O'Reilly met la main sur son cœur.

— Merci du compliment. Il me tiendra au chaud, quand je broierai du noir…

Tous deux sont parvenus à proximité des bâtiments, cheminant à l'abri des rangées régulières de magnifiques tilleuls, et le jeune Irlandais laisse les phrases couler de source. Il raconte au garçon ses premiers émois, et surtout la bataille qu'il a menée contre lui-même, pendant des années. Sa piété ferraillait contre son inclination… Mais la leçon a fini par lui rentrer dans la caboche : la sainteté n'est pas de ce monde. La vie est un perpétuel compromis…

— Même la chasteté est un idéal inaccessible pour bien des mortels. J'en suis la preuve vivante. Je craque à l'occasion…

Un silence s'ensuit, si long que Gilbert, intrigué, se tourne vers son compagnon. Il fixe un point au loin, vers la résidence des Messieurs, et ses sourcils se froncent à l'excès… Gilbert suit la direction de son regard. Un sulpicien se tient à l'ombre d'un des murs de la bâtisse. Gilbert ne peut l'identifier : ce n'est pas un des maîtres du collège. Sa tignasse blanche indique qu'il a atteint un âge respectable, mais il se tient très droit, face à un garçon, de taille moyenne mais corpulent, qui leur tourne le dos. Quelque chose, dans son maintien, a mis la puce à l'oreille d'O'Reilly…

Ce dernier agrippe Gilbert par le bras et l'entraîne à marcher, à une cadence accélérée, vers le duo. Entre ses dents, il déclare :

— Ici aussi, faut surveiller. À l'étage se trouvent des chambres confortables…

Choqué, Gilbert assimile cette information. Les sulpiciens se serviraient de leur maison de repos pour assouvir leurs… leurs passions clandestines ? Avec une extrême dureté, le régent dit encore :

— Celui-là est un pédéraste. Mire-le bien, Gilbert. Un dénommé Boussin. Victor Boussin. À l'avenir, méfie-toi. Et garde un œil sur Adolphe. Il s'est laissé embobiner trop facilement...

Gilbert réprime un sursaut. En compagnie du trop mielleux prêtre se tient un camarade de classe, fils de l'un des notables les plus appréciés de la paroisse de Verchères. O'Reilly surgit à leur côté comme un boulet. Le souffle court, il plaque un mince sourire sur son visage :

— Vous voilà, monsieur Malhiot ! Monsieur Dudevoir se cherchait justement un adversaire pour une partie de quilles !

Le vieux prêtre considère son jeune confrère avec une expression souverainement ennuyée. Gilbert en profite pour imprimer son visage dans son esprit : faciès énergique aux pommettes saillantes, yeux d'un bleu d'acier, lèvres généreuses... Avec une lenteur étudiée, il fait signe à Adolphe d'obtempérer. Ce dernier fait la moue d'un enfant déçu, avant d'emboîter le pas à Gilbert. Dès qu'ils sont hors de portée de voix, il ronchonne :

— Le Monsieur m'offrait de partager sa table pour le goûter !

Déboussolé, Gilbert le toise. Sa naïveté est-elle sincère ? Adolphe refuse de croiser son regard ; il garde ses yeux obstinément vers l'avant, un rictus de contrariété au coin de la bouche. Gilbert va se mettre face à lui, l'obligeant à s'arrêter. Il assène :

— Est-ce que tu sais, Adolphe, que le bonhomme sept heures existe pour vrai ?

Son camarade réagit avec une moue de dérision, quasi provocante. Rageur, Gilbert en rajoute :

— Les vicieux, c'est pas juste aux fillettes qu'y s'attaquent !

Adolphe se raidit comme si l'interpellation de Gilbert était une gifle. Ses yeux rétrécissent comme sous l'effet d'une vive colère, et il saisit son vis-à-vis par le bras, enfonçant ses ongles dans la chair.

— Mêle-toi plus jamais de mes affaires, mon fendant, c'est-y clair ?

Pétrifié, Gilbert reste immobile, avant de dégager son bras d'une ample torsion du corps. Il laisse tomber entre ses dents :

— Correct. Mais viens pas te plaindre par après.

Adolphe s'éloigne à longues enjambées furieuses, et Gilbert le mire pensivement, encore secoué par ce qu'il vient d'apprendre. Son confrère est loin d'être un jouvenceau trop crédule ! Dieu seul sait à quel point il connaît les règles de ce jeu dangereux… Mais où les a-t-il apprises ? Pas au cloître, toujours ? Gilbert plonge dans une extrême confusion. Non, c'est impossible, matériellement impossible. Et pourtant… Les maîtres ont leurs appartements privés, et ils peuvent y faire monter un élève, pour un oui ou pour un non…

LES COLLÉGIENS QUITTENT le Fort des Messieurs à l'heure du souper, sous un ciel rempli de lourds nuages d'un gris sombre. Des rumeurs d'orage résonnent dans le lointain. La noirceur semble tomber à toute vitesse et un rythme de marche soutenu s'impose. Des bourrasques de vent se fraient un chemin entre les bâtiments, soulevant déplaisamment la poussière. Malgré cela, la chaussée est encombrée de passants. Ils se réfugieront à la toute dernière minute sous une porte cochère…

Henri-Alphonse garroche à ses amis une salutation, avant de prendre ses jambes à son cou vers son foyer. Casimir grommelle à l'adresse de Gilbert :

— Courbe la tête, mon étrivant, ou bedon tu risques d'attirer l'éclair !

Gilbert réagit par une grimace outragée, tout en faisant mine d'ignorer les rires sonores aux alentours. Dépassant la masse de ses camarades d'une bonne tête, il se sent diablement visible ! Gaspard lève le nez, humant comme un jeune chien :

— Ça sent… étrange. Ça sent le remue-ménage…

Gilbert lui jette un regard scrutateur. Gaspard ne fait pas allusion à la tourmente des éléments. Ses amis ont dû convenir qu'il avait le don de flairer la moindre recrudescence dans l'agitation humaine. Il semble avoir un sixième sens pour repérer le moment précis où le va-et-vient coutumier s'augmente d'une subtile fièvre, sous l'effet d'un ouï-dire galopant !

Les collégiens croisent bel et bien des groupes en discussion, où on ne se prive pas d'élever la voix, mais la fureur croissante des éléments empêche un examen approfondi. Un coup de tonnerre assourdissant cause une véritable pagaille, tandis que chacun ramasse ses frusques et court se mettre à l'abri. Les premières grosses gouttes font tinter la tôle des toits. À la queue leu leu, rasant les murs, les collégiens progressent sous la pluie battante vers le collège, qu'ils atteignent cinq minutes plus tard, ruisselants et heureux.

À peine entré, Hercule est intercepté par le concierge.

– Allez vous changer, m'sieur Dumouchel, pis rendez-vous au parloir. Quelqu'un vous y attend. Rien de trop fâcheux, pas de soin.

Casimir ne peut s'empêcher de maugréer :

– Vous gagez combien qu'y s'agit encore d'une malveillance ?

Hercule disparaît au parloir pendant une bonne vingtaine de minutes. Lorsqu'il revient prendre place dans le réfectoire, il arbore une mine figée. Gilbert doit contenir son impatience jusqu'à l'heure du coucher. Entre la prière et l'étude, il ne reste guère de temps pour échanger ! Enfin, O'Reilly vient souffler les chandelles, sauf celle qui reste allumée en permanence, puis il se réfugie promptement dans son antre. La plupart des collégiens ne se font pas prier pour se laisser tomber sur leur couche. Un délicieux souffle frais balaie les combles, chassant la touffeur qui y régnait depuis des jours…

Gilbert et ses camarades se rassemblent dans la pénombre, prenant place sur deux lits voisins. Tous les yeux se braquent sur Hercule, dont les traits se couvrent d'un puissant désarroi. Après un temps, il marmonne :

– C'est mon oncle qui m'a visité. Celui qui est mon responsable par-devant ces Messieurs…

D'une voix blanche, il ajoute :

– En tant que commandant de la division, le gros Dumont a organisé une cour martiale à Saint-Eustache.

Un vent de consternation souffle parmi eux. Le père d'Hercule est en butte à l'hostilité de Dalhousie et de ses supporteurs fidèles, qui en profitent pour régler des comptes personnels et pour tyranniser leurs rivaux, instaurant un règne de peur et de délation dans leur localité. Le gouvernement exécutif de la colonie encourage, de toute sa vigueur, les manœuvres coupables du sieur Dumont, de la Rivière-du-Chêne, qui ne peut régner sans soumettre !

Casimir souffle :

— Le misérable... Ton père a été poursuivi ?

— Oui, avec six autres.

Hercule défile les noms. Gaspard sursaute, puis vitement, il s'enquiert :

— Paul Brazeau ? Celui qui a fait parler de lui au printemps ? Une forte tête, celui-là ! Question indépendance d'esprit, y pourrait en remontrer à toute la province !

Gilbert ronchonne à voix haute :

— On le savait qu'y serait du pouvoir de n'importe qui d'allonger la loi comme y lui plairait. Tant qu'y dépasse pas 40 chelins d'amende ou 15 jours de prison par faute... On le savait, que les cours martiales se multiplieraient !

Dans la région de Québec, un lieutenant-colonel a fait jaser. Tout d'abord, il a demandé à ses officiers de porter une redingote bleue à la parade, sous peine d'être dépouillés de leur commission. Ensuite, il a présidé une cour martiale pour punir ceux de ses miliciens qui ont refusé de faire la parade. L'un de ces derniers négligeant de payer l'amende imposée, il a envoyé trois sergents à sa demeure pour effectuer une saisie d'égale valeur. Pour empêcher la victime de résister, ces derniers ont déclaré que le lieutenant-colonel ferait envoyer une force armée pour emporter la maison d'assaut !

Hercule crache entre ses dents :

— Quel trichard, ce Dumont ! Y se sert des ordonnances pour assouvir son désir de vengeance. Y veut mettre à genoux mon père, pis le Dr Labrie, pis le notaire Girouard, pis touttes les autres. Mais y réussira pas. Par chez nous, on a la tête dure.

— On avait remarqué, concède Casimir en souriant. Mais ça a ben l'air que Dumont est autant têtu que vous autres...

— Les poursuites sont politiques. Même un simple d'esprit serait capable de voir clair.

— Y ont été condamnés ?

— À cinq livres d'amende. Ou ben un mois de prison.

Le soupir de soulagement est collectif. La somme n'est pas négligeable, et sans doute qu'ils auraient eu le cœur brisé à verser même un seul chelin à cette cour de pacotille, mais ils pourront s'en tirer sans trop de mal… Casimir bougonne, avec une feinte jalousie :

— Z'êtes capables, au Grand-Brûlé. On croirait que la population au grand complet forme l'avant-garde du mouvement !

— C'est un brin vrai, concède Hercule. Mon village est devenu comme un refuge. Parce qu'à Saint-Eustache, avec le tyran Dumont sur place, de même que tous ses suppôts rampants, ça sent mauvais…

Les garçons ne peuvent s'empêcher de rigoler. Ils adorent cette expression, « suppôt rampant », relevée dans les papiers-nouvelles. Ils l'utilisent à tort et à travers, même pour se picosser les uns les autres… Soudain, Hercule se dresse pour jeter un regard suspicieux à leurs camarades de dortoir. Ce débat est trop sensible pour courir le risque d'être entendu par les favoris de la direction ! Mais tous dorment… tous, sauf Étienne Normandin, bien entendu. Car de perroquet de la doctrine officielle des Sulpiciens, il est passé à zélé délateur. C'est un prodige : chaque fois qu'ils vérifient leurs arrières, les collégiens patriotes tombent sur ses yeux écarquillés et ses oreilles frémissantes !

– 22 –

L'affaire de la cour martiale de la Rivière-du-Chêne rebondit de manière inattendue. À l'évidence, la charge est si explosive qu'elle pourrait détoner en pleine face des Bureaucrates : le procureur général intervient donc pour faire libérer 4 des 7 reconnus coupables. Les Drs Labrie et Chénier, le notaire Girouard et le marchand Dumouchel s'en tirent à bon compte. Il n'en va pas de même pour les trois autres, Maurice Lemaire, Joseph Brazeau et son fils Paul. Le 24 juillet, ils sont emmenés à Montréal pour y être enfermés.

C'est une injustice si flagrante, un tel abus de pouvoir, que Gilbert en perd tout intérêt pour ses études et pour le grand moment qui approche, celui des examens publics annuels auxquels il avait hâte de participer. À ses yeux, les trois hommes acquièrent une stature de héros, principalement Paul Brazeau, le plus ardent des trois, de même que le plus célèbre pour ses actions grandiloquentes qui mettent en joie tous les enfants du sol, ainsi que plusieurs sympathiques importés !

Car ledit Brazeau est le principal instigateur d'un événement qui a constitué une gériboire de mornifle, comme le proclame Hercule, dans la face du gros Dumont. Cet événement a fait sensation à travers toute la province. Si Hercule était déjà revenu au collège, et qu'il n'y a donc pas assisté, il en a entendu parler par plusieurs de ses proches. Par ailleurs, *La Minerve* en a publié le récit à sa une, de la plume même du notaire Girouard, l'un des officiers de milice alors honorés. Il signait d'un pseudonyme, comme de raison, mais tous les initiés savent qu'il s'agit de lui…

Girouard l'a déclaré sans ambages : l'idée de transformer la plantation du Mai en manifestation citoyenne venait des habitants, mais de Paul Brazeau plus qu'aucun autre. Ce cultivateur de 30 ans a voulu, selon la verve grandiloquente, mais touchante, de Girouard, *montrer à tout le comté, à la province entière, à l'univers même, que dans un coin reculé du Canada, dans un endroit peu fréquenté par les grands et les puissants, il existe des habitants dont le cœur s'est conservé droit, et qui n'ont pas craint de rendre justice à la vertu et de l'honorer par des monuments publics.*

Le 1er mai précédent, les rues du Grand-Brûlé ont vu passer un singulier cortège, autant étrange que magnifique, qui s'en allait planter le Mai face à la demeure de quatre ci-devant officiers : le major Ignace Raizenne et les capitaines Louis Masson, Jean-Joseph Girouard et Jean-Baptiste Dumouchel. Si Gilbert s'est régalé de ce récit spectaculaire, Gaspard l'a quasiment appris par cœur, enchanté par l'esprit frondeur de la population locale, qui a réussi à railler la prétention et la grandiloquence du gros Dumont, tout en égayant la province entière !

En tête du cortège venait une cavalcade de dignes vieillards, suivie d'une troupe de fusiliers marchant au pas. Derrière eux, des chevaux parés de branches de sapin ouvraient la marche aux quatre bœufs, pareillement attifés, qui traînaient les jeunes arbres d'une hauteur impressionnante, ébranchés sur une bonne partie de leur hauteur. Le premier, le père d'Hercule a eu l'honneur de voir ses miliciens creuser une fosse par-devant sa demeure pour y faire tenir ce Mai, un mat immense garni comme celui d'un navire à voile, portant banderole et pavillon de hisse.

En haut, ce mat portait l'inscription : *Hommage aux officiers cassés.* Tout juste en-dessous, les armoiries britanniques prenaient assise sur ces mots : *Dieu, la Constitution, le Roi, nos Droits.* Ce chef d'œuvre de l'industrie féminine locale était loin d'être unique en son genre. Les cavaliers ouvrant la cérémonie portaient de longues perches au haut desquelles flottaient des drapeaux et des pavillons ornés d'inscriptions diverses.

Sur celle destinée au major Raizenne était écrit : *Réclamation du peuple pour le rétablissement de ses anciens Officiers.* Une autre proclamait : *Ainsi soient honorés ceux qui sont maltraités pour la cause de leur pays, de leurs concitoyens, de la Constitution.* Ailleurs, on pouvait lire : *Lord Dalhousie et Dumont ont voulu les rendre odieux. Mais nous les honorons, nous les respectons, nous ne voulons qu'eux. Vive le Roi ! Vivent nos anciens Officiers ! JUSTICE AU PEUPLE !*

Chez Dumouchel comme chez les trois autres officiers démis, le même protocole s'est déroulé : des chants patriotiques, où le *God Save the King* figurait en bonne place, et des acclamations de *Vive le Roi ! Vive la Constitution !* précédaient un discours. Après la plantation, des miliciens ont remis des fusils chargés à leurs quatre ex-officiers réunis. Ils ont fait feu, imités ensuite par l'ensemble des miliciens. Car la tradition veut que le Mai soit noirci de poudre !

Les collégiens ont fort apprécié la leçon d'histoire que Girouard, à travers les pages de *La Minerve*, leur a donnée. Ce fut infiniment plus distrayant que le récit, affadi par les Sulpiciens, de la chute de l'Empire romain ! Les garçons sont restés estomaqués du fait que la plantation du Mai, signe tangible de la confiance de la communauté envers quelques-uns de ses membres, remontait à une période plus reculée que l'ancienne Gaule. En Nouvelle-France, cette tradition honorait les capitaines de milice, des chefs autant militaires que civils. En cette qualité, ils recevaient cet hommage *rendu au héros, au brave, au citoyen utile à son pays, au magistrat intègre.*

Si la coutume est aujourd'hui encore vivante dans les campagnes, les officiers ont pris l'habitude d'en affranchir leurs subalternes, car elle vient ralentir les travaux ardus des champs, qui battent alors leur plein. Ainsi en était-il dans la paroisse de Saint-Benoît. Mais les miliciens du district, enragés par l'oppression politique et l'accumulation de vexations, ont jugé bon de poser un geste d'éclat, devenu le repoussoir des *traits envenimés* lancés par *la noire et hideuse calomnie.*

Comme l'a écrit Girouard, ce mat glorieux est aussi un mat de vérité. Un monument parlant et durable, chargé d'attester à tous les passants que là demeurent non seulement d'excellents officiers, qui respectent et servent l'autorité royale, mais également de bons sujets, qui n'oublient pas qu'ils ont une patrie et des concitoyens auxquels rendre service! À Sainte-Scholastique de même, un ci-devant capitaine s'est fait honorer de cette manière, tandis que les officiers nouvellement nommés étaient ignorés... sauf pour un Mai carnavalesque, qui a dû couvrir de honte son récipiendaire!

Chaque fois qu'il en parle, Gaspard ne peut s'empêcher de danser sur place. Peint en blanc avec des barres rouges en spirale, semblable à l'enseigne d'un perruquier, ce Mai portait une couronne à son faîte! La victime, un cantinier, surnommé « le petit vendeur de rhum », l'avait bien mérité. Il avait fait offrir jusqu'à une piastre par tête aux miliciens pour venir planter un Mai chez lui! Car le refus du Mai est une humiliation publique. Pour se l'éviter, les partisans de l'administration ont promis des exemptions ou des indulgences de milice. Certains eurent recours à l'intimidation, allant même jusqu'à menacer d'amendes les miliciens récalcitrants. Ce fut en pure perte!

Hercule prétend que ce Mai a été un soufflet pour tous ceux que Dumont a gratifiés d'une commission.

— Les pauvres... Y sont pas épineux, juste bêtes. Jusqu'alors, y avaient la confiance de tous... Mais astheure, y doivent s'en mordre les doigts. Y ont causé un tel scandale! Les esprits bouillants leur pardonnent guère de s'être séparés d'eux de même. Y sont à leurs trousses pour les huer et les mortifier...

— Et Paul Brazeau, y en fait partie, de ces esprits bouillants?

Ce disant, Gaspard se trémousse sur la couche. De toute leur bande, il est celui qui a été le plus impressionné par les exploits des miliciens de la paroisse de Saint-Benoît, qui ont transformé une démonstration de force en une fête patriotique aux allures de charivari! Depuis, il casse les oreilles de ses amis avec ses déclamations et ses odes à la gloire des réfractaires de la Rivière-du-Chêne. La pétulance virile déployée alors, à la fois militaire et bouffonne, lui fait ressentir une admiration si intense qu'elle semble quasiment douloureuse.

— Je mentirais si je disais le contraire, répond Hercule. Dans bien des cas, c'est lui qui mène le bal. Tenez, la démission publique dans laquelle y a été impliqué… On peut y retrouver la signature de sa fougue.

Gilbert savoure la belle expression. Nommés contre leur gré dans l'ordre de milice du 20 décembre 1827, cinq jeunes hommes ont repoussé publiquement ce prétendu honneur, écrivant à Dumont qu'ils refusaient une élévation basée sur la chute de dignes citoyens, proches parents ou amis sincères. *Veuillez donc garder vos commissions : avec le système de TURN HIM OUT que suit maintenant l'administration, il n'est pas prudent d'accepter un grade qu'on ne peut conserver qu'en sacrifiant ses opinions politiques, pour adopter celles d'un parti qui machine la ruine de nos compatriotes.*

Sauf qu'astheure, le seigneur Dumont et ses suppôts rampants savourent leur vengeance, au moyen de ce tribunal militaire permis par les ordonnances, mais qui fait horreur à tout citoyen qui se respecte…

— Le gros Dumont creuse sa tombe, déclare Casimir avec un rictus d'écœurement. Avec ses dents, à part de ça.

— Y va finir par se retrouver toutte fin seul dans son manoir, ajoute Gilbert. Y va perdre tous ses appuis, même ceux qu'y paye chèrement.

— Je voudrais m'enfuir d'icitte, ronchonne Hercule en soupirant de toute son âme. J'en peux plus d'être enfermé tandis qu'y se passe toutes sortes d'affaires intéressantes dans mon village !

— J'en reviens toujours pas, renchérit Gaspard, un sourire béat aux lèvres. Je tâche d'imaginer la scène et j'en ai des frissons chaque fois. Quel spectacle ce devait être !

— Faites de doux rêves, dit Gilbert en sautant en bas du lit.

— Je me serais tenu aux premières loges ! Pis ensuite, j'aurais accompagné les miliciens dans leurs libations. Parce qu'y avaient mérité une saudite récompense pour leur exploit, je vous en passe un papier !

En l'espace de quelques secondes, la débandade est complète. C'est que Gaspard radote comme un vieux grichou quand il se met à évoquer la plantation du Mai ! Le fils du marchand Cosse-neuve affiche un appétit grandissant pour les réjouissances de toute nature… Gilbert se glisse sous sa courtepointe, faisant mine d'ignorer son voisin, assis tout déconfit sur son lit. Bâillant à s'en décrocher la mâchoire, il ferme les yeux, priant de toute son âme pour que les Canadiens ne soient pas réduits à l'impuissance par le pouvoir bureaucrate. Pour qu'ils conservent cette capacité de se moquer du saugrenu !

Car ils sont à la veille de périr étouffés par le poids des sots… Celui qui dirige la *Montreal Gazette*, par exemple, et qui publie les divagations de Dumont tout bonnement parce qu'il lui sied d'entendre dire que les tuques bleues du comté d'York sont des sans-culottes, des démagogues, des *poor deluded devils*. Si ignares, en fait, et si dépourvus de capacités intellectuelles, qu'ils apposent leur croix sur n'importe quel document, y compris les lettres de démission composées par le notaire Girouard, sans rien comprendre à ce qui s'y trouve !

UN BON MATIN, une missive est remise à Gaspard. Elle est de la main de sa mère qui, malade, requiert sa présence au village De-bartzch. Ses amis en restent pantois. Est-ce un adon ou le résultat d'une mise en scène à laquelle Mme Cosseneuve se prête ? Car Gaspard n'a pas fait mystère, avec eux, de ce qu'il avait en tête : trouver le moyen de s'échapper du cloître, afin d'aller visiter les trois proscrits dans leur cellule.

S'il résiste aux questions d'un air de conspirateur, Gaspard est bien obligé de répondre à celles du directeur de l'institution, qui se demande pourquoi son frère jumeau Vincent, lui, n'est pas réclamé… Le garçon s'en tire en disant la vérité. Du moins, en disant ce à quoi il croit dur comme fer : c'est son fils préféré que veut faire venir sa mère… qui n'est quand même pas à l'article de la mort !

Enfin, au début d'août, le départ précipité de Gaspard est décidé. Gilbert apprend la nouvelle dans un recoin de la cour de récréation, où son ami l'a tiré pour l'entretenir seul à seul. Le plan élaboré par Gaspard est une réussite complète, mais ce dernier souhaite être accompagné par Gilbert à la prison. Un peu essouf-flé, Gaspard défile à mi-voix :

— Henri-Alphonse fera passer un billet de ta main à ta tante Ériole. Elle aura besoin de toi le jour même où je vais partir. Pour une corvée, par exemple, ou une mission urgente. Elle est veuve, après tout. Elle fera porter un mot la veille de mon départ. Qu'en dis-tu ? T'es d'attaque ?

Gilbert en frémit d'excitation. Comme il aimerait, en effet, aller rendre hommage aux héros dont tout le monde parle en ville ! Mais il ne voudrait pas risquer d'être découvert...

— Ça se pourrait. Mais faudrait que ma tante me fournisse le prétexte pour aller en prison. Imagine si le geôlier rapporte ma présence ? Y pourrait ben... Sauf que si ma tante en prend la responsabilité...

— Henri-Alphonse l'appâtera, déclare Gaspard avec assurance. Y est ben bon en rhétorique...

Greyé d'une missive de la main de Gilbert, amplement muni en arguments, Henri-Alphonse s'acquitte de sa mission le soir même. Le lendemain, il rapporte qu'Ériole l'a écouté soigneuse-ment, l'a contre-interrogé en masse, et enfin l'a mis à la porte sans lui donner la moindre indication de la marche qu'elle allait suivre. Gilbert passe la journée dans un état second. Le départ de Gaspard est prévu pour le lendemain ! Mais en soirée, le régent O'Reilly vient remettre à Gilbert un billet d'Ériole. Elle a ur-gemment besoin de lui ; il est attendu chez elle à huit heures du matin.

Pour éviter que la coïncidence n'éveille les soupçons, Gilbert émerge du collège tout fin seul, des ailes aux pieds. Gaspard le rejoindra plus tard rue Notre-Dame. Sa tante l'accueille avec un demi-sourire crispé et une assiette grassement garnie. Tout en dévorant, Gilbert la renseigne sur ses résultats, qui sont tout à fait honorables, particulièrement en langues, histoire et géogra-phie. Dans cette dernière matière, affirme-t-il avec superbe, c'est lui qui défendra l'honneur de sa classe lors des examens publics !

Rassurée sur l'état d'âme de son neveu, Ériole partage les der-nières nouvelles avec lui, puis elle l'informe que Théosodite se rendra avec eux jusqu'à la prison. Tous trois se muniront de provisions et de quelques cadeaux pour les prisonniers politiques, puisque les autorités ne fournissent aux prisonniers que de l'eau claire, du pain et du bois de chauffage.. C'est à cette seule condition qu'elle accepte de collaborer avec eux. Au retour, la vieille servante reconduira Gilbert au collège. Ce dernier veut s'insurger, faire valoir qu'il n'est plus un enfant, mais sa tante le fait taire d'une œillade sévère. Se levant, elle déclare :

— Tu restes icitte, tu accompagnes Théosodite à la prison, pis tu retournes au collège. C'est à prendre ou à laisser !

Gilbert incline la tête en guise de soumission. Ériole lui ébouriffe les cheveux d'un geste vif, puis elle s'éloigne afin de terminer ses préparatifs avant son départ pour le faubourg Québec. Bientôt, Théosodite partie au marché, le garçon se retrouve tout fin seul dans la maison. Il ouvre le salon et prend place sur le canapé, muni de tous les vieux papiers-nouvelles qu'il a pu trouver.

Gaspard survient vers 10 heures, ayant déposé son bagage chez un cousin. Tous deux s'amusent fort d'avoir cette pièce d'apparat pour eux seuls ! Gaspard fait mine de vouloir se servir un verre de l'alcool ambré qui sommeille dans un flacon, mais Gilbert l'arrête en faisant les gros yeux. Ce serait un crime de lèse-majesté, que sa tante aurait bien de la misère à pardonner ! À l'évidence, Gaspard a coutume de piger à loisir dans les réserves de ses parents…

Lorsque Théosodite revient, les garçons s'empressent de la seconder dans le rangement des provisions, puis ils garnissent un panier avec quelques douceurs et trois foulards tricotés d'une longueur interminable. Comme l'affirme Théosodite, il fait humide sans bon sens, entre les murs suintants de la prison ! Enfin, tous trois prennent la route, les deux collégiens se partageant le poids du panier. Manifestement, la servante âgée n'est pas particulièrement heureuse d'avoir à repartir si vite. Elle ronchonne amplement contre les nids-de-poule et les tranchées creusées par la Compagnie des Eaux pour l'installation de leurs tuyaux…

— La ville est comme un champ de mines, remarque Gaspard. C'est toujours de même, madame Théosodite ?

— Ça va de mal en pis, grommelle-t-elle. On entend dire toutes sortes de choses. Les magistrats en font à leur tête... Y ont de comptes à rendre à personne...

— À personne ? relève Gilbert. Vous exagérez, ma bonne dame. Les juges de paix qui administrent la ville sont redevables par-devant... par-devant leurs pairs, à tout le moins.

— Ce que j'en dis, c'est ce que j'ois. L'inspecteur des chemins, ça fait des années qu'y ressasse la même rengaine par-devant ses collègues magistrats. Du côté du faubourg Saint-Laurent, y a des besoins pressants. La Grande Rue est la seule qui se rend aux carrières. Avec les deux églises qui se sont construites ces dernières années, y en a eu, du charroi de pierres ! Ben elle est pas encore macadamisée, même si y a des canaux pratiqués par la Ville en dessous !

— Les profiteurs en font guère de mystère, grommelle Gaspard. « Cette rue conduit à votre propriété, m'sieur... À votre propriété comme aux nôtres... Fait que vous en diriez quoi, d'y consacrer un bon millier de livres pris dans les deniers publics ? »

Gilbert ne peut s'empêcher de rire. Son ami a adopté un paroli anglais autant improbable que comique ! Mais c'est un fait outrageant : le faubourg Saint-Laurent a beau être le plus peuplé de toute la ville, ses habitants peuvent aller se rasseoir. Les terres appartiennent aux familles patriotes ! Avant de quitter la colonie, Dalhousie et quelques-uns de ses suppôts rampants ont procédé à une refonte de la liste des juges de paix, ceux qui prennent les décisions concernant le développement de la ville, et notamment les projets à financer : réfection de rues, rénovation ou construction de bâtiments publics, érection de ponts... Comme il était prévisible, seuls les plus complaisants ont conservé leur poste dans la nouvelle magistrature du district !

Tous trois sont arrivés à proximité de la prison de Montréal, située rue Notre-Dame. À cet endroit, plusieurs constructions de prestige sont comme autant de symboles de la présence anglaise. Tout d'abord, il y a un vieux manoir datant du Régime français qui sert de résidence officielle au gouverneur lors de ses visites dans la métropole. À proximité, un corps de garde a été érigé.

Chaque matin, la compagnie de soldats qui s'y tient est relevée avec pompe et fanfare militaires.

À quelques toises, de l'autre côté de la rue, se tiennent deux bâtiments à deux étages et à toit mansardé. Ils affichent ce style monumental en vogue parmi l'élite coloniale, laquelle jouit fort de ces colonnades à la grecque, surmontées d'un fronton triangulaire, qui ornent la partie centrale des deux édifices. Posé sur l'un des deux bâtiments, un aigle royal veille, figé dans la pierre. C'est la Maison d'audience, où se trouvent les tribunaux et plusieurs salles dévolues à l'administration de la justice : le bureau du protonotaire, ceux du clerc de la Couronne et du clerc de la Paix, les appartements des juges et des jurys. En sous-sol, six voûtes contiennent les Minutes des notaires décédés.

L'autre bâtisse, c'est la prison. Tous trois tombent en arrêt à la hauteur du pilori où est parfois amarré un coupable condamné à être fouetté. Paraît-il qu'alors, des bandes de gamins prennent ces criminels pour cible, leur jetant un mélange de boue et de déchets du Marché Neuf, en contrebas… Mais le pilori est chose commune, comparé à ce qui se tient de l'autre côté du bâtiment, sur la façade qui donne sur le Champ-de-Mars. Au niveau du deuxième étage, un balcon semi-circulaire sert aux pendaisons…

D'un ton morne, le guichetier pose une question à Théosodite, en anglais. Cette dernière ignorant cette langue, elle se contente de nommer les prisonniers, à plusieurs reprises, en montrant le panier de victuailles. L'homme, assez jeune, y jette une œillade intéressée ; pendant un bref moment, Gilbert craint qu'il n'exige un droit de passage, ce qui ne serait guère étonnant dans cet antre de corruption. Mais enfin, il se décide à leur ouvrir les grilles, puis la porte.

Le pas traînant, il leur fait traverser quelques petites pièces, dont un corps de garde dans lequel se tient une sentinelle. Parvenu à l'escalier intérieur, il leur indique l'étage supérieur, prononçant quelque chose d'inintelligible avant de pivoter pour retourner à son poste. Gaspard le retient en lui demandant, dans un anglais maladroit, de répéter son indication, ce qu'il consent à faire : tous trois apprennent donc qu'ils doivent se rendre dans le *ward number two.* Sans plus tarder, Gaspard les précède dans l'escalier, tout en expliquant que les femmes sont regroupées au rez-de-chaussée, les hommes à l'étage... du moins, ceux qui ne sont pas accusés ou trouvés coupables de meurtre.

Théosodite grommelle quelque chose qui a trait à l'inconvenance d'une prison mixte, mais Gilbert ne lui prête guère attention. Tous trois viennent de déboucher dans un sombre corridor, qui s'étire sur toute la longueur du bâtiment, et sur lequel donnent quatre portes grandes ouvertes. La prison est quasi vide, car les juges n'ont pas l'habitude de prescrire le châtiment d'emprisonnement. Ils préfèrent l'exposition au pilori, le fouet, la marque au fer rouge... ou plus généralement l'amende, dès qu'il s'agit d'une offense qui ne met pas en jeu la sécurité d'autrui. L'hiver, par contre, elle sert de refuge aux vagabonds, aux prostituées et à toute autre personne qui a besoin, de toute urgence, d'un gîte.

Ils jettent un coup d'œil à travers la première porte, à leur gauche. Elle s'ouvre sur une pièce aussi vaste que la salle commune d'une maison d'habitant. Un poêle est placé en son centre, et tout le reste de l'espace est encombré de meubles divers, dont une table de bois et quatre chaises. Trois hommes s'y trouvent, placés debout dans des positions diverses, et qui tournent vers les survenants des yeux placides. Le prisonnier le plus âgé laisse tomber, avec aménité :

— Prenez la peine d'entrer. On revient tout juste de la promenade dans la cour.

Théosodite jette un regard suppliant à Gilbert, qui s'empresse de quérir Gaspard des yeux. C'est lui l'initiateur, après tout ! Le garçon fait un pas hésitant, puis un autre, et enfin il passe le chambranle de la porte.

— M'sieur Joseph Brazeau ?

— En plein dans le mille, mon jeune.

Manifestement, Théosodite trouve inconvenant de se trouver dans une pièce occupée par trois hommes matures ! Sauf qu'une fois n'est pas coutume : elle prend position tout près de la porte, adossée au mur. Voyant cela, un des deux jeunes hommes l'interpelle gentiment :

— Restez pas plantée de même, ma bonne dame. Prenez un siège…

Il approche une chaise de bois avec circonspection. Théosodite s'adoucit notablement, faisant un bref signe de tête pour signifier son consentement. L'homme place la chaise à côté d'elle, puis il s'incline brièvement.

— Maurice Lemaire, m'dame, pour vous servir.

— Merci, m'sieur.

Elle fait une pause, puis elle ne peut s'empêcher d'ajouter :

— À ce que je vois, z'êtes point trop maganés…

— On s'en tire, répond Brazeau. Sauf qu'on se trouve ben éloignés de nos familles pis de nos ouvrages. Le v'là, le châtiment…

Pendant l'échange, Gilbert a examiné brièvement l'appartement. Il ne l'avait pas remarqué tout d'abord, mais quatre cellules, dont les portes s'ouvrent sur la pièce, occupent le mur du fond. Il y distingue des paillasses posées à même le sol, quelques couvertes de laine et des coffres de bois. Ces cellules sont éclairées par de grandes fenêtres grillagées à l'extérieur, aux carreaux sales. Comme la pièce principale n'est éclairée que par ces croisées, il y fait sombre, et celui qui n'a pas encore ouvert la bouche est en train d'allumer une chandelle.

De taille modeste, Paul Brazeau est construit solidement, comme un habitant habitué à manier la charrue. Il a une belle tignasse de cheveux pâles et une barbe légère, à peine plus foncée. Après avoir supporté l'examen de Gaspard pendant un temps, il finit par l'apostropher :

— Dis donc, mon garçon… j'ai pas encore fait tirer mon portrait, mais quand ce sera fait, je t'avertirai !

— S'cusez, bafouille Gaspard en rougissant. C'est que… j'ai fièrement d'admiration pour vous !

Il a lancé les derniers mots à toute vitesse, d'un ton perçant. Paul Brazeau réagit par un demi-sourire.

— Laisse faire. On a juste fait… ce qui devait.

— On dit la même chose à toutte le monde, enchaîne Maurice Lemaire. Accepter de payer une amende, c'est comme confesser une faute.

— À toutte le monde ? relève Gilbert. Z'avez ben des visites ?

— Plusieurs dizaines de personnes par jour, répond Brazeau fils. Du monde comme vous autres, qui veulent relever notre vaillantise…

Il fait mine d'en être incommodé, mais à l'évidence, un tel soutien populaire le touche énormément !

— C'est vrai que la plantation du Mai, c'est à vous surtout qu'on la doit ?

À cette interpellation de Gaspard, il réagit par une moue affligée, mais son compère Lemaire s'interpose :

— Fiez-vous pas à son air modeste. Sans lui, le Mai aurait été planté pendant la nuitte, en catimini.

— C'était sublime, déclare Gaspard avec emphase. J'aurais tellement voulu y être !

Gilbert oblige ce dernier à venir poser le panier sur la table. Joseph Brazeau s'en approche, y jette un coup d'œil, puis adresse ses remerciements à Théosodite :

— Bien aimable à vous, ma bonne dame. Ce sera pas de refus. Au début, nos familles nous faisaient envoyer des provisions, mais c'est diablement compliqué.

— Grâce à la générosité des Montréalistes, enchaîne son fils, on est aussi ben nourris qu'à l'auberge !

— Le contenu du panier origine de dame Ériole Saint-Omer, précise Gilbert. Ma tante.

— Ma mère en aurait fait autant, se hâte d'ajouter Gaspard, mais comme elle habite la rivière Chambly…

— On voit par votre uniforme que z'êtes du Petit Séminaire…

Gaspard laisse échapper un rire suffisant.

— J'ai usé d'une manigance pour qu'on s'en échappe !

— Pas créyab ! Conte-nous ça.

Brazeau père s'asseoit à table, faisant signe aux survenants de prendre place à ses côtés. Les deux jeunes prisonniers restent debout, ayant visiblement besoin de se dérouiller les jambes. Les collégiens font le récit de leur exploit, puis une conversation à bâtons rompus s'engage, principalement meublée par les deux camarades, à qui on demande des précisions sur les mœurs et coutumes du cloître de Montréal, de même que sur leur famille respective. Enfin, Joseph Brazeau déclare, avec un clin d'œil :

— Vous nous remboursez de notre sacrifice. Merci ben. Savez… si on a pas voulu payer l'amende, c'est que les partisans de l'administration, y se vantaient tout haut que leur zèle les ferait fortunés…

Son fils renchérit avec une grimace :

— Peut-être que vous savez pas comment ça marche ? J'me déboutonne. Les amendes que le gros Dumont et ses vendus récoltent pendant la cour martiale, y peuvent l'employer pour leurs affaires en attendant de rendre des comptes.

— Des sommes dont toutte le monde sait qu'y avaient grand besoin, ponctue Lemaire. On a pas voulu leur faire ce plaisir !

— Z'avez toutte notre appui, lance Gilbert. D'ailleurs, notre ami Hercule vous envoie ses meilleures salutations. Hercule, le fils de m'sieur Dumouchel.

— C'est ben vrai, y est allé se faire enfarmer ! Pour moi, y restera guère longtemps. C'est pas son genre !

Un froissement de tissus indique que Théosodite vient de se lever. Sa patience est écoulée !

— Les gars, l'heure du retour a sonné. Le panier ?

Brazeau père s'empresse de le vider. Pendant ce temps, Gilbert ne peut s'empêcher de questionner :

— Vous dormez là, dans une cellule ?

— Tout juste. Une paillasse pour trois, avec punaises gratis…

Ce disant, Lemaire éclate d'un rire excessif. Gilbert réalise que malgré l'apparente désinvolture des trois hommes, le séjour en prison doit malmener amplement leur fierté ! Peu après, ils s'assemblent pour gratifier leurs visiteurs de franches poignées de main. Gardant celle de Gaspard un court moment dans la sienne, son regard luisant d'une sorte de fièvre, Paul Brazeau laisse tomber :

— J'ai conscience, mon gars, de la bonté de notre cause.

Tandis que Gaspard s'empourpre de bonheur, Gilbert est frappé par l'intensité avec laquelle cette phrase toute simple a été prononcée. Les prétentieux ont tendance à considérer les habitants, peu instruits, comme une horde de demeurés. C'est une grossière erreur, dont ils ont souvent à se repentir. Car les habitants sont dotés d'un bon sens à toute épreuve, qui leur donne un sens aigu de la justice. Contrairement à nombre de savants, ils ne font pas de compromis avec le bien et le mal. Leurs ancêtres sont venus en Nouvelle-France parce qu'il s'agissait d'une terre de liberté, où l'arbitraire et l'abus de pouvoir ne pouvaient s'épanouir autant aisément que dans les vieux pays. Ils se sont libérés du joug d'une noblesse vivant aux dépens de ses « inférieurs ». Ils en ont développé un amour-propre et une susceptibilité qui leur font honneur !

Émergeant de la prison, les garçons et Théosodite clignent des yeux sous le soleil ardent. Gaspard se tourne vers leur chaperon :

— J'ai encore une heure à tuer avant le départ du *steamboat*. Pis j'ai l'estomac dans les talons. Vous laissez Gilbert m'accompagner ?

La vieille servante reste sans réaction pendant de longues secondes, puis elle finit par riposter sèchement :

— Ma maîtresse a posé ses conditions.

Gaspard offre à son interlocutrice son plus désarmant sourire.

— On lui dira pas... Vous pouvez pas être contre, madame Théosodite. On va juste aller casser la croûte...

Voyant que Gaspard ne lâchera pas le morceau facilement, Gilbert s'interpose.

— Laisse faire. Tu mets Théosodite au supplice. J'te souhaite de ben bonnes vacances !

Et il lui tend sa main à serrer. Avec une grimace de dépit, Gaspard l'agrippe fortement, tirant son ami à lui. Il murmure dans son oreille, d'un ton irrité :

— Espèce de flanc-mou... On avait juste à insister un brin !

Outré, Gilbert rétorque :

— P't-être que tu réussis à t'attirer ben des passe-droits... Mais chez moi, ça marche pas de même !

— Niaiseux fini... P'tite nature... Quand on sait s'y prendre, on obtient la lune ! À la revoyure !

Après un signe en direction de Théosodite, il disparaît dans la circulation. Gilbert le regarde s'éloigner avec un mélange de regret et de soulagement. Après une moue de dédain, la vieille servante grommelle :

— Y serait pas un brin gâté pourri, par adon ?

— Pour le moins, réplique Gilbert avec un sourire complice. Pis fils à sa maman ! N'empêche, j'aurais pas haï ça, aller à l'auberge…

— J'ai quelque chose sur le feu.

— Je vais me régaler. On y va…

Tous deux se mettent à marcher en silence. Gilbert est insensible à la presse aux alentours, alors que bien des Montréalistes de la cité, l'heure du dîner survenue, transitent entre leur lieu de travail et leur domicile à proximité. Il a l'esprit occupé par les visages de trois hommes de la Rivière-du-Chêne. Il a été frappé par leur allure ordinaire. Il les aurait crus plus grandioses d'aspect, entièrement possédés par leur quête de justice, les traits concentrés… Mais non, ils sont de cette race de héros dont la province est farcie, et cette idée, loin de le déprimer, lui donne des ailes !

Il fusille du regard le monument qui, placé tout en haut du Marché Neuf qui occupe la pente descendante jusqu'à la rue Saint-Paul, le toise méchamment. Il voudrait déboulonner le sbire à l'allure de conquérant qui en occupe le faîte, l'amiral Horatio Nelson, celui qui a vaincu Napoléon à Trafalgar. Construite grâce à une souscription, cette statue est comme une claque en pleine face de la population d'ascendance française. D'autant plus que, comme Gilbert l'a appris récemment, les Messieurs du Séminaire ont été de généreux donateurs. Un autre maillon de cette chaîne qui lie l'Institut au régime en place !

X

- 23 -

Impressionnée, Vitaline s'agrippe aux montants du cabrouet qu'Uldaire fait descendre sur le pont du *horse-boat*, à la suite d'une douzaine de charrettes à foin se rendant au marché de Montréal. C'est la première fois qu'elle traverse sur la fameuse barque à cheval, et elle a toutes les misères du monde à contenir son énervement. Dès que le maître-potier stationne l'attelage, elle saute à terre, imitée sur-le-champ par Gilbert. Le garçon part à l'aventure et Vitaline lui emboîte le pas. Seule, elle n'aurait pas osé s'éloigner!

Elle remarque que le pont a une forme ovale, et qu'en plein centre se trouve une balustrade circulaire contre laquelle les piétons prennent place pour la traversée. Cette balustrade délimite un espace en forme de rotonde. Une tenace senteur d'écurie s'en échappe, car dans l'entrepont, une huitaine de chevaux se tiennent parés à faire tourner la roue horizontale qui, au moyen d'arbres de couche et d'engrenages, fera mouvoir les deux roues à aubes, placées dans les flancs de la barque.

Puisant dans son savoir scientifique, Gilbert tente d'expliquer précisément la nature du mécanisme à sa sœur. Mais Vitaline est davantage préoccupée par l'état des bêtes. La rumeur court qu'elles sont maganées et qu'elles meurent très jeunes, à bout de forces! Celles qu'elle a sous les yeux sont plutôt maigres, mais guère plus mal en point que toutes ces bêtes de somme si utiles pour la vie courante. Elle sursaute lorsque le cri du traverseux fend l'air et que, en réponse, un claquement de fouet se fait entendre. Dès lors, dans un effort manifestement exigeant, les chevaux se mettent à avancer. Les coups de fouet pleuvent dru !

— Quand le fleuve est agité, dit Gilbert, faut une douzaine de canassons. Pis là, le fouette fait pas juste leur caresser la peau !

Vitaline grimace amplement. Avec une moue de philosophe, son frère ajoute :

— Faut ce qu'y faut. Pour faire démarrer la barque, ça en prend, de l'énergie !

En ce matin d'octobre, le vent s'est encalmé et ce sont des vaguelettes qui viennent lécher les flancs du navire. La traversée se déroule donc très plaisamment. Tandis qu'Uldaire bavarde avec quelques-uns des autres passagers, les deux jeunes gens visitent tous les recoins de la plate-forme. Vitaline observe à la dérobée le traverseux, tenant la barre à l'arrière du bateau. C'est un homme d'un âge certain, les traits burinés par l'air du large, et l'expression bonasse. De la routine pour lui, aujourd'hui !

Vitaline n'a pas assez de ses deux yeux pour tout voir. À peine entamé, ce voyage de quelques jours lui fait déjà un bien souverain. Elle est enfin délivrée de la présence d'Aubain ! Cette présence qu'elle ne peut s'empêcher d'appeler de toute son âme, mais qui la torture autant qu'elle la comble… Le corps du jeune apprenti, son rire, ses cheveux qui volent au vent, ses mains qui pétrissent… toute cette beauté la hante depuis le printemps.

Chaque matin, lorsque la porte de l'atelier s'ouvre pour laisser entrer Aubain, l'état de tranquillité dans lequel Vitaline se trouvait s'évapore brusquement, remplacé par un trouble obsédant qui installe un embrouillamini dans tout son corps. Elle perd toute spontanéité en sa compagnie. Elle en est profondément marrie, mais elle n'y peut absolument rien ! Le jeune apprenti lui envoie une salutation marmonnée, à laquelle elle répond de même tout en s'empourprant et en inclinant la tête sur son ouvrage. Après s'être raclé la gorge, il s'enquiert du travail accompli, ce à quoi elle répond le plus brièvement possible, sans cesser son pétrissage.

Tout ce temps, Vitaline le suit du coin de l'œil, le souffle quasi suspendu. Lorsqu'il entreprend de séparer les pâtons, elle sent une vive chaleur l'envahir. Tout à l'heure, c'étaient ses mains à elle qui caressaient cette terre ! Serrant les dents, elle s'oblige à fixer son attention sur son ouvrage, mais son esprit se rebelle, s'envole jusqu'à lui, s'investit en lui. C'est un manège épuisant auquel elle souhaiterait ardemment se soustraire... même si, dans le fond, elle aurait bien de la misère à s'en passer !

L'été enfui et l'automne survenu, elle se retrouve dans le même état, plongée dans une sorte de pâmoison. Chaque jour qui passe, elle espère un miracle qui tarde à se produire, soit un geste d'Aubain en sa direction, une indication qu'il est sensible à sa féminité ! Mais il se tient loin. A-t-il perçu quelque chose ? Les mâles paraissent à Vitaline tant imbus d'eux-mêmes que cela lui semble impossible...

Comme elle aimerait qu'il devienne son prétendant ! Après tout, que pourrait-il espérer de mieux que de fréquenter la fille de son patron, pour éventuellement, si tout se déroule comme prévu, la mener à l'autel ? Son avenir serait assuré ! Et Vitaline, elle, serait au septième ciel ! Chaque fois qu'il se montre affectueux et enjoué, elle espère de toute son âme que le sentiment qu'elle lui porte soit réciproque... Mais comment savoir ? Peut-être est-il autant intimidé qu'elle ?

Elle tâche de se conforter. Bientôt, la morte-saison la délivrera de sa présence quotidienne. Elle prie pour qu'à son retour, il ait perdu tout pouvoir sur elle ! Qui sait ce qu'une séparation de deux mois peut causer ? Peut-être qu'il sera devenu gros, ou qu'il aura une dent noircie par une carie, ou une définitive mauvaise haleine... Mais en attendant, Vitaline pâtit de sa faim perpétuelle. Récemment, dérangée par la proximité du jeune homme, elle s'est tant agitée sur son siège qu'elle a manqué de faire dévier la tournette, ce qui aurait occasionné une regrettable entaille dans la pièce encore verte !

Farouchement, elle repousse toutes ces pensées au plus creux de son esprit. Elle a pris la résolution d'oublier Aubain pendant ces quelques jours. Pas question de gâcher son voyage ! Au loin, vers le sud-ouest, se déploie le panorama de Montréal, avec le mont Royal en arrière-plan. Il y a plusieurs années qu'elle est venue en ville. Elle était encore petite fille alors, si naïve ! Elle n'avait pas conscience des choses et des gens comme aujourd'hui, alors qu'elle a l'impression que sa vue est devenue diablement plus perçante…

Elle plisse les yeux. Une étrange lueur blanche, comme celle d'un fanal surnaturel, émane depuis le sommet de la colline sur laquelle la vieille cité est blottie. Pendant un long moment, elle examine diverses hypothèses, puis enfin, elle déclare forfait et se tourne vers Gilbert. Avec un sourire suffisant qu'elle fait frime de ne pas voir, il indique qu'il s'agit de la couverture en fer-blanc de la nouvelle église paroissiale. En cette époque, alors que le soleil est bas, elle reluit de tous ses feux !

Épatée, Vitaline la contemple un long moment, avant de river son attention sur la rive de l'Isle de Montréal qui approche. L'embarcadère est situé tout juste à l'est du courant Sainte-Marie, cauchemar des bateaux à voile qui remontent le fleuve jusqu'au port. Enfin, le *horse-boat* accoste et les deux jeunes mettent pied sur le plancher des vaches, attendant qu'Uldaire fasse descendre l'attelage. Le cabrouet est chargé des pourcelines que le maître-potier se rend délivrer aux Messieurs, en guise de paiement pour l'année scolaire qui est sur le point de débuter.

Avant d'atteindre la cité, il y a une bonne demi-heure à faire sur la rue Sainte-Marie, un chemin de terre rempli de cailloux et d'ornières. Ils se mettent en route, les deux jeunes gens marchant à côté du cabrouet. Chemin faisant, ils passeront à proximité de l'atelier d'Ériole, mais Uldaire préfère ne pas la déranger pendant sa journée de travail. Ils se verront ce soir, chez elle !

Comme ils se rendent au Petit Séminaire de ce pas, il leur faut traverser le cœur de la cité quasiment au complet, en suivant la rue Notre-Dame. Vitaline a donc le loisir de contempler le nouveau temple, qui défie toute comparaison avec les autres lieux de culte du Bas-Canada, et probablement du continent américain tout entier. Quelle vastitude ! Encore plus que celle de Saint-Denis, qui pourtant surclassait toutes les autres maisons de Dieu à des dizaines de lieues à la ronde !

L'allure de la façade, avec ses immenses portes en forme d'ogive, laisse Vitaline bouche bée. Gilbert en profite pour l'édifier :

— Imagine tous les trains de mules qui ont charroyé les pierres jusqu'icitte… Elles provenaient des carrières du Mile End. À une lieue d'icitte, de l'autre côté de la montagne.

— Pis le bois ?

— Une trâlée de cages depuis le Haut-Canada ! Y paraît que ça leur prenait, pour les plus grosses poutres, du pin jaune, qui monte tout drette vers les cieux… Y s'amarraient en bas, aux quais. Les charretiers faisaient descendre la charrette sur des plateformes de bois. Pis c'étaient des bœufs qui tiraient les attelages, pas des chevaux !

Elle contemple les tours tronquées, coiffées d'un toit triangulaire recouvert de fer-blanc. Car leur érection a été arrêtée à mi-chemin, à cause d'un vice de construction. Ce n'est pas la première fois qu'un temple catholique doit s'en contenter, mais ce manque de prestance fait un velours dans le cœur de ceux, et ils sont nombreux, qui finissent par être irrités par la formidable prétention des responsables de la paroisse, les membres de l'Institut sulpicien de Montréal !

— Viens, soupire Vitaline, le père est après nous semer.

Une heure plus tard, la livraison effectuée au collège de Montréal, c'est un cabrouet allégé qu'Uldaire ramène vers le cœur de la cité, par la rue Saint-Paul. Gilbert ne fera son entrée officielle que le lendemain ; pour le moment, il gambade, s'improvisant guide en tourisme pour le bénéfice de sa sœur. Cette dernière est fascinée par les enseignes diverses au moyen desquelles les commerçants annoncent leurs produits ou leur métier. Une lyre identifie le vendeur d'instruments de musique. Une superbe capine, la couturière… Le pilon et le mortier, bien sûr, signalent la présence d'un apothicaire.

Quant à l'arracheur de dents, impossible de le manquer, à cause de l'immense molaire blanche au-dessus de sa porte ! Vitaline tombe en arrêt sous une enseigne où ont été peints un lièvre et une bouteille. Perplexe, elle la scrute un moment, puis elle examine la fenêtre à carreaux derrière laquelle quelques produits sont en montre. Ils sont à ce point variés qu'elle n'arrive pas à se faire une idée de la nature de ce commerce ! Rieur, Gilbert finit par lui donner la clé de l'énigme :

— Le propriétaire se nomme Harebottle. C'est un épicier. Tu comprends ? Hare… bottle…

— Tu me niaises ?

— Pas une miette !

Incrédule, elle secoue la tête avant de passer son chemin. Ce que les gens sont fous, parfois ! Uldaire fait déjà tourner le cabrouet dans une allée transversale ; le frère et la sœur le rattrapent vitement, pour assurer la surveillance de l'attelage pendant que leur père pénètre sur les lieux de cet importateur et grossiste, qui le fournira en divers matériaux, notamment la plombine en poudre qui sert de glaçure à ses poteries.

Vitaline vérifie l'attache de son manteau. Dans cette allée étroite, dominée par des bâtiments à plusieurs étages, le soleil ne pénètre quasiment jamais… Sachant que les transactions entre son père et son fournisseur peuvent être longues, elle s'adosse confortablement à la boîte du cabrouet et elle laisse rouler ses pensées, sans tenter de les retenir. Elle avait oublié à quel point la métropole débordait d'activité ! À quel point elle charriait des effluves en provenance du vaste monde, à cause de tous ces transocéaniques qui viennent y déverser leurs marchandises.

Surtout, décidément, Montréal a un air anglais ! La majorité de la population habite les faubourgs et chaque ethnie, particulièrement les Canadiens et les Irlandais, les plus nombreux, a tendance à se regrouper selon sa culture d'origine. Mais dans la vieille cité et ses rues commerçantes, on se croirait quasiment à Londres ou à Édimbourg. Panneaux-réclames, enseignes, parlures, tout cela se fait dans cette langue qu'elle entend mal, surtout quand elle est greyée d'un fort paroli ! Elle ne peut s'empêcher de ressentir un malaise, comme si elle n'était plus chez elle, dans son pays. Comme si c'était elle, l'étrangère !

Gilbert s'est perché sur le siège du conducteur pour un moment de repos. Un demi-sourire aux lèvres, il apprivoise la sensation d'être en ville, à la veille de retourner entre les murailles du cloître de Montréal. Oui, il a apprécié son été de liberté, mais le contact avec ses amis d'enfance se fait moins facilement. Et puis, parfois, il tournait en rond, ne sachant plus à quel saint se vouer! C'était bien la première fois qu'il avait hâte de reprendre le chemin du collège. Hâte de reluquer l'adversaire dans le blanc des yeux!

Le garçon se redresse, le regard levé vers le ciel. Il aura 14 ans dans trois mois. Cet été, il a pris un chemin de non-retour vers l'âge adulte... Une énergie nouvelle circule dans ses veines, une énergie virile qui, a-t-il l'impression, décuple sa force et lui confère une équarrure décisive. D'ailleurs, ses camisoles le gênent maintenant aux épaules. Au moins trois fois par jour, il se tâte pour se persuader qu'en effet, ses muscles rondissent et saillent...

La porte de l'entrepôt s'ouvre pour laisser passer trois commis, qui poussent de petits barils en les faisant rouler sur le sol. Bientôt, le cabrouet est chargé et Uldaire vient rejoindre ses enfants, l'air absent. Il ne veut pas trahir son contentement. Pour l'instant, il doit faire mine d'être à peine satisfait de son achat, comme s'il avait consenti à de réels sacrifices!

Ce soir-là, Ériole semble au bout de son rouleau, même si elle tente de donner le change. Au souper pris dans la cave chaude, chacun tente de lui faire confier ses soucis, mais tout ce qu'elle consent à dire, c'est que le diable est aux vaches du côté des juges de paix qui administrent la cité. Les citoyens sont taxés pour entretenir les rues et les chemins. Ils devraient avoir leur mot à dire, c'est-y pas? Sauf que les affaires se déroulent en secret!

— Vous savez, les deux faquins qui sont propriétaires de la Compagnie des Eaux? Messieurs Porteous et Griffin...

Ce dernier nom, celui de l'intrigant dont le goût pour la violence s'est étalé au grand jour, lors de l'élection dans le comté de Montréal-Ouest, fait fleurir une grimace sur tous les visages.

— Sont aussi magistrats. Y font faire toutes sortes de travaux pas nécessaires, à nos frais, juste parce qu'y veulent faire installer leurs tuyaux! Cette année, on dirait qu'y sont lâchés lousse! Pis quand l'assemblée des magistrats siège, y restent vissés à leur fauteuil, même quand y faut délibérer sur les ouvrages pour l'aqueduc et sur les inconvénients qu'y causent !

Uldaire fait remarquer, d'un ton allègre :

— Les deniers publics, y sont quand même pas détournés de leur destination ? À t'entendre, on le croirait !

— Louis Guy, vous savez, un des magistrats de la ville… y voulait pas concourir à l'ouvrage ordonné rue Saint-Joseph.

— La rue macadamisée ? demande Gilbert.

Ériole acquiesce. Réclamant des explications, Vitaline apprend que cette rue, le prolongement de Notre-Dame hors de la vieille cité, a été empierrée cet été. Or, les trottoirs et les égouts en cailloux, c'est une vanité quand il n'y a même pas de canal public en dessous pour l'écoulement des eaux !

— Ça, pis un pont dans un coin pas trop fréquenté de la ville. En assemblée, les juges de paix avaient commandé un ouvrage en bois. Le charpentier avait ses matériaux. Mais ça adonne que l'ouvrage est en pierres. Y paraît que ça coûtait juste 20 louis de plus ! Y nous prennent pour des demeurés !

Reconquise par un courroux qui ne demande qu'à jaillir, Ériole se dresse d'un bond… et se résout à libérer la table de quelques couverts. Théosodite, figée comme une statue de sel à force d'écouter, s'empresse de la seconder. À son tour, Vitaline se lève pour donner un coup de main. Après un temps, Uldaire tente une diversion :

— Pis tes affaires, ça marche comme tu veux ?

— On peut dire.

— Pour ma part, ma seule récrimination, c'est la concurrence des marchandises importées.

— C'est ce que j'appelle fermer les yeux sur ce qui pend sous son nez ! Ce qui pend sous vot'nez, c'est que z'allez betôt vous manger vous-mêmes !

Surpris, Gilbert s'interpose :

— Vous faites allusion, ma tante, à un trop-plein de potiers ?

— Tout juste ! La clientèle est pas… pas…

— … élastique, offre Vitaline.

— Bientôt, les potiers vont s'entre-manger !

Avec un soupir fatigué, Uldaire repousse sa chaise.

— On pourrait le croire. Mais moi, j'ai pour mon dire que les potiers, y sont pas si fous que ça. Les jeunes, y vont trouver des moyens pour vivre. Oublie pas, Ériole, que la clientèle augmente à mesure que l'arrière-pays est déboisé. Et je parle pas du reste de la colonie… Tant qu'y aura des filons d'argile, y aura de quoi vivre pour les potiers. Bon. On range, les enfants, pis on file se coucher. Ériole, elle a besoin d'une nuitte…

— D'une nuitte réparatrice, marmonne Gilbert.

— Ces jeunes-là, y nous tirent les mots de la bouche… On ferait quoi sans eux, Ériole ?

— On ferait dur, concède-t-elle d'un ton bougon.

Une demi-heure plus tard, la maison est silencieuse. Étroitement enroulés dans des draps de toile si vieux qu'ils ont acquis la douceur de la soie, frère et sœur reposent à même le plancher du salon. Uldaire, comme il se doit, occupe la chambre d'invités à l'étage. La lueur du quartier de lune, sur le mur, révèle un cadre ovale dans lequel un couple se tient. Vitaline le fait remarquer à son frère, et tous deux devisent un moment au sujet du maître-potier Louis-Henridas Dudevoir et son épouse, les parents d'Uldaire et d'Ériole, alors au faîte de leur prospérité d'artisans.

Gagnée par la fatigue, Vitaline écoute les bruits de la nuit. Deux ronflements lui parviennent à travers les cloisons, ceux de Théosodite et d'Uldaire. Elle repère également un étrange grincement au rythme désordonné, qu'elle met du temps à identifier. Ce sont les enseignes des commerces, qui se balancent sur leurs supports au gré du vent qui souffle… Le cri du veilleur de nuit à proximité la fait sursauter.

— *Nine o'clock. All's well !* Tout va bien !

Elle grimace amplement, tandis que l'écho se répercute dans la ville endormie. Elle avait oublié que les guetteurs, armés d'un bâton et d'une lanterne, égrenaient les demi-heures à pleins poumons ! Jamais elle ne pourra fermer l'œil… Mais cette pensée à peine surgie, Vitaline se laisse emporter par le sommeil, comme elle le constate à l'aube du jour suivant.

Au soulagement de ses visiteurs, Ériole semble de meilleure humeur. Elle affirme, d'une voix claironnante, que le ronron d'Uldaire lui a rappelé son jeune temps, et lui a procuré le plus doux des repos... Vitaline quitte la maison de bonne heure pour aller effectuer quelques achats. Quand elle revient, le cabrouet est stationné dans la rue, son cheval piaffant. Un quart d'heure plus tard, tous trois prennent le chemin du collège de Montréal. La jeune fille n'est pas fâchée de s'y rendre pour la seconde fois. Elle en a tant ouï-parler! Les grilles rébarbatives... La lourde porte d'entrée qui ne s'entrebâille que si le gardien le veut bien... L'atmosphère pesante de componction...

Elle examine son frère à la dérobée. Sa tendance naturelle à courber les épaules s'amplifie, mais autrement, ses traits sont tout à fait composés. C'est qu'il grandit, le Gilbert. Quand il est survenu, au mitan du mois d'août, elle en est restée quasiment bouche bée. Le garçon en lui était disparu. Un homme avait pris sa place, un homme de haute taille, encore étroit, mais qui promet, question stature... Un homme, car son visage avait perdu la souplesse et la douceur de l'enfance. Il avait acquis un aspect posé, presque trop sérieux...

Plusieurs attelages sont stationnés près des grilles de l'entrée du Petit Séminaire. Uldaire se range en file ; par-devant eux, les occupants d'une carriole s'activent à décharger les bagages. Gilbert reconnaît un camarade, et s'octroie un temps de réflexion. Après l'incident de juillet dernier, il a pu constater qu'Adolphe restait sur la défensive avec lui. Il espère que les vacances l'auront adouci... Enfin, à mi-voix, il indique à son père :

— Les Malhiot père et fils.

— Ceux de Verchères ? Sacré tordieu de baptême ! Tu nous présentes ?

Vitaline ouvre de grands yeux. Ce n'est pas le genre de son père, de soigner ses relations ! À sa décharge, le seigneur Malhiot est cher au cœur des habitants du bourg. Ayant mené, au printemps 1827, une assemblée constitutionnelle des francs-tenanciers du comté de Surrey en appui aux députés mis à la porte par le gouverneur, il a été placé sur la liste des retraités de la milice. Mais surtout, il est le père adoptif de Charlotte Nelson, qui a transformé son mari en une ardente tuque bleue!

– Hé, Adolphe! Quel bon vent t'amène?

L'interpellé se retourne, mais reste en silence. Vitaline sent un ange passer, et elle en profite pour détailler le fils, plus petit et plus gras que le père. Enfin, il s'écrie, un soupçon de chaleur dans la voix:

– Une sorcière, pour le sûr!

Xavier Malhiot, penché sur une malle déposée au sol, offre le spectacle d'une chevelure clairsemée, de couleur poivre et sel, ramassée en queue de cheval. Il se redresse et Adolphe fait les présentations, puis Gilbert prend le relais en déclinant l'identité d'Uldaire, de même que son métier. Tendant la main, ce dernier balbutie:

– C'est un honneur, m'sieur Malhiot, de vous rencontrer. Le pays a grandement besoin de défenseurs comme vous. Y paraît que les commettants du comté vous ont offert un siège en parlement, en remplacement du député Massue?

Souriant modestement, le marchand de Verchères serre la pince du père de Gilbert avec une sympathique vigueur. Il captive l'attention de Vitaline. Malgré son équarrure, il est d'une sveltesse admirable, ce qui en fait la plus magnifique pièce d'homme qu'elle a eu le bonheur de contempler. Son visage aux pommettes hautes et aux joues creuses, soulignées par ses favoris, lui semble d'une beauté sculpturale en dépit du passage des ans.

Elle en rougit de confusion: M. Malhiot se tourne vers elle tandis qu'Uldaire la présente. Il tend la main et, comme dans une transe, elle y dépose la sienne. Lorsqu'il porte cette main à ses lèvres, elle s'empourpre cette fois jusqu'à la racine des cheveux… Gilbert réprime un sourire. Manifestement, le marchand apprécie les créatures du genre de sa sœur, à l'opposé des fluettes! Il se résigne enfin à délaisser Vitaline pour répondre au maître-potier:

– Un grand merci pour votre compliment. Mais je ne fais que mon devoir à la mesure de mes capacités, comme chacun d'entre nous.

Il pose un regard spéculatif sur Gilbert, dont il décline le prénom en fouillant sa mémoire.

— Ça me revient… Tu m'as parlé de lui, c'est-y pas, Adolphe ? En termes flatteurs, jeune homme, je vous le garantis.

Rosissant à son tour, Gilbert s'incline brièvement. Le marchand déclare enfin, une vive satisfaction se peignant sur son visage :

— Le beau temps s'en revient, mes amis, croyez-moi ! Les outrages et les violences sont choses du passé. Les ennemis du pays ont attaqué notre Constitution dans son existence même, mais leurs plans ont été déjoués !

— Y voulaient établir par icitte un système officiel de corruption, de vénalité pis d'influence ministérielle, renchérit son fils. Nous transformer en ilotes !

Comme Uldaire, Vitaline considère le fils Malhiot avec perplexité. De quoi il cause, celui-là ? Le remarquant, Xavier Malhiot éclate d'un grand rire.

— Ces étrivants de sulpiciens, y sont après transformer nos fils en précieux lettrés !

Plongeant son regard dans celui de Vitaline, il précise galamment :

— Cet été, Adolphe a daigné partager sa science avec moi. Un ilote, c'est un habitant de la Grèce antique, réduit à l'esclavage par les citoyens de Sparte.

Son fils renchérit d'un ton contrit tout en battant de ses cils fournis et joliment ourlés :

— Autrement dit, une personne asservie. Réduite à l'ignorance et à la misère.

— Bon, c'est une causerie plaisante, mais la bise est féroce. Qu'est-ce que vous diriez qu'on fasse rouler nos affaires ?

Tout en devisant, les quatre hommes empruntent le chemin qui mène vers la porte d'entrée, les poches sur leurs épaules. Vitaline suit à quelques pas derrière, réjouie par l'aisance avec laquelle son père et M. Malhiot se sont chargés chacun de deux poches. Peu à peu, elle émerge de l'état extatique occasionné par le physique du marchand, pour redevenir sensible à ce qui l'entoure. D'accord, le bâtiment est austère d'aspect, mais il est suffisamment fenestré... Là-haut, derrière les carreaux, un jeune inconnu lui adresse un signe de connivence. Embarrassée, elle détourne les yeux, pour les river sur l'ouverture de l'entrée, dans laquelle elle s'engouffre.

Elle se retrouve dans un étroit corridor sur lequel donnent deux portes. Les hommes pénètrent dans la pièce de gauche, assez vaste et garnie sur ses pourtours de tables et de chaises. Il s'agit du parloir. Gilbert l'a bien prévenue : elle ne pourra pénétrer plus avant dans le bâtiment. Seules les proches parentes d'un âge certain ont ce privilège... De toute façon, elle n'y tenait guère. Le cloître de Montréal, religieusement mâle, s'apparente pour elle à un lieu interdit... Y jeter un œil et humer son arôme lui suffit. Un arôme, à vrai dire, de vieille maçonnerie mélangée d'encens, où s'insinuent des effluves d'huile de baleine et de ragoût...

Plusieurs jeunes collégiens, accompagnés de membres de leur famille, occupent la pièce. Vitaline repère un siège isolé sur lequel elle se laisse choir. Elle n'a aucune envie d'être obligée de faire des civilités aux trois sulpiciens qui se tiennent debout au centre de la pièce, fort intimidants à cause de leur soutane noire et de leur air exagérément digne. Elle s'étonne de la tension à couper au couteau qui règne dans la pièce, et que les chuchotements ne font qu'accroître. Décidément, la vie quotidienne ne doit pas être aisée, dans une telle atmosphère...

Après quelques pas, Gilbert et Adolphe, suivis de leurs pères, figent sur place. Parmi les trois Messieurs, deux faisaient partie de la recrue française qui accompagnait le supérieur de l'Institut, M. Roux, à sa descente du navire, cet été. Quant au maître Joseph-Vincent Quiblier, celui qui se tient au centre, il jase aimablement avec la mère d'un élève, qui roucoule. Car bien en chair mais sans excès, Quiblier est, de surcroît, gratifié d'un visage aux traits harmonieux. De quoi se pâmer...

Enfin, Quiblier reconnaît leur présence.

— Monsieur Dudevoir, monsieur Malhiot... Je suis enchanté de vous saluer à titre de directeur de ce vénérable établissement.

Seul un silence stupéfié lui répond. Gilbert échange une œillade ébahie avec Adolphe. Par chance, Quiblier a eu le temps de prouver qu'il n'était pas outrageusement sévère. Sa direction, avec un brin de chance, sera bienveillante. Gilbert peut deviner les pensées qui s'agitent dans la cervelle de son père. Un jeunot d'à peine 30 ans comme directeur! Qui plus est, un fieffé Français, dont la nomination à ce poste clé vise à museler les Canadiens!

Prestement, Quiblier se tourne vers l'inconnu de petite taille, à la vingtaine avancée, qui se tient à ses côtés.

— Messieurs, je vous présente Germain-Joseph-Philippe Séry. Il vient d'être gratifié d'une charge d'enseignement.

— Bienvenue au pays, finit par laisser tomber Malhiot, du bout des lèvres.

— J'espère me montrer digne de votre confiance, répond l'interpellé.

Son paroli pointu prouve qu'il est passé par les hautes études, en France, avant d'échouer en mission au Bas-Canada. Gilbert réprime une éloquente grimace. Damnés sulpiciens... M. Roux a importé ces jeunes maîtres afin de libérer de leur charge d'enseignement les rares sulpiciens qui ne soient pas d'un âge vénérable, sachant que des postes de responsabilités devaient être urgemment comblés. Ils se rendraient jusqu'à la Terre de Feu pour recruter! D'accord, les enfants du sol ne se bousculent pas au portillon, mais c'est de la faute des Français parmi eux, qui manifestent si hautement leur dédain!

Uldaire émet d'une voix grêle:

— Eh ben, messieurs, le devoir m'appelle... Prenez grand soin de mon fils.

Après un regard affectueux à l'adresse de Gilbert, son père tourne les talons et s'éloigne, le front haut. Avant de l'imiter, M. Malhiot laisse tomber, le ton glacial:

— Les choses pourraient se passer bien autrement, monsieur le supérieur. Toutte le monde en retirerait le plus grand bien, y compris vous-mêmes. À bientôt, Adolphe.

Rebutés par la tournure des événements, les deux garçons restent figés sur place, les yeux au sol. Enfin, Quiblier ordonne:

— Courez ranger vos affaires. Ne vous étonnez pas s'il reste quelques lits vides. Vos camarades Dumouchel et Chauvin ne reviendront pas cette année.

Gilbert lève vers lui un regard surpris. Hercule, il s'y attendait, mais Casimir ?

— Monsieur Chauvin père nous a quittés pour un monde meilleur.

Estomaqué, Gilbert reste cloué sur place. Le père de Casimir, mort et enterré ! Au printemps, son ami lui avait confié son inquiétude, mais jamais Gilbert n'aurait imaginé un sort si funeste... Fils unique, Casimir devient le seul soutien de sa mère ! Impatient, Quiblier fait signe à Gilbert de déguerpir. Avant de se charger de sa poche de hardes, déposée dans un coin de la pièce, il s'absorbe dans un tête-à-tête avec Adolphe.

— Deux coups durs l'un après l'autre !

— Pour ce Séry de malheur, c'était prévisible. Une chance qu'on a le temps de voir venir. C'est pas cette année qu'y sera notre maître.

— On peut escompter qu'y fasse bonne figure...

Là-dessus, Adolphe se penche vers son bagage, et Gilbert reste coi. Il est heureux de voir que son camarade ne se méfie plus guère de lui, mais il avait oublié à quel point le fils Malhiot était complaisant envers ses maîtres. Tout en suivant Adolphe vers le dortoir, mais selon un rythme plus lambineux, Gilbert songe qu'il n'a pas hérité de ce sentiment de son père, pour le sûr ! Peut-être le tient-il d'une inclination coupable dont il n'est pas encore guéri...

Pendant les premiers jours d'école, les collégiens déplorent en chœur le départ du gentil mais très vieux M. Roque, qui avait la larme à l'œil en débagageant, paraît-il... Mais ce changement tracassier est vitement repoussé très loin dans l'esprit des garçons. Car un événement passionnant vient tout juste d'avoir lieu, et il délie les langues de ces fils d'avocats et de notaires ! Lors des assises de la Cour du Banc du Roi de septembre, le procureur général a réanimé les poursuites en libelle diffamatoire – intentées une année auparavant – contre les hommes responsables de la publication de *La Minerve* et du *Canadian Spectator*. Il a même élargi son action en incluant James Lane, l'imprimeur de la contrepartie francophone de ce dernier, le *Spectateur Canadien*.

Or, les autorités ont voulu tirer profit d'un article obscur de la loi pour faire nommer un jury spécial, pour lequel une liste particulière de 48 noms avait été constituée. Un jury encore plus grand que le Grand, exigeant un bien considérable pour en faire partie ! Lors du choix final des 24 jurés, les 16 francophones ont été écartés. Ce corps, totalement *british*, alignait des partisans de l'administration dalhousienne ayant approuvé des actes offensants et tyranniques, et pour plusieurs d'entre eux, vendus à la méthode violente. Encore une fois, le procureur général James Stuart ne rougissait pas de pervertir les lois pour satisfaire sa haine et sa vengeance !

La province entière a suivi avec anxiété ces noires machinations d'une Bureaucratie fourbe. Ludger Duvernay, Jocelyn Waller et James Lane étaient défendus par trois avocats émérites, dont Côme-Séraphin Cherrier et le jeunot Dominique Mondelet. Après une joute oratoire spectaculaire, la Cour a tranché devant une salle d'audience remplie à craquer. Car il s'agissait de combattre un principe qui dépouillait les citoyens de la plus efficace sauvegarde contre l'oppression, celle du jugement par jury impartial !

Il était prévisible que le juge en chef Reid se range du côté de Stuart, qui mettait sur le dos de l'ignorance des Canadiens la difficulté de se procurer des jurés hors de la ville et des banlieues de Montréal. James Reid est l'un des plus célèbres profiteurs du pays, Bureaucrate forcené, membre de la Clique depuis des décennies ! Mais Norman Fitzgerald Uniacke, prédécesseur de Stuart au poste de procureur général, a rendu un émouvant témoignage. Plusieurs années auparavant, les jurés étaient tirés des campagnes à la satisfaction de tous, officiers de la Couronne y compris !

Le troisième juge étant du même avis, le jury spécial a été déchargé et les procès repoussés en mars prochain. Serait-ce un signe que les tyrans, sous le règne d'un gouverneur plus magnanime, doivent courber l'échine ? À mesure que les semaines d'école défilent, cette victoire décisive le cède devant une autre préoccupation, celle du comportement du gouverneur au moment de l'ouverture de la session du parlement, fixée au 21 novembre.

Sir James Kempt, ci-devant lieutenant-gouverneur de la Nouvelle-Écosse, succède à Dalhousie comme gouverneur des provinces britanniques en Amérique du Nord. Persuadés que la Chambre d'Assemblée persistera dans ses intentions relativement au choix de son orateur, les membres de la Clique ne peuvent se retenir d'injurier Louis-Joseph Papineau par le biais des gazettes salariées. Par son obstination, criaillent-ils, la colonie va croupir dans la discorde ! Selon eux, Kempt ne peut faire autrement que de se mettre en collision avec les élus. C'est une question de prérogative royale. Seule une nouvelle élection pourrait légitimer la présence de Papineau à la tête de la chambre basse !

Mais le gouverneur a une réputation de libéral et, au jour dit, il fait taire les rabat-joie. Il acquiesce gracieusement au choix des élus ! Sa harangue d'ouverture semble basée sur des principes propres à ramener la confiance. Il s'engage à collaborer étroitement avec les représentants, et à leur communiquer fidèlement les instructions de Sa Majesté et de ses ministres. Voilà qui annonce un gouverneur délivré des pires préjugés à l'égard des Canadiens. Sous de tels auspices, les affaires vont prendre du mieux, et tendre à la prospérité d'une colonie qui possède les ressources nécessaires pour rivaliser avec les États voisins, sous l'impulsion d'une législation sage et éclairée !

X

- 24 -

Parfois, Vitaline a l'impression qu'Aubain perd son emprise sur elle. Elle prend conscience de ne pas lui avoir adressé de songerie depuis deux heures, une demi-journée peut-être... Mais elle s'illusionne chaque fois, car un seul de ses gestes la fait replonger dans les affres de la convoitise. Le maître-potier et son apprenti sont en train d'inspecter la carriole avant sa première équipée. La couverture de neige le permet enfin... Entre deux tâches à l'intérieur, Vitaline ne peut s'empêcher de mirer le jeune homme. Autant que faire se peut, elle le dévore des yeux... Elle ne se possède plus, et Dieu seul sait jusqu'où ça va la mener!

Soudain, elle croise l'œillade meurtrière de Perrine, placée raide comme un piquet au coin de la maison. Saisie, Vitaline la fixe, tandis que son air glacial se mue en une expression caustique. Au moyen d'un sourire frondeur, sa sœur se gausse ouvertement, ce qui fait monter le rouge aux joues de sa cadette. Elle n'a pas le droit! Elle ne comprend rien à la passion amoureuse, elle qui contemple tout un chacun avec la froidure d'un glaçon!

Brusquement, Perrine reporte son attention sur les deux hommes. D'un geste, elle lisse son capot, tout en entortillant, du doigt, une mèche échappée de sa capine. Enfin, nouant ses mains derrière son dos, elle lance une œillade provocante à sa sœur, avant d'avancer vers eux d'un pas nonchalant. Comme attirée par un aimant, Vitaline descend les marches de la galerie à sa suite. Elle ne peut s'empêcher d'admirer le maintien de Perrine, qui exagère subtilement son déhanchement, qui cambre un tantinet les reins, et qui dirige vers le dos d'Aubain un regard farouche...

En contraste, Vitaline a l'impression de marcher avec la grâce d'un ours, et c'est à grand-peine qu'elle se retient de détaler pour aller se dissimuler aux yeux de tous. Perrine lui inflige une leçon bien cruelle! Elle veut lui prouver qu'Aubain ne peut pas remarquer une lourdaude comme elle. Envahie d'un mélange d'humiliation et de tristesse, Vitaline résout, sur-le-champ, de ne plus jamais adresser la parole à sa sœur, sauf en cas d'extrême nécessité.

D'une voix chantante, Perrine interpelle son père:

— Vous épuisez notre apprenti! Voyez comme y se démène pour vous contenter...

Amusés par cette grossière exagération, les deux hommes se tournent vers elle. À quelques pieds de distance, Vitaline voit Uldaire adresser à son aînée un rictus goguenard, tout en retirant sa tuque pour s'en éventer. D'un geste délibéré, entremêlant son regard à celui de la jeune femme, Aubain fait de même. Vitaline fige sur place. L'attention de l'apprenti reste rivée à celle de Perrine comme s'il était incapable de s'arracher à sa contemplation. Tandis qu'à elle, il n'adresse que des coups d'œil distraits! Après une éternité, le jeune homme riposte, avec douceur:

— Une charmante bêtise que tu viens de dire là, Perrine. Comme si ton père était un tyran!

— Je voulais dire tout bonnement qu'y faut ménager un travaillant comme toi...

Emplie de confusion, Vitaline se creuse la tête, dans le but de se jeter dans la mêlée de la discussion. Il est impératif qu'elle s'interpose! Mais sa cervelle est comme vidée de toute substance...

— T'en fais pas pour notre ami, grommelle Uldaire. Les apprentis fiables sont trop rares pour qu'on les gaspille!

Si Perrine a pudiquement détourné les yeux, Aubain la détaille sans vergogne, et Uldaire poursuit sur le même ton:

— D'ailleurs, faudra bien que je me l'amarre d'une manière fixe, cet apprenti...

De nouveau, Perrine se permet d'accepter franchement l'hommage visuel d'Aubain, tout en s'enquérant, d'un ton joyeux:

— Y serait peut-être temps de parler d'avenir avec lui, c'est-y pas ? Sinon, un autre maître-potier pourrait nous le voler !

— Que j'en pogne un me faire ça ! riposte Uldaire avec emportement. Y va voir de quel bois je me chauffe !

— Vous partez bientôt, son père ?

La question de Vitaline, émise d'une voix grêle, tombe parmi le groupe comme un pavé dans la mare. Contrarié, Aubain réagit par un haussement d'épaules, puis il se détourne, tandis qu'Uldaire répond :

— Tout de suite après dîner. La machine semble en bon état de marche.

Ce disant, il flatte le flanc de la carriole. Avec désespoir, Vitaline réalise que sa présence ne change rien à l'attitude de l'apprenti. Si Perrine a voulu prouver à sa sœur qu'elle ne lui allait pas à la cheville, question capacité de séduction, elle a réussi au-delà de ses espérances ! La jeune fille a envie de sauter sur elle pour la mordre. Perrine agit par mauvaiseté pure ! Parce que Vitaline le voulait comme soupirant, elle l'a capturé dans ses filets, puis elle le laissera tomber à la première occasion !

— Allez, ma fille, retourne au potager. Ta grand-mère t'espère.

C'est à Perrine, en train de recouvrir de paille la terre du carré de fines herbes, qu'Uldaire s'adresse ainsi. Vitaline refuse d'observer sa sœur, mais malgré la torture que cela lui inflige, elle s'attache à l'expression d'Aubain qui contemple la silhouette gracile, jouissant visiblement de la démarche dansante qui fait osciller joliment la vêture. Vitaline a le cœur si gros qu'elle craint d'en perdre la raison. Hâtivement, elle tourne les talons et retrace ses pas vers la maison, qu'elle contourne pour atteindre le mur nord où se trouve le caveau à légumes, enfoui dans la terre.

À travers les larmes qui lui brouillent la vue, elle en soulève la trappe et se faufile à l'intérieur. Descendant les quelques marches vermoulues, elle soutient de son dos rondi les deux pans de la trappe, qui se referme à mesure qu'elle se laisse tomber accroupie sur la terre humide. La noirceur est presque totale, sauf pour un mince rai de lumière. Secouée de sanglots déchirants, Vitaline croise ses bras sur sa poitrine et se laisse emporter par son tourment. Elle ne veut pas abandonner Aubain, elle s'y refuse de tout son être! Il provoquait en elle un sentiment si délicieux… Tout goûtait meilleur, tout fleurait si bon… Jamais elle ne sera capable de défaire ce nœud. Ce serait comme lui demander de s'éteindre!

À l'affliction succède la rage. Elle voudrait réduire sa sœur aînée en charpie! Perrine qui se donne des airs de princesse, qui rechigne pour des riens, qui ne peut même pas se plonger les mains dans la terre à poterie sans grimacer! Elle deviendra une bonne à rien. Une épouse telle une potiche, peut-être bien galbée mais sans aucune utilité, empoussiérée sur le manteau de la cheminée! Une potiche trop bancale même pour recevoir un vulgaire bouquet de fleurs sauvages!

Un goût de sel dans la bouche, Vitaline laisse ses larmes se tarir d'elles-mêmes. Elle se sent dépouillée, appauvrie, misérable. Sans Aubain, où va-t-elle trouver le bonheur de vivre? Sans Aubain et sans la terre glaise… Vitaline se raidit. Qui a dit qu'elle devait tout sacrifier? Une petite flamme de convoitise se rallume au plus creux d'elle-même. Cette nuit, pourquoi pas? Cette nuit, elle pourrait se glisser, et tourner, une fois, juste une fois! Uldaire sera absent…

Puis, elle se sermonne vertement. Bien peu lui pardonneraient ce forfait, celui de se permettre des gestes qui sont l'apanage des hommes. Si Uldaire la surprenait, la sorcière de sa colère l'emporterait dans son tourbillon! Habituellement bienveillant, le maître-potier est pourtant capable de terribles orages. Plus jeune, Vitaline a été témoin, comme tous les autres, de quelques cinglants emportements de son père envers sa mère. Avant de se résigner à l'indifférence de Bibianne, il l'a accablée d'invectives! Avant de déclarer forfait, il a secoué son épouse comme un prunier, ne réussissant pourtant qu'à la faire rentrer davantage en elle-même…

Avec Vitaline, ce serait différent. Il ne pourrait rester courroucé outre mesure! Toutes les objections ne seront-elles pas vaincues par l'importance du service rendu, celui de tourner de belles pièces? Peut-être ressentira-t-il, même sans l'avouer à haute voix, un légitime orgueil en constatant le talent de sa fille ? Ravigotée par cette pensée, Vitaline ne peut pourtant guère se bercer d'illusions. C'est un espoir bien ténu que de voir Uldaire accepter cette hardiesse.Mais à la seule idée de repousser davantage l'échéance, Vitaline se sent sombrer dans un abîme. Comme si sa vie même en dépendait ! Comme si, à défaut de tourner cette nuit, elle allait mourir de tristesse…

Serrant les lèvres, Vitaline essuie ses joues humides. S'aidant du dos, elle entrebâille la trappe pour jeter un regard à l'extérieur. Combien de fois a-t-elle dû retarder sa sortie à cause d'une présence humaine dans les parages ! Mais l'horizon est dégagé et prestement, la jeune fille quitte son abri. En quelques enjambées, elle se retrouve à proximité du puits. Quel bienfait que cette eau, rafraîchie par la froidure, avec laquelle elle baigne ses yeux gonflés et sa peau qui brûle !

Au soir, il lui faut admettre que les obstacles entre le tour et elle ne sont guère formidables. Ni Uldaire ni Aubain ne se préoccuperont d'un éventuel embrouillamini dans la pièce, tant que cette dernière demeurera fonctionnelle et que les outils se retrouveront bien rangés à leur place. La fenêtre, elle n'aura qu'à la masquer d'un tissu pour retenir la lumière à l'intérieur… Et puis, nul ne vient aux latrines la nuit, même pendant l'été.

L'heure du coucher survenue, Vitaline reste étendue dans la noirceur, les yeux grands ouverts sur ses chimères. Enfin, elle se met debout sans faire le moindre bruit. Sous ses pieds nus, la fraîcheur du plancher de bois est saisissante, mais elle reste immobile, attentive au respir régulier de Perrine comme aux sons de la maisonnée. Avec résolution, elle serre les lèvres et entrouvre la porte de la chambrette. L'anxiété qui lui tord les entrailles diminue quelque peu ; elle se persuade que tous dorment à poings fermés, y compris Rémy qui, à son âge, ne se réveillerait pas autrement qu'au son du canon.

Elle se fait la plus légère possible sur les marches, prenant soin de poser les pieds le long du mur, où le bois proteste à peine. Ce n'est pas une mince tâche, vu son gabarit ! Au bas de l'escalier, elle ne peut encore pavoiser, puisqu'elle doit affronter son principal défi: ne pas réveiller sa mère encabanée dans son lit, de même que grand-mère qui repose dans la petite pièce jouxtant la vaste salle familiale.

Avant d'entreprendre la traversée, Vitaline s'octroie une pause pour vérifier que son corsage est bien lacé, puis pour s'emmitoufler plus étroitement dans le mantelet usé qu'elle a déposé sur ses épaules. En quelques enjambées pressées, elle franchit l'espace qui la sépare de l'entrée. Avec hâte, elle enfile sa plus vieille paire de souliers de bœuf. Enfin, elle pousse le battant de la lourde porte de bois qui donne sur la cour, dans laquelle elle fait un premier pas, refermant soigneusement derrière elle.

Elle a réussi à sortir de la maison sans attirer l'attention de quiconque ! Dans sa poitrine, son cœur se débat à tue-tête. Pendant plusieurs minutes, elle reste immobile pour s'assurer qu'aucun volet ne s'ouvre. Elle lève le nez vers le ciel, où les étoiles sont éparpillées comme une trâlée de diamants qui luisent. Il serait si plaisant de les toucher... Un cheval s'ébroue au loin, un chien pousse un très bref jappement, la bise murmure au-dessus de la rivière, mais tous les habitants du bourg sont retirés dans leurs foyers.

Avec l'impression exaltante d'avoir le village pour elle toute seule, d'avoir tous ses secrets à sa portée, la jeune fille se dirige vers l'atelier. En chemin, un frôlement familier lui tire un sourire ; elle se penche pour gratifier chacun de leurs trois chats, qui se collent à ses mollets, d'un grattement sous le menton. Enfin, sans plus tarder, elle fait jouer la clef, amarrée au cordon qui pend à sa poitrine, dans la solide serrure.

La senteur pénétrante d'argile la saisit à la gorge et elle inspire profondément, ravie par ce parfum capiteux. Dans ses veines, son sang accélère sa course ; une troublante énergie, que la jeune fille tenait jusque-là captive au centre de son corps, se diffuse d'un coup jusqu'à ses mains dont elle fait jouer les articulations. Tout à la fois, elle a envie de pleurer et de rire, de chanter et d'étreindre quelqu'un, même n'importe quel quêteux qui surviendrait...

Dès que la lampe à l'huile est allumée, Vitaline compte les terrines qui ont été mises à sécher ce matin, par Uldaire. Encore une fois, elle en apprécie la forme parfaitement circulaire, l'épaisseur admirablement balancée des parois. Néanmoins... n'y a-t-il pas un minime défaut de proportion? À la place du maître-potier, elle aurait un brin allongé la paroi, compte tenu du diamètre… Oui, elle distingue un problème d'amplitude qui l'agace soudain prodigieusement.

Elle rajoute quelques bûches sur les braises se consumant encore dans le poêle, puis elle remplace son mantelet par la longue chemise, boutonnée à l'avant, dont elle se couvre pour travailler. Elle vérifie que la longue pièce de tissu enroulée autour de sa tête est nouée solidement; lorsqu'elle aura les mains couvertes de barbotine, il ne sera plus temps de tripoter ses cheveux.

Avant de fermer l'atelier, tout à l'heure, elle s'est empressée de se pétrir de l'argile, qu'elle a ensuite séparée en quelques petites mottes. Rangées sur une tablette, tassées les unes contre les autres et recouvertes de plusieurs épaisseurs de guenilles humides, elles attendent son bon vouloir… Enfin, quand Vitaline a installé à proximité les mottes de terre ainsi que le matériel dont elle a besoin, elle se débarrasse de ses chaussures en les lançant d'un coup de pied, l'une après l'autre, contre le mur.

Le plancher est glacial, mais elle n'en a cure, comme elle est insensible à l'air frais qui l'environne. Elle a tant désir de s'installer au tour qu'elle en tremble! Depuis toute petite, elle a déjà posé ses fesses sur ce siège des centaines de fois… Néanmoins, sur le point d'aller y prendre place, elle hésite. Si quelqu'un entrait et la surprenait, éjarrée comme une fille de petite vertu, elle en mourrait de honte! Mais comment faire autrement, si elle veut tourner? Elle doit s'asseoir en écartant largement les cuisses, afin de rapprocher ses épaisseurs de vêtements vers son corps, pour ensuite se pencher vers la girelle.

Personne ne viendra, pour le sûr… Mais Vitaline est pétrifiée sur place, rebutée par cette position qui va totalement à l'encontre de la plus élémentaire décence. À la campagne, les femmes ne sont pas caparaçonnées comme en ville, puisqu'elles doivent accomplir un large éventail de tâches. Mais ce qu'il y a sous la jupe doit se faire oublier en public. Ceux et celles qui s'arrogent autorité en matière de moralité – les prêtres, les bonnes sœurs, les épouses de notables – ne le supporteraient pas autrement!

Ce maintien pudique, Vitaline réalise qu'elle répugne à l'abandonner. De s'imaginer éjarrée face au tour, elle en a des frissons de répugnance ! Pour mieux réfléchir, elle s'éloigne de l'objet de sa convoitise en allant se percher sur la table de pétrissage. Elle se sent littéralement déchirée en deux, désespérée par cet obstacle inattendu, mais ne pouvant s'abaisser à cette posture qui l'apparenterait à une ébraillée ! Ou du moins, à celles du village dont la tenue relâchée, autant dans la vêture que dans l'attitude, lance un message explicite aux mâles des parages…

Traversée par un puissant frisson, Vitaline réalise que l'attisée se meurt. Le temps a filé sans qu'elle s'en rende compte ! D'humeur bourrassière, elle se laisse glisser au sol pour ranger la pièce, au moyen de gestes vifs et brusques. Elle a perdu son temps, et demain, à cause du manque de sommeil, elle devra se donner des coups de pieds au derrière pour accomplir son travail. C'est d'une niaiserie affligeante !

Les jours qui suivent se déroulent, pour Vitaline, selon un rythme chaotique. Parfois, elle se jette à corps perdu dans le travail, mais souvent, elle a l'impression que les minutes sont des heures, tant son âme est lourde. Car elle subit deux cuisants revers coup sur coup. D'abord, elle doit convenir que son sentiment pour Aubain ne sera jamais réciproque, qu'il n'était qu'une lubie ne s'accrochant à rien de concret. Ensuite, elle n'a même pas pu satisfaire son ambition de contraindre la motte d'argile, de lui donner la forme parfaite qu'elle imagine si souvent !

Sa tentative ratée de s'asseoir au tour lui pèse rudement sur l'estomac. Afin de s'étourdir, elle s'attaque à ses tâches avec l'énergie d'un chiot grugeant un os, mais chaque étape de production lui semble d'une inutilité déconcertante, totalement accessoire, indigne d'elle. Elle a perdu tout entrain, ce qui la terrorise. Comment pourra-t-elle survivre au défilé qui s'annonce, celui des jours tous semblables, tous d'un gris si terne ?

X

– 25 –

Gilbert prend place face à son couvert d'étain, dépliant sa serviette dans laquelle il a roulé les ustensiles à l'issue du repas de la veille au soir, après les avoir sommairement essuyés. Sur l'estrade, un élève méritant entreprend une lecture édifiante, mais il ne lui porte aucune attention, comme la plupart de ses camarades. Il n'a aucun appétit. Il trouve un plaisir pervers à déchiqueter son pain sec et à le voir se décomposer dans le café d'orge !

Il a le cafard. C'est que ce 12 janvier 1829 est son jour d'anniversaire... Parmi ses amis, nul ne le sait. Pourtant, il aurait diablement apprécié une marque d'attention. Il s'ennuie de ce baiser gourmand dont grand-mère le gratifie chaque fois, de la claque dans le dos de son père, et du repas moins coutumier qu'à l'ordinaire... Gilbert broie du noir, mais ce n'est pas seulement parce qu'il ne se trouve pas où il voudrait être. C'est parce que l'euphorie, après le rapport du comité des Communes de Londres, n'a pas duré. Il paraît que Papineau a perdu toutes ses illusions...

À la suite de ce rapport, la marche à suivre, du côté du ministre des Colonies, aurait dû être claire comme de l'eau de roche. Mais là-bas, on tergiverse... Il paraît que le Parlement impérial a des problèmes bien plus graves sur les bras, qui requièrent toute son attention. Les affaires d'Irlande ont rempli l'agenda des ministres, lesquels se sont employés, par ailleurs, à éviter une guerre avec la Russie. Plaisante défaite, oui... Si le gouverneur Kempt n'a pas reçu l'instruction formelle, de la part du ministre des Colonies, d'obvier aux maux par l'emploi des moyens que les représentants *eux-mêmes* ont indiqué, toute l'affaire est une farce grotesque!

David Bourdages n'en démordait pas, tout juste avant le départ de Gilbert pour le collège, en octobre dernier. Le garçon repoussait ses arguments du revers de la main, mais comme de coutume, ils sont revenus le hanter... L'arpenteur prétendait – de l'avis même de Louis-Joseph Papineau, de son père le député Bourdages, de même que de plusieurs parmi les mieux informés du pays – que malgré les discours ronflants qui résonnent dans la mère patrie à l'effet que justice est due, une indifférence crasse y règne. Dans le rapport, les concessions aux Canadiens sont contreboutées par un désir manifeste de maintenir la prépondérance du parti anglais dans la colonie...

À quoi sert de changer de gouverneur, si ce dernier est environné de conseillers, ces crocheteurs décorés du Bas-Canada, *qui sont les auteurs actifs de toutes les injustices*? Gilbert a beau considérer ce problème quasi mathématique sous tous ses angles, il ne réussit pas à trouver la solution. C'est un fait connu de tous ceux qui creusent le moindrement la question: si les instructions envoyées par le ministre des Colonies au gouverneur du Bas-Canada sont le moindrement favorables aux enfants du sol, on fait mine de ne les avoir jamais reçues!

Dans le silence rempli de bruits de déglutition et de la voix morne du vaillant élève, Gilbert pousse un profond soupir, puis se gratte au-dessus de la lèvre, là où se tient le commencement d'une moustache – en fait, un ombrage de moins en moins discret. Il ne peut s'empêcher de triturer quelques poils, dans l'espoir de les faire pousser plus vite... Pour se changer les idées, il engouffre ses dernières bouchées tout en jetant des regards de biais aux maîtres en train de déjeuner, installés dans un coin de la pièce, sur une estrade.

C'est le nouveau professeur qui suscite sa curiosité, ce Germain Séry, une forte tête dotée d'une langue bien pendue, et qui s'escrime à faire appliquer le règlement au pied de la lettre, y compris les sanctions. Pour tout dire, les collégiens se retrouvent aux prises avec le maître sulpicien le plus hautain et le plus imbu de sa personne qui ait jamais existé. Un homme redouté, à la parole cinglante, se donnant comme mission de pourchasser les têtes fortes, les « cas véreux », comme les sulpiciens aiment à dire…

Même les plus conciliants des élèves ne l'avaient jamais si nettement senti : pour ce sulpicien, les Canadiens sont dangereux tout bonnement à cause de leur race. Comme s'ils étaient dotés d'une tare originelle, d'une marque qui les place à l'écart ! Sans vraiment y penser, Gilbert accomplit un geste qu'il s'est déjà permis à quelques reprises, même si c'est interdit. La collation de la relevée consiste en une tranche de pain sec. Pour l'agrémenter, il est relativement aisé de détourner une partie du beurre offert au déjeuner.

Subrepticement, Gilbert pose sa serviette de tissu, celle dans laquelle il va enrouler ses ustensiles après le repas, sur ses genoux. Tout aussi naturellement, il y dépose sa cuillère, le côté creux vers lui. Enfin, tout en mastiquant consciencieusement, il y met la motte de beurre qui adhérait à son couteau. Cela fait, il regroupe tous ses ustensiles sur ses genoux, replie sa serviette et replace le tout sur la table, à côté de son couvert.

Ses amis n'ont rien manqué de ce petit manège, et lui envoient des œillades complices. Soudain, une expression d'alarme se peint sur leurs visages. Gilbert comprend qu'il n'a pas su déjouer le mauvais sort… Une main effleure son épaule :

— Votre serviette, monsieur Dudevoir.

— La voici. Prenez garde d'écrapoutir le beurre…

— Ouvrez-la vous-même.

Avec un étrange sentiment d'exultation, Gilbert obéit, puis il se tourne vers le préfet de discipline, un jeune homme d'une classe supérieure. Le spectacle de la motte de beurre nichée dans la cuillère lui tire une mine horrifiée, comme s'il s'agissait d'une substance dégoûtante. La première fois qu'il a surpris Gilbert, au mois de décembre, le préfet a confisqué le beurre. Cette fois-ci, il confisque le beurre et le pain, puis, se drapant dans sa dignité, il tourne les talons.

Le garçon se retourne vers ses camarades et leur distribue des clins d'œil guillerets. Au moins, il aura manifesté son opposition à un règlement d'une sottise consommée ! Il faut protester contre de tels abus de pouvoir, et c'est la seule manière de le faire pour être entendu ! Clairement, ses camarades sont plutôt d'accord… sauf Gaspard, qui darde vers lui un œil furibond. Gilbert en reste étonné. Pourquoi s'en faire de même ? Ce minuscule geste de rébellion ne portera pas à conséquence. Ces Messieurs ont bien d'autres chats à fouetter !

Peu après le dîner, Gilbert est informé qu'il est requis chez le directeur, ce qui le plonge dans l'ébahissement. L'affaire du beurre en serait la cause ? Il est tourneboulé par des émotions contradictoires. Est-ce que M. Quiblier pourrait profiter d'un méfait si insignifiant pour le chasser du collège ? Il est notoire qu'il s'oppose aux expulsions pour ne pas faire baisser la clientèle. S'il préfère tolérer les cas dits scandaleux, pour quelle raison Gilbert serait-il mis à la porte ?

Lors de la récréation dans la cour, Gilbert met ses camarades au courant. Gaspard maugrée :

— Tu perds la boule, ou quoi ? Ça me met en rogne, comment tu aimes te faire remarquer ! Va-t-y falloir que je te fasse un dessin ? C'est pas juste toi qui plonges dans la merde, mais tous ceux qui se tiennent proches de toi !

Par les temps qui courent, Gaspard a tendance à jouer au rabat-joie. Si Gilbert ne décolère pas devant le dédain des autorités du collège envers tout ce qui est canadien, Gaspard en a vitement pris son parti. Dans un rapport de force inégal, il croit préférable de courber l'échine. Il reproche à son ami d'être trop émotif. En clair, trop tuque bleue ! Cette attitude rend Gilbert littéralement furieux : on ne peut pas être trop patriote lorsqu'il s'agit de défendre les droits, constamment bafoués, de tout un peuple ! Il faut dénoncer les abus d'une voix forte !

— Si ça t'écœure trop, rétorque Gilbert, t'as juste à faire de l'air. Moi, j'ai mon voyage de me faire brasser la cage par ce bougre de Séry.

— Y se fourre le nez partout, celui-là, renchérit Henri-Alphonse. Y aimerait devenir supérieur du collège, j'en mettrais ma main au feu.

— Je sais pas qui c'est qui l'a induqué, poursuit Gilbert avec une grimace, mais y est ratoureux au possible ! Toujours à surveiller, toujours à nous remettre dans le droit chemin... du moins, celui qu'y juge drette...

Gaspard a la moue irritée d'un père qui tance un fils turbulent.

— Mon espèce de fanfaron... Ta fierté mal placée, fais-y attention ! Les autorités vont s'empresser de saisir ce prétexte pour te mettre à genoux. Ton air de jactance s'affiche trop, ces temps-citte...

Gilbert grince intérieurement. Il aimerait tellement voir Gaspard partager son point de vue ! Gaspard, dont il admire la personnalité enjouée et spontanée, et à qui il voudrait tant ressembler... Il contre-attaque :

— Mon étrivant ! Question jactance, tu prends ta place ! Surtout quand tu fais allusion à tes supposées conquêtes. Alors là, tu dégoulines comme la sueur en plein été. À cause que monsieur vient de visiter une maison déréglée, y fait le faquin !

Gaspard reste sans réaction, sauf pour un air de suffisance voilée qui a le don de porter sur les nerfs ! Le garçon a franchi le cap de ses 14 ans en novembre, deux mois avant Gilbert. Jugeant qu'il était temps de se déniaiser, il s'est offert une courte relâche scolaire, au jour de l'An, pour se laisser aller à l'envie de luxure qui le démangeait ! Depuis, il rabâche les oreilles de ses amis du récit de ses exploits, dont la plupart, à l'évidence, relèvent de la fanfaronnade.

Se détournant à demi, Gaspard hausse les épaules, puis laisse tomber :

— Ce que j'en dis, c'est pour ton bien. Tant pis si tu lèves le nez sur mes conseils ! On a le droit de penser ce qu'on veut, mais c'est pas nécessaire de le dire à haute voix, de manière provocante ! T'en retires quoi, sinon des reproches et des sanctions ?

— Tout le monde a droit à son opinion : c'est une liberté fondamentale.

— Une liberté in-dis-cu-table, martèle Henri-Alphonse.

— Si j'ai envie de jaser de ce qui se passe dans le cloître ou bedon aux Indes, personne peut m'en empêcher.

Comme piqué par une guêpe, Gaspard tourne vers Gilbert un visage tourmenté.

— Faux et archifaux! Ceux qui ont l'autorité peuvent toutte faire. T'imposer une amende, te jeter en prison, te déporter. Même te pendre.

Proférée froidement, cette allusion prend l'allure d'une menace qui donne froid dans le dos. Après un temps, Gaspard se fend d'un sourire mutin, empreint de chaleur.

— T'as eu la chienne, hein? Tu vois ce que je veux dire? Dans ces affaires-là, la sensiblerie a pas sa place. Si tu leur tends l'échelle pour t'envoyer en enfer, y l'utiliseront!

— On arrête le délire? proteste Henri-Alphonse, se glissant entre les deux. La corde, l'enfer... On fait juste parler, bonyenne! Vas-tu cesser d'asticoter Gilbert? Les règlements imbéciles sont faits pour être défiés. Y nous prennent pour des demeurés, à la fin! Pourquoi on pourrait pas garder du beurre pour la relevée, si ça nous chante? En quoi ça les dérange?

Germain Séry s'approche, marchant aussi vite que le lui permettent ses courtes jambes, dans le but de mettre fin à un rassemblement dont les autorités se méfient désormais à outrance. Immédiatement, Gaspard s'éloigne en compagnie d'Henri-Alphonse, en sifflotant, et Gilbert reste planté là, en silence. Comme de raison, Séry ralentit notablement l'allure, mais poursuit son chemin, tâchant de prétendre qu'il vaquait sans but. Gilbert jette, à son dos, un regard dégoulinant de mésestime.

Mais il n'en mène pas large lorsqu'il se rend au bureau du supérieur. Adoptant une expression volontairement bonasse, il frappe discrètement à la lourde porte; sur invitation de l'occupant, il pousse le battant. M. Quiblier est assis derrière son pupitre, plongé dans la lecture d'un vieux livre épais, les bésicles sur le nez. Gilbert doit attendre sa permission avant de s'asseoir, et reste donc debout à côté de la chaise placée pour le visiteur.

Après un soupir, le sulpicien place un signet pour marquer la page, avant de refermer le livre. Enfin, il lève les yeux vers lui. Envisageant Gilbert, il se permet une sorte de moue de regret, avant de laisser tomber :

— À votre arrivée, monsieur Dudevoir, je ne croyais pas que vous feriez partie de ceux qu'un supérieur doit recevoir dans son bureau pour les corriger. Je vous croyais plus intelligent et surtout... plus rusé...

Gilbert cligne des yeux, mais reste coi.

— J'insiste, monsieur Dudevoir. La vie en communauté, de même que la nécessité de faire régner une moralité sans faille, exigent l'instauration de règlements précis. Si ces règlements peuvent sembler absurdes au commun des mortels, ils ont été jugés indispensables au fonctionnement de la maison, et en ce sens, ils doivent être respectés à la lettre. J'aurais cru, vu la sagacité que vous manifestez pour vos études, que vous auriez été sensible à un argument de cette nature.

Déstabilisé, Gilbert déplace son poids sur une jambe, puis sur l'autre. Il ne s'attendait pas à un tel discours. Il croyait se faire exhorter à une obéissance servile, mais voilà que Quiblier lui adresse une réprimande sensée, comme à un être doué de raison ! Puisqu'il attend manifestement une réponse, Gilbert se résout à lui faire plaisir :

— Vous avez une opinion trop avantageuse de moi-même, monsieur. Car vient un temps où la docilité est invivable. Vient un temps où un être sensé regimbe par-devant un règlement... un règlement niaiseux, veuillez me pardonner, monsieur le directeur. Un règlement qui fait rire le bourg de Saint-Denis au grand complet.

— Ce qui n'est pas peu dire, en convient son interlocuteur, tandis qu'un éclair d'amusement lui illumine le visage. Néanmoins, monsieur Dudevoir, en tant qu'élève du Petit Séminaire, vous devez à votre *alma mater* une allégeance absolue. Vous devez la défendre, et non pas faire partie de ceux qui la dénigrent.

— Pour cela, monsieur, il faudrait que j'approuve tout ce qui se passe ici-dedans. C'est au-dessus de mes forces. Ma liberté de conscience... m'en empêche.

Cette fois-ci, le soupir de Quiblier semble originer des tréfonds de son être ; il s'adosse à son siège pour le considérer un moment. Un éclat de voix leur parvient à travers la porte. Ce sont deux maîtres, MM. Baile et Séry, qui discutent avec animation… Le visage du supérieur se durcit subtilement, comme s'il se recouvrait du masque derrière lequel sa fonction l'oblige à se cacher. D'un ton docte, il professe :

— Malgré un précédent avertissement, vous n'avez pas pu vous empêcher de récidiver. Un tel comportement, monsieur Dudevoir, démontre un flagrant mépris de la discipline. Je ne l'aurais pas cru, mais il semblerait que des influences pernicieuses sont en train de vous transformer en tête forte, en esprit désobéissant, en… en…

Au mépris du respect dû à son supérieur, Gilbert ne peut s'empêcher d'offrir avec superbe :

— En révolutionnaire.

Soulagé de ne pas avoir à prononcer lui-même ce mot honni, qui souille l'âme, Quiblier reprend :

— Nous sommes chargés de vous éduquer. Cela signifie mettre une somme de connaissances à votre portée — des connaissances édifiantes, il va sans dire — afin de façonner tout votre être pour faire de vous un homme responsable et porté à faire le bien. Malheureusement, tout le monde ne cultive pas la même santé morale. Nous faisons notre possible pour garder nos pupilles dans le droit chemin, mais certains s'amusent à faire pénétrer ici le désordre et la contestation. Bientôt, monsieur Dudevoir, il nous faudra chasser loin de nous ces prophètes de malheur, pour les empêcher de répandre leurs mauvaises graines.

Gilbert tâche de rester stoïque, mais c'est trop lui demander : la tirade du directeur l'emplit d'une telle fureur qu'il a envie de détruire tout ce qui l'entoure. Son goût pour l'instruction le place dans une situation tellement fausse ! Son goût pour l'instruction l'oblige à endosser un système abusif, où on prétexte le bas prix de la pension pour justifier quantité de tracasseries et de brimades !

Retournant la situation comme seuls des maîtres rhétoriciens savent le faire, les sulpiciens font croire que ceux qui se destinent aux professions mondaines profitent de l'immense générosité des Messieurs. Il est donc légitime que les valeurs qu'on y cultive soient l'ascétisme et le renoncement ! Emplis de gratitude, les laïcs devraient endurer, sans broncher, qu'on veuille leur extirper du crâne toute pensée qui ne correspond pas à l'orthodoxie en vigueur parmi les membres de ce groupe !

Constatant que Gilbert se contient à grand-peine, Quiblier reste un moment plongé dans un silence spéculatif, les yeux fixés sur lui. Enfin, il risque :

— Vous semblez… un peu troublé, jeune homme…

Avec difficulté, Gilbert articule :

— Dans une autre… une autre circonstance, monsieur… j'aurais aimé débattre avec vous de nos idées respectives. Mais je suis pas… dans la position pour le faire. Mon père… mérite pas que je fasse de vous… son ennemi.

La gorge excessivement nouée, Gilbert attache son regard aux carreaux de la fenêtre, à travers lesquels il aperçoit les toits du voisinage à moitié couverts de neige. Il voudrait s'enfuir en courant pour cacher, aux yeux de cet homme ayant toute puissance sur lui, ce mélange de chagrin et de révolte qui le bouleverse !

— Un ennemi… Je me targue d'être davantage subtil dans mes condamnations, monsieur Dudevoir.

— Vous avez été jeune, monsieur…

Gilbert n'a pu se retenir. Il se battrait ! Lentement, il reporte son attention sur le prêtre, qui l'encourage du regard à continuer.

— Vous avez été jeune… Vous savez alors que… l'extrême modestie que vous exigez de nous…

Il voudrait souligner que cette extrême modestie est contre-nature, mais cela lui semble trop offensant. Alors, il dit plutôt :

— Cette modestie exige un réel esprit de renoncement. Mais d'exiger en plus un renoncement à nos opinions politiques… c'est trop, monsieur le supérieur. Trop de sacrifices d'un seul coup.

— C'est une question de confiance, monsieur Dudevoir. Une confiance absolue en vos maîtres, et en Celui qui les guide. Il vous suffit de vous abandonner.

Gilbert reste de marbre. Voilà, il ne sert à rien d'argumenter... D'un ton très las, le directeur conclut:

— Vous comprenez que la prochaine fois, la sanction sera extrêmement sévère. Par ailleurs, ce sera le dernier avertissement avant l'expulsion. Vous pouvez disposer, monsieur Dudevoir.

Pour se rendre à la salle de récréation, le garçon prend tout son temps, laissant ses émotions reprendre leur place en lui, dans un recoin secret. C'est d'un ton allègre qu'il rapporte l'essentiel de la discussion à ses proches amis, de même qu'à quelques camarades curieux de la teneur de l'entretien. De l'avis général, la menace d'expulsion ne rime à rien. Les fils de bonne famille sont la vache à lait d'une institution dont le but premier est de former, d'abord et avant tout, les futurs sulpiciens, même si ces Messieurs ne l'avoueraient jamais publiquement, y compris sous la torture!

— Quiblier paraît guère *dérangé*, relève Gilbert, comparé à Séry... à Baile...

Le petit groupe de garçons se serre plus étroitement, tandis qu'Adolphe Malhiot souffle:

— Ces deux-là, pour ne parler qu'eux... on gréerait une barque à vapeur pour les renvoyer sur leurs rivages...

— Un cure-môle, bougonne Gaspard, ce serait amplement suffisant...

Un rire saute de l'un à l'autre. C'est diablement réjouissant que d'imaginer ces soutanes au vent, se faisant asperger d'embruns sur le pont de cette barge poussive!

— Y suffit de prononcer le mot « peuple », renchérit Henri-Alphonse, pour qu'y poussent les hauts cris. Même quand c'est pour dire: « Y a un grand concours de peuple icitte, à matin! »

— Faut pas laisser Quiblier vous capturer dans ses filets, interjette soudain Georges-Étienne Cartier. C'est un ratoureux de la pire espèce. Y garde le profil bas, sinon, les langues épineuses pourraient se déchaîner contre lui...

Dévoré de curiosité, Gilbert le presse de se déboutonner. Tout fier d'avoir attiré l'attention générale, le garçon reprend en chuchotant :

— Ça se discute amplement dans le clergé canadien... Paraît que notre directeur, y laisse... y laisse des bâtards partout où y passe.

Frappés de stupeur, les collégiens fixent leur camarade avec des yeux ronds. Ce dernier en profite pour ajouter :

— Quelle est la part du vrai ? Mystère... Mais vous savez comme moi qu'un commérage, même s'y a tendance à gonfler, origine toujours de quelque part...

— Séparez-vous, messieurs. Les rassemblements ne sont pas tolérés.

C'est O'Reilly, qui vient de surgir à leurs côtés. Les collégiens lui jettent un regard noir. Tâchant de ne pas se laisser amollir, leur régent insiste et le groupe doit se disloquer. Le jeune Irlandais évite soigneusement de croiser les yeux de Gilbert, qui voudrait bien lui dire qu'il n'a pas besoin d'en faire trop, qu'il est évident que ce sont les Messieurs qui l'obligent à raccourcir notablement la corde... Avec agacement, Gilbert constate que Gaspard lui a emboîté le pas. Ce dernier dit à mi-voix :

— Je suis soulagé de voir que tu t'en es plutôt bien tiré...

Gilbert lui glisse une œillade méfiante, mais il reçoit un regard candide, sans l'ombre d'une raillerie. Touché malgré lui, il murmure :

— Je me demande ce que je fais encore icitte. Comme si je jouissais du supplice...

— Tu fais comme moi. Tu restes, à cause que tu sais que c'est bien vu des hommes à place, d'avoir enduré les sermons et les brimades. Quand tu seras sorti, tu pourras te vanter à juste titre de tes six années au cloître ! Tu leur feras accroire, à tous ceux qui tiennent les rênes du pouvoir, qu'y ont réussi à te contaminer l'esprit, que t'es devenu obéissant comme un enfant de chœur... Ça t'ouvrira toutes grandes les portes !

— Ferme-la. Tu m'écœures...

Mais ce disant, Gilbert adresse une moue de connivence à son ami. Encouragé, ce dernier se penche davantage vers lui :

— T'as entendu, concernant l'élection de ton bon docteur ? Un huissier de la cour du Banc du Roi de Sorel affirme que le Dr Von Iffland serait venu chez lui pour l'intimider. Il lui aurait dit : *Le procureur général a beaucoup d'influence, il pourrait vous nuire auprès du shérif...* Le lendemain de cet épisode, James Stuart lui-même offrait à l'huissier ce commentaire vicieux : *N'êtes-vous pas un officier public ? Il paraît que vous avez fait beaucoup d'efforts contre moi...*

Gilbert se déride. Gaspard a le don de la parodie... Périodiquement, de tels détails croustillants parviennent aux oreilles des collégiens. À l'ouverture de la Chambre d'Assemblée du Bas-Canada, les députés ont été inondés de pétitions diverses au sujet des abus que le régime Dalhousie a fait pulluler, notamment pendant les élections de 1827. Ils ont donc formé, parmi eux, un Comité des Griefs. Les élus qui en font partie obligent les témoins à comparaître et à répondre à leurs questions, dans une tentative de faire la lumière sur des allégations troublantes contenues dans les pétitions.

Gilbert renchérit :

— Ça me réveille la mémoire... *La Minerve* a rapporté quelque chose au sujet d'un autre huissier, à Montréal cette fois-là. C'était au cours du poll à Montréal-Ouest. Cet huissier, un dénommé Louis Malo, s'est fait offrir 25 livres par jour pour prendre la tête d'une troupe d'assassins.

— Une troupe *d'assassins* ? relève Gaspard, incrédule.

— C'est le terme employé. Des fiers-à-bras sans foi ni loi, qui frappent fort... Cette offre aurait été faite à Malo par une personne revêtue d'une charge très élevée dans l'administration.

Gilbert retrouve un certain allant. Oui, les choses bougent, en Bas-Canada ! Les députés ne siègent-ils pas depuis trois longs mois ? Les affaires publiques procèdent à toute vapeur ! L'un des projets de loi a réjoui toute la province : celui de la représentation électorale. Les députés ont créé de nouveaux comtés dans les *Eastern Townships*, et en toute justice, ils en ont morcelé d'autres.

Ils ont surtout effectué des modifications bienvenues dans la toponymie. Finis, les Buckinghamshire, Northumberland et autres Effingham !

Gaspard pavoise :

— Pis la prochaine session, celle qui ouvrira en novembre, elle sera encore plus vigoureuse, c'est-y pas ?

— M'sieur Papineau, et bien des députés avec lui, sont parés à ferrailler contre la corruption. Y ont quelques tours dans leurs manches… C'est déjà bien parti, avec le Comité des Griefs ! Les profiteurs mangent leurs bas !

Gaspard sourit avec magnanimité, sans pouvoir retenir un soupir fatigué que Gilbert comprend parfaitement. Si c'était si facile… Ce serait trop beau, si toutes les révélations au sujet des commissions de milice et de juges de paix, de la tenue des scrutins électoraux et de la gestion des tribunaux, pouvaient transformer les loups en agneaux ! Mais les Bureaucrates ont la couenne dure, comme l'âme insensible au mal qu'ils sèment alentour d'eux…

- 26 -

Tous les matins, Vitaline se jette en bas de son lit bien avant que Perrine ait quitté les bras de Morphée. Depuis l'humiliante leçon que son aînée lui a donnée, elle la fuit comme la peste. Elle a peur de sa langue qui pourrait fourcher, de son regard qui pourrait l'écrapoutir, de son expression condescendante et railleuse! Sa sœur lui semble une menace ambulante. Mais il y a encore pire... Car de tout son corps, Perrine clame sa supériorité sur elle. Uniquement à la voir bouger, Vitaline a l'impression, en comparaison, d'être sans attrait aucun, d'être l'insignifiance même!

Une brise soutenue s'est levée en même temps que le soleil de mai, chassant les lourds nuages du ciel au-dessus de Saint-Denis. Ce qui signifie peut-être plusieurs jours de beau temps, et donc, une fournée de poterie... Vitaline s'empresse de sortir sur la galerie pour lever le nez vers l'azur. En effet, le ciel est bleu, à peine encombré de nuages blancs inoffensifs. Par contre, le vent est un brin fort... Trop de vent complique le travail de cuisson. Mais comme la quantité de pourcelines à cuire atteint le point critique, Uldaire va sans doute s'en accommoder.

Elle voit son père s'éloigner vers la maison du voisin, son collègue Amable Maillet. Grand-mère vient la rejoindre, lui offrant un léger sourire. La jeune fille s'enquiert:

— C'est décidé?

— Paraît que oui, sauf si Fond-de-Terrine est d'avis contraire. Parée pour la fête?

Vitaline répond par une moue empreinte de lassitude. Une chose est sûre: elle est soulagée de cette pause dans son horaire de travail. Pas de pétrissage, à matin. Pas de tête à tête avec Aubain… Ce dernier se trouve à proximité du four, vérifiant si aucune lézarde suspecte n'est apparue récemment. Les longues flammes vont aller lécher les pièces empilées et faire monter leur température jusqu'à un millier de degrés au moins, paraît-il… Mais la présence d'Aubain ne la trouble plus comme avant. Elle est tannée de convoiter sans espoir, et dans son esprit, le jeune apprenti se dépouille peu à peu de ses charmes. Bientôt, il n'aura plus aucun pouvoir sur elle. Qui l'aurait cru ? Surtout pas, à l'apogée de son envoûtement, elle-même…

La nouvelle à l'effet que Cul-de-Jatte et Fond-de-Terrine s'apprêtent à partir une fournée se propage dans le bourg. Une bonne douzaine d'hommes âgés finissent par se regrouper à proximité de la fournaise du four, que les deux apprentis obstruent en érigeant une paroi de briques, qui sera ensuite recouverte d'un mortier grossier fait d'argile et de paille. D'intenses pourparlers ont lieu au sujet de la température et de la direction du vent, de la qualité du bois et de son degré de séchage, et de la manière dont l'opération devrait être conduite.

Ce qui semble un inoffensif bavardage, alimenté par la bière que distribue Perrine, est en réalité une discussion qui a pour unique but de maximiser les chances de succès de l'entreprise. Les vieux qui s'immiscent dans les affaires d'autrui sont tous d'anciens potiers, pourvus d'une inestimable expérience, et dont les conseils sont extrêmement précieux pour les plus jeunes. Ces conciliabules emportés, qui finissent parfois en joutes amicales, permettent aux maîtres-potiers dont la production est en jeu de confirmer leurs décisions.

Tout le petit groupe est en train d'examiner le degré de séchage des slapes de résineux, ces planches avec un côté rondi, résidus inutilisables du tronc débité. Car ce sont ces essences qui permettent, d'après expérience, la meilleure flambe ; aux croûtes, on ajoute de longues bûches qui font presque toute la longueur du foyer, ainsi que quantité de petit bois qu'un groupe de jeunots du bourg fait profession de rassembler. Uldaire a beau posséder une terre à bois dans les concessions et y envoyer sa famille pour des corvées de ramassage, ça ne suffit jamais !

Aujourd'hui, il s'agira de la cuisson initiale, la plus aisée, qui transformera la terre encore verte, ou crue, en terre cuite. Cette étape se nomme le « biscuit », sans doute par analogie avec la transformation du gâteau sec et sucré du même nom lorsqu'il est passé au four ! Pendant les jours précédents, les pièces à cuire ont été placées à proximité du four. Les deux maîtres-potiers se sont succédé dans l'antre de la bête pour monter le fragile échafaudage, de manière à occuper suffisamment, mais pas trop, l'espace disponible.

Tout l'art consiste à remplir la cavité de manière à terminer près de la porte d'entrée, et de manière, également, à pouvoir la combler jusqu'au faîte ; le mouvement se fait donc dans une sorte de diagonale, du fond vers la porte d'entrée et de haut en bas. De surcroît, il faut utiliser le moindre espace disponible : poser une petite chope, tête en bas, dans un bol moyen, lui-même déposé dans une terrine ; faire de même avec les moules à pain ; placer les assiettes, de la plus grande à la plus petite, les une dans les autres, en les faisant reposer sur la tranche ; équilibrer les pichets et les jarres en les insérant entre les autres pièces. Parfois, des tuiles servent à séparer deux rangées empilées…

L'atmosphère est bien davantage conviviale que lors d'un grand feu. Alors, tous les anciens sont aux aguets, dans le but d'éviter une erreur de conséquence ! Mais Uldaire et Amable maîtrisent la technique du biscuitage depuis longtemps. L'avant-midi est presque terminée lorsque, pour l'étape du séchage ultime des pièces, l'attisée initiale est démarrée. Le feu doit progresser avec une savante lenteur ! S'accotant sur sa canne, Jean-Baptiste Maillet grommelle à répétition :

— Pas trop de flambe, Cul-de-Jatte, car tes pourcelines vireraient trop dures ! Y auraient bien de la misère à happer la plombine…

— Pas de soin, Pied-de-Coq, répond Uldaire avec patience. Le métier rentre…

Et lorsque c'est son tour, le vieux rabâche ce conseil à son fils Amable, qui réagit de même… Lorsque Rémy revient de sa matinée d'école comme une fusée de feu d'artifice jaillie de son habitacle, il assaille son père pour en être dispensé pour le reste de la journée, et comme Uldaire ne veut pas se priver de son aide, il consent aisément à ce qu'il fasse le renard.

À hauteur d'homme, la paroi du four est percée de registres, ces trous dans la brique qui sont alternativement bouchés et débouchés, selon les besoins du chauffeur. Jetant un long coup d'œil par une de ces fenêtres, Maillet avertit encore:

— Par ma foi, l'eau bouille, mon gars! Je croirais qu'y est temps d'aller quérir le rouge…

Tout en acquiesçant énergiquement, Maillet tient néanmoins à confirmer l'impression de son paternel, selon laquelle toute humidité est chassée des vaisseaux. Il fait venir Uldaire, qui se dit d'accord. L'après-dînée étant bien entamée, les anciens se dispersent à contrecœur pour aller casser la croûte, tandis que les deux maîtres-potiers se succèdent par-devant la gueule du foyer pour hausser progressivement la température.

La conduite d'un feu est un art que possède tout Canadien, et même toute Canadienne qui passe plusieurs heures par jour près de l'âtre ou au ras du poêle. Mais dans le cas d'un four de cette dimension, où les changements subits de température pourraient avoir des conséquences dramatiques, il s'agit d'entretenir la flambée, de l'augmenter même, en jouant principalement avec l'entrée d'air par les ouvertures. Car selon la qualité de l'atmosphère dans la chambre du four, l'ajout de bois peut ralentir l'attisée.

Après un indispensable somme, le groupe des anciens potiers se reforme après la relevée. Louis Robichaud est accueilli comme faisant partie de la famille. Grand-mère s'empresse d'approcher une chaise garnie d'un confortable coussin, et l'homme y prend place avec la dignité d'un patriarche. L'air coquin, il lance à l'adresse de ses hôtes:

— Allez hue, ma gueusaille! C'est pas astheure le moment de l'abandonnement! Magane pas ta flambe, Cul-de-Jatte, rapport que t'es au courant de ce qui pourrait survenir... La même chose qu'à moi, quand j'étais jeunot! C'est là que j'ai eu ma plus dure leçon : la pourceline, quand a rougeoie, a devient tant molle qu'a peut s'écrapoutir comme du beurre chauffé! Pis là, pas moyen de la rapapillotter, j'vous l'assure sur un temps riche...

Toutes les personnes présentes connaissent par cœur cette histoire, qui suscite immanquablement rires généreux et commentaires enjoués. Ce qui égaye le plus Vitaline, qui transporte du bois avec Rémy et Aubain depuis le hangar, c'est le paroli formidable du vieil homme. Ses parents étaient originaires d'Acadie et il faut s'accoutumer à sa prononciation, même si le temps en a gommé les plus audibles étrangetés.

Maître Robichaud, comme on se plaît à l'appeler dans le bourg, a encore la main assez sûre pour fabriquer des vaisseaux, ce à quoi il s'adonne dans l'atelier d'un de ses gendres. Uldaire singe son air ratoureux :

— Pis, m'sieur le potier cadien ? Quand c'est-y que vous allez lâcher la terre forte ? Savez que ça se plaint amplement, dans le bourg ? Le fin finaud Robichaud, y s'accroche au métier comme c'est pas permis! Pendant ce temps-là, les plus jeunes peinent à s'installer dans le métier !

L'interpellé éclate d'un grand rire, repris par tout le groupe de vieux. Il finit par répondre :

— Pour le sûr, mon jeunot, ça paraît que t'en arraches en maudit! Regardez ça, les autres, comme y fait pitié... Un four à moitié écroulé, des pourcelines si mal montées que les clients en voudront pas pour leurs cochons... Et des filles malingres, qui font juste coudre au ras du poêle...

Ce disant, il gratifie Vitaline d'un clin d'œil insistant. Cette dernière réagit par une moue mi-amusée, mi-contrariée, avant d'ouvrir les bras pour faire tomber à côté de la porte du four une quantité impressionnante de petit bois. Le fracas, qui témoigne éloquemment de la vigueur de la fille cadette d'Uldaire, déride le petit groupe jusqu'aux larmes !

Pendant l'heure du souper, l'animation ralentit quelque peu tandis que, tour à tour, les deux chauffeurs vont se sustenter. Les anciens les imitent, mais sans s'attarder longtemps dans l'intimité de leur foyer ; alors que le disque solaire frôle les toits et que la brise faiblit, ils reviennent pour l'apogée du spectacle. Mais as-theure, ils sont accompagnés par des connaissances, ou par leur épouse et certains de leurs descendants.

À la tombée du jour, une foule bigarrée a pris place aux alentours du four, encore augmentée par les amis de Rémy qui tournaillent avec excitation, par des maîtres-potiers qui viennent s'assurer que tout se passe pour le mieux, et par des mères et des grands-mères qui apportent leur siège et leur tricot, surveillant du coin de l'œil les demoiselles qui ne voudraient rater cette veillée pour rien au monde, et autour desquelles, dans un ballet familier, les jeunes hommes vont et viennent.

Perrine et ses plus proches amies ont leur cour, quelques fils d'artisans qui se disputent leurs faveurs, mais sans trop insister, comme un jeu. Pour sa part, Vitaline a été rejointe par Estère et Marie-Nathalie, qu'elle doit abandonner épisodiquement pour s'assurer que son père ne manque de rien. Le moment grandiose approche, celui que tous attendent patiemment : lorsque le four atteindra une température telle que les briques rougeoieront et que les flammes jailliront par le conduit de la cheminée. Un feu d'enfer qui constitue un spectacle toujours convoité !

Mais déjà, lorsque le chauffeur doit fourgonner la flambée, des gerbes d'étincelles se perdent dans la nuit, ce qui interrompt momentanément le commérage des femmes et leur tire des exclamations à la fois apeurées et ravies. Car du feu, il faut se faire un ami, de peur qu'il ne s'enrage et détruise tout sur son passage… Dans le silence relatif qui s'installe alors pour quelques secondes, le crépitement des braises claque comme une décharge de mousquet !

Ce que Vitaline apprécie le plus alors, c'est le vitrail lumineux projeté dans le lointain par l'ouverture de la fournaise, soulignant l'ombre géante du chauffeur. Comme si une scène de théâtre s'animait sous ses yeux, avec le diable en personne ! Car ordinairement, les personnes présentes sont auréolées d'une douce lueur, d'un clair-obscur qui semble délier les langues, rendre les timides moins timorés et les intrépides encore plus audacieux.

Vitaline et ses amies ont été rejointes par un homme qui n'ose guère s'immiscer dans leur bavardage, mais qui demeure à proximité. À quelque distance de là, la mère de Marie-Nathalie jette un œil sur elles, tout en poursuivant un bavardage animé avec grand-mère et quelques autres dames… Sachant parfaitement qu'ils sont ainsi surveillés, Marie-Nathalie et son promis, François, gardent un décorum de bon aloi, tout en se permettant de muettes mais éloquentes œillades. Tous deux font un couple dépareillé : elle est large et de haute taille, tandis que lui, droit et maigre comme un pic, peine à la dépasser en altitude. Mais ils s'observent avec une affection tangible…

Bientôt, François est rejoint par son frère aîné Joseph, qui lui ressemble comme deux gouttes d'eau. Le fait est notoire : Joseph Garant dit Saintonge offre son atelier en location à son frère, parce qu'il a décidé d'aller tenter sa chance de l'autre côté de la ligne, au Vermont plus précisément. Cette attitude audacieuse suscite un mélange d'étonnement et d'admiration dans la communauté potière, et Estère Besse, les mains sur les hanches, interpelle le survenant :

— Té, le Joseph ! Y paraît que tu vas jouer à l'espion ? Tu vas éventer tous leurs secrets, comme ça, on va devenir plus forts qu'eux ?

— C't'une façon de voir les choses. Ça serait-y que tu vas m'attendre ? Oh, Estère, tu me rendrais tant heureux !

Joseph se gausse et Estère n'est pas dupe le moins du monde.

— Cause toujours, mon lapin… Peut-être ben que t'auras un baiser frette nette secque sur la joue, si t'accomplis ta mission comme un bon soldat.

— Mission périlleuse, commente son frère. Y sont autant jaloux de leurs secrets de fabrication que nous…

À son tour, Vitaline interroge Joseph :

— C'est quoi que tu veux aller quérir là-bas ? La fortune ?

— J'en sais rien, répond le potier avec une moue contrite. J'ai le goût de voir du pays. À force de faire monter des pourcelines, je commence à avoir le tournis…

— Toutte le monde dit que les États-Unis sont le plus meilleur pays du monde, ajoute François. Y sont industrieux au possible; y inventionnent des manières de fabriquer. Des manières qui font que le retour en argent sur leurs ventes est bien plus fort que par icitte.

En effet, de l'autre côté de la ligne, des potiers entreprenants mettent sur pied des ateliers de production. Chacun étant dévolu à une tâche bien précise, les vaisseaux en sortent à une vitesse stupéfiante! Après avoir jeté à son prétendant un regard incertain, Marie-Nathalie se tourne vers Joseph, pour laisser tomber:

— On veut pas trop savoir si tu trouves la terre promise. À cause que moi, j'ai guère le goût d'aller vivre chez les étranges!

Un malaise tangible tombe sur le petit groupe. Le visage déformé par un rictus d'impuissance, Joseph contemple ses pieds. François s'empresse de protester:

— Mathalie, te fais pas du mauvais sang ainsi. C'est pas dans mes projets de m'expatrier. De toute façon, je peux pas te contraindre...

Marie-Nathalie tente un haussement d'épaules, mais elle reste sur la défensive. Pour détendre l'atmosphère, Vitaline s'exclame:

— C'est un fait qu'en matière de pourcelines, les *Vermonteers* donnent pas leur place! J'ai ouï-parler d'un procédé de cuisson qui transforme la terre forte à tel point que les vaisseaux deviennent comme du verre...

Joseph précise:

— Le grès. Mais ça prend une glaise qui endure des chaleurs suprêmes. On n'en trouve pas, par icitte.

— J'ai pour mon dire, intervient Estère en haussant les épaules, que c'est la concurrence de la séduisante pourceline anglaise qui nous fait grandement tort.

— Y faut que nos prix restent bas, renchérit François. C'est notre seul avantage sur les importations.

— Notre seul avantage?

Un troisième larron vient de se glisser entre les deux frères, leur entourant fraternellement les épaules de ses bras. À la faible lueur rougeoyante qui irradie du four, les jeunes filles reconnaissent Isaac Frappier dit Bonneterre, qui fait mine d'être outrageusement contrarié :

— Aye-aye, mon fendant, tu déparles ! Tu sauras que les manufactures anglaises, elles s'en foutent, de l'habitant canadien. Tandis que nous, les potiers locaux, on sait exactement ce dont y a besoin !

— Hé, Bonneterre ! T'as réussi à filer en douce, monté sur ton superbe canasson ?

— Vas-tu cesser de médire ? J'ai agi dans une totale légalité. J'ai prévenu son père et j'ai attelé le cabrouet. C'est sûr que depuis l'Amyotte, la route est longue…

— Pour moi, ta bête avait le pas traînant, dit Vitaline malicieusement. Surtout si elle avait charrié des scieaux toute la sainte journée…

Le visage du jeune homme se fend d'un large sourire. Dans la semi-noirceur, ses yeux semblent d'un gris très sombre, mais Vitaline se souvient parfaitement de leur plaisante couleur de terre. Il se redresse pour gratifier les jeunes filles d'une salutation formelle :

— Belles mamoiselles, bien le bonsoir… Seriez-vous t-y assez gentilles pour m'accepter à votre veillée ?

— Faut demander à Vitalette, réplique Marie-Nathalie avec aplomb. Comme vous savez, son père est scrupuleux sur les fréquentations de ses filles.

— Ah bon ? s'étonne-t-il ingénument. C'est-y vrai, mamoiselle Dudevoir ?

Pour toute réponse, Vitaline éclate d'un rire contagieux.

— Cré Isaac ! s'exclame François Garant. Ça paraît que tu vis éloigné du village ! Tu sauras que Cul-de-Jatte est le plus doux des hommes !

Un tel calme est tombé subitement, que les jeunes gens portent leur attention vers la cuisson de la fournée. Tous les regards sont tournés vers le four. À l'évidence, le procédé est parvenu à son point culminant. Une longue flamme jaillit de la cheminée, tirant de toutes les poitrines une clameur involontaire. Dans un silence à peine troué de chuchotements, chacun surveille l'attitude des deux potiers associés et du groupe d'experts qui les entourent, plongés dans une intense discussion. Soudain, Uldaire lève la main, le poing refermé, en signe de victoire : les pièces sont suffisamment rouges !

Plusieurs dames laissent échapper un cri de soulagement, quelques hommes se congratulent et Vitaline ne peut s'empêcher de trépigner de bonheur sur place. Soudain, une imploration domine le brouhaha des voix :

— Valentine, une chanson !

Le volume sonore baisse de plusieurs crans. C'est une voisine qui interpelle ainsi grand-mère. Dans le bourg, on s'accorde à dire que dame Royer est dotée de l'un des plus jolis organes de la paroisse ! Tout à coup, une voix s'élève pour renchérir, puis une autre, et bientôt, un concert vocal supplie la vieille dame d'enchanter l'auditoire par ses talents.

Comme tout le monde, Vitaline mire sa grand-mère, manifestement réticente. Ce n'est pas par coquetterie : grand-mère affirme à qui veut l'entendre qu'elle est après le perdre, son organe. Son timbre devient rauque et son souffle raccourcit... Avec réluctance, elle se lève enfin et vient se placer au centre du groupe. Un silence concentré, rompu uniquement par des chuchotements, accueille les premières notes, celles d'une ancienne romance, connue par tous les enfants du sol depuis le ber.

— *Vive la Canadienne. Vole, mon cœur, vole ! Vive la Canadienne et ses jolis yeux doux.*

Les derniers mots sont repris en chœur, à plusieurs reprises.

— *Nous la menons aux noces. Vole mon cœur, vole ! Nous la menons aux noces dans tous ses beaux atours.*

Tout en chantant avec les autres, Vitaline presse ses mains l'une contre l'autre, envahie d'une sourde angoisse. Tous doivent remarquer le faible timbre de la vieille dame, vers lequel il faut tendre l'oreille... Grand-mère ne jouit plus de ses propres prestations, et chacun, dans l'assemblée, le réalise à regret. On échange une œillade interrogative avec la voisine, on murmure... Vitaline écoute, soulagée que le quatrième et dernier couplet survienne enfin :

— Ainsi le temps se passe. Vole mon cœur, vole ! Ainsi le temps se
passe. Il est vraiment bien doux.

Les applaudissements ne manquent pas de générosité. Grand-
mère fait signe qu'elle veut parler, et elle est obéie promptement.

— Z'avez ouï, mes amis, comme je m'avance en âge...

Chacun se récrie, mais dame Royer poursuit, imperturbable :

— Astheure, les veillées, je vais y participer en tapant de la cuillère. C'est-y correct ? J'aimais ça sur un temps riche, dans mon
jeune temps... Z'allez voir, je donnerai pas ma place ! Ça fait
que, pour vous désennuyer, c'est Vitaline que je vous recommande ! Allez, ma p'tite-fille, viens leur montrer de quoi que t'es
capable !

La jeune fille reste pétrifiée sur place. Elle, s'égosiller par-
devant tout ce beau monde ? Bien entendu, au sein de sa famille,
elle est devenue la chanteuse attitrée. Le transfert s'est fait naturellement, lorsqu'elle s'est mise à reproduire les intonations et
les gestes si longtemps observés. Mais en public ? Rouge comme
une pivoine, elle fixe le plancher, incapable du moindre geste,
enveloppée d'un épais brouillard d'anxiété. Pas question, elle en
mourrait de gêne !

Mais l'assemblée n'a cure de ses scrupules. On la réclame à
grands cris ! Après tout, ils sont déjà nombreux, ceux qui l'ont
entendue fredonner ! Tous ces gens sont comme sa famille élargie.
Ils la connaissent depuis toujours. Ils veulent se payer une pinte
de bon temps, point à la ligne ! Pour quelle raison leur refuserait-
elle une tournée ? Elle serait cruelle de ne pas les régaler de son
talent... N'osant regarder quiconque dans les yeux, elle se lève,
et gauchement, elle va remplacer sa grand-mère.

Jugeant que l'heure n'est pas aux ballades lascives, elle choisit
une mélodie énergique, qui lui permettra de se dérouiller la voix.
Levant enfin les yeux, elle annonce :

— Composition de monsieur Joseph Quesnel, publiée dans *Le
Canadien*, en 1806.

Un brouhaha admiratif lui fait écho. Depuis qu'elle a quitté le
couvent, Vitaline rédige un chansonnier, un cahier dans lequel
elle note, de sa plus belle calligraphie, les paroles des chansons

qui lui plaisent. Voilà pourquoi elle peut citer l'origine précise de ce qu'elle s'apprête à livrer au public, ce que ce dernier apprécie à sa juste valeur ! S'éclaircissant la voix, elle précise encore :

— C'est sur l'air de *Yankee Doodle*.

Sans broncher, elle attend que l'auditoire s'encalme, en profitant pour réviser les paroles dans sa tête et pour se remettre la mélodie en bouche. Enfin, elle plonge :

— *Plus de François, parlez Anglois puisqu'on l'exige. C'est un abus qu'Anglicanus veut qu'on corrige. Que ces conquis, chez les Yankees, aillent l'apprendre. Celui qui ne l'apprendra, mauvais citoyen sera. Obéissons, amis, marchons en Amérique. Chez ces lurons nous apprendrons la politique. Hé ! Puis quand on la saura,* Yankee Doodle *on chantera, après quoi l'on s'écriera : Vive la république !*

Les membres de l'auditoire restent bouche bée. Non seulement ce chant est méconnu, mais Vitaline a enfilé les couplets à bride abattue ! Constatant la stupeur généralisée, la jeune fille éclate d'un grand rire, qui fait voler en éclats le carcan de timidité dans lequel elle s'était enfermée. Tous se laissent gagner par cet accès de joie, tandis qu'elle dit, à la cantonade :

— Je reprends, pis ceux qui pouvez, embarquez avec moi !

Elle s'exécute, et cette fois-ci, elle prend soin d'interpréter son chant, ce que le public apprécie fièrement ! Tout de suite après, elle enchaîne avec une chanson dont le caractère guerrier n'est pas apparent au premier couplet, à cause de la mélodie plutôt suave :

— *Véritable enfant de la balle, le hasard plaça mon berceau aux portes d'une capitale, qu'on venait de prendre d'assaut.*

Brusquement, Vitaline entonne le refrain, qu'elle martèle à souhait :

— *J'aime le son du canon, du tambour, de la trompette. Et mon ivresse est complète quand j'entends résonner le canon. Quand j'entends, boum, boum, résonner, boum, boum, quand j'entends résonner le canon.*

Battant la mesure comme un maître de cérémonie, elle oblige son auditoire à répéter le refrain, l'accompagnant à pleins poumons.

Entre chaque reprise des refrains, le silence se fait pour les trois autres couplets :

— *Une mère aguerrie, à défaut de son lait, de pain noir et d'eau-de-vie, gaiement me nourrissait. Quand je vins au monde, ma mère dans un drapeau m'enveloppa. J'appelais, n'ayant pas de père, tout le régiment* mon papa. *Tous les jours, à la suite de nos braves guerriers, je grandis au plus vite à l'ombre des lauriers.*

Appréciant ces rimes au sous-entendu notablement grivois, le public applaudit à tout rompre. D'un geste impérieux, Vitaline quémande à boire ; une grotesque commotion a lieu parmi la demi-douzaine de jeunes hommes qui sont rassemblés derrière les dames assises. Isaac Frappier en sort vainqueur, et d'un geste d'une galanterie outrée, il offre un flacon d'eau-de-vie à Vitaline. Cette dernière refuse frénétiquement ; il insiste, tandis que chacun gueule des exhortations.

Vitaline finit par abdiquer avec un geste théâtral, et elle fait mine de boire à longues gorgées, tout en ingurgitant à peine une minuscule lampée. Comme elle s'attend à se faire brûler le gosier, la douceur inoffensive d'une eau claire la prend complètement par surprise. Elle avale en s'étouffant à moitié, puis elle éclate de rire et s'empresse de recommencer à boire, laissant le liquide dégouliner le long de son menton. Enfin, toujours sous les yeux d'un Isaac hilare, elle renverse le flacon et en vide le contenu vers le sol.

Une exclamation outragée jaillit de toutes les gorges mâles, tandis qu'Isaac reprend possession de son bien et quitte la scène avec une pantomime d'ivrogne frustré. Pendant que les rires meurent lentement, Vitaline reprend possession d'elle-même pour déclarer :

— Composition de Joseph-Isidore Bédard, publiée dans la *Gazette de Québec.*

Une rumeur allègre accueille les premières strophes :

— *Sol canadien ! Terre chérie ! Par des braves tu fus peuplé ; ils cherchaient loin de leur patrie une terre de liberté. Nos pères, sortis de la France, étaient l'élite des guerriers, et leurs enfants de leur vaillance n'ont jamais flétri les lauriers.*

Des fredonnements soutiennent Vitaline, car les couplets initiaux, commis par le jeune Bédard deux ans plus tôt, ont conquis le cœur des enfants du sol.

— *Qu'elles sont belles nos campagnes ! En Canada qu'on vit content ! Salut ! Ô sublimes montagnes, bords du superbe Saint-Laurent. Habitant de cette contrée que nature veut embellir, tu peux marcher tête levée. Ton pays doit t'enorgueillir.*

Brusquement, un silence rempli d'expectative tombe sur l'auditoire. Ulcéré par le cours récent des événements, le rimeur a composé deux autres strophes, publicisées dans les papiers-nouvelles au début de l'année. Touchée par cette marque d'attention, de même que par la force d'évocation de ce qu'elle est sur le point de chanter, Vitaline ne peut empêcher sa voix de trembloter :

— *Respecte la main protectrice d'Albion, qui est ton digne soutien ; mais fais échouer la malice d'ennemis nourris dans ton sein. Ne fléchis jamais dans l'orage, tu n'as pour maître que tes lois. Tu n'es pas fait pour l'esclavage, Albion veille sur tes droits.*

Elle attaque le dernier couplet de cette exhortation au peuple :

— *Si d'Albion la main chérie cesse un jour de te protéger, soutiens-toi seule, ô ma patrie ! Méprise un secours étranger.*

Chacun est frappé de stupeur. *Soutiens-toi seule, ô ma patrie !* Quelle sentence audacieuse ! Audacieuse et, peut-être, prophétique... Vitaline chante la fin, une subtile variation du début :

— *Nos pères, sortis de la France, étaient l'élite des guerriers, et leurs enfants de leur vaillance ne flétriront pas les lauriers.*

Cette quatrième et dernière strophe, Vitaline la fait chanter à plusieurs reprises, par la foule, à pleins poumons. Soudain épuisée, elle cherche sa grand-mère du regard. Elle est incapable de pousser une seule autre note... Dame Valentine Royer se lève et vient à sa petite-fille. Lui prenant la main, elle l'oblige à faire une ample révérence, tout en tournant sur elle-même. Le public applaudit à tout rompre, tandis que la vieille dame la reconduit à son propre siège. Revenant au centre, elle lance :

— J'ai pas autant d'allure que les narrateurs à la mode, mais je vais quand même vous livrer un poème. C'est une poésie que ma mère me racontait.

Tous les regards se tournent vers ladite mémère qui, assise à côté de Louis Robichaud avec lequel elle a jasé toute la soirée, résiste vaillamment à sa fatigue. Sa fille lui envoie un bref salut de la tête, puis elle commence, imprimant naturellement à sa voix des inflexions presque chantantes :

— *Dans Paris, y a t'une brune plus belle que le jour. Sont trois bourgeois de la ville qui veulent y faire l'amour. Y se disent les uns aux autres : comment l'aurons-nous ? Le plus jeune se mit à dire : moi je sais le tour. Je me f'rai une selle toute en clous d'argent. Je passerai de porte en porte toujours en demandant : m'enseigneriez-vous pas, mesdames, le chemin du pont ?*

Plusieurs connaissent le texte, et la déclamatrice se voit supportée par un chœur qui baragouine à mi-voix :

— *La vieille dit à ses trois filles : allez conduire ces gens. Jusqu'à la barrière et revenez-vous-en. La plus jeune qu'encore jeunette, avance un peu plus loin. Il la prit par sa main blanche et la fit monter. Le cheval qui l'emmène va plus vite que le vent.*

Dame Royer interpelle son public d'un regard circulaire, en mettant un doigt sur sa bouche. Peu à peu, tandis que chacun se tait, c'est la voix chevrotante de mémère qu'on entend réciter les dernières phrases :

— *Adieu père et adieu mère. Oh ! Adieu mes parents. Si vous m'aviez mariée. Oh ! Quand y était temps, je serais dans mon ménage avec le cœur content.*

Nul ne rit ; tous sont touchés par ce timbre âgé personnifiant une si prime jeunesse. Envahie de contentement, Vitaline couve sa grand-mère d'un regard attendri. Au-delà, fixé sur elle, un œil attire son attention... Elle reconnaît, parmi les jeunes hommes debout, Isaac Frappier, qui soutient son regard comme s'il était plongé dans une transe. Troublée, Vitaline rompt le contact, puis elle ne peut s'empêcher de vérifier s'il la contemple encore, ce qui est confirmé. Les lèvres du jeune homme s'étirent en un mince sourire, comme s'il jouissait d'une vision enchanteresse...

Elle est plutôt dérangée par cette sollicitude. Même si la vigueur que tout potier doit posséder ne semble pas lui faire défaut, elle n'est guère titillée par son gabarit peu impressionnant. Ni, de

surcroît, par son nez croche, résultat d'une bagarre, et par sa cal-
vitie naissante qui dégage un front légèrement fuyant. Mais à
bien y penser... Elle ne détesterait pas qu'il vienne lui prendre la
main pour l'entraîner dans quelque recoin obscur... Elle tressaille : Isaac a disparu. Sur-le-champ, elle se chicane intérieurement. Elle a le don de se faire des accroires !

– 27 –

Une excitation palpable règne dans le dortoir, tandis que les collégiens se préparent. La nouvelle église Notre-Dame étant suffisamment parachevée pour en faire la maison officielle de Dieu pour la paroisse de Montréal, les collégiens se rendent à l'inauguration, en ce 15 juillet. Néanmoins, la vaste pièce est parfaitement silencieuse. O'Reilly, debout au centre de la pièce, veille à faire respecter l'ordre. Dans son entreprise d'assainissement des mœurs, Germain Séry, devenu le préfet de discipline du collège, a enrégimenté les régents !

Croisant le regard du jeune Irlandais, Gilbert ne peut retenir un vague sourire de commisération, auquel l'ecclésiastique se garde bien de répondre. Le pauvre a le teint cireux et de profonds cernes sous les yeux… Si Séry continue de la sorte, songe Gilbert, il va tuer ses subordonnés à l'ouvrage. Ce serait fort dommage : O'Reilly était de bonne compagnie. Il surprenait ses pupilles par des invectives en patois irlandais ; après un moment d'égarement, les collégiens en croulaient de rire ! Quelques fois, au tout début de l'année, il a profité du coucher des garçons pour, de sa chambre, entonner doucement un chant d'une beauté poignante. Mais Séry a fini par en avoir vent…

O'Reilly guide la troupe de garçons hors du dortoir, puis en bas des escaliers jusque dans la cour avant, inondée du soleil d'été, pour se mettre en rang. Naturellement, les collégiens se regroupent selon leurs affinités, même s'ils savent qu'il leur sera interdit de parler. Gilbert se retrouve donc avec Gaspard à ses côtés, tandis qu'Henri-Alphonse se joint à Adolphe Malhiot, en train de combler le vide laissé par Casimir.

Soudain, Gilbert distingue, sous un grand parapluie noir, le maigre visage en forme triangulaire de M. Séry, qui tire un collégien par le bras pour le faire sortir du rang. Le manège se répète à plusieurs reprises, pendant qu'un murmure d'indignation prend de l'ampleur. Le garçon finit par comprendre : le maître a décidé de défaire les duos d'amis, de briser les groupes ! Incrédule, il le voit s'approcher, ordonnant à Adolphe d'aller se placer à côté d'un insignifiant. Henri-Alphonse se retrouve en compagnie de Rémi Robert, une graine de calotin !

Son propre tour survient : l'expression farouche, Séry lui fait signe de reculer, tandis qu'il va piger parmi ses camarades de versification pour le remplacer. La colonne s'ébranle, au grand dam de Séry qui se dépêche de faire rentrer Gilbert dans le rang sans pouvoir achever son dessein, soit le rattacher à l'un de ses plus fidèles rapporteurs ! Gilbert offre un signe de tête allègre à l'adresse de son voisin, un garçon qui ne lui est d'aucun intérêt, mais qui ne fait pas partie des intimes des sulpiciens.

Sauf que ledit collégien effectue alors une manœuvre inattendue : d'un mouvement fluide, il sort du rang, laissant celui qui était tout juste derrière prendre sa place, puis il comble le trou ainsi créé. Médusé, Gilbert considère son nouveau compagnon, Vincent Cosseneuve, le frère jumeau de Gaspard, qui tourne vers lui un visage de pitre, regard outré et sourire mutin, totalement désarmant !

Gilbert fronce les sourcils. Vincent, en classe de belles-lettres, n'est pas censé se trouver à côté d'un collègue de niveau scolaire inférieur ! Il courbe les épaules sous l'interpellation qui ne va pas manquer de survenir… mais les secondes s'égrènent et rien ne vient troubler la marche tranquille de la centaine de collégiens qui arpentent la chaussée vers l'église paroissiale. Après tout, si les régents doivent faire respecter scrupuleusement les règlements, ils ne sont pas obligés d'avoir des yeux tout le tour de la tête !

Pendant quelques minutes, Gilbert se demande pour quelle raison tordue Vincent tient à être à son niveau dans le rang, puis il adopte un pas guilleret. La cérémonie vers laquelle ils se rendent est auréolée d'un ragoûtant parfum de scandale! Elle a failli ne pas avoir lieu, car ne pouvant se résoudre à y inviter l'évêque auxiliaire Jean-Jacques Lartigue, l'Institut sulpicien a cru s'en tirer avec une bénédiction effectuée à la va-vite, sans avertir quiconque.

Mais encore une fois, les arrogants sulpiciens ont dû mettre de l'eau dans leur vin. L'indignation fut à ce point générale, y compris chez les quelques sulpiciens canadiens, qu'une cérémonie fastueuse a finalement été planifiée. Mgr Lartigue en sera même le célébrant! Par les temps qui courent, cet atermoiement est sensationnel. Aux yeux de l'Institut sulpicien comme des autorités coloniales, Lartigue est acoquiné avec ceux qui, selon eux, installent l'anarchie dans le pays.

EN CE MITAN DE L'ÉTÉ, le rez-de-chaussée est déserté, comme si ses occupants l'avaient quitté précipitamment, laissant une partie des biens sur place. La résidence estivale des Dudevoir est le fournil, ouvert à tous vents. Même la berçante de mémère a été transportée sur le côté le plus ensoleillé de la galerie, pour la belle saison! La maison est vide... Cette phrase se répercute dans la tête de Vitaline. Jusqu'alors, elle la repoussait avec impatience, mais la digue qui retenait la jeune fille cède enfin. Pourquoi? Elle ne saurait le dire précisément. Peut-être est-ce la tension grandissante entre Aubain et Perrine, une tension que tous font mine d'ignorer, mais qui saute aux yeux?

Comme plongée dans une transe, elle entreprend de grimper l'escalier. Par réflexe, même s'il n'y a personne pour entendre, elle tâche de ne pas faire craquer les vieilles planches dont la peinture disparaît en maints endroits. Sur le palier, elle fait une pause, puis elle se dirige à petits pas vers la chambre que partagent ses frères cadets. La pièce est petite, avec un toit en pente percé d'une lucarne. Le grand lit que Gilbert et Rémy partagent prend toute la place. Hantée par l'impression de commettre une profanation, Vitaline reste hésitante au pied du lit, dont elle palpe machinalement les montants de bois sculpté. Puis elle se morigène et d'un seul élan, elle se porte vers le coffre qui contient les affaires de Gilbert. Depuis le temps qu'elle retourne le problème dans sa tête, il n'est plus temps de tergiverser!

Elle ouvre le coffre et laisse le pesant couvercle se déposer contre le mur. Avec une hâte presque incontrôlable, elle ôte les habits soigneusement pliés qu'elle empile par terre. Trouvera-t-elle ce qu'elle cherche? Pour le sûr, les hommes sont tellement négligents! À moins que Gilbert soit à part des autres? Vitaline tente de réprimer la panique qui l'envahit, et puis soudain, tout son être se détend d'un seul coup. Au fond, dans un recoin, se trouve un tapon qu'elle reconnaît: une culotte délaissée par son frère, et qu'elle a rapiécetée plusieurs fois…

Elle saisit le vêtement convoité et sans même le regarder, elle le serre sous son bras tout en remplissant de nouveau le coffre de son contenu. Enfin, elle referme le couvercle, et du plus vite qu'elle le peut, elle quitte la pièce pour se réfugier dans sa propre chambre. Assise sur son lit, elle déplie la culotte. Pourra-t-elle l'enfiler? Les jeunes garçons ont coutume de les porter assez lousses, retenues par un *sling*. Elle ne fait ni une ni deux: sautant sur ses pieds, elle relève sa jupe pour faire monter la culotte le long de ses jambes. Ouf! La taille se boutonne!

Prestement, Vitaline se débarrasse de la culotte, et la repliant, elle va la cacher sous son oreiller, puis elle se redresse et reste figée sur place, tâchant de discipliner son respir. Son cœur bat la chamade comme si elle venait de commettre un délit! D'un geste du bras, elle essuie la sueur qui lui mouille les tempes. Elle a l'impression d'être emportée, contre sa volonté, par le torrent impétueux de son souverain désir pour le tour à potier. Un désir contre lequel, pourtant, elle ferraille sans relâche!

L'IMMENSE NEF DE NOTRE-DAME-DE-MONTRÉAL est remplie à craquer: plus de 8 000 personnes, chuchote-t-on de toutes parts, qui embrassent diverses croyances et opinions. Un grand nombre d'étrangers venus depuis l'autre côté de la ligne s'y trouvent, ainsi que des envoyés de presque toutes les paroisses du district de Montréal, et même de quelques-unes de Québec! Juste avant le début des solennités, Sir James Kempt fait son entrée, accompagné de Mgr Panet, évêque de Québec, et de deux acharnés Bureaucrates, John Richardson et James Reid, le premier représentant le Conseil exécutif, et le second, le Conseil législatif.

Suivis de l'état-major et des officiers de la garnison, tous quatre remontent l'allée centrale pour aller prendre place sur les fauteuils placés en plein centre, à l'avant. Une troupe brillante, que Gilbert ne peut qu'entrapercevoir! Tout de suite après, les corps de volontaires carabiniers et de la cavalerie, en uniformes, viennent occuper le bas de l'allée. Les premières rangées de bancs, elles, comptent moult personnes recommandables par le rang et les talents, y compris le président de la Chambre d'Assemblée, plusieurs conseillers et juges, les messieurs du Barreau en robes, de même que les marguilliers de la paroisse et plusieurs dizaines de prêtres venus de partout.

L'office se déroule avec la pompe des cérémonies épiscopales. La partie musicale est assurée par les musiciens militaires, accompagnés d'un certain nombre d'amateurs; Gilbert en est charmé, et il ne voit pas le temps passer. Joseph-Vincent Quiblier, directeur du Petit Séminaire, se charge du discours de circonstance. Depuis la chaire, il prodigue moult compliments flatteurs aux différentes classes de la société ayant contribué à l'érection du temple. Il enchaîne:

— Nous qui nous glorifions de suivre la religion chrétienne dans toute sa vérité et sa pureté, rien ne peut nous dispenser d'un inviolable et sincère attachement à Sa Majesté britannique et aux intérêts de la nation à laquelle nous sommes agrégés. Le Dieu des armées, qui dispose à son gré des couronnes, qui étend ou restreint selon son bon plaisir les limites des empires, nous a fait passer, selon ses décrets éternels, sous cette domination.

Ce disant, Quiblier s'incline légèrement vers le gouverneur, qui réagit à cet hommage par un fugace hochement de tête.

— Ce ne sont pas les seuls intérêts temporels qui exigent une obéissance absolue.

Gilbert fronce les sourcils. Le ton n'est-il pas chargé d'une subtile menace?

— Les prévaricateurs encourent l'indignation du légitime souverain. Ils perdent sa protection et sont dépouillés de tous les privilèges qu'il a eu la bonté de leur accorder. Mais surtout, surtout! Ils se rendent très coupables aux yeux de Dieu.

Quiblier réaffirme que selon les plus anciens Pères de l'Église, la foi prescrit un devoir de scrupuleuse et exacte fidélité. En son âme et conscience, il réprouve farouchement les principes *infernaux et abominables* qui reconnaissent, aux peuples dépendant de la Couronne britannique, une part absolue et inviolable dans la souveraineté de leur pays! Ne pouvant en croire ses oreilles, Gilbert échange un regard ébahi avec Vincent. Le prédicateur jette l'anathème sur les députés de la Chambre d'Assemblée et leurs supporteurs!

Un murmure outragé, qui va en s'amplifiant, répond à cette leçon humiliante au sujet de l'organisation civile établie par la Providence. Une gifle magistrale sur la joue de tous les enfants du sol! Sans se démonter, Quiblier en rajoute, comme envahi d'une rage contenue:

— Les séditieux ne cherchent qu'à rendre malheureux leurs prochains. Ils ne cherchent qu'à étouffer dans leur cœur les sentiments de docilité envers les supérieurs légitimes, que l'éducation et la religion y avaient gravés! Mes très chers frères, combattez-les de toutes vos forces. Portez-vous avec joie à tout ce qui vous sera commandé de la part d'un gouverneur bienfaisant, qui n'a d'autres vues que votre intérêt et votre bonheur.

C'est archifaux: seuls les démocrates ont l'intérêt et le bonheur du peuple en vue! Leurs adversaires, eux, ne souhaitent que le voir asservi, dévalisé! Gilbert ne peut quitter des yeux les mains de Vincent, qui agrippent le dossier du banc devant lui, et dont les jointures sont blanches à force de serrer... À l'évidence, comme lui, son voisin peine à rester assis! Ils ne sont pas seuls à bouillir de colère. Les protestations sont devenues une rumeur d'orage, ponctuée de froissements de tissus et d'échos de pas. Des gens quittent l'enceinte...

— Ceux de nos frères, aveuglés par l'esprit d'erreur et de mensonge, doivent être menés sur le sentier de la vérité.

Brusquement, la voix de Quiblier s'est faite doucereuse, empreinte d'une mansuétude qui répugne à Gilbert.

– Que Dieu les rende dociles à la voix de leurs pasteurs, et soumis aux puissances que Dieu a établies pour les gouverner! Les serments, la religion, tout cela impose une obligation indispensable de défendre, de tout son pouvoir, sa patrie et son roi.

Gilbert est frappé par le sens de cette cruelle admonestation. À sir James Kempt et à son entourage, Quiblier claironne la politique officielle de collaboration de l'Institut sulpicien avec ceux qui dirigent la colonie! Le discours cinglant vise aussi l'évêque auxiliaire et les nombreux Canadiens qui l'encouragent à prendre la tête du diocèse de Montréal. En seigneur hautain qui confond les humbles avec des serfs, Quiblier manifeste le refus de son ordre de tomber entre les mains de la canaille canadienne, des Marat et des Robespierre en puissance!

Nul ne l'ignore: les négociations avec les autorités londoniennes, concernant la seigneurie de l'Isle de Montréal, sont en veilleuse, non seulement à cause d'une requête au roi signée par une bonne partie des membres du clergé séculier, mais également à cause de dissensions internes. Les sulpiciens canadiens se sont élevés contre ces manigances quasi secrètes. Mais Quiblier proclame, à la face du monde, que cette marche arrière n'est effectuée que pour mieux charger ultérieurement.

Soudain, Gilbert est envahi d'une illumination. La maison de Dieu n'est autre chose qu'une arène politique! Les sulpiciens définissent le sens moral selon leurs intérêts, dans le but de plaire à l'autorité civile; ce qui équivaut à manipuler la science du bien et du mal. C'est la preuve que cette science, dans ses préceptes, n'a rien de divin! Envahi d'une rage froide, le collégien se coupe de tout le reste. Comme un automate, il se rend communier, jetant une œillade hostile au pain béni à six étages, offert par la confrérie des avocats.

De même, Gilbert est sourd au *Te Deum* solennel, pendant lequel une salve de 21 coups de canon est tirée depuis l'isle Sainte-Hélène, auxquels répondent les *steamboats* amarrés dans le port. Seule compte sa certitude que, en concordance avec l'État royal, l'Église s'est arrogé le pouvoir. Pour le conserver, elle consent à tous les atermoiements, y compris dénoncer comme immorale la moindre velléité d'indépendance !

Gilbert se retrouve dehors, dans une atmosphère ensoleillée qui est une insulte à son tumulte intérieur. Tous les collégiens à la fibre patriote ont la mine sinistre, glissant l'un vers l'autre des œillades estomaquées... Aux côtés de Gilbert, le teint pâle et les lèvres excessivement serrées, Vincent a les yeux fixés droit devant lui, en une attitude peu engageante. Pourtant, Gilbert est incapable de se contenir :

— Y a pas à dire : pour une certaine classe d'hommes, l'anéantissement des Canadiens et de leurs institutions est un besoin viscéral. Pour une fois qu'on humait le parfum de la victoire...

Vincent réagit par un rictus d'acquiescement. Gilbert ne peut s'empêcher d'ajouter à mi-voix, se penchant vers son voisin :

— L'Église et ses prédicateurs... sont autant faillibles que tout un chacun.

Le garçon réagit en tournant vers Gilbert une expression sidérée. Effrayé par sa propre audace, ce dernier se barde contre la réprimande qui ne peut manquer de survenir. Contre toute attente, Vincent s'attendrit ; ses lèvres s'étirent en un mince sourire et il vient presser son épaule de sa main, très furtivement puisque les autorités du collège pourchassent implacablement les manifestations physiques d'affection... Il rétorque, gentiment moqueur :

— T'as compris ça tout seul ?

— Ben non... Y m'a fallu cette gifle de Quiblier.

— Excuse-moi. Je devrais pas me gausser... C'est juste que... Moi, ça fait des années que j'endure leur boniment.

Estomaqué, Gilbert répète :

— Des années ?

— Pour le moins. Tu sais quoi, Gilbert ? À partir d'un vieux bouquin, qui se nomme les Évangiles, on invente des lois, des dogmes, pis toutte la bastringue. Pis ensuite, on veut nous faire croire que ces lois viennent de Dieu lui-même.

Vincent expire longuement, avec une moue fatiguée, et il souffle encore :

– C'est pourtant lumineux. Mais on dirait que personne veut le voir...

Il n'ose en dire davantage, et Gilbert ne le presse pas. Trop d'oreilles indiscrètes dans les parages... Alors, il retourne les quelques phrases de Vincent dans tous les sens, incapable de trouver la moindre faille à ce raisonnement, qui est la conclusion logique de ses propres songeries dans l'église. Il est saisi d'un vertige, comme si le sol se dérobait sous ses pieds. Il croyait la fondation solide, mais elle se révèle du sable mouvant...

Manifestement, Vincent est trop agité pour se tenir coi, et il se met à monologuer, pressant son épaule contre celle de Gilbert pour n'être entendu que de lui seul. Les Canadiens acceptent de remettre au clergé une certaine part de pouvoir sur la vie collective, prétend-il, et de le financer en conséquence. Leurs membres baptisent, éduquent, marient et préparent au trépas ; ils sont garants des règles morales qui assurent aux fidèles une place au paradis. Pour cela, la communauté leur concède la jouissance de quelques biens, mais sous forme d'un prêt dont elle surveille l'usage.

– Tu suis ma démonstration, Gilbert ? T'as rien contre ?

L'interpellé secoue la tête, et Vincent s'empresse d'ajouter, d'un ton furibond :

– Sauf que si ce clergé abuse de son pouvoir... S'il se sert d'idées toutes faites comme d'une justification aux actes les plus outrageants... alors là, c'est de la dictature, Gilbert, une dictature insidieuse qui me pue au nez !

Le garçon élabore sur l'égocentrisme flagrant de l'Institut sulpicien de Montréal, tel que dévoilé par le plan inique concernant leur seigneurie. D'accord, les droits seigneuriaux constituent un frein au libre marché. Les récriminations sont particulièrement nombreuses dans les cités, où les opportunités de développement industriel se multiplient. Mais pourquoi les sulpiciens procèdent-ils ainsi, en pilant sur la tête des enfants du sol ? Pourquoi ne font-ils pas appel aux députés bas-canadiens, des hommes sensés et ouverts à la nouveauté ?

Poser la question, c'est y répondre, et les deux garçons échangent une œillade éloquente. Les preuves s'accumulent! Lugubre, Vincent conclut :

— Nul être humain n'a le droit, sans un motif irréprochable, de se servir de la puissance de l'État pour asservir son prochain.

Gilbert ouvre de grands yeux. Quelle sentence percutante! Chamboulé, il la rumine un bon moment, se confortant au spectacle rassurant de la familière rue Notre-Dame et des passants qui leur envoient des salutations discrètes, mais chaleureuses. Il surprend un échange verbal parmi un groupe d'hommes. Tandis qu'un frisson d'énervement lui descend la colonne vertébrale, il s'empresse de glisser à l'oreille de Vincent :

— Ça discute fort chez les Anglais. Des commentaires peu flatteurs à l'égard de notre gouverneur...

— Ceux de la Clique sont mécontents à cause que Sir James favorise trop les Canadiens.

— Trop favoriser les Canadiens! Comme si la chose était possible. Ce pauvre gouverneur devra ramer longtemps avant de corriger quasiment un siècle d'injustices! Je veux dire, la session qui s'est terminée en mars, elle a donné d'excellents résultats, c'est-y pas?

— Pour le sûr! Soixante-trois lois approuvées. Y compris celle des finances! Celle-là, je l'ai avalée de travers. Pas parce qu'elle était illégitime, entends-moi bien. Juste parce qu'elle prouve que ceux qui distordent la réalité, les *vrais* démagogues acharnés, ce sont les membres émérites de la Clique du Château!

Vincent ponctue sa déclaration d'un sourire éclatant, et Gilbert fait une mine entendue. En effet, il suffit d'un gouverneur intègre pour abattre les prétentions outrancières d'une misérable poignée de profiteurs! Sir James Kempt savait que la loi des finances était conforme aux principes constitutionnels et aux droits d'un peuple libre. Comme sir Francis Burton! Car voilà le plus sot de toute l'affaire. En 1825, Dalhousie séjournait en Angleterre, et pour le remplacer, le lieutenant-gouverneur de la Nouvelle-Écosse débagageait à Québec. Dans un climat de concorde apparente entre les représentants élus et le gouvernement exécutif, Burton ratifiait une loi qui supportait les premiers dans leur visée, celle de ne pas nourrir les bouches inutiles.

Mais les gouverneurs se succèdent, comme les ministres aux Colonies, et la raison d'État, en conséquence, danse une gigue endiablée! De retour à son poste, Dalhousie affirmait que les Instructions royales censuraient catégoriquement son remplaçant, lequel défiait la tradition britannique voulant que la liste des salaires des officiers du gouvernement soit votée en un seul bloc, pendant toute la durée de la vie du roi. Seule pratique garante, selon lui, de la stabilité du gouvernement!

— *Mister* Kempt sera rappelé, avance Vincent avec assurance. Tu crois que les Bureaucrates vont le laisser faire? En ce moment, y tirent toutes les ficelles possibles pour convaincre Londres de le remplacer. Le ministre voit par les yeux de la gent scotifique qui régente le Canada!

Rebuté par cette décourageante éventualité, Gilbert jette un regard noir à son camarade.

— C'est de la gouvernance bassement intéressée, ce que tu évoques là!

— Que c'est que tu crois? Que les gouvernements ont des idéaux élevés comme les tiens? Je suis désolé de te décevoir, mais t'as mal appris ta leçon d'histoire du Canada. Ou alors, tu lis le mauvais manuel…

Même s'il déteste se faire mettre ainsi la réalité en face, Gilbert ne peut le contrebouter, parce qu'il en vient lui-même à cette conclusion osée.

— N'empêche, le rappel de Kempt serait un coup en bas de la ceinture. À côté du tyran Dalhousie, y est doux comme un agneau! T'as lu dans le *Canadian Spectator*? Y paraît qu'un journalier est allé se plaindre à lui. Y venait d'être congédié parce qu'y avait refusé de signer une Adresse bureaucrate. Sir James l'a fait réembaucher. C'était aux travaux de la citadelle. Si cet esprit d'équité peut s'étendre…

— Moi, l'entrefilet dont j'ai joui, c'est celui-ci: *Sir James Kempt a tenu aujourd'hui à midi son premier lever, qui a été extrêmement nombreux.* Ça fait-y royal à ton goût?

Au moment où ils passent devant la maison de sa tante Ériole, Gilbert aperçoit ce qu'il espérait : cette dernière, placée sur le bord de la chaussée, lui fait des signes de connivence. Il répond de même, lui adressant une mine interrogative au sujet de sa santé, ce à quoi elle répond par un battement de paupières rassurant. Avant de retraiter vers son foyer, dame Saint-Omer fait un signe de tête appuyé à l'adresse de Vincent, qui réagit obligeamment, mais sans pouvoir retenir une moue perplexe.

Dès que sa tante est perdue de vue, Gilbert explique à Vincent qu'il a été confondu avec son jumeau. Avec la bénédiction du directeur, il a emmené ses amis chez sa tante Ériole pour la visite du jour de l'An. Cette dernière garde un souvenir impérissable de Gaspard, qui a fait des pieds et des mains pour lui plaire ! L'anecdote n'amuse aucunement Vincent ; au contraire, il se raidit de tout le corps, détournant la tête. Mal à l'aise, Gilbert se mord les lèvres. Vincent a de quoi être attristé. Selon le règlement, seuls les élèves qui ont des parents en ville peuvent sortir célébrer en famille la nouvelle année. Tous les autres doivent rester sur place et se contenter d'une journée coutumière, même si allégée en travaux scolaires et ponctuée d'un repas moins morne que de coutume.

Gilbert reste silencieux un court moment, mais il ne peut se résoudre à laisser passer l'occasion. Prenant sa vaillantise à deux mains, il bredouille :

— Y a longtemps que ça me chicote. Gaspard et toi, vous semblez... je veux dire, sans cette ressemblance... on croirait quasiment pas que vous êtes frères.

D'un mouvement vif, Vincent pivote pour le foudroyer du regard, tout en répliquant très sèchement :

— De lui ressembler autant, ça m'écœure. En dedans, je suis différent de lui au possible.

Gilbert ouvre de grands yeux, sans répondre toutefois, par prudence. Après un temps, Vincent ajoute, moins secquement :

— Je m'excuse... Tu peux pas savoir. Et puis tu sembles apprécier mon frère...

— Et pourquoi non ? J'ai quand même pas à me justifier dans mes amitiés ?

— En effet. Gaspard a le tour de se faire aimer.

Sur ce, avec une moue obstinée, le garçon fixe un point vers l'avant. Gilbert laisse tomber aigrement, avec un rictus de déplaisir :

— J'en reviens pas que tu me reproches d'avoir ton frère comme ami. C'est vraiment niaiseux.

— Tu peux me croire aussi épais que tu voudras, réplique Vincent en le considérant avec intensité. J'y peux rien. Mais ce que je peux plus endurer, c'est la manière dont Gaspard m'interdit d'approcher de ses amis. Vous en savez rien, vous autres, parce qu'y le fait jamais par-devant vous...

Il fait une grimace d'impuissance, puis il émet comme si chaque mot lui râpait la gorge :

— Je sais pas pourquoi je te dis ça. Tu me croiras jamais... Tu vas juste penser que je veux rabaisser mon frère, que je suis mesquin au possible... Ça sert à rien.

De la manière dont Vincent se détourne le corps, installant une énorme distance entre eux, Gilbert comprend que la conversation est terminée. Son soulagement est vif. Il voudrait ne plus jamais avoir affaire au mystérieux jumeau de Gaspard, à l'évidence un garçon sans intérêt, uniquement mû par une jalousie malsaine envers son aimable frère ! Mais en même temps, il ne peut s'empêcher de croire que les apparences pourraient être trompeuses. Sa curiosité est titillée...

Gilbert se résout à faire le reste du chemin en silence, lorsqu'une commotion le déstabilise. Comme par enchantement, un intrus vient de repousser Vincent pour se matérialiser à ses côtés. Un intrus aux yeux luisants d'effronterie, mais gardant le caquet bas, de crainte d'être reconnu. Casimir !

Par en dessous, Gilbert dévore du regard le visage allongé et bellement dessiné. Il se repaît de ses yeux bruns surmontés de fins sourcils pâles, de son nez long et droit, de ses lèvres délicates maintenant rehaussées par une moustache élégante... Mais surtout, il admire sa mise stylée d'ouvrier typographe !

Après le décès de son père, le jeune homme a signé un contrat d'apprentissage avec l'imprimeur Ludger Duvernay. En plus d'être nourri, logé et éclairé, il recevait 25 piastres par année ! Sauf que deux mois auparavant, le propriétaire de *La Minerve* faisait paraître cet entrefilet : *Casimir Chauvin, apprenti imprimeur qui m'est dûment engagé, ayant laissé mon service sans aucune cause quelconque, je prie toute personne de ne lui rien avancer en mon nom et surtout de ne lui rien payer.* Ses ex-confrères en ont spéculé pendant des jours… Gilbert adresse au survenant un sourire épanoui, chuchotant :

— Quel bon vent t'amène, mon espèce de fendant ?

— J'en suis réduit à cette extrémité pour voir mes amis… Quelle misère que les règlements contraignants du cloître ! Même pas moyen de vous offrir une couple de petites virées en ville !

— M'sieur Duvernay te fait la vie dure ?

— J'te raconterai… Crains pas, lui pis moi, on a fait la paix ! Faut que je file, les dévotieux sont sur le point de me dénoncer… À un de ces jours, vieille branche !

Et au moment où il se fond dans la foule des spectateurs, une exclamation avertit le régent. Sachant que l'alerte sera vaine, Gilbert se permet d'exhiber un sourire victorieux, même si pour lui seul.

C'EST LA SECONDE FOIS que Vitaline franchit, en voleuse, la distance qui la sépare de l'atelier. La jeune fille est envahie d'une telle détermination que son cœur bat à peine plus vite que de coutume. La porte de l'atelier bien close, elle refait les gestes de préparation avec aisance. Enfin, elle agrippe le pantalon de son frère, et c'est à ce moment que l'émoi reprend possession de tout son être. Après une hésitation, elle l'enfile sur ses mollets nus, puis elle remonte le vêtement qu'elle boutonne à la taille. Elle n'aime pas la manière dont le pantalon enserre ses cuisses et irrite son entrejambe, mais elle n'a pas le choix.

Plantée debout toute raide, retenant quasiment son souffle, elle défait l'attache de son jupon, puis de sa jupe, qu'elle laisse choir à ses pieds, comme si elle se tenait au centre d'un beigne de tissu. Après le chuintement, le silence s'installe, dans lequel Vitaline guette pendant une éternité le moindre bruit suspect.

Puis, une jambe après l'autre, elle sort de sa vêture sans la quitter de l'œil, comme s'il s'agissait d'un être vivant qui pouvait ramper. Enfin, elle s'approche du tour et d'un mouvement souple, elle s'y assoit, poussant un profond, un interminable soupir de satisfaction.

Astheure, il lui faut ouvrir les jambes et les placer de part et d'autre de la girelle. Est-ce la vêture masculine ? Vitaline accomplit ce geste avec une aisance qui la surprend. Le dos droit et les cuisses largement écartées, elle reste figée ainsi, évaluant sa position, l'apprivoisant peu à peu. Lentement, elle pose les mains sur ses cuisses, puis elle se penche, faisant glisser ses mains jusqu'à la girelle, qu'elle effleure. Sans même y penser, elle en humidifie la surface. Se tournant à demi, elle saisit une motte et la soupèse, tout en fixant la girelle. Tant de fois, elle a vu son père effectuer ce geste...

Brusquement, elle projette la motte sur le plateau circulaire. Elle fait une grimace de dépit : la motte est excessivement décentrée. Elle se tourne pour prendre le fil à couper, qu'elle s'empresse de passer sous la motte pour la détacher. Sans se préoccuper de la terre qui reste collée à la girelle, elle recommence tout en bloquant son respir, avec succès cette fois. Elle exhale lentement en se penchant pour couvrir l'amas de terre de ses deux mains, afin de sentir ses aspérités et ses bosses.

Se redressant, elle plonge ses deux mains dans le seau d'eau. Prenant soin de garder les paumes vers le ciel pour y conserver le précieux liquide, elle se replace en position tout en donnant de vives impulsions, du pied droit, au large plateau circulaire qui, grâce à un axe, transmet le mouvement rotatif à la girelle. Pendant un temps infini, grisée par un vif sentiment d'exaltation, elle se contente de laisser la motte irrégulière d'argile glisser contre sa peau. Le reste du monde n'existe plus ; l'univers se concentre dans le frottement de ses paumes contre cette matière souple et froide.

Pour l'avoir entendu dire maintes fois par leurs amis maîtres-potiers, de même que par son père, elle sait que l'artisan doit dompter la terre glaise. Certes, il doit apprendre à la respecter, il doit s'astreindre à toutes les étapes qui transforment une argile brute, remplie d'impuretés, en une matière malléable, ni trop dure ni trop molle, se laissant modeler à volonté. Mais penché sur son tour, le potier peut dès lors affirmer son autorité. Par ses gestes, il doit subjuguer la terre, parce qu'autrement, c'est elle qui l'asservira...

Avec hésitation, Vitaline entreprend le travail du centrage de la motte sur la girelle en rotation, une étape malaisée à maîtriser. Plus petite, observant son père travailler, elle s'émerveillait de son aisance. En une ou deux minutes, selon la qualité de la terre, il réussissait à former un cône parfaitement équilibré... Mais ensuite, assistant aux différentes étapes de l'apprentissage d'Aubain, la fillette a réalisé à quel point il fallait mettre du temps pour arriver à sentir la terre.

Pendant deux heures, Vitaline s'acharne à faire monter la motte en cône, puis à l'écrapoutir, puis à la remonter encore, tout cela en tentant de la centrer, mais en vain. À la fin, en désespoir de cause, elle tâche de tourner une pièce, qui s'avère être un bol bancal aux parois trop épaisses, et si peu équilibré qu'il s'affaisse lentement, d'un mouvement disgracieux. Mortifiée, elle aplatit la terre pour en refaire un tas informe. Le mitan de la nuit est passé et elle doit cesser. Son dos est endolori, ses bras sont lourds, sa chemise est couverte de barbotine projetée par la girelle en mouvement... Son père, lui, se macule à peine lorsqu'il tourne. Il faut dire qu'il utilise bien moins d'eau !

Près d'une heure plus tard, après un arrêt aux latrines situées dans un recoin de la cour, la jeune femme refait le chemin en sens inverse jusqu'à sa chambrette. Elle s'allonge sous ses couvertures sans se déshabiller, et une étrange sensation de déséquilibre l'envahit. Elle se sent grisée, comme si le tournoiement de la girelle s'était installé à demeure dans son corps... Un éclair de désespoir chasse cette exaltation. Jamais elle n'arrivera, avec le peu de temps dont elle dispose, à une parfaite maîtrise de cet art !

Se retenant à grand-peine de bouger pour ne pas réveiller sa sœur, elle repasse avec fébrilité toute la séance dans sa tête, corrigeant mentalement ses gestes fautifs, réussissant partout où elle a échoué. Elle s'apaise peu à peu, enfin terrassée par la fatigue. Pour la première fois depuis longtemps, elle se sent satisfaite, repue. Le manque contre lequel elle se débattait a disparu, le vide qui l'emplissait s'est comblé, et la jeune fille, étalée dans son lit, se sent flotter dans une totale béatitude. Peu importe de quoi l'avenir sera fait ; tout ce qui compte, c'est qu'elle est parvenue à goûter à ce plaisir suprême, et que jusqu'à la prochaine fois, elle pourra puiser dans ces sensations accumulées…

La prochaine fois ? Vitaline est tirée de son engourdissement par un sursaut de tout son être. Replonger encore dans les affres de l'angoisse, à l'idée de s'installer au tour comme un homme ? À l'idée qu'un membre de la maisonnée, ou pire, son père, la surprenne dans cette position ? Elle n'aura pas le choix, car cette période de corps à corps avec la terre glaise lui est autant vitale que le boire et le manger. Autant vitale que l'aimer…

- 28 -

Au saut du lit, Gaspard tournoie sur lui-même en effectuant un genre de salut militaire. Gilbert lui adresse un regard surpris. D'habitude, le garçon a besoin d'une heure, au moins, pour se réveiller ! Même si ses iris bleus ont bien de la misère à se faire voir sous les lourdes paupières, il déclare d'une voix rauque :

— À quiconque m'entend, je souhaite une année prospère !

Gilbert se frappe le front. L'année 1830 a fait, cette nuit, une entrée en catimini ! Brusquement, il s'époumone à travers le dortoir :

— Hé, ma bande de fendants ! Que Dieu vous bénisse...

— ... pis que le yable vous charrisse !

Une bonne moitié de ses confrères, ceux qui considèrent Gilbert comme une relation honorable, ont répondu en gueulant. Mais le garçon reste hanté par le rêve duquel il a été obligé d'émerger. Le bourg de Saint-Denis avait un aspect féerique ; tout rutilait, comme si les rues étaient pavées d'or. Gilbert tricolait amplement en marchant, comme s'il avait bu, tout en étant envahi d'un tel sentiment de béatitude ! Un bonheur comparable à celui qu'il ressentira, il en est persuadé, dans les bras d'une femme... Gilbert glisse à Gaspard :

— Tu seras pas marri d'apprendre qu'à matin, tout juste avant de me réveiller, je rêvais à un charivari. T'étais là, pis on caracolait tous ensemble sur les chemins !

— Pour de vrai ? Je comprends pourquoi je me sens fringuant, à matin... La nuitte s'est terminée dans les bras d'une veuve ?

Gilbert se sent rosir, ce qui le fâche au plus au point. Pourquoi est-il incapable de paraître autant dégagé que son ami, quand il est question d'amour physique? Sans se démonter, Gaspard glisse suavement:

— Va, tu te consoleras en compagnie de cet exquis Lucien de Samosate...

Gilbert s'incline de toute sa taille pour jeter un regard meurtrier à son camarade, qui réagit par un sourire béat. Quelle consolation que de se faire rappeler le travail qui les attend dans la salle d'études, soit la traduction d'un texte de la plume de ce célèbre philosophe de l'antiquité grecque! Comme la plupart de ses condisciples, Gilbert déteste cette langue morte. Si l'étude du latin peut avoir son utilité, celle du grec n'est qu'une monstrueuse perte de temps!

Même si l'heure du déjeuner est encore loin, des arômes serpentent dans les corridors tandis que les collégiens transitent entre les latrines et la chapelle: café noir, viandes grillées et pain chaud... Le pire, c'est que ce riche menu est réservé uniquement au corps enseignant! Après un soupir, plissant ses joues rouges et son large nez dont les narines s'élargissent outrageusement, Gaspard grogne:

— Comme j'aimerais que ce soit la fête de quelqu'un, aujourd'hui. Celle du directeur, ça fait longtemps en maudit!

— La poule était bonne, reconnaît Gilbert.

— La Circoncision, me semble que ça mériterait des politesses? Des couilles de porc farcies, par exemple?

Les blagues au sujet de cette fête du calendrier liturgique, qui a lieu le jour même du Nouvel An, circulent dans l'institution depuis la nuit des temps. Avec une grimace de dégoût, Gilbert le tance:

— Tu délires! Au contraire, ce jour-là, y faudrait jeûner pour faire échec au démon qui sommeille en chacun de nous!

Feignant l'épouvante, Gaspard secoue vigoureusement la tête.

— Boucane de sauvage! Garde ça pour toi, mon sans-dessein, pour pas leur en souffler l'idée! Où se cache Tit-Georges? Pas encore au petit coin?

Le corridor résonne de l'écho d'un pas pressé et les deux amis échangent un sourire. Apercevant ses camarades, le fils du marchand Cartier sourit largement, illuminant ses traits réguliers. Rouge de s'être tant pressé, il soulève sa tuque en signe de victoire, découvrant un front large et haut. Georges-Étienne est premier de classe, raflant presque tous les prix d'excellence. Peu à peu, malgré son inclination pour les bondieuseries, le natif du village de Saint-Antoine est devenu leur ami.

Il est un fier patriote, mais également membre de la Congrégation de la Sainte-Vierge, une confrérie de dévotion en vogue au collège, et dont il a été nommé sacristain à l'assemblée générale de novembre précédent! À Gilbert et Gaspard, il a expliqué que c'est davantage par désir de se concilier les autorités de l'établissement que par une réelle ferveur religieuse. Néanmoins, ces derniers restent aux aguets. Si jamais Georges-Étienne en profitait pour rapporter sur leur compte? Car il fraye avec les plus serviles admirateurs de ces Messieurs, y compris Étienne Normandin et Rémi Robert.

Tous trois se rendent à la chapelle en silence. Les régents ont les oreilles affûtées, ces temps-citte! Gilbert a l'impression de se trouver dans un nid de vipères parées à mordre... Car après le prêche du directeur Quiblier à Notre-Dame-de-Montréal, l'été précédent, les Messieurs ont sauté sur une autre occasion de claironner leur détestation des Canadiens. De claironner qu'ils peuvent même manipuler le gouvernement exécutif à volonté!

Les papiers-nouvelles se sont emparés d'une affaire juteuse, et les collégiens se désâment pour dénicher de trop rares moments afin d'en discuter. Inaugurant le collège dont il venait d'être nommé directeur, celui de Sainte-Anne-de-la-Pocatière, le jeune abbé Étienne Chartier y allait d'un sermon dans lequel il affirmait que seul un effort soutenu d'alphabétisation allait sauver les Canadiens du mépris, de la dégradation et de l'esclavage politique. Car la lutte entre les fiers *Britons* et le peuple du Bas-Canada, issu d'une France ennemie et encore rivale, était inévitable!

La publication de cette harangue dans la *Gazette de Québec*, à la toute fin de septembre, sonnait l'heure de la curée. À l'évidence,

Quiblier l'a prise pour ce qu'elle était : une réplique bien sentie, et voulue telle, à son discours d'inauguration. Il s'est plaint en haut lieu de cette raclée ! Chartier a dû aller se justifier auprès de sir Kempt et de l'évêque de Québec, qui aurait été jusqu'à contempler l'exil du prêtre en Acadie. Un châtiment plus rigoureux qu'une lettre de cachet pour un séjour à la Bastille !

Le triste esprit de servitude de Mgr Panet a suscité l'ire généralisée. Plutôt que de respecter le droit de tout sujet anglais de s'exprimer sur les intérêts de son pays, il a joué au lèche-crachats ! C'est maintenant clair comme de l'eau de roche : les Messieurs marchent main dans la main avec le gouverneur et la Clique, et l'épiscopat ne peut que se soumettre. Dieu investit l'autorité, et c'est un sacrilège que d'y résister ! C'est ainsi, se dit Gilbert, qu'on justifie des siècles de collusion entre l'Église et l'État...

Craignant de perdre la confiance de ses ouailles, Mgr Panet a laissé le jeune abbé retourner à son collège. Sauf que l'autorité épiscopale en a pris pour son rhume. Le pays a vitement rendu son verdict ! Comment ne pas croire que, par la suite, la Clique exigera de punir la moindre soutane contrariant ses vues ? Plus que jamais, les enfants du sol sentent qu'ils ne peuvent compter que sur le bas clergé. Sur ceux qui ont grandi parmi eux, qui furent du voisinage, de la parentèle, de leurs jeux d'enfance...

Le meneur de ce groupe, c'est Jean-Jacques Lartigue, d'une opiniâtreté qui ne le cède en rien à celle des sulpiciens. À n'en pas douter, il reste l'allié des tuques bleues. N'est-il pas intime avec Denis-Benjamin Viger, l'un des trois envoyés en Angleterre pour défendre la cause du pays auprès des autorités impériales ? On peut escompter que le futur évêque du diocèse de Montréal regimbera devant l'ordre des choses. Quand son trône sera assez solide...

Les collégiens pénètrent dans la chapelle. Avec étonnement, chacun dévisage le préfet de discipline qui se tient à gauche de l'entrée et qui, l'expression rigide, leur adresse un regard froid. Dorénavant, la surveillance s'étendra jusqu'ici, jusqu'à faire le compte des écoliers qui arrivent à la chapelle à la toute dernière minute ? Parfois, comme astheure, Gilbert a l'impression qu'il lui suffirait de respirer de manière trop audible pour être envoyé en isolement. Germain Séry, l'âme malfaisante, a trouvé un protecteur d'envergure. Quiblier lui donne sa bénédiction pour le laisser répandre le fiel à sa place! Comment justifier autrement que Séry fasse la pluie et le beau temps?

Peu de temps après, chacun est sagement installé à son pupitre de la salle d'études. Serrant les dents, Gilbert se penche sur sa copie, envisageant ce grec ancien dont l'alignement des signes lui semblait, au début, un tel micmac… Ces jours-ci, il se bat avec un texte composé au moins deux millénaires auparavant, par un érudit qu'il a parfois envie de battre! Dans ce *Dialogue des dieux*, Jupiter fait d'amers reproches à Hélios, lequel a confié à Phaéton la conduite de son char pour une journée, ce qui a causé d'incommensurables malheurs…

Les versions auxquelles les étudiants de belles-lettres doivent s'astreindre exigent une patience et une humilité à toute épreuve. Deux dispositions d'esprit qui, en ce moment, font cruellement défaut à Gilbert! Depuis la rentrée, il a constamment les émotions en bataille, et la présence de Séry, qui se prend pour l'incarnation du Dieu vengeur, lui empoisonne la vie. Son dégoût pour le Petit Séminaire, qui s'était enfui dès sa deuxième année d'études, est revenu avec davantage de force. Il en est tout crispé, parfois cisaillé par une souffrance familière au haut de son estomac. Sa crampe est revenue l'accabler…

Mais en ce jour de l'An, il bénéficie d'un antidote souverain: la visite chez tante Ériole, où il traîne Gaspard, Adolphe et Georges-Étienne! Après le dîner, le petit groupe caracole hors de l'enceinte. Gilbert ne peut s'empêcher d'adresser une pensée contrite à Vincent. Il ne lui a guère parlé depuis la Fête-Dieu, au mois de juin précédent, mais chaque fois que le jumeau de Gaspard le croise, il lui offre une expression complice, sobrement narquoise, qui lui donne envie de s'attarder en sa compagnie.

Après avoir croisé la large rue McGill, qui suit le tracé des fortifications, tous quatre entrent au cœur de la cité, ouvrant grand les yeux et les oreilles sur le spectacle que leur offre la métropole commerciale de la colonie anglaise, Haut et Bas-Canada confondus! En ce début d'après-dînée, une population bigarrée bat le pavé. Car une tradition française perdure, celle des visites du Nouvel An, à laquelle les Canadiens tiennent comme à la prunelle de leurs yeux.

– Quand les créatures se cachent de même, ça me purge! s'exclame Gaspard, exagérant son dépit. Ce que je m'en sacre, des ceintures fléchées?

En effet, puisque ces dames reçoivent au salon, la chaussée est encombrée de tous les hommes qui tiennent à leur rendre hommage, et qui s'en bousculent presque.

– J'appelle ça se plaindre le ventre plein! réplique Adolphe. Qui sait le nombre de mamoiselles frétillantes qui nous attendent chez dame Saint-Omer?

Gilbert se contente de sourire. Il sait pertinemment que sa tante sera en compagnie de sa vieille servante, point à la ligne!

– J'apprécierais la présence de quelques *misses*, dit Georges-Étienne. Je sais pas pour vous, mais moi, j'ai rarement eu le plaisir d'en baiser une...

C'est un fait notoire : si les Canadiennes tendent leurs joues aux visiteurs venus les combler de vœux, les Anglaises, elles, offrent leurs lèvres. Le garçon s'en lèche littéralement les babines! D'un air suffisant, Gaspard susurre :

– Pff! Un bec à bouche fermée... Ça paraît, les gars, que z'avez jamais eu mieux à vous mettre sous la dent. Croyez-en mon expérience : une joue toute ronde et toute douce, c'est pas mal mieux qu'une bouche close. La joue, on peut la savourer, la tripoter longuement...

Savamment envoyée par Adolphe, une balle de neige vient s'écrapoutir sur sa tuque. Gilbert et Georges-Étienne sifflent d'admiration à cause de la précision du tir, et aussi de l'industrie qu'a dû déployer leur ami pour, en cet hiver trop chaud et pluvieux, rassembler cette pelote!

Tous quatre quittent la rue Saint-Paul pour gravir une rue transversale, débouchant ainsi sur l'élégante rue Notre-Dame. De là, la vue sur les environs est fort plaisante, du moins lorsqu'une trouée se produit entre les pimpants logis. Ils font halte pour un instant, admirant l'immense étendue du Saint-Laurent. Les eaux grises du chenal, tourmentées par le vent, s'agitent en moutons serrés.

Peu après, les compères grimpent les marches du perron. Gilbert sonne la cloche avec effusion. C'est Théosodite qui entrebâille l'huis, le visage illuminé d'un large sourire. Dans l'étroit portique, encore bougrinés de pied en cap, les garçons font la file pour poser gracieusement leurs lèvres sur les joues rêches de la servante, qui en glousse de joie. Tout en lui adressant les civilités d'usage, ils se dévêtent. Gilbert est déjà à retirer ses bottes, procédé qui transmue sa mine hilare en une grimace de douleur.

— J'ai les orteils gelés! C'est officiel: je suis dû pour une nouvelle paire.

Lorsque tous quatre sont parés, Théosodite les précède jusqu'au salon, ouvert pour l'occasion, dans lequel pénètre en abondance le soleil déclinant. Toute pimpante dans sa tournure soignée, Ériole tend ses mains, que Gilbert saisit en premier, préséance oblige. Il la gratifie de baisers sonores, qu'il s'empresse de réitérer au milieu des rires. Dès qu'il la délivre, Gaspard prend sa place.

— À ce que je vois, un nouvel usage est en vigueur dans votre famille? Permettez-moi d'en profiter...

Et à son tour, il baise les joues d'Ériole à quatre reprises. Après que les deux autres se soient exécutés, Ériole fait mine d'avoir le tournis à cause de cette surabondance.

— Si tu en ajoutes deux autres l'année prochaine, Gilbert, je réponds plus de moi!

Ériole et Théosodite ont pris soin de décorer la pièce de guirlandes multicolores et de branches de sapinage, qui répandent leur senteur capiteuse. Sur une table basse adossée à un mur, des gâteaux, des beignes et des biscuits attendent d'être engloutis, en compagnie d'une théière fumante et d'un pichet bien bouché entouré de gobelets. Ce dernier ensemble est signé « UD », Gilbert en mettrait sa main au feu! Ériole signifie à ses invités de s'installer sur un siège, ce qu'ils font maladroitement.

Dès qu'elle a pris place à son tour, Gilbert s'enquiert:

— Vous revenez tout juste de Saint-Denis ? Comment que c'était ?

— J'ai dû traverser en barque à rames. Z'avez vu comme les bordages du fleuve sont dégagés ? Les traverseux pourraient encore voguer librement s'y avaient pas pris leurs quartiers d'hiver !

— Z'avez quand même eu la part belle, réplique Gaspard. Je me souviens d'une équipée, quand j'étais jeunot. La glace était prise, mais elle était tant fragile et craquante qu'y a fallu traverser à pied, à la queue leu leu. Nos traverseux portaient des planches qu'y posaient sur les crevasses pis les flaques d'eau. Y portaient des câbles aussi, pour nous secourir au cas où... Ensuite, pendant des nuits, j'ai rêvé de la mare vis-à-vis de l'isle Ronde. Savez, là où les eaux noires et bouillonnantes semblent vouloir faire éruption comme un volcan... Pour moi, c'était l'incarnation du monde infernal, celui qui menace de nous engloutir à tout moment !

Après avoir gratifié le conteur d'un large sourire, Ériole se tourne vers Gilbert pour lui répondre enfin :

— Toutte le monde se portait bien à Saint-Denis. D'ailleurs... je préfère régler tout de suite la question de l'étrenne de Gilbert, pour pas vous créer trop d'embarras...

Les trois autres se récrient. Chacun son tour, comme au moulin ! De derrière un fauteuil, Ériole tire quelque chose d'assez monumental, qu'elle serre contre sa poitrine.

— Tes parents, mon cher garçon, t'offrent ceci pour accompagner leurs vœux de bonheur.

Dépliant les bras, elle offre à son neveu, qui en a le souffle coupé, une magnifique paire de bottes d'hiver en cuir importé. Des bottes d'homme, ouvragées avec soin par le cordonnier, et munies de semelles rigides ! Bien graissé, le cuir reluit, dégageant un parfum caractéristique de peau fraîchement tannée. Gilbert jette un œil exalté à ses compères, qui ont les yeux agrandis d'extase. Sans plus tarder, il se débarrasse de ses pantoufles pour les enfiler. D'accord, l'opération est malaisée, mais le cuir s'assouplira et surtout, la taille est parfaite !

— Avant de partir, à la fin des vacances, t'avais essayé les bottes de ton père, rappelle Ériole, un large sourire aux lèvres. T'avais pas remarqué, mais Uldaire t'écoutait avec soin…

— De toute beauté, souffle Gilbert, se levant pour faire deux pas. Je suis comblé.

— Laisse-moi les essayer, jette Adolphe avec emportement.

— Pas question. T'as les pieds trop grands.

— Pas moi ! s'interpose Georges-Étienne, tendant les mains.

— Tout à l'heure. Nix-nix, tu les auras pas !

Il se laisse retomber sur son siège, croisant ostensiblement les jambes pour exhiber son présent. Ses amis grognent, sans oser cependant l'asticoter davantage. Après un rire en forme de roucoulement, Ériole s'interpose :

— L'an dernier, me semble, z'aviez goûté le ponce de Théosodite ? Servez-vous… Elle y a mis un brin moins de jus de citron et un brin plus d'eau-de-vie… Où elle se cache, cette chère amie ? Elle sait qu'elle est invitée parmi nous…

Mais Ériole n'a pas le loisir de s'inquiéter davantage de sa servante, car Gaspard lui offre déjà un gobelet rempli. Dès que tous sont servis et qu'ils ont repris leur place, il lève son verre pour proclamer :

— À l'ère nouvelle qui commence ! Pas tanseulement une nouvelle année : une nouvelle décade !

Tous boivent, appréciant le goût à la fois acidulé et sucré. Georges-Étienne s'empresse d'ajouter :

— Je suis ravi d'enterrer le règne du tyran Dalhousie.

— Je porte un toast, profère Gilbert, à la santé de notre orateur, j'ai nommé Louis-Joseph Papineau !

Les gobelets s'entrechoquent vivement, et une seconde gorgée leur ravigote l'intérieur. Adolphe ne veut pas être en reste :

— Pour ma part, je salue les membres de la Chambre d'Assemblée, qui mettent les despotes en échec !

— Bien dit ! approuve Ériole, levant haut le coude. Pour le sûr, les Canadiens ont de quoi se réjouir. À force de beugler, leurs représentants ont réussi à se faire ouïr jusqu'à Londres !

— Ça a été ardu, maugrée Adolphe, toute exaltation envolée. Faut dire que là-bas, on entendait surtout des éclats malsonnants...

Gilbert se fait criailleur bureaucrate :

— *Les Canadiens sont qu'une bande de sans-culottes ! Y en veulent à la tête du roi ! La déloyauté s'infuse parmi eux grâce au lait de leurs mères !*

— La déloyauté ! s'exclame Georges-Étienne, furieux soudain. J'en ai plein mon casque de ces menteries ! Parce qu'on s'adresse au grand parlement anglais pour qu'y redresse les torts qui nous sont faits, on est coupables de déloyauté ? À ce compte-là, on pourrait jamais rien demander ? Faudrait attendre la bonne volonté du roi ?

— Les profiteurs ont vitement compris que cette parade était la meilleure, bougonne Gilbert. La meilleure pour revirer les bonnes intentions à l'envers !

— Ce que vous êtes rabat-joie ! C'est trop de gravité pour une si charmante rencontre.

Surpris par cette remarque courroucée, les autres considèrent Gaspard. Sans se démonter, le garçon enfonce le clou :

— Je vous prie de cesser vos allusions déplacées. Nul besoin d'en faire une maladie, de votre esprit national.

Gilbert lui jette un regard glacial. L'attitude de son meilleur ami est parfois exaspérante. Tantôt, il abonde dans leur sens, n'hésitant pas à faire étalage de sa fièvre, et tantôt, il leur reproche d'être trop ardents, d'être dépourvus de la plus élémentaire prudence !

— Toutte ce que je veux dire, c'est que j'ai l'impression de manquer à mon devoir d'invité, qui est de réjouir notre hôtesse, et non pas de l'attrister. N'est-ce pas, ma chère dame ?

— C'est gentil de votre part de vouloir me distraire, réplique Ériole avec affabilité. Cependant, je suis pas une écervelée, incapable d'aborder les sujets d'importance !

— Madame ! Vous me considérez pas tant niaiseux, j'ose croire ?

À cette dénégation de Gaspard, trop théâtrale au goût de Gilbert, Ériole répond par un sourire amusé. D'un ton allègre, elle reprend :

— Z'en étions aux motifs de réjouissances. Aux souhaits de longue et belle vie pour le peuple canadien... Touttes les espoirs sont permis, y compris pour votre avenir, messieurs les collégiens ! Dans le beau prospectus du Petit Séminaire, on se vantait de vous offrir la clef de la science. Depuis le temps, me semble que vous devez l'avoir trouvée ?

— Mettons que les sulpiciens, grommelle Georges-Étienne, y placent la serrure foutrement haut.

— Pis y cachent la clé sur la plus haute étagère du bureau du directeur, râle Adolphe à son tour.

— Les langues mortes, profère Gilbert. Voilà ce qu'on favorise au Petit Séminaire : le culte des vieilleries ! Alors que la démocratie est en marche dans le monde !

Le cœur du garçon se serre affreusement et un gros chagrin, une peine d'enfant, lui obstrue la gorge. Rouge de honte, il doit s'astreindre à respirer calmement afin de faire refluer les larmes qui lui ont mouillé les yeux. Depuis qu'il a entrepris l'année de belles-lettres, il doit constamment se faire violence, ravaler ses plaintes, souffrir sans rémission sa soif inassouvie d'histoire constitutionnelle, de chimie, de botanique ! Et surtout, souffrir un excès d'arbitraire...

Sa tante vient se placer derrière son dos, posant sur lui des mains apaisantes. Elle dit gentiment, à la cantonade :

— Les p'tits gars, vous gênez pas de me récompenser pour ma politesse. Et que ça saute ! J'ai moi-même mis la main à la pâte pour les croquignoles...

Gilbert clôt les paupières pour savourer la chaleur des mains de sa tante sur ses épaules, de même que le subtil mouvement des doigts qui effleurent, puis pétrissent. Le temps viendra où il pourra dire le fond de sa pensée. Le temps viendra où il aura droit de réplique ! Alors, il pourra laisser s'échapper toutes ces phrases qui s'entrechoquent dans sa tête, tout ce feu qui fait rage en dedans de lui, mais qu'il doit constamment contenir, jusqu'à en avoir les entrailles douloureuses !

Pour terminer sa formation, il lui reste un an et demi tout au plus. Un an et demi pour acquérir cette manière d'étudier qui lui permettra, ensuite, d'assimiler aisément la profession de son choix... Il serait un malappris de quitter astheure. Il lui faut mettre toutes les chances de son côté, justifier l'effort déployé depuis quatre ans et l'espoir que place son père en lui. Son père, qui ne saura jamais l'ampleur du sacrifice que son fils s'est imposé...

— C'est vrai que vos maîtres ont la main pesante ? J'ai eu ouï-dire...

Après un moment d'égarement, Gilbert choisit de minimiser la situation.

— Le seul qui exagère un tantinet, c'est m'sieur Séry. Mais rassurez-vous, ma tante : j'ai pas encore subi de sévices de sa part.

— Parmi nous, y a la réputation d'un démon, souligne Adolphe. Ça suffit à nous rebuter des bêtises !

— M'sieur Gaspard ! gronde soudain leur hôtesse avec une sévérité affectée. Un doigt de ponce, ça veut pas dire remplir son gobelet à ras bord !

Gilbert ne peut s'empêcher de rire, et tous l'imitent, trop heureux de sentir l'atmosphère s'alléger notablement. Sa tante pose ses mains de part et d'autre de sa tête, contre ses joues qu'elle presse avec effusion. À mi-voix, elle dit :

— À ton âge, mon p'tit, on se tourne les sangs si facilement... C'est-y pas, vous tous ?

En chœur, les trois clament, la bouche pleine :

— Oui, ma tante !

— Des fois, ajoute Adolphe avec candeur, je bouillonne en dedans. J'ai envie de fesser sur un mur !

— À votre âge, mes p'tits, on souffre comme dix... C'est-y pas, vous tous ?

— Oui, ma tante !

— Mais toutte va s'arranger selon tes espérances, Gilbert, tu verras...

Il riposte, mi-exaspéré, mi-moqueur :

— Oui, ma tante !

C'est un fou rire général, tandis qu'après une dernière caresse enjouée, Ériole délivre son neveu :

— Cours te remplir la panse. Faut mettre du gras sur ta carcasse !

Dès qu'il a repris place sur son siège, une assiette comble sur les genoux, Gaspard l'interpelle du regard, pour laisser tranquillement tomber :

— Si Gilbert déserte le dortoir, y sera considéré comme un traître par ses amis. Des amis qui, pour l'instant, forment sa patrie.

Touché, Gilbert réagit par une grimace. Ériole s'émerveille :

— Quelle plaisante parlure ! Z'avez une fibre de poète, m'sieur Gaspard.

Georges-Étienne et Adolphe se récrient en chœur. Ledit futur poète effectue ses études en dilettante, s'arrangeant pour obtenir une note passable ! Ce qui est un exercice de haute voltige, car les régents évaluent, en plus des devoirs hebdomadaires, les récitations des leçons et les exposés de vive voix. Gilbert s'empresse de se porter à la défense de son ami. Car à sa décharge, Gaspard s'applique comme un forcené en mathématiques, sa matière préférée…

Son assiette récurée, Gilbert est le premier, comme de coutume, à sauter sur ses pieds pour aller quérir l'exemplaire du papier-nouvelles qui est déposé sur une table basse, à proximité. Si on lui demandait, à lui, lequel de ces deux plaisirs sacrifier, il aurait bien de la misère à se décider ! Ses trois compères, eux, préfèrent nettement s'empiffrer… Planté debout comme un piquet, Gilbert déplie *La Minerve* du jeudi 31 décembre, et il parcourt rapidement la première page :

— Voyons voir… Laframboise offre ses marchandises sèches à son magasin de la rue Saint-Paul…

— Ma mère fait ses emplettes chez lui, dit Georges-Étienne. La dernière fois, elle a acheté quelques verges de mousseline Jaconet, c'était une splendeur !

Sa mine affectée suscite des rires gras de la part de ses camarades. Gilbert poursuit :

— La succession de Lévy Solomons… celle de François Roy… une terre à vendre à Longueuil… une maison à vendre à Lachenaie… à Yamachiche… Voilà qui est mieux : 300 quarts de lard et 195 quarts de hareng frais à vendre, de même que des peaux de chevreuil !

— Tu t'attardes trop à mon goût, ronchonne Ériole. J'ai déjà parcouru tout ça !

— Pour Gaspard : du rhum des Isles-Sous-le-Vent, du Sauterne de France, du whiskey de Drèche… et de l'huile de lin bouillie !

— Magnifique, grommelle l'interpellé.

— Tiens, du plomb rouge sec… Son père sera content, lui qui en manquait… Des tonneaux de fer de Suède et de Russie, ça vous dit ?

Un tollé de protestation s'ensuit, et Gilbert clame, rieur :

— Fort bien, j'accélère ! Oh là là…

Un silence rempli d'expectative s'ensuit, tandis que Gilbert déchiffre vitement. Il finit par laisser tomber :

— Une affaire scabreuse à Paris, mes amis. Une tentative d'étouffement pour cause de vol…

— Huit jours après, rapporte Ériole avec excitation, le même crime était commis une deuxième fois. Un étranglement au moyen d'une cravate !

Sautant à un autre article, Gilbert enchaîne :

— Les poésies de Sa Majesté le roi de Bavière viennent d'être interdites et mises à l'Index en Autriche, comme séditieuses, libérales et républicaines.

Gilbert envisage ses amis, qui ouvrent de grands yeux.

— Le roi de Bavière ? s'enquiert Ériole. Qui est-ce ?

— Maximilien Premier, répond Gilbert. La discorde règne entre cet État et l'envahisseur autrichien…

— J'y entends goutte, rechigne sa tante.

— Z'êtes trop modeste, la rassure Gaspard avec galanterie. Pour le sûr, z'êtes au courant des tensions en Europe. Les forces libérales contre les forces réactionnaires…

Georges-Étienne poursuit :

— Cette marche triomphale qui a commencé par icitte, tout juste à côté avec la révolution américaine, elle est après conquérir l'Europe tout entière. La réaction est vive, les rois et les empereurs veulent museler l'opposition, mais la dictature aura qu'un temps… comme en Canada.

– C'est du moins ce qu'on espère. Faut avoir la foi…

Dans un élan de joie, Ériole presse ses mains l'une contre l'autre.

– Messieurs, z'êtes les flambeaux du savoir!

– 29 –

Pour Vitaline, l'hiver 1830 est une interminable torture. L'atelier est fermé! Elle qui commençait tout juste à apprivoiser la glaise... Elle qui a eu l'impression de parvenir à ce moment magique où ce ne sont plus l'esprit ni la volonté qui dictent les gestes à faire, mais une sorte d'instinct auquel il suffit de s'abandonner... Elle a fini par comprendre qu'il lui fallait chasser toute tension de son corps. Au début, elle se crispait vers le but à atteindre, jusqu'à en avoir les épaules et le dos endoloris!

La motte d'argile devait devenir comme un prolongement naturel de ses mains. Avec acharnement, elle s'est astreinte à maîtriser l'étape cruciale du tournage, celle sans laquelle un potier ne vaut rien: le centrage de la motte sur la girelle en mouvement. Mais ces heures de grâce sont survenues si peu souvent: une ou deux fois par mois, à peine! Depuis qu'elle a dû cesser, elle a l'impression de manquer d'air. Elle est terrorisée à l'idée de perdre tout ce qu'elle a appris, de voir s'enfuir cette emprise qu'elle était en voie d'exercer sur la matière brute!

Souvent, elle se cabre. Cette passion pour le tour à potier, elle la trouve parfois si exigeante! Elle voudrait la voir aspirée par les profondeurs de l'univers... Puis, elle se console. À tout prendre, elle préfère cette tension à l'autre, celle qui lui a fait vénérer Aubain. Désormais, l'objet premier de sa convoitise, c'est le vaisseau parfait qu'elle réussira, un jour, à tourner.

Ce n'est pas que ses pensées aient pris un tour si chaste... Son imagination s'enflamme souvent. Elle se représente au bras d'un prétendant… Ou bien, tandis qu'elle remplit sa commande annuelle de ceintures fléchées pour les hommes de sa famille, elle se voit trop bien nouer ladite ceinture alentour de la taille d'un mâle… Lorsque ces effrayantes songeries deviennent plus vraies que nature, Vitaline abandonne tout pour se précipiter dehors.

La jeune fille adore contempler le panorama inusité que lui offre Saint-Denis depuis le cours d'eau ou depuis les champs de l'autre côté de la rivière. Le paysage n'est qu'un ciel immense avec, à l'avant-plan, la première ligne des bâtiments de son village. Pour le sûr, se dit Vitaline, se repaissant de l'atmosphère de cette journée de mars ensoleillée, il est tombé peu de neige cet hiver, fièrement moins qu'à l'accoutumée. L'écore du cours d'eau est quasi libre de neige. Dommage pour les jeunes, qui adorent y glisser…

Il paraît même, du moins c'est ce qu'écrivent les gazettes, que c'est de par le monde entier que la saison a été sens dessus dessous. Il a fait un frette du diable dans les vieux pays, et des contrées qui n'ont pas le moindre grain de neige d'habitude en ont reçu des bordées! À vrai dire, Vitaline aurait préféré être ensevelie. Il lui semble que son for intérieur aurait été moins gris… Plus rien ne compte. Si elle ne peut pas s'adonner au tournage à loisir, elle se sent déracinée. Emportée par le nordet dans le fin fond des bois…

Le repas du midi avalé, la classe de belles-lettres se retrouve dans la cour avant du collège pour la sortie hebdomadaire. Cette semaine, seule une promenade en ville est à l'horaire, ce qui comble Gilbert de joie. Car grâce à la complicité de leur régent, il aura droit à quelques moments de solitude en compagnie de ses amis! O'Reilly permet à certains de traînasser et de s'offrir de longs apartés, sans que cela porte à conséquence. Il a été très clair: il laisse la bride longue à ceux qui le désirent, à condition qu'une discrétion de bon aloi soit de mise, et que le groupe se reforme lorsque prévu.

Gilbert attache son regard aux battants grands ouverts de la grille qui ferme le domaine du Petit Séminaire, à l'extrémité de la cour avant du collège. C'est une vision enchanteresse que cette échappée vers le vaste monde ! Envahi d'un tel sentiment d'exaltation qu'il se croirait paré à s'envoler, le garçon emprunte le sentier qui chemine en ligne droite entre les deux ailes. Sa hâte est trop grande pour qu'il se permette de dévier le moindrement de son but : franchir les funestes grilles, avant qu'elles ne se referment comme par magie !

Georges-Étienne étant privé de sortie pour avoir répliqué à un maître, Gilbert se retrouve dans la froidure de mars en compagnie de Gaspard, d'Adolphe et d'Henri-Alphonse. Une fois hors les murs, tous quatre s'offrent un moment d'arrêt pour enfoncer leur tuque et pour resserrer la ceinture qui empêche la bise de s'insinuer entre les pans de leur bougrine de laine. La lumière quasi printanière ne procure qu'un réchauffement factice. Il a plu et la chaussée, parfois croûtée de glace, est une surface traîtresse…

À la suite de leurs camarades formant de petits groupes, les garçons se mettent à marcher d'un pas nonchalant, ainsi qu'il sied à des jeunes hommes qui fréquentent le Petit Séminaire. Henri-Alphonse profite de ses 16 ans bien sonnés et de sa mâle assurance toute nouvelle pour se bourrer méthodiquement une pipe. Gilbert ne peut retenir un sourire au spectacle franchement drôle de leur compère, presque encore imberbe, après suçoter l'embout comme un vieil expert ! Avec une feinte bourrasserie, Gaspard grommelle :

– Pas besoin de faire frime, mon vlimeux. On le sait, que la boucane te picote l'intérieur ! D'ailleurs, permets-moi d'en tirer une…

Henri-Alphonse ne peut retenir un rictus d'admiration : la bouffée que son vis-à-vis aspire et savoure prouve qu'il a une longue expérience de la chose, comme de tout ce qui transforme des jeunots en hommes, boisson y compris ! Avec une moue de plaisir, Gaspard remet la pipe entre les doigts d'Henri-Alphonse, puis il le gratifie d'un clin d'œil grivois.

En ce mitan de semaine, les magasins et les entrepôts de la rue Saint-Paul débordent d'activité. Des attelages de toutes sortes, carrioles et traînes, chargent ou délivrent des marchandises. Comme le pont de glace est encore solide, les marchands de la région en profitent pour vider les entrepôts des marchandises qui y dorment depuis la saison dernière. Les auberges et les cantines regorgent de clients, qui fument à proximité de l'établissement, en groupes bruyants.

Une vendeuse ambulante, maigre et voûtée, profite d'un recoin pour tenir au chaud, dans un petit poêle alimenté de braises, ces *rolls* dont les Anglais sont friands à l'heure du thé. L'arôme de boulange est suave et Adolphe salive en roulant des yeux :

— J'engouffrerais une douzaine de rôles, les gars. P't-être ben une quinzaine…

Son père lui fournissant une généreuse allocation, Gaspard saute sur l'occasion.

— Hé, belle dame ! Je vous en prends six. Les plus dorés, je vous prie. Profitez-en pour vous ravigoter les mains. Y en seront que meilleurs…

Gaspard ne peut s'empêcher de faire le faraud, même en compagnie d'une femme d'au moins 40 ans, pauvrement vêtue et parée sur le menton d'un superbe grain de beauté où s'épanouit une généreuse touffe de poils noirs ! Hilares, ses deux amis jouissent du spectacle : la vendeuse alanguie qui plonge mollement ses mains dans l'ouverture du poêle pour saisir les petites miches, qu'elle dépose ensuite avec une lenteur étudiée entre les mains tendues d'Adolphe. Elle accepte les sous avec un sourire qui minaude, mais subitement, Gaspard tourne prestement les talons, attiré par des horizons plus enchanteurs !

Les garçons parviennent à destination, soit une anfractuosité dans le mur de la vieille église paroissiale. Selon un rituel bien établi, Henri-Alphonse tire *La Minerve* de sous son capot, et chacun y plonge le nez, tour à tour, pour un court moment de lecture.

— Z'avez lu en page trois ? M'sieur le rédacteur exprime sa reconnaissance pour les encouragements à son feuillet. Y a eu une souscription récemment… Z'êtes prêts ?

Il démarre sa relation. Pendant toute la semaine précédente, le début de la session de la Cour criminelle a créé une vague d'effervescence dans la cité. Toujours l'affaire du prétendu parjure à l'élection de Sorel!

— Plus têtu qu'une bourrique, ce *mister* Stuart. Y prend vraiment les Canadiens pour des niaiseux…

Dans le but de harasser ses opposants, James Stuart élève des difficultés de droit, sous prétexte d'entraves suscitées par la partie poursuivie. Régnant en roi et maître sur la cour criminelle, il réussit à faire traînailler les procès. La cause est encore pendante, même si la prétendue offense a eu lieu près de trois ans plus tôt! Le Dr Wolfred Nelson et ses témoins, soit près de 30 personnes, ont dû abandonner leurs résidences et venir séjourner à Montréal à plusieurs reprises. Comme la troisième session du treizième Parlement du Bas-Canada est en cours depuis le commencement de l'année, Nelson va encore être obligé de se farcir la route entre Québec et Montréal!

— Pour pas risquer de se faire débouter par les jurés, Stuart reprend la même grossière magouille. Y tire des oubliettes une vieille loi anglaise pour constituer un *special jury*. Pour parler drette, un jury favorable à la cause de Stuart, grâce aux bons soins du shérif.

Depuis le début de ces assises bouffonnes, plusieurs juristes, ainsi que des délégations de Grands Jurys, ont fait entendre leurs protestations. Encore une fois, l'avocat des prévenus, Côme-Séraphin Cherrier, a tenu à soulever les nombreux vices de procédure, y compris au sujet du mode de sélection du jury. La démonstration de l'avocat patriote n'est pas neuve, mais quel plaisir que d'ouïr un Canadien déployer toute sa verve pour dénoncer les abus!

Néanmoins, comme les accusés désiraient en découdre une fois pour toutes, un premier prévenu, Antoine Aussant, a finalement comparu. Henri-Alphonse laisse tomber, conscient de son effet:

— Ma mère y était.

— Ta mère? s'exclame Gaspard, les yeux exorbités. Boucane de sauvage! J'aurais foutrement aimé me retrouver dans son jupon!

— L'audience était gagnée à la cause de l'accusé. On voulait entendre touttes les détails concernant « l'énormité du crime » de celui qui avait voté contre le premier officier de la Couronne ! M'sieur Aussant est un très vieil homme, très digne. De voir qu'y était la cible innocente de la vindicte de Stuart, ma mère en avait les émotions retournées !

Il tire une bouffée précipitée de sa pipe, puis il énonce, avec une intense satisfaction :

— Le jury a pris trois minutes pour en arriver à un verdict.

— Trois minutes ? répète Adolphe, incrédule. C'est une façon de parler ?

— Même pas le temps de se dérouiller l'arrière-train, dans le public !

— Non coupable ? s'enquiert Gilbert avec anxiété.

— Non coupable.

Empli d'un puissant soulagement, Gilbert tonitrue :

— Quelle farce odieuse ! Prévisible depuis le début ! Stuart s'est comporté comme le pire des écœurants !

— Avant le verdit, le juge en chef a déclaré que toute personne qui oserait une marque d'exultation s'exposait à être poursuivie pour mépris de Cour. La menace a pas fait peur à personne. Comme d'autres, ma mère a pas pu se retenir de taper du pied !

— Que je prenne ce grichou à accabler ta mère, déclare Gaspard dans un élan chevaleresque. Je jure qu'y aura affaire à moi !

Jamais procureur général n'a été plus pervers. Ce Bureaucrate est devenu la bête noire des patriotes. Même les plus timorés doivent en venir à l'évidence : avec la bénédiction de la Clique du Château, Stuart profite de sa position pour harceler ceux qui se tiennent debout. Car il accumule les poursuites pour libelle diffamatoire, tout en négligeant d'instruire ces procès. À celles contre Ludger Duvernay, Jocelyn Waller et James Lane, le procureur général en a ajouté plusieurs autres contre Samuel Neilson, de l'ancienne *Gazette de Québec*, et contre l'avocat Charles Mondelet, en tant qu'auteur de deux des écrits incriminés.

Les mauvais traitements infligés à Mondelet, secrétaire lors d'une assemblée tenue aux Trois-Rivières pour protester contre l'administration Dalhousie, ont fait sensation après avoir été décrits dans une pétition remise à la législature. Lui et plusieurs autres hommes intègres ont été poursuivis en justice, emprisonnés, malmenés, traités comme des criminels ! Mais il paraît que le ministre des Colonies, outré par les persécutions politiques dont les gazettes patriotes sont victimes, devrait ordonner incessamment d'abandonner toutes les poursuites.

Les collégiens se rembrunissent. Pour Waller, trépassé à l'âge de 55 ans, il sera trop tard... Sa santé s'est brusquement détériorée, dit-on, à la suite du séjour qu'il a dû effectuer en prison. Il s'ajoute à la liste des martyrs de la cause du pays ! Issu d'une famille distinguée d'Irlande, Waller a préféré négliger son avancement personnel, dans la colonie, pour garder toute liberté de défendre la cause du peuple canadien.

La sonnerie des vêpres, depuis le clocher de la nouvelle église, est le signal convenu de la retraite. Les collégiens doivent dévirer vers le collège, heureux d'activer la circulation dans leurs veines. Gaspard, qui marche avec le papier-nouvelles à la hauteur de ses yeux, déclare :

— Y a un nouveau tabaconiste au coin nord du Vieux marché, à l'enseigne de La Grosse Torquette. Croyez qu'on aurait le loisir d'y passer ? Y ont du tabac râpé canadien de qualité supérieure. C'est écrit en toutes lettres dans le placard : *les ordres que voudront bien lui adresser les Messieurs de la campagne seront exécutés avec ponctualité.*

— Suffit, jette Georges-Étienne en le poussant. On a tout juste le temps de cavaler jusqu'au cloître ! On aura droit à une raclée supérieure si on se met en retard.

— Y paraît que Baile donne des fessées magistrales, renchérit Adolphe.

Plutôt inoffensif jusqu'à maintenant, le professeur de rhétorique se transforme peu à peu en autocrate souhaitant imposer sa vision des choses, coûte que coûte.

— Espèces de pleutres! Pas question de rater La Grosse Torquette!

— Mon fendant! Tu peux te la foutre où je pense, ta Grosse Torquette! Parce qu'où c'est qu'on s'en va, toutes les raclées sont permises. Nos maîtres ont le droit de nous rabrouer avec leur langue en forme de fouet. Les malappris, eux, y ont le droit de fesser avec leurs poings. Même en bas de la ceinture. Pis si on se plaint tout haut, on se fait traiter de feluette…

Tout en marchant, Gilbert considère Georges-Étienne, les sourcils froncés. Où veut-il en venir? Il a une lueur sauvage au fond des yeux…

— La seule chose qui est défendue, dans ce cloître à marde, c'est de faire allusion à ce que tout homme porte à son entre-jambe. La seule chose qui est hors la loi, dans ce crottin de dortoir, c'est de tirer un p'tit coup…

Gaspard répond à cette pique par une grimace d'écœurement, et Gilbert ne peut retenir un soupir d'exaspération. Georges-Étienne est jaloux de la virilité triomphante de Gaspard. Deux mois plus tôt, il l'a surpris s'épanchant sous ses draps, au plus creux de la nuit. Or, c'est justement pour éviter ce genre d'excès que la lampe reste allumée du crépuscule jusqu'à l'aube! Depuis, le Congrégationaliste de la Sainte-Vierge semble en tenir outrageusement rigueur à Gaspard, comme s'il avait commis un crime de lèse-majesté.

Avec une jovialité forcée, Henri-Alphonse intervient:

— Bon, c'est reparti en grande… Ça serait-y, mon Tit-Georges, que tu cultives l'idéal de pureté en vogue parmi les calotins?

L'interpellé réagit par un rictus de dégoût.

— Fais donc frime de pas comprendre! T'as pas entendu ses soupirs étouffés!

Gilbert devine les réflexions troubles qui se sont ensuivies. Il rétorque:

— Pas besoin d'en faire un plat. La prochaine fois, fais comme moi sous l'assaut de la concupiscence: de la versification mentale. Diablement efficace!

Gaspard proclame avec férocité:

— Y en aura pas, de prochaine fois, c'est-y clair ? J'me tue à le répéter !

— J'me méfie, réplique Georges-Étienne, radouci. Toi-même, t'as dit que tu peux pas faire autrement à cause que, dans ta cervelle, une créature attend pas l'autre.

— J'suis pas un sauvage. J'suis capable de me contrôler, quand je vois que ça indispose à ce point mes amis ! Je t'assure que je me retiens jusqu'à l'extrême limite. Cette fois-là, c'était ça ou ben je tournais en bourrique... Moi, je fais pas frime d'être un saint par icitte, pour me défoncer ensuite quand je rentre chez nous !

— T'es pas de taille, Tit-Georges, remarque Adolphe narquoisement. Gaspard, y revire toutes les situations à son avantage. C'est nous qui passons pour des niaiseux !

Cette sentence clôt l'ergotage. En vérité, aucun d'entre eux n'aime rabattre le caquet du fier Gaspard, car tous adorent son esprit caustique, sa propension aux facéties et la gourmandise avec laquelle il profite des plaisirs de l'existence. Car il semble déjà avoir goûté à tout ce que la vie peut offrir, comme agrément, à un homme normalement constitué de la tête aux pieds et dont les traits, de surcroît, ne sont marqués d'aucune disgrâce.

Ils sont parvenus à la hauteur de la rue Saint-Vincent. Un appel retentit, provenant d'un maigre jeune homme qui court vers eux. Gaspard crie gaiement :

— Hé, Casimir !

— Y a une pétition à publiciser, halète-t-il, venez vite !

— À quel sujet ?

— La destitution du procureur général.

Ses auditeurs en restent frappés de stupeur. Les yeux écarquillés, Gilbert s'exclame :

— Voilà qui parle drette !

— Ça s'appelle capitaliser sur une victoire !

— T'es sérieux, Casimir ? Tu veux que *nous autres*, on signe la pétition ?

L'interpellé réagit par un sourire goguenard. Ce serait s'offrir en pâture aux criailleurs, qui ont insinué que la pétition de 1828 avait été signée par les collégiens de la province, ce qui aurait été une grave entorse aux procédures !

— Faut rentrer au cloître ventre à terre, explique Henri-Alphonse d'un air désolé. Mais on reviendra t'aider à cabaler les signatures, c'est promis !

— Y sera trop tard ! Les pétitionnaires veulent la déposer en Chambre avant la clôture de la session.

Laquelle est imminente, nul ne l'ignore. Reculant d'un pas, Casimir hausse les épaules.

— Tant pis ! À la revoyure, les gars !

En quête de signataires, il repart à la course. Sans tergiverser davantage, les collégiens se remettent en route au petit trot. Gilbert est envahi par l'exaltation. Astheure, le triomphe des redresseurs de torts est en vue ! Les Canadiens ont enfin leur tribunal : la Chambre d'Assemblée, où les députés se transforment en jurés lorsque la situation l'exige, citant des témoins à comparaître et émettant des jugements sous forme de résolutions.

Gilbert inspire une large goulée d'air vivifiant. Dieu sait comme la vie serait plaisante et facile, sans cette querelle que certains Anglais attisent constamment par leur intolérance, leur morgue, leur propension à se considérer comme la race supérieure qui, sans conteste, doit gouverner le monde ! Oui, bientôt, il fera bon de vivre en paix chez lui, au bord de la placide rivière Chambly, où le climat est si doux et les terres, si généreuses…

Les quatre amis rejoignent leurs camarades de justesse, au moment où le collège est en vue. O'Reilly se tourne vers eux pour leur faire de gros yeux, mais ne les dispute pas davantage. Les derniers collégiens sont à peine entrés dans le cloître qu'un sulpicien s'immisce au cœur de leur groupe : Germain Séry, que tous mirent avec défiance.

— Vous avez fait une bonne promenade, mes chers garçons ?

Comme personne ne répond, il s'adresse directement à Normandin, dit le délateur.

— J'assume que vous êtes restés tous ensemble, sous la surveillance de monsieur O'Reilly, comme nous en avons donné l'assurance à vos parents au moment de votre admission ?

Après un moment de flottement, Normandin répond :

— À vrai dire… À peu près, m'sieur Séry.

— À peu près ? Qu'est-ce à dire ?

O'Reilly intervient, avec raideur :

— Tous les collégiens sont sous ma supervision immédiate, même si je les laisse vaquer à leur guise.

— Vous allez m'expliquer, monsieur O'Reilly, ce que signifie « vaquer à leur guise ».

— Cela signifie que le groupe peut s'éparpiller, en autant que l'ordre et la discipline soient parfaitement respectés.

— S'éparpiller !

Ce mot faisant incontestablement peuple, le visage de Séry se plisse sous un dédain intense.

— « Se disséminer » serait plus convenable en bouche, vous ne croyez pas, monsieur le régent ?

— Certes, monsieur Séry.

La semonce est émise comme un coup de fouet :

— Le règlement interdit que vous quittiez vos pupilles des yeux.

Le régent ne bronche pas d'un poil. Après un temps, Séry insiste :

— Vous m'avez bien entendu, monsieur O'Reilly ?

— Parfaitement. À l'avenir, nous resterons tous ensemble.

— Je suis surpris, et mortifié, d'avoir l'obligation de vous le rappeler.

— Nous faisons aucun mal, m'sieur Séry !

C'est Henri-Alphonse qui vient de se jeter dans la mêlée. Comme Gilbert voudrait lui ordonner de se taire !

— Vous savez comme c'est malaisé de circuler sur les chemins en gros groupe, alors m'sieur O'Reilly a cru bon…

— Vous m'insultez avec vos « chemins ». Vous m'insultez, parce que les chemins n'ont rien à voir là-dedans ! Si vous souhaitez un moment de solitude, c'est parce que vous avez quelque chose à cacher ! Seule une vigilance perpétuelle permet de veiller à ce que tout se passe avec ordre, décence et charité. Pourquoi avez-vous besoin de solitude, monsieur Gauvin ? Pour vous laisser aller à des accès de faiblesse que vous avez honte d'exposer aux yeux de tous?

Le sulpicien est hors de lui, et quand il est ainsi, il est gouverné par une force supérieure qui semble lui ôter tout sens de la mesure! En deux enjambées, Séry marche jusqu'à Henri-Alphonse. Il insinue prestement sa main à l'intérieur de son capot, et se met à fourrager. Visiblement furieux, le collégien vient lui immobiliser le bras. Séry le toise; ils s'affrontent du regard. D'une voix éteinte par la colère, Séry dit:

— J'exige que vous me remettiez ce journal. Désormais, ils sont interdits dans cette enceinte.

Gilbert reste frappé d'étonnement. Ce serait d'un ridicule! Médusés, tous les garçons assistent à la tempête qui se déchaîne.

— Les régents sont là pour empêcher les désordres, ce qui est absolument nécessaire, surtout dans le domaine de la pureté des mœurs! Car seule la pureté de mœurs assure le succès des études, comme on a pris soin de vous en informer à maintes reprises! Sans mœurs, il n'est guère possible qu'un jeune homme étudie. Or, point de science sans étude!

Une voix pleine d'onction s'interpose:

— Cette vigilance est bien dure à la nature, pour le maître comme pour l'enfant.

Le directeur de l'établissement se dresse à leurs côtés. D'un ton conciliant, M. Quiblier poursuit:

— Un maître ne ménage pas ses peines puisqu'il forme pour Dieu des adorateurs, et pour la patrie des citoyens vertueux et utiles. Je crois que votre point est clair, monsieur Séry. Un jour, ces enfants vous béniront de les avoir soutenus dans leur faiblesse. Monsieur Gauvin, obéissez.

Médusé, Henri-Alphonse considère le directeur, puis enfin, après une éternité, il obtempère. Séry contemple *La Minerve* avec dégoût. Un bruit irrite les nerfs de Gilbert, qui ne peut en croire ses yeux: le sulpicien se met à déchirer le papier, méthodiquement! Un cri outragé jaillit de plusieurs poitrines. C'est un crime de lèse-majesté! Séry ne s'en laisse pas imposer. L'expression victorieuse, il poursuit son œuvre de destruction... Qui-blier commande, tranchant :

– Rompez, les enfants. Et que ça saute !

Les collégiens ne se le font pas dire deux fois. Gilbert échange avec ses amis des œillades éloquentes, au moyen desquelles ils se souhaitent mutuellement la bienvenue dans l'antre du dragon ! Gilbert pousse un profond soupir. Ce ne sont pas les voies de Dieu qui sont impénétrables, mais l'âme humaine !

LORSQUE LA LUMIÈRE DE L'AUBE vient lui caresser les paupières, Vitaline maugrée intérieurement, affalée comme une gisante sur sa couche. Ces temps-citte, la barre du jour survient diable-ment de bonne heure... Le soleil levant réussit l'exploit de la réveiller, ce que l'angélus du matin n'était pas parvenu à accom-plir ! Cette nuit, elle a pu monter sept terrines. Un bonheur indi-cible l'envahit, mais qui s'évapore aussi vite qu'il était survenu. De ce nombre, trois se sont lamentablement affaissées ; de plus, sur deux autres, elle a raté les becs verseurs qu'elle tentait de fa-çonner avec un moule.

Mortifiée, elle s'est retenue d'écrapoutir ses œuvres. Son père, qui ne fait une comptabilité précise qu'après la dernière cuisson, ne sera pas marri de disposer de deux pourcelines supplémen-taires... Le temps presse pour remplir la commande reçue ré-cemment du marchand. La perfection à laquelle elle aspire, la pièce sublime qu'elle voit dans son esprit, quand sera-t-elle capable de la reproduire ?

Avant de descendre, elle vérifie l'état des tresses qui reposent dans son dos, puis elle frotte vigoureusement son visage pour effacer les traces du manque de sommeil. Elle a tout juste mis le pied sur le plancher du rez-de-chaussée que sa grand-mère se plante face à elle.

– Ma p'tite-fille...

Quelque chose dans le ton de sa parente envoie un signal d'alerte dans tout son corps et chasse la brume qui lui encombrait encore l'esprit. Se doute-t-elle de quelque chose ? Pourtant, Vitaline prend soin de profiter de la période nocturne la plus sûre :

de 10 heures jusque vers 2 heures du matin environ. Avec réluctance, elle tourne son regard vers le visage maigre aux joues
creuses, sillonné de rides. Dans les yeux de son aïeule, elle discerne une ombre de reproche...

D'un geste, grand-mère lui donne l'ordre de la suivre sur la
galerie, ce à quoi elle obéit, agrippant un châle au passage. Dès
qu'elles sont à l'extérieur, son aïeule lui fait face de nouveau.

— Ma p'tite-fille, me faut te causer. Tu joues... tu joues à un
jeu périlleux. Ça fait plusieurs nuittes que je te vois passer dans la
grand-salle comme une voleuse...

Se sentant pâlir, Vitaline proteste à mi-voix :

— C'est pas ce que vous croyez ! C'est pas pour... pour un rendez-
vous...

— Je sais. Si c'était ça, je t'aurais arrêtée depuis belle lurette. Je
t'ai suivie une fois. Je t'ai vue, à travers les carreaux de l'atelier...

Vitaline reste frappée de stupeur. Sa grand-mère l'espionnait
et elle n'en a rien su ! D'une voix blanche, elle s'enquiert :

— Et son père... vous lui avez dit ?

— Voyons donc, ma p'tite... Pourquoi faire venir un orage,
quand on peut se contenter du beau temps ?

Intensément soulagée, Vitaline presse ses mains contre son
cœur pour en contenir les battements, qui résonnent à ses oreilles
comme les sonnailles à la volée de l'église.

— Pourquoi que tu fais ça ?

La question de sa grand-mère est ingénue, et Vitaline la fixe
des yeux, anxieuse de lui faire comprendre que c'est presque une
question de vie ou de mort, qu'elle a combattu farouchement
cette envie mais que c'était au-dessus de ses forces, elle rêvait de
sentir la terre glisser contre ses paumes, pour lui imprimer les
formes les plus somptueuses... Elle respire profondément, avant
de répondre :

— Je pourrais pas vous dire. Juste le goût. Un goût tellement
fort que ce serait surhumain d'y résister. Vous connaissez ça,
l'amour du métier. Grand-père Royer, c'est un brin pour ça qu'y
vous a mariée, non ? À cause que vous saviez y faire, avec la

glaise. Moi, c'est pareil. Ou peut-être que c'est pire… Mais si je tournais pas… si je tournais pas, grand-mère…

Elle est incapable d'en dire davantage, mais son silence est éloquent, et la vieille dame reste un moment à la contempler sans mot dire. Enfin, d'un geste très lent, elle vient lui saisir la main, glissant chacun de ses doigts entre les siens. Pendant quelques secondes, elle reste les yeux baissés, puis elle marmonne :

— Prends garde, ma p'tite fille. Prends garde au torrent qui coule en toi… Je le connais, ce torrent. Je l'ai senti. Mais le monde aux alentours, y préfère les rivières sages. Y comprend pas que ce torrent, y peut nous emporter très loin, sans qu'on le veuille… Ton père… ton père penserait de même.

Furieuse de ce qu'elle ressent comme une gifle, Vitaline arrache sa main de l'étreinte de celle de sa grand-mère, puis s'éloigne prestement. La vieille dame vient de détruire la bulle d'illusions avec laquelle la jeune fille se protégeait. Maintes fois, Vitaline s'est dépeint la scène : son père, silhouette haute et massive qui envahit tout l'espace du cadre de porte, pénètre dans l'atelier. Il constate que la pièce n'est pas tout à fait dans l'état où il l'a laissée la veille au soir, et surtout, que des pièces se sont ajoutées à sa production. Il tourne vers sa fille un œil spéculatif, mais qui devient très vite magnanime, presque complice. Il a deviné qui était l'auteur de cette multiplication miraculeuse, et il n'y fera jamais allusion. Cela restera un secret entre eux deux…

Elle se leurrait amplement ! En réalité, elle se rend coupable d'une hardiesse que personne d'autre que grand-mère ne lui pardonnera, et surtout pas son père. Les femmes ne s'assoient pas au tour à potier, point à la ligne. Vitaline est-elle parée à endurer le risque d'une réprimande qui signifierait, à toute fin pratique, son éloignement du tour à jamais ?

Vitaline pénètre dans l'atelier en un coup de vent. Elle marche jusqu'à l'étagère où ses deux seules pièces réussies reposent, à côté des autres. Tout à l'heure, pendant la matinée, il lui faudra les placer à l'envers, pour égaliser le séchage, de même que changer la planche, devenue trop humide, qui les supporte. Ses terrines ont fière allure. Une douceur ineffable la parcourt tout entière, lui donnant presque envie de pleurer. Elle ne peut vivre sans cette beauté. Sans sculpter cette beauté...

Un jour, elle se mariera... Enfin, c'est le sort de la quasi-totalité des jeunes filles. Pourquoi ce serait différent pour elle ? Parce qu'elle n'est pas séduisante comme Perrine ? Ce qu'elle est idiote de croire que cet état de fait fera une différence ! Les hommes ne prennent pas pour épouse une catin, mais une travaillante, capable de porter sur ses épaules le train-train d'une maisonnée ! Et pour ça, elle ne cède pas sa place... Oui, un jour, elle se mariera, et alors, elle fera bien ce qu'elle voudra !

- 30 -

Accrochés par le bras, Gilbert et sa tante Ériole cheminent d'un pas vif dans la froidure du petit matin. La rue est déjà bourdonnante d'activité, et les carrioles au trot les frôlent, de même que les bourgeois qui se dirigent vers leurs places d'affaire de la rue Saint-Paul. Gilbert se tapote le ventre :

– Ouf! Je suis désaccoutumé des solides déjeuners… J'ai la panse si pleine que je suis bien aise de grouiller!

– Une chose qu'on peut nettement reprocher à ces Messieurs, réplique sombrement Ériole, c'est un régime horriblement monotone. Si du moins, c'était pas le seul collège de toute la région! De la concurrence, ça nous force à offrir un produit de meilleure qualité…

Gilbert vient de délaisser le collège pour les vacances de Pâques. Encore une fois, il a traversé l'épreuve des examens et des interrogations sans y perdre trop de plumes. Car trois fois par année scolaire, dont une fois devant public, les élèves s'astreignent à une série de tests dont l'accumulation finit par être épuisante. Tout à l'heure, il prendra le chemin de Saint-Denis, mais pour l'instant, sa tante l'emmène au faubourg Québec, dans son atelier de confection de matelas. Ce qui ne le réjouit guère : la poussière prend tant à la gorge que la dernière fois, il s'est mis à tousser de façon incontrôlable!

Tous deux arpentent la Place d'Armes, là où se trouve l'ancienne église paroissiale, devenue une coquille vide. Au nouveau temple qui se dresse à côté, Ériole ne daigne pas accorder un seul regard, et Gilbert la sent devenir tendue à l'extrême. Elle laisse tomber entre ses dents :

— Ces Messieurs nous prennent pour des niaiseux finis… J'en ai pour preuve l'élévation du nouveau curé de Notre-Dame !

Les fidèles apprenaient, cet hiver, qu'on refoulait sciemment les sulpiciens canadiens de la cure de l'église de la paroisse. Au lieu du très doué Nicolas Dufresne, on nommait curé d'office un Américain converti, celui-là même qui menait, à Londres, les pourparlers ayant pour but la cession des biens du Séminaire ! La désapprobation publique a été telle que les Messieurs ont démis ledit *mister* Richards. Mais ils ont élevé, à sa place, un obscur jeune Français, M. Fay, ni érudit ni impressionnant de caractère !

Gilbert et sa tante parviennent hors des anciennes fortifications, où s'alignent des maisonnettes proprettes et des ateliers prospères. Celui d'Ériole est situé à l'étage d'un vaste bâtiment en pierres des champs, et qui loge un entrepôt au rez-de-chaussée. Après avoir grimpé un sombre escalier enchâssé entre deux murs, ils débouchent dans une pièce qui couvre toute la surface de l'étage, et dans lequel résonne déjà le bavardage d'une demi-douzaine d'ouvrières.

À leur arrivée, le silence se répand comme une traînée de poudre, tandis que Gilbert dévore la scène des yeux. Les rayons obliques du soleil soulignent une fine poussière en suspension, dans laquelle se meuvent, comme nimbées d'une brume évanescente, des femmes d'âges et de tailles diverses, cependant couvertes de pied en cap d'un froc gris.

— Bon matin, mesdames, lance Ériole avec entrain. Vous y êtes toutes ? J'en suis ravie. Z'avez pas désoublié d'ouvrir les carreaux ? La journée sera belle et le vent du large sera apprécié, ici-dedans ! Z'avez souvenance de mon neveu Gilbert ? La dernière fois qu'y est venu, y avait au moins six pouces de moins ! Ce gentilhomme est au Petit Séminaire, mais avant de s'en retourner chez lui pour Pâques, y vient vous faire ses hommages.

Tout en parlant, Ériole a progressé lentement à travers la pièce, et Gilbert est bien obligé de la suivre, souverainement ennuyé par son physique filiforme et ses mains qu'il cache dans les poches de son capot. Une dame plutôt âgée, aux cheveux blancs retenus par un foulard noué, riposte avec jovialité :

— Les hommages d'un galant, on n'en a plus guère à mon âge, alors je cracherai pas dessus ! Ça serait-y que vous vous destinez au commerce, messire ?

— Je crois pas y être appelé, répond l'interpellé d'une voix grêle.

— Pour le sûr, de nos jours, le commerce est une vocation, réagit sa voisine en gloussant. Comme que de porter la soutane…

Toutes deux se tiennent debout derrière une sorte de châssis de bois, posé sur des trépieds, et qui comporte un fond ajouré. Sur ce châssis est posé un matelas, qu'elles piquent à travers toute l'épaisseur au moyen d'une ficelle enduite de suif ou de cire, et enfilée dans une aiguille d'une étonnante dimension. L'aspect de cette dernière intrigue tant Gilbert qu'il ne peut s'empêcher de se pencher pour l'observer à loisir. Notant son manège, l'ouvrière interrompt son mouvement et exhibe ladite aiguille. Avec orgueil, elle explique :

— Je l'ai fabriquée moi-même à partir d'un parapluie d'un m'sieur des beaux quartiers. Mirez le chas : ça m'a pris une journée au grand complet pour le creuser si bien.

Gilbert doit se rendre à l'évidence : l'aiguille est constituée par une baleine de parapluie soigneusement aiguisée. Conquis par une telle ingéniosité, il sourit plaisamment. Après avoir contemplé le matelas que l'ouvrière parsème de points dont les lignes forment un damier, il laisse tomber :

— Pour le sûr, y faut pas être fluette pour faire comme vous…

— Mes filles font une rotation, déclare sobrement Ériole, qui se tenait à proximité. Autrement, je les tuerais à l'ouvrage. Y en a deux qui cousent l'enveloppe…

Elle désigne lesdites jeunes femmes, assises de part et d'autre d'une grande table.

— … deux qui préparent la bourrure et qui en garnissent les matelas…

— Avec des résidus de moulins à carder, comme toujours ?

— Oui, des bourdignons de laine, mais aussi des échiffes de lin ou de chanvre. Ce qui me tombe sous la main. Et deux qui cousent les matelas. Allez, viens. Faut pas que tu rates ton transport pour Saint-Denis, et j'ai un brin de calcul à te faire faire…

Les ouvrières ont repris leur bavardage, mais à mi-voix. Environnés par cette séduisante musique, la patronne et son neveu se rendent jusqu'au recoin qui sert d'office. Ériole a l'usage d'un petit secrétaire, ainsi que d'étagères supportant quelques registres. Gilbert s'installe à la place de sa tante, qui lui ouvre son livre de comptabilité. Bientôt, le garçon s'astreint à des additions et des soustractions, dont il inscrit les totaux dans les cases prévues à cet effet.

Pendant ce temps, Ériole vaque à diverses occupations : surveiller le travail de ses ouvrières, superviser le chargement d'une livraison que des commis font descendre dans une charrette par un treuil, et enfin planifier des commandes de matériel. Tout en s'astreignant à compter, Gilbert observe ses allées et venues, notant à quel point elle semble, parmi ses filles, à l'aise comme un poisson dans l'eau.

Peu à peu, son regard dérive vers ces dernières. Il savoure le spectacle du rythme lent, mais parfaitement régulier, de leurs gestes, de même que leurs parlures anodines au sujet de leurs proches et de certains tracas reliés à la vie quotidienne… Il se délecte de cette compagnie féminine dont il est habituellement privé, et qui créé une atmosphère dans laquelle il a envie de se vautrer comme un cochon dans sa fange.

Surprenant une œillade dans sa direction, il reste un moment la plume en suspens. La très jeune ouvrière, affairée à trier de la bourrure, a prestement détourné les yeux, mais manifestement, elle n'est pas marrie d'avoir attiré son attention. Après un temps, elle l'envisage franchement, se permettant un fugace sourire, à peine esquissé. Cet hommage discret émeut Gilbert, qui la détaille subrepticement. Sa tête est recouverte d'un foulard noué sur la nuque, d'où émerge une lourde tresse sombre qui descend jusqu'au mitan de son dos. Ses yeux en amande sont surmontés de sourcils bien dessinés. Son nez plutôt viril lui fait penser à quelqu'un... Oui, celui d'un artisan-maçon du village, dont le retroussement n'est à nul autre pareil...

Gilbert fronce les sourcils. Ledit Maréchepleau n'avait-il pas une fille de cet âge, soit 13 ou 14 ans ? Une aînée qui a dû venir s'installer en ville chez une lointaine parente, puisque son père était incapable de faire vivre sa nombreuse marmaille... Troublé, il se remet hâtivement au travail, auquel il s'astreint jusqu'à ce que, n'en pouvant plus, il risque de nouveau un œil.

La demoiselle jase tranquillement avec sa compagne. De part et d'autre de son nez bien typé, elle arbore des joues encore pleines, qui rondissent joliment lorsqu'elle rit, comme astheure. Ses lèvres sont pâles et sèches, mais si nettement ourlées que Gilbert aurait envie d'en suivre le contour avec ses doigts... Sous le froc informe, elle semble d'une tournure plaisante, juste assez grasse.

Soudain, une ample poitrine moulée par une robe foncée bloque sa vue, et il rougit en baissant la tête sur sa comptabilité. Il grommelle à sa tante :

— J'ai quasiment terminé. Regardez : la colonne est remplie. J'espère que ces montants vous conviennent...

Faisant le tour du secrétaire pour se pencher par-dessus son épaule, Ériole soupire :

— Je vais faire avec. Les affaires rempirent pas, c'est toujours ça de pris...

— Dites-moi, ma tante... La toute jeune demoiselle, là-bas, ce serait-y une Maréchepleau ?

— Drette au but ! riposte Ériole en se redressant. Elle est venue sonner à ma porte avec son père, y a six mois environ. J'ai pas pu l'embaucher de suite, mais au début de l'hiver, comme une ouvrière se trouvait grosse...

Elle baisse la voix, pour ajouter :

— Travaillante, mais ronchonneuse. Pour moi, elle endurera pas longtemps la vie d'ouvrière.

— Elle trouvera à se marier, déclare Gilbert en refermant le livre. C'est ce qu'elles font toutes ! Vous permettez que j'aille la saluer ? Elle est venue souvent chez nous, regarder son père fabriquer des vaisseaux...

— Une minute. Après, faut que tu décanilles…

Tentant d'adopter une attitude dégagée, mais sachant qu'il y échoue misérablement, Gilbert progresse dans la direction de la jeune fille. Sa compagne et elles occupent un vaste espace dégagé où elles ont toute latitude pour manipuler les larges matelas. Choisissant une approche directe pour masquer sa gêne, Gilbert tend la main vers elle.

— Bien le bonjour, mademoiselle Caroline. J'ai manqué de pas vous reconnaître.

Tournant vers lui un visage défiant, elle essuie sa main sur son froc avant de glisser, un court moment, ses doigts contre les siens.

— Z'avez trouvé une bonne place. J'en suis content pour vous.

— Je suis de votre avis, m'sieur Gilbert, répond-elle d'une voix qui le surprend par son timbre grave. La place que j'avais ci-devant, elle faisait dur sans bon sens.

Après un silence, elle s'enquiert :

— Et m'sieur votre père, et toute votre famille ?

— Y sont autant vifs que vous les avez connus.

— Vous les rappellerez à mon souvenir, s'y vous plaît.

Une expression d'intense nostalgie lui obscurcit l'expression. Touché, Gilbert prend un moment avant de balbutier :

— J'y manquerai pas. Voulez-vous que je transmette un message à vos parents ?

— Simplement que je les embrasse, ainsi que mes p'tites sœurs. Surtout mes p'tites sœurs…

L'autre ouvrière, âgée d'une trentaine d'années, bougonne à l'intention de Gilbert :

— Elle est toute émotionnée, m'sieur. Le mal du pays…

— Pardonnez-moi. Je pensais pas… Si vous avez besoin de quoi que ce soit, faites signe à votre patronne. Elle saura où me trouver.

Les yeux pleins d'eau, la jeune fille hoche la tête avant de retourner s'absorber dans son ouvrage. Remué jusqu'aux tréfonds de son être par cette souffrance muette dont seul le temps la délivrera, Gilbert la couve des yeux un bref moment, puis il tourne les talons pour traverser l'atelier à larges enjambées. Il dévale l'escalier et se retrouve dehors, où il aspire une large goulée d'air tiédi par l'abondant soleil d'avril.

Ériole l'attendait, adossée au mur de pierres. Elle lui tend son barda, une poche de linge qu'il balance par-dessus son épaule. Incapable de parler, il lui fait une rapide accolade, puis pose un baiser sur chacune de ses joues, avant de s'élancer vers la berge du fleuve, à quelques minutes d'une marche rapide. De justesse, il embarque dans le très grand canot, déjà encombré de voyageurs, qui assure la traversée quand le pont de glace est rompu, mais qu'il est trop tôt pour démarrer la traverse.

Aujourd'hui, Gilbert est insensible à la manœuvre, pourtant spectaculaire. Huit hommes d'équipage, portant des habits de laine et de longues bottes sauvages montant jusqu'à leurs hanches, se tiennent parés de chaque côté de l'embarcation. Placé debout à l'avant du canot, un gaillard scrute la surface du fleuve, tandis qu'assis à l'arrière, pagaie à la main, le patron crie l'ordre de prendre le départ.

Lorsque les canotiers-passeurs propulsent le canot à travers la lisière des glaces parfois mouvantes, les passagers retiennent leur souffle parce qu'ils savent qu'il s'agit de la partie du voyage la plus risquée. Mais le printemps précoce a déjà libéré la majeure partie du chenal et le guetteur n'a pas à se tuer à l'ouvrage : le patron dirige l'équipage vers l'eau claire et les hommes sautent dans l'embarcation pour une traversée au rythme des pagaies qui entrent et sortent des eaux encore glaciales.

À Longueuil, Gilbert monte dans la diligence qui, au travers de la plaine formant une pointe entre le Saint-Laurent et la rivière Chambly, le transporte jusqu'à la paroisse de Saint-Antoine. À la vue des champs à la terre bien meuble et fraîchement retournée, il constate la véracité de ce qu'il a entendu dire, soit que les semences de blé sont finies. Enfin, debout sur la berge, il envisage le panorama éclairé par le soleil couchant, qui perce entre de paisibles nuages. Sous ses yeux, le bourg de Saint-Denis étale sa profusion d'habitations et d'ateliers, d'où origine une multitude de panaches d'une indolente boucane. Poussant un soupir de bonheur, il oublie enfin l'atelier des matelassières et Caroline la déracinée. Il reprend contact avec sa joie de cesser de prier, d'être en vacances, de retrouver la chambrette qu'il partage avec Rémy !

Soudain possédé par la hâte, il dévale le talus qui mène à la rivière. Comme le prouvent des étendards flottant au vent, l'étroit cours d'eau offre encore un passage sécuritaire au moyen d'un sentier très fréquenté, recouvert de paille. Mais si la rivière dort encore, son réveil est imminent. Sous la glace, le courant invisible fait son travail de sape. Lorsque l'immense lac Champlain, en sol américain, se décidera à caler, le formidable afflux d'eau creusera un irrésistible sillon jusqu'à l'embouchure de la rivière, dans l'élargissement du fleuve Saint-Laurent nommé lac Saint-Pierre.

Dix minutes plus tard, avec un bonheur presque douloureux, Gilbert contemple son logis et les dépendances, éperdu d'admiration jusqu'à ce que les charnières de la porte d'entrée de la maison grincent et que Vitaline paraisse. Elle fredonne, et dans l'esprit de Gilbert, un écho se lève, celui d'une autre voix féminine qui chante à mi-voix : *On danse avec nos blondes. Vole mon cœur, vole ! On danse avec nos blondes. Nous changeons tour à tour...* Soudain, il recule des années en arrière, perché sur sa mère qui le berce, car les craquements du plancher rythment la mélodie.

– *Nous changeons tour à tour, tour, tour...*

Apercevant son frère, Vitaline sursaute. Tiré de ses réminiscences, il se permet un large sourire goguenard, avant de la héler :

– Ferme la bouche, c'est ben moi, ton savant de frère ! J'ai décidé que les maîtres, y avaient plus rien à m'apprendre !

Un éclair de plaisir traverse le visage de sa sœur aînée, qui rétorque :

– Arrête de lambiner comme un collégien, espèce de flanc-mou ! Tu sauras qu'icitte, ça manque pas d'ouvrage !

– T'en reviens pas encore, hein ? Je vais me faire engraisser au cloître à rien faire, tandis que toi, tu t'escrimes de l'aube jusqu'au brun comme une esclave !

Gilbert franchit l'espace qui les sépare. Plus jeunes, tous deux se seraient fait l'accolade, mais une gêne nouvelle s'est installée dans leurs rapports et ils préfèrent laisser entre eux la distance d'une enjambée. Avant de s'éloigner vers l'atelier, elle le gratifie quand même d'une bourrade à l'épaule.

— Envoye, entre! Y en a qui se morfondent pour te licher la joue!

Gilbert est reçu comme le fils prodigue. Bientôt, il est installé au bout de la table et traité comme un roi, avec un abondant repas par-devant lui et une cour féminine, y compris Perrine, qui s'enquiert de ses moindres désirs! Même Bibianne, emportée par l'enthousiasme général, semble moins amorphe que de coutume.

Au cours des jours qui suivent, Gilbert doit se rendre à l'évidence: son pays dégage une odeur décisive de prospérité. Les projets de développement abondent. Le Dr Nelson contemple un projet de distillerie dans le village, et il semble recevoir assez d'appuis concrets pour le mener à terme. Une autre visée, celle de doter la place du Marché d'un bâtiment permanent pour la commodité des marchands, ne semble pas relever de l'utopie!

David Bourdages le confirme à Gilbert, lorsque ce dernier vient le visiter dans son office: dans la région, l'activité est florissante. Cette croissance est encouragée par l'afflux d'argent public. Au cours des deux dernières sessions, la législature a entériné un nombre phénoménal de projets de loi! Sous ces auspices, les notables consentent à prendre des risques, à investir leur argent pour des entreprises dont les résultats pouvaient paraître incertains.

Faisant mine de partager un secret, David se penche vers le collégien:

— Les conseillers se sont entre-déchirés.

— Ceux du Conseil législatif?

— Ceux-là même. Mon père en est encore tout réjoui... Ces imbéciles ont eu la sottise de dire que le gouverneur se liguait contre eux!

Gilbert pousse un sifflotement épaté. Tout un revers de situation! La mine béate, David se redresse.

— Dans ses résultats, la dernière session est la plus importante que le pays ait jamais vue. On a pris soin de te l'enseigner, au Séminaire ?

Gilbert débite :

— Tout le temps qui s'est écoulé depuis le commencement du monde jusqu'à la naissance de Jésus-Christ comprend 4004 ans. Les chronologistes divisent communément ce temps en sept parties, les sept âges du monde. Le premier s'étend depuis la création jusqu'au déluge, et renferme 1656 ans. Le second…

— Ça va faire. Ce micmac me rentre par une oreille, pis ressort aussi vite par l'autre !

Gilbert en profite pour s'épancher un brin. Les collégiens sont gavés d'histoire sacrée : la chute de l'homme, le déluge et les Israélites dans le désert… Pour lui, cette matière ne rime à rien ! Le régent ânonne les préceptes alignés dans un cahier manuscrit tout racorni, tandis que les collégiens doivent gribouiller sans relâche ! Inutile de lever la main pour demander des précisions. Il a déjà essayé… Hilare, David émet :

— Tu connais les vieux maîtres qui sont coupables de ce prêchi-prêcha ? Deux antiquités notoirement attachées aux valeurs de l'Ancien Régime…

Ces professeurs, explique-t-il, ont fui leur pays natal lorsque les ordres religieux ont été malmenés en France, lors de la Révolution. La haine populaire était telle envers le clergé richement pourvu, aux mœurs aristocratiques, que des pertes de vie ont été déplorées. En une seule journée, plus d'une centaine d'ecclésiastiques, regroupés dans un couvent, sont tombés sous les coups… Brusquement, David saute du coq à l'âne :

— Justement, t'as ouï-dire des affaires qui se passent en France ?

Gilbert acquiesce vigoureusement. Au fil des mois, la politique française prend une place grandissante dans les gazettes, s'insinuant donc au cœur des parlures, du moins parmi les collégiens sensibles aux avancées libérales dans le monde. Rieur, Gilbert partage une perle glanée dans *La Minerve*. Le roi de France, Charles Dix, a été obligé de remplacer son premier ministre, qui s'était mis les pieds dans les plats. Une ordonnance interdit de parler du roi sur une scène de théâtre. Sauf que le jour de l'anniversaire royal, les guignols de Paris se sont amusés à ses dépens…

— Alors, le ministre a fait émettre un ordre pour que toutes les pièces de marionnettes soient soumises au jugement suprême du ministre de l'Intérieur !

David accueille d'un éclat de rire majestueux cette nouvelle digne, en effet, du Grand Guignol ! S'essuyant les yeux, il fait remarquer :

— C'est d'un réjouissant : ce qui s'est mis en marche en 1789 est sur le point de s'accomplir !

Gilbert ouvre de grands yeux. Même Henri-Alphonse n'a encore osé comparer le cours actuel des événements à cet événement décisif du siècle dernier ! Il se fait l'avocat du diable :

— Me semblait que les révolutionnaires, Bonaparte les avait chassés pour tout de bon ?

— Tout en se proclamant empereur, Bonaparte a respecté l'essentiel du nouveau contrat social entre le peuple et ses dirigeants, celui que la révolution avait mis en place. Ce nouveau contrat social s'est incarné dans la Charte de 1815. Or, cette charte est constamment violée par le roi et ses ministres.

Avec une patience dépareillée, David expose qu'en France, une lutte fait rage entre les commettants qui, à chacune des élections, envoient une majorité libérale en Parlement, et le roi qui, pour gouverner le pays, choisit des ministres dont les idées sont à l'opposé.

— En 1827, Charles Dix a provoqué des élections pour s'assurer d'une solide majorité. Mais le contraire s'est produit. Les libéraux sont passés de 20 à 120 sièges, même si le roi avait laissé un maigre délai de 13 jours entre l'annonce et la tenue du scrutin.

Le parti du roi croyait remporter aisément la mise, poursuit David, mais c'était sans compter sur le travail d'un comité, du joli nom de « Aide-toi, le Ciel t'aidera », mis sur pied pour contrecarrer les manœuvres déloyales visant à éloigner les forces progressistes des urnes de votation. Et quelles manœuvres ! D'une part, les fonctionnaires pervertissaient la loi pour ne désigner, comme candidats, que les fidèles du roi. D'autre part, les électeurs étaient découragés de s'inscrire sur les listes électorales !

— Une victoire ensanglantée que cette élection en France. Des manifestations ont viré à l'émeute quand la police s'est crue justifiée d'intervenir ! La rue Saint-Denis, à Paris, a été surnommée « la rue des Boucheries ».

Après un court moment de réflexion, David se secoue et reprend son exposé :

— La question du gouvernement représentatif est au centre des débats. Le roi forme un conseil des ministres avec *ceux-là même* qui bafouent la volonté du peuple : le parti minoritaire en Chambre ! Alors la Chambre d'Assemblée, qui représente la majorité, peut renverser un ministère inique. Ce qui constitue une balance de ces *vetos* réciproques que le roi oppose au pays et le pays au roi.

La mine réjouie, Gilbert émet un sifflotement.

— Saint-épais ! Quelle verve ! Celle-là, va falloir que je la rumine pendant une escousse !

Le jeune arpenteur réplique, avec une fausse modestie :

— C'est pas moi qui l'a inventionnée. Ça vient d'un penseur français. La principale tare, celle qui plonge la France dans une telle crise, c'est que ses ministres ne sont pas redevables pardevant la Chambre. Exactement comme icitte, où le gouverneur s'entoure du Conseil exécutif de son choix. Le roi avait choisi un premier ministre qui n'a pas pu se maintenir. Pour lui succéder, il fait encore pire : il nomme Jules de Polignac, un absolutiste de la pire espèce !

— Un homme, disent les gazettes, *qu'il faut livrer au frottement de la presse.*

David renchérit, avec une intense dérision :

— *Un nom qu'il faut user jusqu'à la lime !* Selon les gazettes, Polignac fait planer la menace d'une réforme de la loi électorale pour repousser loin de la Chambre *les hommes médiocres*, selon ses propres mots. Des hommes conduits par des passions turbulentes et révolutionnaires, selon lui ! En vérité, le peuple aime la monarchie. Avec un système de scrutin adéquat, y va élire automatiquement les partisans du roi !

Gilbert réagit par un rictus moqueur. Aimer la monarchie au point d'élire n'importe quel grichou qui lui serait fidèle ? Quelle niaiserie !

— Fait que, ça brasse comme ça doit brasser quand un roi se transforme en despote. T'as eu l'opportunité de lire le nouveau journal français ? Ses rédacteurs admirent l'équilibre parfait des pouvoirs que constitue la monarchie représentative. Si le roi est inviolable, la Chambre des députés représente l'opinion publique, laquelle régit l'exercice du pouvoir ! Pour être acceptable, une monarchie doit avoir, pour ministres responsables, des hommes jouissant de la confiance des représentants.

Toisant Gilbert avec superbe, son ami ajoute, le ton triomphant :

— Selon eux, le refus du budget est un droit constitutionnel ! On se croirait en Bas-Canada, terrain piqueté !

D'un geste théâtral, il tire, de sur une étagère, un papier-nouvelles chiffonné.

— *Le National*, dernière-née des gazettes de combat en France. Et au train où vont les choses, elle va avoir tout plein de petites sœurs !

Soigneusement, David déploie le feuillet.

— *Le National* va plus loin que toutes les autres feuilles. Écoute ben : *Au lieu de subir l'influence des courtisans, des femmes, des confesseurs, le roi sera soumis à celle de l'opinion, agissant sur lui doucement et régulièrement. Si c'est là la vraie royauté, c'est aussi la vraie république, mais la république sans ses orages.* La vraie république ! Le peuple est roi, et le roi est redevable à lui seul.

De tous les gens que Gilbert connaisse, David est le seul qui ose prononcer en public ce mot honni de tous les Anglais et d'une bonne partie des Canadiens : *république*. À force de l'entendre, se dit-il avec optimisme, lui-même finira par cesser d'être timoré ! Chez quantité de personnes, ce mot signifie terreur, décapitation d'un roi, anarchie. Et comme tout cela s'est passé en territoire français, après 1789, et que les Canadiens sont descendants de Français…

— Les gazettes françaises font un magnifique travail de sape, renchérit Gilbert. Mon confrère Gauvin nous met sur la piste de ces nouveautés. On dirait que l'opinion publique va réussir, par sa seule force et son unité, à imposer ses vues. Les députés qui s'agitent astheure, c'est à elles qu'y doivent leur siège! Si nos journaux canadiens pouvaient avoir ce même ton assuré, cette audace tranquille!

— Tu leur reproches quoi? À *La Minerve*, on laisse pas passer grand-chose d'anti-canadien!

Gilbert en convient: compte tenu du péril qui les guette, celui de poursuites judiciaires pour attaques contre l'autorité du roi ou pour incitation à la haine, les éditeurs font tout leur possible. Mais en Bas-Canada, toute action décisive est contrecarrée par un pouvoir arbitraire! En France, par contre, les polémistes sont généralement lavés de tout blâme par leurs concitoyens mêmes. C'est la raison pour laquelle Gilbert se pâme devant l'ardeur polémique des journalistes français, devant ces phrases étincelantes!

— Y suffit d'une belle unanimité parmi le peuple pour accomplir des miracles. C'était pareil en Amérique latine. Quand un peuple entier se lève, rien ne peut lui résister. T'es sûrement au courant?

Gilbert laisse tomber, railleur:

— Pour nos maîtres du cloître de Montréal, c'est une insignifiante région de l'hémisphère…

— Les unes après les autres, les provinces de l'Amérique australe repoussent le joug de leurs maîtres. Les unes après les autres, elles se débarrassent du statut de colonie pour adopter celui de pays, avec un parlement souverain. Haïti, le Venezuela, le Chili, le Brésil, le Mexique…

La porte du bureau s'ouvre à toute volée, et un petit garçon, tout fier de lui, trotte jusqu'à son père, qui le hisse dans ses bras. Avec une moue de regret, David dit à Gilbert:

— J'avais promis à mon bonhomme de l'emmener chez le maître de poste. Je crois que j'ai déjà trop tardé! Reviens, Gilbert, avant de repartir.

– Promis. À la revoyure !

Le garçon se retrouve à l'air libre, heureux du printemps, de l'animation de son village, et même du sang trop vif qui court dans ses veines. Auparavant, cette effervescence s'apparentait à un bouillonnement dans un immense chaudron de sorcière, avec l'évaporation pour toute issue. Une évaporation à laquelle il doit, parfois, contribuer de manière agissante… Aujourd'hui, il sent tout son être se projeter vers l'avant, comme s'il était un esquif sur une rivière, entraîné vers un phare au loin. Un phare en forme de visage féminin…

- 31 -

Quatre générations de dames Dudevoir, de mémère Renette jusqu'à Vitaline, se serrent l'une contre l'autre sur le banc familial de l'église de Saint-Denis, encadrées par Rémy et Gilbert d'une part, et Uldaire d'autre part. En ce dimanche de Pâques, la famille assiste à la grand-messe, l'estomac gargouillant. Personne n'a mangé depuis le réveil, en plus de se trouver à la 46e et dernière journée du carême.

L'office s'est déroulé sans anicroche, avec une somptuosité inégalée. Grimpé dans la chaire, le curé Bédard débite son sermon. Comme leur banc est situé près du bas-côté opposé, sa voix leur parvient plutôt affaiblie, et mémère Renette, à en juger par le regard courroucé qu'elle darde sur le célébrant, fera tout répéter à Vitaline une fois de retour à la maison. Cette dernière jette au prêcheur un regard sans aménité. C'est patent : il vieillit, il bedonne et devient négligent !

Bien entendu, son sermon sur la signification de la Passion prend l'allure d'une instruction donnée aux fidèles. D'une voix monocorde, le curé rappelle que par le supplice de la croix, Jésus-Christ a donné sa propre vie pour racheter l'humanité. Il a pris sur lui la multitude des péchés de tous les âges, il a commencé à ressentir de l'effroi et de l'angoisse. Pour la rédemption de l'humanité pécheresse, il a sacrifié son honneur, sa réputation et sa gloire.

Pauvre gars, songe Vitaline soudainement. Ce n'est pas une vie… Surprise par cette pensée irrespectueuse, Elle tente de se ressaisir. Elle n'a jamais goûté le récit de la crucifixion, même c'est du salut de l'Homme qu'il est question. La croix est devenue objet de vénération depuis qu'elle a établi le règne de Dieu, mais Vitaline ne ressent, à la contempler, que de la répulsion. Et ce, même si la croix est identifiée à l'arbre de vie du paradis et à bien d'autres symboles de l'ancienne loi… Pour elle, l'agonie du Christ est un spectacle affreux, devant lequel sa sensibilité d'artiste se cabre.

Incapable d'écouter le prédicateur tout au long, elle se concentre sur le soleil qui fait pénétrer un superbe rayon oblique, illuminant la poussière en suspension dans l'édifice. La tête levée, Vitaline en admire le chatoiement, tout en suivant du regard l'une des nombreuses pâtisseries de plâtre en forme de volutes qui décorent les parois et le plafond.

Enfin, elle tâche de se concentrer pour tenter d'offrir une brève oraison au Créateur. Elle ferme les yeux en se remémorant sa vie. Elle tente d'identifier les gestes offensants qu'elle a pu poser, selon sa propre éthique, puis elle quémande une absolution. Elle aime ce soliloque, tellement moins gênant que le passage au confessionnal… Mais la prière de Vitaline prend une tournure inhabituelle. Elle ne peut s'empêcher d'adresser une supplication au Créateur afin qu'il dirige les attentions d'Isaac Frappier dit Bonneterre vers elle.

Car Vitaline vogue sur un nuage. Elle refusait d'y croire, mais le regard que lui a lancé Isaac Frappier, l'année précédente, lors de la fournée, était chargé d'une promesse. Depuis le redoux, il y a des signes qui ne trompent pas. Ses yeux qui la caressent à chaque fois qu'il la croise… La manière dont il tâche d'échanger quelques phrases avec elle, malgré qu'ils soient fort affairés chacun de leur côté…

À vrai dire, Vitaline a mis quelques semaines avant de jouir de ces attentions. Elle s'est laissé toucher par la douceur de ses traits, comme par la chaleur qui semble en irradier lorsqu'il pose les yeux sur elle. Comme si… elle hésitait à employer ce mot, mais pourtant, elle doit se rendre à l'évidence : comme s'il éprouvait de la tendresse pour elle.

Ce sentiment lui semble totalement extravagant. Elle est persuadée qu'elle est victime d'une illusion, mais elle s'en repaît à satiété! Vitaline se sent à l'aise, pour une fois à sa place. Elle est délivrée de cette impression, si tenace depuis qu'elle est devenue femme, d'être constamment en déséquilibre. L'impression d'avoir quitté un état plaisant, celui de l'enfance, pour se trouver dans un ailleurs hostile, dans un jeu dont personne ne lui a appris les règles…

Effrayée de voir cette promesse de bonheur se transformer brutalement en chimère, la jeune femme se crispe souvent, la peur au ventre. Peut-être se leurre-t-elle amplement sur les sentiments du jeune potier ? Peut-être qu'Isaac n'a que le goût de s'amuser avec elle, ce qui serait encore pire ? Peut-être qu'Uldaire jugera cette union au-dessous de leur condition ? Car le père Bazile n'est pas autant à l'aise qu'eux… Peut-être qu'Uldaire ne voudra jamais qu'elle se marie avant Perrine ? Ce serait humiliant pour sa sœur aînée…

Après la communion, dès qu'elle retrouve sa place, Vitaline tente de se raisonner. Tant que le jeune homme ne devient pas son cavalier officiel, tant qu'il ne se déclare pas ouvertement, il ne sert à rien de jongler. Chaque chose en son temps! Néanmoins, elle trouve ardu de se brider ainsi. Elle en est extrêmement mortifiée, mais elle ne peut plus le nier : ce n'est pas sa tête qui la mène, mais une partie outrageusement vivante de son être. Une partie aux contours changeants, et dont le noyau dur valse entre sa poitrine et son entrejambe, au gré… au gré d'une appétence qu'elle semble la seule à subir.

Souvent, Vitaline examine les autres femmes. Elle cherche un indice de cet embrouillamini intérieur qui, elle, l'encombre et la contraint… Mais c'est en vain. Les dames de son entourage vont et viennent sans signe apparent de tumulte, y compris Marie-Nathalie et Estère, pourtant toutes jeunes! Elle est la seule à être la proie d'un tel dérèglement… Elle pousse un profond soupir. Tant qu'à être singulière, autant l'être pour tout de bon… Car de surcroît, n'est-elle pas la seule femme du bourg, sinon du Bas-Canada tout entier, à monter des pièces ?

Est-ce un péché que de convoiter si intensément un homme ? Il paraît que oui, hors du mariage ; mais comment peut-on vouloir se marier sans ressentir *d'abord* cette convoitise ? Renonçant à comprendre, Vitaline se laisse emporter par un élan de passion tout intérieur. Les paupières closes, elle s'élance vers le firmament, pour se prosterner aux pieds de Dieu tel qu'elle se le représente, un vieillard de haute taille, assis dignement sur un trône rutilant.

L'œil bienveillant, il se penche vers elle pour l'écouter, et comme elle a commis uniquement des petites offenses de rien du tout depuis son baptême, il lui accorde les faveurs d'Isaac. D'un seul geste, Dieu fait apparaître ce dernier à leurs côtés, et prenant sa main, il y met d'autorité celle de Vitaline. Le jeune homme tourne un regard pâmé vers elle. Si ce n'était de la présence du Créateur, il s'approcherait jusqu'à la frôler et peut-être l'embrasser, comme elle en devine le désir sur son visage…

— Allez, bouge ! ordonne la voix impérieuse de Perrine. Terminée, la contemplation des anges !

Mortifiée d'être tirée de sa rêverie, Vitaline se dresse en grommelant une invective que son aînée, trop contente de se mettre à jaser avec les dames qui occupaient le rang tout juste derrière, ignore avec superbe. À cause de son ancienneté dans la paroisse, la famille Dudevoir est bien située dans la nef. En tant que fils aîné, Uldaire a reçu la position de son père, et s'il en défraie consciencieusement le prix fixé à l'origine, soit trois livres par année, sa famille et lui en auront l'usage jusqu'à la fin de ses jours.

Vitaline s'empresse aux côtés de mémère, qui ne peut marcher sans le soutien d'un bras solide. Toutes deux se dirigent vers la sortie, tandis que la jeune fille murmure à l'oreille de son aïeule :

— Là-dedans, on oublie que c'est le printemps !

— Je te cré, ma poulette. Je me demande pourquoi je viens encore, le curé s'adresse juste à sa cour, celle qui est tout juste en bas de lui !

Surprise par le sarcasme, Vitaline jette un coup d'œil pénétrant à son aïeule. Sauf si elle est malade ou si les chemins sont trop mauvais, mémère accompagne sa descendance lorsqu'elle va à l'église. Elle semble apprécier le rituel, mais qui sait ce qui lui trotte dans la tête ? À la maison, elle ne prie jamais, du moins de façon visible… La jeune fille jette un regard circulaire sur place. Elle n'a guère espoir d'y voir Isaac, mais on ne sait jamais…

Peut-être est-il de ceux qui se fichent du curé et de ses enseignements ? Il y en a quand même un certain nombre, à Saint-Denis. Une chose est sûre : elle ne l'a vu, à l'église, qu'une fois ou deux depuis l'année dernière. Il fait comme Uldaire et bien des hommes : sa pratique religieuse est réduite à l'essentiel, soit la messe lors des plus importantes fêtes d'obligation, et une confession annuelle dans le temps de Pâques. Peut-être que, lors de cette dernière, il n'a pas reçu l'absolution. Mais loin de rebuter Vitaline, cette idée lui plaît plutôt. Elle ne voudrait pas d'un timoré comme prétendant…

Lorsqu'elle débouche sur le parvis, la jeune fille est séduite par le tableau vivant qui se déploie sous ses yeux. Sous l'influence des mouvements de la foule et des gesticulations isolées, les taches de couleur se frôlent et s'éloignent, les textures des étoffes varient d'aspect selon la manière dont elles accueillent la lumière… Sur la place, les bavarderies s'entrechoquent, valsant entre le parler franc des cultivateurs et la prononciation un brin affectée des notables !

Les habitants laissent deviner, sous leur bougrine entrouverte, une chemise en toile grossière, sans col. Ils agrémentent parfois cette tenue selon leur fantaisie, avec une veste sans manche ou un foulard lâchement noué au cou. La plupart portent encore la tuque de laine, souvent bleuâtre. Leurs épouses, elles, sont embobinées du même manteau de laine, mais sans ceinture fléchée ; elles ont la tête couverte soit de leur capuchon, soit d'une capine, ou même d'un fichu noué sous leur nuque. Quant aux notables, ils exhibent encore, pour la plupart, leur pelisse et leur toque de fourrure.

Les dames Dudevoir prennent le chemin de la maison en laissant les hommes, qui préfèrent discutailler. Encombrée par son arrière-grand-mère, Vitaline se laisse rapidement distancer, mais elle n'en a cure. Une délicate tiédeur les environne, ce qui fait pousser à l'une et à l'autre des soupirs de plaisir. Après un temps, le rouge aux joues, la jeune fille se penche :

— Z'avez déjà été exaucée, mémère, après avoir demandé des choses au bon Dieu ?

— Je cré ben… T'en as quéri aujourd'hui ? Je te trouvais ben sage, aussi… J'y ai demandé de me conserver mes enfants en vie, et y m'a exaucée.

Avec exaspération, Vitaline réplique :

— Mémère, y a toujours des enfants qui sont conservés en vie ! On le sait pas, si c'est le bon Dieu ! Mais pour un soupirant…

Intimidée, elle s'interrompt. Elle refuse de révéler à quiconque le nom de l'élu de son cœur. Elle en mourrait de honte ! Après un temps, mémère dit, très doucement :

— Me semblait.

Puis, elle reste le visage sans expression, en silence, mais un silence si chargé que Vitaline l'observe sans vergogne. Enfin, après ce qui ressemble à un serrement des lèvres, mémère laisse tomber :

— Mon galant, y m'a pas été accordé. Non, le bon Dieu me l'a pas accordé.

Ce n'est pas son époux qu'elle désigne ainsi, puisqu'elle l'a marié. Il y en aurait eu un autre ? Même si elle en meurt d'envie, Vitaline n'ose pas pousser l'interrogatoire. Elle réalise qu'elle ignore presque tout de son aïeule. Lorsqu'elle a emménagé avec eux, elle était déjà une très vieille dame et Vitaline ne la trouvait guère intéressante. Pourtant, elle a dû en vivre des choses depuis sa naissance, en… en…

— Mémère, z'avez quel âge ?

— Euh… Faudrait le quérir à ta grand-mère. Je m'en souviens plus, au juste…

— Z'étiez fille quand les Anglais sont survenus ?

— Si fait. J'avais une vingtaine d'années, à peu près…

Après un rapide calcul, Vitaline réalise que sa mémère a dépassé, et fièrement, sa 80e année. Elle chemine vers la maison en silence, pénétrée d'admiration et de respect pour cette femme qui fut jadis un jeune arbre plein de vie, mais qui est devenue à ce point fragile qu'un coup de vent la déracinerait. Ouvrant toute grande la porte de la maison, elle reçoit une bouffée de chaleur et d'arômes capiteux. Si elle croyait être la dernière, avec mémère, à pénétrer dans la maison, elle se trompait : Gilbert survient un peu plus tard, hors d'haleine. Il est accueilli par des exclamations variées :

— Tiens, un homme de conséquence qui daigne nous rendre visite !

— Sacré tordieu de baptême ! Que c'est qui te retenait de même sur les chemins, mon gars ?

— Pour moi, à matin, Gilbert s'était coupé une tranche du jambon en cachette...

Se débougrinant en un tour de main, Gilbert vient prendre place entre son aïeule et sa grand-mère.

— Je me tiens au courant des événements qui se passent en France. Ça jasait sur la place...

Mémère Renette réagit d'une voix claironnante :

— En France ? Y a-t-y dit en France ?

— Oui, mémère, répond Perrine d'une voix forte. Son frère, y est ben induqué !

Vitaline vient poser une assiette débordante sous le nez de Gilbert, qui se met à dévorer à belles dents. Néanmoins, il ne peut faire autrement que de remarquer le regard incisif que lui jette mémère, qui s'est redressée sur sa chaise, et qui le laisse avaler trois bouchées goulues avant de s'enquérir :

— Faudrait me mettre au parfum... À cause que moi, depuis que Bonaparte y s'est fait bouter hors de son pays, j'en ai perdu des bouttes !

— On a tendance à l'oublier, commente Perrine, mais mémère, elle était bien vive quand la guillotine a été inventée !

Étonné par cette soif de savoir inattendue, Gilbert jette un regard curieux à son arrière-grand-mère. L'indolente mémère est remplacée par une personne qui, maîtresse de ses facultés, dirige toute son attention vers son interlocuteur. Après un temps, il dit :

— Pour faire une histoire courte, mémère...

— Laisse faire l'histoire courte. J'ai tout mon temps !

Le garçon pousse un soupir résigné, et tout en mangeant, il entreprend sa narration. Les Français ont accepté le retour d'un roi régnant tout juste après la déchéance finale de Bonaparte, mais en adoptant une Constitution surnommée Grande Charte. Elle définit les droits et les devoirs de chaque composante de leur système gouvernemental. Pour les démocrates français, la révolution de 1789 a réellement pris racine lorsque la Charte a été adoptée comme fondement de l'État. Il ne reste plus, maintenant, qu'à la respecter.

— Mais astheure, Charles Dix abuse de ses droits. Alors que c'est une mesure d'exception, y signe des ordonnances à tout propos. Y compris pour dissoudre une Chambre d'Assemblée qui fait pas son affaire. Comme icitte, avec Dalhousie !

— C'est la Terreur qui a tout gâché.

Tous les regards se tournent vers mémère, qui vient de marmonner ainsi.

— Sans la Terreur, la république serait demeurée ! Je souffrais avec eux autres. Je suivais le cours des choses, et j'aurais voulu être là-bas pour leur dire : ça va faire ! Z'allez tout gâcher !

— Vous... suiviez le cours des choses ?

La question de sa fille reste sans réponse. L'éclair de lucidité de mémère s'en va aussi vitement qu'il est venu. Se laissant aller contre son dossier, elle replonge dans son monde intérieur. Dame Royer émet pensivement :

— Ça m'apparaît que ma propre mère, je la connais guère... J'aurais jamais cru qu'elle portait intérêt aux événements politiques. En tout cas, elle en a jamais parlé devant moi. Faut dire que mon père, y avait pas le cœur aux bavarderies...

Vitaline tente d'imaginer l'allure de Renette et de son mari alors qu'ils étaient jeunes, mais il n'existe aucune image d'eux, seulement des évocations et des ouï-dire. Comme ils étaient des cultivateurs de Contrecœur, elle peut assumer qu'ils ressemblaient aux simples mais fiers habitants d'aujourd'hui : autonomes sur leur terre et ne souhaitant dépendre de personne. Mais point trop réticents, si nécessaire, à contracter une dette auprès d'un marchand ou d'un notaire, pourvu qu'il s'agisse d'un notable de confiance…

Gilbert espère revoir son ami arpenteur avant la fin de ses courtes vacances. Il voudrait s'abreuver encore aux lumières de sa science ! Ce hasard survient deux jours avant son départ. Revenant d'une promenade, Rémy et lui tombent sur David, émergeant de l'échoppe d'un artisan-sellier, et tenant en bride un magnifique cheval. Gilbert l'apostrophe gauchement :

— Hé, David ! Ton canasson est harnaché toutte de neuf ?

— Hé, le jeunot ! Vas-tu cesser d'insulter mon champion ?

Rémy glousse du contraste entre le ton exagérément ulcéré et l'expression bonasse de l'arpenteur. Avec un clin d'œil appuyé en sa direction, David poursuit le duel oratoire :

— Me dis pas, garnement, que tu sais pas distinguer une picouille d'un étalon ?

Rémy remarque, en désignant la bête qui piaffe et s'ébroue vivement :

— Vot'cheval aime guère sa nouvelle selle. Elle le gêne aux entournures…

— Aux entournures, tiens donc… T'as parfaitement raison, tit-gars, et je m'en vais le dompter de ce pas.

— J'espère que tu l'as ferré de neuf. Avec toutte ce que tu lui fais subir…

— Cesse de m'étriver. Encore la morve au nez et ça se croit tout permis… Euh… La morve au nez, je cré ben que c'est fini pour tout de bon ?

Gilbert se dresse de toute sa taille. Il dépasse l'arpenteur d'une bonne demi-tête, et ce dernier lui adresse une grimace empreinte de roideur militaire.

— Pas de vantardise avec moi. C'est-y clair ?

— *Yes, coronel*, réplique Gilbert avec un salut.

— Pis, ta… ta versification, c'est ça ?

— Mon frère a eu son diplôme de belles-lettres, déclare Rémy avec orgueil.

— Voyez-vous ça…

Touché par l'intensité du garçon, Bourdages lui offre un doux sourire. Les contemplant, Gilbert en a le cœur serré. Contrairement à bien des adultes, David s'adresse à chacun, quel que soit son âge, avec une réelle considération.

— Tu l'as accroché au-dessus de ta tête de litte, ton diplôme ?

— L'espace est rempli par le crucifix, riposte Gilbert dignement.

David éclate de ce rire généreux qui ravit son jeune camarade.

— Quand t'auras celui de rhétorique... quoique ce serait peut-être suffisant comme ça... pourras-tu me le montrer en preuve ?

Gilbert reste interdit. Il n'avait pas compris ! Si son ami l'incite à tant pousser ses études, c'est dans l'espoir que, peut-être, il devienne son clerc !

— T'en as pas soupé, des soutanes ? Très bientôt, j'aurai besoin d'un assistant...

— Gilbert aura même pas de parchemin à placarder dans son office, grommelle Rémy. C'est niaiseux, quand même. Pourquoi les Messieurs, y prennent même pas la peine de conférer un grade ?

— Le seul grade qu'y confèrent, c'est le séminaire de philosophie. Quand on lâche avant, on n'a rien.

— Presque toutte le monde lâche avant.

D'un ton volontairement détaché, David presse son point :

— Me semble que tu dois savoir toutte ce dont t'as besoin, Gilbert, pour manier la plume ? D'ailleurs, quelle occupation vas-tu choisir ?

— Je sais pas trop. Celle de notaire ? J'aurais peur de m'y ennuyer à outrance...

— Les notaires occupent une position importante. Y règlent bien des choses, y ont les places d'honneur. Et surtout, y nous défendent auprès des autorités lorsque c'est nécessaire.

Devant la mine embarrassée de Gilbert, l'arpenteur prend une pause, avant de reprendre :

— Pis celle d'arpenteur ?

— J'aime pas le calcul. Quand tante Ériole m'en fait faire, j'en sue un coup...

David réagit par une moue contrariée. Gilbert tente une diversion :

— J'suis content de te croiser, parce que j'y jongle un brin, aux affaires de France… Quand on y pense, les libéraux là-bas, y sont aux prises avec exactement la même situation que nous. À la tête du gouvernement, y a un roi, Charles Dix. Comme nous, sauf que dans notre cas, c'est *George the Fourth*, très gracieuse Majesté d'Angleterre.

David opine du bonnet, renchérissant :

— Ici comme là-bas, le véritable organe du pouvoir, ce devrait être la Chambre d'Assemblée. Les pouvoirs de cette Chambre sont reconnus par la Constitution, mais y sont constamment minés par les prétentions d'un groupe d'aristocrates attardés, avec le roi à leur tête.

— Les Français ont une sacrée chance. Leur despote, y peuvent le détrôner en deux temps, trois mouvements. Mais nous autres, on a été conquis par le plus puissant empire sur terre.

La mine du jeune arpenteur s'assombrit instantanément, et son cheval renâcle parce que son maître, involontairement, a tiré sur la bride… Enfin, il grommelle :

— C'est toujours du pareil au même, avec ces damnés Bureaucrates. On dirait qu'y veulent pas comprendre. On dirait que malgré toutes nos représentations…

Il hésite, puis finit par conclure :

— … y vont défendre leurs privilèges jusqu'au bout de leur sang.

Avec une grimace, Gilbert remarque :

— T'es guère optimiste, contrairement à l'opinion générale…

Une grimace de dérision fait se plisser le visage rond de David.

— Mettons que j'ai un brin vécu. Tu sais que je suis né pile sur le nouveau siècle ?

— T'as quasiment le double de moi, réplique Gilbert avec un sourire malicieux. Presque un vieux croûton…

— Cesse de m'étriver. Pour le sûr, si on se fie aux apparences, la cause des Canadiens progresse. On peut croire que nos récriminations vont faire leur chemin auprès des puissants de Londres : le ministre des Colonies... la Chambre des Communes... et ultimement, le roi. Mais pour toutte dire, j'ai un doute gros comme une montagne.

— Pour le sûr, quand l'appât du gain entre en compte...

— À la tête du pays, y a des chiens affamés qui se disputent quelques os ben juteux.

Gilbert se crispe. Son ami avait une telle lueur de souffrance dans les yeux... L'artisan-sellier Norbert Cartagnelle émerge de sa boutique, plissant les yeux à cause de la vive lumière. L'homme de petite taille, aux épaules puissantes, est sans malice, mais dans l'opinion de Gilbert, il ne voit guère plus loin que le bout de son nez... Après s'être essuyé les mains sur son tablier, il s'approche d'eux tout en tripotant sa pipe. Il dit tout de go :

— On cause pas politique chez moi, savez ça, m'sieur David ?

Le jeune arpenteur reste interloqué, puis il rétorque, fichant son regard dans le sien :

— En tout cas, on peut pas causer *contre votre politique*, c'est-y pas ?

Sans se démonter, tout en allumant sa pipe, Cartagnelle grommelle :

— Sauf votre respect, m'sieur, ma politique en vaut bien une autre.

— Ça... Vous connaissez mes opinions. Alors, venez pas me chercher noise !

Les joues de l'arpenteur sont en train de s'empourprer. Le front soucieux, Gilbert tergiverse un instant. Les propos de l'artisan sont outrageants, mais il n'a guère envie d'une altercation en pleine rue ! Rémy, lui, n'a pas ce scrupule. Se campant face à l'artisan-sellier, il proclame d'une voix aiguë :

— Vot' politique, m'sieur, elle vaut pas un clou. C'est une politique de lèche-cul !

Cartagnelle manque de s'étouffer avec sa boucane. David réprime un éclat de rire, tout en posant une main sur l'épaule de Rémy :

— Pardi, le jeunot, t'as pas ta langue dans ta poche ! Excusez-le, monsieur Cartagnelle.

— Rémy ! gronde Gilbert. On peut discuter, mais on lance pas des insultes, surtout pas à un voisin avec qui on se trouve en bon entendement !

— S'cusez, dit Rémy avec réluctance. Je disais pas ça contre vous personnellement, m'sieur Cartagnelle.

D'un air écœuré, l'artisan-sellier jette à David :

— Offrez mes salutations à votre dame. Vot' canasson trépigne. Y a vraiment besoin d'exercice.

Le jeune arpenteur le toise avec défi, puis tirant son cheval par la bride, il s'éloigne nonchalamment. Un nuage s'échappe de la bouche de Cartagnelle lorsqu'il marmonne, de manière fort audible :

— Méfie-toi de ce diable d'homme. Avec le fils Bourdages, on peut s'attendre au pire.

Gilbert réplique, avec toute la dignité qu'il peut rassembler :

— Notre pays a besoin de défenseurs. C'est ce que je crois de toute mon âme. Viens t'en, Rémy.

Le souffle oppressé par la colère, Gilbert s'empresse de courir rejoindre son ami. Les timorés accolent une aura diabolique à tous les hommes éclairés qui sont la gloire du bourg. Mais sans eux, le Canada est perdu !

- 32 -

Lentement, tout en évaluant les forces des joueurs qui lui font face, Gilbert roule les manches de sa chemise jusqu'en haut du coude. Un chaud soleil de juin nimbe la cour des jeux du Petit Séminaire, mais par chance, la brise en provenance du fleuve franchit aisément le mur. Un frisson d'excitation traverse le collégien. Il ne voudrait manquer cette partie de barres pour tout l'or du monde ! Il a un intense besoin de se défouler physiquement.

Dans l'atmosphère de tension ambiante, qui sait comment la joute va se dérouler ? Comme une bonne dizaine de ceux qui préfèrent consacrer leurs récréations à la discussion et à la réflexion, Henri-Alphonse observe la joute avec intérêt, accoté à un arbre majestueux, à proximité du ruisseau qui traverse toute la largeur du terrain. Hâtivement, les 16 garçons de seconde et de première nouent un foulard de couleur à leurs bras gauches. Ils sont séparés en deux équipes, entre lesquelles un trait rectiligne a été tracé dans la poussière du sol.

L'équipe de Gilbert est désignée pour aller « donner la soupe », et c'est à son coéquipier Gaspard que revient l'honneur d'ouvrir le bal. Planté debout tout juste derrière la barre au sol, il scrute le territoire adverse. Son regard se fixe sur son jumeau, placé parmi leurs rivaux, et Gilbert retient un rictus involontaire. Prompt à l'attaque, Gaspard le choisit comme cible plus souvent qu'autrement ; mais Vincent l'évite soigneusement, et lorsqu'il est acculé, fait face avec réluctance. Au début, Gilbert s'amusait de ce jeu du chat et de la souris, mais il trouve astheure que Gaspard pourrait laisser son frère tranquille !

Brusquement, Gaspard s'élance vers le fond du terrain adverse, où se tiennent tous les joueurs alignés. Ignorant Vincent, il se dirige vers Urgèle Archambault, un grand et gras garçon, piètre coursier mais fier cogneur, et surtout, un damné rabat-joie qui profite de la moindre occasion pour «fermer la trappe» à ceux qui osent répéter, en ces lieux vénérables, les propos outranciers des démocrates français. Car la lutte parlementaire qui s'exacerbe en France soulève les passions en Bas-Canada, et particulièrement parmi la jeunesse studieuse.

Parvenu face à Urgèle, Gaspard fait halte. Après avoir considéré la main tendue vers lui, il lui assène une tape en s'écriant «barre», puis une deuxième en s'écriant «baron». C'est ici que les choses se corsent: à la troisième tape, administrée avec une réelle violence et en gueulant «barrette», Gaspard effectue une retraite à toute allure. Rouge de colère, sa main endolorie devenue un poing vengeur, Urgèle tente de toucher son assaillant pour le constituer son prisonnier, encouragé par ses coéquipiers qui lui hurlent à l'unisson de «prendre la barre». Gaspard se réfugie derrière la ligne tracée au sol. Même si la victoire était prévisible, ses collègues clament leur bonheur insolent à pleins poumons!

Reculant à pas lents, Urgèle retourne se placer au fond parmi ses camarades. C'est maintenant au tour de cette équipe à «avoir barre» sur celle de Gilbert. Le capitaine jette un cri bref, et alors s'élance vers eux un jeune homme réputé pour son agilité, un rhétoricien nommé Rodolphe DesRivières. Faisant halte face à un camarade de classe avec lequel il a eu de fréquentes prises de bec, il lui assène des tapes vicieuses, avant de détaler. Son poursuivant se venge de sa défaite avec une bourrade qui fait trébucher Rodolphe, pourtant solidement charpenté! Les coéquipiers de ce dernier réagissent en criant des invectives, qui sont ignorées avec superbe.

Gilbert entend son capitaine prononcer son propre prénom, et chauffé à bloc, il fusille un adversaire du regard. Il y a longtemps qu'il a envie de faire mordre la poussière à Étienne Normandin, cet obséquieux qui vendrait ses camarades pour plaire à ses idoles, les maîtres sulpiciens ! En quelques enjambées, Gilbert franchit l'espace qui les sépare. Au lieu de taper fortement la main mollement tendue, il l'effleure à peine, et le regard fiché dans le sien, il jette d'une voix sonore :

— Les ministres sont responsables par-devant la majorité en Chambre.

Cette allusion explicite à la lutte française laisse son adversaire interdit. Une exclamation joyeuse parvient aux oreilles de Gilbert, celle d'Henri-Alphonse, depuis son poste d'observation :

— Bien envoyé !

Rougissant outrageusement, Étienne Normandin réplique :

— Faux ! Les ministres nommés par le roi ne sont responsables que par-devant le roi !

Dans un pesant silence, Gilbert touche de nouveau le bout du doigt de son interlocuteur, en proférant :

— La France est une monarchie constitutionnelle, comme le Bas-Canada. Le roi doit gouverner avec l'assentiment du peuple.

— Un peuple qui est représenté par les élus ! rugit Adolphe derrière son dos.

Étienne réagit enfin à la provocation :

— Ta gueule ! La seule procédure légale est le rejet des propositions de lois. Tout le reste est un défi outré au pouvoir royal !

Venant à son secours, Urgèle réitère ce qu'il clame à tout venant depuis une escousse :

— Le roi est le chef suprême. Il fait les règlements et ordonnances nécessaires pour l'exécution des lois et la sûreté de l'État. Aux députés qui exigent le renvoi des ministres, voilà ce que tout roi devrait répondre !

Subitement, accompagnant son ultime effleurement, Gilbert s'écrie :

— Vive la Charte !

Depuis que les députés français libéraux s'en sont servis lorsque le roi a ordonné la dissolution de la Chambre d'Assemblée, cette exclamation est devenue le cri de ralliement des tuques bleues du Petit Séminaire. Lorsqu'Étienne se met enfin à la poursuite de Gilbert, ce dernier n'a aucune difficulté à lui échapper.

Un tumulte de vociférations s'élève, que le régent Plinguette vient faire cesser d'une voix de stentor :

— Suffit, les gars ! Je mets fin au jeu ?

Les collégiens s'apaisent instantanément, sans pouvoir retenir des grommellements outragés. Au retour de Pâques, la classe de belles-lettres a eu une fort mauvaise surprise : Plinguette, un colosse fort en gueule, remplaçait O'Reilly, enfin accepté dans les ordres, puis envoyé, comme vicaire, dans une lointaine paroisse. Gilbert n'a pas eu le loisir de ruminer sa déception. Vitement, il a compris qu'il fallait filer doux, car ce régent ne badine pas avec la discipline !

Le capitaine de l'équipe adverse joue de prudence : il choisit Vincent Cosseneuve comme attaquant. Cette décision suscite des exclamations moqueuses. Car le garçon est excellent à la défense, mais bien piètre à l'attaque ! Tous l'observent avec attention, ce qui leur permet de constater, avec étonnement, que son expression n'a jamais été si résolue. Il toise son jumeau avec une telle superbe ! Environné de chuchotements, il avance vers le camp adverse. Il ne court pas, mais progresse délibérément, dans un silence devenu complet.

Contre toute attente, c'est face à Gilbert qu'il vient se planter, levant des yeux pétillants vers lui. Sa mine espiègle lui donne l'air d'avoir 10 ans ! Gilbert ne peut faire autrement que d'y réagir par un demi-sourire. Vincent saisit sa main, qu'il serre comme pour une salutation de bienvenue. Ensuite, de sa voix devenue grave, mais qui casse encore parfois, il claironne :

— Le roi de France juge impossible de gouverner son pays. L'opposition lui met des bâtons dans les roues au moyen de *coupables manœuvres.*

Des collégiens réagissent par de discrètes huées. Gilbert fronce outrageusement les sourcils : jamais Vincent n'a pris part, du moins à portée de ses oreilles, au débat qui polarise les esprits. Quelle provocation ! Sur le point de réagir en dégageant sa main, il tergiverse pourtant. Au coin de la bouche de Vincent, il y a comme un pli de dérision... De nouveau, ce dernier gratifie Gilbert d'une poignée de main qu'il prolonge à souhait, tout en poursuivant :

— En cas d'anarchie, la Couronne a des droits extraordinaires, à cause que la Couronne sait mieux que quiconque ce qui convient au peuple.

Cette sentence est émise d'un ton sans appel, et pourtant, Gilbert a l'impression que son vis-à-vis se moque allègrement... Le régent qui se tenait à quelque distance, paré à intervenir, estime à propos de bonifier la leçon. Plinguette lance à la cantonade, d'une voix de stentor :

— J'en profite pour vous rappeler que les incitations à la révolution ne sont pas tolérées ici !

Gilbert ne lui porte aucune attention, fasciné par la lueur d'impertinence qu'il croit déceler dans l'iris turquoise de Vincent. Il espère la suite, qui ne tarde pas :

— Dans cette logique, le roi a raison de faire directement appel aux électeurs. Il a raison de leur demander d'écouter sa voix. Autrement, les Français se laisseraient égarer *par le langage insidieux des ennemis de son repos* !

Tirée mot pour mot de la proclamation signée par Charles Dix pour fixer les modalités de l'élection imminente, cette phrase fait s'esclaffer les jeunes démocrates. Pour sa part, Gilbert est plongé dans la plus vive perplexité. Car il en mettrait sa main au feu : le ton exagérément sentencieux de Vincent cache une cinglante ironie ! Tandis que meurent les éclats de rire, une voix indignée clame, celle d'Henri-Alphonse :

— Pourtant, un roi doit se placer au-dessus des luttes de parti ! Le roi de France est coupable des mêmes intrigues frauduleuses que le ci-devant gouverneur Dalhousie, de triste mémoire !

Tordant les doigts de Gilbert entre les siens, Vincent déclare sereinement :

— J'ai choisi mon camp. Je suis un ami de la patrie et de ses fiers représentants en parlement.

Gilbert l'aurait parié ! Quelle mouche pique Vincent d'affirmer astheure son allégeance ? Comme le tumulte grossissant a noyé sa phrase, Gilbert ordonne :

— Époumone-toi.

Vincent écarquille les yeux, qu'il plisse ensuite, jusqu'à les réduire à une mince fente. Se campant sur ses deux jambes, il inspire profondément, puis il s'égosille :

— Eh ben, moi, j'ai choisi mon camp ! Je suis un ami de la patrie et de ses fiers représentants en parlement !

Un silence stupéfait accueille cette déclaration. Chacun se demande s'il a bien ouï, si c'est vraiment une profession de foi patriote que le fils du marchand Cosseneuve vient de rendre publique... Profitant du calme soudain, Vincent ajoute pour son vis-à-vis, avec une moue complice :

— Je peux rien contre le persiflage. Contre ceux qui diront que je fais partie *des ennemis du repos...*

Incapable de retenir une moue béate, Gilbert lui serre la main à lui briser les jointures. Le régent surgit entre eux, bouillonnant d'une colère rentrée. En même temps, une clameur s'intensifie, celle des jeunes tuques bleues qui manifestent bruyamment leur joie ! Haussant la voix pour se faire entendre malgré le charivari, le régent s'époumone :

— La partie est terminée ! Dispersez-vous ! Je vous donne deux secondes, sans quoi des mesures disciplinaires s'appliqueront !

Tout en manifestant leur opposition à mi-voix, les garçons s'éparpillent prestement. Brusquement, Gaspard surgit aux côtés de son frère. Le saisissant par le collet, il l'entraîne vers un coin ombragé de la cour, là où se tiennent Henri-Alphonse, Adolphe et Georges-Étienne. Les jumeaux se font face. L'air buté, Vincent se laisse houspiller par Gaspard :

— Mon fendant, tu vires fou ? Ça fait des années que tu dis pas un traître mot, et tout à coup, tu brailles ton patriotisme à tout vent ! Pour qui tu te prends ? Y a personne d'intéressé à savoir ce que tu penses ! Tu sais ce qui va arriver ? Le directeur va inscrire ton nom dans son grand-livre des parias, et bientôt, notre famille au complet va être marquée du sceau de révolutionnaire et d'anti-bureaucrate ! Père fait tout son possible pour rester neutre dans cette bataille, t'avais pas compris ça ?

— Rester neutre ? s'étonne Vincent ingénument. Non, j'avais pas compris ça. Et pourquoi donc ?

— Pour pas se faire d'ennemis, espèce de sans-dessein ! À cause que dans cette colonie, quand on brasse des affaires, c'est pas bien vu d'étaler son nationalisme !

— Pas d'accord, intervient Georges-Étienne farouchement. Mon père prétend exactement le contraire.

Gaspard foudroie l'impertinent du regard, qui en rajoute pourtant :

— Y dit que c'est l'achat patriotique qu'y faut encourager, à cause que c'est le seul moyen de rivaliser avec les commerçants anglais !

Son visage à quelques pouces de celui de son frère, Gaspard clame encore :

— Le régent va s'empresser de s'ouvrir la trappe dans le bureau du directeur. Père sera mécontent de ta sortie !

— Je m'en sacre, réplique tranquillement Vincent. Laisse-moi m'arranger avec mes troubles.

— Mais tu nous mets *tous* dans le trouble ! Je me tue à te dire que…

— Hé ho ! s'interpose Henri-Alphonse. Gaspard, ça va faire ! C'est toi qui vires fou ! T'es pour le pays, oui ou non ?

— Le patriotisme, c'est pas un secret, renchérit Gilbert. Ça peut pas être un secret ! T'as le crâne fêlé, ou quoi ?

— Vous réglerez vos comptes en famille, conclut Georges-Étienne. Vous serez pas les premiers !

Ainsi rappelé à l'ordre, Gaspard jette un regard hébété en direction de ses camarades, qu'il considère un à un, sans mot dire. Gilbert a l'impression qu'il fait un violent effort sur lui-même pour se dominer, un effort tel que des gouttes de sueur sourdent à ses tempes. Ce voyant, Gilbert est crispé de la tête au pied. Ce n'est pas la première fois que l'attitude de son meilleur ami le désarçonne. Comme s'il ne pouvait se retenir d'atermoyer…

Gaspard délivre son frère, tout en laissant tomber :

— Que tu te trouves parmi ceux qu'on surveille, ça me plaît guère. Ceux-là, y sont punis sévèrement pour des riens.

Vincent réagit par une expression incrédule.

— Tu t'intéresses à ma santé, astheure ? Quelle nouveauté !

Gilbert profite de l'accalmie pour interpeller ce dernier :

— Pourquoi t'as fait ça ? Je veux dire… jusqu'à présent…

— Je passais pour un couillon, je sais. Savez quoi, les gars ? Avant de bouillir, une eau doit tiédir…

Si Gaspard esquisse un sourire sardonique, les autres pouffent de rire. Enfin, Georges-Étienne rétorque :

— T'as eu le ravigotage plutôt longuet !

— C'est facile de se fier aux autres. Mais quand on veut se faire une opinion à soi, une opinion réfléchie… Ça se fait pas en criant ciseaux. Mais là, je dois dire, la vapeur commençait à me sortir par les oreilles…

Il hésite, puis se tait, tout en jetant un regard en coin à son frère, qui fuit délibérément le contact. L'échange de vues que Gilbert a eu avec Vincent, un an auparavant, lors de la procession de la Fête-Dieu, lui revient en mémoire. Qu'avait-il dit, tout juste à la fin ? « Ce que je peux plus endurer, c'est la manière dont Gaspard m'interdit d'approcher de ses amis. Vous en savez rien, vous autres, parce qu'y le fait jamais par-devant vous… »

— J'ai cru que pour être accepté par vous, y me fallait un coup d'éclat, en quelque sorte. Autrement, vous seriez restés méfiants…

Gilbert est inondé par l'évidence. Un coup de force, à vrai dire, pour mettre son frère devant le fait accompli ! Le gratifiant d'une tape amicale, Adolphe s'écrie :

— Bienvenue parmi nous ! On s'écrapoutit, les gars ? Mes jambes réclament du repos…

Peu à peu, ils se laissent tomber par terre, selon diverses positions. Le dernier, Gaspard suit le mouvement, mais prenant place à l'écart, comme s'il répugnait à faire partie d'une bande incluant son jumeau. Troublé par ce manège empreint de tension, Gilbert laisse son attention dériver. Sans contredit, la cour des grands ne manque pas de charme. Saules et acacias, peupliers majestueux et saules touffus, plantés en lignes droites, la séparent en allées de différentes largeurs. Le large ruisseau, qui borde le côté sud de cette cour, a été muni d'une digue. Son murmure se transforme en fracas d'une chute lorsqu'il franchit cet obstacle…

Gilbert se distrait en contemplant la contrée interdite, de l'autre côté du cours d'eau: d'abord l'immense potager, encore peu fourni en ce début d'été, mais surtout le luxuriant jardin réservé aux prêtres, véritable oasis de fraîcheur au cœur de la métropole. Pour rappeler qu'il s'agit d'un espace idéal pour la méditation, malgré la profusion de vignes bientôt lourdes de raisins, les sulpiciens ont fait ériger en son centre un édifice octogonal abritant la statue de la madone.

Vincent soupire d'aise, l'expression béate, et Gilbert se retient de glousser de rire. À l'évidence, il jouit intensément de se retrouver parmi eux, et ne peut s'empêcher de les considérer tour à tour, comme pour s'assurer qu'il ne rêve pas. Observant son visage plein, fendu d'un large sourire, Gilbert s'épate de la transformation. Jusqu'ici, il lui trouvait une mine plutôt revêche... enfin, disons mélancolique, presque triste... Tandis qu'astheure, il rayonne de contentement!

Henri-Alphonse déclare soudain, jetant une œillade prudente à Gaspard:

— Rester neutre, c'est couard, pis c'est impossible.

Grattant le sol de ses doigts, Gaspard ne réagit pas.

— Les temps exigent qu'on prenne position. C'est crois, ou meurs. Voilà toute la beauté de la chose: une révolution va avoir lieu tout simplement en se basant sur la Charte et sur les lois.

— Une révolution? répète Adolphe, les yeux ronds. Tu veux dire, un renversement de la monarchie? Tu rêves! Les Français ont eu leur leçon, après la Terreur! Y vont toutte faire pour éviter de se retrouver coincés comme en '92...

D'un air dédaigneux, Gilbert jette:

— Comme si un changement de régime constitutionnel devait nécessairement provoquer un bain de sang! On est en 1830, saint-épais! Le système républicain fait plus peur comme avant!

— Baissez le ton, les gars, dit subitement Gaspard. Les murs ont des oreilles.

Piqué au vif, Gilbert réplique d'une voix sonore:

— Faut pas charrier! On est entre quat'z'yeux!

Un rictus de rancœur au coin de la bouche, Gaspard en remet :

— Changer notre Constitution ? Une utopie, une chimère insensée, comme d'aller marcher sur la lune !

Gilbert se met sur ses gardes. Certaines choses ont le malheur de provoquer, chez son ami, une rogne empreinte d'ironie. Alors, il a tendance à être arrogant... Le regard méprisant, il assène soudain :

— Ouvrez toutte grand vos oreilles : ce que je dis, espèces d'innocents, c'est pour votre bien. Nos députés, y réussiront jamais à obtenir ce qu'y veulent. Le contrôle entier du revenu, une réforme du parlement ? Impossible. De Londres jusqu'en Bas-Canada, y a un pouvoir occulte. Y a le secrétaire colonial, avec alentour de lui, un groupe sélect d'Anglais haut placés. Des capitalistes qui s'abouchent avec les profiteurs de la colonie. Des crocheteurs de places et de terres. Et ce groupe, y gouverne notre beau pays. Comment ?

— Arrête de nous prendre pour des niaiseux !

Gaspard enchaîne, avec moins de hargne :

— En investissant les chambres hautes. Leur fief, leur chasse gardée.

Vincent riposte :

— Toutte le monde le sait, que notre Constitution est bâtarde !

— Toi, la ferme !

Un silence stupéfait accueille cette brutale injonction. Gaspard inspire profondément pour se calmer, puis il ajoute avec moins d'insolence :

— Toutte le monde croit qu'y suffit de réclamer par-devant le parlement de Grande-Bretagne pour obtenir justice. Mais c'est se bercer d'illusions ! Tant que les chambres hautes sont investies par des grichous qui vomissent leur dégoût sur nous, ce sera peine perdue.

Henri-Alphonse apostrophe le rabat-joie :

— Pourquoi tu piailles de même ? On est touttes convaincus. La réforme des Conseils est le point capital des requêtes de la Chambre d'Assemblée ! Le gouverneur doit y nommer des amis des Canadiens !

— Un pis-aller. Au lieu d'être nommés, les conseillers doivent être élus. C'est-y possible, dans l'état actuel des forces en présence ? Ça m'étonne que toi, tu voyes pas la muraille qu'on touche du nez...

— T'es pas le seul à l'avoir entraperçue, répond Henri-Alphonse froidement. Tu te prends pour qui ? Sauf qu'en politique, mon fin-finaud, y a de la tactique. J'ai ben plus confiance en celle de m'sieur Papineau, pis des autres élus, qu'en la tienne !

— Des fois, ça me purge, comment nos députés s'agitent pour rien. La solution se trouve pourtant dans une équation très simple : y a une Clique à abattre, et pour ce faire, faut lui retirer son trône de sous le cul !

— On le sait, marmonne Gilbert, que t'as toujours été fort en calcul...

Cette repartie provoque un fou rire, puis un autre, jusqu'à ce que l'hilarité devienne générale. Pour faire baisser la pression, Gilbert inspire profondément. Ce n'est pas leur premier différend. Ils ont appris à échanger leurs opinions tout en respectant le point de vue de l'autre... ou du moins, tout en *tâchant* de le respecter ! Sauf que jusqu'ici, Gaspard ne se distinguait guère par son radicalisme. Le cynisme, par contre, il le cultive à souhait...

Gilbert réfléchit à voix haute :

— Si on suit ton raisonnement, Gaspard, le bredas depuis les élections de '27, c'est à jeter aux orties...

— La Clique se reproduit à volonté. Rien de plus facile, quand on jouit de capitaux étendus, que de soudoyer une armée !

— Ça pourra guère durer. Plus personne ne peut invoquer l'argument d'autorité pour réprimer la liberté de discussion.

— Plus personne ? ricane Gaspard. En effet... si on exclut tous les rois régnants et leurs représentants de par le monde. Si on exclut aussi tous ceux qui veulent se ménager leurs faveurs.

— Vaste groupe dont nos maîtres font incontestablement partie, émet Georges-Étienne.

Cette sentence sonne comme un point final à la discussion plutôt oiseuse. Gilbert combat un puissant vague à l'âme. Parfois, il ne sait plus à quel saint se vouer, en quel camarade investir sa confiance… L'inclusion de Vincent parmi leur groupe est la seule bonne note de la journée ! La cloche sonne et les garçons se relèvent pesamment. Dire qu'il faut se creuser la cervelle par cette chaleur…

UN SOIR, ALORS QUE VITALINE ravaude le bas d'une jupe malmenée par le travail, son père s'approche, le visage perplexe. Manifestement, il a quelque chose d'important à lui dire, et il a attendu qu'elle soit seule. Une sourde tension l'envahit, tandis qu'elle lève vers le maître-potier un visage qu'elle souhaite dénué de toute expression.

— J'ai des soupçons, Vitalette… Garde ça pour toi, je voudrais pas l'offusquer, mais me semble qu'Aubain… T'aurais pas remarqué quelque chose, dans la marche de l'atelier ?

La gorge serrée, elle finit par répondre :

— La marche de l'atelier ? Me semble que ça roule comme de coutume. J'ai pour mon dire qu'Aubain nous donne satisfaction…

— C'est pas ça… C'est comme…

Torturée par l'hésitation de son interlocuteur, Vitaline aurait envie de lui arracher les mots de la bouche !

— Comme si… comme s'y osait tourner quand je suis absent.

Vitaline considère son père avec des yeux agrandis par la peur. Il se hâte d'ajouter :

— Je sais, c'est une drôle d'idée, j'ai jamais entendu dire qu'un apprenti se permette une telle chose, mais… Me semble qu'y se passe des choses dont j'ai pas conscience…

La jeune fille se sent sur le point de défaillir. Pendant un court moment, ses pensées s'éparpillent comme une nuée de papillons en déroute, puis elle finit par laisser tomber, d'une voix atone :

— Tourner dans votre dos ? Voyons, son père ! Aubain ferait jamais ça…

Elle s'interrompt. Une idée diabolique vient de germer dans son cerveau… Bloquant son respir, elle tente de la considérer avec un certain détachement, mais elle ne peut résister à l'impulsion qui lui fait ajouter :

— Quoique… Astheure que vous m'en parlez, son père… Moi aussi, j'ai des doutes.

Vitaline fait une pause. Elle a conscience de marcher au bord d'un précipice, mais elle est persuadée que son père n'est pas de taille à résister à cette machination :

— Vous brettez trop, son père. Aubain a eu amplement de temps pour s'exercer. Vous avez vu sa technique ? C'est plus guère celle d'un apprenti… Prenez garde, y pourrait prendre la poudre d'escampette. Ce serait pas la première fois !

— Y est mûr pour le métier, tu crois ?

— Mûr jusqu'à en tomber de l'arbre ! Pis si vous attendez encore, son père, y fera le potier ailleurs.

Elle inspire à fond, puis elle lève un visage naïf vers son père :

— Ça se pourrait que parfois, la nuitte… Que la nuitte, y tourne… Mais ce serait toutte à son honneur. Y veut se perfectionner…

— La nuitte ? Mais comment y ferait, lui qui habite dans les concessions ?

— Je pourrais pas dire. Y a de la parenté au village… Vous seriez malavisé de lui en tenir rigueur. La meilleure chose à faire, son père, c'est comme si de rien n'était. Vous pourriez le froisser…

— Le froisser ? Tu veux que je garde ça mort ?

— Vous savez à quel point les jeunes hommes, y sont susceptibles… Avouez que c'est un joli péché, de venir tourner la nuitte, pour impressionner son maître. Si vous seriez à sa place…

Le maître-potier tombe dans le piège à pieds joints :

— À sa place, je voudrais que personne le sache.

— Voilà. Ça va rester un secret entre nous deux. Peut-être qu'y tournera encore de nuitte, mais vous pouvez dormir sur vos deux oreilles. Je vous le ferai assavoir, si quelque chose de prouvable se passe.

— Hé ben… j'aurais jamais cru ça de lui…

— Pis mettez-le à l'épreuve de vous prouver son art. Pour moi, y frétille comme un poisson au bout de son hameçon.

Vitaline exulte d'avoir songé à cette parade. Une parade qui rend un énorme service à Aubain, en plus d'ôter à Uldaire toute velléité de surveillance ! Des dérangements éventuels, y compris un accroissement suspect de pièces vertes, seront mis au compte d'Aubain. Le plus beau, c'est qu'Uldaire n'osera jamais confronter son apprenti. De surcroît, s'il le fait, il croira que les protestations du jeune homme sont dues à son sentiment de honte !

Vitaline a l'impression d'avoir habilement tissé une toile invisible, dans laquelle tous les membres de la maisonnée se prennent aveuglément. Tous les membres ? Bien entendu, il y a grand-mère, mais elle ne la trahira pas tant qu'elle en reste à ce stade. Ses frères et sa sœur ? Rémy et Gilbert seront solidaires, elle en est persuadée, même sans l'approuver. Mais la présence de Perrine lui fait frôler le péril de près… À chaque jour suffit sa peine, songe-t-elle pour se rassurer !

Dès le lendemain, après avoir installé Aubain au tour à pied, Uldaire doit convenir que le jeune homme peut légitimement aspirer à prendre le statut de potier, et dans quelques années, lorsqu'il pourra envisager de prendre un apprenti à son tour, celui de maître-potier. Il s'agit maintenant, pour Uldaire, de décider s'il peut proposer une association à Aubain. Pour lui qui a toujours été le seul maître à bord, c'est une décision d'importance ! A-t-il les reins assez solides pour envisager une telle expansion de ses activités ? Mais s'il ne le fait pas, Aubain s'établira sans doute dans le bourg, augmentant ainsi la concurrence !

Pendant des jours et des jours, Uldaire et sa belle-mère s'absorbent dans de lentes parlures. Vitaline n'est pas sans remarquer combien cet aparté rend Perrine anxieuse. Elle ne peut retenir des éclairs d'appréhension, qu'elle dissimule dès qu'un regard se fixe sur elle. Se pourrait-il que le destin d'Aubain lui tienne tant à cœur ? Leur petit jeu de solliciter l'attention de l'autre, puis de faire mine d'y être indifférent, est manifeste… Ce serait pour cette raison, pour signifier qu'Aubain lui appartenait, que Perrine a agi ainsi envers sa cadette ? À l'évidence, les couples se forment pour d'obscures raisons, selon une danse dont les règles échappent totalement à Vitaline. Bibianne, elle non plus, n'est pas potière, et pourtant Uldaire l'a choisie!

- 33 -

L'époque des examens publics de fin d'année approche à grands pas. L'activité fébrile qui s'ensuit a le mérite de faire défiler les semaines à vive allure ! Les compositions sont entreprises et comme Gilbert le prévoyait, il n'est choisi que pour une seule matière, les belles-lettres, ce qui lui convient parfaitement.

— Je suis désolé de vous fausser compagnie, déclare Georges-Étienne avec chagrin. Pour une fois, vous pourrez vous mériter un prix…

Cette boutade est reçue par de féroces bourrades ! Le marchand Jacques Cartier ayant été nommé lieutenant-colonel de milice du 5ᵉ bataillon de Verchères, son fils déserte ses camarades pour assister à la cérémonie d'investiture, et ne reviendra qu'à la reprise des classes, en octobre. Les formalités entourant la proclamation récente des nouvelles commissions de milice, lesquelles avait été odieusement chambardées par le gouverneur Dalhousie, prennent une splendeur inusitée. La communauté tient à célébrer les nominations qui lui plaisent de manière éclatante !

Le mois d'août est bien entamé lorsque l'organisation matérielle des examens publics est entreprise. Toute la cour est récurée, un ouvrage éreintant ! Maîtres et régents houspillent les garçons, qui endurent en silence. Les séances publiques revêtent une importance considérable aux yeux des dirigeants du Petit Séminaire ; c'est le moment de prouver hors de tout doute l'excellence des méthodes pédagogiques, et donc, la prééminence de l'établissement dans la société bas-canadienne. Bref, que l'élitisme en vogue chez les Messieurs a sa raison d'être : former des citoyens d'exception! Issues en droite ligne de la tradition universitaire parisienne, ces cérémonies visent à vanter la réputation du Petit Séminaire jusqu'aux confins de la colonie.

Le jeu de balle, adossé à une paroi du bâtiment et recouvert d'un toit, est transformé pour l'occasion en théâtre; l'espace est agrandi en tendant des toiles blanches pour protéger l'auditoire des intempéries. Les augures leur sont favorables, car les collégiens, installés dans un amphithéâtre de fortune où des bancs ont été placés, devront plutôt être protégés d'un soleil ardent! De l'autre côté du parterre encombré de sièges, un second amphithéâtre, mais plus modeste, leur fait face, pour les musiciens et les prêtres affectés à la surveillance des lieux.

Au matin du mardi 10 août, un groupe bigarré vient prendre place, principalement constitué d'anciens professeurs sulpiciens, de quelques notables érudits et de maîtres d'école laïcs de la paroisse. Un ballet soigneusement chorégraphié se déroule alors, faisant défiler les mieux notés des classes d'éléments latins, de syntaxe, de méthode et de versification pour des récitations, des exposés sur des auteurs classiques ou des expériences de chimie et de physique.

Gilbert assiste à ce cirque pour la troisième fois, et une profonde ennuyance s'en distille, surtout qu'il a été placé intentionnellement entre deux garçons auxquels il refuse d'adresser la parole. Néanmoins, ces prestations monotones sont entrecoupées d'interrogations provenant du public, ce qui réveille l'intérêt de la masse des collégiens assis sur les gradins, et dont le postérieur commence à protester. Car il s'agit alors d'une véritable joute, presque comme un duel! Dans le but de vérifier les connaissances acquises, les membres du public ont le droit d'adresser n'importe quelle question, y compris les pires colles, aux meilleurs collégiens. L'honneur des garçons est en jeu, et tous se tendent à outrance vers celui qui est interrogé, tâchant de lui souffler la réponse par la seule force de leur pensée!

Tout ce temps, les collégiens sont à l'affût des défaillances: non pas celles de leurs confrères, mais de membres du public! Car invariablement, un ou deux vieillards à la mémoire déclinante confondent une bonne réponse avec une mauvaise. Une impeccable déclinaison latine est repoussée du revers de la main, puis le correctif est apporté d'une voix claironnante, ce qui suscite de longs fous rires! Une célèbre bataille est devancée de plusieurs dizaines d'années, ou la position géographique d'une mer est confondue avec une autre. Même les régents, tout en disciplinant leurs pupilles, ont bien de la misère à garder leur sérieux!

La deuxième et dernière journée constitue le clou du spectacle. Les grilles et les portes du collège sont ouvertes toutes grandes et vers 10 heures du matin, un public nombreux commence à affluer, dont les parents d'élèves. Retenus à l'intérieur du bâtiment, les collégiens sont incapables de contrôler leur excitation. Rires et quolibets s'élèvent à profusion, les bousculades dégénèrent en engueulades, et les régents, qui ont déclaré forfait, se tiennent hors de la zone de conflit!

Plutôt insensible à toute cette agitation, Gilbert a l'estomac noué par l'impatience, et il ne respire quasiment plus, comme si tout son corps se refusait à faire pénétrer en lui les miasmes délétères contenus à l'intérieur des murs du cloître, ces senteurs familières de moiteur, d'épiderme masculin, de livres poussiéreux! Enfin, un appel retentit. Gilbert inspire profondément, tandis qu'une onde de joie lui fait palpiter le cœur. Dans quelques heures, il sera libre! Un voile lui obscurcit la vue et ses idées se brouillent. Au moyen d'un prodigieux effort de volonté, il chasse au loin cet accès de faiblesse. Pour rien au monde, il ne voudrait causer une commotion!

Au sortir du bâtiment, tous tendent le cou vers le parterre encombré de dames assises avec, derrière, plusieurs rangées d'hommes qui font le pied de grue. Gilbert reçoit l'œillade complice de son père comme une tangible accolade. Car à chacune de leurs retrouvailles, Uldaire scrute d'abord son fils pour s'assurer qu'il n'a pas dépéri depuis son plus récent séjour à la maison, puis il ponctue cet examen par une étreinte, sans se presser, comme s'il tenait à éprouver sa solidité. Et tout cela, quel que soit le nombre de spectateurs aux alentours!

Même si ce corps à corps est impossible astheure, Gilbert se sent enveloppé, conforté, presque rasséréné. Il contemple l'auteur de ses jours, si visiblement embarrassé par ses habits de visite ! Puis, il se tourne vers les dames, finissant par repérer le visage de sa tante tourné vers lui. Un sourire irrépressible étire les lèvres de Gilbert, ce à quoi Ériole répond de même. Il apprécie à sa juste valeur le sacrifice auquel elle consent, celui de la perte de toute une journée de travail.

Le souvenir d'un gentil minois lui traverse l'esprit, celui d'une demoiselle Maréchepleau, ouvrière du matelas, mais Gilbert n'a pas le loisir de s'y attarder : les invités les plus distingués font leur entrée. Parmi ces Montréalistes fortunés, soit de par leur naissance noble ou de par leur activité commerçante prodigieuse, plusieurs font partie du Conseil législatif. Gilbert les ignore superbement, pour mirer deux cousins, ardents défenseurs de la cause canadienne. Sans hésiter une seconde, il foutrait le gouverneur à la porte du château Saint-Louis, pour confier le destin de la colonie à Denis-Benjamin Viger et Louis-Joseph Papineau, ces démocrates convaincus !

C'est Papineau qui, bien plus que Viger-au-grand-nez, attire tous les regards. Voilà un homme bâti pour commander : la taille fine, la cambrure encore vigoureuse, la houppe grisonnante fièrement dressée au-dessus d'un front haut... La nature l'a également greyé du don de l'éloquence, ainsi que d'une intégrité morale à toute épreuve, deux qualités qui en font le porte-étendard incontesté des Canadiens. Comme tout un chacun, Gilbert sent qu'il peut se fier à lui pour défendre leur cause jusqu'à son dernier souffle !

Papineau et son épouse, Julie Bruneau, ont confié leur fils Amédée, âgé de 11 ans, au Petit Séminaire. Le garçon, de faible constitution, se trémousse de joie sur son siège ! Gilbert a ouï-parler de ses difficultés d'adaptation à la vie austère de l'institution. Des difficultés que tous les novices doivent surmonter, mais qui semblaient particulièrement aiguës dans son cas !

Gilbert note la présence de Xavier Malhiot, le père d'Adolphe, puis de Joseph Gauvin, un artisan prospère du faubourg

Saint-Laurent. Ce dernier semble fier comme un paon des performances scolaires de son Henri-Alphonse! Gilbert boit des yeux dame Cosseneuve, plongée dans une conversation animée avec son voisin de chaise, un jeune ecclésiastique aux pommettes cramoisies. Élégante et animée, sa chevelure mordorée soigneusement torsadée, l'épouse du marchand fait pâlir toutes les autres en comparaison.

Un ultime personnage de marque, suivi de sa cour de vicaires, fait irruption sur les lieux. Très sobrement vêtu, arborant un couvre-chef noir aux larges bords, Mgr Lartigue reçoit les salutations avec affabilité. Celle de M. Quiblier est polie, mais sans plus. Chacun fait comme si les sulpiciens ne passaient pas leur temps à rabrouer l'évêque auxiliaire, et comme si les Canadiens n'étaient pas outrés de ce comportement arrogant...

Un cérémonial de récitations et d'interrogations se met en branle, avec les classes supérieures à l'honneur. Ayant l'impression de faire partie d'une représentation pathétique, où le malaise ambiant couve sous l'onctuosité apparente, Gilbert se trouve dans un état souverain de détachement lorsque son tour survient. Néanmoins, il tient à faire honneur à sa famille, alors il s'oblige à mettre du sentiment dans son exposé. Comme le temps file, il reçoit une seule question, à laquelle il répond avec aplomb.

Le tout se termine avec une saynète, en latin, mettant en vedette trois élèves de philosophie. L'un personnifie un ministre de l'Empereur du Brésil qui se questionne sur la pertinence d'introduire, dans son pays, les représentations dramatiques. Deux sages lui répondent: l'un fait voir les avantages du théâtre, et l'autre veut en prouver le danger.

Enfin, le moment de la distribution des prix survient. Déployant un immense parchemin par-devant lui, un maître fait lecture du palmarès. La gravité soporifique du moment est entrecoupée par des fous rires contenus, lorsque le maître articule les prénoms des récipiendaires, traduits en latin! Les grands gagnants sont Alphonsius, Adolphus, Remigius et Georgius... Gilbert obtient un deuxième prix en composition française, et un accessit, soit une mention honorable, en versification.

Le discours d'adieu, offert par un élève de philosophie qui termine son cours, est une réelle torture pour Gilbert, qui craint de perdre le contrôle de ses jambes qui trépignent, et de ses bras qui ont envie de s'agiter en tous sens ! Enfin, le signal des vacances est donné lorsque M. Quiblier lève la séance. Un indescriptible brouhaha s'ensuit : les élèves dévalent les gradins et se précipitent vers leurs parents. Comme dans un rêve, Gilbert suit le flot et se retrouve dans les bras de sa tante, puis de son père. Il jouit intensément de ce contact charnel, comme s'il émergeait d'une longue période d'intense solitude !

Les idées tout emmêlées, il répond par monosyllabes aux compliments d'Ériole et aux interrogations d'Uldaire sur son état de santé. Une montée d'énergie souveraine l'envahit, lui donnant envie de courir à perdre haleine, ou de traverser l'onde fraîche à la nage, ou de serrer dans ses bras, à l'étouffer, une jeune fille accorte qui rirait à perdre haleine ! À cette idée, tout son corps flambe de désir, ce qui lui fait monter le rouge de la honte aux joues. Au moyen d'un effort de volonté prodigieux, il discipline cette appétence totalement incongrue. Il balbutie :

— C'est une bonne chose qu'y mouillait pas... Au moins, vous aurez point trop souffert du dérangement.

— Je suis très fière de toi, réplique Ériole. Autant que si t'étais mon propre fils.

Et de ses doigts repliés, elle lui pince les deux joues. Surprise de la chaleur qui s'en dégage, elle réagit par une moue, avant de faire remarquer à son frère :

— Tinton du diable ! Ça brasse dans cette grande carcasse, même si ça paraît pas...

— *Tout est en silence. Le héraut s'avance, le trouble devance sa voix dans les cœurs. La foule inconstante languit dans l'attente. Chacun se tourmente, cherche les vainqueurs...*

Moitié gueulantes, moitié chantantes, quelques voix mâles sont en train d'entonner le premier couplet du chant, composé par un de leurs camarades, qui est devenu leur hymne national. Prodigue de gestes comiques, Gaspard est maître de chœur, lequel grossit à vue d'œil ! Gilbert accourt et, avec ses camarades, martyrise le second couplet :

— *Les palmes se donnent, les vainqueurs moissonnent. Les rivaux s'étonnent de n'en recevoir. Tantôt ils pâlissent, tantôt ils frémissent, tantôt applaudissent de crainte et d'espoir.*

Il a un tel besoin de lâcher son fou ! Cette chorale improvisée, dans laquelle chacun s'époumone en riant et en échangeant des bourrades, est un dérivatif souverain à sa tension intérieure. Autant que les autres, il distribue des coups amicaux à l'aveuglette, tout en entonnant le troisième couplet :

— *Brûlant pour la gloire, ils ne sauraient croire être sans victoire, mais ils sont trompés. Leur espoir frivole aussitôt s'envole avec la parole dont ils sont frappés.*

La bousculade menace de devenir généralisée. Quelqu'un lance vitement :

— Prenez garde, les gars, nos tyrans vont sévir !

D'innombrables yeux se tournent vers M. Séry, plongé dans un aparté avec M. Quiblier. Un calme relatif revient, tandis que Gaspard se met à seriner les premiers mots du quatrième couplet. Avec davantage de sens musical qu'auparavant, un chant jaillit de cent bouches :

— *Ceux que sur un trône la gloire environne et que l'on couronne sont dans le transport. Là, tout vient leur rire, chacun les admire, et les jaloux désirent partager leur sort.*

À l'évidence, le directeur du Petit Séminaire, un sourire généreux aux lèvres, demeure insensible à l'agitation de Séry. Frappés d'émulation, les collégiens s'appliquent pour faire, de leur prestation improvisée, un concert digne de ce nom :

— *Enfin chaque classe par ces troubles passe, aucun ne se lasse de voir le combat. Les uns se dépitent, les autres palpitent, les esprits s'agitent ; fini le débat.*

Sur ce point d'orgue, les garçons rugissent et lancent des rires sonores vers le ciel. Le public applaudit ; on veut savoir qui est l'auteur de cette charmante poésie, et bientôt, Quiblier promène parmi la foule un jeune homme de la classe de philosophie.

— Bonnes vacances, Cul-de-Jatte fils, dit Henri-Alphonse à Gilbert, en le gratifiant d'une accolade.

— Toi de même, mon fendant. Asticote pas trop les p'tites filles...

— Où se cache Gaspard, qu'on l'étouffe ?

— Requis par sa mère.

En effet, pour le bénéfice d'un groupe rassemblé, dame Cosseneuve semble en train de vanter les prouesses de son fils. Ce dernier tâche de réagir avec modestie, même si son air fat le trahit...

— Bonnes vacances, les gars.

Vincent vient de surgir derrière eux. Après l'échange de poignées de main, Henri-Alphonse déguerpit, mais Vincent s'enquiert d'une voix peu assurée, avant que Gilbert ne s'éloigne :

— On se visitera ?

Gilbert reste interloqué par cette invitation ingénue.

— Je reviendrai pas cet automne.

— T'es sérieux ? Pourquoi ?

— J'ai fini ma rhétorique. Comme je veux pas endosser la soutane...

Bien sûr, Vincent était dans la classe supérieure ! Cette situation incongrue, Gilbert a eu tendance à l'oublier dernièrement...

— Tu vas faire quoi ?

— Le monde est à mes pieds... le monde, sauf la place de clerc auprès de mon père. Propriété de Gaspard.

— T'en aurais voulu, de la place ?

Il secoue vigoureusement la tête.

— Le commerce, j'en ai rien à foutre. Je sais pas. Y a pas grandchose qui me tente... Je crois que ton père te requiert...

En effet, Uldaire tente d'attirer l'attention de son fils. Au grand déplaisir de Gilbert, le directeur se tient à côté de lui ! Gilbert échange une moue désolée avec Vincent, puis il va les rejoindre. Sans un mot, Quiblier tourne les talons et s'éloigne, invitant d'un geste ses compagnons à le suivre. S'étant éloigné des autres d'une bonne distance, mais à relative portée d'oreille, Quiblier se tourne vers eux.

— À la requête de monsieur Séry, il me faut vous faire part de certains manquements à la discipline de la part de votre fils. De nos jours, les jeunes se permettent d'argumenter et de discutailler à tout venant, ce qui va totalement à l'encontre de nos principes d'éducation. Cette détestable manie, monsieur Dudevoir, nous faisons tout en notre pouvoir pour l'éradiquer, mais certaines têtes fortes...

— Je compte bien, monsieur le directeur, que vous allez apprécier la livraison de pourcelines que je viens de faire dans vos cuisines.

Déstabilisé par ce changement abrupt de propos, Quiblier cligne frénétiquement des yeux. Gilbert se retient de pouffer de rire. Son père exagère son paroli canadien, comme s'il voulait se distancier le plus possible de ce pédant à l'accent soigneusement cultivé!

— De... de pourcelines?

Ce mot semble lui brûler la bouche, mais Uldaire le laisse se dépatouiller seul, jusqu'à ce que l'évidence l'inonde:

— Ah! Bien entendu, monsieur Dudevoir. Nous sommes quittes pour cette année encore, n'est-ce pas?

Chaque année, Uldaire se montre délibérément généreux: la valeur de sa marchandise dépasse notablement celle de la pension de Gilbert. Le directeur, même s'il ne l'a jamais mentionné, en est tout à fait conscient. D'un ton volontairement simplet, Uldaire reprend:

— Sa mère pis moi, la dernière chose qu'on souhaite, c'est que notre fils sème la discorde parmi vous. La sainteté est trop rare en ce monde, pour qu'on lui fasse subir un siège. Du moins, c'est ce que dit mon épouse. Après toutte, nous sommes quittes, z'avez dit? À cause que sa mère et moi, on serait d'avis, s'y veut vraiment devenir un lettré, de le mettre au séminaire de Saint-Hyacinthe. Je sais pas si z'avez ouï-dire, mais la tenue de votre établissement fait jaser. Les marais qui sont tout proches et qui font monter les fièvres... Des rumeurs qui courent sur un ou deux maîtres... Les régents qui se transforment en délateurs...

Toute bonasserie envolée, le maître-potier toise Quiblier, qui finit par dire :

— Monsieur Dudevoir, vous êtes trop vite en affaires. Il n'a jamais été question de nous priver de la compagnie de votre fils ! Tout au plus, je voulais profiter de votre présence pour vous rappeler, avec toute l'humanité dont je suis capable, que le respect qu'un fils doit à son père est de la même qualité que celui qu'il doit à ses maîtres. Je vous remercie, monsieur Dudevoir. Ce soir, je ferai réciter une action de grâces en remerciement de votre générosité et de votre art qui, sans nul doute, tire son inspiration d'une source divine.

Gilbert lève un sourcil amusé. Pour condescendre à qualifier son père d'artiste, alors qu'il le considère intérieurement comme un vulgaire tâcheron, monsieur le directeur doit obtenir les pourcelines à un vil prix ! Abruptement, Quiblier tourne les talons, et Gilbert le suit du regard, constatant sans surprise que Séry se tenait non loin. Le collégien dit, avec admiration :

— Son père, z'avez reviré Monsieur comme une crêpe !

— Y pensait-y que j'allais me faire embobiner comme un niaiseux ? Si oui, y me connaît mal ! Je suis capable de lire entre les lignes : « Votre fils porte la tuque bleue. Ce n'est pas de notre goût. » C'est peut-être pas à leur goût, mais c'est pas de leurs maudites affaires ! Ton barda est paré ?

DANS LA NUIT CHAUDE, Gilbert referme la porte de la maison de sa tante Ériole, puis il inspire profondément. D'accord, Montréal ne sent pas toujours la rose, mais le garçon jouit avec intensité de ce parfum urbain, pour lui si capiteux ! Ce soir, en ce début de vacances, il n'était pas question, pour lui, de passer la soirée en tête-à-tête avec Uldaire et Ériole. Après tout, il a 15 ans et demi ! Il a un besoin vital d'une soirée d'amusements. Heureusement que son père n'a pas discutaillé trop longtemps, car Gilbert se serait passé de son consentement !

Même si les bourgeois aimeraient bien imposer un couvre-feu afin d'éloigner de leurs propriétés le moindre individu louche, la cité résonne encore de bruits confus. Les bêtes piaffent et jargonnent, des éclats de voix proviennent des croisées ouvertes, et de faibles lueurs de fanaux se balancent au rythme lent des attelages. Une lune à peine déclinante éclaire le tout d'une lueur blafarde. Les lampadaires à l'huile seront-ils allumés? Gilbert en doute. Ils ne pourraient rivaliser avec l'astre de la nuit...

Les mains dans les poches, l'âme légère comme une plume, Gilbert chemine à petits pas. Il n'a cure d'écrapoutir du crottin de cheval, ou des épluchures de légumes jetées sur la chaussée pour être dévorées par un cochon du voisinage. Comme il est dénué de tout bijou ou d'espèce sonnante et trébuchante, il n'a cure, de même, de croiser des voleurs de grands chemins. Ils le dépouilleront de ses vêtements, voilà tout... De toute façon, les risques associés à la vie nocturne sont grossièrement exagérés. Ça se dit amplement parmi les collégiens: leurs vieux leur font des accroires de peur qu'ils quittent le droit chemin!

Car la cité recèle bien des tentations dont nul n'ignore l'existence. Les tavernes, où s'agglutine une faune bigarrée et irrévérencieuse... Les tripots, où des innocents se font déculotter en moins de deux... Mais surtout, des dizaines de maisons déréglées, essentielles au bien-être des soldats britanniques stationnés à Montréal et d'une bonne partie de leurs officiers, de même qu'aux nombreux voyageurs de passage. Essentielles, de même, à plusieurs célibataires montréalais, parfois fils de fortunés.

À évoquer cette chair féminine s'offrant aux caresses, Gilbert ressent un tiraillement familier dans l'entrejambe. Il a l'impression que sa faim ne pourra jamais être assouvie, tant elle a grandi depuis l'année précédente. Quand donc rencontrera-t-il une jouvencelle qui se pâmera dans ses bras? Dès son arrivée à Saint-Denis, il se mettra à l'affût. Mais qui voudrait de lui? Il fait tellement pitié, long et maigre comme une échalote... Quoique... Il y a de l'espoir. Ériole ne vient-elle pas de lui confirmer qu'il est après prendre de l'épaisseur, comme elle dit en riant, et d'acquérir une équarriture d'homme?

Le but que Gilbert s'était fixé apparaît au détour d'une rue. Là, dans cette belle demeure de pierre transformée en maison de chambres, son ami Casimir Chauvin occupe un cagibi étroit en mansarde. Reculant le plus possible, Gilbert jette un œil à sa fenêtre, tout là-haut. Les battants sont grands ouverts et une lueur franche en émerge. Réconforté, Gilbert lance à mi-voix :

— Hé, Casimir ! Lâche ton bouquin !

Aucune réaction ne s'ensuit et Gilbert se voit obligé de réitérer son appel notablement plus fort. Enfin, la mince silhouette de son ami apparaît dans l'ouverture :

— Qui c'est donc ?

— Moi, Gilbert !

— Christole ! Que c'est que tu fais icitte, mon fendant ?

— Voir si t'es disponible pour les amusements, avant que je retourne m'enterrer dans ma campagne !

— Quel honneur ! C'est que j'avais de la compagnie... Attends.

De longues minutes plus tard, Casimir ouvre la porte d'entrée de la demeure pour faire pénétrer son ami. Il gratifie Gilbert d'une accolade, mais ce dernier voit bien qu'il est contrarié.

— Une *galante* compagnie ? Alors, je peux sacrer mon camp...

— Point du tout. Je prévoyais des amusements, mais peut-être pas du genre que tu pensais... Allez, monte.

Les volées d'escaliers de bois sont étroites, aux marches hautes. Casimir les franchit avec l'aisance d'un athlète. Essoufflé, Gilbert grommelle :

— Dire que tu te farcis ça deux fois par jour...

— Non : la descente, je la fais sur le derrière.

Gilbert pouffe de rire, tandis que son ami pousse l'huis entrebâillé de sa chambre. Le collégien a un mouvement de recul : un quidam se tient debout près de la fenêtre, une pipe à la bouche. Lorsque cette personne tourne la tête vers eux, Gilbert ouvre de grands yeux. Il s'agit de Gaspard, nonchalant et un demi-sourire aux lèvres ! Surpris et heureux, Gilbert va vers lui, la main tendue :

— Ça serait-y, mon espèce d'écœurant, qu'on aurait eu la même idée ?

— En tout cas, une idée qui s'apparente...

— Et t'as fait quoi de ta mère ?

Il répond, avec une grimace de dégoût :

— Je l'ai laissée à l'auberge, sous la protection de Vincent.

— Triste sort, y a pas à dire…

Faisant le tour de la pièce du regard, Gilbert constate qu'un intense embrouillamini y règne, et il siffle, avant de lancer à Casimir :

— J'espère que t'as des avantages à vivre tout seul icitte, à cause que ce serait ardu à prouver !

— Ma logeuse fait du ménage de temps en temps. Faut dire que j'ai guère le loisir de contempler mon barda… C'est tout un sacrifice que je fais pour vous à soir, les gars. À cause que demain, je me lève aux aurores !

— T'as une nouvelle situation ?

Bombant le torse avec orgueil, Casimir proclame :

— *The Vindicator and Canadian Advertiser* !

Gilbert pousse un sifflement admiratif. Ce papier-nouvelles, fondé l'année précédente, est l'un des meilleurs de la métropole, du moins de l'avis de garçons vibrant d'une ardeur révolutionnaire. Le vide laissé par la mort de Jocelyn Waller et la disparition du *Canadian Spectator* s'est rapidement comblé, et pour le mieux ! Placé sous la responsabilité du bouillant Daniel Tracey, un Irlandais d'une éloquence rare, il est devenu le pendant de langue anglaise à *La Minerve*.

Avec un clin d'œil à Casimir, Gaspard laisse tomber :

— Un gros merci de sacrifier ton repos pour nous autres. On s'arrangera pour que tu en tires de l'agrément !

Intrigué par cette calme repartie, Gilbert lui jette une œillade spéculative. Comme il semble plus mature, dépouillé de ses habits de collégien ! L'adolescent s'est enfui, pour être remplacé par un homme à la virilité affirmée… Envahi de jalousie, Gilbert est obligé de détourner le regard. En comparaison, il se sent tellement coincé ! Gaspard vient vers son camarade d'école :

— T'as le goût aux amusements ? Quel genre ?

— Ben… J'avais pas d'idée précise. Me promener, voir s'y a de l'action quelque part…

De manière inattendue, Gaspard éclate de rire tout en échangeant une longue œillade avec Casimir, qui rigole tout autant. Gilbert en déduit que ses distractions à lui sont enfantines, comparées à celles que les compères ont en tête... Mortifié, il tâche néanmoins de sourire, tout en répliquant :

— Pis toi ? Quelque chose de plus corsé, à ce que je vois ?

— Tu l'as dit... T'as du capital ?

— Pas un chelin.

Gaspard fait un rictus de contrariété. De plus en plus vexé, Gilbert entreprend une retraite vers la porte.

— Correct. Je suis de trop. Je vous laisse à vos folleries...

— Hé, prends pas le mors aux dents !

Casimir tente de le retenir par le bras. D'un coup sec, Gilbert se dégage et réplique, le fusillant du regard :

— J'haïs ça, me faire traiter comme un sans-dessein !

— Personne te traite de même. C'est pas de ta faute si t'es sans moyens...

Avec un regard furieux en direction de Gaspard, Gilbert rétorque :

— C'est facile, quand on a un père qui a des trous dans les poches !

Les mains ouvertes en signe de conciliation, l'interpellé s'approche :

— S'cuse-moi... Je voulais pas avoir l'air suffisant. C'est juste que, pour à soir, j'ai des envies pour lesquelles y faut du foin.

Buté mais hésitant, Gilbert reste immobile. Gaspard ajoute encore :

— On se séparera au moment opportun... Mais en attendant, tu fais la promenade avec nous ? On peut quérir l'action, comme tu dis.

Gilbert le dévisage, mais ne peut déceler la moindre trace de raillerie sur ses traits. Casimir le saisit par les épaules, qu'il presse fortement :

— Allez, fais-nous confiance ! Je suis content de t'avoir avec nous. C'est-y pas vrai, Gaspard ?

— Toutte ce qu'y a de plus vrai !

Amolli par leurs expressions ingénues, Gilbert se permet une ébauche de sourire. Gaspard s'exclame :

— À la bonne heure ! Prends un siège, l'ami. Raconte-nous. Ton père était content de tes prix ?

— Mon père ? Pour l'occasion, y s'est transformé en vendeur de pourcelines…

Se remémorant l'échange tout récent avec le directeur, Gilbert pouffe de rire. Réjouis par ce changement d'humeur, de même que par son paroli grossier, les autres réclament des explications. Bientôt, tous trois sont installés tant bien que mal, l'un sur le bord du lit, l'autre sur une chaise bancale et le dernier sur le rebord de la fenêtre, tandis que le survenant narre l'ergotage distrayant entre Uldaire et M. Quiblier. À ouïr ce récit, Gaspard s'ébahit de l'esprit ratoureux du maître-potier ! De son côté, Casimir secoue fortement la tête :

— Quelle niaiserie… Comment vous faites, les gars, pour supporter ce régime si longtemps ? C'est un mystère pour moi. Êtes-vous vraiment des hommes, avec une fierté, je veux dire des couilles ?

— Très drôle ! réagit Gaspard avec une grimace de reproche. Au contraire, c'est facile de décaniller, alors que de rester sans perdre la face…

— Mon œil ! C'est à cause de ta mère que tu restes.

Soudain, Gaspard n'a plus aucune envie de se gausser. Il réplique froidement à Casimir :

— Pis quoi ? Ça fait quoi, si je reste pour faire plaisir à ma mère ? Pour elle, que je réussisse avec les honneurs, c'est suprêmement important. Pourquoi que j'y ferais pas plaisir ?

— T'énerve pas. Je voulais juste dire que…

— Laisse faire. Ce qui se passe entre ma mère pis moi, ça regarde juste ma mère pis moi. C'est-y clair ?

— Limpide, répond Casimir avec mauvaise humeur. Décidément, les gars, quand vous sortez du cloître, z'êtes pas parlables !

Gilbert est pris d'un fou rire si contagieux que bientôt, tous trois en pleurent de joie. Soudain, tout en s'essuyant les yeux, Gaspard saute sur ses pieds :

— On sacre notre camp ? J'ai des fourmis énormes dans les jambes, pour être poli...

— J'appuie la proposition, renchérit Gilbert. Y fait chaud comme en enfer, icitte !

— C'est ça, levez le nez sur mon hospitalité, espèces d'ahurissants !

Tout en s'envoyant des piques, les compères quittent l'exigu logis. Le jeune typographe chicane parce qu'ils font trop de bruit dans l'escalier, les deux autres proclament leur innocence, et sur ce, ils débouchent sur la chaussée, où ils sont enveloppés par une brise fraîche qui semble la plus douce des caresses. Casimir demande à Gaspard :

— T'es pressé ? On pourrait faire un détour par les quais. J'aime ben le fleuve, la nuitte...

Quelques minutes plus tard, ils débouchent rue des Commissaires. Chaque fois, Gilbert s'émerveille de cette transition presque magique : depuis une zone densément habitée, où la risée se fraye malaisément un chemin, ils passent dans un espace qui, bordé par un horizon lointain, semble infini... Les trois amis marchent jusqu'à l'esplanade du quai, auquel sont amarrées des dizaines d'embarcations. Mais comme l'espace manque en haute saison de transport maritime, c'est une véritable marée flottante qui occupe la rive. Flanc contre flanc, des cages non démontées s'amarrent à des sloops, lesquels sont liés à des goélettes qui s'agrippent à des schooners transatlantiques...

Un vent soutenu du sud-ouest fait se frotter les coques et grincer les mâts et leurs haubans, ce qui créé une mélodie familière. Quelques éclats de voix de matelots leur parviennent... Casimir inspire profondément :

— Ô risée, douce risée du large... Va bénir ma demeure et y répandre ton parfum, pour me faire plonger dans l'enchantement du rêve...

Gilbert pousse un sifflotement :

— C'est de qui ?

— De moi. Je suis poète à mes heures.

— Mirez ça, les gars. Voilà la vraie poésie...

Faisant dos au fleuve, Gaspard indique l'alignement des maisons de la rue des Commissaires. Les façades, hautes de plusieurs étages, sont généralement plongées dans la noirceur, sauf pour quelques devantures où brûlent des torches allumées. Là, occupant le trottoir, des silhouettes s'agglutinent… Un frisson d'excitation descend l'échine de Gilbert. Il a pénétré quelques fois dans une cantine, mais en plein jour, en compagnie de son père, pour se ravigoter. Il sait que la nuit, c'est un autre monde…

— Une p'tite soif, les gars ? J'suis guère fortuné, mais je peux vous offrir quelques lampées…

— Pas icitte, répond Casimir d'un ton sans réplique. Trop de matelots qui cherchent noise. Je connais un endroit, dans le coin flambant…

— Le coin flambant ? répète Gaspard, la mine gourmande. Envoye fort !

Sans plus attendre, les jeunes hommes quittent la rive du fleuve. Ils montent au faîte de la butte allongée sur laquelle s'est installée la vieille cité. Là, redescendant la colline, ils franchissent une ancienne poterne des fortifications, qui a été laissée là pour, semble-t-il, tomber gracieusement en démence… À leur droite s'étend le Champ de Mars, dont les rangées de peupliers se discernent à peine dans la noirceur. Au-delà, vers le mont Royal dont la silhouette trapue bouche une partie de l'horizon, l'espace est occupé par des jardins et des vergers, propriétés des notables de la vieille ville, dont les quelques familles patriotes les plus puissantes : les Viger, les Cherrier, les Chaboillez.

La flèche de la cathédrale Saint-Jacques-le-Majeur, reluisant sous la lumière lunaire, indique le cœur du faubourg. Mais ce n'est pas cette direction que choisissent les trois oiseaux de nuit. Plus à l'ouest, un faubourg populaire se développe dans l'axe de la rue Saint-Laurent, cette *Main Street* qui se transforme en rang, ou côte, pour franchir en ligne droite toute la largeur de l'Isle de Montréal. Les jeunes hommes arpentent d'abord la rue Craig, suivant pendant un certain temps le cours d'un ruisseau boueux, qu'ils finissent par franchir sur un modeste pont de bois.

Dès lors, ils pénètrent dans cette partie du faubourg surnommée le coin flambant. Au premier coup d'œil, rien ne distingue ce voisinage des autres : les maisonnettes de bois sont environnées de potagers et de quelques arbres fruitiers, et les terrains sont soigneusement clôturés. Une population industrieuse y habite, composée de journaliers et de leurs familles, ainsi que d'honnêtes artisans-boutiquiers. Mais dans le secteur formé par l'intersection des rues Saint-Laurent et La Gauchetière, il existe une concentration surprenante de maisons déréglées. À preuve, les filles de mauvaise vie qui, de jour comme de nuit, font du racolage…

Justement, les trois garçons approchent d'un tel lieu où se tiennent deux femmes, ainsi qu'un individu assis par terre, adossé au mur, cuvant sa boisson. Sans vergogne, Gaspard dévisage les créatures, dont le maintien est sans équivoque. Presque dépoitraillées, elles se déhanchent de manière suggestive ; leur taille est exagérément soulignée. Si leurs robes ne paient pas de mine, elles tentent d'agrémenter leur mise par de criardes mirlifichures : un éventail ou un ornement dans la coiffure.

Dans l'éclairage chiche, il est malaisé de leur donner un âge, mais Gilbert constate que les ravages du temps commencent à marquer le visage de l'une, la plus frondeuse, celle qui réagit à l'œillade de Gaspard en faisant quelques pas vers lui :

— Mon beau monsieur… En appétit ? Z'êtes tombé sur le meilleur commerce à des milles à la ronde. J'suis tout confort, là-haut.

D'un geste, elle désigne l'étage supérieur du bâtiment. Gilbert n'est pas sans remarquer qu'elle parle à mi-voix, non seulement pour imprimer à son timbre des inflexions caressantes, mais pour respecter la tranquillité environnante. Astheure, la plupart des voisins dorment… Ravi d'avoir une femelle à proximité, Gaspard se laisse frôler avec gourmandise. Si la prostituée prend garde à ne pas le toucher, elle est si près que c'est tout comme ! Enfin, avec un soupir de regret, il répond :

— Désolé, chérie, mais je suis pas assez en moyens. Toutte ce que je peux m'offrir, c'est une balade en pleine nature.

— Pff… Puissante défaite, oui ! J'te cré pas une miette. Avoue, mon jeune, que tu connais rien aux créatures pis que t'es trop gêné pour le dire…

Gaspard reste de marbre, mais sa voix acquiert un tranchant manifeste :

— Prends garde aux moqueries ou tu vas t'en repentir. J'ai pas de comptes à te rendre. De toute façon, c'est pas toi que je choisirais. C'est la jeunette…

Plus timorée que sa compagne, l'autre ébraillée reste à l'écart, son visage détourné dans l'ombre. Avec une mine chagrinée, son aînée recule de quelques pas :

— Y a pas de justice. Les chairs tendres, elles ont même pas besoin de se forcer pour attirer la clientèle… Essaye pas, jeunot. Tu pourrais pas te la payer.

— Arrive, Gaspard, dit Casimir. Ça sert à rien de se mettre en appétit si y a rien à manger. La cantine est à deux pas.

À regret, Gaspard emboîte le pas à Gilbert, qui serre Casimir de près. Une intersection plus loin, tous trois font halte pardevant une autre façade, dotée d'une enseigne. Sans plus attendre, Casimir pousse la porte, et Gilbert reçoit, comme un coup de vent, le mélange de lumière, de moiteur et de senteur humaine qui règne à l'intérieur. Étourdi, il peine à suivre Casimir, qui repère une table libre et s'y dirige avec un naturel désarmant.

Bientôt, tous trois ont pris place et Gilbert prend le temps de s'accoutumer à l'ambiance. Le cantinier règne entre son comptoir et un mur garni de bouteilles ; parmi la dizaine de tables, la moitié sont prises, et presque uniquement par des hommes, dont quelques soldats égarouillés. Les trois ou quatre femmes présentes sont, manifestement, des filles de joie. Quelle dame pourrait se trouver en ce lieu, à cette heure, sans risquer sa réputation ? Fidèles à leur mission, elles sont là pour, justement, mettre les convives en joie ; tout à l'heure, quand viendra le temps, elles monteront à l'étage en compagnie de l'un ou l'autre. Ou peut-être, songe Gilbert avec émoi, en compagnie de l'un *et* l'autre…

Le cantinier vient à eux, la lippe suspicieuse, et leur demande de défrayer à l'avance le coût de leurs consommations. Si Gaspard semble paré à discutailler, Casimir obtempère avec grâce et s'entend avec son ami pour offrir une bière à Gilbert. Peu après, les compères trinquent. Gilbert n'aime pas tellement ce breuvage, mais il s'oblige à faire frime d'apprécier.

— Je bois à votre délivrance, dit Casimir en avalant une autre gorgée, et qui plus est, à votre héroïsme !

— Je me congratule moi-même, renchérit Gaspard en l'imitant, et j'en profite pour me débarrasser l'esprit de tous les relents de bondieuseries qui pourraient le polluer !

Et ce disant, il fait mine d'expulser des jets de vapeur à travers toutes les ouvertures de sa tête. Rieur, Gilbert intervient à son tour :

— Dire que certains y croient dur comme fer ! Pourtant, même parmi les soutanes, y a loin de la coupe aux lèvres… On t'a raconté, Casimir, les plus récentes frasques de Baile ?

— Ce vénéré professeur de rhétorique ? Point du tout ! À ce que je vois, c'était du plus haut comique…

Tour à tour, s'interrompant l'un l'autre, Gilbert et Gaspard narrent un épisode qui remonte au dernier temps des Fêtes. Amédée Papineau, fils de Louis-Joseph, souhaitait à tout prix accompagner sa mère pour une visite du jour de l'An parmi leur parenté de la campagne. Or, les élèves n'ont droit qu'à une seule journée de congé, et ils doivent être de retour à l'heure du souper. Qu'à cela ne tienne : quelques jours avant la journée fatidique, Amédée se présentait chez le supérieur en prétextant qu'un grand malheur avait fondu sur lui, qu'il était devenu aveugle et qu'il devait aller dans sa famille se faire soigner.

Bien entendu, un piège lui fut tendu. La mine lugubre, Gilbert déclare :

— C'est moi qui ai été choisi pour le mettre à exécution.

— Toi ? Tu fais pourtant pas partie de la Clique du cloître ?

Souriant à cette saillie, Gilbert rétorque :

— Sont prompts à nous rabattre le caquet, par les temps qui courent.

Il a été chargé, tout en accompagnant le naïf Amédée jusque chez lui, de faire semblant de se tromper de chemin. Paniqué, le garçonnet a oublié son rôle d'aveugle… La supercherie ainsi révélée au grand jour, Gilbert devait le ramener au cloître séance tenante. Ouvrant les mains toutes grandes, il ajoute :

— Comment faire autrement ? J'avais beau y réfléchir…

— D'autant plus, renchérit Gaspard, qu'un des favoris de la direction s'était attaché à leurs pas…

— Un espion ? L'affaire est belle !

Après avoir tancé vertement le jeune collégien, Quiblier lui annonça que M. Baile le recevrait, quelques heures plus tard. Sachant qu'il avait bon bras et tapait dur, Amédée n'en menait pas large… Il alerta les tuques bleues, qui élaborèrent un plan en toute hâte. À peine la première fessée donnée, le laxatif ingurgité fit son office. Ce fut une vraie débâcle, qui permit à Amédée d'être aussitôt renvoyé par le maître dégoûté !

Tous trois rient à s'en tordre les côtes. Lorsque cet accès d'allégresse s'atténue quelque peu, Gaspard articule avec une feinte impatience, tout en donnant une bourrade à Casimir :

— À peine sortis du cloître, on s'empresse d'en gloser ! Ce qu'on peut être niaiseux, quand même !

Gilbert interpelle Casimir :

— Mais raconte-nous ! À l'évidence, m'sieur Duvernay est un autocrate, pire que les pires Bureaucrates ?

— Faut pas charrier… Disons que ses apprentis, y les ménage pas. Savez comment les gazettes salariées caricaturent son caractère autoritaire ? Ben, les caricatures s'appuient sur un fond de vérité… M'sieur Ludger, c'est un vif de tempérament. Quand y est pas d'accord, ça sort comme une salve d'artillerie. Si on est pas de son bord, on est contre lui !

— Dans ce milieu-là, c'est ça que ça prend. Avant d'engager un rédacteur, ou même un typographe, faut s'assurer de son loyalisme. Autrement, on fournit des munitions à l'ennemi. Un ennemi déjà armé jusqu'aux dents !

— Un fameux démocrate fait pas nécessairement un bon patron ! Colérique de même, ça a pas d'allure. Pis exigeant sur l'horaire ! Y me tenait affairé 12 heures par jour.

— Paraît que m'sieur l'imprimeur, y est porté sur la bouteille ?

À cette question nonchalante de Gaspard, Casimir réagit par un rictus de contrariété.

— J'aime guère en causer... C'est pas une occupation aisée. Y a ben des affaires qui râpent la gorge pis qui mettent les poumons en feu, fait que...

Casimir leur décrit un vaste local où s'activent une dizaine de compositeurs et pressiers, et où trônent deux presses en bois. Un local étouffant l'été et trop froid l'hiver, saturé de la poussière des caractères de plomb et des émanations de papier humide, d'encre de Chine et de potasse! Gilbert et Gaspard échangent un regard désorienté. Leur ami beurre-t-il trop épais, dans le but de se faire plaindre?

En tant qu'apprenti-compositeur, Casimir passe la journée debout, à alterner entre les casses, placées près des fenêtres pour bénéficier du meilleur éclairage possible, et le châssis contenant la page à imprimer, déposé sur le marbre. Heure après heure, le jeune homme choisit les caractères dans les premières, pour aller les placer dans le second. Les châssis sont excessivement fragiles, rappelle le narrateur, et deux fois, par maladresse, il les a transformés en un pâté, c'est-à-dire en amas informe! Une épreuve qui relève du cauchemar...

Avec un large geste du bras pour repousser ces sombres pensées au loin, Casimir conclut:

— Toutes les imprimeries sont faites pareil, mais au moins, *mister* Tracey, y est d'une sobriété exemplaire! Pis y fait attention à nous, un peu plus que m'sieur Ludger. C'est un démocrate moins autocrate!

Soudain impatient, il repousse sa chaise:

— On sort d'icitte? J'ai envie de flatter la créature...

Gilbert obéit, tout en s'interrogeant intérieurement. Casimir a vraiment l'intention de... de baiser une femme de mauvaise vie? Alternant entre jalousie et aversion, il se retrouve à l'air libre, marchant dans les traces de ses camarades qui semblent l'avoir oublié et qui discutent entre eux à voix basse. Il ne sait plus trop ce qu'il fait là, et de surcroît, il commence à être fort las...

Heureusement, ils retracent leurs pas vers la cité, grimpant enfin la pente raide qui les fait déboucher rue Notre-Dame.

De là, les compères obliquent vers le faubourg Québec, et soudain, Gilbert croit comprendre où ils se dirigent. La plupart des filles qui font le trottoir se tiennent près des baraquements, où crèche l'essentiel de leur clientèle. Puisque Gaspard est incapable de se payer une prostituée de grande classe, l'une de celles qui occupent les maisons déréglées, il se rabat sur les moins onéreuses, celles qui acceptent, pour toute couche, la paille d'une grange ou, s'il fait beau, le pied d'un arbre.

Gilbert n'a pas vraiment envie d'assister à cette transaction bassement commerciale, mais en même temps, il est fasciné par l'aisance de son ami, qui marche lentement tout en appréciant, d'une œillade, les créatures qu'ils croisent çà et là. Soudain, il s'immobilise et esquisse un signe de tête à l'adresse d'une ébraillée adossée près de la porte d'une taverne dont l'intérieur semble fort animé. La jeune femme aux formes pleines se redresse et marche nonchalamment vers eux. Elle laisse tomber :

— Pour vous trois ?

— Pour deux. Celui-là est désargenté comme Job.

Elle détaille Gilbert du regard, puis ses lèvres s'étirent en un mince sourire.

— Tu portes une belle veste, chéri… J'en connais une qui s'en contentera comme paiement.

Ébahi, Gilbert ouvre de grands yeux. Casimir intervient :

— Elle s'en contentera en échange de quoi ?

— Une pipée. Ça vaut pas plus.

Une pipée ? Gilbert jongle avec ce terme, tandis que Casimir se tourne vers lui :

— T'en dis quoi ? Ces dames sont expertes dans l'art de tirer une pipe.

Soudain, l'évidence inonde Gilbert, qui en rougit jusqu'à la racine de ses cheveux. Gaspard pouffe de rire et dit à leur interlocutrice :

— Faut l'excuser. Y est encore vert…

— Pas de soin. Faut ben commencer un moment donné…

Gilbert est littéralement écartelé entre des sentiments contradictoires. Il a tant envie de jouir en compagnie d'une femme, même si c'est ainsi, à la sauvette ! Mais en même temps, il voudrait bien davantage. Il sait qu'il ne pourra pas étreindre, ni embrasser, qu'il se laissera faire comme un niaiseux... Et puis, sacrifier sa veste, une perte dont il devra rendre des comptes...

— Pendant que monsieur réfléchit, glisse Casimir, z'allez me quérir une blonde ? Je la voudrais moins formée que vous, belle dame...

— Laissez faire les galanteries. Chacun ses goûts...

Elle s'éloigne dans la nuit. Les yeux brillants, Gaspard et Casimir font face à Gilbert, qui tergiverse encore. Ils l'asticotent :

— Envoye donc... Fais pas le timoré... Tu diras que tu t'es fait voler ta veste...

Serrant les dents, Gilbert jette :

— À la revoyure, les gars.

Il tourne les talons et prend les jambes à son cou. Il court jusqu'à ce que, le cœur battant la chamade, il soit obligé de ralentir. Il est rempli d'amertume d'avoir refusé, d'être désargenté, d'être si ridiculement impressionné par les filles de joie ! Il aurait suffi qu'il franchisse ce pas, ce seul pas, et après, tout aurait été plus simple ! Gaspard ne le toiserait plus avec cet air de suffisance, qui lui donne envie de rentrer dans le plancher...

Furieux, Gilbert se met en quête d'un endroit isolé et plongé dans la noirceur. Il ne pourra pas dormir dans l'état de tension où il se trouve. Après avoir vidé sa vessie contre un mur, il s'accote sur le flanc et les yeux à demi fermés, il entreprend de se branler, imaginant que ce ne sont pas ses doigts à lui qui frottent sa verge, mais ceux d'une jouvencelle, à la fois aguichante et craintive... Mais sa jouissance hâtive, plutôt que de le contenter, le laisse éreinté et dégrisé, comme après une nuit de triste débauche.

Lorsqu'au matin, son père vient le secouer sur sa couche installée dans un angle du salon d'Ériole, Gilbert relativise ses déboires. Le déshonneur n'est pas si grand qu'il ne pourra être rafistolé… Le garçon n'a aucun doute sur ses capacités viriles. Sauf qu'il aspire à autre chose qu'une étreinte dénuée de tout sentiment. À bien y penser, n'est-il pas suprêmement avilissant de devoir *payer* pour obtenir les faveurs d'une femme ?

– 34 –

Le soleil répand ses rayons déclinants sur la rivière et tire de la surface immobile des reflets chatoyants dont Gilbert se repaît. Allongé sur la berge, à l'ombre d'un vaste saule, il laisse la douceur du jour l'imprégner tout entier, chassant les relents d'humidité et d'acrimonie qui subsistaient en lui. Depuis son retour du collège, s'il s'est amplement dépensé physiquement, il n'a pu faire autrement que de laisser au repos sa cervelle harassée. Quel bonheur que de baisser la garde, que de se laisser bercer par le tranquille passage des jours !

— Les gars ! Où c'est que vous êtes fourrés ?

C'est la voix lointaine d'Amable Maillet qui les hèle ainsi. Son cri contient une note d'urgence et Gilbert sent un frisson d'inconfort lui descendre l'échine. Il a la nette impression que la bulle de félicité dans laquelle il est plongé depuis son retour est sur le point de voler en éclats… Le faisant sursauter, Joseph Duplaquet réplique en gueulant :

— Par icitte, mon fendant !

Bientôt, Amable pénètre sous les branches pendantes qui effleurent le sol. Il halète tant qu'il doit reprendre son souffle, sous les regards interrogatifs des deux jeunes hommes, rendus somnolents par cette demi-heure de fainéantise au cœur de leur journée de travail habituellement chargée. Enfin, Amable émet, d'une voix forte :

— C'est annoncé, les gars ! Le roi a trépassé !

Même si chacun s'attendait à une telle nouvelle, puisque la maladie du vieux monarque anglais *George the Fourth* était connue, le moment est solennel! Gilbert et Joseph se mettent debout en retirant les chapeaux de paille de leurs crânes. Amable ajoute:

— C'est Tit-Jean qui est après le colporter. La barque à vapeur a déchargé son lot de voyageurs, qui en jasaient grassement. Sir James a reçu hier la dépêche officielle depuis Halifax. Un deuil doit être pris demain, selon les ordres émanant du château Saint-Louis.

Gilbert ne peut retenir une grimace, avant de laisser tomber:
— Par icitte, cette injonction sera mollement observée...

— C'est un fait, affirme Joseph avec force, que notre sentiment d'affection envers le roi s'est évaporé, vu son apparent manque d'intérêt pour la cause canadienne.

— Faut dire qu'un roi est victime de son entourage, objecte Amable. Nos ennemis montent la garde alentour de lui... Venez!

Ils quittent leur havre pour emprunter le sentier qui chemine sur la berge, entre le champ et la rivière, et qui serpente jusqu'aux premières maisons du bourg. Dès qu'ils parviennent en vue de la place du Marché, ils constatent qu'un attroupement s'est formé, incluant une bonne partie des hommes importants du bourg. Se postant à proximité, au sein d'une bande de jeunes qui grossit à vue d'œil, les garçons tendent l'oreille aux parlures animées.

Les témoignages de respect dû au roi disparu ont fait long feu, pour être remplacés par des parlementeries au sujet de l'avancement des affaires publiques. L'espérance est grande de voir disparaître prochainement les causes de dispute, estiment quelques marchands éminents, grâce à l'intention du gouvernement impérial de donner au peuple du Bas-Canada le contrôle sur ses propres deniers.

Le gouverneur Kempt n'a-t-il pas rétabli la tranquillité dans le pays, jusqu'alors agité d'un bout à l'autre par ses disputes avec les chambres hautes? N'a-t-il pas insufflé une bonne dose de confiance entre les gouvernants et les gouvernés? Certains faux pas ne sont dus qu'aux difficultés qu'il a affrontées à son arrivée. Il a fait des nominations judicieuses dans la magistrature; il a mis à exécution la seule recommandation directe du Comité des

Communes de Londres, soit s'assurer d'un choix ordonné des jurés des campagnes.

Les députés Louis Bourdages et Wolfred Nelson se récrient. Sir Kempt n'a fait que se conformer à son serment d'office et aux ordres reçus de Londres. Les ordonnances de milice sont encore en vigueur ; de plus, une réforme en profondeur de la magistrature se fait encore désirer ! Pendant les 10 années du règne de *George the Fourth*, les émissaires du pays sont allés à deux reprises se plaindre de mauvais traitements à Londres. Et ce, sans compter les requêtes, pétitions, rapports et pamphlets qui parviennent dans la mère patrie. Et pourtant, c'est comme crier dans la tempête ! ·

Sur ce, David Bourdages amène sur le tapis le sujet de la dissolution prochaine de la Chambre d'Assemblée. Puisque l'actuelle législature s'est formée en 1827, des rumeurs d'élections générales prochaines circulaient déjà ; mais à cause de la mort du roi, il est maintenant certain que le gouverneur ordonnera la tenue d'élections.

— Je demande une assemblée pour arrêter le choix de nos députés ! C'est la marche que nous avons suivie en '27, ce qui a assuré la victoire au pays !

— Tu parles drette ! renchérit son père de son ton croassant. Le meilleur moyen de déjouer les manœuvres de la Bureaucratie, c'est d'arrêter à l'avance le choix de nos représentants.

— M'sieur Louis, ravalez votre fiel !

Cette raillerie est de Norbert Cartagnelle, l'artisan-sellier qui habite à proximité des Dudevoir. Se souvenant de son comportement arrogant en présence du jeune arpenteur, quelques mois plus tôt, Gilbert se tend à l'extrême. En effet, Cartagnelle en rajoute :

— Milord a été bouté hors du pays, z'en souvenez-vous ?

Brusquement, le Dr Nelson pivote vers lui, le fusillant d'un regard noir. L'artisan ravale la suite et Nelson éructe :

— Du respect, monsieur l'artisan, je vous prie ! Z'avez aucune leçon à donner à notre concitoyen, qui se dépense sans compter pour le bien public ! Avez-vous oublié que monsieur Bourdages consacre plusieurs mois chaque année, malgré son grand âge, à faire valoir vos droits ?

Cartagnelle en reste ébahi. Le notaire Bourdages vient poser une main apaisante sur le bras de son collègue.

— Laissez, Wolfred. C'était une niaiserie...

— Pantoutte ! Même si Milord a décampé, d'autres règnent sans partage ! Vous voulez des noms, monsieur l'artisan ?

— Ce sera point nécessaire, répond Cartagnelle vitement. Je sais à qui vous pensez. Z'avez raison sur toute la ligne.

Toisant ce dernier, David déclare posément :

— Nos ennemis trament encore dans notre dos. Guère le moment de relâcher la vigilance !

Après un moment de silence, Louis Bourdages s'adresse au Dr Nelson :

— Justement, cher Wolfred... Au nom de mes concitoyens, je vous demande instamment de vous porter candidat de nouveau.

— Vous précipitez les choses, réplique l'interpellé avec un mince sourire. C'est par une assemblée démocratique qu'il faut présenter les candidats.

— Je veux quand même m'assurer de votre consentement.

— Et je profite de l'occasion pour vous annoncer mon retrait.

Pendant un moment, Gilbert se demande s'il a bien ouï. Le Dr Nelson, celui qui a mis à terre James Stuart, abandonnerait son poste ? Cette annonce est reprise à mi-voix à travers toute la place, où plusieurs groupes de femmes se sont constitués. Hésitant, David relève :

— Votre retrait ? Vous nous signifiez... ?

— Que je ne me porterai pas candidat. C'est une décision ferme.

Un silence consterné tombe sur les quelques dizaines d'hommes qui l'entourent. Nelson en profite pour ajouter :

— J'y ai vécu bien des tourments, vous le savez. Je ne veux pas y compromettre ma santé, ni la prospérité de mes entreprises.

— Le bourg y perdrait trop ! lance un concitoyen.

Ce n'est pas de la flatterie. Le docteur possède plusieurs des terres de la paroisse, qu'il fait mettre en valeur par des métayers, participant ainsi à la prospérité de la région. De plus, en périphérie du bourg, une bâtisse s'élève, fruit de l'association de Nelson avec plusieurs autres entrepreneurs locaux. Bientôt, elle abritera une distillerie qui procurera des situations à des journaliers du bourg et qui favorisera la culture locale des grains nécessaires à la production de certaines liqueurs fortes.

— Par ailleurs, argue-t-il, je caresse des projets de voyage dans les vieux pays. C'est le moment ou jamais. Notre comté, messieurs, compte d'autres hommes qui ont bien plus d'envergure que moi-même.

Lorsque le concert de protestations s'atténue, le sujet des points importants à faire valoir en relation au choix des futurs candidats vient sur le tapis. Plusieurs lois sont pendantes, allègue le Dr Nelson, dont celles pour nommer des porte-parole de la chambre basse à Londres et pour régler le problème de la discrimination dans la judicature. D'autres lois votées doivent être mises en force, comme celle des écoles de syndic. Et enfin, assure le vieux Louis Bourdages dont l'impétuosité est notoire, il est un sujet d'importance, mais si complexe qu'il est ardu de s'en occuper autant parfaitement qu'il le faudrait : celui des terres incultes.

Dès lors, la discussion devient cacophonique, et Gilbert s'en désintéresse pour s'absorber dans ses pensées. La question épineuse de la disponibilité des terres pour la génération montante soulève les passions. La Couronne britannique en accapare une bonne quantité, y compris dans les *Eastern Townships*, vaste région qui s'étend à l'est des vieilles paroisses de la rivière Chambly. Or, des voix s'élèvent de toutes parts pour dénoncer le mode d'attribution des terres à défricher. Des individus s'adonnent au plus vil brigandage, y tirant un profit éhonté. Bien entendu, cette pratique profite aux ennemis des Canadiens…

Au cours des jours qui suivent, la mort de *George the Fourth* constitue l'essentiel des bavardages, même parmi les commères, qui tiennent à connaître tous les détails croustillants qui paraissent dans les gazettes. C'est ainsi que le vendredi suivant, dès que Gilbert peut mettre la main sur l'édition la plus récente de

La Minerve, il est requis pour en faire la lecture lors d'une corvée de défaite de la laine qui a lieu dans la cour des Dudevoir, en après-dînée.

Plus tôt, Bibianne a découpé au ciseau tous les tricots usés de la maison, puis elle a confié à Perrine la direction de la corvée, qui rassemble une dizaine de voisines qui ont procédé de même. Astheure, il s'agit de défaire ces morceaux brin par brin, si possible. Délivrées, pour l'occasion, de leurs tâches d'assistantes-potières, Vitaline et sa grand-mère se sont jointes au groupe. Grâce aux doigts experts de toutes ces dames, la quantité de brins de laine dans les paniers à leurs pieds grossit à vue d'œil.

Dès que cette tâche monotone sera accomplie, au moyen de plusieurs corvées si nécessaire, la laine sera trempée dans l'eau savonneuse, puis barattée pour en faire un genre de mousse, qui sera ensuite cardé et filé. Avec cette laine de seconde main, on tricotera des couvertures, des mitaines et des chaussettes, ainsi que quelques-uns de ces vêtements qui servent de protection aux maîtres-potiers lorsqu'ils pénètrent dans le four encore brûlant, après la cuisson.

Toutes ces dames tendent une oreille avide vers Gilbert, assis parmi elles et leur faisant lecture des événements entourant le décès du ci-devant Très Gracieux Souverain, à trois heures et un quart du matin, le samedi 26 juin de l'an de grâce 1830.

— Sa Majesté a expiré sans apparence de peine, dans sa 68e année. La nouvelle de sa mort a causé la plus vive affliction à tous ses loyaux et fidèles sujets, auxquels les vertus qui ornaient son caractère et le vif désir qu'il avait uniformément manifesté de promouvoir le bien-être de son peuple, l'avaient rendu cher.

— La plus vive affliction ? relève Mme Maillet, l'air mutin. T'es sûr que c'est écrit ça, mon gars ?

— Sûr et certain, réplique Gilbert avec un grand sourire. Comme vous le savez, ma bonne dame, c'est toujours écrit la vérité pure, dans les gazettes. Surtout dans le *Quebec Mercury*, le plus amical des papiers-nouvelles, où *La Minerve* a puisé ce compte rendu.

Un concert d'éclats de rire lui répond. Une autre s'exclame :

— Cré jeunot de savant, va ! Une chance qu'on en a des comme toé, qui peuvent nous édifier de même !

— À l'arrivée de cette triste nouvelle dans la colonie, Son Excellence l'administrateur du gouvernement, ainsi que les membres du Conseil exécutif de Sa Majesté, se sont assemblés au château Saint-Louis et ont prêté les serments prescrits par la loi à Sa Majesté actuelle, le roi *William the Fourth*. Avec les solennités d'usage dans la capitale, ils ont donné les ordres pour la proclamation de Sa Majesté.

— Y a trop de majesté là-dedans, s'écrie Perrine en plissant le nez. J'en perds mon latin !

Cette boutade suscite un nouvel élan d'hilarité. Sans se démonter, Gilbert décrit lesdites solennités. Accueillie par une salve de 41 coups de canon, la proclamation a été lue, au milieu des acclamations générales, par le shérif, qui s'est alors mis à la tête d'une procession formée du grand connétable et de plusieurs magistrats à cheval, escortés par la compagnie des grenadiers et des musiciens du 24e régiment. Pour relire la proclamation, il s'est arrêté à divers endroits des haute et basse villes. La dernière lecture a eu lieu vis-à-vis du château Saint-Louis. Ensuite, le gouverneur s'est rendu sur l'esplanade des remparts, où les troupes étaient sous les armes et où elles firent un feu de joie… éteint par la pluie ! En signe de deuil, l'étendard flottera à mi-mât pendant six jours. Le septième, au soleil couchant, il sera arboré tandis qu'aura lieu une salve de 60 coups de canon, tirés de minute en minute.

Gilbert replie le large feuillet. Plusieurs dames s'insurgent :

— C'est toutte ? Ça se peut pas, t'as pas lu en entier !

— Mais oui ! Faut que j'obéisse à mon père. Mirez ses grands signes !

En effet, placé dans un recoin de la cour, Uldaire appelle son fils pour une tâche visiblement urgente. Dès que Gilbert a pris son envol, les commentaires vont bon train, les plus âgées prenant de l'avance sur les gazettes pour décrire le faste des funérailles d'un roi, se fiant à leur mémoire de celles ayant eu lieu en

1820. Pendant les jours qui suivent, toutes les personnes capables de déchiffrer une gazette sont fort en demande dans le bourg. Tant de ouï-dire et de rumeurs circulent, qu'il faut vérifier par voie officielle…

Dans le voisinage des Dudevoir, Gilbert est le seul qui bénéficie d'une éducation supérieure, et plus souvent qu'autrement, un large groupe s'assemble soit dans la cour, soit dans la salle commune si le temps est inclément, pour l'entendre faire rapport des événements d'importance. Pendant plusieurs soirées de suite, c'est au sein d'un groupe de plusieurs dizaines de personnes, hommes et femmes confondus, que Gilbert s'astreint à livrer les nouvelles les plus significatives.

Toute l'assemblée se régale du compte rendu qui est fait de la proclamation, cette fois-ci dans les rues de Montréal, de *William the Fourth* comme roi du Royaume-Uni de la Grande-Bretagne et d'Irlande. Il semble que le cérémonial manquait de pompe! Il paraît que le shérif Lewis Gugy, incommodé par la pluie, a procédé à un train d'enfer et avec une suite réduite entre ses divers lieux de lecture, soit la Maison d'audience, l'entrée du faubourg Québec, le marché à foin et la Place d'Armes.

Si le rédacteur de *La Minerve* traite de ce manquement aux usages avec nonchalance, le ton change lorsqu'il s'agit de dénoncer l'attitude de Gugy concernant la procédure obligée pour la lecture de la proclamation. Le shérif a dû pourtant recevoir des ordres précis, à la même enseigne que le shérif de la capitale qui, même s'il est peu à l'aise en français, a fait lecture dans les deux langues dans les rues de Québec! Mais Gugy a préféré confier ce travail à un jeune écrivain d'un quelconque bureau, se réservant la lecture en anglais uniquement.

— *Une telle conduite*, poursuit Gilbert, *mérite quelque animadversion…*

Ayant lui-même de la difficulté à se mettre ce mot en bouche, le garçon fait une pause, puis il reprend:

— *Une telle conduite mérite le blâme de ceux qui devront voir, de la part de subalternes, le mépris d'injonctions positives. Ce qui n'ajoute pas peu à notre surprise, c'est qu'il est notoirement connu que la langue française est la langue naturelle de Gugy !*

Cette assertion crée un choc dans l'auditoire, et l'on se met à gloser à outrance. Il est aisé, en effet, d'oublier la généalogie de cet homme à place, baptisé du prénom de Louis, qu'il a ensuite transformé en Lewis ! Né à Paris, Louis Gugy est le neveu du fameux Conrad, ancien militaire qui fut secrétaire du gouverneur Haldimand, puis seigneur dans la région des Trois-Rivières, et toujours un fidèle du gouvernement exécutif. Au point, paraît-il, d'avoir brouscaillé les partisans bas-canadien de la cause des futurs États-Unis, au moment de leur guerre d'indépendance !

Des échanges excités s'ensuivent. Gugy n'est pas le seul à avoir anglicisé son prénom pour les besoins de la cause ! John Delisle, prénommé Jean-Baptiste à la naissance, et Austin Cuvillier, baptisé Augustin, ont fait de même... Les autorités de la colonie affichent un réel dédain de la langue des enfants du sol. À plus d'une reprise, on a voulu nier aux Canadiens le droit à des services dans leur langue. Pendant les premières années d'existence du Parlement, au tournant du siècle, les marchands anglais ont tenté de faire passer des mesures pour interdire l'usage du français dans cette noble enceinte !

De même, le projet d'Union législative des provinces du Haut et du Bas-Canada, que les Bureaucrates acharnés rongent comme un os, ne vise rien de moins qu'à assimiler la nation canadienne à celle des conquérants. La tentative de 1822 a suscité tant d'opposition que son accomplissement a été différé, mais le lion n'est qu'assoupi... L'épineuse question des écoles est une source d'irritation supplémentaire. Les autorités en place aimeraient bien se servir de cette institution pour anéantir la culture française...

Jugeant que la valse des opinions a assez duré, Gilbert sollicite de nouveau l'attention, en confirmant que des élections ont été annoncées.

— Elles devront être terminées le 26 octobre prochain, sauf pour les comtés de Bonaventure et Gaspé qui ont jusqu'au 13 décembre pour faire leur choix. Les citoyens de Montréal se sont déjà assemblés pour délibérer sur le choix qu'il s'agira de faire si

quelques-uns des anciens députés de cette ville ne consentent pas à se porter candidats de nouveau. Nous invitons les électeurs des divers comtés à se réunir et à s'assurer d'avance des membres qu'ils délégueront. Comme en 1827, nous aurons à lutter contre la Bureaucratie ; nous aurons à déjouer ses trames, ses manœuvres, dont il faut toujours se défier. Les moyens de les paralyser et de les rendre abortives, c'est d'être unanimes et de prévenir toute division et toute opposition inutile en arrêtant d'avance le choix de nos députés.

Gilbert abaisse le feuillet, tandis que de petits groupes se forment pour commenter cette exhortation. En effet, il est vital pour les intérêts du peuple canadien d'élire un représentant patriote, et plus ce choix est éclatant, moins il sera contesté sur le *husting*! Des éclats de voix péremptoires résonnent. Échauffés par l'alcool et les débats, les hommes s'emportent! Soudain, des coups impérieux sont frappés à la porte d'entrée, tirant un cri de frayeur de plusieurs poitrines féminines. Dans la fièvre du moment, Vitaline imagine des habits rouges armés de baïonnettes…

Uldaire rugit :

— Qui va là ?

— Amable, m'sieur Dudevoir! Amable Maillet et Joseph Duplaquet! Un extraordinaire de la *Gazette*!

Rémy galope jusqu'à la porte, qu'il s'empresse d'ouvrir toute grande. Les deux jeunes hommes considèrent l'assemblée avec ahurissement, puis Amable s'empresse de brandir le papier-nouvelles au-dessus de sa tête. Il proclame, d'un ton jubilatoire :

— Une révolution en France!

Un tel brouhaha s'ensuit que Gilbert est obligé de s'époumoner :

— Du calme, toutte le monde! Les gars, accourez par icitte!

Il donne l'ordre à Amable de monter sur la chaise qu'il occupait. Le garçon obtempère. Tenant la *Montreal Gazette* à bout de bras, il en montre la première page, dont les gros caractères sautent aux yeux : EXTRAORDINARY : REVOLUTION IN FRANCE. À bout de souffle, Joseph Duplaquet explique à la cantonade que le paquebot de Liverpool à New York a apporté les gazettes anglaises qui annonçaient la nouvelle : le roi de France a dissous la Chambre des députés, puis retiré à la presse, par une ordonnance, la liberté dont elle jouissait. Le peuple français, qui avait en horreur le ministère de Charles Dix, a cru devoir assurer son salut et sa liberté par une révolution.

Pendant que tout le monde absorbe cette information, Amable Maillet père rétorque, avec hésitation :

— Dans cette gazette, on est accoutumé de crier au loup pour rien. Pour moi, y s'agit encore d'un épouvantail qu'on agite. Des gros mots ben commodes pour faire peur…

— Je vous lis la proclamation des députés français. C'est une traduction de mon cru. J'ai été aidé par m'dame Nelson. *La France est libre. Le pouvoir absolu a levé son étendard ; la population héroïque de Paris l'a renversé ! Attaqué, Paris a fait triompher par les armes la cause sacrée. Le pouvoir, qui usurpait nos droits et troublait notre repos, menaçait à la fois la liberté et l'ordre.*

— Provisoirement, ajoute Amable, les députés présents à Paris ont invité le duc d'Orléans à exercer les fonctions de lieutenant général du royaume.

— Lieutenant général ? s'exclame Lapré, l'artisan-menuisier. Ça serait-y que le roi… le roi a abdiqué ?

Amable rabaisse lentement le feuillet, et dans le silence rempli d'expectative, sa voix résonne comme un coup de canon :

— Le roi est en fuite. Y s'est réfugié à Chartres, soutenu par les seuls gardes suisses.

— Et la garde royale ? s'enquiert Gilbert faiblement.

— Elle s'est débandée et elle a abandonné son roi. M'sieur Lafayette…

Il ne peut en dire davantage, à cause de la cacophonie qui s'est élevée. Le héros de la révolution américaine a joué un rôle dans toute cette affaire ? On ne pouvait pas s'attendre à moins de lui ! Dès qu'un semblant de calme est revenu, Amable reprend :

— Lafayette a été nommé général par la Commission municipale de Paris, qui tâche de faire régner l'ordre jusqu'à ce que le parlement soit réuni. Il est à la tête de la Garde nationale reformée.

Ne se tenant plus d'impatience, Gilbert crie :

— Mais comment ça s'est passé ? Comment y ont fait pour détrôner le roi ?

— Ça reste obscur, répond Joseph. Y a eu des combats dans Paris. Y paraît que le peuple, en quelques jours, avait pris le contrôle de la ville et fait jouquer le drapeau tricolore partout.

— Ça parle au diable, marmonne Uldaire. D'un coup que c'est un canular de la *Gazette* ? Sont capables de toutte, ces fendants-là !

— Impossible ! rugit Gilbert avec férocité. Un canular de cette nature serait un crime !

Amable fils saute de sa chaise.

— Faut qu'on y aille. Encore plein de monde à visiter ! Tu viens, Gilbert ?

— J'accours !

— Ralentis ton cheval, mon fils !

L'injonction d'Uldaire agit comme une douche froide sur la fougue de Gilbert qui, égarouillé, se retourne pour contempler son père. Uldaire dit à la cantonade, d'un ton faussement débonnaire :

— À la revoyure, mes amis. On en jasera dès qu'on aura une gazette française à se mettre sous la dent ! Mes p'tits gars, vous laissez le voisinage tranquille. Rentrez vous coucher, le moment de s'énerver viendra ben assez vite !

— Mais y'a un tas de monde chez m'sieur Nelson ! Ça discute fort, on peut pas manquer ça !

Fond-de-Terrine vient à la rescousse d'Uldaire :

— On laisse les hommes d'importance parlementer.

— Faut que je leur ramène la *Gazette* !

— Je m'en occupe. Si je peux me glisser dans la parlure, j'en serai point marri…

Avec réluctance, Amable remet le feuillet à son père. Il est tant déconfit que Vitaline en a le cœur serré ! Lui aussi ulcéré, Rémy tourne le dos à l'auditoire pour aller se planter face à une fenêtre. La salle commune se vide, tandis que les femmes s'échangent des remarques sur le danger qu'il y a à laisser des jeunes hommes battre le pavé, une fois la nuit tombée. Un charivari impromptu pourrait en résulter! Uldaire referme soigneusement la porte d'entrée, évitant de regarder Gilbert qui reste planté au mitan de la pièce, les bras ballants et la cervelle bouillonnante.

— On aura un extraordinaire de *La Minerve* dès demain, offre Vitaline pour l'apaiser. Elle datait de quand, la *Gazette*?

— Hier au soir, répond Gilbert mécaniquement.

— Donc m'sieur Morin a passé la nuitte sur la traduction, et sans doute qu'elle est parue aujourd'hui même. Demain, on l'aura. C'est-y pas vrai, Gilbert?

— Ça se pourrait. Mais avant d'arriver à demain, me semble que j'ai ben des croûtes à manger!

La porte d'entrée s'ouvre de nouveau, pour laisser pénétrer mémère, grand-mère et Perrine, qui étaient en visite. Leur air compassé indique qu'elles ont été mises au courant, ce que confirme dame Royer en interpellant son gendre:

— Ça caquetait en masse sur les chemins... C'est sérieux, cette affaire?

— On dirait. On verra demain. La nuitte, touttes les chats sont gris...

— Moi, je l'avais vu venir! explose soudain Gilbert. Ça fait des mois que j'arrête pas de vous en parler! Les Français ont un avantage certain sur nous, comme sur bien des peuples: leurs tyrans sont de la même race qu'eux!

Comme tous les membres de sa famille, Vitaline reste clouée sur place. Même mémère, qui trottinait vers sa chambre, fait halte et se retourne vers son arrière-petit-fils; même Bibianne, qui est restée à l'écart tout ce temps, se berçant consciencieusement, relève les yeux de son tricot pour considérer son fils. Ce dernier est envahi d'une telle fureur qu'il est bien incapable de rester immobile. Se mettant à aller et venir, il déblatère:

— C'est vrai, quoi... Quand on lit un tant soit peu... on se rend compte que...

Avalant sa salive, il se domine pour poursuivre, avec plus d'assurance:

— Ce que je veux dire, c'est que les Français, ce sont pas un tyran *extérieur* qu'y combattent, un roi lointain qui a pris possession de leur territoire, mais un tyran *intérieur*.

Fronçant outrageusement les sourcils, Perrine rétorque :

— Pourtant, me semble que c'est bien plus facile d'avoir le soutien populaire si on combat une domination étrangère. Là, les choses sont claires, la tyrannie est facile à pointer du doigt !

— On pourrait le croire, convient Gilbert. Sauf que la révolution de 1789 a laissé des traces partout, dans toutes les classes de la société. Sous l'outrage, les hommes se réveillent, affirment leur foi républicaine, du plus haut juge du pays jusqu'au dernier des fonctionnaires publics ! Alors, quand le coup d'État a eu lieu… de quelque manière qu'il ait eu lieu… les Français se sont montrés à la hauteur.

Pivotant sur lui-même, il s'enquiert avec désespoir :

— Vous me comprenez ? Je suis pas trop obscur pour vous ?

— On est peut-être moins induqué, riposte Rémy avec dignité, mais on est pas niaiseux pour autant.

Grand-mère se rebiffe :

— Une seconde révolution française ? Je le croirai quand je le verrai !

— Si on suit ton raisonnement, mon fils, glisse Uldaire, les principaux officiers de l'armée française…

— … ont été infectés par cet esprit de tolérance. Pour moi, c'est clair comme de l'eau de roche.

— Les soldats font face à leurs frères, renchérit Vitaline. Y tireraient sur eux pour une question… la question d'un roi détesté et de ministres guère aimés davantage ?

— Tandis que nous, icitte… On fait face à des étranges. À une armée d'occupation. L'armée du plus prospère et du plus vaste empire du monde.

— Arrête ton cheval, mon p'tit gars ! ânonne Uldaire en levant les mains au ciel. Qui parle de guerre civile ? C'est en envoyant nos meilleurs hommes en Chambre qu'on se bat. Pas à coups de boulets !

— On parle pour parler, concède Gilbert d'un ton qu'il veut apaisant. Pour montrer à quel point l'opinion populaire peut avoir du poids, si le parti adverse jouit de pouvoirs point trop disproportionnés…

— Bon, ça va faire pour à soir, les palabres. Tu vas être capable de maîtriser ton impatience, mon fils, jusqu'à l'aube ? Je veux pas t'entendre tournayer toutte la nuitte !

— *Nous* entendre, précise Rémy depuis la fenêtre contre laquelle il s'accote. À cause que moi itou, ça me vire les sangs à l'envers !

Dans un sursaut d'exaspération, le maître de la maison tonne :

— Au litte, la jeunesse !

- 35 -

En ce jeudi 9 septembre 1830, tous les habitants du bourg se mettent à l'ouvrage, qui abonde en cette période de l'année. Cependant, la tension collective est palpable. Du moindre quidam jusqu'à la plus bavarde commère, tous attendent une confirmation des événements d'outre-mer. Chez les Dudevoir, un silence inhabituel règne, sauf pour mémère qui, au contraire, s'enquiert à tout moment de la suite des choses !

Trottant sur le trottoir de bois, Vitaline fige soudain. Là-bas, contre le mur de la maison, Aubain presse Perrine de tout son corps. Ils sont soudés par un baiser qui, même à cette distance, semble témoigner d'une faim extrême... À contrecœur, le jeune homme appuie ses mains sur le mur pour s'écarter. Sans quitter sa belle des yeux, il recule de quelques pas, puis il s'enfuit dans la direction opposée, en courant presque.

Le cœur serré, Vitaline voit sa sœur venir vers elle, mais plutôt que de l'affronter du regard, Perrine garde les paupières pudiquement abaissées, ce qui ne lui ressemble pas. Elle bifurque pour s'engouffrer dans la maison et Vitaline reste clouée sur place, les émotions en bataille. Encore une fois, la jeune fille réalise qu'elle a tout faux... Sa sœur aînée claironne depuis qu'elle est femme que jamais, au grand jamais, elle ne mariera un potier, qu'elle est dégoûtée de patauger dans la bouette et que, foi de Perrine, elle capturera un bourgeois dans ses filets !

Pour le sûr, c'étaient des fanfaronnades, mais elle y mettait tant de fureur que Vitaline la croyait ! Les gens prétendent une chose, puis ils font le contraire, et il apparaîtrait que c'est dans l'ordre des choses. Tout le monde semble rompu à cet art. Tout le monde, sauf elle. Des indices de l'émoi de Perrine en présence d'Aubain, et réciproquement, s'accumulent dans sa cervelle. À l'évidence, son aînée cachait bien son jeu. À l'évidence, Aubain attendait sa permission pour se manifester… Uldaire n'en sera pas marri. Il pourra faire d'Aubain son gendre et son associé tout à la fois, ce qui réglera le problème de la transmission de ses avoirs !

D'humeur bourrassière, la jeune fille s'octroie une longue pause. Ce matin, toute sa parentèle se permet des moments d'agrément… Il n'y a qu'elle qui se démène ! Dès l'aube, Gilbert et Rémy se sont mis en quête de compères autant passionnés qu'eux, en quête du moindre signe d'activité humaine et de la plus minuscule possibilité d'apprendre quelque chose de neuf au sujet de la seconde Révolution française. Vitaline n'a rien contre la politique, d'autant plus qu'il se commet, dans ce pays, des passe-droits gros comme une montagne. Mais si elle avait un choix douloureux à faire, celui de ne pouvoir consacrer ses forces vives qu'à une seule cause, ce n'est pas à la défense du pays qu'elle se porterait. La défense du pays, c'est un luxe auquel elle s'adonne quand sa fièvre de potière est apaisée. Et la seule manière de l'apaiser, c'est de la rassasier. Sauf que depuis l'arrivée de Gilbert, elle doit redoubler de prudence, et ses équipées nocturnes vers l'atelier se raréfient !

Des éclats de voix attirent son attention. Depuis la rue, Gilbert saute par-dessus la clôture de perches qui délimite la cour. Il est suivi par un groupe de mâles d'âges variés. Tous ont la mise négligée et la chevelure battant au vent, et ils s'envoient des piques joviales. Avec un choc, Vitaline réalise qu'Isaac est parmi eux. Elle plonge dans un état second, tandis que Gilbert la hèle, d'un geste grandiloquent :

— Bon matin, mamoiselle la potière ! Vous voulez-t'y qu'on partage les dernières nouvelles avec vous-même ainsi que votre entourage ?

Les idées en fuite, elle ne sait que répondre, mais Gilbert éclate d'un rire tonitruant, repris par la quinzaine de bonshommes qui l'accompagnent. Rassemblant sa dignité, elle finit par rétorquer :

— Si z'êtes venu pour me charrier, m'sieur, passez votre chemin !

Cette réplique fait redoubler l'hilarité. Tous les membres de cette troupe, sans exception, sont plongés dans un état proche de l'ivresse, mais qui n'est guère causé par un excès de boisson ! Se tournant vers ses compères, Gilbert gueule :

— Rameutez le voisinage, mes braves !

C'est la débandade, dans un tel embrouillamini que Vitaline s'en amuse franchement. De son côté, Gilbert entreprend de rassembler tous les membres de la maisonnée, puis il prend place près du chemin public, dans le seul endroit de la cour qui soit couvert d'herbages et non d'une terre boueuse. Quelques chaises sont apportées pour les vieilles personnes. De part et d'autre de la clôture, empiétant largement sur la rue, près d'une soixantaine de personnes sont bientôt réunies.

Ayant retrouvé une partie de ses esprits, Vitaline jette des regards en coin à Isaac, placé quasiment en face d'elle, au centre d'une troupe de jeunes artisans. Pour l'instant, il ne la remarque guère... Il est plutôt diverti par le manège d'Aubain, qui s'est arrangé pour se trouver à proximité de Perrine et qui, croyant passer inaperçu, effleure ses doigts... Déçue, elle se concentre sur le discours de Gilbert, qui a retrouvé tout son sérieux :

— *La Minerve* le notifie à la une, m'sieurs dames ! Le 26 juillet, un lundi matin, le journal officiel du gouvernement français annonçait des mesures d'exception contre la presse de l'opposition. Car cette opposition, m'sieurs dames, avait remporté une victoire retentissante lors des élections des semaines précédentes. Le roi a donc réagi par des Ordonnances tyranniques, passées *sans le concours* du parlement : censure rigoureuse de la presse, dissolution de la Chambre et tenue d'un nouveau scrutin. En plus, le roi modifiait la loi électorale de manière à s'assurer de faire élire des députés complaisants !

Un bourdonnement de réprobation s'élève. Le dominant, Joseph Duplaquet beugle :

— Un coup d'État royal, m'sieurs dames !

Avec un tressaillement, Vitaline croise le regard d'Isaac fixé sur elle, ce qui lui tire un demi-sourire involontaire. Il sourit en retour, la tête inclinée de côté, le torse bombé, bien campé sur ses jambes, l'incarnation même de la virilité... Elle se sent pâlir, puis rougir à outrance, avant de se décider à reporter son attention vers Gilbert, qui poursuit :

— Ce coup d'État, l'opposition l'anticipait. Les chefs, réunis chez le banquier Laffitte, avaient décidé qu'en ce cas y feraient campagne pour pousser les députés à refuser de voter le budget et pour pousser le peuple à retenir les impôts.

Gilbert s'octroie une pause, balayant l'auditoire d'un regard défiant. Ceux et celles qui l'écoutent comprennent-ils son message sous-jacent ? Comprennent-ils que c'est l'arme de la dernière chance pour protester efficacement contre un régime corrompu ? Les Américains l'ont utilisée avec succès en 1776, les Français ont fait de même en 1789... mais les députés canadiens, de même que leurs commettants, se déchirent entre eux sur l'opportunité de la mesure !

Le potier Maillet s'exclame :

— Poursuis, le jeune, ou ben on t'arrache les mots de la bouche !

— Le *London Morning Herald* a reçu une missive de son correspondant à Paris datée du 30 juillet, soit cinq jours après la parution des Ordonnances. Ce correspondant affirme que dès le 27, des troubles sérieux agitaient la capitale. Les gens d'armes postés au Palais Royal étaient continuellement attaqués par un assemblage de petits-maîtres.

— Des petits-maîtres ? relève Uldaire. Ça mange quoi en hiver ?

— Ce sont des élégants, offre un jeune homme.

Vitaline reconnaît Horace Nelson, le fils du docteur. Il ajoute :

— Pour dire autrement, des dandys.

— Trêve d'ergotage, intervient Gilbert. Écoutez ce que le correspondant anglais a écrit : les gens d'armes sont attaqués *avec une persévérance et un désespoir desquels toutes les révolutions, tumultes, révoltes ou émeutes d'Angleterre sont sans exemple* !

— Y affrontaient la cavalerie, s'écrie Amable Maillet fils, en criant : *À bas le roi ! La mort à Polignac !*

Isaac gueule à son tour :

— *Vive la Charte ! Vive l'empereur !*

Et dès lors, ils sont une dizaine à vociférer à qui mieux mieux : *Vive Napoléon Deux ! Vengeance ! La liberté ou la mort !* Après une minute de ce manège cacophonique, l'artisan-menuisier Lapré intervient en beuglant plus fort qu'eux, comme un commandant de bataillon :

— Chargez !

Cette injonction comique fait se tordre de rire l'ensemble des jeunes mâles. Poussant un soupir d'exaspération, Gilbert les tance avec une sévérité affectée :

— Si vous arrêtez pas, mes fendants, on va faire fuir notre public !

— Pas pantoutte ! se récrie Vitaline. On adore ça, nous autres, les représentations tragiques !

D'un ton de pédant, Isaac se met à déclamer :

— Les armureries de Paris furent forcées et pillées. À 10 heures du soir, le corps de garde de la Place de la Bourse fut attaqué, les gendarmes expulsés, et on y bouta le feu. Ne pouvant y entrer, les sapeurs-pompiers se sont laissé désarmer.

Il fait une grimace.

— Fiou ! C'est ardu, déclamer avec des « ce fut » et des « ne pouvant » !

Tous se laissent aller à rire, ce qui détend l'atmosphère. Gilbert prend la relève :

— Si la nuit fut calme, le peuple recommença à s'assembler dès quatre heures du matin. Des quidams se sont mis à distribuer des pamphlets contre le roi et ses ministres, des pamphlets commandant à chaque homme de prendre les armes pour son pays.

— Allez-y, vous autres ! s'écrie Isaac. Jouez le peuple qui s'assemble !

Après un moment de flottement, les membres de la troupe de garçons se regroupent dans la rue comme s'il s'agissait d'une plate-forme de théâtre. Plaçant entre leurs mains des armes imaginaires, ils se mettent à aller et venir comme s'ils battaient le pavé.

— Les combattants du jour précédent, dont la mise exprimait l'aisance, furent noyés dans une foule d'hommes terribles des faubourgs : cochers, ouvriers, commis, étudiants…

Certains comédiens adoptent des mines patibulaires, d'autres des regards exaltés, ce qui réjouit grandement l'auditoire.

— Les hostilités recommencèrent. Alors survint un événement important du côté des étudiants de l'École polytechnique.

Isaac se tourne vers Gilbert pour l'inviter à poursuivre.

— Les étudiants avaient été congédiés sans leurs épées.

Une exclamation exagérément outragée sort de toutes les poitrines. Encouragé, Gilbert poursuit, sans pouvoir masquer son orgueil :

— D'abord mêlés au peuple, ils se séparèrent ensuite pour aller se placer à la tête de diverses bandes. Non pas pour commander, mais pour recevoir des ordres. De qui ? Le correspondant n'en fait pas mention, mais nous pouvons conjecturer : de tous ces hommes d'armes expérimentés, démis de leurs fonctions par Charles Dix. La défunte Garde nationale, meneuse de la révolte.

— Au midi, les rassemblements populaires étaient immenses. L'Hôtel de Ville fut emporté, et en devint le point d'appui. La prise d'un dépôt d'artillerie permit de faire distribuer des canons. La jeunesse s'en servit avec un sang-froid étonnant…

Isaac ne peut poursuivre : les acteurs improvisés miment avec conviction l'amorce et les déflagrations du canon. Lorsque l'intérêt de cette saynète s'émousse, Gilbert reprend :

— Le feu continua pendant 12 heures. La garnison de Paris avait été mise sur le qui-vive pour mater le peuple. Mais au commandement de « Présentez… armes ! »…

Gilbert fait une pause théâtrale, avant de conclure :

— … ce sont vers les supérieurs de la garnison que les fusils pointaient.

Cet acte d'insubordination spectaculaire plonge l'auditoire dans un silence stupéfait, y compris la troupe de théâtre, qui en perd tous ses moyens.

— Les soldats se transformèrent en combattants pour la liberté. De surcroît, on voyait les féroces… comment on dit, déjà ?

— Les Fédérés, offre Horace Nelson.

— Les féroces Fédérés des faubourgs, avec leurs lances de 1815, de même que des milliers de femmes et de gens sans armes qui aiguillonnaient le parti populaire. Ce sont les citoyens âgés de la Garde nationale et les jeunes Polytechniciens qui affrontèrent la Garde royale, au château des Tuileries. Ce fut un carnage. Les infortunés gardes suisses ont été mis en pièces !

Après un silence désolé, Gilbert conclut :

— Le surlendemain, 29 juillet, le drapeau tricolore flottait sur l'Hôtel de Ville et sur la cathédrale Notre-Dame. Rarement entendu dans la capitale, le bourdon sonnait !

Gagnés par la solennité du moment, tous restent cloués sur place, assimilant l'avalanche d'informations qui leur est tombée dessus. Enfin, un à un, ils se lèvent pesamment et retournent, l'air absorbé, à leurs occupations. Il ne reste que la maisonnée Dudevoir, ainsi que les jeunes gens, un brin las après cette surexcitation matinale. Perrine s'écrie, forçant la gaieté :

— Y a pas à dire, comme déclamateurs, z'êtes talentueux !

— Ça vous dirait, enchaîne Aubain, de fonder une troupe ?

— Y a du potentiel dans la rivière Chambly, ajoute grand-mère.

Après un rire, Vitaline renchérit :

— La chute de Charles le despote, tragédie en 15 actes ! Les commères en feraient des gorges chaudes !

— Ça nous prendrait des actrices, rétorque Isaac. Z'êtes partantes, mesmoiselles Dudevoir ?

Ce disant, c'est Vitaline qu'il observe posément. Uldaire maugrée :

— La glaise va devenir toute sèche… Gilbert, les folleries achèvent, j'espère ? La raison d'État, ça dure un temps, mais on a besoin de toi icitte !

Gilbert fait signe qu'il a compris, tandis que ses compères commencent à se disperser. Isaac a réussi à faire quelques pas discrets en direction de Vitaline, qui surveille son manège, le cœur battant. Il glisse, à mi-voix :

— On peut-y se voir seul à seule, à soir, sur la place ?

— Je m'arrangerai, souffle Vitaline. Après souper, correct ?

Il répond par un regard complice, puis il décampe. Sentant ses joues irradier de chaleur, la jeune fille y pose ses mains, d'une souveraine froidure. Elle aura bientôt un cavalier ! Émerveillée, elle se retient à grand-peine de giguer en retournant à ses activités. Elle n'y croyait plus. Depuis le printemps, Isaac se faisait aussi insaisissable que le vent !

Gilbert se met résolument à l'ouvrage, uniquement interrompu par la visite, en après-dînée, de son camarade de collège Georges-Étienne Cartier, qui a pris la peine de traverser la rivière en canot, depuis Saint-Antoine, pour venir l'entretenir de ce coup de théâtre prodigieux. Son ami a partagé son savoir au sujet des événements :

— Semblerait qu'y a eu un étrange concours de circonstances. D'abord, le refus par les banques d'honorer les billets promissoires. Les ateliers ont cessé leurs opérations ; les travailleurs ont été mis à la rue. Ensuite, *le même jour*, l'Ordonnance du roi et de ses ministres a mis le feu à la capitale. On y trouvait un langage outrageant. Les idées pernicieuses minent les fondements de l'ordre, sèment des ferments de guerre civile... La presse périodique est un instrument de désordre et de sédition... Elle discrédite les pouvoirs publics, elle révèle des secrets militaires, elle encourage la défiance envers le roi !

— Et elle attaque l'Église et la religion !

— Paris est alors placardée. On interdit la distribution d'imprimés anonymes. On interdit à quiconque de posséder journaux ou imprimés qui vont à l'encontre de l'Ordonnance, sous menace d'une poursuite en justice. Ces placards sont signés par le préfet de police. Un sbire dont le capital de sympathie est au plus bas dans le cœur des Parisiens...

— Saint-épais, t'es ben induqué...

— Un homme très strict, le préfet de police. Y a interdit aux prostituées de racoler dans les rues...

Ce détail croustillant a réjoui grandement son interlocuteur ! Georges-Étienne enchaînait :

— Ces Ordonnances déclenchent une réaction en chaîne. Les typographes décident de ne pas retourner travailler. Leur gagne-pain est en péril! Y racolent les ouvriers du bâtiment. Le lendemain, des presses d'imprimerie sont saisies par la police, des salles de nouvelles sont fermées. Le peuple y réagit par des rassemblements houleux. Le gouvernement les qualifie d'illégaux et il interdit aux étudiants d'y prendre part. Tous les ingrédients sont en place pour une insurrection.

Gilbert a été obligé de couper court à leur entretien, mais tous deux ont élaboré le projet de consacrer la journée suivante à une équipée au village Debartzch, pour aller célébrer dignement avec les jumeaux Cosseneuve ce bienheureux cataclysme. Au soir, alors que la fraîcheur vespérale descend sur le bourg, la famille retraite à l'intérieur de la maison, sauf Perrine qui fricote le pot-au-feu du lendemain, débarbouillant des légumes qui viennent d'être sortis du caveau, et Bibianne qui range tranquillement, à proximité du fournil. Gilbert informe alors son père de ses intentions pour le lendemain, expliquant qu'à maintes reprises, l'un ou l'autre des frères a pris soin de les convier à leur faire une visite! Demain à l'aube, donc, le fils Cartier traversera et tous deux fileront vers le village voisin pour la journée.

Rémy se tend vers son frère à travers la table, pour supplier:

— Fais-moi une place avec vous autres! Je jouis trop fort d'assister à vos jasettes!

Gilbert riposte à l'intrusion de son cadet par un regard furibond. Le maître-potier s'insurge:

— Jamais en cent ans! J'ai pas le goût que tu sois exposé à une rhétorique... une rhétorique qui créé des flammèches!

— J'ai pas besoin de lui pour m'induquer, réplique Rémy très dignement. Je l'ai déjà fait tout seul. On jase de quoi, vous pensez, entre amis? Pas du foin qui pousse, toujours?

Vitaline ne peut réprimer un large sourire, tandis qu'Uldaire lève les yeux au ciel.

— Je compte que vous bavassez des choses de votre âge!

— En clair, des p'tites filles! s'exclame-t-elle depuis son perchoir de prédilection, la troisième marche de l'escalier qui mène à l'étage, où elle pose une pièce sur le genou usé de l'un des pantalons de Rémy.

Tout le monde pouffe de rire, sauf Uldaire dont les lèvres se serrent fortement.

— J'apprécie guère qu'on se moque de moi.

— Son père, je voulais pas…

— On doit respect à son père, gronde Uldaire. Pas à cause qu'y est mieux induqué que vous autres : à cause qu'y a plusse vécu, point à la ligne ! À cause qu'y fait toutte son possible pour vous donner une bonne vie, pour vous aider à prendre un bon départ ! Je suis pour qu'on s'intéresse aux choses politiques. Je suis pour, mais pas quand on a encore la morve au nez ! À cause que tu sais quoi, Rémy ? Dans ce domaine-là, y faut de la mesure. Les maudits Anglais, une fois qu'y pensent qu'on est un populariste, y changent plus jamais d'idée ! Pis moi, je veux que vous ayez toutes les chances dans la vie, c'est-y clair ?

D'un ton tranquille, Vitaline rétorque :

— Jouez pas au rabat-joie. Astheure, on peut bien pavoiser ! Y avaient beau jeu, dans les gazettes anglaises, de criailler tous les noms possibles. Astheure, se faire traiter de populariste, ce sera un compliment !

— Si je dois ma place au soleil à un homme corrompu, je préfère passer mon tour, grommelle distinctement Gilbert. S'y faut que j'achète ma place en flattant les profiteurs dans le sens du poil…

— Tu feras quoi, si tu peux pas avoir un poste au gouvernement ? Un homme qui manie bien la plume, y fait quoi, par icitte ?

Avec fierté, Gilbert lance :

— David voudrait m'embaucher dans son étude.

— Je l'apprécie fort, dit grand-mère. Y se considère un brin… comme ton grand frère…

— Y m'explique des tas de choses. Y a une… une manière de voir qui me plaît fièrement.

— Toutte le monde te dirait de sauter sur l'occasion, mon p'tit gars.

— J'me vois pas faire, jusqu'à la fin de mes jours, un métier uniquement à cause que j'y suis obligé.

Vitaline ne peut retenir un soupir en provenance des tréfonds de son être. Elle réplique spontanément :

— Je te comprends, va. Je suis pareille. Toutte ce qui m'intéresse, c'est le métier de potier. Mais alors, tu feras quoi ?

— Nouvelliste.

Tous contemplent avec étonnement la mine butée de Gilbert.

— Tu veux dire... employé d'une gazette ?

— Exact. Autrement dit, journaliste.

— Mais c'est pas une occupation pour gagner sa vie ! Faut du bien !

— Le monde change. Astheure, les propriétaires de journaux emploient un personnel rémunéré.

— Un salaire de misère, oui !

Gilbert serre les lèvres. Son père a parfaitement raison, mais il répugne à mettre de côté cet idéal. S'il faut, il fera les cent métiers, mais dans ses moments de loisirs, il écrira, parole de tuque bleue !

— Dans les papiers-nouvelles, jette vivement grand-mère, y a plein d'offres de positions d'instituteur.

— Pas assez payant, maugrée Uldaire.

Dans le silence qui s'ensuit, Vitaline bouge ses fesses endolories par la dure surface de la marche de l'escalier, songeant à ce problème... ce problème cornélien, dirait Gilbert, qu'est celui de l'horizon bouché des Canadiens dans le domaine des situations publiques. Les places de fonctionnaires s'obtiennent généralement par favoritisme. Sauf que parmi l'élite des Canadiens, bien peu restent stoïques et muets face aux maux qui affligent leurs concitoyens...

— Pour en revenir, son père, à demain... Vous savez, Vincent, y a terminé son cours. Je le reverrai pas cet automne...

Uldaire bougonne :

— C'est que demain, je prévoyais... te charger d'une corvée.

Gilbert anticipait une telle parade. Il fait appel à sa bravoure pour répliquer, d'une voix qu'il souhaite assurée :

— Son père… je fais tout mon possible pour vous être utile, mais… j'assume que parfois, je peux ordonner mon emploi du temps à ma guise. Votre corvée, je la ferai après-demain, promis juré. Je vous suis amplement reconnaissant pour la chance que vous me donnez d'étudier et je compte bien que vous serez pas désappointé…

— Cesse ton prêchi-prêcha, le coupe Uldaire avec une ample grimace. J'ai pas payé pour !

Vitaline couve son frère d'un regard admiratif. Elle a conscience, comme tous les autres membres de sa famille, que Gilbert tente d'affirmer son indépendance. À ce qu'elle constate, c'est une épreuve pour un père ! Ce dernier se dresse, renversant quasiment sa chaise.

— Je suis pas si lent de comprenure. Faudrait que je t'enferme en prison pour te retenir ! Je te laisse la moitié de la journée. Pas question d'aller jusqu'au village Déberge. Une visite au fils Cartier suffira.

Il va quérir sa pipe et sort à l'extérieur, sans empêcher la porte de claquer. Dans le silence qui s'ensuit, Perrine s'exclame, d'un ton extatique :

— Une visite à la maison aux sept cheminées. Chanceux, va !

Gilbert réagit par une grimace. Il a remporté une demi-victoire… ou subi une demi-défaite, tout dépend du point de vue ! Il devra bien s'en contenter, et dévirer, avec Georges-Étienne, vers ladite maison, un manoir que l'oncle du garçon a fait construire il y a belle lurette. Il en ressent un vif désappointement. Tous deux se faisaient une fête de passer du temps avec Gaspard, ce joyeux luron, et avec Vincent, fièrement plus ténébreux, mais d'un commerce stimulant…

Vitaline déclare à la cantonade qu'elle part en promenade. Ordinairement, personne ne s'y oppose ; le seul risque, c'est qu'un membre de sa famille désire l'accompagner ! Mais nul ne manifeste cette intention et c'est toute fin seule, une chemisette couvrant son décolleté mais la tête désabriée, qu'elle se dirige avec une nonchalance étudiée vers la place. Les chemins sont encombrés de badauds, et il lui faut saluer, et même bavarder, à plusieurs reprises.

À son vif soulagement, Isaac se trouve déjà sur les lieux, en compagnie de quelques hommes qui fument et discutaillent. Tâchant d'adopter un rythme alangui, mais point trop, elle se met à déambuler le long des allées. La manœuvre d'approche est périlleuse. À tout moment, Vitaline peut être rejointe par une connaissance féminine ; de son côté, Isaac doit trouver un prétexte pour quitter ses compères et faire mine de la rencontrer par pur adon. Il suffit d'une seule marque d'attention appuyée pour que les commères se mettent à répandre des rumeurs d'accordailles…

C'est pourquoi Vitaline est réellement surprise lorsque, à peine quelques minutes plus tard, le jeune homme se retrouve à trois pas par-devant elle. Rosissant, elle balbutie :

— Bien le bonsoir, Isaac.

— Plaisante soirée, c'est-y pas, Vitaline ?

Pour cacher sa mine embarrassée, elle pivote vers le soleil couchant, qui glisse entre les bâtiments ses rayons en rase-mottes.

— Faut en profiter. La saison froide est à nos portes.

La remarque est horriblement banale, mais Vitaline ne trouve rien d'autre à dire. Isaac de même, semble-t-il, jusqu'à ce qu'il finisse par s'enquérir de la santé de ses parents. Ensuite, elle fait pareil, et un échange à bâtons rompus s'installe, pendant lequel ils causent de tout et de rien. En même temps, Vitaline glisse vers son interlocuteur des œillades curieuses. Pour une fois, elle peut l'examiner de proche, à loisir.

Ses iris sombres irradient sous la douce lumière, mais son visage est un masque rigide, presque dur. En vain y cherche-t-elle le plus minuscule zeste de gentillesse, la moindre trace d'affection… Elle a un mouvement de recul, qu'elle contrecarre. Il faut laisser le temps à un galant de faire ses preuves. Sauf qu'elle ne répondra plus d'elle-même s'ils continuent, benoîtement, à parler de la pluie et du beau temps. Pourquoi ne creuse-t-il pas son avantage, pour tenter de la connaître pour de vrai ?

Puisqu'il paraît qu'elle devra faire les premiers pas… Après un discret soupir, elle rassemble toute sa vaillantise :

— Et vos affaires, Isaac… Vos affaires, elles vont bien ?

Elle se mord les lèvres. Elle aurait cru entendre Uldaire s'adressant au prétendant de l'une de ses filles ! Après un moment de silence, il répond avec raideur :

— Vous voulez dire... ma situation ? Elle se porte bien, je trouve. Compte tenu des avoirs de mon père...

— S'cusez. Ma question manquait de retenue. Je voulais dire... comptez-vous vous établir comme potier, un jour ? Z'avez fait votre apprentissage...

— Trois ans chez le sieur Bourgeois. C'est vrai que devenir maître-potier, c'est la réussite à laquelle tout jeune homme devrait aspirer...

Sa réplique ne manquait pas d'ironie, ce qui met Vitaline sur le qui-vive. Elle n'a rien voulu insinuer ! Elle réagit avec dignité :

— C'est juste que ce métier-là entraîne l'aisance... plus que d'autres, je trouve. Alors, si vous l'aimez...

— La situation d'apprenti me plaisait guère, avoue-t-il plus obligeamment. Le Bourgeois, y était guère accommodant... J'ai pas appris suffisamment pour me lancer en affaires, tout fin seul.

Cet échange scrupuleux commence à indisposer Vitaline, qui se met à marcher dans l'espoir qu'Isaac saisira l'invite à la promenade. Il finit par s'attacher à ses pas lents, et un silence contraint tombe entre eux. Pour se donner du cœur au ventre, elle se remet en mémoire l'épisode de la cuisson au four, l'année précédente, et leur petit jeu comique à tous les deux. Mais à bien y penser, il devait s'être envoyé quelques onces de boisson, pour ne pas dire plus, derrière la cravate. Peut-être qu'à jeun, il est ennuyant comme la pluie ?

Encore une fois, elle se jette à l'eau :

— Vous avez l'air d'avoir du goût pour la comédie...

Pour juger de son effet, elle lui jette un regard de biais. Sa remarque ne le déride guère, et vu de profil, il n'est pas très engageant, avec sa mine austère et son front fuyant... Il se permet néanmoins un bref sourire :

— Mes pitreries d'à matin ? C'est un moyen comme un autre d'avoir du plaisir.

Vitaline attend qu'il poursuive, mais en vain. Les secondes s'égrènent avec une lenteur désespérante, tandis que son malaise enfle à tel point qu'elle pile net.

— Je dois rentrer. Son père va s'impatienter.

— On peut se revoir?

Elle se retient de le toiser comme un insolent. Si cette première rencontre l'a satisfait, c'est qu'il se contente de quasiment rien! Elle laisse tomber:

— Ça se pourrait… Quand?

— Je sais pas… Demain, après-demain?

— Après-demain. À la revoyure, Isaac.

Elle s'enfuit en courant presque. Elle croyait qu'ils auraient de l'agrément ensemble. Elle croyait qu'ils riraient! Mais un Isaac sérieux comme un pape, elle n'en veut pas pour tout l'or du monde. Ce n'était pas ainsi qu'elle l'appréciait. Il l'a flouée, et c'est exaspérant au possible!

LE SOLEIL N'A PAS ENCORE ÉMERGÉ de l'horizon lorsque Gilbert, son barda en bandoulière, approche du débarcadère du traverseux. En cette période des plus basses eaux, il doit marcher à gué jusqu'à une petite isle, sise en plein milieu de la rivière. De sitôt, il n'y a que quelques piétons en attente. La barque est encore de l'autre côté du chenal principal du cours d'eau; Gilbert va se jouquer sur la clôture de perches qui borde le chemin. À l'idée de passer quelques heures avec Georges-Étienne, il frétille de joie! D'autant plus qu'il a dormi comme une bûche, contrairement à la veille où il était plongé dans une expectative teintée d'angoisse.

Son regard caresse les futurs passagers, et au même moment, la seule femme parmi eux fait quelques pas pour se dérouiller les jambes. Il constate sa plaisante tournure, que dissimule mal le sobre mantelet qui la protège de la fraîcheur matinale. Une tension familière s'installe en lui et il songe qu'il n'a pas encore mis à exécution sa résolution de se faire une blonde pendant les vacances. Il s'y mettra dès demain!

Soudain, ses idées s'éparpillent et un fourmillement parcourt sa colonne vertébrale. Il connaît cette demoiselle! Délibérément, il descend de son perchoir et il bombe le torse, ce qui attire le regard de la passagère. Une chevelure sombre à moitié cachée par une capine d'habitante... Des yeux en amande aux iris presque noirs... Un nez fort, mais joliment retroussé... Le visage d'une jeune ouvrière envahit l'esprit de Gilbert, en même temps qu'il se sent devenir mou comme une chiffe.

Sans l'avoir planifié, il fait un pas, puis deux, dans sa direction. Interprétant ce mouvement comme une invite, elle fait de même. Lorsqu'ils sont à quelques verges de distance, il balbutie :

— Bon matin, mamoiselle Caroline.

— Bon matin, m'sieur Gilbert.

— Vous partez ?

— Je retourne en ville. Vous de même ?

— Non point. J'attends un ami.

A-t-il la berlue ? Elle a semblé dépitée... Il fait tout son possible pour ne pas la dévorer du regard. Ce qu'elle lui paraît délicieuse, ragoûtante ! Après un silence contraint, il se force à émettre :

— Z'étiez en vacances ?

Il a un timbre croassant, ce qui couvre son front d'une brûlante sueur de dépit. Elle sourit :

— Si on peut dire... De par chez nous, les vacances, on connaît guère.

— J'étais pas au courant... de votre présence au village...

Elle reste en silence, et dans ses yeux qui l'effleurent, il croit voir passer une étincelle d'admiration pour sa personne. C'est une lueur qui l'éblouit, mais qui s'évanouit à la vitesse de l'éclair. Incapable de la laisser s'enfuir sans se lier avec elle d'une quelconque manière, il propose maladroitement :

— Si vous permettez... quand le collège rouvrira... j'aimerais venir vous quérir à l'atelier pour une promenade.

— J'y suis plus, rétorque-t-elle à toute vitesse. J'ai quitté.

Il ne peut retenir un mouvement de recul, comme si elle l'avait giflé.

— Enfin, je l'ai pas fait encore... je l'ai décidé icitte. Fait que je sais guère où je vais aboutir. Mais ce sera pas à coudre des matelas ou à laver des hardes. Ça me fait vomir...

Son ton est devenu très dur. Gilbert est au désespoir de la faire changer de sujet, de la divertir, de faire revenir la gaieté dans ses yeux… Tâchant de paraître en pleine possession de ses moyens, il offre, avec une feinte nonchalance :

— Vous pourriez laisser un mot à ma tante… Elle saura où me joindre.

— Faudrait qu'elle le compose pour moi. Y a ben longtemps que j'ai tenu une plume.

Avec un air de défi, elle relève le menton, comme pour le narguer. Il se battrait ! Il risque encore :

— Lui dire de vive voix, ce serait amplement suffisant.

Comme une pouliche indomptée, la conversation lui échappe. Malgré la courte distance qui les sépare, il la sent à des lieues de lui ! Elle recule d'un pas :

— Je crois pas…

Elle détourne le regard, qu'elle fixe sur le lointain, pour reprendre :

— Je crois pas. Je suis pas une fille pour vous. Pour moi, votre tante, elle va même pas vous faire le message…

Gilbert veut s'insurger, mais elle jette :

— La barque s'en vient.

Et abruptement, elle tourne les talons, déboulant quasiment la pente vers le débarcadère. Tourneboulé, Gilbert n'a aucune velléité de la poursuivre. Elle vient de lui signifier son congé, sans aucune équivoque. Il a cru lui plaire, mais sans doute se trompait-il royalement. Sans doute était-elle surtout flattée qu'un étudiant la poursuive de ses assiduités… Il sent son cœur se durcir. Une fille qui ne sait même pas écrire, et probablement guère lire ! Pour le plaisir de la parlure, c'était foutu…

La barque négocie son approche, et Gilbert trompe son attente en faisant les cent pas. Il tâche d'apaiser, de cette façon, son tumulte intérieur. Depuis quand faraude-t-on une demoiselle pour sa conversation ? Malgré tout ce qui se dit à ce sujet, tout ce que les dévotieux voudraient faire avaler aux jeunes hommes, c'est la tournure qui compte. Oui, mais une accorte tournure peut cacher une âme fade, un esprit éteint…

L'arrivée de Georges-Étienne distrait heureusement Gilbert de son soliloque. Il gratifie le survenant d'une grimace.

— Va falloir virer de bord… Mon père veut pas que je m'éloigne trop.

Son camarade fait un air désolé.

— À moins que tu préfères y aller toutte seul. Te gêne pas…

— T'es fou ? Je serais ben trop gêné ! On rembarque !

Gilbert obéit prestement, se retenant à deux mains pour ne pas mirer Caroline, assise à l'avant, et qui lui tourne le dos. Prestement, Georges-Étienne tire un papier-nouvelles de sa besace.

— C'est le *Vindicator* d'hier. Tracey est dithyrambique. La révolution en France, c'est *the most glorious modern transaction*… La Grande-Bretagne doit en tirer une leçon en termes de gestion de l'Empire. Aucun peuple, parmi ses colonisés, n'est obligé d'accepter un monarque dont le comportement est une telle disgrâce.

Gilbert siffle entre ses dents. Une souveraine leçon de démocratie ! Il s'exclame :

— Y a de quoi virer sur le capot ! Dans le village, y a des parlementeries partout…

— À Saint-Antoine de même, y a pas grand monde qui désapprouve. Sauf les poltrons.

À mi-voix, Gilbert laisse tomber, le regard au loin :

— Si ça réussit en France… on verra, toutte peut basculer… mais si ça réussit, c'est que toutes les classes sont animées pareil. Toutes les classes, depuis les fortunés jusqu'aux quasi-indigents. Y agissent d'un seul élan, un élan de tout un peuple. Y compris les soldats, en déposant leurs armes. Tandis que par icitte…

Nul besoin d'en ajouter davantage. La glorieuse armée anglaise ne compte aucun Canadien dans ses rangs… La situation, en Bas-Canada, se réduit à cette évidence. Le pouvoir en place peut compter sur un outil de coercition inexpugnable : les troupes envoyées dans la colonie par la mère patrie. Aux tuques bleues, il ne reste plus qu'à réclamer, pétitionner, tâcher de persuader… tout en sachant qu'à Londres, les vociférations des profiteurs couvrent leur voix. Car ces vociférations, elles sont encouragées par le tintement des espèces sonnantes et trébuchantes…

Malgré lui, Gilbert convoite Caroline du coin de l'œil. Il espère un changement d'humeur, aussi ténu soit-il… Mais dès l'arrivée, la jeune matelassière empoigne son bagage et se précipite vers la diligence qui la transportera jusqu'à Montréal. Le jeune homme en conçoit un intense dépit, et son sentiment amoureux naissant se mue en aversion. Elle ne mérite pas une miette d'attention !

Au cours des semaines qui suivent, Gilbert se fourre le nez dans tous les papiers-nouvelles qu'il trouve. Jamais n'a-t-il été autant avide d'actualité ! Presque chaque soir, les hommes se rassemblent soit à l'auberge, soit place du Marché quand le temps est doux, et les discussions vont bon train ! Même si c'est de fort loin, et avec des semaines de retard, Gilbert a l'impression d'assister à une représentation fabuleuse. Ce spectacle grandiose l'entraîne au cœur d'une contrée idyllique, là où règne la plus parfaite liberté…

Sous la menace posée par la marche du plus extraordinaire cortège belliqueux jamais vu, soit une armée populaire de 15 000 hommes, femmes et enfants, Charles Dix a dû se résigner à l'exil. L'administration corrompue s'est effondrée dans tout le pays ! Paris retrouvait son calme prestement, après trois jours d'un combat à finir. Les portes de la cité se sont rouvertes et le pavé a retrouvé sa place sur la chaussée. Destituant les ministres du roi déchu, les Français ont coopté Louis-Philippe Ier, sous la forme d'un *pacte civil* signé entre le nouveau monarque et les membres de la Chambre des députés.

Gilbert se dit que d'ores et déjà, ces vacances scolaires de l'année 1830 sont les plus excitantes qu'il ait jamais vécues ! Et ce, même s'il néglige les conquêtes féminines… Le visage de Caroline Maréchepleau lui traverse l'esprit, comme poussé par un vent du sud-ouest qui gonfle les voiles, mais il s'interdit de s'y attarder en se raidissant de tout son être.

Jamais il n'aurait pu l'envisager, mais un nouveau soubresaut populaire vient encore augmenter la fièvre de ces temps exaltés.

C'est son ami David Bourdages qui vient lui transmettre la nouvelle, de bon matin, un papier-nouvelles replié sous un bras et une nouveau-née, son deuxième enfant, bien calée dans l'autre. Envisageant Gilbert assis sur les marches de la galerie, tentant de se faire chauffer par le pâle soleil d'octobre, David s'exclame :

— Enfin, je trouve un oisif ! J'suis après faire le tour du bourg… C'est trop calme, ça se peut pas, alors qu'en Europe, on achale le feu !

Il est d'une rare fébrilité, et instantanément, Gilbert se sent gagné par cet émoi flagrant.

— La France, encore ?

— Point du tout ! clame le survenant d'un ton triomphant.

D'un geste de tout le corps, il fait signe à Gilbert de retirer le papier-nouvelles de sous son bras et de l'ouvrir. Mais il ne peut se retenir :

— Mire la page deux : RÉVOLUTION DANS LES PAYS-BAS !

— Pas possible ! s'exclame Gilbert. Tu me fais marcher ?

Le titre est imprimé noir sur blanc dans la section éditoriale du papier-nouvelles. Au moyen de correspondances privées parvenues à New York, l'éditeur de la *Montreal Gazette* a reçu des informations, qu'il a partagées avec son pendant francophone. L'étincelle qui a embrasé le peuple fut un long et emphatique paragraphe imprimé dans un journal par autorité, *où on parlait avec emphase du bonheur des Belges en général, et des excès et des plaisirs où ils se plongeaient.*

Or, depuis qu'ils sont amalgamés à la Hollande pour former le royaume des Pays-Bas, les Belges de toutes les classes et de toutes les provinces ont de nombreux griefs ! Ces derniers unissaient donc leurs efforts pour bouter les soldats hollandais hors de leur territoire. Le 25 août, Bruxelles tombait aux mains de la garde nationale. En l'espace d'une nuit, des émeutes ponctuelles se transformaient en une révolution citoyenne menée par les bourgeois de Bruxelles. Au lever du jour, l'ancien drapeau du Brabant, fait de bandes horizontales de couleur rouge, orange et noire, flottait sur la mairie.

Incapable de s'empêcher de piaffer, David argue :

— Des troubles ont eu lieu dans diverses localités. Les états généraux ont été convoqués. On en aura des nouvelles bientôt. Mais c'est limpide : le peuple demande une nouvelle Constitution. Non comme venant du bon plaisir, mais comme *conquise*.

Conquise par le bon peuple ? Gilbert ouvre de grands yeux devant cette éventualité novatrice, mais remplie de promesses !

— Tu savais ça ? Un des premiers actes de la législature des Pays-Bas avait été d'interdire aux Belges l'usage de la langue française. De les forcer à se servir du hollandais dans les tribunaux, dans les écrits juridiques et dans les conventions. Ce fut révoqué, mais 14 années de vexations, ça marque un peuple… On peut déjà prévoir que la nation belge tout entière prendra part à ces événements. Après toutte…

— Après toutte, l'interrompt Gilbert, elle a l'exemple de la France sous les yeux !

— Fort juste. Et comme elle est plus qu'à demi française…

— Nous autres de même !

Le nourisson couine ; son père le couve d'un regard attendri, passant le revers de son doigt sur sa joue. Enfin, il redresse la tête et dit encore, sarcastique :

— Nous autres, nos droits, y paraît qu'on aura pas besoin de les *conquérir*. À nous autres, on va gentiment les donner… La procédure est enclenchée, c'est-y pas, Gilbert ? Londres a reconnu les vices dans sa politique coloniale !

— Sans compter la question des deniers. Puisque la Constitution en donne le contrôle au peuple, jamais nos députés ne l'abandonneront ! Toutes les sommes que l'Exécutif prend dans la caisse publique, ce sont autant de vols !

— Fort juste. Tu me remontes le moral… Ceux qui prétendent qu'on va obtenir justice en chialant assez fort, p't-être ben qu'y ont raison ?

— Cesse de jouer au niaiseux. Tu y crois autant que moi…

— Des fois, un homme peut se permettre de broyer du noir.

— Ça serait-y que ton sommeil est un brin emmêlé ?

— Pas rien qu'un brin, je t'assure. Quand j'étais dans les concessions, je soupirais après ma femme pis ma trâlée, mais astheure, quand cette pitchounette-là braille au mitan de la nuitte, je m'enfuirais en courant!

Mais le sourire qu'il adresse au bébé dément ses paroles. Enfin, David grommelle:

— Je vais voir si mon père s'est tiré du litte. Le grand âge stimule la fainéantise! Allez, rends-moi l'arme du crime...

Gilbert replie le papier-nouvelles et le replace sous le bras de son ami. Ce dernier le gratifie d'un ample signe de tête avant de tourner les talons. Gilbert imagine la teneur des discussions qui doivent avoir lieu entre Louis Bourdages et son fils... Il donnerait tout ce qu'il possède pour les ouïr!

- 36 -

Lorsqu'il touche le sol montréalais pour sa dernière année d'études, celle de rhétorique, Gilbert constate qu'un esprit frondeur est en train de s'étaler au grand jour. Il paraît que plusieurs jeunes députés se pavanent dans les rues avec des rubans bleu, blanc et rouge à leur boutonnière, et plusieurs citoyens leur emboîtent le pas ! Car dans la nouvelle Constitution française, les députés ont pris soin d'ajouter l'article suivant : *La France reprend ses couleurs. À l'avenir, il ne sera plus porté d'autre cocarde que la cocarde tricolore.* Cet emblème révolutionnaire, proscrit depuis 15 ans, a galvanisé le patriotisme des foules de France. Il manifestait haut et fort que, au siècle précédent, une dynastie royale impopulaire avait été renversée...

Dans le parloir encombré, Gilbert tombe nez à nez avec Henri-Alphonse, ce qui le plonge dans une stupéfaction béate. Car au comble de la ferveur démocratique, il arbore un ruban improvisé ! Ce voyant, Uldaire reste muet, mais il gratifie le survenant d'une poignée de main qui trahit son approbation. Par les journées de Juillet, les Français ont racheté les excès condamnables de leur première révolution. Le qualificatif de *révolutionnaire* n'est plus entaché de sang ! Un deuxième collégien ainsi orné fait son entrée la tête haute et le torse bombé. Il s'agit de Rodolphe DesRivières, qui est en première classe de philosophie, et dont le patriotisme est virulent.

Gilbert comprend que ces camarades portent cet insigne non seulement pour célébrer les avancées de la démocratie en Europe, mais pour manifester leur réprobation au sujet de l'état de choses à l'Institut. Cet été, comme il était prévisible, les sulpiciens ont nommé Joseph-Vincent Quiblier leur vice-supérieur. À la direction du Petit Séminaire, il a été remplacé par un maître fort peu apprécié, Joseph-Alexandre Baile. À la tête du collège de Montréal, on place un Français sans distinction particulière, et d'un caractère irascible! Quelques mois plus tôt, un autre scandale de cette nature a eu lieu, alors que cet ordre religieux repoussait la demande d'admission de deux Canadiens d'excellente réputation.

La cocarde devient un signe tangible de protestation contre tout abus de pouvoir, contre toutes les machinations qui visent à abattre la fierté du peuple. Grâce aux commentaires qui s'échangent ce soir-là, dans le dortoir, Gilbert constate que le retentissement des événements européens, dans le bourg de Saint-Denis, est en proportion de celui dans le Bas-Canada tout entier. Malgré les avertissements réitérés du régent Plinguette, les chuchotements sautent longtemps d'un jeune homme à l'autre, dans la semi-noirceur.

C'est au matin que Gilbert jauge, à sa juste mesure, la nouvelle organisation qui règne sous les combles. La douzaine de rhétoriciens fait dortoir commun avec une huitaine de philosophes, de 18 ans en moyenne! Impressionné, Gilbert observe le lever de ces mâles. Lui qui ne fait qu'approcher de ses 16 ans, il se sent outrageusement jeune! Leur présence confère au lieu une gravité et un sérieux qui ne lui déplaisent pas, au contraire...

Encore une fois, Gilbert se retrouve avec Gaspard comme voisin de lit. Gaspard, qui est dans une forme resplendissante, et qui abreuve son ami du récit de ses frasques estivales! Qu'elles soient réelles ou inventionnées, elles sont passionnantes, et tous deux s'amusent comme des petits fous. Chaque jour qui passe, Gaspard pêche une nouvelle perle dont il régale Gilbert. Son coup de théâtre a lieu en cour de récréation, au sein d'un groupe compact d'une dizaine de grands garçons. Les oreilles rougissent et les nez coulent à cause de la bise, mais l'attention générale est rivée sur Gaspard, placé au centre du cercle, et qui exhibe un étrange et fascinant objet. Comme les autres, Gilbert scrute le mouchoir en percale que son ami dresse comme un étendard.

Le fond est de couleur jaune clair et la bordure est formée de roses, de chardons et de trèfles entremêlés, emblèmes des trois royaumes qui forment la Grande-Bretagne. Cinq portraits plus ou moins ressemblants occupent l'essentiel de sa surface, mais le plus extraordinaire, ce sont les inscriptions qui les accompagnent. En plein centre, sir James Kempt porte *Notre bon Gouverneur* en épigraphe. Il est entouré des quatre Canadiens ayant été les porteurs des doléances du peuple canadien à Londres. Austin Cuvillier se mérite le titre de *Terreur des Bureaucrates*. Louis-Joseph Papineau est *Un homme d'esprit et rempli d'honneur*, tandis que Denis-Benjamin Viger devient *Le gardien des droits du peuple canadien*. John Neilson, enfin, se voit félicité pour avoir *sacrifié ses intérêts personnels au bonheur de son pays adoptif*.

— Veux-tu ben me dire, interroge un garçon interloqué, où c'est que t'as déniché ça ?

— Je dois protéger mes sources, réplique Gaspard dignement. À l'heure où on se parle, ces mouchoirs sont en vente partout. Paraît qu'y devaient être envoyés ce printemps, mais que la livraison a pris du retard. Ce serait un Canadien résidant en Angleterre qui serait responsable de cette coquinerie. Qui ? Mystère total.

Un autre tend la main pour effleurer la pièce de tissu, comme pour s'assurer de sa matérialité.

— Un modeste monument à la gloire du pays, grommelle-t-il, mais un monument tout de même !

— Importer des stèles en marbre, c'est plutôt ardu…

La remarque de Gilbert suscite des rires généreux.

— Gaspard, t'en sers surtout pas pour te vider le nez ! Ce serait un crime de lèse-majesté !

— Si je le faisais — craignez pas ! si je le faisais, c'est Kempt que je beurrerais épais. Kempt, qui s'est enfui comme un couillon…

Henri-Alphonse s'insurge soudain :

— Z'avez rien compris, depuis le temps ? Le gouverneur, c'est que de la poudre aux yeux. Le vrai combat, y est entre nos représentants et la mère patrie !

— N'empêche que ça prend une courroie de transmission, rétorque un autre.

— Pis un défenseur de poids des intérêts du Canada. Le ministre des Colonies, à Londres, qui c'est qu'y écoute, sinon *His Lordship* ?

— Je vois pas pourquoi on ferait grise mine, intervient Rodolphe DesRivières.

Irrité par cette intrusion, Gilbert jette un regard sans aménité au jeune homme, taillé comme un bûcheron et les traits sans grâce. Il est devenu l'alter ego d'Henri-Alphonse, et Gilbert n'a pas apprécié de se faire repousser dans une orbite plus lointaine. Non que Rodolphe y ait mis la moindre intention malicieuse ; il semble que leur amitié soit un mouvement tout naturel, duquel ils n'excluent personne. Mais ils s'entendent comme larrons en foire, et les autres ne se sentent guère les bienvenus.

— Au contraire, notre cause a jamais bénéficié d'autant d'appuis ! Prenez juste les élections. Jamais y a eu autant de députés patriotes ! Vous sentez pas, vous autres, l'espèce de… de puissance qui s'en dégage ? C'est comme en France, à la veille de la révolution. Une volonté affirmée de… de… de prendre le pouvoir.

Il a baissé notablement le ton pour prononcer ses derniers mots, et d'un geste instinctif, les garçons se resserrent, tête contre tête. Après un moment d'attente pour s'assurer que cette affirmation licencieuse ne cause aucun ébranlement dans la vaste enceinte du collège, un collégien s'enquiert :

— Paraît qu'à Sorel, l'élection a été autant turbulente que lors de la lutte entre Stuart et Nelson. C'est-y vrai ?

— Pardi ! s'exclame Gilbert. Les électeurs ont jeté la maison du poll dans le fleuve !

Bien échauffés, les collégiens se rappellent à qui mieux mieux les souvenirs de la victoire toute récente des amis de la nation aux élections. Le mot d'ordre fut général : les commettants devaient accepter, sur le *husting*, uniquement ceux ayant promis de consacrer leurs efforts à faire exécuter les recommandations du rapport du comité de la Chambre des Communes d'Angleterre.

Ce rapport est une seconde Constitution, qui doit être exactement suivie et obéie! À cette magnifique unanimité, la Bureaucratie n'a pu opposer que de bien maigres ressources...

Le comté de Richelieu s'est montré à la hauteur, élisant deux notables de Saint-Ours, le Dr Jacques Dorion ainsi que le seigneur du lieu. Celui de Nicolet a permis à Louis Bourdages de demeurer le doyen de la Chambre d'Assemblée, et à son colistier Jean-Baptiste Proulx, commerçant et gros propriétaire terrien du chef-lieu, de poursuivre son travail. Une simple formalité, car qui aurait eu l'audace de se mettre en compétition avec ces défenseurs notoires des libertés publiques?

À Montréal, une coalition s'est formée, avec des comités de surveillance pour les différents faubourgs et quartiers, afin d'assurer l'élection de candidats dévoués aux intérêts du pays. La chambre basse du quatorzième Parlement du Bas-Canada, qui va s'assembler incessamment, s'avère donc plus démocrate que jamais! En signe de triomphe, Gaspard agite son mouchoir au-dessus de sa tête, ce qui suscite des acclamations de la part de ses camarades.

— La France, messieurs, est au bord du chaos!

Pour se faire entendre, le jeune sulpicien Germain Séry a dû s'époumoner. Saisis, les garçons se mettent, instinctivement, au garde-à-vous mental. Le professeur honni est en compagnie du régent de rhétorique, et tous deux ont la mine chicanière. D'un ton doucereux, mais qui ne souffre pas de réplique, M. Séry poursuit:

— Pour ma part, je ne serais guère étonné que les papiers-nouvelles diffusent cette information dans leurs prochaines livraisons.

Après un moment d'égarement, les jeunes gens ne peuvent s'empêcher de rétorquer, l'un après l'autre:

— Pourtant, m'sieur, le gouvernement provisoire a été qualifié de modéré dans les journaux anglais.

— Un contrat était signé entre Charles Dix et la France. Une Charte qui avait été, pour son prédécesseur Louis Dix-huit, la condition de sa royauté!

— Cette Charte qu'il avait lui-même jurée, le roi l'a déchirée!

— Au début, dans la plupart des révolutions, le pouvoir tombe entre les mains de ceux qui ont pris le parti le plus violent. De ceux qui deviennent l'instrument de la vengeance de la populace ! C'est après une période d'anarchie qu'on reconnaît l'importance de l'ordre...

Devant le rictus exaspéré de Séry, Georges-Étienne interrompt sa phrase. Dans le silence subit qui s'ensuit, le sulpicien déclare, la voix éteinte par une colère rentrée :

— Prenez-en de la graine. Lafayette règne sur l'Hôtel de Ville de Paris. Lafayette est un républicain *sans bornes*. Il ne souhaite qu'une chose : appliquer en France la forme de gouvernement qui a si bien réussi aux États-Unis, et qu'il admire de toute son âme.

— Justement. La république *a si bien réussi*...

— Messieurs ! D'un homme qui a renoncé à son titre de marquis *à cause de ses principes égalitaires*, on peut s'attendre à tout. Vous m'entendez ? À tout !

Comme ses camarades, Gilbert trémule d'une rage muette. C'est totalement faux ! Lafayette veut le bonheur de la France ! N'a-t-il pas accepté, malgré ses intimes convictions, un régime monarchique, même limité ?

— Monsieur Cosseneuve, montrez-moi ce mouchoir.

Gaspard reste interdit. Subrepticement, il avait fourré le morceau d'étoffe dans sa poche... Enfin, d'un ton mielleux, il répond :

— C'est pas très ragoûtant, m'sieur Séry. C'est un mouchoir, je vous ferais remarquer.

Cette fois-ci, c'est le régent qui éructe :

— Ne jouez pas au fin finaud avec nous, vous allez le regretter !

Les traits de Gaspard se durcissent, mais sans dire un mot de plus, il extirpe la pièce incriminante, et la dépose sans ménagement dans la main du régent. Gilbert foudroie son ami du regard. Il fallait protester davantage ! Car ce mouchoir, plus jamais Gaspard n'en reprendra possession ! Pendant ce temps, les deux ecclésiastiques l'ont déployé sous leurs yeux, et instantanément, le visage de Séry s'orne d'une puissante grimace d'aversion. Relevant les yeux, il déclare posément :

— Vous me décevez, messieurs. Ce mouchoir est un torchon. Les torchons méritent de périr dans les flammes.

— Chacun ses goûts, m'sieur Séry.

Rodolphe DesRivières est l'auteur de cette calme repartie. Soutenant le regard du rabat-joie, il ajoute :

— Chacun ses valeurs. En matière de politique, la vôtre concorde pas avec la mienne. C'est loin d'être un crime. Z'avez pas le droit d'enlever ce mouchoir à Gaspard.

Estomaqué par cette admonestation, Séry réussit néanmoins à émettre :

— Tout ce qui pénètre en ces lieux est sous notre autorité. Tout, monsieur DesRivières. Ce mouchoir est amoral, point à la ligne.

— Ce mouchoir est la propriété de Gaspard, soutient Henri-Alphonse à son tour. Z'avez aucune raison d'agir ainsi. C'est du despotisme à l'état pur.

Quelques garçons renchérissent à mi-voix. Séry est manifestement désarçonné par cette opposition ouverte. Sous l'effet d'une vive exaltation, Gilbert sent sa poitrine se dilater. Comme lui, ses camarades ne peuvent plus supporter de telles brimades. Ils n'en peuvent plus de louvoyer pour éviter le trouble, alors que l'époque commande de garder le cap ! Il jette :

— Y faut rendre ce mouchoir à Gaspard. C'est à lui !

— C'est à lui ! Rendez-le-lui !

Alarmés, Séry et le régent reculent d'un pas. Avec émoi, Gilbert réalise qu'il fait partie d'un groupe qui a, pour lui, la force du nombre !

— Laissez faire, les gars. J'y tiens pas, à ce mouchoir.

Cette poltronnerie de Gaspard est accueillie par un silence déconcerté. Gilbert envisage son ami, qui force son expression bonasse pour proférer :

— Vous pouvez l'emporter. Brûlez-le si ça vous chante. On se disperse, les gars. Et que ça saute !

S'attachant aux enjambées rageuses de Gaspard, Gilbert chuchote :

— Veux-tu ben me dire ce qui t'a pris ? Déguerpir à leur approche, la fale basse !

— Je voulais pas créer de vagues. À quoi ça aurait servi ? Juste à faire grêler les châtiments. Pis, laisse-moi tranquille !

Ce soir-là, la cocarde tricolore réapparaît à la boutonnière d'Henri-Alphonse et de Rodolphe. En l'espace de quelques jours, plusieurs dizaines de poitrines, y compris dans les classes des petits, en sont ornées. Gilbert fait partie du nombre, comme Adolphe. Jour après jour, les autorités du collège ont, sous le nez, ce ruban provocateur !

D'UNE OREILLE FORT DISTRAITE, Vitaline oit la messe. Dans l'église, il fait un froid pénétrant, ce qui la rend de mauvaise humeur. Plusieurs fois, au cours des mois qui vont suivre, elle devra venir s'y geler l'arrière-train pour une succession de fêtes d'obligation. Il y aura la Conception, puis Noël, puis la Circoncision et enfin l'Épiphanie... Ensuite, la pause du carême. Et après, ce sera reparti, avec l'Annonciation et Pâques. Et pendant tout ce temps, elle sera en manque de glaise !

—... dit Bonneterre, avec Marie-Apolline Fortier. Le mariage sera célébré le 23 courant, après la publication réglementaire des bans pendant trois dimanches successifs.

Tirée brutalement de sa rêverie, Vitaline ouvre de grands yeux. Avec quoi le curé vient-il de débuter son prône ? Elle a cru reconnaître un nom... Bédard recommande aux prières une certaine dame Faneuf, qui est au plus mal. Des murmures s'échangent tandis que le célébrant entreprend son sermon, qui ne sera pas une pièce d'éloquence, comme de coutume. Vitaline doit ronger son frein et attendre la conclusion de la cérémonie pour demander à sa grand-mère l'identité du couple sur le point de s'agenouiller par-devant l'autel.

— Marie-Apolline, tu la connais ? La belle pouliche dont le père possède une forge chemin Yamaska... Y était temps qu'un mâle se l'accapare. À cause que c'était pas une sainte-nitouche, j'te prie de me croire.

— Et le marié ?

— Isaac... Le fils aîné à Bazile. Un autre qui était fort sur la blonde...

Mais Vitaline n'écoute plus. Elle a reçu ce nom comme un coup au ventre. Une froide colère s'empare d'elle, et lui donne le goût de crier. Le court laps de temps entre leurs fréquentations et cette annonce lui ôte la moindre illusion. Au moment où il la faraudait, il avait déjà cette union en vue ! Peut-être qu'il a tout bonnement voulu rendre l'autre jalouse ? Elle l'a cru de bonne foi ! Ce qu'elle a vu dans ses yeux, dans son sourire, ce n'était tout de même pas de la frime ?

Elle voudrait courir s'enfermer quelque part, pour se soustraire à la vue du monde. Pour se guérir de cette souffrance de ne pas avoir été convoitée… Elle a 17 ans et demi. Normalement, à mesure qu'on vieillit, le monde n'est-il pas censé s'agrandir ? N'est-il pas censé remplir ses promesses, une à une ? Pourtant, depuis le début de son adolescence, elle a l'impression que son univers rétrécit comme une peau de chagrin. L'horizon l'enserre, l'étouffe presque…

Un mouvement dans la cour, où elle vient de pénétrer, attire son attention. Perrine émerge de l'atelier. Sans doute qu'elle n'a pas pu se retenir d'aller câliner Aubain une longue escousse… La demande en mariage du jeune futur associé a été acceptée. Dans quelques mois, Vitaline devra céder sa place, dans sa chambre, au nouvel époux. Dieu seul sait où elle va aboutir. Elle s'en balance, pour l'instant…

Perrine vient vers la maison, mais Vitaline ne songe même pas à déguerpir, comme elle l'aurait fait naguère. Sa sœur aînée a changé, en mieux ! Son humeur irritable est chose du passé. De son côté, Vitaline n'aurait pas pu continuer à ruminer son ressentiment sans courir le risque de tourner en bourrique. D'autant plus que Perrine, à l'évidence, a entrepris une patiente reconquête. Elle tourne autour d'elle, lui fait des confidences, et va même jusqu'à la décharger de certaines tâches, juste pour lui faire plaisir !

Tout en marchant, Perrine lève la tête et sort la langue, tâchant de recueillir quelques-uns des rares flocons qui la frôlent en oscillant. Vitaline ne peut retenir un sourire. Elle est superbe, sa sœur. Elle a retrouvé un élan enfantin, une innocence joyeuse qui donne envie de la fréquenter à outrance ! Se penchant, elle gratte le sol, réussissant à ramasser une motte de neige dans sa main nue. Trop tard, Vitaline réalise que Perrine a façonné une pelote, qu'elle reçoit en pleine poitrine !

Perrine éclate d'un grand rire. Vitaline réagit comme sa sœur le souhaitait : de sa position surélevée, elle contre-attaque avec une efficacité redoutable. La bataille dure quelques minutes à peine, car aucune des deux combattantes ne s'est emmitainée, et de surcroît, la neige est rarissime ! Hilare, les joues rouges, Perrine grimpe sur la galerie. Vitaline constate, avec un coup au cœur, que ce petit jeu a illuminé son horizon. Comme si elle sentait le soleil derrière les pesants nuages…

Impulsivement, elle interpelle sa sœur :

— Tu sais ? Marie-Apolline, celle qui vient de marier Isaac Frappier…

Il y a bien longtemps qu'elle n'a pas prononcé ce nom à voix haute, et elle a l'impression d'avoir croassé comme un corbeau.

— Oui, quoi donc ?

— Elle était sa promise depuis longtemps ?

Perrine hausse les épaules.

— J'ai pas entendu parler de rien. Je connais pas tous les commérages. Elle habite loin, pis elle est pas une de mes amies…

— Leurs noces sont venues vite…

Sentant que Perrine pose sur elle un regard scrutateur, Vitaline détourne les yeux, tâchant de paraître dégagée. À dire vrai, elle ne ressent plus rien pour Isaac, mais elle est rongée par un courroux dû à l'impression d'avoir été utilisée. Après un temps, Perrine laisse tomber :

— C'est vrai que… pendant une escousse, on aurait cru qu'il en pinçait pour toi…

Ouvrant de grands yeux, Vitaline rétorque :

— Tu déparles !

— Mais non, je te jure ! Z'êtes pas sortis ensemble, une fois au moins ?

— Deux fois, en fait. Comment tu sais ?

Pour toute réponse, Perrine se contente de pouffer de rire. Dès que le pic de son accès de joie est passé, elle parvient à émettre :

— De la même manière que je sais pourquoi tu te lèves la nuitte…

Ce nouveau coup dur terrasse Vitaline. Sa sœur lui caresse furtivement la joue :

— Ce que t'es naïve… Je serai muette comme une tombe, juré, craché ! Astheure, envoye, conte-moi au sujet d'Isaac…

Comme si une digue cédait, Vitaline s'empresse de narrer leurs rencontres successives, place du Marché. Elle avoue :

— Je pensais jamais qu'y reviendrait. C'est drôle, hein ? Y me plaisait ben parce qu'y était porté à rire, pis à faire des farces. Mais une fois qu'y s'est retrouvé avec moi… j'ai trouvé que… y avait pas grand-chose à dire…

— J'en ai croisé plusieurs de même. Y font les fanfarons pour attirer notre œil, pis ensuite, quand on se retrouve face à face avec eux, sont sur leur quant-à-soi comme c'est pas permis. On dirait que… y sont gênés, tu trouves pas ? Comme si… y ont peur de se révéler comme y sont.

Cette confidence suffit pour que Vitaline se délivre, dans un souffle, de son affreux doute :

— Pour moi, c'était une manœuvre pour rendre l'autre jalouse.

Perrine reste stupéfaite.

— Tu penses ? Ça se pourrait ben… Si c'est vrai, je suis fière sur un temps riche qu'y en marie une autre que toi ! C'est pas fiable, un homme de même !

Toute ragaillardie, Vitaline profite de la bulle d'intimité qui les englobe pour demander :

— Pis toi… Aubain… Depuis quand ?

La question la soulage d'un poids supplémentaire. Perrine ne répond pas tout de suite. Elle est devenue toute grave, ce qui fait balbutier à Vitaline :

— S'cuse-moi… P't-être que tu préfères garder ça pour toi…

Sa sœur secoue la tête, puis elle finit par dire :

— Y a longtemps que je l'apprécie. Dès que j'ai eu l'âge… J'en ai fréquenté d'autres, je voulais être sûre… À cause que c'était sérieux. C'était… gravé dans mon cœur. Ça me lâchait pas.

Estomaquée, Vitaline la considère avec des yeux ronds. Elle marmonne :

— J'avais rien vu…

— Fallait pas que… je lui donne trop d'espoir, d'un coup… que ça aurait mené à rien.

Pour ne pas compromettre cet épanchement si rare, Vitaline reste parfaitement immobile. Elle n'en revient pas. Même si la force de leur sentiment mutuel est manifeste, elle a encore tendance à penser que Perrine lui a volé Aubain !

— De l'espoir ? Tu veux dire que lui…

— Y me laissait assavoir son sentiment.

— Depuis longtemps ?

— Je m'en souviens plus. Des années… Depuis toujours, j'ai l'impression. Mais fallait que je lui donne la permission. Autrement, son père aurait pu le mettre dehors.

Ça crève pourtant les yeux. Vitaline se battrait de ne pas y avoir songé plus tôt ! Aubain marchait sur une corde raide… Elle expire très lentement. Il faudra bien qu'elle l'admette : il n'a jamais songé à elle comme à une blonde. Comment a-t-elle pu, si longtemps, nourrir cette chimère ? Elle le lorgnait si ardemment… Il a peuplé tant de ses rêves… Il dégageait quelque chose d'animal qui la rendait folle ! Le rouge de la honte lui monte aux joues, ce qui lui donne envie de fuir. Le commentaire de Perrine la cloue sur place :

— Tu m'en as voulu, Vitalette. Je l'ai vu. T'as cru que je te flouais…

La jeune fille voudrait disparaître sous terre. Comment pourrait-elle avouer ce qu'elle ne comprend pas elle-même, et qui l'apparente à une dévergondée, à une créature incapable de garder la tête froide et de brider ses passions ? Ce qu'elle est devenue, lorsqu'elle convoitait Aubain, est trop épeurant pour être miré en pleine face.

— Fais pas cette tête-là… C'est correct. Aubain, y est croquable. Pis tu l'avais toutte le temps sous les yeux. C'était une amourette. Juste… une amourette de fillette…

Perrine la fixe, bridant mal son angoisse. À mesure qu'elle réalise ce que sa sœur attend d'elle, Vitaline sent le voile de son trouble se déchirer. Soutenant son regard, elle renchérit calmement :

— En plein ça : une amourette. Y a plus rien maintenant. Croix de bois, croix de fer, si je mens, je vais en enfer.

Perrine l'examine d'un œil perçant, puis elle laisse échapper un gloussement soulagé. Vitaline sourit généreusement et sa sœur en profite pour la serrer dans ses bras. Elle se laisse couler dans cette étreinte avec autant de délectation que s'il s'agissait d'un de ces rares bains chauds qu'elle a pris dans sa vie... Une pensée la frappe. Peut-elle continuer à prendre le risque de tourner ? Tant que Gilbert est au collège, et que Rémy est encore jeunot, elle peut encore sauver la mise. Car seuls les hommes sont dangereux ! Elle rit d'elle-même. Dangereux ? Voyons donc ! Gilbert se préoccupe de l'atelier de poterie comme de sa première chemise. Quant à Uldaire... Elle est persuadée qu'il admirera son art et son industrie. Qu'au pire, complice, il fermera les yeux sur cette lubie !

- 37 -

Un matin, lors de la messe, les collégiens sont témoins d'une scène qui lève le cœur de tous ceux qui ne l'ont pas totalement asséché. Les deux jeunes écoliers, désignés pour servir la messe, ne manifestent guère d'entrain. Ce qui est compréhensible, par les temps qui courent! Soit qu'ils ignorent les répons, soit qu'ils exagèrent leur nonchalance, mais subitement, le directeur se fâche : il empoigne les deux servants par le collet et les envoie revoler à plusieurs pieds de distance.

Le bruit de l'impact résonne lugubrement à travers la nef, à tel point que leur régent se lève hâtivement pour venir à leur secours. Le constatant, Baile lui intime de retourner à sa place ; il attend, impérial, que les garçons reviennent le seconder. L'un d'entre eux saigne du nez ; l'autre se tient l'épaule, et à l'évidence, ils contiennent leurs larmes de peine et de misère. Gilbert a les entrailles nouées ; une crampe douloureuse, plus forte que jamais, le coupe en deux. Il ne peut plus supporter ce régime infernal!

Aux commandes de sa classe de rhétorique, Germain Séry pérore, mais Gilbert est incapable de se concentrer sur la matière. Il se sent agité, la cervelle encombrée par un air de gigue endiablé... De surcroît, il lui répugne de prêter attention à ce sulpicien borné. Comme la plupart de ses camarades, il a férocement envie d'envoyer paître ce pédant qui ne mérite que de braire devant un troupeau de congénères!

— Le nom de « rhétorique » vient d'un mot grec, qui signifie primitivement couler, et par extension parler, car plus un homme a de facilité à parler, plus la bouche ressemble à une source. Bien dire, c'est parler de manière à se faire écouter et à persuader de ce que l'on dit. Pour atteindre ce but, il faut se servir des meilleures pensées et les revêtir des expressions les plus convenables.

Ainsi, expose Séry, la pensée se trouve à être l'âme et le fondement du discours. Les expressions choisies n'en sont que le vêtement et la parure !

— Celui qui pensera bien, qui aura saisi le vrai, qui mettra dans son raisonnement de la justesse et de la solidité, qui y joindra la force et la douceur du sentiment, celui-là parviendra à persuader. C'est la fin que se propose l'éloquence. Néanmoins, ce n'est pas à dire qu'on doive négliger l'expression. Si vous blessez l'oreille par des sons désagréables, l'âme sera mal disposée à recevoir ce que vous lui présentez. Une expression vicieuse, un langage embrouillé et bassement abject altère le mérite des choses. La beauté de l'expression doit donc accompagner la beauté de la pensée pour faire un discours parfait.

Écoutant ce langage fleuri, Gilbert se fait une réflexion frappante. Qu'est-ce que le vrai ? Selon Séry, en se remplissant le cœur de ce qu'il y a de plus élevé dans les sciences humaines, comme la logique, la morale, la métaphysique, le droit divin et humain, tout être ne peut manquer, avec de la pratique, de toucher à la vérité de l'existence. Il devient un sage, un homme dont l'éloquence convaincra aisément. Mais ce qui est considéré comme vrai, qui l'a décidé ainsi, au départ ?

De ce doute qui glisse en Gilbert comme une couleuvre, les maîtres semblent être totalement exempts. À preuve, lorsque Séry quitte le champ de la rhétorique pour aborder celui de l'histoire profane. Les livres saints sont la toute première source d'information ! Séry passe un temps considérable sur les enfants de Noé, qui furent les pères des diverses civilisations – Perses, Assyriens, Mésopotamiens, Égyptiens et Gaulois – ayant éclos par la suite.

À mesure que ces hommes s'éloignaient des contrées qui avaient été le berceau du genre humain, ils délaissèrent les traditions reçues des Patriarches. Ils devinrent grossiers et barbares, jusqu'à ce que, les siècles passant, refleurissent les arts appris de Noé avant le déluge. On vit s'élever les premières villes, s'établir les premiers codes de lois et se former les premiers empires. Pour une fois, Gilbert ne rechigne pas à écouter :

— Comment se formèrent les premières sociétés ? À l'époque de la dispersion du genre humain, elles étaient composées d'une seule famille, dont le père était le souverain. Ensuite, pour réunir les diverses branches, il fallut remettre l'autorité entre les mains d'un seul, à qui on donna le nom de roi. Bien entendu, tous ces peuples idolâtres demeurèrent ensevelis dans un état humiliant et malheureux jusqu'à la venue de Notre-Seigneur Jésus-Christ. Tous, sauf les Juifs.

Soudain, Séry cesse son va-et-vient en avant de la salle. Il fait face à ses pupilles et, posément, il articule :

— Ainsi, du gouvernement paternel naquit le gouvernement monarchique.

Il laisse passer un temps, pendant lequel Gilbert redresse posément le dos. Comme lui, ses confrères rhétoriciens se sont tendus à outrance. Dans un silence à couper au couteau, le maître reprend :

— Tous les monuments de l'antiquité prouvent que cette marche fut celle de tous les peuples. On ne trouve, dans les temps anciens, aucune république établie. Quelle conclusion peut-on en tirer, messieurs ?

Pour toute réponse, une huée, sous forme de murmure, se fait entendre. Séry fait frime de rien, poursuivant :

— N'oubliez pas ce que j'ai dit : les Patriarches sont à la source de tout. Ils sont le berceau de la tradition. On peut donc en inférer, sans crainte de se tromper, que seul un type de gouvernement paternel, où l'autorité est incarnée dans une dynastie, reçoit l'assentiment de notre Créateur.

Encore contenue, la huée est cependant devenue collective. Des sifflements de dérision s'y joignent... Comme un coup de fouet, la voix de Séry claque à travers la pièce :

— Lorsque vous contestez cette affirmation, messieurs, vous commettez un péché !

Toutes les gorges s'enrayent subitement. Ne pouvant cacher sa satisfaction devant ce silence surnaturel, leur maître répète cette dernière phrase, détachant chaque syllabe. Après avoir retenu son souffle pendant d'interminables secondes, Gilbert expire brusquement. Ce discours lui est insupportable. Il irrite ses nerfs comme jamais ! Incapable de rester passif, il se met à tambouriner sur son pupitre de ses doigts. À l'évidence, presque tous ses camarades sont plongés dans le même émoi, car certains se mettent à taper du pied, d'autres retrouvent l'usage de leurs cordes vocales pour se remettre à chahuter discrètement... Séry gueule :

— La ferme !

Même s'il n'est qu'à moitié obéi, le professeur s'empresse de marteler, les yeux exorbités :

— Vous vous rendez coupable d'arrogance ! Coupables d'un total manque d'humilité ! Ces défauts de la jeunesse, messieurs, il faut savoir les reconnaître, pour atteindre la maturité !

Les protestations meurent. Fier d'avoir retrouvé son ascendant sur sa classe, Séry dit encore :

— La chute des Bourbons en France est un accident regrettable de l'histoire. Une perversion de l'état idéal de la société que représentent les premiers âges du monde. Seule l'autorité monarchique a une source divine. Toutes les autres formes de pouvoir *ne peuvent être légitimées*, en notre âme et conscience.

Dès le lendemain, le couperet tombe. Au réfectoire, pendant le déjeuner, le directeur Baile annonce un resserrement du règlement. Désormais, les récréations seront écourtées de moitié ; de même, une fois sur deux, la journée de congé hebdomadaire se passera en études, à l'intérieur des murs du cloître. Gilbert échange des regards outrés avec ses camarades. À quoi rime ce régime tyrannique ? Sans le temps alloué aux délassements, le collège s'apparente au bagne ! Baile hausse la voix :

— Silence dans la salle ! J'exige le silence !

Lorsqu'il a obtenu ce qu'il désire, il ajoute, d'une voix de stentor :

— La direction du Petit Séminaire exige un respect absolu des maîtres et de leurs opinions. Les remises en question ne seront plus tolérées. À la première incartade, le coupable sera envoyé dans mon bureau pour recevoir un juste châtiment. Ensuite, ce sera l'expulsion. Est-ce que je me fais bien comprendre ?

Un silence de mort lui fait écho.

— Dorénavant, il est interdit de causer politique. Il est interdit de causer politique *de quelque manière que ce soit*! Les régents ont l'ordre de faire respecter ce règlement à la lettre. C'est clair ? Je veux une réponse !

Les collégiens ânonnent :

— Oui, m'sieur Baile.

Ce ne sont pas des menaces en l'air : le nouvel horaire est imposé ce jour même. La récréation est à ce point écourtée qu'il est impossible de s'y livrer à quelque jeu de groupe que ce soit! Mais le pire, c'est l'attitude de fierté hautaine que se met à arborer Germain Séry. Déjà, il donnait l'impression de posséder la science infuse ; mais là, il suinte littéralement de suffisance, et profite de l'imposition du bâillon collectif pour donner des leçons de morale fort déplaisantes. L'atmosphère, au collège, devient irrespirable.

Un jour du début du mois de novembre, à la récréation de l'avant-midi, l'attention des grands est attirée par un groupe compact de petits, qui vient de tourner le coin en leur direction. Le régent, manifestement impuissant à les contenir, les suit comme une ombre. Que se passe-t-il ? Les pensionnaires n'ont pas le droit de quitter leur cour! Un garçonnet d'une douzaine d'années sanglote éperdument, épaulé par ses camarades.

— Narcisse ? Qu'est-ce que t'as ?

C'est Georges-Étienne Cartier qui s'est exclamé, ce qui fait venir Gilbert à ses côtés. En effet, ce visage rougeaud et grimaçant est celui de Narcisse Saint-Germain, le fils des propriétaires de la chapellerie de Saint-Denis. Étouffé par les pleurs, il est bien incapable de répondre! Le jeune Amédée Papineau l'entoure de son bras, et d'un ton à la fois apeuré et farouche, il le fait à sa place :

— C'est m'sieur le directeur. Y l'a rossé d'importance.

Une vague de grondements offusqués ponctue cette déclaration. Nul ne sait quelle mouche le pique, mais ce prêtre semble hors de lui, par les temps qui courent ! Déjà, avec son caractère irascible et ses emportements spectaculaires, M. Baile semblait tirer un malin plaisir à terroriser les plus jeunes lorsqu'il n'était que professeur. Ces cauchemars font l'affaire de ces Messieurs, qui y voient une salutaire leçon. Mais depuis la rentrée, il se permet de manier le fouet ! Ce qui suscite en Gilbert, comme chez la plupart des collégiens, des éclairs de haine...

Le garçon qui se tient tout juste derrière Narcisse et Amédée, et qui est plus vieux d'une année au moins, laisse tomber, d'une voix vibrante de colère :

— Les plus petits en ont le pesant, vous pouvez pas savoir !

Les entrailles nouées, Gilbert échange un long regard avec celui qui vient de parler. Louis-Antoine est le fils du seigneur de Saint-Hyacinthe, Jean Dessaulles, et de la seigneuresse Rosalie Papineau, sœur du président de la Chambre d'Assemblée. À plusieurs reprises, Gilbert l'a croisé lors de ses visites à Saint-Denis, cavalant sur les chemins... Il sait, pour l'avoir entendu pérorer, que le garçon est extrêmement solidaire de la cause de son oncle.

Peu à peu, à force de cajoleries, Narcisse s'apaise. Les grands entourent le groupe des petits d'un cercle protecteur, que la coterie de régents et de préfets de discipline, placée non loin, n'ose pas défier ! Enfin, au son de la cloche, les jeunes élèves retracent leurs pas vers leur espace de récréation. Retournant vers la salle de classe, Gilbert rumine une rage toute rentrée, qu'il sent partagée par quasiment tous ses confrères. Traiter ainsi des garçonnets, c'est d'une cruauté et d'une couardise sans bornes !

— Pour bien comprendre ce que l'on entend par « mœurs » en rhétorique, il faut distinguer les mœurs réelles des mœurs oratoires.

Imperturbable, Germain Séry a repris sa péroraison.

— Qu'un homme mène une vie conforme à la saine morale, il aura des mœurs réelles. L'orateur ne peut pas se dispenser d'être vertueux. L'imitation qu'il voudrait faire de vertus qui lui seraient étrangères ne serait qu'une fiction, qu'un vrai mensonge, qu'une pure hypocrisie.

D'un ton monocorde, le sulpicien enchaîne sur les quatre vertus principales que doit éprouver l'orateur : la modestie, la bienveillance, la probité et la prudence.

— Sur cette route difficile et incertaine qu'est l'existence humaine, il faut un guide éclairé, qui professe une science accompagnée de sagesse, à laquelle les auditeurs puissent s'abandonner sans crainte d'être égarés. C'est ce qui fait les bons maîtres, les guides sûrs, incapables de tomber dans l'erreur. Dès l'établissement de la Nouvelle-France, les colons ont voué une entière confiance à l'Institut sulpicien, qui répandait les lumières de la science parmi eux. Car cette communauté, malgré les tourmentes, concentre en son sein le summum de la connaissance humaine.

Cette transition inattendue entre l'art de la rhétorique et les vertus de l'Institut a attiré l'attention des collégiens, qui se redressent sur leur siège. Où leur maître veut-il en venir ? Une pétulance inhabituelle habite Séry, qui se permet d'ajouter :

— Nous voulons votre bien et nous chérissons votre intérêt. Cette bienveillance, l'une des qualités essentielles de tout orateur, se retrouve également parmi nous. Nous sommes animés du zèle le plus pur.

Le sulpicien marque une pause dramatique avant de faire dans la surenchère.

— Hélas ! Ces bonnes dispositions, qui devraient suffire à déterminer les volontés de nos ouailles, sont impuissantes à les détourner de l'erreur. Les Canadiens, avec cette fierté mal placée qui est caractéristique de tout peuple ignorant, s'arrogent une liberté de penser...

— Ignorant ? Un peuple *ignorant* ?

Cette protestation outrée est sortie de presque toutes les bouches, et elle se répercute avec une force croissante. Gilbert voit rouge. C'est une rengaine éculée, un os que les Bureaucrates et les sulpiciens rongent jusqu'à la moelle !

— Le temps de l'asservissement est révolu ! Plus jamais, vous m'entendez, m'sieur Séry ? Plus jamais je laisserai quiconque traiter les Canadiens d'ignorants !

Henri-Alphonse, qui a sauté sur ses pieds, tend un index vengeur vers leur maître. Ce dernier intime :

— Rasseyez-vous, monsieur Gauvin. C'est d'un ridicule ! Vouloir faire l'homme, malgré une extrême jeunesse !

Ce soufflet plonge la classe dans l'hébétude. Profitant de son avantage, Séry assène, la mine impériale :

— Désormais, les mauvais esprits ne seront plus tolérés. Vous m'avez bien ouï ? Suffit, les beaux parleurs ! Votre empire avait des pieds d'argile ! Je réitère : non seulement le peuple canadien est ignorant, mais il est affligé du pire défaut qui soit. Celui de se croire avancé ! Celui de s'estimer savant ! Cette morgue puante, messieurs, je l'abhorre !

Gilbert n'entend plus. Comme un grain balaie la campagne, une musique envahit sa cervelle, et il ne peut s'empêcher de fredonner.

— *Peuple français, peuple de braves, la Liberté rouvre ses bras.*

C'est *La Parisienne*, que Casimir Delavigne a composé en l'honneur des Journées de Juillet. Ce chant fameux s'est propagé comme une traînée de poudre, texte et notes ! Avec grand-mère et Vitaline, Gilbert l'a chanté à profusion, à la fin de ses vacances.

— *On nous disait : soyez esclaves ; nous avons dit : soyons soldats. Soudain Paris, dans sa mémoire, a retrouvé son cri de gloire.*

Gilbert s'interrompt momentanément. Son voisin, même s'il ignore les paroles, s'est mis à chantonner sur des syllabes indistinctes ! Un autre lui a emboîté le pas, puis un autre, et c'est un chœur de garçons qui entame le refrain, davantage connu :

— *En avant, marchons contre leurs canons. À travers le fer, le feu des bataillons, courons à la victoire.*

Les yeux ronds, Séry reste cloué sur place. Un silence chargé d'expectative s'est installé, nul ne connaissant les paroles du couplet suivant. Le sang de Gilbert ne fait qu'un tour et il entonne, d'une voix claire :

— *Serrez vos rangs, qu'on se soutienne ! Marchons ! Chaque enfant de Paris, de sa cartouche citoyenne, fait une offrande à son pays. Ô jour d'éternelle mémoire ! Paris n'a plus qu'un cri de gloire.*

D'un ton conquérant, toutes les poitrines braillent le refrain.

Exalté, Gilbert constate que seuls deux ou trois collégiens se cantonnent dans le silence! Ceci fait, tous les yeux se fixent sur Séry. Sera-t-il beau joueur? C'est une taquinerie de collégiens. Une taquinerie pour signifier qu'il se trouve sur un terrain miné… Les garçons sont capables de lui passer bien des choses, mais les Trois Glorieuses, on n'y touche pas! Sa réussite tranquille, mais éclatante, fait le contrepoids à quatre décennies d'insultes…

D'une pâleur morbide, le teint de Séry est en train de virer au rouge vif, sous l'effet d'une bouillonnante colère, qu'il domine à grand-peine. Après une profonde inspiration, il émet d'une voix grêle:

— Vous serez punis, messieurs. Fiez-vous sur moi: vous serez châtiés pour votre impertinence! Ce naturel emporté doit être extirpé de vous! C'est une violence… une violence impie! Le Créateur s'offusque déjà de ce péché! Je le voyais venir. Sur votre visage, vous portez les traces visibles du vice!

Une éruption cacophonique répond à cette insulte. Hérissés, les collégiens hurlent des invectives et donnent des tapoches sur tout ce qui tombe sous leurs mains ou sous leurs pieds! En l'espace de quelques secondes, la classe est debout, conspuant le professeur avec la dernière énergie. Sous l'assaut, Séry recule jusqu'au mur. Il sent qu'il pourrait être la cible de projectiles improvisés, et en effet, Gilbert tergiverse, comme les autres, à savoir s'il peut envoyer revoler son ardoise sans risque de blessure!

Soudain, Henri-Alphonse fend la foule de ses camarades et se retrouve en première rangée. Empourpré, respirant fortement, il se campe sur ses jambes pour claironner:

— Dans la première révolution française, on trouvait prétexte à brimer notre esprit de liberté. C'est-y pas, mes amis?

Ces derniers trompettent leur assentiment.

— La moindre expression de sympathie pour la France trouvait son prix dans les fers et la prison! Mais astheure, les peuples sont instruits. Y compris celui d'Angleterre! Depuis un demi-siècle, les peuples ont appris ben des choses utiles, contrairement à nos maîtres dont l'arrogance n'a d'égale que l'aveuglement!

Un tonnerre d'applaudissements et de vociférations accueille cette tirade. Se haussant de toute sa taille, Henri-Alphonse hurle :

— Dehors !

Médusée par cet ordre donné à un supérieur, la classe entière retient son respir. Croyant qu'il s'agit d'une ouverture pour faire cesser l'anarchie, Séry lève une main vengeresse. Manifestement, il est sur le point de faire tomber l'anathème ! Les rhétoriciens ne lui en laissent pas le temps.

— Oui, dehors !

— Dehors, le calotin !

— À bas la prêtraille !

— La mort à Polignac !

— Vive la Charte !

— La liberté ou la mort !

Peu à peu, envahis par l'énergie du désespoir, les garçons se sont avancés vers Séry. Sous l'étau qui se resserre, le courroux du sulpicien se transmue en frayeur, et sans crier gare, il se précipite vers la porte. Des acclamations emportées célèbrent ce départ. Certains dansent la gigue, comme Gaspard, d'autres grimpent sur les pupitres pour proclamer leur joie à la face du monde, comme Gilbert, qui assiste à la danse enfiévrée de son ami en riant comme un dément ! Après avoir lâché son fou pendant quelques minutes, on entonne le refrain de *La Parisienne*. Le temps de le dire, tous chantent à tue-tête :

— *En avant, marchons contre leurs canons ! À travers le fer, le feu des bataillons, courons à la victoire !*

Les regards se tournent vers Gilbert. Comme plongé dans une transe, il attaque au hasard l'un des couplets :

— *Les trois couleurs sont revenues, et la colonne avec fierté fait briller à travers les nues, l'arc-en-ciel de la liberté. Ô jour d'éternelle mémoire ! Paris n'a plus qu'un cri de gloire.*

Avec d'amples gestes des bras, il invite ses camarades, rassemblés comme un seul homme alentour de lui, à reprendre le refrain. Des voix clament :

— On sort ! À l'assaut du cloître !

Gilbert saute de son piédestal, et se place parmi le cortège qui jaillit hors de la classe. La troupe se met à progresser d'un pas militaire, au rythme de Gilbert qui beugle le dernier long couplet :

— *Tambours, du convoi de nos frères, roulez le funèbre signal ; et nous, de lauriers populaires, chargeons leur cercueil triomphal. Ô temple de deuil et de gloire ! Panthéon, reçois leur mémoire ! Portons-les, marchons, découvrons nos fronts. Soyez immortels, vous tous que nous pleurons, martyrs de la victoire !*

Dès lors, l'écho du refrain connu de tous se répercute entre les murs humides du bâtiment :

— *En avant, marchons contre leurs canons ! À travers le fer, le feu des bataillons, courons à la victoire !*

Une hystérie collective s'empare de l'institution tout entière. Loin de résister à cette incitation à la révolte, chaque classe se laisse gagner instantanément, et se joint au cortège endiablé. Tandis que les régents et les maîtres le rejoignent, Baile tente de rétablir l'ordre et de renvoyer les garçons à leurs classes respectives. Rien n'y fait, et surtout pas les menaces de congédiement : en l'espace de 10 minutes, une procession de 150 collégiens s'est formée, qui arpente le collège en tous sens, du sous-sol jusqu'aux combles, du parloir jusqu'aux dortoirs. Éberlués, les domestiques mirent la fête...

Le corps enseignant, ainsi que quelques dizaines d'élèves parmi les plus timorés, se résout à effectuer une prudente retraite vers les locaux de la direction. Car les cris de guerre, à leur vue, acquièrent un ton décidément belliqueux ! En compagnie de Gaspard, Gilbert se livre à des courses folles et à des moments d'intense rigolade qui lui font un bien souverain. Comme ses collègues, il était prisonnier d'une camisole de force, et il jouit comme un forçat tout juste libéré de ses chaînes ! Adolphe suit un peu derrière, à la fois avide et récalcitrant...

Ne faisant ni une, ni deux, les collégiens entreprennent de placarder des incitations au soulèvement. Les mots d'ordre sont transcrits sur des feuillets, qui sont ensuite affichés à tous les endroits possibles et imaginables. Des devises patriotes – *Justice au peuple ! Vivent le roi et la Constitution !* – sont hissées sur des manches à balai, puis promenées à travers le collège comme autant d'étendards provocateurs.

Le mouvement a été à ce point spontané que lorsque les collégiens s'essoufflent de leur folle sarabande, ils ne savent que faire du pouvoir qu'ils détiennent soudain sur leur propre existence. Heureusement, parmi les plus âgés des insurgés, quelques meneurs se déclarent : les rhétoriciens Henri-Alphonse Gauvin et Pierre-Georges de Boucherville, de même que le philosophe Rodolphe DesRivières. Quelques âmes bien trempées se révèlent également parmi les plus jeunes : Amédée Papineau et son cousin, Louis-Antoine Dessaulles, ainsi qu'un dénommé Guillaume Lévesque. Sous l'influence de ce conseil impromptu, les collégiens s'organisent pour vivre, eux aussi, leurs Trois Glorieuses. N'ont-ils par un despote à combattre, des doléances à faire connaître ? Advienne que pourra. Si les Canadiens se sont déjà comportés en présence de ces Messieurs comme des serfs obéissants, ce temps est révolu !

Puisqu'il leur serait très ardu de se rendre maîtres du bâtiment tout entier, ils choisissent instinctivement de se replier dans les dortoirs, tout en prenant soin d'y monter chandelles, provisions et matériel divers. Bientôt, les entrées sont barricadées, et la république étudiante pavoise, tous âges confondus. C'est alors que l'état des forces révolutionnaires se révèle, et qu'on prend note de ceux qui ont préféré, avant qu'il ne soit trop tard, prendre la poudre d'escampette... Adolphe Malhiot en fait partie. Mortifiés, ses camarades ruminent ce coup bas. D'accord, le garçon était incapable de remettre en question l'autorité des Messieurs, mais il acceptait de bonne grâce les opinions contraires... Cette trahison est jugée comme il se doit. Pour Gilbert, Adolphe est rayé de la liste de ses amis !

Sur-le-champ, on prend la décision de faire parvenir une Adresse aux autorités pour le redressement des griefs, et un groupe s'isole pour la rédaction. Au même moment, un brouhaha joyeux enfle. Il faut, aux collégiens insurgés, un chant patriotique ! Dès lors, quelques philosophes s'installent pour cette composition, encouragés par leurs camarades qui vont et viennent aux alentours, suivant leurs progrès, leur proposant des rimes loufoques et parfois carrément grivoises, qui font se pâmer de rire les plus jeunes !

Gilbert participe de loin en loin à cette entreprise, préférant se vautrer dans l'oisiveté… ou, lorsque l'envie lui en prend, se joindre aux groupements enjoués. Le sujet étant inépuisable, les collégiens se bombardent de savoureuses descriptions du peuple de Paris au sortir de l'insurrection. Le long des quais et dans les rues, de même qu'à la porte des ateliers inoccupés, les civils, hommes et femmes, se consacraient à la fabrication de bandages et de compresses pour les blessés. Quant à la Garde nationale reconstituée, elle constituait un spectacle d'un réjouissant !

Les combattants qui occupaient le château des Tuileries, par exemple, arboraient des costumes aussi variés que le travail qu'ils occupaient au moment de se précipiter à la bataille. Tel jeune homme, coiffé d'un casque de cuirassier, exhibait une hallebarde rehaussée d'or. Un autre, en bleu de pied en cap, était encombré du sabre interminable d'un grenadier à cheval, et coiffé d'un casque de cuivre de sapeur-pompier. Un troisième, un Noir en livrée, occupait un poste de sentinelle en jouant avec une carabine de cavalerie et la large épée d'un sapeur. Plus loin, un manœuvre allait pieds nus, la tête couverte du chapeau à plume d'un Maréchal de France, saisi dans la garde-robe du roi. Un cinquième, vêtu de la moitié d'un uniforme de garde suisse, tenait sur son épaule, de sa main recouverte d'un gant d'archevêque, une arme de lancier…

Au comble de l'excitation, Gaspard trépigne sur place, claironnant pour dominer le brouhaha :

– Lafayette, mes amis ! Lafayette et le futur roi s'avancent sur le balcon de l'Hôtel de Ville dominant la place de Grève.

Il poursuit, mimant son récit :

– Y sont drapés du drapeau tricolore. Tous deux se donnent une embrassade théâtrale.

Ce disant, il agrippe Gilbert et tente de lui plaquer un baiser sur la bouche. Henri-Alphonse gueule :

— Le lard sera à bon marché, les cochons s'embrassent !

Gilbert se débattant avec énergie, Gaspard y renonce, tout en clamant :

— La foule acclame ce baiser républicain de Lafayette, qui a fait un roi !

Cette formule a fait le tour du monde ; et parmi les collégiens, elle suscite un rugissement d'allégresse. Peu après, les chansonniers testent leur premier couplet en réunissant, en plein centre du dortoir des grands, plusieurs dizaines de leurs semblables. On fredonne l'air populaire de *Mon père était pot*, pour s'assurer que chacun le maîtrise, puis on procède à l'enseignement des paroles. Certaines strophes sont modifiées, et enfin, d'une seule voix, la chorale chante avec enthousiasme :

— *Allons ! Mes braves compagnons, volons à la victoire ; hâtons-nous de ceindre nos fronts des lauriers de la gloire. Vrais sujets anglais, défendons nos droits d'une voix unanime, contre le Français ne prêchant jamais qu'un vil absolutisme.*

D'un bout à l'autre des combles, c'est la liesse, et à mesure que la nuit tombe, une atmosphère de carnaval prend possession des lieux. Pas question, évidemment, de dormir ! Des collégiens se déguisent en sulpiciens imbus de leur personne ; des cours improvisés, et du plus haut comique, ont lieu. Gaspard se permet même de célébrer une messe granguignolesque, à laquelle assistent une bonne centaine de collégiens, qui jurent cependant au profanateur de n'en piper mot à personne, même sur leur lit de mort !

On ne s'arrête pas en si bon chemin. Dans tout charivari le moindrement crédible, une effigie sert à identifier celui ou celle qui s'est mérité la réprobation publique. Sur-le-champ, on se met à en confectionner une à l'image de Séry, et bientôt, le maître haï est reproduit en épouvantail. Faisant l'âne, un collégien le charge sur son dos, visage vers l'arrière, et se met à caracoler. Les collégiens huent, tarabustent et insultent copieusement l'effigie, se purgeant de leur ressentiment envers ce Français pédant, de même qu'envers ses collègues en soutanes. À la fin de la nuit, lorsque les garçons n'ont plus de voix, l'épouvantail est suspendu à la façade principale du collège, depuis une haute fenêtre.

L'angélus de l'aube signale la mise au lit. La perspective de manquer la messe basse suscite moult exclamations ravies! Les collégiens s'encalment pour quelques heures d'un sommeil réparateur. L'angélus suivant, celui du mitan du jour, sonne le réveil. Comme les autres, Gilbert est surpris de voir les barricades intactes et de n'entendre aucune admonestation depuis l'extérieur. Nul parent d'externe ne se pointe pour exhorter le fils fugueur à rentrer dans ses foyers… Cette réprobation tangible de leurs géniteurs envers l'Institut sulpicien, les collégiens l'interprètent comme une permission au charivari!

Mais avant tout, il faut adopter l'Adresse en réunion plénière. Le comité de rédaction s'est surpassé. Le texte dénonce M. Baile comme un Charles Dix en puissance; Séry, quant à lui, est l'équivalent de son ministre détesté, Jules de Polignac. Se disant lésés dans leurs droits, les étudiants réclament le retour à l'ancien ordre des choses, celui qui régnait sous la direction précédente, dont l'abolition des châtiments corporels et le retour des longues récréations.

Un silence pénétré d'admiration accueille la lecture de certains passages:

— «Il est impossible d'arracher du cœur de nos maîtres le germe de l'esclavage et de la bassesse. Mais nous, les enfants de la patrie et de la liberté, nous pouvons nous réunir et nous écrier: *Malheur aux traîtres! Vive la patrie et la liberté!*»

Celui-ci remporte la palme:

— «L'empire autoritaire est mort et embaumé, mais nous affrontons un redoublement d'oppression et de tyrannie. Accomplir notre devoir, c'est se mettre hors la loi! Tout doit changer, pour nous et pour la patrie. Même si on nous frappe, nous resterons fidèles à nos convictions. Qu'on prenne garde au feu qui couve sous la cendre.»

Plusieurs fois, la voix de M. Quiblier résonne depuis l'extérieur du dortoir. Ses tentatives de conciliation sont accueillies par des rebuffades sonores! Car le vice-supérieur n'a rien d'autre à leur offrir que la promesse d'être indulgent envers les meneurs. Parole d'ivrogne, oui! Les sulpiciens seront bien trop contents d'en profiter pour expulser les mauvais esprits, chantres de l'indiscipline. Ils salivent déjà devant ce coup de fortune!

Cette seconde nuit, quelques ex-collégiens en profitent pour escalader le mur et se joindre aux charivariseurs. Casimir Chauvin est du lot, trop avide de savourer l'endroit, débarrassé de l'œil de Dieu! Des victuailles, de même que des barils de liquides enivrants, sont introduits par les fenêtres. S'offrant sa toute première beuverie, Gilbert franchit une étape décisive dans sa maturation. S'il jouit de la période d'ingurgitation et des sensations exaltantes qui l'accompagnaient, celle de régurgitation lui ôte cependant toute envie de recommencer, du moins dans un avenir rapproché!

Il s'en faut de peu pour que Gaspard ne réussisse à faire pénétrer des ébraillées sur les lieux. Pour ce faire, il se démène comme un diable dans l'eau bénite! Ses amis ne tentent aucunement de l'en dissuader. Cette perspective est si excitante, si outrageusement blasphématoire! Mais seul parmi ses proches, le dévotieux Georges-Étienne le détourne de son projet... Gaspard finit par convenir que même son tout-puissant de père ne pourrait le protéger des conséquences d'une telle action. N'empêche que ce dessein salace leur procure de plaisantes sensations, dont ils jouiront longtemps!

- 38 -

Depuis la galerie de la maison, Vitaline contemple le spectacle des flocons de neige bien gras qui tombent sur le bourg, en un rideau serré. Cette bordée, la première vraie de la saison, lui a donné envie d'aller parcourir les rues ouatées de neige. Son élan est cependant interrompu, au mitan des marches, par l'approche d'une silhouette encapuchonnée, qui se révèle être celle de David Bourdages. Il l'accoste cavalièrement :

— Mamoiselle, bonjour ! M'sieur votre père est présent ? J'ai à l'entretenir d'importance !

La jeune fille introduit le survenant dans la salle commune. Aussitôt, il fait une relation époustouflante : les élèves du Petit Séminaire de Montréal sont en révolte ouverte et ils ont pris possession des lieux. Mais en patriotes stylés, ils ont adressé leurs doléances en bonne et due forme à ces Messieurs ! Vitaline échange un regard ahuri avec sa grand-mère, tandis que le portrait de la situation se précise. Les cours sont suspendus... Les insurgés ont pavoisé l'extérieur du bâtiment, depuis les fenêtres des combles, avec des drapeaux tricolores improvisés... La jeune fille ne peut retenir une moue amusée. Cette décoration doit être du plus bel effet !

Dame Royer déclare :

— J'escompte que ces Messieurs, y avaleront la leçon, de gré ou de force.

Un sourire mutin se fraie un chemin sur son visage.

— Je compte qu'y vont cesser de se prendre pour le nombril du monde !

Il est clair que le comportement des élèves outrepasse la simple question de règlements abusifs. L'air préoccupé, David conclut son récit :

— Faut pas s'alarmer outre mesure. C'est juste… un clapet qui a cédé sous la pression. Mais à mon avis, m'sieur Uldaire, faudrait vous rendre en ville. Dieu sait comment ces Messieurs vont châtier les responsables du chahut…

Le visage d'Uldaire se crispe en entier, et avec une intense ironie, il laisse tomber :

— Justement, y m'ont fait assavoir qu'y manquaient de vaisselle pour leurs élèves.

Il maugrée encore, le ton belliqueux :

— Paraît que ça presse. Les p'tits-gars sont agités par les temps qui courent. Les assiettes en pâtissent…

Constatant la mine sombrement narquoise de son père, Vitaline ne peut retenir un fou rire. Les élèves n'ont droit qu'à un couvert en étain, qu'ils doivent fournir eux-mêmes ! Mais le corps enseignant, lui, ne déteste pas les plats de service en céramique…

— Soyez pas trop sévère avec Gilbert. Y fait toutte son possible…

Uldaire se récrie. Dans les circonstances, il est prouvable que ces Messieurs exigent l'impossible de leurs pupilles, si fringants à cet âge ! À chacun de ses séjours au village, Gilbert se plaint grassement d'un code de conduite contraignant sans bon sens, et toute la maisonnée compatit avec lui. Mais comment éviter le cloître ? Son fils ne souhaite devenir ni artisan ni marchand, mais plutôt l'un de ces érudits qui manipulent les mots comme d'autres, le marteau !

Sous peine de mourir de chaleur, Vitaline retourne dehors, ruminant la nouvelle. Tout le monde grogne, même le clergé séculier… À cause de leurs principes politiques avoués, lesquels réduisent un peuple à rien, ces Messieurs ne méritent pas une miette d'indulgence ! Pourtant, leur lutte pour faire reconnaître la validité de leurs possessions s'apparente à celle de tous les Canadiens. Mais au lieu de faire cause commune, ce qui aurait assuré leur victoire, et peut-être même celle du pays, ils s'acoquinent avec une Clique qui tente de les dépouiller. Allez donc y comprendre quelque chose !

Greyée à souhait, Vitaline arpente le bourg, devenu un lieu féerique, une contrée peuplée de fées et d'elfes… Ce ne sont plus des humains qu'elle croise, mais des êtres fantastiques rayonnants de blancheur, et qui émergent d'un ailleurs mystérieux. Elle apprécie particulièrement le spectacle de la myriade de flocons de neige gobés par l'eau grise de la rivière, comme si avait lieu une guerre à finir entre les saisons…

Elle conclut son périple sur la place du Marché. Elle a l'impression d'avoir un royaume à sa disposition ! Elle trace des chemins sinueux comme si elle sillonnait un territoire inconnu, vierge de toute présence humaine. C'est grisant ! Finalement, l'hiver ne sera peut-être pas autant morne qu'elle l'anticipait. Peut-être que Gilbert sera chassé du cloître, ce qui est loin de l'attrister… Et puis, elle a la vie par-devant elle. Une vie qui, vue sous l'angle de la place toute laiteuse, ne semble pas manquer d'agrément !

— Attention, mademoiselle !

Elle freine juste à temps pour ne pas foncer dans les deux personnages qui venaient en sens inverse. Une main emmitainée jaillit vers elle pour la soutenir par le bras et assurer son équilibre. Laissant échapper un rire, elle s'exclame :

— Mes apologies ! J'me croyais toute fin seule dans le coin.

— Pas de mal, poursuit la voix masculine qui casse le français. Vous êtes apparue comme la fée du village.

Charmée par cette repartie, Vitaline réagit par une révérence moqueuse.

— Pour vous servir… J'exauce touttes vos souhaits, même les plus farfelus !

— Vraiment ? s'exclame l'autre, un Canadien pure laine celui-là. Par adon, seriez-vous capable de transformer les Bureaucrates en démocrates ?

L'expression mordante la fait rire de plus belle.

— Ça se pourrait, mais faudrait que j'enrôle toutes les fées de la province !

— Gênez-vous pas, grommelle le premier. Faites appel à... toutes vos ressources... même les moins... les moins...

— ...convenables! conclut le second avec énergie.

Rosissant, Vitaline jette un œil scrutateur à ces hommes de haute taille, embobinés comme des ours. L'Anglais lui est inconnu, mais l'autre fait sonner une cloche dans sa cervelle... Elle rougit jusqu'à la racine de ses cheveux, puis elle s'incline en posant la main sur son cœur:

— M'sieur Papineau... Mes hommages. J'vous avais point reconnu...

— Je suis venu incognito. Gardez le secret...

Elle sourit sans retenue, tout en caressant du regard les traits raidis par le froid de Louis-Joseph Papineau, celui qui s'investit tout entier dans la cause des libertés du Canada. Il est encore diablement séduisant, même s'il accuse la quarantaine bien entamée. Lorsqu'il était garçon, il paraît qu'il suscitait les convoitises. Les demoiselles de la bourgeoisie se battaient pour attirer son attention! À son tour, Papineau s'incline sobrement:

— Mes hommages, mademoiselle... ou madame...

— Dudevoir.

Elle s'oblige à articuler correctement:

— *Mademoiselle* Dudevoir. J'habite juste là, plus haut... Mon père est maître-potier.

— Dans ce cas, dit Papineau gravement, il est l'un des fleurons du bourg.

— Et vous, répond impulsivement Vitaline, z'êtes le fleuron du pays!

L'acolyte de Papineau réprime un gloussement, et ce dernier se tourne vers lui, disant narquoisement:

— Quand à celui qui se prend asteure pour un dindon... lorsqu'il arbore une forme humaine, il est connu sous le nom de Daniel Tracey.

L'Irlandais — et non l'Anglais — salue Vitaline à son tour. La jeune fille réfléchit frénétiquement. Elle a entendu ce nom... Il a le visage plein et des yeux dont le bleu très pâle semble refléter cette neige qui tombe à plein ciel. Ses sourcils blonds et touffus, et un collier de courte barbe de même couleur, trahissent son héritage gaélique. Elle lui donne la trentaine avancée. Mais de qui s'agit-il donc ? Enfin, elle déclare forfait :

— Va falloir que je m'enquière auprès de mon frère. Lui, y connaît toute le monde d'importance... Mais moi, je passe l'essentiel de mon temps à travailler la glaise.

— Je vous renseigne moi-même, dit Tracey. Je suis médecin à Montréal. Je dirige aussi une gazette : *The Vindicator and Canada Advertiser*.

Avec quelle superbe il a prononcé ce titre long comme le bras ! Ce paroli somptueux la transporte instantanément, par-delà l'océan, jusqu'à un lieu verdoyant mais misérable, un paysage de landes et de chaumières... Elle se repaît de l'écho de cette voix mâle, qui chante sans le savoir. Pour la dérider, Louis-Joseph Papineau pontifie :

— Monsieur est modeste, car monsieur est un atout majeur à la cause. Il est le digne hériter de notre ami Waller, la terreur des Bureaucrates !

— Dieu ait son âme, ponctue Tracey avec ferveur.

— Vous nous avez surpris, mademoiselle, en pleine discussion au sujet des agissements de James Stuart. Vous le connaissez ?

— Par icitte, toutte le monde l'haït.

Les deux hommes échangent un regard allègre. À l'évidence sensible, lui aussi, à l'atmosphère quasi surnaturelle, Papineau est en verve :

— Je tentais de brosser le portrait de cet homme. Car notre ami ci-présent est arrivé parmi nous il y a quelques années... Je tentais de prouver son manque de scrupules, son égocentrisme... Car même quand il fut notre allié, Stuart n'a jamais agi que pour ses seuls intérêts. Pour étancher sa soif d'argent et de pouvoir.

Prenant Vitaline à témoin, Daniel Tracey rétorque :

— Monsieur l'orateur ne devrait pas... se donner cette peine. Le spectacle de ses malversations dit tout...

— C'est qu'on fourbit nos armes, ajoute Papineau sombrement. Il nous faut l'abattre définitivement. Le priver de sa place, au risque d'en souffrir encore grandement...

Vitaline ne peut s'empêcher de demander :

— Vous avez un arrivage de munitions fraîches ?

— Nous avons fait la démonstration qu'il a abusé de son pouvoir de procureur général de deux manières, au moins : lors des élections de 1827, pour s'assurer la victoire, et lors des poursuites judiciaires subséquentes. Or, dès son ouverture, la Chambre d'Assemblée recevra une autre pétition. Un conflit d'intérêts flagrant lors d'un procès entre un particulier et la Hudson's Bay Company... Si les conclusions du Comité des Griefs sont sans équivoque, le cas de Stuart sera référé à Londres, pour être jugé.

Un silence prégnant retombe. Enfin, Tracey dit, à mi-voix :

— Une victoire décisive, si Londres vous donnait raison.

Il ajoute quelque chose dans la langue natale, puis il se creuse la cervelle pour le répéter en français :

— Ce serait faucher un despote. L'un des plus cruels...

Peu à peu, Vitaline a perdu toute sa faconde. Elle ne sait plus que dire, où mettre ses mains, où poser les yeux...

— Nous avons assez retenu mademoiselle, n'est-ce pas, Daniel ?

— *Indeed*. Un grand merci d'avoir causé avec... comment vous dites, en Canada ? Avec des grichous comme nous autres...

Elle répond par un mince sourire. Tout le plaisir était pour elle... Entremêlant son regard au sien, Tracey dit encore :

— La rencontre était envoûtante.

Il cherche un moment, avant de réussir à émettre :

— Saint-Denis distille ses grâces goutte à goutte...

Tandis qu'un éblouissement cloue Vitaline sur place, les deux hommes reprennent leur chemin. Elle entend Papineau interpeller son ami en riant :

— Envoûtant toi-même ! Cout'donc, t'as rien vu, sur ton isle ?

La neige étouffe la réponse. Après un temps, Vitaline se tourne à demi, couvant du regard les silhouettes qui s'éloignent. Elle veut être sûre qu'elle n'a pas rêvé, ou qu'il ne s'agissait pas d'une apparition intangible... Quel homme que ce Tracey ! Ces taches de rousseur éparpillées sur son nez et ses joues... Cette seule évocation suffit à la plonger dans une totale béatitude. Car il n'a pas semblé insensible à ses charmes… Peut-être qu'il cultivera son souvenir ?

Elle retrace ses pas vers son logis avec des ailes aux pieds. Gilbert saura où trouver des exemplaires du *Vindicator*. Elle veut se plonger dans la prose de l'Irlandais comme dans une interminable lettre d'amour qui lui serait personnellement adressée. Elle n'y comprendra goutte ? Chiche ! Bientôt, la langue anglaise n'aura plus de secrets pour elle !

LES COLLÉGIENS N'OSAIENT L'ESPÉRER, mais en chapitre, les sulpiciens abrogent les règlements contraignants. La liberté de mouvement et d'expression retrouve ses droits ! Désormais, tout genre de gazette sera admis à l'intérieur des murs, en autant que le décorum soit maintenu. Forcément, même si les membres du chapitre sulpicien ne l'avoueront jamais, ils ont réprimandé MM. Baile et Séry pour leur sévérité excessive. Les insurgés en dansent la gigue !

Ayant épuisé leur fièvre révolutionnaire, les collégiens rendent les armes au soir du troisième jour d'insurrection. Leurs Glorieuses ont été richement vécues… Un calme surnaturel s'installe, rompu uniquement par les bruits du ménage auquel, sans toutefois réprimander davantage, le directeur a contraint les fêtards. Gilbert se sait en sursis. Qui sera désigné comme coupable ? Qui paiera pour tous ? Régents et maîtres se sont mis à l'œuvre pour soutirer des aveux. Mais les coupables sont innombrables ! La manœuvre sera donc de licencier les cancres, les indisciplinés ou les insignifiants…

Ni Henri-Alphonse Gauvin, ni Rodolphe DesRivières, deux externes, ne remettront les pieds dans l'institution, si ce n'est pour une brève explicitation dans le bureau du directeur. Gaspard, lui, sera sans doute aisément pardonné. Son rôle s'est borné à organiser, de main de maître, les amusements ! De plus, son père, le marchand Cosseneuve, fait partie des relations, quoiqu'éloignées, de l'Institut sulpicien. De même, le père de Georges-Étienne est un personnage d'envergure. Mais lui, Gilbert ? Il est un moins que rien…

À l'aube, au saut du lit, il se met à ranger le contenu de son coffre. Le geste a été instinctif… Lui, il ne peut en supporter davantage. Même si le directeur consent à le garder, ce qui serait surprenant, tout son être se révulse à l'idée de se trouver dans la même pièce que Séry ! Il en sait assez pour se débrouiller dans le monde. Il en sait assez pour être capable de se perfectionner par lui-même !

Sa tâche terminée, il marche résolument vers ses camarades, se mettant à distribuer des poignées de main. Il n'a nul besoin de préciser ses intentions : chacun comprend qu'il s'agit d'un adieu. L'air buté, Gaspard mire son approche, ronchonnant :

— Mon fendant, tu vas pas me faire ce coup-là ?

Gilbert croit déceler de la fragilité derrière l'air crâneur, ce qui le met sur la défensive. Il ne sait trop que répondre, et se contente de lui offrir sa salutation. Répugnant manifestement à accepter sa décision, Gaspard tarde à lui serrer la pince.

— Lâcheur… Tu l'emporteras pas en paradis, je t'en passe un papier ! Me laisser tout seul icitte… Si tu pars, y me restera plus personne ! Personne sauf Adolphe, ce traître !

À quelques lits de distance, Georges-Étienne lance, glacial :

— Merci ben pour le compliment…

Gaspard réagit par un rictus d'impuissance, avant de serrer Gilbert dans ses bras pour une brève accolade. Il murmure :

— J'ai les idées tout emmêlées…

Gilbert est appelé au bureau du directeur avant même le déjeuner. M. Quiblier est assis derrière le pupitre du directeur. M. Baile, quant à lui, est debout dans un coin de la pièce, les mains derrière le dos, l'échine courbée. Uldaire s'y trouve également, triturant son chapeau ! Sidéré, le garçon reste figé, la poignée de porte dans la main. Impatient, Quiblier lui fait signe d'entrer et de refermer derrière lui. Gilbert obéit, puis il se tourne vers son père qui le fixe, l'expression soucieuse. Le garçon marmonne :

— C'était pas nécessaire. Je suis capable de rentrer chez nous tout seul.

Tout d'abord, les trois hommes le considèrent sans comprendre. Enfin, Quiblier laisse tomber, d'un ton tranchant :

— Inutile de jouer au martyre. En réalité…

— Son père, je veux rentrer avec vous à la rivière Chambly.

Le maître-potier déclare qu'il a besoin d'un court moment avec son fils au parloir. Sans attendre l'acquiescement de Quiblier, il entraîne Gilbert jusqu'à ladite pièce, déserte astheure. Tous deux se laissent tomber sur les étroites chaises de bois. Sans un mot, Uldaire extirpe de sa poche intérieure un morceau de pain de blé garni de beurre et d'une épaisse tranche de jambon fumé. Avec un intense sentiment de gratitude, Gilbert déplie le tissu et entreprend de dévorer à belles dents. Son père est, à ses yeux, comme un rempart infranchissable, et le garçon s'abandonne totalement à son plaisir !

Dès que ce goûter est engouffré, Uldaire dit, d'un ton faussement détaché :

— Tu peux rester, si tu veux. M'sieur Quiblier était après dire…

— Ramenez-moi. Je trouverai un métier honorable, je vous le promets ! Mais icitte, ça va faire ! On va aller reprendre vos pourcelines. On leur laissera pas une année de pension, je vous le garantis ! Je trouverai de quoi subvenir à mes besoins, je vous récompenserai de vos sacrifices pour moi. Où je suis rendu, j'ai le choix !

— Je crains rien, mon gars. Ferme-toi la trappe.

Gilbert obéit à cette réprimande empreinte de bonhomie, couvant son père des yeux. Il a eu maintes preuves de son affection. Il savait qu'il aurait son soutien, même muet ! Ses camarades ne peuvent pas tous en dire autant… Le maître-potier pousse un profond soupir, puis il dit à mi-voix :

— Je suis pas marri de te sortir d'icitte. Je serai pas le seul à faire de même. Regarde ça venir… Ces Messieurs vont perdre une bonne partie de leur clientèle. C'est de la frime, leur affaire. Avant, on s'épatait de leur science, mais astheure, on est capables de comparer… Envoye, on sacre notre camp !

— On va quérir les vaisseaux ?

— Crains rien. Je les ramasse même si y'a de la soupe dedans ! Tu descends ton bagage, pis on laisse faire les salutations. Ça rime à rien !

Malgré la gadoue sur les chemins, leur voyage de retour se déroule sans anicroche. Tout le long de l'équipée en diligence, Gilbert enseigne *La Collégiade* à son père. Ce dernier chante plutôt faux et se débat avec la mesure, mais le collégien est aux anges, d'autant plus que les autres voyageurs boivent leurs paroles et fredonnent à qui mieux mieux !

— *Nous sommes fils de citoyens, enfants de la patrie ; soyons-en les fermes soutiens contre la tyrannie. Élevons nos voix contre le Français qui nous traite en despote. Qu'il suive les lois, respecte nos droits, sinon : à la révolte !*

Dès que Gilbert aperçoit les cheminées de son village, il en ressent un ample orgueil et une immense gratitude. Plusieurs panaches de boucane s'élèvent, ici et là, et il s'enquiert auprès de son père :

— Y en aura bientôt assez pour une attisée ?

— Dans quelques jours, une semaine tout au plus… Ça dépend de l'ouvrage d'Aubain. Sais-tu qu'y s'en vient pas mal bon ? Même que des fois, au matin, y me laisse des surprises. On dirait que de nuitte, y est meilleur que de jour…

Gilbert repousse ce micmac loin de son esprit. Tout ce qui lui importe, c'est d'avoir l'occasion de faire la danse du feu, une dernière fois avant l'hiver, avec sa bande d'amis ! Sa cervelle résonne de rimes et pendant qu'ils franchissent la rivière sur un traversier désert, il s'époumone, au grand plaisir du traverseux :

— *Amis, arborons le drapeau dans ces grands jours de fête. La liberté ! Ce nom si beau sera notre conquête. Marchons aux combats tous du même pas. Montrons notre vaillance, ne reculons pas. Renversons à bas ces rebuts de la France !*

Transporté d'euphorie, Gilbert écoute l'écho de son chant, mêlé à celui des rires bruyants des deux hommes, se répercuter sur la rivière placide, où flottent des amas de glace. Pour le meilleur ou pour le pire, il fait partie d'un peuple aspirant à conduire son destin. Ce peuple, les lettrés n'hésitent pas à le qualifier de « nation » ! Oui, il a fait ses classes au sujet de l'état de la nation bas-canadienne. Ils n'ont qu'à bien se tenir, ces rebuts de toute origine qui polluent son pays. Parce qu'il en a plein son casque, de jouer au gibier de potence !

À VENIR DANS LE DEUXIÈME TOME DU *PAYS INSOUMIS* :

Portés par le vent de liberté qui souffle en Bas-Canada, Gilbert et Vitaline Dudevoir poursuivent l'aventure de leur existence. Ayant quitté le collège de Montréal, le fils aîné de l'artisan-potier doit se choisir un destin d'homme libre. Il a l'immense avantage d'être instruit, et de pouvoir exercer ainsi une influence salutaire sur ses concitoyens. Mais surtout, il aspire au choc amoureux et à l'ivresse des sens. Pour y parvenir, il ne prendra pas un chemin de tout repos !

De son côté, Vitaline est confrontée à une cruelle réalité : quand on porte la jupe, l'indépendance de caractère n'est pas bien vue. La jeune femme est dotée d'un tempérament imaginatif qui se heurte aux idées toutes faites de son entourage. Elle est dotée d'une âme d'artiste se déployant également en matière de sentiments ! Pour Vitaline, mue par une indéniable appétence charnelle, certains hommes sont des œuvres d'art ambulantes, dont elle voudrait mirer le galbe de près. Celui qui occupe toutes ses pensées, c'est un Irlandais, journaliste et médecin...

Pendant ce temps, une décennie mouvementée s'amorce, celle des années 1830. Le pays tout entier soutient ses défenseurs et un optimisme de bon aloi règne parmi les fiers citoyens du Bas-Canada. Mais le pouvoir en place dispose de moyens redoutables pour « rétablir l'ordre ». Les profiteurs ne veulent pas voir se tarir la source de leur opulence ! Une impitoyable mécanique de répression a été, peu à peu, mise en place. En 1832, les Bureaucrates n'hésiteront pas à en faire jouer tous les rouages, ce qui fera couler le sang d'innocents Canadiens.

**Le destin de deux sages-femmes, mère et fille,
à Montréal, au milieu du XIXe siècle !**

Une trilogie qui a suscité l'enthousiasme du public !

Faubourg Sainte-Anne, Montréal, 1845. En pleine nuit, une sage-femme et sa fille vont accompagner une femme dans sa délivrance. À seize ans, Flavie entreprend ainsi l'apprentissage du métier d'accoucheuse auprès de Léonie, sa mère, qui caresse d'audacieux projets : la fondation d'un refuge pour femmes enceintes démunies et celle d'une école de sages-femmes. À l'instar de Simon, le père de Flavie, la société de l'époque, placée sous le règne tyrannique de la pudeur, est rebutée par ces nouveautés. Les membres du clergé se méfient comme de la peste de l'esprit d'entreprise de Léonie et de ses collègues. De leur côté, les médecins engagent une lutte de pouvoir afin de ravir leur clientèle aux sages-femmes. Séparés par un large fossé, les univers masculin et féminin ne se rejoindront qu'au moyen de trop fragiles passerelles, celles du respect et de l'amour.

D'une écriture vivante et colorée, cette saga évocatrice excelle à recréer l'atmosphère des débuts de l'ère victorienne et à camper des personnages attachants.

Marquis imprimeur inc.

Québec, Canada
2011

Cet ouvrage composé en FournierMT corps 13.5 a été achevé d'imprimer au Québec
le vingt-deux septembre deux mille onze sur papier Enviro 100 % recyclé
pour le compte de VLB éditeur.

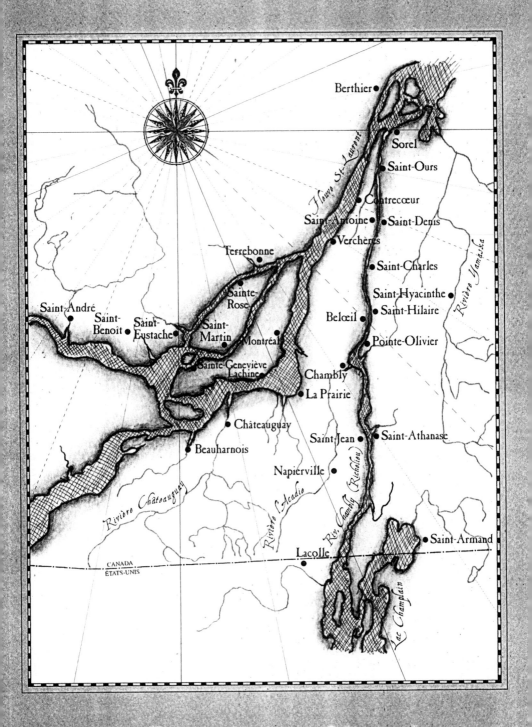

Bas-Canada, district de Montréal